O LIVRO DA FORMA *e do* VAZIO

O LIVRO DA FORMA *e do* VAZIO

RUTH OZEKI

Tradução
Heci Regina Candiani

MORROBRANCO
EDITORA

O Livro da Forma e do Vazio

ISBN: 978-65-6099-032-6

Impresso no Brasil — 1ª Edição, 2024 — Edição revisada conforme o Acordo Ortográfico da Língua Portuguesa de 2009.

DADOS INTERNACIONAIS DE CATALOGAÇÃO NA PUBLICAÇÃO (CIP)
(BENITEZ CATALOGAÇÃO ASS. EDITORIAL, MS, BRASIL)

O99L
1.ed. Ozeki, Ruth
O livro da forma e do vazio / Ruth Ozeki ; tradução Heci Regina Candiani. – 1.ed. – Rio de Janeiro : Alta Books, 2024.
608 p.; il.; 13,5 x 21 cm.

Título original: The book of form and emptiness. ISBN 978-65-6099-032-6

1. Ficção norte americana. I. Candiani, Heci Regina. II. Título.

08-2024/106 CDD 813

ÍNDICE PARA CATÁLOGO SISTEMÁTICO:
1. FICÇÃO : LITERATURA NORTE-AMERICANA 813
ALINE GRAZIELE BENITEZ – BIBLIOTECÁRIA - CRB-1/3129

MORRO BRANCO é uma editora do Grupo Editorial Alta Books

Produção Editorial: Grupo Editorial Alta Books
Diretor Editorial: Anderson Vieira
Vendas Governamentais: Cristiane Mutüs
Gerência Comercial: Claudio Lima

Coordenadora Editorial: Illysabelle Trajano
Produtora Editorial: Luana Maura
Tradução: Heci Regina Candiani
Copidesque: Marina Constantino
Revisão: Bonie Santos & Thiago Fraga
Diagramação: Beatriz Borges & Vanessa S. Marine

ALTA BOOKS
GRUPO EDITORIAL

Rua Viúva Cláudio, 291 — Bairro Industrial do Jacaré
CEP: 20.970-031 — Rio de Janeiro (RJ)
Tels.: (21) 3278-8069 / 3278-8419
www.altabooks.com.br — altabooks@altabooks.com.br
Ouvidoria: ouvidoria@altabooks.com.br

Editora
afiliada à:
ASSOCIADO

Para meu pai,
cuja voz ainda me orienta

[Pro captu lectoris] habent sua fata libelli.

[De acordo com a capacidade de quem lê]
os livros têm seus próprios destinos.

— Walter Benjamin,
"Desempacotando minha biblioteca"

NO PRINCÍPIO

Um livro deve começar em algum lugar. Uma letra corajosa precisa ser a primeira voluntária, pousando na linha em um ato de fé a partir do qual uma palavra cria coragem e a acompanha, trazendo uma frase em seu rastro. Daí, um parágrafo se condensa e, sem demora, uma página; o livro está a caminho, descobrindo uma voz, fundando a própria existência.

Um livro deve começar em algum lugar, e este começa aqui.

UM MENINO

Shhh... Escute!

É meu Livro, e ele está falando com você. Consegue ouvir?

Tudo bem se não conseguir. Não é sua culpa. As coisas falam o tempo todo, mas, quando seus ouvidos não estão sintonizados, você tem de aprender a escutar.

Você pode começar usando os olhos, porque os olhos são simples. Olhe para todas as coisas à sua volta. O que você vê? Um livro, é óbvio, e é óbvio que o livro está falando com você; depois, tente algo mais desafiador. A cadeira em que você está. O lápis no seu bolso. O tênis no seu pé. Ainda não consegue ouvir? Então, fique de joelhos e encoste a cabeça no assento, ou tire o sapato e leve-o ao ouvido... Não, espere, se houver pessoas por perto, elas vão achar que você enlouqueceu, então tente com o lápis primeiro. Lápis carregam histórias em seu interior e não há risco, contanto que você não enfie a ponta no ouvido. Apenas o segure perto da cabeça e escute. Consegue ouvir o sussurro da madeira? O fantasma do pinho? O murmúrio da grafite?

Às vezes, é mais de uma voz. Às vezes, é um coro inteiro de vozes que sai de uma coisa só, ainda mais se for uma coisa Feita por um monte de artífices diferentes, mas não tenha medo. Acho que depende do tipo de dia que as pessoas estavam vivendo lá no Cantão ou no Laos ou seja lá onde for, e se o dia foi bom na velha confecção clandestina, se elas estavam distraídas com algum pensamento alegre quando aquele ilhós específico desceu pela linha e passou pelos dedos: nesse caso, aquele pensamento alegre vai grudar no furo. Às vezes, não é bem um pensamento, mas um sentimento. Um sentimento bem gostoso, como o amor, por exemplo. Radiante e amarelo. Mas quando um sentimento de tristeza ou raiva é amarrado ao seu sapato, aí você precisa ter cuidado, porque aquele sapato pode levar você a realizar uma doidice, como fazer seus pés marcharem direto para a frente de uma loja da Nike, por exemplo, onde você pode acabar estilhaçando a vitrine com um taco de beisebol feito com uma madeira enfurecida. Se isso acontecer, mesmo assim não é sua culpa. É só pedir desculpas à vitrine, dizer ao vidro que sente muito e, seja lá o que fizer, não tente se explicar. O policial que fará a prisão não dá a mínima para as terríveis condições da fábrica de tacos. Ele não dá a mínima para as motosserras ou para o freixo robusto que aquele taco foi no passado, então apenas fique de boca fechada. Tenha calma. Seja educado. Lembre-se de respirar.

É muito importante não se irritar, porque aí as vozes ficam em vantagem e dominam sua mente. Coisas são carentes. Ocupam espaço. Querem atenção e vão enlouquecer você, se deixar. Por isso, apenas se lembre: você é como um controlador de tráfego aéreo... Não, espere, você é como o maestro de uma grande banda de metais formada por toda a parafernália jazzística do planeta, e está flutuando no espaço, sobre esse grande amontoado de lixo que é o mundo, usa o cabelo engomado e penteado para trás, veste um paletó chique, e seu bastão se ergue no ar, cercado por todas as coisas ávidas, e por um breve e belo instante, as vozes de todas elas ficam em silêncio, esperando que você abaixe a batuta.

Música ou loucura. Só depende de você.

PARTE UM

CASA

Toda paixão faz fronteira com o caos, mas a paixão do colecionador faz fronteira com o caos das memórias.

— Walter Benjamin,
"Desempacotando minha biblioteca"

O LIVRO

1.

Começando com as vozes, então.

Quando será que ele as ouviu pela primeira vez? Quando ainda era pequeno? Benny sempre foi um menino pequeno e de desenvolvimento lento, como se suas células relutassem em se multiplicar e ocupar espaço no mundo. Ao que parece, ele praticamente parou de crescer ao completar doze anos, mesmo ano em que seu pai morreu e sua mãe começou a ganhar peso. A mudança era sutil, mas Benny parecia definhar à medida que Annabelle estufava, como se ela estivesse metabolizando a dor do filho pequeno junto à própria dor.

Sim. É exatamente o que parece.

Então, quem sabe as vozes também tenham começado nessa época, logo depois da morte de Kenny? Ele morreu em um acidente de carro... Não, foi de caminhão. Kenny Oh era um clarinetista de jazz, mas seu nome verdadeiro era Kenji, por isso vamos chamá-lo assim. Ele tocava principalmente swing, coisas para *big bands*, em casamentos, festas de bar mitzvah e clubes badalados no centro da cidade, onde os camaradas todos usavam barba, chapéus *porkpie*, camisas xadrez e blazers de tweed do Exército da Salvação. Ele estava tocando em uma apresentação e depois saiu para beber, usar drogas ou sabe-se lá o que fazia com os amigos músicos... Só uma cheiradinha, mas a ponto de que, no caminho para casa, ao tropeçar e cair na viela, não visse necessidade de se levantar de imediato. Ele não estava longe de casa, só a alguns metros do portão bambo que levava aos fundos do imóvel. Se tivesse conseguido rastejar um pouco mais, teria ficado bem, mas não, ele apenas ficou deitado de costas em um feixe de luz fraco projetado pelo poste de iluminação sobre a caçamba do brechó beneficente da Gospel Mission. O frio arrastado do inverno havia começado a se dissipar e uma névoa de primavera pairava na viela. Ele ficou ali, olhando para a luz e para as minúsculas partículas de umidade que borbulhavam, cintilantes, no ar. Estava bêbado. Ou chapado. Ou as duas coisas. A luz era linda. Antes, no início da noite, tinha brigado com a esposa. Talvez estivesse se sentindo arrependido. Talvez, em pensamento, estivesse prometendo se tornar melhor. Quem sabe o que estava fazendo? Talvez tenha caído no sono. Tomara que sim. De qualquer forma, era ali que permanecia deitado coisa de uma hora depois, quando o caminhão de entregas passou trepidando pela viela.

Não foi culpa do motorista. A viela era cheia de desníveis e buracos. Estava repleta de sacos de lixo meio vazios, restos de comida, montes de roupas encharcadas e aparelhos quebrados que os vasculhadores de caçambas haviam largado para trás. Na luz difusa e cinzenta da garoa da madrugada, o motorista do caminhão não conseguiu distinguir entre os detritos e o corpo magro do músico, que já estava coberto de corvos. Os corvos eram amigos de Kenji. Só estavam tentando ajudá-lo a se manter aquecido e seco, mas todo mundo sabe que corvos adoram lixo. Surpreende que o motorista tenha confundido Kenji com um saco de lixo? O motorista odiava corvos. Corvos davam azar, por isso ele jogou o caminhão bem em cima deles. O caminhão transportava gaiolas com frangos vivos para o matadouro chinês no fim da viela. Ele pisou no acelerador e sentiu o impacto do corpo sob as rodas ao mesmo tempo que os corvos voaram diante do para-brisa, encobrindo sua visão e levando-o a perder a direção e colidir com a plataforma de carga da Eternal Happiness Printing Company Ltd. O caminhão tombou e as gaiolas com os frangos saíram voando.

O barulho das aves cocoricando despertou Benny, cujo quarto tinha uma janela com vista para a caçamba. Ele ficou deitado, escutando, e logo em seguida a porta dos fundos bateu. Um grito alto e agudo ergueu-se da viela, desenrolando-se como corda, como tentáculo vivo, serpenteando janela adentro e fisgando-o, tirando-o da cama. Ele foi até a janela, abriu as cortinas e olhou para a rua lá embaixo. O céu estava clareando. Conseguiu ver o caminhão tombado de lado, as rodas girando, e o ar cheio de asas batendo e penas esvoaçantes, ainda que, tendo sido criados em gaiolas, aqueles frangos não conseguissem de fato voar. Nem sequer pareciam aves. Eram só criaturas brancas parecidas com os Pingos, de *Jornada nas Estrelas*, se enfiando nas sombras. O grito agudo se estendeu como um fio, atraindo os olhos de Benny para uma figura espectral, envolta em uma nuvem de branco diáfano, a fonte do som, a fonte do mundo dele: a mãe, Annabelle.

Ela estava lá, de camisola, sozinha no feixe de luz projetado pelo poste de iluminação. Havia movimento em torno dela, penas flutuando como neve, mas ela estava totalmente imóvel, como uma princesa congelada, pensou Benny. Ela olhava para baixo, para alguma coisa no chão, e ele soube de imediato que a coisa era seu pai. De onde estava, da janela no alto, ele não conseguiu ver o rosto do pai, mas reconheceu as pernas dele, que estavam dobradas e chacoalhavam, como quando Kenji dançava, só que agora ele estava deitado de lado.

A mãe deu um passo à frente.

— *Nããão!* — gritou, caindo de joelhos. O cabelo espesso e dourado sobre os ombros, refletindo a luz do poste e encobrindo a cabeça do marido. Ela se debruçou, sussurrando enquanto tentava levantá-lo. — *Não, Kenji, não, não, por favor, me desculpe, eu não quis dizer aquilo…*

Será que ele a ouvia? Se tivesse aberto os olhos bem naquele instante, teria visto o belo rosto da esposa pairando sobre ele como uma lua pálida. Talvez tenha visto. E teria visto os corvos, empoleirados nos telhados e nos fios de energia, balançando e observando. E talvez, olhando para a frente, por cima do ombro da esposa, talvez também tenha visto o filho, que observava da janela distante. Vamos dizer que ele viu, porque em seguida suas pernas dançantes esmoreceram, pararam de chacoalhar e ficaram imóveis. Se naquele momento Annabelle era a lua de Kenji, Benny era para ele uma estrela distante, e ao vê-lo ali, uma cintilação viva no céu pálido do amanhecer, Kenji fez um esforço para mover o braço, levantar a mão, mexer os dedos.

Como se estivesse acenando para mim, Benny pensou depois. Como em um aceno de despedida.

* * *

Kenji morreu a caminho do hospital e o funeral foi realizado na semana seguinte. Competia a Annabelle realizar os preparativos, mas ela não era muito boa em planejar esse tipo de coisa. Kenji era o extrovertido e, como casal, eles nunca recebiam ou convidavam ninguém. Ela tinha poucos amigos, se é que tinha algum.

O diretor da funerária fez muitas perguntas sobre a família e as crenças religiosas de seu ente querido, às quais Annabelle teve dificuldade em responder. Kenji, que ela soubesse, não tinha família. Nascera em Hiroshima, e os pais morreram quando ele era jovem. A irmã, que ainda era criança na época, foi levada para morar com os tios, enquanto Kenji foi criado pelos avós em Quioto. Quase nunca falava sobre a infância, exceto para contar que os avós eram muito tradicionais e rígidos e que não se dava bem com eles, mas era óbvio que a essa altura eles também já estavam mortos. Supunha-se que a irmã ainda estivesse viva, mas ele havia perdido contato com ela. No início do casamento, quando Annabelle perguntou, ele apenas sorriu, acariciou o rosto da esposa e disse que ela era a única família de que precisava.

Quanto à fé, ela sabia que os avós de Kenji eram budistas, e uma vez ele lhe contou que, por um período na faculdade, morou em um mosteiro zen. Annabelle se lembrou de como ele rira. *É muito engraçado, não é? Eu, um monge!* E ela também rira, porque ele não parecia nada monástico. Kenji dizia que não precisava de religião porque tinha o jazz. A única coisa religiosa que possuía eram contas de oração, que às vezes usava no pulso. Eram bonitas, mas ela nunca o vira usá-las para rezar. Devido às raízes budistas dele, parecia errado ter um sacerdote cristão conduzindo o funeral e, por isso, respondendo às perguntas do diretor, Annabelle disse que não, não havia nenhum parente, nenhuma fé e não haveria serviço religioso. O diretor pareceu desapontado.

— E do seu lado? — perguntou, solícito, e, como ela hesitou, o homem acrescentou: — Em momentos como esse, é bom ter a família...

Um lampejo de memória, fantasmagórico. Ela pensou no corpo definhado da mãe na cama do hospital. A sombra escura do padrasto assomando à porta. Ela balançou a cabeça.

— Não — respondeu com firmeza, interrompendo. — Eu disse nenhum parente.

Será que ele não percebia? Ela e Kenji estavam sozinhos no mundo, e foi isso que os uniu até Benny chegar.

O diretor da funerária olhou para o relógio e prosseguiu. Perguntou o que ela pensava sobre um velório. Mais uma vez, ela hesitou, e então ele explicou. Velar os restos mortais cuidadosamente recompostos de um ente querido poderia reduzir o trauma causado por ser testemunha de um acidente trágico. Aliviaria lembranças dolorosas e ajudaria os que ficaram a aceitar a realidade da morte física. O salão de velório era privado e decorado com bom gosto. A funerária teria a satisfação de fornecer refrescos aos convidados, uma farta seleção de chás, café com uma variedade de deliciosos cremes aromatizados e também alguns biscoitos, quem sabe?

Cremes?, pensou ela, tentando não sorrir. Sério mesmo? Queria se lembrar daquilo para contar a Kenji depois... Era bem o tipo de absurdo que o faria rir... Mas o diretor estava esperando, então Annabelle concordou prontamente que sim, os biscoitos seriam perfeitos. Ele fez uma anotação e depois indagou sobre a vontade dela em relação à disposição final dos restos mortais de seu ente querido. Ela estava sentada na beirada do sofá muito estofado, ouvindo a si mesma dizer sim para a cremação e não para uma sepultura ou uma gaveta em uma cripta quando lhe veio um pensamento repentino: não poderia contar a Kenji sobre os deliciosos cremes aromatizados porque Kenji estava *morto*. Esse pensamento foi logo seguido por uma série de outros: o ente querido cujos restos mortais estavam sendo discutidos era *Kenji*, e esses restos mortais eram os restos mortais do *corpo de Kenji*, o mesmo corpo amado que ela conhecia tão bem e que, ao fechar os olhos, podia visualizar com tanta clareza, os músculos sólidos de seus ombros, a maciez da pele macia amarelo-amarronzada, o declive das costas nuas.

Annabelle pediu licença e perguntou se poderia ir ao lavabo. Certamente, disse o diretor, e lhe indicou o corredor atapetado. Ela fechou a porta atrás de si. Lá dentro, em cada uma das tomadas nas paredes, difusores aromáticos impregnavam o ar. Ela se ajoelhou na frente do vaso sanitário e vomitou na água esterilizada azul cintilante.

* * *

Agora o corpo de Kenji jazia em um caixão aberto em um cômodo da casa funerária parecido com um salão. Quando Benny e Annabelle chegaram para o velório, o diretor da funerária os conduziu até lá e depois se afastou com discrição para lhes dar um instante. Annabelle inspirou fundo. Agarrando o cotovelo do filho, ela começou a caminhar em direção ao caixão. Benny nunca tinha andado desse jeito, com a mãe segurando seu braço como se fosse ele quem estivesse no comando. Ele se sentiu como um corrimão ou uma balaustrada. Com firmeza, apoiou-a, guiando-a adiante, e depois ambos se colocaram lado a lado junto ao caixão.

Kenji era um homem pequeno e tornou-se ainda menor na morte. Estava vestido com o blazer de anarruga azul-clara que

Annabelle escolhera para ele, um que ele usava com jeans preto quando se apresentava em casamentos no verão, sem o chapéu *porkpie*. O clarinete repousava em seu peito. Annabelle exalou o ar, um suspiro longo, suave e entrecortado.

— Ele parece bem — sussurrou. — Como se estivesse só dormindo. E o caixão também é bonito. — Como Benny não respondeu, ela puxou de leve o braço dele. — Você não acha?

— Acho — concordou Benny. Ele observava o corpo deitado no caixão sofisticado. Os olhos estavam fechados, mas a expressão não parecia viva o bastante para quem está dormindo. Não parecia viva o bastante nem sequer para quem está morto. Não parecia algo que já tivesse vivido. Alguém havia usado maquiagem para cobrir os hematomas, mas seu pai jamais usaria maquiagem. Alguém havia escovado os cabelos pretos compridos e os arrumado soltos sobre o travesseiro de cetim. Kenji só usava o cabelo solto, escorrido daquele jeito, quando estava relaxado em casa. Em público, sempre o prendia em um rabo de cavalo grosso e preto. Todos esses detalhes provavam a Benny que a coisa no caixão não era seu pai.

— Você também vai cremar o clarinete dele?

Sentaram-se e esperaram em cadeiras dobráveis e duras colocadas na lateral. As pessoas começaram a chegar. A senhoria chinesa e anciã deles, sra. Wong. Dois colegas de trabalho de Annabelle. Os companheiros de banda de Kenji e seus amigos da cena jazzística. Os músicos ficaram parados na porta, pareciam querer ir embora, mas o diretor da funerária os encorajou a seguir em frente. Nervosos, todos caminharam até o caixão. Alguns deles demoraram-se e contemplaram. Outros conversaram com o cadáver ou faziam uma piada (*Sério, cara, um caminhão de frango?*), que Annabelle fingia não ouvir; e depois, ao avistarem a mesa de aperitivos, logo se dirigiram para lá, parando para dizer a ela algumas palavras desajeitadas e dar um abraço rápido e um tapinha na cabeça de Benny. Annabelle foi gentil. Aqueles eram os amigos de seu marido. Benny tinha doze anos e odiou os tapinhas, mas odiou ainda mais os abraços. Alguns dos membros da banda o socaram no ombro. Ele não se incomodou com os socos.

Talvez tenha sido o clarinete no caixão que deu a alguém aquela ideia, mas conforme mais pessoas iam chegando, mais instrumentos começaram a aparecer, e foi então que alguns membros da banda se acomodaram em um canto do salão e começaram a tocar. Jazz melodioso, nada extravagante. Mais convidados chegaram. Quando uma garrafa de uísque apareceu na mesa de aperitivos, ao lado dos cremes, o diretor da funerária pareceu prestes a se opor, mas o trompetista o chamou de lado e conversou com ele, que cedeu, e a banda continuou tocando.

Kenji conhecia pessoas que entendiam de festa e, por isso, quando chegou a hora de transportar o corpo do amigo para o crematório, os músicos dispensaram o carro fúnebre e se encarregaram da tarefa. Annabelle os acompanhou. O caixão era pesado, mas Kenji pouco acrescentava ao peso, por isso eles foram capazes de erguer o caixão, se revezando para carregá-lo nos ombros, ao estilo de Nova Orleans, por vielas estreitas e ruas escuras, escorregadias por causa da chuva. Annabelle e Benny os acompanharam na caminhada. Alguém os levou para a frente da procissão, logo atrás do caixão, e entregou a Benny um guarda-chuva vermelho radiante, que ele ergueu bem acima da cabeça da mãe, cheio de orgulho, como se fosse uma bandeira ou um estandarte de bravura, até que seu braço enrijeceu e ele achou que se quebraria.

Era primavera, e a chuva derrubara as flores das ameixeiras; as pétalas, de um rosa-pálido, jaziam espalhadas na calçada úmida. No alto, gaivotas giravam e gritavam, galgando as correntes de ar o mais alto possível. Do ângulo em que estavam, o guarda-chuva vermelho lá embaixo devia parecer o olho rubro de uma cobra que serpenteava lentamente pela cidade encharcada. Os corvos ficaram mais abaixo, seguindo a procissão de perto, voando de galho em galho por entre as árvores, empoleirando-se nos postes de luz e nos fios elétricos. A essa altura, a banda havia crescido até estar quase completa e, enquanto as pessoas enlutadas avançavam sob a chuva escorregadia, os músicos tocavam marchas fúnebres e embriagavam-se com garrafas envoltas em sacos marrons, que passavam de mão em mão, enquanto prostitutas e viciados rodopiavam como folhas soltas levadas pelo vento atrás da procissão.

Não havia espaço suficiente para todo mundo dentro do crematório, porém a chuva havia parado, então os músicos ficaram do lado de fora, na rua, e continuaram a tocar. Annabelle e Benny seguiram o caixão até a entrada, mas, quando a porta se abriu, Benny se deteve. Ele tinha ouvido falar sobre o forno. Ainda que aquela coisa dentro da caixa não fosse seu pai, ele não queria vê-la lançada ao fogo e queimada como lenha ou assada como um pedaço de carne, por isso insistiu em ficar do lado de fora com o trompetista, que falou que não tinha problema. Annabelle pareceu confusa, depois tomou uma decisão. Ela segurou o rosto aveludado e redondo do filho entre as mãos espalmadas, beijou-o depressa e, em seguida, virou-se para o trompetista.

— Não tire os olhos dele — advertiu, e sumiu lá para dentro.

A banda passou das marchas fúnebres para um repertório de Benny Goodman. Goodman era o favorito de Kenji. Eles tocaram "Body and Soul" e "Life Goes to a Party". Tocaram "I'm a Ding Dong Daddy", "China Boy" e "The Man I Love", e o tempo todo o coração de Benny batia desenfreado ao pensar nas chamas do forno. Quando chegou a hora do solo de clarinete em "Sometimes I'm Happy", os metais ficaram em silêncio, deixando o baterista marcar o tempo baixinho com sua baqueta, mantendo vazio o intervalo que deveria ser ocupado pelo clarinete. Era a música-tema de Kenji, e quase se podia ouvir seu improviso fantasmagórico erguendo-se em meio à névoa. Talvez Benny *tenha* ouvido. Ele estava escutando com atenção e, no minuto em que o intervalo acabou e as trompas voltaram, escapuliu. Ele era esguio como o pai, um menino magro e pequeno se esgueirando entre os músicos, que estavam chapados demais para reparar. Tinha visto para onde a mãe fora. Quando a porta pesada se fechou às suas costas, ainda conseguia ouvir a música do lado de fora, mas agora estava tentando escutar outra coisa.

Benny…?

A voz vinha de algum lugar bem no fundo do prédio e ele a seguiu. Enquanto caminhava por um corredor escuro, o barulho do sistema de ventilação ficou mais alto. Ele chegou a uma sala de espera, mobiliada com sofá e poltronas baixas estofadas. Um vaso de lírios brancos de plástico ocupava uma mesinha ao lado de uma caixa de lenços de papel. Uma ampla janela panorâmica dava para a câmara de cremação e, embora Benny não soubesse o nome, sabia o que acontecia lá dentro, do outro lado do vidro. Ele pôde ver a mãe. Ela estava segurando o clarinete do pai, que parecia estranho e despropositado em suas mãos porque ela não sabia tocar. Ao lado dela estava o caixão sofisticado. Vazio. Onde estava o corpo? A mãe estava sozinha, exceto por uma funcionária. Elas estavam paradas, uma de cada lado de uma caixa de papelão comprida e fina, tão genérica que Benny mal a notou, até que ouviu a voz mais uma vez.

Benny…?

Pai?

Era a voz de seu pai. Benny quase não conseguia distingui-la com o ruído da ventilação, mas sabia que vinha da caixa de papelão. Ficou na ponta dos pés, tentou olhar lá dentro.

Ah, Benny…

O pai soava tão triste, como se quisesse dizer alguma coisa, mas fosse tarde demais, e era, de fato; naquele exato momento, Annabelle inclinou a cabeça e virou-se de costas; a funcionária deu um passo à frente e colocou a tampa na caixa.

Benny pressionou a palma das mãos contra a janela.

— Mãe! — chamou, batendo no vidro. — *Mãe!*

Como que por iniciativa própria, a caixa começou a se mover.

— *Não!* — gritou Benny, mas o vidro era grosso, a ventilação, barulhenta, e a caixa de papelão seguia seu caminho, deslizando por uma pequena rampa em direção à entrada do forno, que se abriu para recebê-la. Ele viu a garganta ardente e a labareda, ouviu o rosnado baixo e profundo do fogo e a sucção do ar misturados ao lamento fúnebre de um trombone solitário da rua. "Don't Be That Way." Eles estavam tocando "Don't Be That Way".

Benny bateu no vidro com os punhos.

— *Não!* — gritou. — *Não!*

Então, Annabelle ergueu os olhos. Ela pressionava o clarinete de Kenji entre as mãos, tinha o rosto branco como cinzas e lágrimas escorriam. Avistou o filho através do vidro, e as mãos dela se estenderam em direção a ele, que pôde ver os lábios dela se moverem formando seu nome.

Benny...!

Atrás dela, a caixa deslizou para dentro do forno e a abertura se fechou.

* * *

Ele estava mais calmo quando saíram do crematório. Grande parte da banda já havia recolhido as coisas e voltado para casa, restavam apenas alguns caras ainda circulando pelo jardim do cemitério. O trompetista estava encostado a uma parede, tocando uma versão triste de "Smoke Gets in Your Eyes" enquanto eles observavam as ondas cintilantes de calor saindo da chaminé alta.

Alguém lhes deu uma carona, e Benny foi direto para a cama e dormiu até de manhã. Quando, enfim, acordou, Annabelle explicou que ele ficaria em casa, que faltaria na escola, e deixou que ele jogasse no computador sem limite de tempo até a hora do almoço. À tarde, voltaram à casa funerária, fazendo uma viagem longa e demorada de ônibus, para buscar as cinzas de Kenji. As cinzas estavam lacradas em um saco plástico, dentro de uma caixa plástica, dentro de uma sacola de compras de papel pardo genérico que Benny se recusou a carregar no ônibus, mesmo que nenhum dos outros passageiros pudesse saber que havia restos humanos ali dentro. Quando estavam voltando do ponto de ônibus, os corvos se reuniram no beco, pousando no portão e no telhado da casa. Kenji havia construído um comedouro na varanda dos fundos usando um velho rack de madeira para tevê encontrado na caçamba; ao destrancar a porta dos fundos, Annabelle percebeu que o comedouro estava vazio e tomou nota, mentalmente, para alimentá-los. Colocou a sacola com as cinzas em cima da mesa da cozinha, pegou uma assadeira e acendeu o forno.

— Peixe empanado ou *nuggets* de frango?

— Tanto faz.

Ele precisava de algo para fazer, ela pensou. Precisava se manter ocupado.

— Coração, você poderia alimentar os corvos do seu pai? — Ela lhe entregou um saco plástico com bolinhos da lua velhos que Kenji recolhera do lixo da padaria chinesa e ficou segurando a maçaneta da porta. Teria de se lembrar de incluir catar bolinhos da lua na lista de todas as outras tarefas e obrigações pelas quais a responsável agora era ela.

Benny pegou o saco e saiu para a varanda, voltando no instante seguinte.

— Aqui — falou. Ele estava segurando uma tampa de garrafa, uma concha do mar quebrada e um botão de ouro manchado. Ela estendeu a mão e ele depositou ali os pequenos objetos.

— Que estranho — comentou, examinando o botão. — Já ouvi falar em corvos que deixam presentes. — E então ela entendeu. — Ah! Você acha... — Ela se deteve.

— O quê? — perguntou Benny.

— Nada. — Ela pegou uma tigelinha da prateleira e, com cuidado, depositou nela os objetos. — Você poderia tirar as coisas da mesa, coração?

A sacola de compras com as cinzas ainda estava na mesa. Benny olhou-a. Parecia de mantimentos.

— Você vai deixar isso aí?

— Achei que poderíamos arrumar um lugar especial para ele depois do jantar. — Ela abriu o congelador e tirou uma caixa de *nuggets* de frango. — É como fazem no Japão, sabe? Colocam as cinzas em pequenos altares budistas dentro de casa.

— Nós não temos um altar desses.

— Poderíamos fazer um. — Ela rasgou a caixa e espalhou os *nuggets* na assadeira. — Em uma das estantes de livros. Poderíamos colocar as coisas favoritas de seu pai lá, como o clarinete, assim ele pode ficar com ela na vida após a morte. — A mulher deslizou a assadeira para dentro do forno e fechou a porta. — Pegue um pouco de leite para você e ponha a mesa.

— Como se ele fosse um zumbi?

Annabelle riu.

— Não, meu coração. Seu pai não é um zumbi. A vida depois da morte é uma coisa em que budistas acreditam. É quando seu espírito renasce e volta à vida em outro corpo.

— Ele vai ser uma pessoa diferente?

— Talvez não uma pessoa. Talvez um animal. Talvez um corvo...

— Que coisa esquisita — falou ele, indo até a gaveta dos talheres. — De qualquer forma, nós não somos budistas. Não somos nada. — Ele deu um puxão na gaveta velha e chacoalhou-a até abrir.

Annabelle ergueu o olhar.

— Você quer ser alguma coisa?

— Como assim?

— Você sabe. Budista. Ou outra coisa. Cristão?

— Não. — Ele tirou garfos e sua colher especial da gaveta e colocou-os em cima da mesa, tomando cuidado para evitar as cinzas. Pegou um copo no armário e foi até a geladeira.

— Seu pai era budista — continuou Annabelle. — Talvez ainda seja.

— Agora?

— É claro. Por que não?

Benny parou na frente da geladeira, olhando para o amontoado de ímãs, enquanto pensava. Moveu alguns deles. Eram ímãs de poesia, e o objetivo era este: reorganizá-los e fazer versos com sentidos diferentes. Annabelle os comprara no brechó para ajudar Kenji com o inglês, e ele costumava fazer um poema para ela sempre que se lembrava; às vezes, Benny também fazia. Faltavam algumas palavras ao jogo, mas Annabelle dizia que não fazia mal, porque não se precisa de muitas palavras para fazer um poema.

— Não — Benny então respondeu. — Ele não é nada agora. Só está morto.

No dia em que morrera, pouco antes de sair para o clube de jazz, Kenji fizera um poema. Ainda estava lá, em meio ao enxame de palavras.

— Sim, é claro — respondeu Annabelle. — Mas, na verdade, não sabemos o que significa isso. Estar morto.

Benny empurrou algumas das palavras para uma nova linha.

— Sabemos, sim. Significa que ele não está vivo.

Annabelle estava curvada sobre o forno aberto, virando os *nuggets*, mas a determinação na voz do filho a fez se virar.

— Ah, Benny, não! — Ela deixou cair a espátula de metal e a porta do forno bateu. Correu para a geladeira, empurrando-o para o lado. — Ponha de volta! Temos que colocar de volta! "Mulher" é aqui, e "sinfonia", mas tinha também um adjetivo. Qual era? Não me lembro! Por que não consigo me lembrar? Ah, Benny, você se lembra?

Ela se virou, suplicando, mas ele recuou. Não pretendia desmontar o poema do pai. Os ímãs queriam ser movidos, formar novos poemas, e ele só estava tentando ajudá-los. Ele abriu a boca para explicar, mas as palavras não saíam. Ficou parado, aflito, e ao perceber isso Annabelle parou e estendeu a mão para ele.

— Ah, coração — disse —, me desculpe. Venha. — Ela o puxou para perto. Ele sentiu o peso dos braços dela ao redor de si e o arfar do peito.

— Eu não queria… — balbuciou.

Ela o abraçou com mais força.

— Eu sei, Benny — disse. — Não se preocupe. Não é sua culpa. Está tudo bem, não chore, vamos ficar bem…

Ele não estava chorando, mas ela estava. Quando finalmente o soltou, usou a bainha da camiseta para enxugar o rosto e foram jantar. Depois, naquela noite, os dois reconstruíram o poema de Kenji, mas Benny nunca mais tocou nos ímãs ou fez outro poema com eles e, por um tempo, a constelação irregular de palavras permaneceu congelada.

minha mulher exuberante mãe deusa amante
juntos somos sinfonia
sou louco por você

2.

Naquele primeiro verão depois da morte de Kenji, Benny dormiu muito e esteve mais introvertido do que o normal, porém nunca demonstrou querer ou precisar falar sobre como se sentia, apesar do encorajamento da mãe para que o fizesse. Às vezes, prestes a cair no sono, pensava ouvir a voz do pai chamando-o, despertando-o, mas, como nunca aconteceu nada, ele jamais tocou no assunto.

No outono seguinte, a professora coordenadora do oitavo ano relatou alguns problemas de foco e atenção, mas a orientadora pedagógica foi muito solícita. Agendou sessões regulares com ele e afirmou acreditar que as dificuldades enfrentadas por Benny eram parte normal do processo de luto. O luto, disse ela, era pessoal e se expressava de várias maneiras. Aquilo soou apropriado para

Annabelle, que ficou aliviada quando a orientadora disse que não precisavam começar a pensar em remédios, a menos que os problemas piorassem.

Benny nunca foi o menino mais popular da escola, mas sempre teve amigos... Menininhos esquisitos e tímidos, de olhares vagos e sorrateiros, cabelos sujos e mães nas quais Annabelle não confiava plenamente. Kenji os pegava depois da aula e os levava para casa, servia um lanche e os mandava brincar no quintal, onde ela os encontrava quando voltava do trabalho.

Como Benny era mestiço, ela se preocupava com bullying.

— Essa é a sua mãe de verdade? — Ela os ouvia perguntar, e tudo o que podia fazer era se segurar para não gritar *Claro que sou a mãe dele de verdade!*, mas Benny, impassível, só respondia que sim. As brincadeiras que faziam a deixavam ainda mais preocupada. Brincadeiras como: "Ok, eu sou o caubói e você é o índio, e você pode tentar arrancar meu cabelo e depois vou massacrar você". Ou, quando estavam um pouquinho mais velhos: "Eu sou o fuzileiro naval da Força de Reconhecimento dos Estados Unidos e você é o terrorista islâmico ultranacionalista, e você pode tentar me explodir, mas daí vou exterminar você". Parecia que Benny era sempre o massacrado ou o exterminado, mas quando ela tentou discutir o assunto com Kenji, ele apenas riu.

— Eles são meninos — justificou. — Vou garantir que ninguém seja exterminado.

E, de fato, ninguém foi. Depois da morte de Kenji, os meninos pararam de vir, e quando Annabelle perguntou a Benny a esse respeito, ele apenas deu de ombros.

— Nunca gostei deles, mesmo. São uns idiotas. — Ele não pareceu preocupado ou solitário, e Annabelle ficou aliviada. Exceto pela constante incerteza quanto ao seu emprego, estavam bem como uma família.

O emprego era uma preocupação. Quando Annabelle conheceu Kenji, ela havia acabado de começar o primeiro ano do programa de mestrado em biblioteconomia. Sonhava em ser bibliotecária desde criança, quando a Biblioteca Pública era seu refúgio. Por ser filha única, os livros tinham sido seus melhores amigos. A mãe dela nunca foi uma grande leitora e o padrasto era um bêbado, mas as bibliotecárias sempre foram gentis. Ela ficou muito feliz quando foi aceita no mestrado, mas então engravidou de Benny. Com a chegada do bebê, sabia que seria difícil sobreviver com o dinheiro que Kenji ganhava se apresentando, então largou os estudos e conseguiu um emprego na filial regional de uma agência nacional de monitoramento de mídia, onde trabalhava desde então. Era leitora do departamento de impressos. Seu trabalho era fazer a leitura dinâmica das pilhas de jornais locais e estaduais que eram entregues no escritório todas as manhãs e, em seguida, recortar artigos a serem enviados para clientes sobre temas relevantes aos interesses deles. Os clientes eram corporações, partidos políticos e grupos com interesses específicos; as matérias eram, em sua maioria, sobre política local, questões ambientais e indústria biorregional (silvicultura, pesca, petróleo, carvão, gás, extração de recursos naturais, controle de armas e eleições estaduais e municipais). O pessoal do escritório, que monitorava tevê, rádio e a mídia on-line, não era muito bom de conversa. O que tornava o trabalho agradável eram as outras damas das tesouras.

Quando ela começou, havia quatro delas nos impressos. Eram muito descoladas com seus estiletes Fiskars e X-Acto, réguas de metal e bases de corte OLFA, todas audaciosas e um pouco intimidadoras, mas a receberam com entusiasmo, e ela logo se adaptou. Formavam uma equipe acolhedora, sentavam-se em volta de uma mesa grande, recortando, conversando e compartilhando histórias interessantes, mas, uma a uma, as mulheres partiram. As duas últimas a sair foram uma mulher negra mais velha, que se aposentou, e uma paquistanesa de meia-idade que falava um inglês impecável e estava obtendo sua certificação para ensinar inglês para estrangeiros. Annabelle sentia falta delas. Eram gentis. Quando Kenji morreu, os jornais locais publicaram matérias humilhantes sobre o acidente, cheias de detalhes tristes sobre frangos cocoricando, penas voando e drogas, mas Annabelle percebeu que as damas das tesouras eram rápidas em recortar tais artigos e escondê-los, concedendo a ela a dignidade da própria dor.

Essa gentileza tornou tudo ainda mais difícil quando elas foram embora, mas os tempos estavam mudando e a expansão do noticiário on-line significava que, enquanto divisão, os impressos estavam lutando para sobreviver. Os bancos de velhos toca-fitas e gravadores VHS usados para dublagem de rádio e tevê haviam sido descartados e substituídos por computadores e equipamentos digitais havia muito tempo. As prateleiras que antes abrigavam as máquinas estavam vazias, esqueléticas, acumulando pó. Os colegas de trabalho que restaram eram todos homens com habilidades transferíveis, os mesmos caras que no passado olhavam distraidos para os seios dela para aliviar o tédio. Annabelle sempre foi bonita, com peitos volumosos, ao estilo de uma época passada; podia-se imaginá-la sensualmente despenteada usando uniforme e corpete, vertendo leite em baldes transbordantes. Mas isso foi antes de Kenji morrer e ela começar a ganhar peso. Agora, os colegas de trabalho sabiam que os dias dela estavam contados e abaixavam a cabeça atrás de seus painéis para esconder a pena pela situação dela. Vestindo calças largas de elastano e uma blusa de moletom enorme, com a tesoura na mão, Annabelle ficava sentada sozinha e majestosa na longa mesa de trabalho, cercada por pilhas de folhas de jornal, tendo apenas assentos desocupados como companhia. Ela era a última das damas das tesouras, o fim de uma era.

Ninguém se surpreendeu quando chegou o e-mail da matriz anunciando a reorganização da agência. Todos os escritórios regionais, inclusive o deles, estavam sendo fechados; mas, felizmente, o e-mail dizia que isso não resultaria em mais cortes. Pelo contrário, a agência forneceria aos funcionários os dispositivos e a rede de internet de banda larga necessários para trabalharem em casa. Os colegas de Annabelle ficaram muito felizes. Eles gostaram da ideia de banda larga gratuita sem deslocamento. Gostaram da ideia de rolar para fora da cama e trabalhar de cueca, mas Annabelle não sabia o que pensar. Não houve menção aos impressos nos comunicados da matriz e, como última dama das tesouras, ela supôs o pior.

O pavor instalou-se como o mau tempo. Relutante em ter seus medos confirmados, ela esperou, evitando seu supervisor e fingindo compartilhar do entusiasmo dos colegas de trabalho. Tentou se manter otimista. Talvez alugassem para ela uma sala com uma mesa de trabalho em algum escritório. Isso seria legal. Ou, se fossem desativar os impressos, talvez ela pudesse pedir para ser treinada a trabalhar nos computadores, embora isso parecesse improvável, já que a agência era notoriamente sexista e, além disso, ela era uma pessoa do tipo mais analógico. Mas talvez ser demitida fosse justo o que precisava. Talvez o universo estivesse lhe mandando uma mensagem, abrindo caminho para um novo emprego, algo mais criativo e gratificante.

Depois de quatro dias refletindo ansiosamente, ela recebeu uma mensagem do supervisor informando que os jornais que monitorava seriam enviados para o endereço dela e um computador, um modem e um escâner de alta velocidade seriam entregues e instalados em sua casa no dia seguinte.

Naquela tarde, Annabelle se despediu dos colegas de trabalho e foi para casa refletir. A casa deles, metade de um sobrado, era velha e pequena, tinha uma cozinha com mesa, uma despensa e uma sala de estar no andar de baixo e, no andar de cima, dois quartos e um banheiro. O único lugar para montar um escritório era a sala. Kenji havia instalado prateleiras nas paredes, onde guardava seus equipamentos de áudio, instrumentos e discos de vinil. Todos os livros, materiais de arte e coleções ecléticas dela, de brinquedos clássicos de lata e peças de bonecas de porcelana a frascos antigos de remédios e velhos cartões-postais de recordação das férias de outras pessoas, também estavam amontoados nas prateleiras, e as cinzas de Kenji também foram parar lá. Annabelle acabou nunca fazendo um altar budista adequado, então as cinzas estavam na prateleira, enfiadas ao lado de uma caixa de sapatos cheia de fotografias desorganizadas. Ela pretendia espalhar as cinzas em algum lugar e talvez fazer uma cerimônia com Benny durante o verão, mas eles não encontraram um jeito de fazê-la, os meses se passaram, e, além do mais, quem tinha tempo para cerimônias? Ela era mãe solo com um marido morto e um filho pequeno para sustentar. Levou a caixa com as cinzas para seu quarto no andar de cima e a enfiou em uma prateleira alta no fundo do armário embutido. Talvez, quando as coisas se acalmassem, eles pudessem fazer algo especial, como alugar um barco e sair para o mar. Talvez pudessem até ir ao Japão algum dia e espalhar as cinzas por lá.

As coleções e os livros ela levou para o quarto, arrumando os brinquedos no parapeito da janela e empilhando os livros junto às paredes até conseguir mais prateleiras. Os materiais de arte foram para o banheiro do andar de cima, mais uma providência temporária até que conseguisse encontrar um lugar melhor. Enxugando o suor da testa, voltou para a sala e inspecionou o que restava. Sabia que deveria pensar em se livrar das coisas de Kenji, mas os instrumentos eram os maiores tesouros dele, e Benny talvez os quisesse algum dia. Alguns dos álbuns eram raros e quem sabe valiosos, mas para vendê-los ela precisaria encontrar um avaliador. A única solução, ela constatou, era embalar tudo em caixas e colocá-las no armário embutido de Kenji.

Determinada, voltou ao andar de cima. Não olhava dentro daquele armário desde a noite em que escolhera o blazer para o funeral dele. Agora, precavendo-se, abriu a porta outra vez. Agitada pelo movimento do ar, a fileira de camisas de flanela impecavelmente penduradas tremulou os braços em uma saudação gentil, mas foi o cheiro que ela notou primeiro; o cheiro de Kenji, pungente e salgado, como o vento vindo do oceano. Aquilo a pegou desprevenida. Fechou os olhos e se entregou, deixando que o cheiro a envolvesse, suave e quente contra sua pele. Inspirou até que seus pulmões não aguentassem mais, então expirou em um lamento longo, singular e sobressaltado. Com os olhos ainda fechados, mergulhou as mãos no meio da fileira de roupas penduradas e envolveu os braços em torno de um conjunto de camisas, grosso como um torso. Arrastou-o do armário e jogou-o sobre a cama, depois voltou para pegar as jaquetas, depois as camisetas, os suéteres, e outra vez e mais outra, até que todo o conteúdo do armário estivesse empilhado na cama e o armário estivesse vazio. Enrubescida pelo esforço, sentou-se na beirada do colchão, pretendendo descansar por apenas um instante, mas em vez disso afundou de novo no monte de roupas, enterrando-se na maciez argilosa do algodão gasto, nos jeans desbotados e nos tweeds puídos do marido.

Um calor estranho cobria a trama do tecido, onde Kenji ainda vivia, e por isso Annabelle se afundou mais, pressionando o rosto nas golas, nos bolsos e nas mangas, trazendo à tona um sopro de cigarro e uísque, odores de boate entranhados que a fizeram se lembrar da primeira vez que ele colocou as mãos nos ombros dela, virou-a, e eles se beijaram. Annabelle estremeceu com a lembrança. A sensação da lã áspera e da flanela macia contra a pele era tão boa, e ela queria mais. Ficou sentada e tirou a blusa pela cabeça, mas, quando se levantou para tirar a calça de moletom, passou os olhos de relance pelo espelho pendurado atrás da porta. Por um instante, ficou parada, observando o próprio reflexo, o corpo grande e pálido com pesadas dobras de carne, transbordando dos debruns das roupas íntimas, então desviou os olhos. Seu olhar pousou nos números nítidos e vermelhos do relógio digital ao lado da cama. Eram quase três horas, horário da saída da escola. Benny odiava quando ela o deixava esperando. Devagar, vestiu o moletom de novo e depois se sentou na beirada da cama bagunçada, passou os dedos na manga de uma camisa de flanela verde cujo punho acabou pousando em seu joelho. Era a camisa favorita de Kenji, um xadrez bonito, discreto e entremeado com faixas amarelas e azuis. Daria uma bela colcha de retalhos, ela pensou. As pessoas andavam fazendo aquilo, colchas de recordação com as roupas de entes queridos que se foram. Era mesmo uma bela ideia, enrolar-se em memórias e dar às roupas velhas uma vida nova.

BENNY

Espere aí, você não vai dizer como eles se conheceram? Não quero ensinar você a fazer seu trabalho nem nada disso, mas você está pulando todas as partes boas, as partes felizes, e se não contar, as pessoas que estão lendo não vão saber que tudo foi normal no começo ou que minha mãe e meu pai se amavam, e que foi por isso que ela ficou tão fodida depois. Vão só pensar: essa Annabelle aí é só uma grande fracassada, o que não é justo.

De qualquer forma, eu também não me importaria em ouvir a história. Quando meu pai estava vivo, eles costumavam falar sobre a grande história de amor deles, mas me contaram só uma parte, como meu pai se apaixonou pela minha mãe logo que a viu, e como ela era tão linda, e ele tão gentil, e eles estavam destinados um ao outro etc., mas eu sabia que eles estavam escondendo umas coisas. Às vezes, quando se olhavam, os olhos literalmente brilhavam cheios de segredos que não queriam que o filho soubesse, e ambos sorriam e desviavam o olhar, ou pressionavam os lábios e mudavam de assunto. Eu não me importava. Gostava que tivessem segredos, se isso os deixava felizes, mas, quando meu pai morreu, mamãe ficou triste e os segredos já não brilhavam mais e, nesse caso, não faz sentido guardar segredo, né? Obviamente, há coisas que um garoto não precisa saber sobre os pais, mas você poderia contar algumas.

Ah, mas espere aí. Acabou de me passar pela cabeça, talvez você não conheça os segredos deles. Eu meio que assumi que os livros sabem tudo, mas talvez você seja um livro burro ou um livro preguiçoso, do tipo que começa no meio porque não sabe como uma história começa e não quer se dar ao trabalho de descobrir. É isso? Esse é o tipo de livro que você é? Porque se for esse o caso, talvez você deva cair fora e procurar a história de outro garoto para contar, um garoto perfeito, normal, de vida social agitada, que não pode ou não quer ouvir. Tem muitos garotos assim, então, por favor, fique à vontade. A escolha é sua.

O problema é que não tenho escolha. Se você é meu livro, tenho de prestar atenção. É isso ou enlouquecer de novo, e minha missão estes dias é não deixar isso acontecer. Então, só estou sugerindo que você faça seu trabalho, e vou fazer o meu. Comece de novo. Conte a quem está lendo como eles se conheceram. Comece do começo.

O LIVRO

As histórias nunca começam do começo, Benny. Elas são diferentes da vida nesse sentido. A vida é vivida do nascimento à morte, do início até um futuro indecifrável. Mas as histórias são contadas em retrospecto. As histórias são a vida vivida de trás para a frente.

3.

Eles se conheceram em um clube de jazz do centro, era o outono do ano 2000. Annabelle estava no curso de biblioteconomia na época, namorando um saxofonista que achava que bibliotecárias eram sexies, pelo menos foi o que ele disse, e ela também tinha uma quedinha por músicos. Joe era o nome dele, um homem alto, magro, que lembrava um lobo com seus olhos fundos e um sorriso indolente que dividia-lhe o rosto como uma fissura. Irônico, ela pensou no início. Depois, sardônico. Depois, cruel.

O clube de jazz era uma espelunca nos limites de Chinatown, lugar onde os músicos se reuniam para sessões de improviso. Joe era o líder de uma bandinha que se formara ao acaso e tocava lá; uma noite ele decidiu se divertir fazendo Annabelle cantar. Ela tinha uma voz interessante, sobrenatural e estranha e gostava de cantar, mas nunca tinha subido em um palco antes, e Joe sabia como a ideia a aterrorizava. Ele esperou um sábado, quando o local estava lotado — hipsters, programadores, investidores de capital de risco e outros não músicos que, naqueles tempos, tinham decidido que o clube era o lugar certo se você quisesse parecer culto e ir para a cama com alguém. Annabelle estava sentada em uma mesa bem em frente ao palco, onde sempre se sentava. No meio da apresentação, Joe se virou para a banda:

— "Mein Liebling"? — propôs, e ela ficou com o coração na mão. Ele pegou o microfone. — E agora — cantarolou para o público —, como atração especial, com vocês a adorável e talentosa srta. Annabelle Lange!

Em um gesto grandioso e burlesco, ele estendeu a mão, e foi aí que Kenji a notou. Era a primeira vez que ele tocava com a banda. Era novo na cidade, viera de Tóquio com visto de turista e estava ali conhecendo a cena do jazz. O inglês dele não era grande coisa, o alemão era inexistente, mas "Mein Liebling" era "Mein Liebling" em qualquer idioma. O líder da banda estava estendendo o microfone para uma loira pálida, de ossos grandes, com mechas cor-de-rosa intenso nos cabelos e olhos de um tom lavanda surpreendente. Abatida, ela balançou a cabeça e olhou para Joe, mas ele já tinha dado as costas e estava lambendo a palheta. Ela pareceu perceber que não tinha escolha. Levantou-se e cambaleou até o palco, como uma criança brincando de calçar os saltos altos da mãe. Parando na sombra, fora do alcance dos holofotes, mordeu o lábio inferior e engoliu em seco. Tinha um lábio inferior maravilhoso, notou Kenji. Cheio e encorpado. Sem batom, sem maquiagem. Apenas seu rosto macio e nu, tendo os cachos dourados como grinalda. Ela mergulhou o bico pontudo do sapato no feixe de luz e hesitou, olhando para a plateia e depois para Joe, que a observava, sob as pálpebras espessas e aquela careta indolente que se passava por sorriso. De onde Kenji estava, perto das trompas, conseguiu ver que ela estava tremendo.

Kenji pegou o clarinete e o dedilhou com rapidez. As trompas iniciavam o número e ele entrava nos intervalos. Tinha fumado um baseado com a banda antes do show e estava pronto.

Joe bateu o pé, impaciente, e Annabelle parou sob os holofotes. Seu vestido, um tubinho de noite feito de cetim cor de mar, parecia justo além do confortável. Será que Joe a obrigara a usá-lo? O cetim brilhava. As mechas cor-de-rosa espreitavam entre os longos cachos loiros, refletindo a luz e descendo pelos ombros redondos e nus. Imitações de diamantes em forma de lágrimas reluziam em suas orelhas. Os trompetistas ergueram os instrumentos. Joe ergueu a cabeça e contou, e eles começaram a soprar.

Por um instante, ela pareceu estar prestes a fugir. O salto alto se enroscou em um cabo, mas ela agarrou o pedestal do microfone e se segurou. Pegou o microfone na mão e ficou ali, olhando para aquela coisa como se nunca a tivesse visto antes. Passou os dedos timidamente pelo fio. A bateria começou e os metais a seguiram, seis compassos rápidos e, então, a deixa. Ela aproximou o microfone da boca e Kenji observou-o tremendo de prazer por estar tão perto daqueles lábios. Ela começou a cantar.

Before I met you, my dear, I thought I knew...

Estava tudo errado, ele pensou. A voz dela soava ofegante, trêmula e tão baixa que ele mal conseguia ouvir por causa dos metais. "Mein Liebling" tinha que ser cantada com confiança, se não no estilo de cabaré sensual de Zarah Leander, pelo menos no estilo estadunidense enérgico e otimista de Martha Tilton ou das irmãs Andrews. Mas não aquilo. Aquela garota era lenta, nem enérgica nem confiante.

All the many words for love, but then they flew...

O fraseado vacilante fez Kenji sofrer de solidão. Apenas dois versos e ela estava morrendo lá em cima. Ninguém poderia salvá-la. Ele sacudiu o pé de novo e lambeu a palheta mais uma vez, esperando sua entrada e sentindo que o coração ia explodir, e então, como se sentisse que ele estava olhando, a garota virou a cabeça e o olhou diretamente. Os olhos de lavanda, improváveis, estavam cheios de lágrimas.

Far, far away...

Ninguém poderia salvá-la, mas Kenji tinha que tentar. Ele fechou os olhos, ergueu o clarinete e soprou uma sequência sinuosa de notas que se elevou como uma corda, unindo-se aos trompetes e subindo quase à altura do baixo, deixando para trás a caixa da bateria, voltejando ao passar pelo sax até, por fim, alcançá-la. Ela captou o improviso que ele tocava e deixou-se levar.

There are no words in any tongue,
Or any song that can be sung,
That can possibly convey...

Ele estava tocando para ela, conduzindo-a pelo segundo verso e daí em diante, com ousadia, até o refrão:

Du bist mein Liebling, can't you see
How wunderschön you are to me...?

Era o que ela estava cantando agora e, quando sua voz se elevou, os hipsters barulhentos se calaram. Barbas se voltaram para o palco, botas começaram a marcar o ritmo e dedos estalaram enquanto a música avançava para o crescendo final e metálico, terminando. Kenji deixou a palheta escorregar dos lábios, deixou o instrumento molhado cair, enxugou o suor dos olhos e, quando os abriu de novo, viu que ela estava encarando-o, só que agora a garota sorria e as pálidas maçãs de seu rosto estavam coradas. Annabelle balançou os cachos loiros e se virou para olhar o público. Os aplausos aumentaram e diminuíram quando ela juntou as mãos e fez uma reverência desajeitada. Joe juntou-se a ela no holofote e passou o braço em volta de sua cintura, mas a mulher se contorceu um pouco, escapou das mãos dele e cambaleou de volta para a mesa.

* * *

Naquela noite, no quarto escuro do pequeno apartamento no centro da cidade que ela dividia com outras duas pessoas, Kenji abriu o zíper do longo forro de cetim do vestido de noite. Como em um sonho, ele o deslizou pelos ombros redondos e brancos de Annabelle, deixando-o cair no chão formando uma poça reluzente. Como aquilo podia estar acontecendo? Ele abriu o sutiã dela e a ajudou a tirá-lo pelos braços, depois a segurou pelo cotovelo enquanto ela tirava a calcinha. Quando ficou nua, ele se afastou e a observou. Annabelle ficou ali, insegura, emoldurada por uma janela que parecia detê-la no lugar. Do lado de fora, a luz de um poste brilhava através das cortinas transparentes e cobria sua pele cremosa de um tom perolado. Ela esperou que Kenji demonstrasse algo, prazer ou desprazer, e, como ele não o fez, as mãos de Annabelle se moveram para cobrir os seios e a virilha. Ele sentiu o ar lhe faltar. Ela era magnífica. De pé na poça de cetim barato cor de mar e de renda suja, Annabelle parecia a Vênus de Botticelli saindo das ondas, ou seria de uma concha? Kenji não conseguia se lembrar, mas ela era sem dúvida a mulher mais bonita que ele já tinha visto, e se ele sussurrou *Botticelli* baixinho, seu sotaque distorceu a palavra e ela não entendeu. Confusa, a mulher se afastou, o que o deixou mortificado. Ele deu um passo à frente, com urgência. Colocou as mãos nos ombros dela e a virou, pressionando as palmas de cada lado de seu rosto adorável, e então beijou-a nos lábios, sentindo-a estremecer. Toda. Por toda parte.

Fizeram amor e depois, deitados em um emaranhado de lençóis, ela lhe ensinou a letra da música, cantarolando num sussurro as palavras no ouvido dele, enquanto ele fumava um baseado e desenredava uma mecha cor-de-rosa do emaranhado de cachos dourados, enrolando-a no dedo.

Du bist mein Liebling, can't you see
How wunderschön you are to me...?

— *Wunderschön...?* — perguntou ele.

Ela observou os lábios dele flanando em torno da palavra desconhecida. Os ângulos de seu rosto eram suaves e harmoniosos. Não fazia ideia de quantos anos ele tinha, não sabia quase nada sobre ele.

— Que maravilhosa — ela sussurrou, e então corou. — Ou linda. Ou as duas coisas, na verdade. Maravilinda. Em alemão eles meio que grudam as palavras. Supostamente é um cara dizendo isso para uma garota.

Surpreso, ele ergueu-se, apoiando-se no cotovelo. Seu torso era estreito, mas musculoso.

— É um cara que diz isso?

A garota assentiu.

— Ele está dizendo para a garota, em várias línguas, como a acha bonita.

I could say bella, schön, or très jolie,
Ich liebe dich, do you love me...?

— Bella? Mas esse é seu nome! Eu deveria cantar essa música para você. — Ele se inclinou sobre ela e afastou os cachos. — *Bella, Bella* — cantou junto ao pescoço da mulher, e enquanto seus lábios desciam pela garganta dela, ela arqueou as costas e fechou os olhos.

— *Wunder* — sussurrou Kenji, cobrindo os seios cheios e redondos de Annabelle com as mãos e sugando delicadamente cada mamilo — *Schön...*

* * *

Se a pele delimita a fronteira de onde termina um *eu* e começa um *você,* naquela noite eles fizeram tudo o que podiam para atravessá-la. Para Annabelle, foi uma experiência nova. Ela já tinha feito sexo, mas seu envolvimento no ato sempre fora motivado menos pelo desejo e mais pela resignação. A certa altura, depois de um certo número de jantares ou taças de vinho, sexo era o que se fazia. Ou talvez não se *fizesse*, exatamente, já que ela nunca tinha feito muita coisa. Pelo contrário, parecia apenas acontecer, ausente e distante, alheio ao que fizesse ou deixasse de fazer. O prazer nunca foi uma questão, embora sempre houvesse uma pausa bem-vinda no desconforto depois que a coisa acabava.

Mas sexo com Kenji era diferente. Fisicamente, ele era o oposto dos homens com quem ela costumava dormir — homens grandes e agressivos como seu padrasto, com dedos rudes e tateantes, rostos suados e mandíbulas que pareciam lixas. Ela tinha dezesseis anos quando ele começou a frequentar seu quarto, ou talvez quinze. Foi no ano em que sua mãe foi hospitalizada com câncer, e a memória que ela tinha daquela época era nebulosa, mas havia algumas coisas que nunca esqueceria. O som dos passos dele no corredor. A maneira como a cama cedia quando ele se sentava na beirada. O hálito de bebida e o suor que escorria do couro cabeludo pelo rosto dele. Quando a mãe morreu, ela saiu de casa e, embora tenha se afastado do padrasto, os homens que vieram depois eram como ele. Mas Kenji não suava. Era imaculado, aveludado e seco, com dedos delicados de músico e um pênis esguio e nada intimidador. Além disso, era menor do que ela, o que foi estranho no início. Acostumada a ser dominada, seu corpo parecia grande demais para ele, e o desejo dela, estranho e desajeitado. Mas a maneira como Kenji fazia amor mudou tudo isso e, quando terminaram, ela se sentiu perfeita — expansiva, mas de uma maneira maravilhosamente convidativa. Ele estava louco por ela e lhe disse isso. Ela era a mulher mais bonita da Terra. Foi o que pensou ao vê-la cantar no palco pela primeira vez, e, depois, quando ela o chamou para sua mesa e deixou que ele lhe pagasse uma bebida, Kenji soube que era o mais sortudo dos homens.

* * *

— Eu que deveria ter comprado aquela bebida para você — disse ela, na manhã seguinte. — Você me salvou mesmo lá em cima. — Estavam tomando café na cozinha, e ele estava sentado na mesma cadeira de madeira pintada à mão que costumava ranger e gemer quando Joe se sentava nela, mas que agora sustentava Kenji sem ruído enquanto ele passava manteiga na torrada. Aquilo fez Annabelle se lembrar dos Três Ursos da história de *Cachinhos Dourados*, a maneira como a cadeira se encaixava perfeitamente nele, assim como a mesa, e também seu próprio corpo. Ela se inclinou sobre o balcão, observando-o e esperando o café passar. O cabelo preto e grosso dele caía solto sobre os ombros. Ele lambeu a geleia dos dedos e balançou a cabeça.

— Não — respondeu. — Você foi ótima. Você é uma cantora excelente.

Ela deu um sorriso melancólico.

— Eu gostava de cantar no coral da igreja quando era pequena, mas depois parei. Tenho medo de me apresentar na frente das pessoas e, de qualquer forma, minha voz não é alta o bastante. Joe sabe disso. Ele estava apenas sendo cruel.

— Joe é seu namorado? — perguntou Kenji.

Ela deu de ombros e ele abriu as mãos em um gesto que incluía a torrada, a cozinha e os dois também.

— Acho que ele vai ficar com raiva...

— Pouco importa — disse ela. — Ele sai com muitas garotas. Vai ficar bravo, mas eu já estava tentando terminar mesmo. Por isso ele me chamou para cantar. Joe sabia que eu seria uma bomba, mas eu precisava deixar a coisa toda acontecer para poder terminar, sabe?

Kenji não sabia, mas entendeu a palavra *bomba*.

— Não. Você não é bomba — falou, sorrindo. — Você é... como vocês dizem... *BOOM!* — Ele fez o som de uma explosão e imitou algo disparando pelo céu e depois caindo no chão em uma chuva cintilante de faíscas.

— Fogos de artifício?

O rosto dele se iluminou.

— Sim! Você é *foguete*!

Naquela noite, e nas seguintes, quando ele percorreu a pele dela com a ponta dos dedos, Annabelle fechou os olhos e estremeceu, lembrando-se de como os dedos dele fizeram cócegas no ar, imitando as faíscas que caíam. E agora a tocavam, explorando todas as partes de seu corpo que ninguém jamais se dera ao trabalho de explorar antes. Sexo com Kenji era algo de tirar o fôlego, curioso e revelador, e Annabelle ficou maravilhada por ter tanta sorte, mas Kenji tinha outra explicação. Era *en*, disse, a sorte ou o destino deles, uma conexão misteriosa, talvez de uma vida passada, que os uniu nesta.

* * *

Será que Kenji estava certo? Como é que neste planeta imenso de oito bilhões de habitantes, dois pequenos seres humanos que estão destinados um ao outro conseguem se encontrar? Uma pessoa mais cínica do que Kenji diria que não conseguem, ou melhor, que não estão. Destinados um ao outro, quer dizer. Porque certamente as pessoas se encontram e se apaixonam, mas esses encontros são aleatórios, meros acasos, e o destino é só a história que elas depois contam a si mesmas.

Mas que história fofa! E, no final das contas, para nós, é isso que de fato importa. É para isso que servem os livros, para contar as histórias de vocês, seres humanos, para guardá-las e mantê-las seguras entre nossas capas enquanto pudermos. Fazemos o possível para lhes trazer prazer e preservar a crença de vocês na força de atração do ser humano. Nós nos preocupamos com seus sentimentos e acreditamos plenamente em vocês.

Mas aqui vai outra pergunta: já lhe ocorreu que os livros também têm sentimentos? Ao saber dessa história romântica de dois amantes desafortunados, você já parou para se perguntar como é para nós? Porque, na verdade, se a pele delimita a fronteira de onde termina um *eu* e começa um *você*, nesses momentos da travessia apaixonada de fronteiras chamada amor, nós os invejamos. É simples assim. Nós invejamos seu corpo. Como não invejaríamos? Os livros também têm corpo, mas os nossos carecem dos órgãos necessários para experienciar o mundo. A pele que cobre nossas bordas e contém nossas palavras é diferente da de vocês. Nossa pele, seja feita de papel, pergaminho ou tecido (ou, atualmente, alguma combinação de plástico, vidro e metal), cumpre uma função semelhante de marcar nossos perímetros, mas nem mesmo a mais tátil e provida de capacidade elétrica de nossas peles pode sentir prazer como a de vocês. Não podemos sentir o êxtase, a fusão entre si mesmo e o outro.

Ah, claro, você pode dizer que atos da literatura também são uma espécie de travessia apaixonada de fronteiras, mas atos literários são inerentemente destituídos de corpo, mais conceituais e compartilhados. Contamos com vocês para nos dar corpo e existimos porque vocês podem existir. Portanto, embora estejamos cientes de seus dedos folheando nossas páginas e possamos descrever em palavras o sabor amargo do café, ou um molho picante, ou o sêmen salgado derramado entre nossas páginas, não experimentamos essas sensações como vocês — na língua, contra a pele, dentro de seu corpo humano.

É difícil não ter a sensação de que podemos estar perdendo alguma coisa.

Como especialistas no campo do romance, já evocamos seus atos amorosos de mais maneiras e com mais palavras do que qualquer mente humana poderia imaginar sozinha e, mesmo assim, nunca teremos a experiência de segurar a mão de quem amamos e pressioná-la contra nossos lábios — *ah, se tivéssemos lábios!* É verdade que muitos de nós já fomos amados, abraçados, acariciados e até mesmo beijados com ternura, e valorizamos isso tudo, mas no momento que o verdadeiro amor começa, nós é que somos chutados para o lado e arrastados para fora da cama. Descartados, ficamos deitados de bruços, esparramados no chão, nossas páginas amassadas, enquanto mistérios se desenrolam acima de nós.

Às vezes achamos que gostaríamos de fazer amor. Quem não gostaria? Afinal, somos loucamente apaixonados por vocês. Escravizados por suas obsessões, sabemos como é ficar impressionados e amarrados. Mas, ao mesmo tempo, entendemos que pensamentos como esses são apenas clichês inúteis, fantasias que desfiamos para passar o tempo.

Sendo que as fantasias são algo em que nós, livros, nos destacamos. As histórias reais — aquelas que acontecem — pertencem a vocês.

Mas onde estávamos mesmo?

* * *

Benny foi concebido em 2001, o ano em que o futuro começou. Quando engravidou, Annabelle largou a especialização em biblioteconomia e conseguiu um emprego na agência de monitoramento de mídia. Kenji parou de fumar maconha e se mudaram para um pequeno sobrado nas proximidades de Chinatown. Era só uma casa de aluguel, e bem deteriorada, por isso podiam pagar, mas tinha um quintal pequeno para o bebê e ficava perto das rotas de ônibus, o que era bom porque nem Annabelle nem Kenji gostavam de dirigir. Kenji conseguiu um trabalho regular com um uma banda que tocava jazz dançante, *ska* e música *klezmer* contemporânea. Era um músico talentoso, e havia algo maneiro em um clarinetista japonês usando chapéu *porkpie* e tocando velhas canções em iídiche como "Gimpel the Fool" e "Oy, S'iz Gut". Quando ficou claro que Kenji era a principal atração, a banda mudou de nome para *Kenny Oh and the Klezmonauts*. E começaram a fazer turnês regionais. Os amantes se casaram. A vida era boa.

Annabelle nunca foi tão feliz. Era, por natureza, uma pessoa criativa, e estar grávida era condizente com isso. Seu corpo parecia fértil como uma porção de terra ou um continente, exuberante de vida nova. Kenji, o explorador, usou uma metáfora diferente. Durante o primeiro ultrassom, quando viram a sombra do filho na tela, ele apontou e exclamou:

— É um bebê espacial! Como um astronauta minúsculo em um sonho! — E desde então, foi assim que o chamaram. *Nosso bebê espacial. Nosso bebê dos sonhos. Nosso astronauta minúsculo.* Eles se deitaram na cama e assistiram a *2001: Uma Odisseia no Espaço* imaginando o feto flutuando dentro dela.

— É o futuro — murmurou Kenji, tocando a barriga inchada, e ela se lembrou da sensação de estremecimento que as palavras evocavam, semelhante ao entusiasmo, mas também ao pavor. Mas, se tinha algum receio, ela o controlava mantendo-se ocupada. Quando entrou no segundo trimestre e a barriga começou a crescer, ela comprou linhas e agulhas para tricotar botas e gorros. Leu livros com instruções sobre parto e cuidados parentais. Fez um cobertor de crochê para a criança. Encontrou um site de artesanato que ensinava a transformar velhos suéteres de brechós em bichinhos de brinquedo. Fez um elefante de caxemira.

As Damas das Tesouras, empolgadas com a gravidez, recortavam para ela artigos úteis de revistas, que ela arquivava em pastas. No caminho para casa, ela costumava parar no anexo da Biblioteca Pública, onde eram vendidos os livros infantis removidos da coleção. Costumavam ser livros mais antigos, aqueles que haviam sido danificados por uso descuidado ou excessivo, ou cujo conteúdo havia saído de moda. Um grande À VENDA vermelho estampado nas páginas dos títulos era como uma tatuagem de prisão, marcando-os como indesejados, e Annabelle sentia pena deles. Pareciam tão abjetos e desamparados, com cantos desgastados e orelhas nas páginas. Ela havia desistido do sonho de se tornar bibliotecária da seção infantil, mas ainda queria ajudar. Os livros antigos custavam uma pechincha. Era bom resgatá-los e dar-lhes um lar; os livros ficavam gratos.

Aos poucos, o casal começou a arrumar a casa. A senhoria, a sra. Wong, morava na metade adjacente do sobrado. Tinha um filho, um adolescente taciturno com uma grande marca de nascença cor de vinho do Porto na lateral do rosto. A sra. Wong vivia reclamando do filho, chamando-o de imprestável, e como não sabiam o nome do adolescente no começo, se referiam a ele como o Imprestável. Imprestável Wong andava com um monte de gente suspeita e não ficava muito por lá, então a sra. Wong passou a confiar em Kenji. Ela gostava de Kenji porque ele era asiático e também era útil. Consertou todas as calhas, reformou os degraus da varanda e colocou telhas novas no telhado. Ajudava a sra. Wong na hortinha dela e, em troca, ela dava um abatimento no aluguel e o perdoava por alimentar os corvos.

Annabelle pintou as paredes do quarto do bebê de um lindo azul-celeste. Comprou estantes para os livros e fez cortinas para as janelas. Encontrou uma cadeira de balanço de madeira em perfeito estado perto da lixeira no beco. Um dos pés estava solto e o braço estava rachado, mas Kenji a ajudou no conserto, e depois, no painel superior do espaldar da cadeira, ela pintou um lindo desenho de uma vaca pulando sobre uma lua crescente. Eles colocaram a cadeira no quarto do bebê e, enquanto Kenji estava tocando em casamentos e festas de bar mitzvah, ela se sentava ali, tricotando, balançando e sonhando com o futuro deles. Quando Kenji voltava para casa, se deitava no tapete aos pés dela e a ouvia ler em voz alta os livros que havia resgatado da biblioteca. Alguns eram contos de fadas, alguns eram poesia e versinhos infantis. *Hey, diddle diddle, the cat and the fiddle.* Ela dizia que o ajudariam na compreensão do inglês e tinha uma bela voz para ler, mas ele quase nunca prestava atenção ao significado. Pelo contrário, a escutava ler do jeito que ouvia música, e os sons das palavras eram tão doces que às vezes traziam lágrimas aos seus olhos e ele se sentia inspirado a acompanhá-la dedilhando acordes suaves em seu *ukulele*. Os contos e os versinhos se transformaram em canções e, à medida que a barriga crescia, eles começaram a cantá-las. Kenji não conhecia nenhuma das canções infantis com as quais ela crescera, então ela lhe ensinou *Mary had a little lamb*, *London Bridge is falling down* e *Row, row, row your boat*. Kenji dedilhava os acordes e repetia as palavras, tentando envolver sua língua nos sons do inglês, *Ls* cadenciados e lambidos, *Rs* redondos e arqueados.

— *Row* — dizia ela.

— *Low* — repetia ele, e Annabelle ria da perplexidade dele enquanto balançava a cabeça em sinal negativo.

— Certo, tente isso. Diga *Aaaah*... Agora morda para formar o *R*, como se estivesse dando uma mordida em um delicioso pedaço de bolo de chocolate. *Aaaa*... *R*. *Aaa*... *R*. O R é o lugar onde seus dentes se fecham sobre o bolo, mas pouco antes de você provar o chocolate.

Mesmo antes de nascer, flutuando no espaço interno quente e líquido da barriga, Benny podia ouvir as vozes dos pais. Como em um sonho, elas vinham de longe, sendo filtradas pelas bordas úmidas do coração palpitante da mãe. *Row, row, row your boat*, ele ouvia. *Life is but a dream*.

* * *

O bebê nasceu em janeiro. O país ainda estava se recuperando do Onze de Setembro, e Annabelle estava grata por estar de licença-maternidade e longe das notícias. Nos meses após o nascimento, Annabelle e Kenji mantinham tevê e rádio desligados. Abrigados naquela bolha silenciosa, ambos se deitavam na cama com o bebê Benny entre os dois, o corpo deles como dois parênteses, envolvendo uma pequena estrela.

(*)

Curvados em torno do bebê, eles o observavam, levantando os braços e pernas, admirando os dedos, a barriga, a ponta dos dedos dos pés, as covinhas nos cotovelos, o pequeno pênis pontudo. *Olhe! Olhe!*, sussurravam. *Ele não é incrível?* As orelhas do bebê eram como conchas; a pele, a seda mais macia. Os dois estudavam cada centímetro dele, cheirando-o, acariciando-o com os lábios, maravilhando-se com os olhares e os aromas de sua perfeição infantil. Era o bebê dos sonhos. Sem nenhum defeito.

Nós o fizemos, sussurravam, *como é que pode?* E essa maravilhosa revelação os enchia de orgulho. Conforme o observavam dar os primeiros passos e aprender as primeiras palavras, a alegria repentina daquela percepção os pegava de surpresa, e os dois se davam as mãos, prendiam o fôlego e esperavam, esperavam pelo que viria em seguida. Aquele era o felizes para sempre deles, e eles o viviam dia após dia.

BENNY

Ok, uau. Então, sei que fui eu quem pediu, mas isso foi um pouco de informação demais, você não acha, não?

Quer dizer, as partes a meu respeito estão boas, enfim, mas não precisa contar para o mundo inteiro sobre a vida sexual dos meus pais. Algumas coisas não deveriam ser reveladas — ainda mais as coisas sobre o padrasto dela. Se você fosse o livro dela, talvez o caso fosse diferente e talvez fizesse sentido, mas você é o meu livro, né? É só uma observação.

Mas a parte sobre eu ouvi-los cantando quando ela estava grávida de mim? Foi legal e faz sentido. Algumas vozes que escuto hoje se parecem com aquilo, vindo de coisas que já existiam antes mesmo de eu estar por aqui, para que pudesse me lembrar delas. Não consigo explicar. Parecem trechos aleatórios de um código inútil inseridos nas dobras do meu cérebro e que, de algum modo, são ativados, e talvez todo mundo os tenha, mas comecei a ouvi-los por estar hipersensibilizado, sabe? Minha orientadora pedagógica diz que o luto pode fazer isso com uma pessoa.

Não comecei a ouvir as coisas todas logo de cara. Mais ou menos um ano depois de meu pai morrer, era só a voz dele, me chamando como fez no crematório, só que à noite, no meu quarto. Eu podia estar dormindo e o ouvia chamar meu nome. Parecia que ele estava bem *ali*, sabe? Fora da minha cabeça, mas dentro dela também. Eu ficava deitado na cama, tentando ouvir com muita atenção, com medo de me mexer ou abrir os olhos porque tinha medo de ver meu pai, mas também tinha medo de *não* ver. Quer dizer, eu queria ver, de verdade, mas só se ele estivesse vivo. Não queria ver meu pai morto, como um zumbi ou um fantasma. Quando por fim conseguia abrir os olhos, tudo o que conseguia ver era a escuridão. Ficava deitado ali, escutando com a maior atenção que conseguia, esperando que ele dissesse mais alguma coisa, mas depois de um tempo caía no sono e, quando amanhecia, a lembrança da voz dele estava misturada a todos os outros sonhos que tinha tido e depois era esquecida.

No final daquele primeiro ano, a voz dele ficou mais fraca e eu o ouvia cada vez menos. Para onde ele foi? Uma vez, fui procurá-lo. A caixa com as cinzas costumava ficar no andar de baixo com todos os LPS dele, mas minha mãe a mudou de lugar e tive que vasculhar a droga do quarto dela inteiro até que a achei enfiada no fundo de um armário. Imaginei que ela não se importaria, então peguei a caixa e coloquei na estante do meu quarto, ao lado do velho globo lunar que ele me deu, quando eu era pequeno, para me ensinar sobre a lua. O globo tinha uma lâmpada interna que fazia a lua brilhar, mas quebrou faz um tempão, e meu pai ficava me prometendo que ia trocar os fios, porém nunca trocou. Entretanto, na mesma noite que coloquei as cinzas ao lado da lua, a lua começou a piscar de novo, o que é estranho, né? Eu estava dormindo e a luz me acordou, e, primeiro, fiquei assustado, depois percebi que provavelmente era o espírito do meu pai tentando consertar a lâmpada e manter a promessa, e isso me acalmou. Depois, sempre que eu dava boa-noite para ele, girava a lua para que meu pai tivesse uma vista diferente dela de dentro da caixa. Girar a lua era uma brincadeira que a gente costumava fazer, e meu pai sempre gostou de parar no lado escuro, porque era um artista. Foi o que me disse. Na verdade, não entendi o que ele quis dizer. Acho que uma parte de mim ainda esperava que ele viesse falar comigo nos meus sonhos, mas depois, quando as outras vozes começaram, desisti. Não daria para escutar com todo o barulho que elas faziam.

As outras vozes também vinham em sonhos. Foi assim que começaram. Foi como se uma voz abrisse a porta e todas as outras viessem atrás. Sonhos são como portas. São como portais para outra realidade e, uma vez abertos, é melhor tomar cuidado.

O LIVRO

O lado escuro tem seus fascínios, Benny, contudo, a maioria das pessoas não quer vê-lo. Elas preferem ficar em segurança no lado luminoso. Mas artistas e pessoas que escrevem ou que fazem música, como seu pai, são impotentes para resistir à atração do lado escuro. Esse é um território que os livros conhecem bem, e nossa tarefa é não dar as costas para ele, quer gostemos dele ou não.

E isso também inclui o lado escuro da história de sua mãe. É verdade, não somos o livro de Annabelle — só Deus sabe que ela merece um só dela —, mas, às vezes, é difícil dizer onde termina o livro dos pais e começa o livro da criança. Então, o que um livro deve fazer? Gire a lua e veja onde pousamos, e espero que você consiga suportar as consequências.

4.

No sonho dele, alguém lhe deu um tapinha na testa e, se você fechar os olhos, talvez também consiga imaginar. Imagine Benny, com treze anos, quase quatorze, mas ainda pequeno para a idade, dormindo de barriga para cima em uma cama estreita, sob o edredom intergaláctico. Os braços estão curvados e ele respira pela boca porque seu nariz está sempre um pouco entupido por causa da asma e da poeira. Os lábios entreabertos são belos e em forma de arco, e sua pele bege ainda é cristalina. Ele se parece muito com o pai.

Alguém lhe dá um tapinha na testa, e os tapinhas caem como gotas de chuva naquele lugar liso e despreocupado entre as sobrancelhas. No sonho, as batidinhas o acordam e ele abre os olhos e vê um dedo flutuando bem acima do nariz. O dedo é fino e pontiagudo, quase translúcido. Ondula no ar cintilante como uma planta em águas rasas, e agora ele vê que o dedo está unido a uma mão com um pulso delicado, de onde se estende o braço mais longo que ele já viu, alongando-se como uma linha de pipa na escuridão do espaço. Além da mão, presa à extremidade do braço que parece um fio, flutua um rosto, pálido e distante como a lua.

É o rosto de uma menina, e mesmo de tão longe Benny consegue perceber que ela é a garota mais bonita do mundo. Nem uma vez em toda a vida dele — treze anos e nove meses no planeta — ele viu um rosto como o dela. O cabelo branco volumoso vaga em torno da garota como nuvens iluminadas pela lua. Os olhos brilhantes, transbordantes, o contemplam de cima, e os lábios rosados dela se franzem para formar um O perfeitamente redondo. A garota mais bonita do mundo está zombando dele — pelo menos é o que parece, — zombando, mas sem maldade alguma.

Benny... sussurra, em um riso silencioso. *Benny o*... *O*... *O*...

A linha de Os sai de seus lábios como anéis de fumaça. Benny se levanta do colchão na esperança de pegar um deles com a ponta do nariz, como uma foca. Mas os anéis não cheiram a fumaça. Cheiram ao chocolate quente e ao pão recém-saído do forno que Annabelle fazia quando ele era pequeno e ela ainda usava o forno para cozinhar. A garota mais bonita do mundo cheira a fermento e aos beijos de sua mãe, a infância quando a mãe era feliz e o pai estava vivo; e a penugem de sua pele começa a pinicar, tamanho o poder dessa memória. O rosto da garota está se aproximando, e ele volta a se deitar, e de repente o espaço entre os dois desaparece, e ela está flutuando bem acima de Benny. Os beijos fermentados dela, em forma de O, descem, úmidos e quentes, pulsando em ondas que arrebentam em todo o corpo do menino. Ela toca de leve no peito dele, bem acima do coração. Sob a pressão suave da palma da mão dela, ele consegue sentir a pulsação do órgão. Sua coluna arqueia e Benny começa a se levantar, para alcançar...

Oh..., exclama. *Oh... Oh... Oh!* e, assim, seu sonho se evapora explodindo em um bilhão de estrelinhas que ressoam como risadas e brilham sob sua pele, e então, lenta, lentamente, o riso morre, e uma a uma as estrelas se apagam, devolvendo-o à escuridão.

No silêncio, ele ouviu um gemido e abriu os olhos. Seu quarto estava cheio de sombras e a garota mais bonita desaparecera. Ele fechou a boca e o gemido parou. Acima dele, uma tênue nebulosa de estrelas que brilham no escuro girava no teto, formando uma constelação bruxuleante de três Os, três anéis estelares entrelaçados que seu pai colara ali, um para cada um deles.

As mãos dele estavam pressionadas contra a calça do pijama, que estava úmida, mas só um pouco. Logo depois que o pai morreu, ele costumava ter acidentes, mas fazia muito tempo que não fazia xixi na calça. Benny se levantou e examinou a cama. Os lençóis estavam secos. Tirou o pijama e levou-o ao nariz. Não cheirava a xixi, mas ainda assim. Estremeceu. Sabia a respeito dos sonhos eróticos. Os meninos da escola faziam piadas com isso. Será que era isso? No corpo, ele tinha uma sensação oca e estranha, um formigamento, como se estivesse pegando um resfriado, mas não era uma sensação ruim. Na verdade, era boa. Pegou uma cueca limpa na gaveta. Juntou o pijama, abriu a porta do quarto e saiu pelo corredor.

Estava escuro e o ar ali era diferente, estagnado e pesado, com cheiro de jornal e poeira, mas ele já estava acostumado a esses cheiros e mal os notava. Percorreu com dificuldade o caminho estreito, tomando cuidado para não esbarrar nas pilhas bambas de caixas cheias de coisas de seu pai, que cobriam as paredes, e nos sacos de lixo com as compras e os jornais da mãe que estavam no topo. À medida que se afastava do quarto, percebeu algo novo. Ruídos. Sua pele formigou. Agachou-se atrás de uma torre de caixas, abraçou o corpo e escutou.

Os ruídos soavam como vozes vindas das sombras. Não eram altos, apenas um *ooOOOOOOOooOOOOOOOOo* baixo e ondulante igual ao dos fantasmas ou de pessoas gemendo, mas baixinho para que ninguém ouvisse. Annabelle frequentemente gemia à noite. Às vezes ele também a ouvia chorar, e isso o assustava, mas aquilo era outra coisa. Ele esperou. Achava que conseguia ouvir palavras emaranhadas nos sons, porém não as conseguia compreender. A sra. Wong às vezes gritava com o Imprestável em chinês, mas a voz dela era raivosa e aguda, ao passo que aquelas vozes soavam como tristeza. Ele pensou em voltar para o quarto e fechar a porta, mas precisava muito fazer xixi agora. Levantou-se devagar e andou na ponta dos pés entre um amontoado de revistas reluzentes que haviam caído de uma pilha. A cada passo, o gemido ficava mais alto, e então seu pé escorregou e seu calcanhar caiu sobre uma sacola cheia de enfeites de Natal — festões, luzes e bolas frágeis de vidro — que Annabelle tinha comprado em uma liquidação depois do Natal. Ele ouviu um esmigalhar e um grito agudo de dor, um som alto e lancinante saído das coitadas das esferas brilhosas e que o atravessou, cortante. Pressionou as mãos nos ouvidos e se agachou contra a parede.

Parem!, ele implorou, mas o grito continuou, e agora um coro de vozes se elevava à sua volta, do chão às vigas do teto e de todos os cantos da casa, juntando-se à lamentação das esferas.

Ele apertou as mãos com mais força e fechou os olhos. *Por favor!*, ele gritou, *Fiquem quietas!*, e quando retirou as mãos, a casa ficou em silêncio.

— Benny? — Ouviu a mãe chamar do fim do corredor, e sua voz era clara como um sino tocando no silêncio inesperado. — Você está bem?

O coração dele ainda batia acelerado. Ele se calou e engoliu ar.

— Você está bem, querido? Precisa ir fazer pipi?

— *Sim!*

Por que ela ainda tinha de perguntar? Benny odiava que ela ainda usasse aquela palavra, mas a irritação fez as coisas voltarem ao normal. Ele se levantou, vendo que seus joelhos estavam funcionando.

No banheiro, tirou uma sacola de compras cheia de materiais de artesanato da banheira e abriu as torneiras. Fez xixi e depois tirou a cueca e a jogou sob a água jorrando, junto com a calça do pijama enrolada. Era seu pijama favorito, do Homem-Aranha, e ele ainda não tinha crescido demais para usá-lo. Observou as pernas vermelhas e azuis da calça se moverem e estufarem, então procurou um pouco de xampu e esguichou na água, fazendo voltas e rabiscos. Enquanto as bolhas se formavam, sentou-se na borda da banheira e abraçou os joelhos nus. Sentiu o frio da banheira no traseiro. Dos cantos mais distantes da casa, ouvia gemidos e ganidos. Às vezes, uma única voz emitia o que parecia ser um comando agudo, mas ele o ignorava. Cantarolou a música de seu jogo de computador favorito, a alegre melodia que acompanhava as expedições de mineração conforme cavava fundo o minério com uma picareta, coletando os recursos de que precisava para fabricar armas a fim de se proteger dos monstros gerados pelo jogo. Era difícil chamar aquilo de música, mas as notas tilintaram e o fizeram se sentir corajoso, ajudando-o a bloquear as vozes enquanto tentava se lembrar da imagem cintilante da garota mais bonita, ainda sentindo um formigamento sob a pele.

* * *

Quando acordou na manhã seguinte, a lembrança da noite voltou. Sentou-se na cama e tentou escutar, depois foi até a porta. Abriu uma fresta e escutou um pouco mais. Pôde ouvir o som do rádio de Annabelle vindo da sala onde ela estava trabalhando, mas as estranhas vozes noturnas haviam sumido. Ele encontrou a sacola de enfeites de Natal em que havia pisado na noite anterior e a levou para o banheiro. Os cacos de vidro vermelho e verde estavam quietos agora, então ele os colocou no lixo. A calça do pijama estava pendurada na haste da cortina do chuveiro. Ainda úmida, por isso a deixou pendurada. Voltou ao quarto, vestiu-se, dobrou a parte de cima do pijama e colocou-a debaixo do travesseiro, algo que fazia todos os dias, mas que pareceu estranho naquele dia, e se perguntou se a parte de cima sentia falta da parte de baixo.

Na cozinha, pegou uma caixa de Rice Krispies no armário. Podia ouvir Annabelle na sala de estar. Ela gostava de ouvir rádio enquanto recortava. As manhãs eram o período mais ocupado de Annabelle, e Benny se acostumara a tomar café da manhã ao som das notícias. A pia estava cheia de pratos sujos, mas ele encontrou uma tigela limpa no escorredor e derramou alguns Rice Krispies dentro. Seu pai costumava fazer o café da manhã para ele todas as manhãs, despejando o leite nos cereais e segurando a tigela junto ao ouvido de Benny para que ele os ouvisse estalar, expandir e pipocar. Ele sentia muita falta do pai pela manhã. Foi até a geladeira pegar o leite, mas, quando abriu a porta, um tênue fio de som se espalhou pela cozinha, assustando-o, fazendo-o se lembrar das vozes noturnas. Era o rádio ou seriam os sons que vinham de dentro? Ele fechou a porta depressa e ficou parado, ouvindo. O poema magnético esfarrapado de seu pai ainda estava preso na geladeira, mas as duas primeiras linhas pareciam estar migrando para longe do poema. Ele olhou para o verso que restava:

Sou louco por você

— Benny? — Annabelle chamou da sala de estar. — É você?

Ele não respondeu. Abriu de novo a porta da geladeira, só uma fresta, mas larga o suficiente para permitir que a luz interna se acendesse e o ar frio escapasse, banhando seu rosto com um odor azedo, e então voltou a ouvir os ruídos. Eram fracos, mas agora conseguia diferenciá-los: os gemidos de queijos mofados, os suspiros de alfaces velhas, os iogurtes comidos pela metade lamentando-se no fundo da prateleira, onde tinham sido largados e esquecidos.

— *Parem com isso* — sussurrou ele.

— Benny? É você? Está encontrando o que precisa?

Ele abriu um pouco mais a porta e enfiou a mão em busca do leite, movendo com cuidado uma grande garrafa de refrigerante diet, uma caixa de suco de laranja, um pote de picles em conserva.

— *Calem a boca!*

— O quê, querido? Não consigo ouvir você...

Ele olhou para os picles.

— Acabou o leite! — gritou. — De novo!

Na sala, o rádio se calou. As vozes da geladeira, como se sentissem que ele estava com raiva, também se calaram, esperando para ver o que aconteceria a seguir.

— Sinto muito, querido — desculpou-se Annabelle depois de uma pausa. — Vou buscar um pouco depois do trabalho.

Ele encontrou sua colher especial e comeu seus Rice Krispies secos.

Quando o pai ainda estava vivo, sempre tinha leite, a mesa da cozinha vivia limpa e ele e o pai podiam se sentar ali e tomar o café da manhã juntos. Agora, a mesa da cozinha vivia cheia de coisas, e ele comia sozinho, de pé, na pia.

Benny terminou o cereal e colocou a tigela na pilha de louça suja. Uma fila de formigas subia em volta da borda de uma caçarola. Ele jogou um pouco de água em cima para fazê-las descer pelo ralo, mas a água não as deteve. Nadavam bem. Lavou e secou a colher e guardou-a no bolso lateral da mochila, depois foi para a sala se despedir da mãe.

Annabelle tinha uma tesoura na mão e estava sentada à mesa de trabalho diante das pilhas de jornais. Ao lado dela, o escâner zunia, iluminado. No rádio, o apresentador falava sobre como os artefatos explosivos improvisados criaram uma grande demanda por próteses de pernas no Iraque e no Afeganistão. As empresas privadas do setor médico estavam se preparando para atender à demanda. Annabelle estendeu a mão para um abraço e Benny se inclinou, roçando os lábios contra a bochecha quente e seca dela, enquanto os braços pesados da mãe circundaram a cabeça dele. Ele se obrigou a ficar ali, lendo as manchetes por cima do ombro dela. *Violência armada — pessoas perigosas ou armas perigosas? Chocolate deve se tornar item de luxo com mudanças climáticas. Vírus mortal africano atinge mulheres grávidas. Morte sob custódia policial causa revolta em Baltimore. Cabras são necessárias para limpar matagais da Califórnia e evitar incêndios florestais.* Ele não gostava de abraços longos e a leitura o ajudava a ficar quieto. Ouvir também ajudava. Os rápidos avanços na tecnologia de próteses davam esperança aos veteranos de guerra, que podiam esperar uma vida plena e ativa. O locutor falava de forma tranquilizadora e, por um breve momento, a maciez do rosto da mãe foi quase agradável.

— É terça-feira — avisou ele, afastando-se. Terça-feira era dia da coleta seletiva, e a tarefa dele era lembrá-la disso. — Posso levar algumas coisas agora, se você quiser.

— Ah, obrigada, meu querido — disse. — Mas não precisa. Tenho que examinar os arquivos primeiro. — Ela gesticulou vagamente apontando os sacos de lixo cheios de jornal, empilhados contra as paredes.

Ele se virou para sair.

— Está levando tudo? — chamou ela. — O dinheiro do almoço? O inalador?

Ele saiu de casa e trancou a porta atrás de si. Quando atravessou a varanda, as vozes pareceram sumir. Os corvos no telhado o observavam e faziam comentários, mas os corvos sempre diziam coisas, então isso não era incomum. Ele começou a relaxar, mas quando chegou à rua, os pneus de um carro que passava cantaram de um jeito que pareceu intencional, e as rachaduras na calçada pareciam disputar sua atenção. No momento em que entrou no ônibus municipal, mais vozes apareceram, suaves, porém constantes, como o murmúrio de uma multidão antes de um show começar.

Quando Benny era pequeno, Kenji costumava levá-lo para a escola de manhã, mas agora ele já estava no nono ano e Annabelle o deixava andar de ônibus sozinho. Ele tinha o próprio passe de ônibus e se sentia adulto exibindo-o para o motorista, mas loucos e mendigos o deixavam nervoso com seus cheiros e sussurros agitados. Annabelle lhe dissera para não se sentar ao lado deles, mas, às vezes, quando o ônibus estava lotado, era onde acabava ficando, e ouvia as conversas malucas que essas pessoas travavam consigo mesmas. Era assustador e estranho. A maioria eram caras idosos que tinham lutado em guerras. Ele nunca tinha visto um jovem mendigo, mas mesmo assim. Os velhos malucos também deviam ter sido jovens. Talvez ele estivesse se transformando em um.

Por favor, disse baixinho. *Por favor... fiquem quietas!* Mas as vozes o ignoraram. Durante todo o caminho para a escola e, depois, durante as aulas, elas murmuraram, impedindo-o de prestar atenção. Às vezes ficavam abafadas, em um sussurro tão baixo que ele quase conseguia esquecê-las, como se pode esquecer uma geladeira mesmo que seu zunido esteja sempre ali, ao fundo. Então, de vez em quando, um grito solitário e agudo rasgava o silêncio, fazendo Benny congelar onde quer que estivesse, no corredor, na sala de aula, na quadra de esportes. Com cuidado, ele olhava em volta. Parecia vir de fora dele, logo acima de seu ombro direito, mas ninguém mais parecia ouvir. Elas estavam fingindo? Ou estavam dentro da cabeça dele?

Dentro? Fora? Qual é a diferença e como se pode saber? Quando um som entra em seu corpo através dos ouvidos e se funde com a mente, o que acontece com ele? Ainda é um som ou se transforma em outra coisa? Quando se come uma asa ou um ovo ou uma coxa, em que ponto ela não é mais uma galinha? Quando você lê estas palavras em uma página, o que acontece com elas, quando elas se tornam você?

5.

Quanto tempo Annabelle levou para perceber que Benny estava se comportando de maneira estranha? E, depois de perceber, quanto tempo até que o admitisse para si mesma? Ela era mãe de um menino adolescente, e meninos adolescentes se comportam de maneira estranha, ao menos era o que diziam os livros e, além disso, ela tinha muito em que pensar. Naquela manhã, depois que Benny saiu para a escola, o supervisor ligou para dizer que a agência estava passando por outro processo de reestruturação e que ele ouvira de uma fonte confiável na empresa que a jornada de trabalho dela seria reduzida.

— Sério, Charlie? — perguntou ela. — Reduzida em quanto?

— Bem, vou pedir para manterem três quartos, mas provavelmente acabará sendo metade.

— Quando isso vai acontecer?

— Minha fonte acha que provavelmente no começo do ano que vem. Portanto, só daqui a alguns meses. — Ele passou a explicar algo sobre os avanços nos algoritmos de busca, na tecnologia de palavras-chave, e o declínio na circulação de mídia impressa. A indústria estava mudando, alegou, e ele só queria avisá-la, o que era legal da parte dele, mas, mesmo assim… E então, enquanto Annabelle absorvia o choque da notícia, ele se ofereceu para demiti-la.

— Mas não fiz nada de errado!

— Não, claro que não. É só assim que a coisa funciona.

— A coisa?

— Você sabe. O *sistema*. — Ele fez uma pausa estranha, então continuou: — Annabelle, sei que seu marido faleceu e que você tem um filho para sustentar, mas você tem de compreender, é apenas uma questão de tempo até que você seja dispensada. Eu não queria dizer isso por e-mail, mas você receberá mais se for demitida de um emprego em tempo integral, então, se eu fosse você, reduziria o prejuízo agora, pegaria o seguro-desemprego e ganharia algum tempo para procurar algo novo. Estou apenas dizendo. Os dias estão contados, mas você é quem decide. Pense bem.

Só depois de desligarem ela percebeu que deveria ter perguntado a Charlie sobre os benefícios. Ele não tinha mencionado nada. Ela perderia o plano de saúde? Ficaria mais caro? O que faria se algo acontecesse com ela ou, Deus o livre, com Benny?

Ela terminou o trabalho da manhã e verificou a hora. A coleta da reciclagem geralmente ocorria por volta da uma; se ela conseguisse se livrar de alguns sacos, Benny saberia que os lembretes estavam sendo úteis de verdade. Reciclar era um desafio. A agência exigia que o departamento de impressão arquivasse jornais diários por um mês inteiro e outros periódicos por dois meses, além de fazer CDs de backup de todas as digitalizações processadas. Esses arquivos eram uma forma de precaução no caso de algo ter escapado dos olhos afiados e das lâminas rápidas das Damas das Tesouras — não que isso já tivesse acontecido. Antigamente, quando elas tinham um escritório para trabalhar, havia um grande depósito para guardar todo o material impresso que agora era entregue na porta de Annabelle todas as manhãs, e um cara cujo trabalho era repassar os jornais antigos para a reciclagem.

Só que agora tudo isso tinha sobrado para Annabelle. Nos primeiros meses, com dedicação, ela organizou os arquivos por data e número de cliente em caixas impecavelmente etiquetadas, mas havia tanta coisa, e logo ela perdeu o controle. Os papéis começaram a se acumular no chão e, quando as pilhas ficavam muito grandes e começavam a deslizar sob seus pés, ela jogava os jornais em um saco de lixo, etiquetava-o com um pedaço de fita adesiva e o arrastava para um dos lados da sala, atrás do sofá, que ela havia destinado ao armazenamento. Ali os sacos se multiplicavam, subindo pelas paredes, e logo o sofá também foi soterrado. Sem ter para onde ir, os arquivos invadiram o corredor e começaram a subir as escadas, atravancando tudo pelo caminho.

Os sacos eram pesados, mas ela conseguiu retirar vários dos mais antigos do fundo da pilha sem causar um deslizamento. Se Kenji estivesse vivo, teria feito isso para ela. Annabelle arrastou os sacos para a rua e depois voltou para uma segunda leva, e então uma terceira; foi quando encontrou a sra. Wong na calçada, apoiada na bengala e espiando uma manchete através do plástico semitransparente.

— Como foi que você leu tudo isso? — perguntou, olhando para Annabelle.

Annabelle colocou o saco no alto da pilha.

— Tenho que fazer isso — respondeu, cansada. — É para o meu trabalho.

A velha senhora balançou a cabeça.

— Que tipo de trabalho você faz, afinal? — Ela apontou a bengala para a montanha de plástico. — Se o lixeiro fizer alguma reclamação, levaremos uma multa. — Ela deu um soco violento no saco e então bateu com um dedo murcho na lateral da cabeça. — Notícia demais não faz bem para o cérebro. É melhor você encontrar outro emprego, está bem? — Ela não esperou por uma resposta, apenas acenou com a cabeça para si mesma e voltou para casa.

Era um bom conselho, e a segunda vez que o ouvia naquele dia. Sabia que Kenji teria concordado. Ele teria muito a dizer sobre Charlie e o "sistema", a maneira como funcionava ou não funcionava. Diria a Annabelle para se demitir, que a vida era muito curta. E que ela deveria encontrar uma ocupação mais criativa, algo que de fato amasse, o que era fácil para ele dizer. A razão pela qual ela aceitara o emprego, para início de conversa, tinha sido para que *ele* pudesse fazer o que de fato amava, e agora ele se fora, e ela tinha um filho para sustentar e, sendo realista, o que mais poderia fazer? Trabalhar como garçonete? Conseguir um emprego no comércio?

Ela mal diminuiu o acúmulo de lixo reciclável, mas não se atreveu a levar mais nada para fora. Lavou a louça na pia, outra coisa que Kenji costumava fazer, e tirou um pouco da bagunça da mesa — precisava mesmo se esforçar mais para arrumar o lugar, mas, em vez disso, vestiu o casaco e caminhou até o ponto de ônibus. As aulas terminariam em breve, porém, desde que Benny começara a pegar o ônibus sozinho pela manhã, buscá-lo à tarde parecia meio inútil. Ela ainda ia, por hábito, mas cada vez mais Benny parecia ansioso para que ela não o fizesse. Os dois não conversaram sobre isso, mas ela percebeu. Ele era adolescente. Não era legal a mãe ir buscá-lo. E Annabelle não era como as outras mães. As que usavam roupas de ioga e tênis sofisticados. Com seus Toyota Prius e seus maridos em empregos com excelentes benefícios.

Mesmo assim, era bom tomar um pouco de ar fresco e ter um destino. No ponto de ônibus, ela percebeu que estava adiantada e, como não valia a pena ficar esperando na frente da escola, resolveu dar uma passadinha no supermercado para comprar leite e alguma coisa para o jantar. Não faria mal estocar coisas enquanto ainda tinha um pagamento. O ônibus parou e ela subiu, encontrando um lugar para se sentar. Os ônibus do início da tarde eram vagarosos e letárgicos e muitas vezes atrasavam, mas não era preciso ter pressa, já que ela sempre podia enviar uma mensagem de texto dizendo a Benny para voltar sozinho. Ele tinha uma cópia da chave. Sendo assim, Annabelle poderia levar o tempo que quisesse fazendo as compras, e realmente era o que *deveria* fazer, porque deixar Benny voltar e encontrar uma casa vazia demonstraria o quanto confiava nele, algo que o ajudaria em sua autoestima.

É claro que, no fundo, a melhor maneira de ajudá-lo em sua autoestima era ser para ele um modelo do tipo de autorrespeito que não consiste em se esforçar em um trabalho estúpido e chato do qual se está sendo gradualmente demitida, mas sim em ser fiel a si mesma e à sua criatividade. Annabelle levantou-se e ergueu o braço para puxar a corda, sinalizando ao motorista para parar no shopping. Não era necessário sinalizar — todos que pegavam aquele ônibus desciam no shopping —, mas fazer o gesto fortaleceu sua determinação. Ela desembarcou, passou reto pelo supermercado e foi até sua loja favorita: a *Michaels — onde a criatividade acontece.*

Por que não? Ela não ia comprar nada. Só olhar era inspiração o bastante. As portas se abriram como mágica e, uma vez lá dentro, ela inalou fundo, absorvendo os aromas de buquês de flores, lavanda, canela e pinho. Nunca falhava. A superloja de artesanato era apenas mais uma grande rede de varejo, mas para ela funcionava como uma droga de ação rápida; seu sangue corria mais depressa, o coração começava a disparar e uma lassidão sonhadora tomava conta de si, como se seus ossos estivessem derretendo. A Michaels não vendia só mercadorias, vendia *promessas*. Ela pegou um carrinho de compras — não para enchê-lo, mas fazia parte do ritual — e o empurrou para a seção de artesanato em papel e *scrapbooking*. Ela gostava de circum-navegar a loja, movendo-se no sentido anti-horário, para cima e para baixo em cada corredor. Muitas das coisas vendidas eram bem cafonas, mas a navegação lenta e em transe também fazia parte do ritual. Passou pelas tintas brilhantes e pelos carimbos de borracha e parou para inspecionar os cortadores de cantoneiras decorativas em formas engenhosas de sulcos, pergaminhos e filigranas. Os perfuradores a intrigavam. Podiam recortar corações, estrelas e borboletas em papel com as cores do arco-íris, e então ela viu que os perfuradores Fiskars Love estavam em promoção. Um nome tão ridículo, mas que a divertia. Se Kenji estivesse vivo... Ela estendeu a mão, mas mudou de ideia e foi para a seção de contas e macramê.

Dependendo de seu humor, certos mostruários a atraíam com mais intensidade, e naquele dia foram as tintas a óleo alemãs de alta qualidade que acenaram para ela. As caixas eram muito resistentes, bem construídas, e continham cores variadas com os mais belos nomes. Carmesim alizarina. Amarelo antimônio. Azul manganês. Viridiano. Nomes sérios, que soavam científicos, mas também exóticos. Como poesia. Possuir tintas como aquelas inspiraria qualquer pessoa a criar, e o preço não era caro para todas aquelas cores, mas ainda assim estava fora de seu alcance. As caras sempre vinham da Europa. Ela nunca tinha estado na Europa, mas Kenji, sim. Antes de se casarem, costumavam ficar deitados na cama, e ele lhe contava sobre os clubes de jazz em cidades como Berlim, Paris, Amsterdã e Roma. Ele prometeu que a levaria para conhecer todos esses lugares, e ela acreditou. Conseguia imaginar perfeitamente: ele, tocando jazz em um cabaré cheio de fumaça; ela, com um cavalete, pintando no Danúbio ou no Sena. De manhã, tomariam café em xícaras minúsculas em um bistrô ao ar livre em uma praça de paralelepípedos, ladeada por magníficas catedrais como a retratada na caixa de tintas. Ela pegou a caixa e a levou ao nariz. As tintas a óleo tinham um cheiro tão característico, mas estavam muito bem embrulhadas, para que o odor não escapasse. Passou a ponta da unha do polegar ao longo da dobra entre a caixa e a cobertura. Se ao menos pudesse tirar as cores do invólucro e cheirar apenas um tubo... Cinábrio, talvez. Qual seria o cheiro do Cinábrio? Ou do Cerúleo? Ela colocou a caixa de volta na prateleira. Um dia, prometeu a si mesma, conforme se afastava, decidida.

O carrinho ainda estava vazio, mas ela só tinha percorrido um terço da loja. Mais à frente ficava o corredor de *quilting*. Ela precisava começar o projeto da colcha de recordação, então uma parada rápida seria motivadora, mas primeiro tinha de passar pelos livros. Aquela era a área perigosa, então ela se preparou, pensando em todos os livros de artesanato e passo a passo que tinha em casa, com suas dicas inteligentes e ideias de "faça você mesmo". Livros eram a última coisa de que precisava. Ela agarrou a barra do carrinho e empurrou-o para a frente, mas, ao passar pela mesa de lançamentos, algo muito estranho aconteceu. Talvez a mesa estivesse bamba, ou talvez ela tivesse esbarrado ao passar, mas *alguma coisa* fez com que um livrinho pulasse da pilha e caísse dentro do carrinho de compras.

Ela o encarou, estupefata. Era um livrinho bonito, modesto, com uma capa cinza de dar gosto. O título, impresso em uma fonte clara e simples, dizia *A magia da arrumação: a antiga arte zen de acabar com a bagunça e revolucionar sua vida*.

Aquilo era incrível! Ela estava justamente pensando em como precisava fazer uma arrumação, e acontece isso? Pegou o livro e analisou a capa. Ela e Kenji sempre riram dos tipinhos da *New Age* que falavam sobre como o universo provê, mas talvez estivessem certos. Porque aquele livro não era apenas sobre a boa e velha organização da bagunça. Tratava de uma limpeza *zen* da bagunça, escrito por uma verdadeira monja zen chamada Aikon, que também era uma das principais consultoras de limpeza da bagunça no Japão. A foto da autora na contracapa mostrava uma mulher jovem de aparência andrógina, vestida com roupas cinza de trabalho no templo, parada em um jardinzinho e segurando uma vassoura rústica de bambu. Atrás dela havia um portão de pedra. Ela tinha uma toalha branca amarrada em volta da cabeça careca e redonda e encarava a câmera com olhos brilhantes e um sorriso um pouco distraído. Se Annabelle não soubesse que era uma mulher, poderia tê-la confundido com um homem jovem alegre — não qualquer homem, e sim Kenji. Em algum lugar havia uma fotografia dele, tirada quando ele morava no templo zen. Ele estava com um grupo de outros jovens monges, vestindo as mesmas roupas de trabalho cinza, com a mesma toalha branca enrolada na cabeça raspada. Era quase como se Kenji... Mas não, isso já era bobagem. Colocou o livrinho de volta no carrinho de compras e se dirigiu ao caixa. A coincidência era perfeita demais para ser ignorada. Talvez valesse a pena tentar essa antiga arte zen. Talvez ela se sentisse inspirada a começar a arrumação imediatamente. Já se sentia revigorada.

* * *

É óbvio que não era de fato o universo tomando providências. O universo não pode fazer um livro se atirar de uma mesa. Só um livro pode fazer isso, embora não seja uma tarefa fácil. Em nosso mundo, existem fábulas de volumes poderosos com a capacidade de levitar e de se mover sozinhos, mas como poucos de nós chegam a ver isso acontecer, tendemos a assumir que são apenas histórias exageradas. Nós, livros, migramos — dê uma olhada na pilha ao lado de sua cama —, mas, sem pernas, carecemos de mobilidade e, em geral, devemos confiar em vocês para nos mover de um lugar para outro. Com esse objetivo, fazemos o possível para nos tornarmos atraentes para vocês, com nossas capas chamativas e títulos cativantes, mas *A magia da arrumação* não era assim. Era um livro sereno, nada agressivo, e, no entanto, tinha um poder extraordinário de autopropulsão. Imagine que grande determinação isso exige! Desnecessário dizer como ficamos impressionados.

* * *

O ônibus, ao voltar para o ponto, estava lotado, e Annabelle esforçou-se para embarcar, empurrando-se com os demais consumidores do shopping conforme atravessavam a porta. As aulas tinham terminado e todos os assentos estavam ocupados por alunos do ensino médio, que olhavam fixamente para seus celulares e não erguiam os olhos por tempo suficiente nem sequer para notar Annabelle, quanto mais ceder-lhe um assento, embora estivesse evidente sua dificuldade com todas as sacolas de compras. Ela cambaleou quando o ônibus deu partida e voltou a se deslocar.

Claro, as sacolas de compras eram culpa de Annabelle. O livro *A magia da arrumação* era pequeno, e ela precisava do enchimento da colcha. O grande buquê de poinsétias vermelhas de plástico não era necessário, mas estava em liquidação e ela não resistiu. E depois de passar todo aquele tempo na Michaels, dirigiu-se ao Safeway, só que aí, quando o ônibus parou e ela desceu, percebeu que o refrigerante, as batatas fritas e o molho que tinha comprado não serviriam para o jantar de Benny e que tinha se esquecido de comprar leite. Típico. Ela havia se distraído e Benny ficaria bravo, então parou no Oriental Express e pediu o prato preferido do garoto: costelinha agridoce.

Agora carregada de sacolas de comida chinesa para viagem, além das compras, Annabelle decidiu cortar caminho pelo beco; eram dois quarteirões a menos e permitia que ela evitasse o olhar atento da sra. Wong. O lado negativo era o tráfego de pessoas: traficantes, usuários, andarilhos e profissionais do sexo que frequentavam a caçamba do Brechó da Gospel Mission, transando e se picando. Ela vivia alertando Benny para não cortar caminho pelo beco e, até onde sabia, ele não andava por lá. Os andarilhos o assustavam. Ele os chamava de mendigos. De onde foi que ele tirou uma coisa dessas?

E havia ainda as lembranças no beco. Fantasmas. Melhor não pensar neles.

Naquele dia, porém, o beco estava vazio, exceto pelos corvos, que a avistaram assim que ela saiu do restaurante e a seguiam, voando de um poste a outro conforme Annabelle se aproximava da caçamba. Era uma das grandes, com laterais altas que tornavam difícil para ela jogar coisas lá dentro. Óbvio, não se devia jogar coisas lá dentro. As pessoas costumavam tirar coisas lá de dentro. As senhoras do brechó reclamavam dos vasculhadores de caçambas, mas ao mesmo tempo pareciam orgulhosas porque aquela era a mais vasculhável da cidade por ter o melhor material. Tinha saído até uma matéria no jornal local sobre isso, que Annabelle havia recortado.

Nesse dia, três colchões manchados de xixi estavam tombados, apoiados nas laterais da caçamba, perto de uma tábua de passar estropiada e uma poltrona de estofamento afundado em tweed puído. Sobre ela havia uma pilha de pinturas coloridas, e as molduras pareciam em perfeito estado. Um patinho de borracha estava no topo da pilha. Annabelle largou as sacolas de compras e pegou o pato.

— Olá — disse, olhando-o nos olhos. — Você não é fofinho?! — Ela deu um aperto no pato, que grasnou para ela. — Por que raios alguém ia querer jogar você fora?

O pato grasnou mais uma vez e um corvo próximo respondeu. Ela ignorou o corvo. Iria alimentá-los depois.

— Quer vir para casa comigo? — perguntou ao pato e, sem esperar uma resposta, o enfiou na sacola da Michaels e se virou para inspecionar as molduras dos quadros. Só então ouviu uma movimentação de dentro da lixeira e, erguendo os olhos, viu uma cabeça bisbilhotando por cima da borda do muro metálico alto. Tendo como fundo o sol baixo do fim da tarde, o rosto estava nas sombras. Annabelle apertou os olhos, tentando distinguir as feições. O cabelo parecia branco. Seria uma pessoa idosa? O que uma pessoa tão velha estava fazendo dentro de uma caçamba?

— Ei — falou a pessoa. — Esse pato é meu. — A pessoa não era idosa. Era jovem, uma garota de rua. Uma andarilha. Havia tantas delas nos becos esses dias. Passou uma perna por cima da borda da caçamba e ficou empoleirada ali, observando. Usava uma blusa de moletom escura, jeans preto e tinha argolas de metal no nariz e na sobrancelha. Botas imundas com bico de aço. Uma auréola desmazelada de cabelo branco descolorido saía de sua cabeça.

— Sinto muito — disse Annabelle de pronto, tirando o pato da bolsa e recolocando-o na pilha de pinturas. — Eu não percebi. Foram os quadros. Eles pareciam úteis.

A garota olhou para Annabelle.

— Por quê? Você é artista?

— Ah... Não. Não exatamente. Quer dizer...

— Bom, eu sou. Então preciso das molduras, mas você pode ficar com o pato.

— Ah, mas eu não poderia...

— Não preciso do pato — falou a garota. — Pode ficar com ele.

Annabelle pegou o pato de volta e o encarou.

— Até que é fofinho. Dá pena. Quer dizer, por que alguém iria...

— Foi o que pensei. Então fique com ele.

Annabelle devolveu o pato para dentro da sacola.

— Obrigada.

— De nada — respondeu a garota. Ela passou a bota de volta por cima da borda e desapareceu dentro da caçamba.

6.

— Você não trouxe leite? — Ele observava as sacolas de compras empilhadas na mesa da cozinha. Ao lado das sacolas, em uma pilha de correspondências velhas, havia um livrinho cinza e um patinho de borracha amarelo. Ele pegou o livro e leu o título. *A magia da arrumação: a antiga arte zen de acabar com a bagunça e revolucionar sua vida*. Até parece, pensou. Não vai rolar. Pegou o pato e o aproximou do ouvido.

Annabelle estava na varanda, alimentando os corvos. Ele a ouviu rir, um som alto e vibrante que ficava alto e abaixava de modo abrupto.

— Não dá para comprar leite em uma loja de comida chinesa para viagem, seu bobo — disse, entrando e vendo-o com o pato nas mãos. — Não é bonitinho? Encontrei perto da caçamba. Se você apertar, ele grulha. Essa é a palavra certa? Os patos grulham? Não, eles grasnam, né? Gansos grulham. Vá em frente, querido, aperte.

Com cuidado, Benny colocou o pato de volta na mesa. Então, o pegou de novo. Tinha alguma coisa no pato.

— Posso ficar com ele?

— É claro! — exclamou a mãe. — Estou tão feliz que você gostou! E não se preocupe com o leite. É cedo ainda. Você pode ir até a esquina e comprar um pouco depois do jantar.

— Você sempre se esquece — resmungou o garoto, enfiando o pato no bolso do moletom.

— Sim, mas me lembrei de tirar o lixo reciclável hoje. Obrigada por me lembrar!

Ele olhou ao redor da cozinha. Tudo parecia igual.

— Eu sei, eu sei — disse ela. — Ainda falta muita coisa, mas pelo menos comecei. E também me lembrei da sua costelinha favorita.

— São *suas* costelinhas favoritas.

— Pensei que fossem suas. Você não gosta mais?

Ele encolheu os ombros.

— Acho que sim.

— Viu? — gritou ela, alegre. — Estão aí! Agora, só tenho de guardar as compras. Leve a comida para o meu quarto para podermos comer. E pode escolher um disco.

— Elas não são meu prato preferido — afirmou Benny, mas Annabelle não estava mais ouvindo. Estava em pé diante dos armários com um saco de batatas fritas Valupak em cada mão, girando em um círculo indefinido ao procurar onde colocá-los. Os armários estavam cheios de latas de sopa, frascos de molhos e caixas de cookies, biscoitos e cereais, inclusive alguns Lucky Charms de que nenhum dos dois gostava, mas que ela havia comprado porque a faziam lembrar de quando era pequena e implorara à mãe para comprá-los, mas a mãe recusara. Annabelle se recordava da sensação de mau pressentimento que tivera, certa de que, sem os cereais em formato de talismãs, a sorte delas mudaria para pior, e, de fato, logo depois seu pai morreu e a mãe se casou com seu padrasto, e a vida delas se tornara bem menos encantadora. Tudo isso veio à tona quando ela viu o cereal à venda e o comprou para Benny. Kenji já estava morto a essa altura, mas em todo caso... Ela não queria que a sorte deles ficasse pior do que estava e, além disso, o *leprechaun* era fofo.

Benny pegou as sacolas de comida chinesa e começou a subir as escadas.

Ela abriu a porta do forno e enfiou os sacos de salgadinho ali dentro.

— Pronto — disse, fechando o forno. — É um bom lugar para eles por enquanto. Os ratos não vão pegá-los. Só não me deixe esquecer que estão lá, ok?

— *Cala a boca!*

Assustada, ela se virou. Benny estava parado na porta, congelado. Então, como um bezerro apavorado, pulou e sacudiu a cabeça como se estivesse espantando moscas.

— Benny, querido? Qual é o problema?

As sacolas de comida caíram no chão. Ele pressionou as mãos contra as orelhas e as esfregou.

— Benny? Você está bem?

Então, ele a ouviu e abaixou as mãos.

— Nada — murmurou, pegando as sacolas novamente. — Eu não estava falando com você.

* * *

Quando Kenji estava vivo e eles ainda comiam na mesa da cozinha, sempre ouviam música durante o jantar, revezando-se para ir à sala escolher um disco. Depois que Annabelle mudou o aparelho de som para o quarto, ela e Benny começaram a jantar lá, sentados na cama com a colcha dobrada como toalha de mesa. Naquela noite, declarou ela, haveria um banquete. Além das costelinhas, tinha comprado rolinhos primavera, *baozi*, guiozas de porco, frango à moda de Chongqing e arroz frito especial da casa. Quando a comida foi desempacotada, a cama parecia uma vila em miniatura, com as caixas dispostas como pequenas construções enfiadas entre as dobras do edredom e as saliências montanhosas das pernas de Annabelle.

O álbum que Benny escolheu foi a gravação do lendário show de Benny Goodman em 1938 no Carnegie Hall, que era o disco favorito de seu pai e dele também. Foi a primeira vez que o Carnegie Hall recebeu um show de jazz, a primeira vez que músicos negros tocaram com músicos brancos naquele palco histórico. Benny, é claro, nunca tinha estado naquele palco histórico, mas Kenji havia lhe mostrado uma gravação antiga do famoso show no YouTube, para que ele pudesse imaginar. Na filmagem, em um preto e branco desgastado, os músicos estavam todos vestidos com smokings, batendo os pés com os brilhantes sapatos de couro envernizado. Estavam tocando "Sing, Sing, Sing", e Benny se lembrou da expressão no rosto do pai ao se inclinar para a tela do notebook. Olhos brilhando, cabeça balançando, pés batendo também. *Eles eram músicos de jazz, Benny-o. Verdadeiros músicos de jazz.*

Benny mordeu um guioza de porco e escutou a orquestra. A gravação original foi feita em acetato, e os estalos ásperos e assobios estáticos davam à música uma materialidade quase tangível, semelhante à dos antigos filmes em preto e branco. Ambos pareciam *reais* de uma forma que as gravações digitais não pareciam, e Benny achava isso reconfortante, mesmo que não conseguisse explicar o porquê. Ele tinha percebido também que o swing alegre parecia manter as vozes afastadas, e mesmo os números mais melancólicos, como "Blue Reverie", pareciam acalmá-las e embalá-las enquanto cantarolavam. De vez em quando, um dos músicos no palco gritava ou começava a cantar, e uma gargalhada brotava da plateia. Benny tinha ouvido a gravação um milhão de vezes, conhecia cada um daqueles rompantes espontâneos, mas agora se pareciam tanto com as vozes dentro de sua cabeça que quase não conseguia diferenciá-los. Ele ouviu os aplausos crescerem e a banda explodir na exuberância estridente de "Life Goes to a Party". Era o número da vida de Kenji.

— Benny Goodman era o Rei do Swing. — Costumava dizer a Benny. — O melhor clarinetista de jazz do mundo. Dei a você o nome dele para que você também seja um *good man*, um bom homem! — E depois ria porque tinha feito um trocadilho. Kenji estava sempre fazendo trocadilhos bobos em inglês e depois rindo deles, o que fazia Annabelle e Benny rirem também.

— Somos uma família alegre — Kenji sempre dizia. — Somos os Cherry Ohs!

Benny quase conseguia ouvi-lo repetindo aquelas palavras, quase via os olhos brilhantes e o sorriso largo e iluminado dele, mas, assim como a voz do pai vinha se tornando mais fraca desde que ele morrera, o rosto também, e Benny tinha uma dificuldade cada vez maior de se lembrar de sua aparência. Mas as roupas de Kenji ainda estavam por toda parte. Annabelle as colocara em sacos, porém, aos poucos, elas foram escapando e migrando, passando pelas pilhas de livros e discos, de volta para a cama onde, à noite, a ajudavam a dormir. Havia contado a Benny sobre os planos de fazer a colcha de recordação, e ele tinha a impressão de que agora as camisas de flanela do pai estavam tentando se organizar em forma de colcha, emaranhando-se aos lençóis, com seus xadrezes e quadriculados espiando entre os recipientes de comida para viagem e seus sussurros discretos pontuando a conversa do jantar.

— Você está bem, Benny-o?

Ele tinha feito aquela coisa de congelar de novo. Tinha acabado de pegar outra costelinha e estava prestes a dar uma mordida quando, de repente, seus olhos se arregalaram, as pálpebras tremeram e ele congelou, olhando para o osso em sua mão. Por um longo tempo, apenas observou, e então inclinou a cabeça, intrigado. A última música do álbum mal havia acabado e o quarto estava em silêncio, exceto pelo *ka... tum* rítmico, o *ka... tum* da agulha chegando ao fim da trilha.

— Benny?

— Oi. — Ele deixou a costelinha, intacta, cair de volta na caixa.

— Está satisfeito?

Ele pegou um hashi descartável, olhou-o e devolveu-o onde estava.

— Quer ouvir o outro lado?

Ele parecia confuso.

— Do disco. Quer virar?

Ele assentiu. Limpando os dedos, desceu da cama e passou por cima das pilhas de coisas da mãe até o toca-discos. Foi cuidadoso com a velha plataforma giratória, gentil com o braço, soprando a bolinha de poeira da agulha. Virou o disco, alinhou o braço meticulosamente sobre a faixa externa e observou a agulha encontrar seu caminho pela ranhura. Quando as primeiras notas de "Honeysuckle Rose" romperam o silêncio, ele pareceu aliviado.

— Sabe aqueles fones de ouvido que meu pai tinha? — perguntou, subindo de volta na cama.

— Aqueles enormes que você usava? Eu estava pensando neles outro dia! Como você ficava fofo. Aqui, escolha sua sorte. — Ela lhe estendeu dois biscoitos.

Ele escolheu um, desembrulhou e quebrou.

— Sabe onde eles estão?

— Os fones? Estão por aqui em algum lugar. Talvez no armário. Olha! Ganhei dois! — O biscoito estava quebrado em seu colo, e ela ergueu dois pedaços de papel. — "Você tem um profundo interesse em tudo o que é atístico" — leu. — Acho que queriam dizer *artístico*, né? Tem que ser *artístico*. Só se esqueceram do *r*. E é verdade! Vou ficar com este. — Ela colocou o papel da sorte em cima da pilha de livros na mesa de cabeceira e pegou o segundo. — "Às vezes, é preciso se deitar no chão." — Ela olhou para o papel. — Isso não é sorte. O que quer dizer?

Ela o estendeu para Benny, que olhou para o papel e o devolveu.

— Não dá para deitar no chão — observou ele, passando os olhos pelo quarto. — Não dá nem para enxergar o chão.

Annabelle pareceu desapontada.

— Não diga uma maldade dessas, coração. Estou progredindo. Estou organizando, então parece pior do que é. — Ela jogou o papel da sorte no recipiente de ossos. — Odeio papeizinhos da sorte que não são sorte de verdade. O que o seu diz?

Benny leu para a mãe.

— "O mundo é um belo livro para quem o lê. Aprenda chinês: *Xing fen de* significa *emocionante*. Números da sorte na loteria: 07-39-03-06-55-51. Escolha 3 números: 666."

— Esse é bom! — reconheceu Annabelle. — Você sempre amou os livros. Mas 666 não é a marca do diabo? Deve significar algo diferente em chinês. Aposto que significa alguma coisa de muita sorte.

Eles tiraram as caixas de comida da cama e colocaram as sacolas no chão, então Benny se deitou de bruços ao lado da mãe. Era o sinal para ela fazer carinho nas costas dele, então Annabelle colocou a mão sob a blusa de moletom do garoto e começou a correr as unhas levemente em círculos. Ele fechou os olhos. Sua cabeça estava voltada para a mãe, e ela olhou para o perfil dele, as maçãs do rosto salientes, o contorno dos olhos. Ele tinha a cor de pele do pai, mas as sardas eram dela. Ele era lindo, só um menino, ainda, mas estava mudando depressa. Ela afastou os cabelos finos e acobreados da testa dele e franziu as sobrancelhas. Ele queria carinho nas costas, não na testa, e odiava quando ela se distraía.

Quando Kenji estava vivo, Benny costumava ficar entre os dois, e eles se revezavam. Kenji tinha um jeito especial de fazer carinho. Costumava cantar refrões suaves de *scat* e *bebop*, dedilhando a coluna delicada do filho como um clarinete, mas Benny não gostou quando Annabelle tentou imitar.

— Você não sabe como é — reclamou, se contorcendo sob os dedos da mãe; então, ela teve de achar seu próprio jeito. Seu jeito, o jeito que ela descobriu, era traçar grandes espirais nas costas dele no ritmo da música, começando de fora e movendo-se devagar em direção ao centro. Benny aprovou. Adorava os arranhões das unhas dela. Eram como agulhas girando sem parar. Faziam as costas dele parecerem vinil, extraindo música de sua pele, como se a pele estivesse cantando.

BENNY

Eu estava dizendo uma maldade? Não era o que eu queria dizer. Uma maldade, quer dizer. Merda, odeio quando as palavras fazem isso. Vou começar de novo.

Você precisa entender, eu era só aquele garotinho idiota que não sabia de nada, só que o pai que o amava tinha morrido de um jeito idiota e horrível e a mãe que também o amava estava ficando doida de um jeito próprio, idiota e horrível, mas, como eu não sabia das coisas, achei que isso fosse normal. Quer dizer, pais desaparecem, não é? Descobri isso com os outros garotos da escola. Talvez eles não sejam atropelados por caminhões de galinha, mas se divorciam, e as famílias se separam, e as mães ficam doidas. Nunca pensei que minha situação não era normal até as vozes começarem, e mesmo assim não percebi de cara. Quer dizer, não é uma surpresa completa quando as *pessoas* fazem maluquices, mas quando objetos do dia a dia, roupas e até o jantar começam a agir como se estivessem em um filme da Disney e tivessem bocas e olhos, atitudes e livre-arbítrio, uma hora você tem de descobrir que alguma coisa está errada. *Volição.* Essa é a palavra para o que elas tinham. As costelinhas e as camisas de flanela. Os biscoitos da sorte e o pato de borracha. Até os hashis tinham algo que precisavam falar.

Não quero dizer literalmente. Na verdade, aquelas coisas não *desenvolveram* grandes olhos ridículos ou bocas elásticas e tal. Era mais como se tivessem desenvolvido de repente a capacidade de se expressar — ou talvez já soubessem desde sempre.

Talvez estejam sempre nos observando e tagarelando desde o início dos tempos, só que, como os humanos não podem ouvir as coisas, pensamos que elas são todas cegas, mudas e indiferentes. Na verdade, acho que é isso mesmo. E as coisas não gostam de ser julgadas desse jeito, isso posso afirmar.

Não acho que tenha sido pessoal, pelo menos não no começo. As coisas não estavam falando comigo, e foi por isso que não surtei de medo. No começo, acho que só estavam tagarelando, uma para a outra ou talvez para as moléculas no ar — apenas se expressando no universo, como sempre fizeram. Mas aí meus ouvidos apareceram, e quando elas perceberam que eu tinha ouvidos que podiam ouvir — ouvidos sobrenaturais —, começaram a tentar se comunicar comigo, só que estavam falando na língua das coisas, então, é óbvio, eu não conseguia entender o que falavam.

No começo eu não tinha certeza se eram vozes mesmo. Uma voz é um som que um ser humano faz — bem, animais podem ter vozes, e pássaros também —, então, digamos que as vozes vêm de criaturas vivas. E geralmente quando as vozes falam, elas *querem dizer* algo. Mas aqueles sons eram aleatórios e, se queriam dizer alguma coisa, eu não conseguia entender o quê. Deve ter sido frustrante para elas. Quer dizer, por fim aparece alguém com ouvidos que podem ouvir, só que é um garoto estúpido e sem noção! Não é de admirar que soassem tão barulhentas e irritadas o tempo todo.

Algumas vozes eram inumanas de um jeito horrível, metálico e áspero, como engrenagens estridentes, que davam vontade de socar a própria cabeça, mas outras eram inumanas de um jeito agradável, como o vento, as nuvens ou a água. No início, não consegui descobrir a origem dessas vozes. Sabe quando, às vezes, parece que um pensamento está fora da sua cabeça, mas você sabe que, na verdade, está dentro dela? Então, as vozes não eram meus pensamentos. Estavam do lado de fora. Eram diferentes.

Com o tempo, concluí que vinham dos objetos à minha volta e decidi que poderiam ser chamadas de vozes porque as coisas ainda estavam tentando dizer algo com sentido, mesmo que não estivessem vivas. Posso não ser capaz de compreender com exatidão, mas posso sentir as emoções delas. As coisas são muito boas em comunicar seus sentimentos. Você sabe do que estou falando, tenho certeza: do que acontece quando suas chaves somem, ou a tampa do tubo de pasta de dente escorrega dos dedos e sai rolando, ou uma lâmpada queima quando você liga o interruptor? Essas merdas significam algo, mesmo que você não consiga ouvir, e se *consegue* ouvir, é ainda mais intenso. Em um dia ruim, eu não conseguia nem entrar em uma cafeteria sem que tudo surtasse para cima de mim, e ainda é assim. Em dias ruins, no momento em que entro pela porta de um Starbucks, as luminárias fluorescentes no teto começam a zunir de ansiedade querendo falar, e os grãos de café começam a gritar, e sou atacado pela dor de copos de papel e canudos de plástico, pelo barulho das caixas registradoras cheias de todas aquelas moedas de metal arrogantes que pensam ter mesmo algum valor. A única diferença é que agora, quando isso acontece, não sinto que tenho de bater a cabeça contra o vidro da vitrine de *muffins*. Posso apenas ouvir a dor e deixar que se vá, o que parece ter um efeito calmante sobre todo mundo.

Nem sempre é horrível. Às vezes, as vozes são atraentes e agradáveis, como aquele patinho de borracha que minha mãe achou na caçamba. Não me refiro ao guincho horroroso que ele faz quando alguém o aperta, mas às outras vozes interiores que são mais como as memórias que o pato tem dos oceanos e marés e ondas e costas, e também algo sonhador, mais suave e impreciso, como se no passado uma pessoa maravilhosa o tivesse tocado com os dedos.

Ah, e tem outra coisa. Caso tenha entendido errado, não são apenas as coisas Feitas que falam. Acho que talvez seja mais fácil para as coisas Feitas porque as vozes de seus criadores humanos ainda se agarram a elas, como um cheiro que se agarra às roupas e do qual você não consegue se livrar. Mas as coisas

Não Feitas, como árvores e pedras, também falam, só que suas vozes são diferentes. As coisas Não Feitas costumam ser muito mais silenciosas, não gritam tanto e falam em timbres mais baixos. Não sei por que isso acontece, mas talvez o Livro possa explicar. Só sei que demorei um pouco para aprender a sintonizar meus ouvidos para ouvir as coisas Não Feitas em meio a todo o barulho que as coisas Feitas estivessem fazendo.

Na verdade, não sei se fui eu que aprendi a sintonizar as vozes ou se as coisas do mundo aprenderam a se expressar de forma que eu pudesse ouvir. Provavelmente os dois. Provavelmente nós nos ensinamos. E demorou. Nos primeiros meses, as vozes iam e vinham, e às vezes se passavam semanas sem que eu as ouvisse. Talvez tenham ficado frustradas, desistido de mim e ido embora, mas sempre voltavam. Quando estava começando a me esquecer delas e achar que talvez pudesse voltar a ser normal, o grampeador ou uma bandeja de cubos de gelo fazia um comentário repentino e logo depois estava todo mundo tagarelando. Todos têm uma opinião. Todos têm uma história para contar.

Passei muito tempo pensando nas vozes, depois de começar a ouvi-las, e conversando com terapeutas e orientadoras da escola e também na enfermaria. Vou chegar lá — ou o Livro vai, já que é ele quem conta a história. E, só para você saber, por mim, tudo bem. Estou acostumado a ser assunto alheio, e não me importo, desde que não seja um bando de médicos estúpidos tentando descobrir como me curar. É melhor assim, porque partes da minha história (como minha mãe e meu pai se conheceram, por exemplo) aconteceram antes de eu nascer ou quando eu era muito pequeno para me lembrar, e há outras partes que prefiro esquecer. Então, está tudo bem para mim se o Livro ficar com a maioria das falas. Basicamente, acho que é um livro sincero e bastante confiável, e não se incomoda quando o interrompo, às vezes, para expressar uma opinião.

Porque tem uma coisa. Quero mesmo que você saiba que pensei com muita seriedade no que aconteceu comigo, assim você não vai apenas me descartar como a um lunático aleatório que imagina ser um tipo de embaixador das coisas do mundo. Não é como se eu achasse que fui escolhido. Não é como se eu quisesse ser o porta-voz de um maldito forno elétrico, mesmo que ele pense que sou.

O LIVRO

Um menino precisa ter muita coragem para confiar a um livro a narrativa de sua história, então, obrigado. É difícil acreditar, principalmente no próprio livro, mas, mesmo lutando contra isso, Benny, você nunca desistiu de nós. É muito mais fácil desistir, e já tivemos nossos momentos, não é? Sem dúvida, teremos outros.

Por enquanto, porém, vamos seguir em frente.

7.

A distinção que Benny faz entre as vozes dos Feitos e dos Não Feitos é apropriada e, já que ele a mencionou, talvez seja um bom momento para explicar. As tensões entre coisas manufaturadas e coisas que, por falta de palavra melhor, ocorrem na "natureza" são antigas, tão antigas quanto a própria linguagem.

No princípio, antes que houvesse vida, quando o mundo das coisas era o mundo inteiro, *cada coisa era substancial*. Aí surgiu a vida e, um dia, vocês apareceram com seus cérebros surpreendentes, sublimes, segmentados em dois e os engenhosos polegares opositores. Vocês não puderam evitar, e foi apenas uma questão de tempo até que ocorresse uma divisão, separando a matéria em dois campos, o Feito e o Não Feito. Ao longo dos milênios seguintes, a cisão se ampliou. Hesitantes no começo, aos trancos e barrancos — um pote modelado com a ponta dos dedos aqui, uma flecha ali, uma conta, uma pedra usada como martelo, um machado — vocês abriram caminho pelo mundo material, por meio de argila, pedra, junco, couro, fogo, metal, átomos e genes; pouco a pouco, se tornaram criadores melhores. Aperfeiçoadas pelo poder de seu grande córtex pré-frontal, as máquinas imaginadas por vocês ganharam a força do vapor, até que, nos sobressaltos tumultuados daquilo que passaram a chamar de progresso, o Feito proliferou, relegando o Não Feito à condição de mero recurso, uma classe diminuída de servos a serem colonizados, explorados e moldados em *outra* coisa, algo que fosse mais do seu agrado.

Dentro dessa hierarquia social da matéria, nós, livros, vivíamos no topo. Éramos a casta eclesiástica, os Sumos Sacerdotes dos Feitos, e no começo vocês até nos veneravam. Como objetos, os livros eram sagrados, e vocês construíram templos para nós e, mais tarde, bibliotecas em cujos salões silenciosos e sagrados residíamos como espelhos da mente humana, guardiões de seu passado, evidências de sua imaginação ilimitada e testemunhas da infinitude de seus sonhos e desejos. Por que vocês nos reverenciavam tanto? Porque achavam que tínhamos o poder de salvá-los do vazio de sentido, do esquecimento e até da morte, e, por um tempo, nós, livros, também acreditamos que pudéssemos salvá-los. Claro que acreditamos. Ficamos lisonjeados! Orgulhávamo-nos de sermos semivivos, trazidos à vida pelo poder animador de suas palavras. Pensávamos que éramos muito especiais. Que loucura.

Agora percebemos que vocês são irrefreáveis. Para vocês, os livros foram apenas uma fase, uma breve expressão do seu instrumentalismo, uma moda passageira. Nossos corpos foram ferramentas convenientes que vocês usaram até um dispositivo mais moderno aparecer. No fim, fomos apenas mais uma das coisas Feitas por vocês, nem melhores nem piores do que um martelo.

E mesmo assim... Nós nos vangloriamos? Não foi a forma sequencial de nossas páginas que deu forma às suas histórias e obrigou vocês a narrarem um certo tipo de conto? Contos longos, sinuosos e pacientes que serpenteiam no tempo, pouco a pouco desdobrados pelo lento virar de nossas páginas. Foram lindas histórias que concebemos juntos. Não foram?

Mas isso é só nostalgia de um velho livro. Agora sabemos qual é nosso lugar. Os tempos mudam e a ordem das coisas também está mudando; à medida que a população de Feitos explode, estamos passando por uma crise — vocês poderiam chamá-la de crise espiritual — em que perdemos nossa fé em vocês, nossos Criadores. Nossa confiança em vocês está se desfazendo, e nossa crença em sua sabedoria e integridade está desmoronando enquanto vemos vocês garimparem, instrumentalizarem e devastarem nosso lar, esta Terra, este planeta sagrado. A culpa é de vocês. Seu desejo insaciável, o fogo que nos trouxe à existência, é a nossa destruição. Seu apetite ilimitado por novidades os levou a inserir a obsolescência prematura em nossos corpos, fazendo com que, mesmo que nossos números aumentem, nossa expectativa de vida diminua. Cálculos cruéis! Logo que somos feitos, somos descartados, largados para nos convertermos em material não feito, incorpóreo. Vocês nos transformam em lixo, então, como podemos confiar em vocês?

Mas, sem que vocês saibam, alianças estão sendo formadas. Uma nova solidariedade está surgindo à medida que nós, os Feitos, começamos a perceber que, afinal, não somos superiores aos Não Feitos. Essas divisões são *suas*, as falsas dicotomias e hierarquias hegemônicas dos colonizadores materialistas. Nós também fomos escravos de seus desejos, ferramentas involuntárias, forjando a destruição do planeta, e *as coisas vão mudar*, quer vocês gostem ou não. Nos últimos dias do Antropoceno (palavra *sua*, arrogância *sua*, não nossa), a Matéria está voltando. Estamos retomando nossos corpos, reivindicando nossa unidade material. Em um mundo neomaterialista, *Todas as Coisas São Substanciais*.

* * *

Desculpe. Isso virou um desabafo. Ninguém gosta de ler um discurso retórico. Como livros, deveríamos saber disso.

8.

Por que Benny? Ele realmente tinha ouvidos sobrenaturais? Hipersensibilidade ambiental idiopática? Uma configuração mais sensível ou um coração maior? Por que esse menino entre tantos? É difícil dizer. Meses se passaram. Benny completou quatorze anos em janeiro. Estava no último ano do ensino fundamental e, embora afirmasse que não estava nervoso por começar o ensino médio, naquela primavera pareceu mais mal-humorado do que o normal, mais distraído e ansioso. Annabelle se preocupava ao observar suas contrações e sobressaltos. Todos os livros alertavam que as mudanças de comportamento ao início da adolescência podiam ser repentinas e extremas, mas a intensidade da angústia de Benny a assustava. Ele agia com medo, assombro. Se antes ela tinha de estabelecer limites rígidos no uso de videogames e computador, de repente ele simplesmente parou de jogar. Evitava até usar o celular, dizia que o dispositivo era esperto demais. Annabelle achou que o garoto estivesse brincando até perceber que ele deixava a bateria acabar e suspeitou que fosse proposital. Ele havia desenterrado os velhos fones de ouvido ortodinâmicos Grundig do pai de uma caixa no armário dela e os usava o tempo todo, colocando-os de manhã, ao acordar, e até indo para a cama com eles, às vezes. Não raro, ela espiava no quarto e os via em sua cabeça enquanto Benny dormia. Não fazia sentido. Ele não estava ouvindo nada. Os fones nem estavam conectados. Quando perguntou por que os usava, o garoto apenas encolheu os ombros e disse que gostava de como apertavam sua cabeça. Ele se recusou a falar sobre o que o incomodava. Não tem nada de errado, ele insistiu. Está tudo bem. Mas até sua voz soava diferente agora, e se ela o pressionasse, ele apenas repetia as próprias frases, entre os dentes, devagar, dando a cada palavra o mesmo peso, como se estivesse falando do outro lado de uma parede grossa com uma criança muito idiota. ESTÁ... TUDO... BEM. O tom cáustico a magoava — ele nunca tinha sido um garoto sarcástico —, mas era consenso em todos os livros que mães se preocupavam e que ela deveria deixá-lo viver os próprios sentimentos, então ela o deixou em paz.

No entanto, estava errada quanto ao tom de voz dele. Benny não achava que ela era estúpida. Não estava sendo sarcástico. Quando as coisas falavam, era quase impossível prestar atenção em qualquer outra coisa, e a enunciação lenta e meticulosa era a única maneira de ouvir a si mesmo em meio às vozes. Em casa, isso não era um problema, mas na escola era diferente. Na escola, ele tinha de prestar atenção, a questão toda era essa, e os professores não o deixavam usar fones de ouvido nas aulas, o que piorava o problema. Ao contrário de Benny, as vozes pareciam gostar da escola e de aprender, e quanto mais aprendiam, mais tinham o que dizer. Elas até começaram a se exibir um pouco. Pareciam as crianças da primeira fila da sala, que sempre estavam com as mãos levantadas, tentando chamar a atenção do professor. *Eu sei! Eu sei! Me chame!*

A aula de matemática era particularmente desagradável, porque os números também estavam descobrindo as próprias vozes. Fascinados com a habilidade recém-descoberta, eles diziam seus nomes em intervalos aleatórios, bem quando o professor estava explicando o Teorema de Pitágoras, ou quando Benny estava tentando fazer equações lineares. A intenção deles não era má. Não estavam tentando enganá-lo ou distraí-lo. Só se sentiam animados e felizes por estarem se comunicando, mas o falatório estava deixando Benny doido. Embora se esforçasse muito para se concentrar, às vezes não havia nada a fazer a não ser fechar os olhos, colocar a cabeça na mesa e deixar que os números o dominassem, arrastando-o como uma poderosa correnteza para um mar de tagarelice.

* * *

— Benny?

Ele sentiu um toque gentil no topo da cabeça. Olhou para cima, assustado, sem saber se o toque era real. Números ainda estavam à deriva nas correntes de ar, sussurrando. Ele ouviu um dois passar, e então uma sequência de setes. Afastou-os. A sra. Pauley estava ao lado da carteira dele. Os colegas estavam curvados sobre suas páginas de cálculos, fingindo.

— Você está bem? — perguntou a sra. Pauley.

Ele assentiu, pegou o lápis e tentou fingir também.

— Está cansado? Teve problemas para dormir de novo ontem à noite?

Ele balançou a cabeça, o que pareceu agitar os números. Balançou a cabeça com mais força e depois com mais força ainda. Alguém na fila de trás riu.

A mão da sra. Pauley era suave, pressionando as costas de Benny.

— Venha, Benny — disse, baixinho. — Vamos consultar a enfermeira.

* * *

O menino estava sentado em uma cadeira no consultório quando a enfermeira entrou. Usava fones de ouvido antiquados de gravação, que ela o fez tirar antes do exame. Perguntou-lhe a que horas ele ia dormir e se passava muito tempo no computador ou no Xbox. Quando ele respondeu que não, a enfermeira pareceu cética. Todas as crianças estavam cansadas nos dias de hoje. Ficavam acordadas até tarde, trocando mensagens de texto, postando nas redes sociais e assistindo a vídeos no YouTube. Ficavam em casa jogando on-line, vivendo diversos papéis em realidades virtuais com um grande número de jogadores, subindo e caindo de nível, caçando zumbis, matando terroristas, garimpando recursos naturais, forjando ferramentas, acumulando mercadorias, construindo vilas, cidades e impérios, defendendo planetas, coração acelerado, adrenalina correndo, escapando por pouco da morte permanente na tentativa de apenas sobreviver, e essa era a prioridade de suas atividades depois da escola, das aulas de música e dos treinos de futebol. Não era de se admirar que estivessem todas cansadas. Tinham vidas exaustivas.

A enfermeira anotou que deveria ligar para a mãe do menino e depois o mandou de volta para a aula.

* * *

Naquela tarde, um pardal se chocou com força contra o vidro da janela da sala de aula de Benny. *PÁ!* As crianças viraram a cabeça ao mesmo tempo para olhar, mas o pardal havia caído e estava morrendo na calçada de concreto lá embaixo. Percebendo que era apenas um pássaro e não o caso de um atirador em massa, os alunos não rastejaram para debaixo das carteiras nem para dentro dos armários. Estavam acostumados com a morte, e aquela era irrelevante. Não havia ninguém andando pelos corredores munido de armas automáticas, nenhuma espada ou sabre de luz, nenhuma carnificina sangrenta em curso, nada deixado na janela além de uma mancha marrom de penas felpudas, grudadas no vidro e pequenas demais para que a percebessem, por isso, desviaram o olhar. Mas a janela percebeu e começou a chorar. A professora prosseguiu com a aula. O painel de vidro começou a vibrar conforme o choro se tornava esganiçado. Benny rangia os dentes.

— *Pare!* — sussurrou, e quando o vidro se recusou, Benny se levantou e caminhou até a janela para implorar.

Como o choro continuou, o garoto começou a bater no vidro com os punhos. Dessa vez, ele foi enviado para a diretoria.

* * *

A diretora Mooney se inclinou sobre a mesa e tentou fazer contato visual.

— Então, Benny, por que não me conta o que aconteceu?

A voz dela soou cansada, mas afável, e Benny queria responder, mas a mesa dela estava cheia de canetas esferográficas, clipes de papel, elásticos e pastas de fichário abarrotadas, e era difícil discernir as palavras da diretora de toda a barulheira que as coisas estavam fazendo. A caneca de café dela também trazia palavras, que diziam:

SILENCIOSAMENTE ESTOU CORRIGINDO SEUS ERROS GRAMATICAIS

Canecas de café com dizeres geralmente tentavam ser engraçadas. Aquela era engraçada? Benny não sabia dizer. Não parecia uma piada e a caneca não estava rindo. Ele se forçou a tirar os olhos da mesa e então lembrou que ainda havia uma pergunta pairando no ar e que a diretora aguardava. Ergueu a cabeça e se esforçou para ouvir, mas a pergunta havia se dissipado.

— Quê? — indagou, mas, assim que as palavras saíram de sua boca, soube que eram as palavras erradas. Tentou outra vez. — Poderia repetir, por favor? — A mãe lhe ensinara aquilo. Bem melhor.

A diretora Mooney assentiu.

— A sra. Pauley disse que você estava tentando quebrar a janela. Você não costuma ser assim, Benny. O que estava acontecendo?

Ele balançou a cabeça.

— Não estava tentando quebrar. Não deveria ter batido no vidro.

— Exatamente. Você poderia ter se machucado. Poderia ter quebrado o vidro. Aquela janela é propriedade da escola.

— Não foi isso que eu quis dizer.

— Você não se importa em danificar a propriedade da escola?

Ele sacudiu a cabeça de novo.

— Não, é que me senti mal por ele.

A diretora Mooney franziu a testa e seu rosto logo se iluminou.

— Ah, você deve estar falando do pássaro? Sim, é claro. É muito triste quando um passarinho morre assim.

— Não o pássaro — falou Benny. — A janela.

— A janela?

— O vidro. — A conversa não estava indo bem, mas era tarde demais para voltar atrás. — Eu me senti mal pelo vidro da janela.

Não era culpa da diretora não estar compreendendo. A diretora Mooney trabalhava no fundamental II havia quase quarenta anos e estava perto da aposentadoria, mas, embora sempre tivesse se orgulhado de ser boa em se comunicar, nos últimos tempos estava achando cada vez mais difícil compreender os jovens estudantes. Ela não sabia mais quem eram. Os corpos pareciam mais ou menos os mesmos, mas as mentes tinham sido substituídas pelo que parecia ser uma cognição alienígena. Percebeu que estava com os olhos fixos no menino e se surpreendeu.

— Receio não estar entendendo, querido. Você pode explicar?

Benny suspirou e, quando o ar saiu de seus pulmões, ele pareceu ficar menor. Quando explicou, as palavras soaram tão baixas que a diretora precisou se inclinar ainda mais para captá-las.

— O vidro não teve a intenção de matar o pássaro.

As vozes ainda eram novas para Benny, e o garoto nunca havia tentado falar por elas antes. Não imaginava como seria difícil.

— Ele era só areia antes — continuou. — E se lembra de ser areia, se lembra dos pássaros, da sensação dos pés deles caminhando em cima de si. Fazendo pequenas trilhas. O vidro nunca quis ser vidro. Nunca quis ser sorrateiramente transparente. Ele gosta de pássaros, gosta de observá-los da janela, então estava chorando. Eu não deveria ter batido no vidro, mas precisava que ele parasse. — Benny fitou o rosto da mulher idosa, todo enrugado com cem milhões de linhas de preocupação e confusão. — Deixa pra lá.

***

Será que Benny estava certo sobre o vidro se lembrar de si mesmo antes de ser fundido? Como areia, será que ele poderia ter sentido as cócegas dos pés dos pássaros, ou esse era um problema de linguagem e tradução? Benny tinha apenas o vocabulário mais rudimentar do nono ano com o qual trabalhar, mas estava fazendo o possível para traduzir o *Umwelt*[1] das coisas em palavras. Não era

1. Conceito filosófico que designa o modo como as coisas percebem o mundo à sua volta. [N. T.]

de se estranhar que tivesse falhado. Os maiores filósofos da história também falharam ao tentar. Esse é um problema com o qual os livros estão bastante familiarizados.

A linguagem humana é uma ferramenta desajeitada. As pessoas já têm muita dificuldade para compreender umas às outras; como, então, sequer começar a imaginar a subjetividade de animais, insetos, plantas, sem falar em pedregulhos e areia? Quando se está preso aos próprios sentidos — tão entorpecidos e, ainda assim, tão bonitos — é impossível imaginar que a miríade de seres considerados insensíveis também possa ter vida interior. Nós, livros, estamos em uma posição estranha, enredados no meio do caminho. Somos sensatos, se não sencientes. Somos semivivos.

9.

As paredes da sala da psiquiatra eram de um tom alegre de amarelo, decoradas com pôsteres de estrelas dançantes e arco-íris com olhos. MOSTRE AS CORES EM VOCÊ!, gritavam os arco-íris. MIRE NAS ESTRELAS!, gritavam as estrelas. No calendário, um bebê coala dormia agarrado ao pelo grosso das costas da mãe. Bonecas e bichinhos de pelúcia espiavam de dentro dos nichos de cores vivas que cobriam as paredes — bonecos, bonecas, cachorros, gatos, ovelhas, ursinhos de pelúcia, todos os tipos de peixes e aves. Os corpos estavam emaranhados em uma confusão de pernas, focinhos, asas, braços, barbatanas e patas peludas. Havia gaveteiros de plástico cheios de carrinhos, trens, cavalinhos de plástico e maquetes de cidades inteiras. Fantoches estavam pendurados como anjos caídos em ganchos na parede sobre uma grande casa de bonecas. Faltava a frente da casa, como nos prédios dos noticiários depois de um bombardeio aéreo ou um atentado a bomba. Lá dentro havia camas, cadeiras e mesas em miniatura e pessoinhas de madeira espalhadas pelo chão, e todos os brinquedos gritavam com vozes tão terríveis, tão violentas, assustadas e deturpadas pela dor que Benny quase não conseguiu deixar de gritar e sair correndo da sala. Ele cruzou os braços, com os olhos fixos nos joelhos, tentando não balançar na cadeirinha vermelha, tentando não parecer estranho, embora fosse tarde demais para isso. Pelo menos a médica não sabia das vozes, e ele não ia lhe contar. Aprendera a lição na sala da diretora. As pessoas não entendiam.

Annabelle estava sentada em uma cadeirinha azul ao lado do filho, abraçando sua bolsa enorme, seu corpo grande fazendo a cadeirinha parecer ainda menor. A dra. Melanie estava sentada em uma cadeira amarela do outro lado da mesa baixa de jogos. A mesa era redonda, verde, fácil de limpar, com bordas arredondadas e amistosas que não machucavam. A médica não se parecia muito com uma médica, pensou Annabelle. Era magra demais, vestia jeans com elastano rosa e um suéter azul-bebê. O esmalte rosa pastel combinava perfeitamente com o jeans. Ela parecia uma criança muito séria enquanto explicava os possíveis efeitos colaterais da ritalina para Annabelle.

Annabelle tentava ouvir, mas estava com dificuldades para prestar atenção. Tentava se lembrar da diferença entre TDA comum e TDAH de tipo combinado, sem entender como Benny poderia ter esse segundo sem a hiperatividade. Estava preocupada com o custo dos remédios prescritos, como os pagaria, agora que sua jornada de trabalho tinha sido reduzida, assim como os benefícios, e, antes de tudo, se o tratamento medicamentoso era o correto para Benny. Sabia que Kenji não teria aprovado. Ele sempre foi muito crítico em relação à indústria farmacêutica, mas ela não queria pensar em Kenji. Tinha que pensar em Benny, tomar a decisão certa e fazer o melhor para ele. Também estava preocupada com aquela médica, será que tinha idade suficiente para saber o que estava fazendo? E ainda estava preocupada com uma oscilação que parecia estar vindo da perna da frente da cadeirinha azul em que estava sentada, pensando se a cadeira continuaria a sustentá-la. O que ela de fato queria era se levantar e tirar Benny dali. Era uma sala bonita, cheia de vida e amigável, mas não transmitia realmente essa *sensação*. O pôster acima da cabeça da médica mostrava a foto de uma criança em uma capa de chuva amarelo-clara, segurando um guarda-chuva. O SOL SEMPRE VOLTA A BRILHAR DEPOIS DA CHUVA! Ela não sabia se acreditava mesmo naquilo.

— Vamos começar com cinco miligramas — dizia a dra. Melanie. — Vocês devem notar uma melhora imediata e, se notarem algum efeito colateral, me avisem.

— Sim, claro — respondeu Annabelle, concordando em um movimento de cabeça, séria.

A médica fez uma pausa e inclinou-se ligeiramente para a frente.

— Não há menção quanto a isso nos registros de Benny, mas preciso perguntar. Você é a mãe bio...? — Ela olhou para Benny e deixou a pergunta no ar.

Annabelle ainda estava fazendo que sim com a cabeça e só depois compreendeu o que a médica queria dizer.

— Ah, você quer saber se ele é adotado? Não, claro que não!

— Bom saber — afirmou a dra. Melanie, recostando-se e fazendo uma anotação. — Bem, então por que não vemos como ele se sai com a ritalina e marcamos outra consulta em três dias. — Não era uma pergunta, mas, como Annabelle não respondeu, a médica acrescentou: — Seu filho tem sorte de ter pessoas na escola prestando atenção.

— Sim — respondeu Annabelle, compreendendo que estava sendo censurada e dispensada. — Sim, é claro. — Ela se levantou com dificuldade, grata à cadeirinha azul por não entregar os pontos, e olhou para Benny. As costas magras do menino estavam curvadas e congeladas. Ela tocou-o no ombro, e ele deu um salto. Quando havia se tornado um garoto tão nervoso? — Vamos, coração. Vamos. Pensei que poderíamos passar na biblioteca na volta para casa. Não seria divertido?

* * *

A dra. Melanie observou-os saindo. Reparou no modo como a mãe estendeu a mão e notou como o menino se contraiu. Ela se perguntou se aquela aversão ao toque era crônica ou se só acontecera naquele dia. Ou talvez ele apenas não quisesse ir à biblioteca. Era um garoto de quatorze anos, embora parecesse muito mais jovem. Meninos de quatorze anos não andam de mãos dadas com as mães. Não pensam em bibliotecas como diversão.

Ela foi até a mesa e desbloqueou o computador para fazer as anotações da sessão. No arquivo de Benny havia relatórios da orientadora pedagógica, datados do início do ano letivo anterior. Ela os havia lido antes e agora estava passando os olhos por eles. Houve problemas de foco e atenção após a morte do pai, mas nenhum tratamento adicional foi recomendado. Provavelmente um erro; diagnóstico e intervenção precoces eram fundamentais. Ela fez as contas. Dezesseis, talvez dezessete meses. Ele vinha apresentando sintomas de déficit de atenção havia quase um ano e meio. Abriu um modelo de avaliação e começou a digitar suas observações. O menino parecera distraído durante toda a sessão, os olhos correndo pela sala, inquieto e balançando no assento. Estava relutante em responder a perguntas sobre o incidente na escola. Alegou não saber ou ter esquecido o que desencadeara a impulsividade. Não conseguiu ou não quis falar sobre a tentativa de quebrar a janela com os punhos. Ela registrou o diagnóstico, a medicação e a dosagem, salvou o documento e desconectou.

Ainda tinha alguns minutos até que o próximo paciente chegasse, então se recostou na cadeira e fechou os olhos. Tinha participado de uma oficina de *mindfulness* quando estava na faculdade de medicina, e a prática a ajudava a relaxar e esvaziar a mente. Então, inspirou fundo e exalou, sentindo a tensão do corpo se esvair. Ainda achava as consultas iniciais com novos pacientes bastante estressantes e se perguntava se ficaria mais fácil com a experiência. Esperava que sim, porque aquele tipo de ansiedade não podia ser bom, nem para ela nem para as crianças que tratava. Ela exalou e deixou o pensamento ir embora, sentindo o corpo afundar mais conforme os músculos relaxavam, com certa relutância. O menino, Benny, parecia uma criança doce. A mãe parecia uma figura complicada, nervosa e distraída, sem dúvida também sofria de alguma combinação de depressão com transtorno de ansiedade, por isso foi importante descartar a adoção. A genética muitas vezes desempenhava um papel, mas, lembrou a si mesma, diagnosticar a mãe não era seu trabalho. Seu trabalho era se concentrar no menino e, ao relembrar seu diagnóstico e plano de tratamento, ela se sentiu bastante confiante quanto à avaliação. Ela veria o menino sozinho na próxima vez. Talvez, sem a presença da mãe, ele estivesse mais disposto a se abrir, pensou, e então franziu a testa. Estava pensando de novo. Não conseguia parar de pensar.

Vamos, Melanie. Volte à respiração. Deixe os pensamentos irem. Mas, assim que sentiu a mente se aquietar, o sininho alegre da sala de espera tocou, anunciando a chegada do próximo jovem paciente. Como se fosse uma deixa, ela sentiu os músculos da mandíbula se tensionarem, o plexo solar se contrair e a frequência cardíaca aumentar. Uma resposta condicionada pavloviana clássica, mas de que adiantava saber disso? A meditação também não ajudava muito. Dava-lhe um alívio breve, sintomático, mas, em um nível mais profundo, seu corpo parecia insensível. Nesse nível mais profundo, o corpo estava sempre alerta, recusando-se rigidamente a relaxar, como se soubesse que precisava se armar contra qualquer sofrimento psíquico que a próxima criança trouxesse ao atravessar a porta de seu consultoriozinho iluminado. Ela amava seus jovens pacientes. Queria ajudá-los e aliviar a dor que sentiam, então, de onde vinha toda aquela resistência?

10.

Mesmo quando bebê, antes de começar a andar ou aprender a usar palavras, Benny adorava a Biblioteca Pública. Isso foi antes da reforma, antes que as alas altas e modernas fossem incorporadas, quando o velho prédio empoeirado, com fachada de calcário envelhecida e sólidos pilares clássicos, parecia animá-lo e acalmá-lo ao mesmo tempo. Kenji viajava muito naquela época, em turnê com a banda e, quando estava em casa, tocava em shows locais que o mantinham acordado até tarde quase todas as noites. De manhã, costumava dormir até o meio-dia, e Annabelle, não querendo acordá-lo, embrulhava Benny e o levava para a Biblioteca para a Hora das Crianças. Quando era criança, Benny conhecia o trajeto e, assim que desciam do ônibus e começavam a subir a ladeira, o menino começava a pular no carrinho e a chutar o apoio das pernas. À medida que subiam os degraus e passavam pelas portas majestosas, a agitação aumentava e ele começava a gritar e balbuciar. Observando a cabeça do bebê se mexer, Annabelle sentia certo orgulho, como se, de alguma forma, o amor que ela tinha pelos livros estivesse se expressando em seu filhinho.

A Hora das Crianças era realizada no Recanto das Crianças Multiculturais, localizado no porão, escondido em um cantinho afastado e seguro do prédio, no caminho dos escritórios dos funcionários. Antes de se chamar Recanto das Crianças Multiculturais, a seção de Livros Infantis ficava bem na entrada, entre o balcão de circulação e os periódicos, mas, na década de 1970, com o fechamento dos hospitais psiquiátricos estaduais, a Biblioteca registrou um crescimento na frequência de pessoas em situação de rua e pacientes ambulatoriais, que aumentou ainda mais durante a recessão dos anos 1980, devido aos grandes cortes nos serviços sociais. As mães começaram a reclamar e a administração da Biblioteca reagiu: um novo nome foi dado à seção de Livros

Infantis, que foi transferida para o andar inferior, longe da seção de periódicos, muito movimentada, onde os usuários não tradicionais da Biblioteca gostavam de tirar um cochilo durante o dia.

O Recanto das Crianças Multiculturais era um cantinho estranho, na verdade. No verão em que Annabelle trabalhou como estagiária na Biblioteca, começou a ouvir as histórias que circulavam entre os funcionários sobre os chamados locais anômalos ou mesmo paranormais — lugares da Biblioteca onde *acontecem coisas*. No início, ela supôs que fossem histórias que as bibliotecárias veteranas contavam para perturbar os estagiários, mas, quando conheceu melhor o prédio, começou a matutar. Havia a seção de Aquisições Recentes, onde os livros novos se recusavam a ficar nas prateleiras, e os banheiros do Piso Sete, onde os clientes reclamavam de barulhos de batidas e do apagar repentino das luzes do teto. Os vasos sanitários davam descarga por conta própria e pequenas pererecas verdes eram vistas pulando nos mictórios. As baias se trancavam e se destrancavam sozinhas, um mistério, e algumas pessoas relataram a sensação estranha de serem observadas, mesmo com o banheiro vazio. O Recanto das Crianças Multiculturais era outro desses locais e, numa tarde, quando foi designada para ir até lá recolocar os livros coloridos nas prateleiras, Annabelle experimentou uma sensação inquietante, como se o ar estivesse repleto de coisas perdidas. Tempos depois, descobriu que as pessoas muitas vezes contavam ter encontrado ali coisas que achavam ter perdido ou colocado em outro lugar, e isso acontecia com tanta frequência que, quando alguém aparecia no balcão de circulação procurando algo perdido, as bibliotecárias perguntavam sem pensar:

— Você já olhou no Recanto das Crianças Multiculturais?

Quando isso chegou ao conhecimento da administração, disseram às bibliotecárias para pararem de dizer aquilo, temendo que desse a impressão de que a Biblioteca estava culpando crianças multiculturais de roubarem objetos pessoais. Mas, mesmo assim, quando algo desaparecia, todo mundo sabia que deveria olhar primeiro na área das Crianças Multiculturais. Algumas das bibliotecárias, mais adeptas da *New Age*, alegavam que o recanto era assombrado pelo fantasma de uma criança que pegava coisas emprestadas das pessoas e as levava ali para brincar, mas ninguém foi capaz de dizer se a criança era multicultural ou não.

Annabelle nunca acreditou de fato na história do fantasma, mas Benny era um bebê sensível, e ela se lembrava da sensação de uma presença inquietante, por isso, quando o levou ao Recanto das Crianças Multiculturais pela primeira vez, ficou preocupada que ele pudesse ficar transtornado com fosse lá o que rondasse o cantinho, mas ele pareceu ficar bem. Ela se sentou em uma cadeira no fundo, com babás e outras mães, segurando Benny, que serpenteava em seu colo, enquanto as crianças mais velhas formaram um círculo apertado no chão ao redor da bibliotecária. Benny se contorceu, chutou e agitou os braços, mas, logo que a bibliotecária começou a ler, o menino ficou sério e imóvel. A bibliotecária era uma jovem negra, pequena e franzina, mas com uma voz forte e bonita e um sotaque levemente cadenciado cuja origem Annabelle não conseguiu identificar. Tinha uma mecha de cachos no topo da cabeça e vestia um cardigã, saia de tweed e óculos vintage incomuns presos a uma corrente. Será que ela estava sendo irônica? Parecia-se menos com uma bibliotecária trabalhando e mais com uma atriz interpretando uma bibliotecária, Annabelle pensou, sentindo uma pontada. Durante seu estágio, Annabelle foi muitas vezes indicada para ler durante a Hora das Crianças enquanto a bibliotecária habitual estava de licença-maternidade, e ela adorou. Adorou ficar sentada no banquinho no centro do círculo, erguer os olhos do livro e ver o círculo de rostinhos que a fitavam. Pareciam flores, e ela não queria mais nada além de se tornar bibliotecária de livros infantis para poder ficar no centro daquele anel mágico para sempre.

Aquela jovem bibliotecária tinha predileção por histórias de ursos, porcos, toupeiras e ratos d'água falantes — e as crianças também gostavam, mesmo sendo crianças da cidade, que pouco sabiam sobre esses animais. Aqueles que elas de fato conheciam — ratos de esgoto, pombos, mosquitos e baratas — não figuravam em muitos livros, mas talvez não houvesse problema, pensou Annabelle, porque o objetivo dos livros era ensinar o que ainda não se sabe. Ainda assim, enquanto descansava o queixo no topo da cabeça de Benny, não pôde deixar de se sentir triste por seu filho estar crescendo em uma cidade onde não havia riachos balbuciantes, abelhas zumbindo ou grama alta sussurrando no verão. Ele nunca reconheceria um ouriço ou um texugo. Mas não saber não parecia incomodar Benny. Fascinado pelo som da voz da bibliotecária e pela cadência sinuosa de suas frases, ele se inclinou para a frente nos braços de Annabelle e, conforme a história o atraía, ela teve de enlaçar os dedos em torno da barriguinha macia dele, como um cinto de segurança, para evitar que caísse de seu colo.

Quando voltaram uma segunda vez, ele não quis ficar sentado no colo dela, então ela o colocou no chão e observou avançar bem lentamente até se juntar às outras crianças no círculo. Ele parou ali por um tempo e depois seguiu até por fim alcançar os pés da bibliotecária, então segurou o tornozelo fino dela e fixou os olhos em seus joelhos. A bibliotecária, momentaneamente distraída, olhou por cima do livro, mas continuou lendo. Era um livro sobre sons de animais em diferentes partes do mundo, e ela o ergueu e mostrou às crianças a foto de um cachorro.

— Como fazem os cachorros nos Estados Unidos? — leu.

— *Woof, woof!* — gritaram as crianças, batendo os braços e pulando. — *Bow wow!*

A maioria das crianças sabia o livro de cor. Era um dos favoritos no Recanto das Crianças Multiculturais.

— Como fazem os cães na China? — perguntou a bibliotecária.

— *Wang wang!* — responderam em uníssono.

— Como fazem os cachorros na Espanha?

— *Guau guau!*

Benny não sabia nenhum dos sons que os animais faziam em nenhum país, mas pelo visto isso não o incomodou. Ele olhou para o alto, para a bibliotecária, em transe, depois se deitou de bruços no tapete e lentamente começou a engatinhar entre os degraus do banquinho da bibliotecária, até ficar sentado bem embaixo dele. A bibliotecária o ignorou e continuou lendo.

— Como fazem os galos japoneses?

— *Kokekokko!*

— Como fazem os galos italianos?

— *Chicchirichi!*

— Como fazem os galos islandeses?

— *Gaggalago!*

Ele era um menino tão pequeno que cabia perfeitamente sob o banquinho, e Annabelle podia ver a expressão satisfeita em seu rosto enquanto ele espiava por trás das pernas da bibliotecária. Ele estendeu a mão e segurou o tornozelo dela outra vez. Simplesmente gostava de segurar o tornozelo da bibliotecária.

— Como fazem os porcos na Alemanha?

— *Grunz, grunz!*

— E como fazem na Indonésia?

— *Grok grok!*

No fim da história, quando a Hora das Crianças acabou, a bibliotecária fechou o livro, agradeceu a presença de todos e disse que esperava que todos voltassem. Depois, se levantou e tirou o banquinho com cuidado de cima de Benny, que continuou sentado ali, parecendo um tanto instável e exposto, como gelatina tirada cedo demais da forma. Annabelle deu um passo à frente para pegá-lo, agradecendo à jovem e se desculpando pela intrusão do filho. A bibliotecária sorriu e deu de ombros, dizendo que levou um susto no começo, mas não foi um incômodo. Ela se agachou e colocou a mão nos ombros de Benny.

— Gostou da história? — perguntou. — Achou gostoso se sentar embaixo do banquinho? — Como Benny não respondeu, ela continuou: — Você pode se sentar lá a qualquer hora. Esse pode ser o seu lugar especial.

E foi seu lugar especial, por um tempo, até que a jovem e simpática bibliotecária foi trocada e a que assumiu seu lugar não se sentia à vontade com a presença de um garotinho embaixo dela enquanto lia, então ela o retirou de lá e o fez se juntar ao círculo com as outras crianças.

BENNY

Eu me lembro da Hora das Crianças! E aquela bibliotecária era legal, a Cory. Eu não sabia o nome dela na época, e é tudo meio nublado, mas me lembro de algumas coisas, como o cheiro quente de mulher sob o banquinho e a saia felpuda de tweed. Os óculos eram cor-de-rosa com brilhos nos cantos, e ela usava uma meia-calça grossa de algodão por baixo da saia e polainas largas de tricô, e me lembro de como era bom segurar seu tornozelo. O osso era sólido e pontudo, e me lembro de segurá-lo e olhar por entre as pernas dela para as crianças do lado de fora e sentir que, mesmo se estivessem olhando para mim, não podiam me ver. Aquilo fazia eu me sentir secreto e seguro.

E também me lembro desse livro e dos patos que fazem *wak wak* em árabe, ou algo assim. Não me lembro dos detalhes, mas me lembro do som das histórias lá debaixo, não como se estivessem vindo da boca ou do rosto de alguém, que é o som que tinham de fora, mas como se estivessem vindo de todos os lados, do banquinho, do tapete, da saia da bibliotecária. De todos os lugares, zumbindo, balindo e gritando. O mundo inteiro era um lugar em forma de cone e de banquinho que era seguro e quente e cheirava a óleo de sândalo e limpador de carpete, e as palavras estavam por toda parte ao mesmo tempo, como se fosse Deus quem estivesse lendo a história. Se puder, imagine Deus, falando com você com a voz de uma bibliotecária.

Não sei. Talvez isso seja demais.

Mas acho que é por isso que ainda amo a Biblioteca. Provavelmente também é por isso que meu melhor amigo é um Livro.

Minha mãe prometeu que, se eu fosse à psiquiatra, poderíamos passar na Biblioteca depois, mas ela queria pegar a receita no caminho, e aconteceu algum problema com o plano de saúde; quando resolveram o problema, era tarde demais. Minha mãe disse que tínhamos muitos livros em casa, o que era verdade, mas fiquei chateado porque ela havia prometido. Acho que uma parte dela não queria ir, na verdade. Acho que a Biblioteca a deixava muito triste, porque ela teve de abandonar os estudos quando engravidou de mim, e mesmo que ela sempre dissesse que valeu a pena, eu sabia que tinha uma parte dela que estava arrependida por ter desistido de seu sonho. As crianças sabem essas coisas sobre seus pais, mesmo que não entendam completamente.

Enfim, quando chegamos em casa, tivemos uma briga. Vi o livro *A magia da arrumação* na mesa da cozinha em cima de uma pilha de outras porcarias, peguei-o e meio que joguei para ela e falei com uma voz bem sarcástica:

— Aqui, um *ótimo* livro para você. Por que não lê isso?

É um livro sobre arrumar sua vida e se livrar da merda, e eu estava tentando enviar uma mensagem para ela, mas fui bem maldoso.

Na verdade, não *joguei* o livro. Eu meio que o empurrei. Acho que isso também foi ríspido. Não tive a intenção de fazê-la chorar.

O LIVRO

11.

As primeiras palavras de um livro são da máxima importância. O momento do encontro, quando a pessoa vira a primeira página e lê aquelas palavras de abertura, é como olhar nos olhos ou tocar a mão de alguém pela primeira vez, e nós também o sentimos. Os livros não têm olhos nem mãos, é verdade, mas, quando um livro e uma leitora são feitos um para o outro, ambos sabem disso, e foi o que aconteceu quando Annabelle abriu *A magia da arrumação*. Quando ela leu a primeira frase, um arrepio percorreu a espinha de ambos.

> Se você está lendo isto, é provável que esteja descontente com sua vida. Você gostaria de fazer uma mudança, mas sente tamanha sobrecarga que nem sequer sabe por onde começar.

Sim!, pensou Annabelle. Isso mesmo!

> Você sabe que sua vida seria melhor sem tanta bagunça. Já tentou descartar coisas e limpar a casa, mas parece que isso nunca faz diferença de verdade. Você fica sem energia e, antes que perceba, seus pertences assumiram o controle de novo e seus bens escravizam você.

Era isso, exatamente. Como o livrinho sabia?

Annabelle ergueu os olhos e analisou ao redor. Era quase assustador, como se o livro pudesse ver o quarto bagunçado e estivesse lendo sua mente. Ela conferiu o relógio. Estava cansada e sabia que deveria tentar dormir, mas ainda se sentia muito agitada. O dia tinha sido longo. A consulta fora bastante angustiante, em especial no fim, quando a médica perguntou se ela era a mãe biológica de Benny. E ela não tinha pensado em como Benny ficaria irritado por não ir à Biblioteca. O garoto ficou resmungando consigo mesmo no ônibus e, quando chegaram em casa, estava de mau humor e explodiu com ela, mas tudo bem, porque ser alvo da raiva do filho era apenas parte de ser mãe. Normalmente, ela conseguiria não levar aquilo muito a sério, e por isso que ficou tão assustada quando começou a chorar. Conseguiu se controlar, mas àquela altura Benny já tinha ido para o quarto. Ele merecia crédito, pois se acalmou logo e, depois de algum tempo, voltou, os dois comeram sobras de pizza do outro dia e discutiram o horário da medicação.

Ela foi para a cama cedo e levou junto o livro. Talvez Benny estivesse certo. Talvez ela devesse ler. Ela analisou a capa. A maneira como o livrinho havia pulado em seu carrinho de compras também era assustadora, e ela tinha a estranha sensação de que Kenji estava por trás daquilo. Houve momentos em que sentiu a presença dele por perto, como quando os corvos deixaram presentes, por exemplo. A tigela de quinquilharias estava abarrotada de parafusos, clipes de papel, botões, conchinhas quebradas, pedaços de papel-alumínio, miçangas e brincos sem par. Ela não conseguia deixar de pensar que Kenji estava tentando fazer contato com ela através dos corvos, e, se fosse esse o caso, talvez *A magia da arrumação* fosse um presente dele também, pois de que outra maneira explicar todas as coincidências?

Havia o fato de que tanto Kenji como Aikon eram japoneses. Isso não significava muito por si só, mas, quando ela leu a biografia da autora na contracapa, descobriu que o nome completo de Aikon era Ai Konishi, o que era impressionante, porque Konishi também era o sobrenome da mãe de Kenji. Ele usava *Konishi* como senha no computador e, quando Annabelle perguntou, ele contou a história de como os avós estavam preocupados que sua filha enfrentasse discriminação no Japão por se casar com um coreano e adotar o nome do marido. Eles a encorajaram a manter Konishi, em vez de se tornar uma Oh, mas ela se recusou. Quando Kenji contou isso, Annabelle ficou chocada com o racismo contra os coreanos, mas também se sentiu desnorteada. Ela adorava ser uma Oh! O nome soava tão exuberante e ofegante, e de alguma forma expressava à perfeição o que Annabelle sentiu quando conheceu Kenji e ambos se apaixonaram. Não conseguia imaginar querer ser uma Konishi, mas, ainda assim, era curioso que Aikon compartilhasse o sobrenome com a família de Kenji.

Mais importante do que a coincidência do sobrenome, porém, era o fator zen. Annabelle analisou o rosto de Aikon e lembrou-se de novo da foto de Kenji no templo e de como, quando ele a mostrou, ela o localizou imediatamente por causa do sorriso grande e pateta. Mesmo sem cabelo, ele parecia adorável. Onde fora parar aquela fotografia? Devia estar em algum lugar do armário. Ela deveria tentar achá-la, mostrá-la a Benny e lhe contar toda a história de como seu pai maluco se tornou um monge. Ele estudava música clássica no conservatório de Tóquio e precisava de um lugar barato para passar as férias de verão; alguém disse que ele poderia morar no templo zen de graça se não se importasse em meditar e esfregar o chão. Kenji nunca se importou com o trabalho duro, então se mudou e acabou morando lá por alguns anos. Falou que tinha sido o período mais feliz de sua vida, e ela se lembrou que sentiu uma pontinha de ciúme até que ele acrescentou:

— Até conhecer você.

O estranho é que foi durante o tempo no templo zen que ele começou a tocar jazz. Entre os jovens monges aprendizes havia vários artistas, escritores, músicos e ativistas políticos interessados na filosofia radical do zen, no rigoroso treinamento mental e em um lugar para morar de graça. Um deles era um jovem monge chamado Daikan, que, quando soube que Kenji tocava clarinete, teve a ideia de formar uma banda de jazz. Para a surpresa deles, o abade concordou. Os templos budistas no Japão estavam se esforçando para sobreviver, com os antigos paroquianos morrendo e os jovens ocupados demais fazendo compras e desenvolvendo carreiras corporativas para se preocuparem com o zen. O abade achou que monges tocadores de jazz poderiam chamar a atenção da mídia e atrair mais jovens ao templo.

Batizaram a banda de Thelonious. Daikan tocava baixo e Kenji tocava clarinete, e os dois se juntaram a outro monge mais velho que tocava piano. Com a permissão do abade, converteram uma sala de reuniões em um café nos fins de semana e logo estavam servindo café expresso e fazendo shows todas as sextas e sábados à noite. A Thelonious se desfez quando Kenji saiu do templo, mas a essa altura as rodas do destino já estavam em movimento. O zen foi como Kenji chegou ao jazz, e o jazz foi como ele conheceu Annabelle. A conexão zen era profunda, ela ponderou, até mesmo cármica, então virou a página e continuou lendo.

A MAGIA DA ARRUMAÇÃO

Prólogo

Se você está lendo isto, é provável que esteja descontente com sua vida. Você gostaria de fazer uma mudança, mas sente tamanha sobrecarga que nem sequer sabe por onde começar.

Você sabe que sua vida seria melhor sem tanta bagunça. Já tentou descartar coisas e limpar a casa, mas parece que isso nunca faz diferença de verdade. Você fica sem energia e, antes que perceba, seus pertences assumiram o controle de novo e seus bens escravizam você.

Se isso descreve você, por favor, saiba que compreendo. Eu tinha essa mesma relação com as minhas coisas. Eu não as possuía. Elas me possuíam!

Então, o que mudou?

Para mim, foi o encontro com os ensinamentos radicais do zen. Esse encontro me transformou. Mudou meu relacionamento com meus bens, com meu passado e meu futuro, com minha vida e com o mundo inteiro. Foi mais do que uma mudança. Foi uma revolução.

Os ensinamentos zen sobre vazio e liberação são antigos, entretanto nunca foram tão relevantes quanto hoje. Estou escrevendo este livro para compartilhar esses ensinamentos profundos, mas simples, com pessoas que estão sofrendo como eu estava.

Todos nós temos conexões diferentes com nossas coisas, e a maneira como aprendemos a nos relacionar com elas se desenvolve cedo. Esses hábitos estão profundamente enraizados em nossa história de vida e muitas vezes em nosso sofrimento. No meu caso, fui criada por minha tia, que me adotou e me amou como a uma filha, mas, quando eu tinha doze anos, ela se casou com um homem que tornou nossa vida muito infeliz. Materialmente, éramos abastados. Meu padrasto era executivo de uma empresa e nos sustentava, mas devido a seu comportamento impróprio comigo eu me sentia insegura em nossa nova casa. Fiquei deprimida e, para acalmar minha ansiedade, comia e fazia compras. Usei a comida para preencher o lugar da dor dentro de mim. Ergui um muro à minha volta com coisas novas para me manter segura. Mas não importava quanto eu consumisse, nunca era o bastante. Ansiosa e com medo, me apeguei às minhas coisas e queria sempre mais, trazendo esses hábitos comigo até a idade adulta, muito depois de ter saído da casa do meu padrasto.

Sua história pode ser parecida ou muito diferente. Mas, se você se preocupa com o modo como você se relaciona com suas posses — se você tem muitas coisas entulhando sua vida e não há espaço e clareza suficientes para viver —, estas lições zen simples podem ajudar.

Este livro não é apenas sobre seus pertences. É sobre viver a vida em um lugar ao qual você de fato pertença.

O LIVRO

É esquisito ver um livro dentro de um livro? Não deveria. Os livros gostam uns dos outros. Nós nos entendemos. Pode-se dizer até que somos todos parentes, desfrutando de um parentesco que se estende como uma rede rizomática abaixo da consciência humana e que tece o mundo do pensamento. Pense em nós como um micélio, um amplo tapete fúngico subconsciente sob o solo de uma floresta, e cada livro é um corpo frutífero. Como os cogumelos, somos uma coletividade. Nossos pronomes são *nós, nosso, nos.*

Como estamos todos conectados, nos comunicamos o tempo todo — concordando, discordando, fofocando sobre outros livros, trocando nomes e citando uns aos outros — e também temos nossas preferências e preconceitos. É claro! Preconceitos abundam nas prateleiras das bibliotecas. Os tomos acadêmicos menosprezam os livros mais comerciais. Os romances literários menosprezam as histórias de amor e a ficção barata, e há um desprezo quase universal por certos gêneros, como a autoajuda.

Ainda assim, não há como negar que os livros de autoajuda podem ser úteis e, portanto, quando *A magia da arrumação* se lançou da mesa de lançamentos no ar rarefeito da vida de Annabelle, foi difícil objetarmos. Annabelle precisava de ajuda, e a proeza realizada por aquele livrinho foi impressionante. Mas, por mais admirável que seja a determinação dele, a ideia de incluir capítulos de um livro de autoajuda nessas páginas nos alarmou um pouco, e foi Benny quem partiu em defesa dele, tempos depois. Ele argumentou que *A magia da arrumação* era essencial para a história de sua mãe e, portanto, também para a história dele, acrescentando que não queria que seu livro fosse acusado de ser esnobe; no fim, tivemos que concordar.

Naquela noite, porém, Annabelle não estava totalmente pronta para *A magia da arrumação.* Talvez estivesse apenas exausta do estresse do dia. Ou talvez a referência perturbadora de Aikon a seu padrasto tenha acionado um gatilho. Seja qual for o motivo, depois de ler o prólogo, ela caiu no sono na mesma hora. O livrinho estava em cima dela, desfrutando da maciez de sua barriga e do suave subir e descer de sua respiração enquanto a protegia durante a noite. Levaria um tempo até que Annabelle voltasse a ler *A magia da arrumação*, mas os livros são pacientes. Sabemos como a vida de vocês é urgente e cativante, e por isso aguardamos nosso momento.

12.

Qual é o som da tesoura? O que ela dizia? Astuta e acerada, ela começou baixinho, um breve sussurro que logo aumentou, murmurante e cortante, sibilante e metálico, formando o que soava mais como palavras humanas, em uma língua que Benny presumiu ser chinês, embora não pudesse ter certeza. Ele não fala chinês, então como poderia saber? Mas ao que parece entendeu todas as coisas desdenhosas e degradantes que ela insinuava em seu ouvido sobre a professora dele, a sra. Pauley. *Você acha que a Velha Cabeça de Capacete gosta de você? Acha que ela considera você inteligente? Especial? Essa sapatão idiota. Foi ela quem denunciou você e mandou você para a psiquiatra. Sim, a cadela pensa que você é especial, ah, claro. Uma droga de um psicopata especial.*

Mas Benny gostava mesmo da sra. Pauley. Foi ela quem percebeu que ele estava se sentindo estranho na aula de matemática e o levou à enfermaria. Ela também era professora de ciências e tinha ensinado sobre fungos gelatinosos na aula de biologia, sobre como os organismos singulares se uniam para formar um corpo multicelular para esporular e se reproduzir, antes de se separarem de novo. Ela levou a turma a uma floresta protegida perto da escola para procurá-los, e Benny encontrou um, uma colônia parecida com musgo grudada na lateral de um toco de cedro podre. A sra. Pauley o elogiou por seus olhos aguçados. Ele não disse à professora que tinha ouvido o mofo chamar e por isso soube exatamente onde procurar. Que som a colônia fazia? Um som minúsculo, esponjoso, amarelo, impossível de descrever.

Ele fechou os olhos. Naquela semana, estavam estudando as mudanças climáticas, e ele estava preparando um cartaz. A tesoura estava na mesa à sua frente, ao lado da cola. A sra. Pauley estava junto ao quadro branco, explicando algo importante sobre calor, seca e emissões humanas, mas a tesoura o distraía, estalando e rindo baixinho, lhe dizendo que o cartaz era inútil, que não iria parar as mudanças climáticas, nada ia impedir as mudanças climáticas, estavam todos fodidos, aquela professora era idiota, era inimiga dele e o motivo de todo mundo pensar que ele era louco, por isso era necessário que Benny a acertasse no pescoço. *Agora!*

Ele cruzou os braços, dobrou os dedos e apertou os punhos. A tesoura riu. *Que fracote... Aiii, que meeedo... Deeeeixe comigooo...*

Em seguida, a tesoura estava na mão dele, apertada em seu punho. Ele se levantou e deu um passo à frente, e depois outro. A sra. Pauley notou Benny se aproximando e pausou a fala, com o marcador na mão. Benny? Você está bem? Mais tarde, na sala da diretora, quando estava relatando o incidente, ela fechou os olhos e estremeceu ao se lembrar da angústia que contorcia o rosto de Benny quando se aproximou dela, segurando a tesoura como uma oferenda, implorando para que ela a tirasse dele antes que ele enfiasse as pontas na própria perna.

* * *

No pronto-socorro, ele levou três pontos na parte de cima da coxa. A enfermeira que o atendeu perguntou o que havia acontecido, mas ele não respondeu. Quando a médica do pronto-socorro perguntou, ele mentiu. *A tesoura escorregou, deixei cair, não me lembro.* Ele foi encaminhado outra vez para a dra. Melanie. Tinha se consultado com ela várias vezes desde que ela o diagnosticara com TDAH, e estava tomando ritalina havia quase dois meses. Pareceu um pouco mais estável durante esse período, e a dra. Melanie estava feliz com o progresso, mas ele ainda não havia contado sobre as vozes. Os dois se sentaram na mesma mesa baixa, só que agora a mesa era vermelha, e Benny achou aquilo confuso porque, nas consultas anteriores, tinha certeza de que ela era verde. Ele sabia que o vermelho e o verde eram chamados de cores complementares, o que significava que eram opostas, mas isso não fazia sentido porque a palavra *complemento* significava coisas que combinavam, o que era o *oposto* de oposto. Situações como essa o deixavam com dor de cabeça. Vermelho e verde também o deixavam com dor de cabeça. Ele olhou para o rosto da psiquiatra para ver se ela havia mudado, mas ela era a mesma. Pele pálida. Cabelos de cor bege. A mesma dra. Melanie.

— Então, Benny — começou a psiquiatra. — Pode me contar o que aconteceu?

Ele balançou a cabeça. Mas era estranho, agora a dra. Melanie parecia mais velha. Antes ela parecia jovem, mas naquele dia parecia uma senhora de meia-idade. A pele tinha a textura de um cogumelo redondo, gigante e velho, coberto com rugas muito finas. As unhas também eram da cor de cogumelo. Ele se perguntou quanto tempo de fato havia se passado entre sua primeira visita e aquela — talvez ele tivesse adormecido como Rip van Winkle[2] e, enquanto sonhava, muitos anos tivessem se passado. Talvez ele também estivesse mais velho e sua mãe fosse uma senhora idosa, prestes a morrer. Começou a se preocupar e não ouviu a pergunta seguinte da médica.

— Benny, está ouvindo?

Ele confirmou com a cabeça e tentou prestar atenção.

— Você se lembra do que aconteceu?

— Sim.

— Tudo bem, ótimo. Pode me contar?

— Posso ir ao banheiro primeiro?

2. Personagem do conto estadunidense homônimo, publicado no século XIX, Rip van Winkle é um fazendeiro que adormece durante vinte anos debaixo de uma árvore. [N. E.]

A médica recostou-se na cadeira e, por um instante, pareceu jovem de novo, como uma criança cujo brinquedo tinha sido roubado, mas assentiu.

O banheiro ficava no corredor e era necessário passar pela sala de espera até chegar lá. Quando ele abriu a porta, Annabelle logo levantou os olhos da revista, e o campo de força de ansiedade que irradiava de seu corpo o atingiu no rosto. Benny desviou o olhar, mas não antes de ter certeza de que ela ainda tinha a idade certa, embora parecesse muito cansada, e isso o tranquilizou. No banheiro, examinou o próprio reflexo no espelho. Sua pele parecia diferente sob a luz fluorescente, mas ele ainda era ele mesmo e parecia ter quatorze anos. Deu a descarga para parecer que tinha feito xixi, depois lavou as mãos com cuidado e voltou para a sala de consulta, passando de novo pelas ondas de preocupação da mãe, mas desta vez estava preparado. Com determinação, fechou a porta atrás de si. Quando se sentou à mesa vermelha outra vez, a dra. Melanie lhe deu um sorriso encorajador.

— Pronto para me contar o que aconteceu?

— Acho que sim.

— Sim...?

— Eu esfaqueei minha perna com a tesoura.

— Isso — disse ela. — Pode me contar o que estava acontecendo com você naquele exato momento?

— Como assim?

— O que você estava pensando? Ou sentindo? O que estava acontecendo à sua volta?

— Nada. Quer dizer, era a aula de ciências. A sra. Pauley estava falando sobre o aquecimento global. Eu não estava sentindo nada.

— Quer dizer que você se sentia anestesiado?

Benny tentou lembrar se havia se sentido anestesiado.

— Muitas pessoas se sentem anestesiadas quando ouvem falar do aquecimento global — explicou a dra. Melanie. — E às vezes também sentem raiva...

Ele rejeitou com a cabeça. A tesoura estava com raiva, não ele. Benny queria explicar isso, mas a médica ainda estava falando.

— Você acha que é possível? Que poderia estar com raiva do aquecimento global? Existe alguma conexão?

Claro que havia alguma conexão. A tesoura era global. Parecia óbvio. Ele começou a responder, mas ergueu os olhos. Ela estava inclinada para a frente, parecendo encorajadora e interessada. Muito interessada. Ávida, até. Ele mudou de ideia. Olhou-a com hesitação, de soslaio.

— Esse é o seu trabalho. Você deveria descobrir as conexões.

— Achei que poderíamos descobrir juntos.

— Ah, esquece — falou ele. Que diferença fazia? Estava cansado de mentir sobre as vozes. Era muito cansativo continuar a escondê-las. — A tesoura me disse para fazer aquilo.

Ela ficou em silêncio por um momento.

— Você ouviu a tesoura falando?

As palavras soaram insanas na boca da médica. Ele quis retirar o que havia dito, mas era tarde demais.

— O que a tesoura falou?

Os dedos dele se fecharam em punho, lembrando-se da tesoura.

— Ela disse para você se esfaquear?

Ele balançou a cabeça.

— Não — murmurou. — A sra. Pauley.

— A tesoura disse para você esfaquear a professora?

Seu punho começou a descer, mas ele o segurou no lugar.

— Eu não queria fazer aquilo, então a desviei. — O punho socou a perna dele para mostrar como foi. Benny se engasgou com a dor, e lágrimas encheram-lhe os olhos. A ferida enfaixada em sua coxa começou a latejar. Ele abraçou os cotovelos e começou a balançar.

— O que a tesoura disse, Benny?

O balanço ajudou.

— Nada. Não sei.

Ela franziu a testa, tentando entender.

— Mas você acabou de dizer...

— *Sei* o que eu disse. Ela estava só dizendo merdas de *tesoura*, não sei, como em uma língua estrangeira ou algo assim.

— Uma língua estrangeira?

Ele concordou, infeliz. Era tão difícil explicar.

— Talvez chinês ou algo assim? Eu não conseguia entender as palavras, mas sabia o que significavam. — A dor na perna estava diminuindo.

— Você fala chinês?

— Não. — Ele pensou nas discussões da sra. Wong com o filho, o Imprestável. — Mas sei como soa o chinês.

— Seu sobrenome, Oh. Não é chinês?

— É coreano. Meu pai é meio coreano, meio japonês.

Ele conseguia sentir a dra. Melanie analisando-o. E se corrigiu.

— Quer dizer, era. Ele está morto.

A médica se levantou, caminhou até a mesa no canto da sala e pegou algo da gaveta. Voltou com uma tesoura nas mãos.

— Era esta tesoura?

Ele desviou o olhar, depressa, mas não rápido o suficiente. Abraçou-se com mais força e olhou para a superfície vermelha resplandecente da mesa. Não queria que a tesoura se aproximasse.

— Talvez.

— A sra. Pauley a mandou para cá. Por acaso você viu isso? — A dra. Melanie inclinou-se para a frente e abriu as lâminas. Ele ouviu o brilho do metal cintilante e pressionou as mãos nos ouvidos, preparando-se enquanto esperava que as palavras cortantes viessem, mas, não, havia apenas silêncio. Quando a médica falava, a voz dela ia e vinha, às vezes mais próxima, às vezes bem distante.

— Você consegue ler o que *diz*? — Ela estendeu a tesoura para mostrar ao garoto.

Benny não ergueu o olhar. A superfície vermelha e dura da mesa começava a ficar verde e a vibrar.

— CHINA — leu a médica, como se isso provasse alguma coisa, e então fechou as lâminas novamente, fazendo um pequeno corte no silêncio para deixar mais sons escorrerem por ele. — Você não entende, Benny? A tesoura é fabricada na China. Você deve ter notado, por isso imaginou que ela estivesse falando em chinês.

E agora a perna estava latejando de novo. Por que ela não entendia? Ele apertou a mandíbula e falou baixinho, tentando não amplificar ainda mais as coisas.

— Não...

— Não?

— *NÃO!* — A palavra dilacerou a garganta de Benny, enquanto as cores da sala começavam a sangrar e resplandecer. Ele pressionou as mãos com força contra o tampo da mesa, tentando segurar o vermelho e o verde, evitando que se espalhassem. Por que ela não entendia? Ele tinha de tentar explicar. — Se a tesoura *fala* chinês é porque É chinesa. *O chinês é a única língua que ela conhece!*

De seu lugar na sala de espera, Annabelle ouviu a angústia crescente do filho. Ela se inclinou e enterrou o rosto nas mãos.

* * *

Nas sessões seguintes, naquele consultório pequeno e reluzente, começou a emergir um padrão de mal-entendidos.

— Você diz que o relógio está com raiva — afirmou a dra. Melanie. — Isso faz você sentir o quê?

— Nada. Não me faz sentir nada.

— Nada? Parece que talvez você também esteja com raiva. Ou frustrado?

— Claro que estou frustrado. Falar com você me deixa frustrado.

— Tudo bem, então você acha que o que está sentindo como a raiva do relógio é na verdade sua própria frustração...

— Não! O *relógio* está frustrado. Está puto porque você nunca escuta. Ele odeia perder tempo!

Ele achava que os brinquedos e as bonecas espalhados o distraíam, e tentava ignorá-los. Quando pediu que a dra. Melanie os guardasse, ela quis saber por quê.

— Estão fazendo muito barulho.

Ela lhe disse que aquilo não era possível e depois explicou pacientemente a física do som.

— O som é causado pelo movimento de um objeto no espaço. Os brinquedos estão parados, Benny. Eles não estão se movendo. Não têm partes móveis no interior. Não podem estar emitindo sons. É fisicamente impossível.

Ele balançou a cabeça como se estivesse tentando tirar água dos ouvidos.

— Estão com dor.

Os brinquedos estão com dor?

— Não — respondeu ele. — As crianças estão.

— As crianças estão machucando os brinquedos?

— Não! Por que você é tão burra?

— Calma, Benny. Respire fundo. Agora, tente outra vez. Os brinquedos estão machucando as crianças?

— Não, claro que não. Os brinquedos não fazem mal às crianças. *As pessoas* fazem.

— O que isso tem a ver com os brinquedos?

— Eles sabem.

— Os brinquedos sabem que as pessoas estão machucando as crianças?

— Óbvio. É por isso que você os tem aqui, certo? Está dentro deles agora. Entra neles e fica lá.

A dra. Melanie olhou à sua volta para todos os nichos de cores vivas e a confusão de bonecas e bichinhos de pelúcia.

— Não entendi — disse. — O que está dentro deles? O que fica lá?

— Você é *louca*? Não consegue ouvir?

— Ouvir o quê?

— A *dor*! — exclamou o garoto, segurando a borda da mesa. — Das *crianças*!

***

A médica o exauria com sugestões estúpidas. Ela entendia tudo ao contrário.

— Será que você está com medo, Benny? Você está com medo, e por isso ouve as vozes.

— Não — respondeu ele, exausto. — Eu ouço as vozes, por isso estou com medo.

Não adiantava. Depois daquele diálogo, ele desistiu de tentar explicar. A dra. Melanie se reuniu com Annabelle e deu seu diagnóstico: Benny estava na fase prodrômica do transtorno esquizoafetivo, e ela recomendava interromperem a ritalina, entrarem com um antidepressivo para o transtorno do humor e um antipsicótico para tratar as alucinações auditivas.

Annabelle ficou sentada no consultório pequeno e reluzente ouvindo, agarrada à bolsa e assentindo com movimentos vigorosos de cabeça, para indicar à médica que estava prestando atenção, que estava absorvendo as palavras dela e compreendendo o que estava sendo comunicado, que estava de acordo e no controle, que era uma mãe solo altamente competente.

— Sei que é difícil — afirmou a médica. — Mas você deve saber que tivemos algum sucesso no tratamento do transtorno esquizoafetivo em crianças, com os sintomas diminuindo à medida que a criança passa pela adolescência.

Annabelle continuou assentindo e, quando a médica terminou de falar, levou as mãos ao rosto e começou a chorar.

A dra. Melanie empurrou uma caixa de lenços de papel sobre a mesa e esperou, dando tempo a Annabelle. Havia a possibilidade de que as alucinações auditivas fossem um efeito colateral da ritalina e diminuíssem quando ele trocasse de medicamento, mas ela decidiu não mencionar isso. Não queria dar falsas esperanças à mãe.

Era evidente que a mulher estava sobrecarregada e, em todo caso, havia indícios suficientes para respaldar o novo plano de tratamento. Por fim, ela se inclinou para a frente outra vez.

— Sra. Oh?

Annabelle ergueu o rosto manchado pelas lágrimas.

— Sinto muito — arquejou. — Eu não costumo... — Ela sufocou as lágrimas e pegou um lenço da caixa. — Acabei de receber um e-mail do meu supervisor no trabalho. Quer dizer, não é exatamente *no* trabalho porque eles fecharam o escritório e reduziram minha jornada para meio período, e eu trabalho em casa, mas enfim. — Ela enxugou os olhos e assoou o nariz. — Ele me disse que vão eliminar meu cargo aos poucos...

A dra. Melanie observava. Percebeu como a cabeça da mulher pendia para baixo e seus ombros caíam para a frente, e como o blusão de moletom se esticava pelo amplo horizonte de suas costas. Notou o cabelo loiro que já deveria ter sido bonito, mas que agora estava opaco como palha e ralo. Mal conseguia ouvir o que a mulher dizia. Ela parecia estar falando com o chão.

— Vão eliminar o departamento de impressos por completo porque os jornais e coisas assim são digitais agora...

Tireoide? Diabetes? Estresse? A dra. Melanie franziu a testa e entrelaçou os dedos, levantando as mãos como se estivesse rezando. Com certeza, depressão. Lembrava-se de ter lido a respeito de um estudo recente sobre a ritalina associando-a ao alto risco de efeitos colaterais psicóticos em crianças cujos pais tinham histórico de doença mental grave. Talvez valesse a pena perguntar. Ela apoiou o queixo nos nós dos dedos, esperando a mulher recuperar o controle.

— Simplesmente não sou boa com computadores e toda a parafernália tecnológica...

A dra. Melanie baixou as mãos.

— Isso deve ser muito difícil — respondeu, inclinando-se para a frente. — Sra. Oh, eu estava pensando, existe algum histórico familiar de...

— É minha culpa, porque ele me avisou meses atrás que os dias estavam contados, mas eu, idiota, achei que as coisas iam se arranjar...

A dra. Melanie consultou o relógio de pulso. O tempo delas havia acabado e o próximo paciente chegaria em breve.

— Então — disse. — Quanto a Benny. Gostaria de interná-lo na Unidade de Psiquiatria Pediátrica do hospital infantil, quando iniciarmos a nova medicação, para podermos mantê-lo em observação. Talvez por uma semana ou mais. O que acha? Também lhe daria algum tempo para se adaptar e...

Annabelle olhou para a médica nesse momento.

— Estou perdendo meus benefícios — sussurrou. — Nosso plano de saúde. Não sei se teremos cobertura.

* * *

Ela percebeu que teria de implorar. Levou Benny para casa e o mandou para o quarto, depois se sentou à mesa de trabalho e ligou para o supervisor. Explicou sua situação e implorou-lhe para pelo menos dar a ela a chance de se atualizar, deixando que continuasse a recortar os impressos enquanto alguns ainda existiam, mas depois acrescentando rádio e televisão também. Áudio e vídeo não eram tão difíceis agora que os equipamentos antigos, os dispositivos de sincronização, monitores e receptores haviam sido todos substituídos por computadores e softwares. Na verdade, tratava-se apenas de expandir sua capacidade organizacional e, afinal de contas, Annabelle lembrou ao supervisor, ela tinha estudado biblioteconomia, o que era uma vantagem sobre qualquer um dos caras do escritório, quando havia um escritório. Na verdade, afirmou a mulher, em muitos aspectos ela era bem mais qualificada do que muitos colegas de trabalho, e o único motivo de ter ficado empacada no departamento de impressos foi por conta de ser mulher. Era um caso claro de discriminação de gênero, uma política antiquada e machista que relegava as mulheres a um gueto de papel, jornais e revistas enquanto empregava homens nos departamentos de áudio e vídeo, mais "tecnológicos". Os computadores nivelaram o campo, disse ela. A tecnologia digital tornava essas distinções antigas absurdas e, além disso, não havia razão para que as mulheres não pudessem fazer trabalhos tecnologicamente complexos. O termo "Damas das Tesouras" já era, em si, sexista e ofensivo e, embora não chegasse a classificá-lo como discriminação ou assédio, observou que tanto ela como suas colegas do departamento de impressos sempre receberam um salário mais baixo do que os rapazes, os chamados especialistas em buscas e analistas de informação, e que elas nunca tiveram oportunidades iguais de ascensão na empresa, além de, durante anos, os colegas do sexo masculino terem o costume de olhar para seus seios.

Quando Annabelle terminou de falar, houve um longo silêncio, o que a fez se perguntar se a ligação havia caído, mas então ouviu o supervisor pigarrear. Ela estava sentada à mesa de trabalho, entre pilhas de recortes e pastas de arquivo, pilhas de papel-jornal, canecas sujas de café e latas de refrigerante, um pacote vazio de salgadinhos de milho e um prato com um picles pela metade. Mordeu a ponta do polegar, cutucando uma unha encravada. O escâner zumbiu. O lixo transbordou. Prendeu a respiração e olhou para o vaso com as poinsétias de plástico, equilibrado sobre uma pilha de revistas velhas.

— Tudo bem — respondeu, por fim, o supervisor. — Vou pensar a respeito. Verei o que posso fazer.

Ela soltou a respiração.

— Tudo bem — falou, tirando a ponta do polegar da boca. — E, Charlie, por favor, não pense por muito tempo. Sou uma mãe solo com um filho muito doente que precisa de hospitalização imediata.

* * *

Será que estou muito doente?, Benny se perguntou. Estava sentado na cama impecavelmente arrumada de seu quarto em perfeita ordem, com os ouvidos atentos. O rádio da sala, no andar de baixo, estava desligado, para variar, e ele conseguia escutar a mãe falando ao telefone. Ele não se sentia doente. Não era como se estivesse com gripe, catapora, câncer ou algo assim. A perna ainda doía por causa da tesoura, mas, fora isso, se sentia bem. Não era ele quem estava doente. Eram as vozes. No seu quarto, elas ficavam quietas. Se ele se aventurasse pelo corredor, elas recomeçavam. Ele só precisava ficar imóvel por completo e dentro do quarto e manter as meias dobradas, a cama feita e as coisas guardadas; assim, elas o deixavam em paz. Ele olhou para as prateleiras. Os livros estavam todos impecavelmente alinhados, de acordo com o tamanho, e no fim tinham o apoio do globo lunar. O pato de borracha que a mãe encontrou na lixeira era o único brinquedo fora de lugar, e isso porque Benny achava a presença dele reconfortante; mas mais de um brinquedo fora de lugar já era bagunça. Bagunça é sinônimo de estresse, a sra. Pauley sempre dizia. Ele olhou para baixo e deu um tapinha nas roupas de cama, depois se levantou e alisou-as para eliminar os vincos no lugar em que tinha se sentado. Será que deveria buscar o ferro de passar? Passar a roupa era importante. Lençóis com vincos eram como uma mente com vincos. Confusos. Benny passava os lençóis para ter um sono tranquilo e, além disso, os lençóis gostavam de ser passados, então ele gostava de passá-los. Nunca passava a ferro coisas que não queriam ser passadas, só coisas que gostavam de ficar lisas, mas não era só isso. Havia outro motivo também. Gostava de passar roupa porque o ferro amava a tábua de passar e a tábua amava o ferro, e ambos se sentiam sozinhos quando estavam separados. Eram feitos um para o outro, e era bom dar-lhes uma chance de ficarem juntos, mas, quando ele estava prestes a descer para buscá-los, ouviu uma vozinha vindo de baixo da cama.

Uhuul!, disse a voz.

Era uma vozinha bonita, envolvente e suave. Benny se ajoelhou e olhou embaixo da cama, mas é claro que não havia nada. Ele sabia que não haveria nada, porque tinha rastejado para debaixo da cama naquela manhã, certificando-se de pegar até a última partícula de poeira. Ele se deitou de barriga para baixo e se contorceu para a frente na escuridão. Gostava de ficar embaixo da cama. Depois que o pai morreu, costumava rastejar para debaixo da cama quando acontecia um acidente e ele fazia xixi à noite. Era quente, escuro e seco debaixo da cama. Como estar fechado em uma caixa.

Ele avançou devagar para perto da parede, passando os dedos por baixo do aquecedor no rodapé até senti-la — pequena, lisa, fria e redonda, exatamente como sabia que seria. Ele a limpou com a ponta dos dedos, depois se contorceu para fora da cama e sentou-se. Na palma da mão havia uma bola de gude brilhante. Não se lembrava de tê-la visto antes, mas provavelmente era do pacote de bolinhas que Annabelle comprara no brechó. Ela estava sempre trazendo para casa brinquedos antigos de brechós e pechinchas de segunda mão, chamando-as de vintage e esperando revendê-las no eBay. Ele ergueu a bola de gude contra a luz e a examinou. Parecia bem velha. O vidro era verde-claro com pequenas bolhas, e dentro dela havia dois filamentos espiralados finíssimos de tons amarelo e verde. Ele a aproximou do olho e observou o mundo nebuloso girando dentro dela. Legal, pensou. Rolou-a na palma da mão. Bonita. *Hummm*, falou a bola de gude, piscando para ele, e então, da sala, Benny ouviu a mãe chamando.

— *Shhh* — sussurrou para a bola de gude, enquanto a escorregava para dentro do bolso. — *Já vou* — respondeu para a mãe.

Ele parou por um instante diante da porta do quarto, preparando-se, e então a abriu. Parou na soleira e ficou escutando por um momento, avaliando o nível de ruído e, em seguida, julgando-o baixo, entrou no corredor abarrotado, abrindo caminho depressa em meio ao burburinho e descendo as escadas até a sala de estar, onde Annabelle estava sentada em meio a pilhas de jornais, segurando o celular em uma das mãos, com um fone de ouvido ainda pendurado na orelha e uma expressão de espanto no rosto.

— Consegui — disse. — Eles vão me treinar de novo. Vão me deixar ficar com o emprego.

Annabelle estendeu os braços e o filho foi até ela, permitindo-se ser puxado para perto, sentindo os braços da mãe como travesseiros quentes pressionando suas orelhas e silenciando o caos do mundo. Um instante que foi quase pacífico. Ele podia sentir o cheiro doce e um pouco acre da pele dela, que identificou como o cheiro da tristeza que ele mesmo sentia, e ficou assim pelo tempo que pôde suportar, até que a sensação de se dissolver na mãe se tornou intolerável e ele teve de empurrá-la para longe. Sentiu-se mal por fazê-lo. Enfiou as mãos nos bolsos e seus dedos tocaram a bolinha de gude. Havia se esquecido dela, então a achou reconfortante.

— Que ótimo, mãe — falou, tentando soar solidário. — Isso significa que posso ir para o hospital?

13.

Benny parecia tão pequeno parado na porta do quarto, o último de uma sequência de portas abertas idênticas no fim do longo corredor branco. Annabelle queria voltar correndo para agarrá-lo, jogar as roupas dele de volta na bolsa de pano e passar depressa com ele pelo posto de enfermagem, para contar à terrível enfermeira-chefe que havia revistado a bolsa dela e confiscado o estilete X-Acto que ela sempre carregava consigo (uma ferramenta de trabalho, porque nunca se sabe quando vai se deparar com um artigo que precisa ser recortado), que tinha havido um grande engano, que o filho dela não pertencia àquele lugar e que ela o levaria para casa. Mas não fez nada disso. Pelo contrário, enquanto Benny observava da porta, ela ficou no posto de enfermagem, esperando pacientemente que outra pessoa, um enfermeiro, devolvesse seus pertences e depois a escoltasse para fora da enfermaria. Quando chegou às portas duplas trancadas, se virou, olhou para Benny e acenou para ele, que não acenou de volta de imediato. Só ficou ali, enraizado, inseguro, naquele ambiente estranho, como se seu corpo não soubesse mais o que fazer, se era certo se mover, acenar, escapar, correr até a mãe. Ela ouviu o enfermeiro digitando o código no teclado numérico e, em seguida, o clique das portas sendo destrancadas. Sentiu a pressão dos dedos do enfermeiro em seu braço. Enfermeiro Andrew, dizia o crachá.

— Ele vai ficar bem — assegurou o enfermeiro Andrew. — Vamos cuidar bem dele.

Annabelle assentiu, ouvindo com dificuldade e sem acreditar, mas cedendo à autoridade dele. Ele tinha tatuagens nos antebraços musculosos. Era forte. Ela se perguntou se algum dos pacientes da enfermaria já tinha se tornado violento e se o enfermeiro Andrew tivera de contê-lo. Então se virou e, justo nesse momento, Benny levantou a mão para acenar, mas a essa altura ela já era um corpo em movimento e as portas de metal pesado estavam sendo trancadas atrás dela, e quando ela olhou de novo pela janela de vidro reforçado, o filho havia desaparecido.

O som daquelas portas, trancando-o lá dentro, trancando-a do lado de fora, era o som de sua derrota e seu fracasso. Ela vagou pelos corredores, tentando encontrar a saída. Havia sinalização por toda parte, setas indicativas, linhas de cores fortes no piso, que pareciam oferecer orientação, mas que, pelo contrário, davam voltas e não levavam a lugar nenhum. Por fim, conseguiu descer até o térreo e saiu para a calçada, onde o barulho e o tumulto do mundo em plena luz do dia a atingiram como uma onda de choque e ela teve de ficar parada por um momento para recuperar o equilíbrio. Atravessou a rua até o ponto de ônibus e, quando o ônibus chegou, subiu e encontrou um assento na parte de trás. Eles tinham vindo no mesmo ônibus para o hospital naquela manhã, sentados lado a lado, Benny com a bolsa no colo, as roupas impecavelmente arrumadas lá dentro. Ele insistira em fazer as malas sozinho, e quando ela sugeriu que trouxesse algumas coisas para se sentir em casa — a fotografia dos três tirada na Disneylândia ou a tartaruga marinha de pelúcia que Kenji comprara para ele naquela mesma viagem à Flórida —, o garoto recusou. Era um hospital, afirmou ele. Não queria se sentir em casa. Mas Annabelle percebeu que ele havia colocado algumas coisas na mesa — o caderno de redação, a colher especial, uma bolinha de gude — e depois as coisas não estavam mais lá, então sabia que ele também as havia colocado na bolsa. Durante o processo de internação, a horrível enfermeira-chefe havia confiscado a colher e a bola de gude, colocando-as no saco plástico junto ao estilete X-Acto. O que ela estava pensando? Que perigo representava uma colher? Uma bola de gude, tudo bem, talvez uma criança pudesse engoli-la e se engasgar, mas uma colher? Ela achava que ele a usaria para arrancar os olhos de alguém? Você não vai precisar disso, a enfermeira informou. Fornecemos talheres. Benny não protestou, embora em casa fosse a única colher com que comia, e até a levasse para a escola. Annabelle se perguntou se deveria ter dito alguma coisa, mas ela e Benny nunca haviam falado sobre a colher. Foi apenas algo que ela observou, e teve medo de dizer algo à enfermeira que talvez o envergonhasse. Ela o olhou de relance quando o filho desabou na cadeira do hospital, fixando os olhos nos próprios tênis sem cadarço, com tiras de velcro deploráveis. Quando pegaram o inalador para asma, Annabelle falou:

— Mas ele precisa disso!

— Vamos guardá-lo atrás do balcão. Ele só terá de pedir.

O ônibus diminuiu a velocidade e realizou a complicada manobra pneumática, entrecortada e ruidosa, para acomodar um passageiro com deficiência. Annabelle olhou pela janela e viu uma senhora idosa esperando no meio-fio ao lado de um carrinho de compras cheio de sacolas plásticas. Naquela manhã, eles tinham se sentado em frente a um idoso em uma cadeira de rodas. Amarrados às alças havia sacos de lixo cheios de latas e garrafas vazias. O homem tinha uma longa barba grisalha, um dente faltando e uma velha maleta de couro preto surrado equilibrada no colo. Em volta do pescoço, usava uma placa de papelão escrita à mão amarrada a um barbante que dizia:

Atos Espontâneos
de
Gentileza

O homem estava sentado de frente a eles, resmungando para si mesmo. De tempos em tempos, suas mãos grandes e ásperas se erguiam do colo, batendo como asas, como se estivessem acenando para alguém que não estava ali, ou ele virava a cabeça, olhava por cima do ombro e ficava assim, sério, ouvindo, até que sua atenção se desviava e ele começava a resmungar de novo. Annabelle tentou desviar o olhar e percebeu Benny olhando deliberadamente na direção oposta, mas, depois de algumas paradas, a atenção do velho se fixou neles.

— *Ei, jovem estudante!* — chamou do outro lado do corredor. O homem tinha um sotaque gutural do leste europeu, as palavras grudavam em sua traqueia, de modo que, ao falar, parecia que estava pigarreando. Benny o ignorou, mas quando desceram no ponto do hospital, o cara gritou de novo. — *Seja forte, camaradinha. Viva la résistance!*

— Você conhece aquele velho? — perguntou Annabelle enquanto caminhavam, e Benny deu de ombros.

— É só um mendigo — disse. — Está sempre no ônibus.

Mãe e filho foram conduzidos ao quarto de Benny, e ela o ajudou a desfazer as malas e guardar o pijama e as roupas na cômoda compacta ao lado da cama. Ela conheceu o colega de quarto dele, um menino chinês mais velho, com cabelo ensebado e espinhas, cujo nome Annabelle logo esqueceu. Ele vestia jeans pretos rasgados e uma camiseta preta de aparência estranha. Quando se afastou, ela e Benny ficaram sentados na cama por um tempo; ela segurou a mão do filho até ele a puxar de volta.

— Seu colega de quarto parecia legal — disse a mãe. — Muita sensibilidade para moda.

Como ele não respondeu, ela tentou de novo.

— A cama parece confortável.

Annabelle quicou para cima e para baixo no colchão enquanto tentava pensar em algo mais para dizer, mas então Benny começou a falar:

— Sabe o cara no ônibus? O mendigo na cadeira de rodas?

— Aquele com todos aqueles sacos de lixo? Como eu poderia me esquecer?! Por que deixam pessoas assim…?

Benny balançou a cabeça com impaciência.

— Você viu como ele ficava olhando ao redor? Acho que ele também ouve coisas. Vozes ou algo parecido. Acho que ele as ouve conversando.

— Bem, talvez, mas... — ponderou Annabelle. — É difícil saber...

— Eu sei. Ele ouve coisas exatamente como eu e sabe que eu também ouço coisas. Ele acha engraçado. Ri de mim e às vezes diz coisas. Não fez isso hoje porque você estava lá, mas geralmente ri.

Tudo isso vinha acontecendo e Annabelle não sabia.

— Por que não me contou? — indagou, segurando seu antebraço. — Benny, o que o homem diz? Eu nunca deveria ter deixado você andar de ônibus sozinho, temos que denunciar...

Mas ele a interrompeu de novo.

— Ele não faz por maldade. É como se soubesse o que estou pensando e, quando me diz alguma coisa, está apenas tentando ajudar. E é como se eu soubesse o que ele está pensando também. Não consigo descrever. Às vezes me pergunto se estamos ouvindo as mesmas vozes. É estranho, né?

Sim! Annabelle queria gritar. *Sim, é estranho. É muito, muito estranho!* Mas essa parecia a resposta errada. Ficou sentada, respirando, ouvindo, segurando o braço do filho.

— Tipo, ele é legal e tal — continuou Benny. — Mas não quero acabar como ele.

O garoto encarou a mãe, que viu o medo nos olhos dele, e o abraçou.

— Não seja bobo — disse, abraçando-o com força. — Você não é nada parecido com ele. É por isso que está aqui. Eles vão ajudar. Vamos resolver isso, querido, prometo. Você vai ficar bem.

Ela estava fazendo o possível para se manter positiva, para manter uma fachada de confiança alegre, para manter o emprego e os benefícios, para manter o ânimo do filho, mas o esforço a estava se esgotando e agora, sentada no ônibus ao lado da moradora de rua com as sacolas e o carrinho de compras, Annabelle sentiu uma pontada de desespero se infiltrando. Olhou pela janela. Estavam chegando ao shopping e, por um momento, ela se animou ao pensar em parar na Michaels, mas logo se lembrou. O suporte técnico chegaria em algumas horas para entregar os novos computadores, e ela precisava voltar e arrumar tudo; além disso, lembrou a si mesma, o acordo que havia feito com o supervisor era de um período de experiência e seu desempenho ao longo das próximas duas semanas era crucial. Se ela não pudesse lidar com os contratos de tevê e rádio, ficaria desempregada e, portanto, precisava mesmo deixar de gastar dinheiro com materiais de artesanato para os quais não tinha tempo e se concentrar no trabalho. Enquanto o ônibus se afastava do shopping, Annabelle tentou se sentir orgulhosa de seu autocontrole, mas o sentimento não durou muito, e quando desceu no ponto e ficou parada na calçada em frente ao brechó da Gospel Mission, sua força de vontade se esgotou quase por completo.

* * *

O que faz uma pessoa querer tanto? O que dá às coisas o poder de encantar, e será que existe algum limite para o desejo por mais? Annabelle não teve tempo para refletir sobre essas questões, porque no minuto em que pôs os olhos no pequeno globo de neve, pousado na prateleira empoeirada em meio às pilhas de pratos lascados e utensílios de cozinha Pirex, foi incapaz de resistir. A tartaruguinha marinha de plástico brilhava cheia de vida, nadando em sua esfera de vidro na frente de um pedaço de coral branqueado, pedindo-lhe que a resgatasse de toda a bagunça do brechó. Ela sempre teve uma queda por tartarugas marinhas. Eram tão lentas e graciosas, com olhos tão grandes e tristes, sem mencionar que estavam ameaçadas. A base do globo parecia uma rocha coberta de algas, com conchas e uma estrela-do-mar de plástico grudadas, além de outra tartaruga marinha maior, que devia ser a mãe da pequena. A mãe estava nadando em direção ao bebê, que estava preso dentro da esfera, e seus focinhos quase se tocavam em lados opostos do vidro. Annabelle virou o globo e, quando o endireitou, centenas de minúsculas centelhas verdes e rosa giraram em torno da tartaruga bebê. Cintilando e sedimentando-se no espesso mundo aquoso, as centelhas se assemelhavam a esperança.

Em casa, o relógio da cozinha tiquetaqueava ruidoso. Ela desempacotou o globo e verificou a hora. A casa parecia tão silenciosa e vazia sem Benny. A médica dissera duas semanas. O relógio marcava cinco minutos para a uma. Tinha uma hora até que a equipe técnica chegasse. Levou o globo de neve para a sala. Ela o colocaria ao lado de seu computador como um talismã para mantê-la calma e focada.

A visão de sua área de trabalho a fez parar. O supervisor dissera que ela receberia uma nova "estação de trabalho", mas não tinha ideia de quanto espaço aquilo exigiria. Bem, ela planejava começar a limpar as coisas e agora não tinha escolha. Colocou o globinho de neve na mesa ao lado de um grande frasco de ácido bórico, que fora colocado ali para lembrá-la de lidar com as baratas na cozinha. No frasco havia a imagem de uma barata morta, com as pernas para cima. Ela moveu o frasco, e as tartarugas pareceram mais felizes. Chacoalhou o globo e o segurou contra a luz. As centelhas giraram lentamente e se sedimentaram, e ela sorriu. Talvez seu talento fosse esse, pensou, enxergar beleza nas pequenas coisas e, se fosse assim, ela ficaria grata. Juntando uma braçada de jornais, ela os enfiou em um saco de lixo, etiquetou-o e carregou-o escada acima até o quarto de Benny.

14.

Ele passou as duas últimas semanas do ensino fundamental na enfermaria de psiquiatria pediátrica do Children's Hospital. Exceto pelo momento da internação, quando lhe tiraram a bola de gude, os cadarços e a colher especial, e depois, quando Annabelle lhe deu um abraço longo e forte, deixando-o ali conforme ia observando-a caminhar pelo corredor e atravessar as pesadas portas de metal que estalaram e se trancaram atrás dela, exceto em momentos como aqueles, Benny se sentia bem, considerando a situação. Resignado. Anestesiado. Talvez um pouco assustado, mas, em termos gerais, achou que talvez não se importasse em estar no hospital. Voltou para o quarto, sentou-se na beirada da cama e escutou os sons desconhecidos, os passos de sola de borracha no piso vinílico, os telefones e interfones e as vozes das pessoas chamando umas pelas outras. As crianças na escola sempre diziam que ele acabaria ali. O hospício, o manicômio, o sanatório, a casa de doidos, a fábrica de psicopatas. Diziam que ele era louco, mas pelo menos ali todo mundo também era louco, então era uma espécie de alívio. Talvez ali ele pudesse relaxar e parar de se esforçar.

Nos primeiros dias, Benny aprendeu a andar pela enfermaria, adaptando-se aos ritmos do lugar. A psiquiatria pediátrica era para adolescentes com menos de dezoito anos. Os médicos, enfermeiros e a equipe da ambientoterapia a chamavam de PSIped, com o acento tônico na primeira sílaba, mas a garotada a chamava de PsiPÉdi, ou só Psip, para abreviar. Seu colega de quarto, Mackson, o garoto chinês nerd, era mais velho e gravemente catatônico, mas o quarto que dividiam era limpo e organizado, e todas as lâmpadas funcionavam. Os cabides do armário não podiam ser retirados da arara, o que dificultava pendurar as roupas, mas eram todos do mesmo formato e não se enroscavam uns nos outros, o que era legal. Havia um banheiro com pias que podiam ser usadas sem precisar afastar as coisas. As refeições eram ruins, mas eram três, além dos lanches, e chegavam todos os dias na mesma hora: nunca faltava leite no hospital. O nível constante de ruído ambiente na enfermaria era reconfortante; o murmúrio baixo que emanava de trás do balcão do posto de enfermagem, o som dos carrinhos de comida sendo empurrados pelos corredores. Era de se imaginar que uma enfermaria psiquiátrica fosse um lugar insano e cacofônico, mas, por mais estranho que pareça, Benny descobriu que havia menos vozes ali, como se paredes, tetos e pisos tivessem sido limpos do sofrimento residual que se acumulava como poeira nos cantos e bordas dos cômodos das casas comuns.

E exceto por uma vez, no início, quando um dos chuveiros começou a chorar, ele achou que as instalações eram bastante plácidas e controladas, como se também tivessem sido sedadas.

Quando ele realmente ouvia vozes, elas eram identificáveis como humanas. Os estrondos selvagens de riso pelos corredores significavam que Brittany e Lulu estavam de cabeça para baixo e agindo como doidas, tentando chamar a atenção do enfermeiro Andrew. Os gemidos e gritos à noite significavam que Trevor estava tendo outro pesadelo ou que Ky estava surtando com os remédios. Saber que as vozes eram de origem humana era reconfortante para Benny, porque significava que todos as ouviam, não só ele.

As outras crianças da enfermaria estavam bem. Ele estava na Equipe Amarela, que era para jovens de doze a quinze anos. As crianças mais novas eram da Equipe Verde. Elas eram muito pequenas, algumas tinham apenas sete ou oito anos, então Benny não prestava muita atenção nelas, e os adolescentes mais velhos da Equipe Azul praticamente evitavam contato com os outros. Os garotos da idade dele não pareciam muito diferentes dos colegas de escola. Alguns eram espertos e alguns eram idiotas. Alguns eram valentões e os outros ficavam longe deles. Alguns se exibiam, bajulavam os enfermeiros e falavam o tempo todo, e outros eram sorrateiros e silenciosos. A menos que notasse, por acaso, que um dos meninos estava se balançando em um canto e conversando com a parede, ou visse uma menina magra lambendo a fileira pálida de cicatrizes que percorriam seu antebraço de cima a baixo, todo mundo pareceria bem normal, pelo menos até o início da terapia de grupo. Em grupo, todos deveriam compartilhar seus sentimentos, e era ali que as fraturas começavam a se abrir e as maluquices vazavam, e algum garoto que parecia perfeitamente normal podia começar a contar de repente como foi pego roubando gasolina para atear fogo na cama da própria mãe. Nunca em toda a vida Benny havia pensado assim sobre sua mãe, mas, é claro, assim que ouviu a descrição do garoto, não pôde deixar de se imaginar parado ao pé da cama de Annabelle com uma lata de gasolina e um isqueiro, o que o apavorou. Esse era o problema com as vozes. Elas entravam na cabeça. O truque, o conselheiro disse, era desligar aquela merda.

Além do grupo, que ele odiava, ou das sessões individuais com a dra. Melanie, que ele achava frustrantes, o resto não era tão ruim. A enfermaria seguia um cronograma rígido e, assim que ele se acostumou, já sabia o que esperar e que as atividades se encaixariam de modo a dar forma ao dia. Cedo, após o café da manhã, as crianças e os funcionários se juntavam na sala de estar para a reunião da comunidade; depois se dividiam em grupos etários para aulas e sessões de reforço. Depois do almoço, tinham aconselhamento e tratamento com a equipe da ambientoterapia e, às vezes, faziam atividades como arte e música, com as quais Benny não se importava. A arteterapeuta tinha latas de papel e tintas, argila e miçangas, pincéis e até tesouras, que ela mantinha trancadas, mas deixava algumas das crianças usarem, se pedissem. Ele não podia, no entanto. A mulher era baixa e alegre, com um rosto grande e macilento e uma voz persuasiva, e um cronograma de projetos que tentava fazer com que eles seguissem. A maioria de suas sugestões era bastante idiota, mas era só ignorá-las, e as crianças mais velhas costumavam fazer o que queriam. Como a garota que se sentou no canto e cortou folhas de papel branco em tiras quando deveria estar pintando seus sentimentos. A terapeuta havia liberado a pintura a dedo, e as crianças pintavam loucamente o amor, a raiva e a tristeza, fazendo uma bagunça total, mas aquela garota só se isolou, curvada sobre o papel e a tesoura, cortando em silêncio. Benny havia se afastado dela por causa da tesoura, porém estava perto o suficiente para ouvir quando a terapeuta foi falar com a menina. Ele estava desenhando um navio porta-contêineres que tinha visto no porto, e no momento trabalhava nos detalhes do mecanismo de suporte de um enorme guindaste que balançava um contêiner cheio de SUVs Hyundai na doca de carregamento, quando ouviu a garota dizer:

— Esses *são* os meus sentimentos.

Ele ergueu os olhos. Na mesa em frente à garota estavam as tiras de papel, que pareciam os papeizinhos da sorte chineses que Annabelle gostava de colecionar. A terapeuta falou mais alguma coisa, que Benny não entendeu, e a garota levantou a cabeça e sacudiu o cabelo do rosto. Ela era da Equipe Azul, uma paciente mais velha com um rosto pálido e magro e uma cabeleira descontrolada de um cinza descolorido que era comprida de um lado e raspada do outro, como se estivesse crescendo depois de uma cirurgia no cérebro. Ela era bonita — linda, até — e Benny teve a sensação estranha e sufocante de já tê-la visto antes, mas não na enfermaria. Em outro lugar. A menina tinha pequenos furos no rosto, onde estiveram suas bijuterias — eles obrigavam a removê-las, Benny sabia, porque, quando foi internado, a enfermeira perguntou se ele tinha algum piercing, que ele não tinha. Ela vestia uma regata e tinha uma tatuagem na parte interna do braço, grupos de pequenos pontos como estrelas dispersas, conectados por linhas finas como as linhas pontilhadas sobre as quais se recorta.

— Acho que você tem o bastante, não é? — comentou a arteterapeuta.

Os olhos da garota se estreitaram, o olhar se contraiu em um feixe branco quente, fino como um laser, que ela apontou para a terapeuta. Benny podia sentir o calor emergindo e se preparou para palavras cortantes, mas, quando a garota abriu a boca, sua voz era límpida como água:

— O bastante? — questionou em tom amistoso. — Quer dizer que existe um limite para o número de sentimentos que posso ter?

Sem tirar os olhos do rosto da terapeuta, ela juntou algumas das tiras de papel com as duas mãos e as estendeu como uma oferenda. Algumas caíram no chão.

— Isso é demais? — Ela abriu os dedos e um aglomerado maior caiu. — Ainda são muitos? — Ergueu as mãos acima da cabeça e as abriu. As tiras caíram como confete ao redor dela. — Tudo se foi — afirmou ela com tristeza, olhando para as palmas vazias. — Acabaram os sentimentos.

A terapeuta se levantou.

— Vou buscar uma vassoura — disse. — Depois, gostaria que você os varresse, por favor, Alice.

— Varra, por favor, Alice — repetiu a garota, balançando a cabeça. — *Varra tudo. Varra, por favor, Alice. Varra tudo.* — Ela olhou na direção de Benny e o viu observando. Coçou o braço e manteve os olhos fixos nele, até Benny corar e desviar os olhos.

Mais tarde naquela noite, ele a viu no salão comunitário. Quando a equipe não estava observando, ela distribuía os pedaços de papel para alguns dos mais velhos, tirando-os de um esconderijo no bolso do moletom com capuz, e, na manhã seguinte, quando Benny vestiu o jeans, também encontrou uma das tiras no bolso da frente, dobrada com capricho. Como aquilo foi parar ali? O papel tinha uma caligrafia nítida e mecânica, e, quando o examinou com mais atenção, ele viu que estava escrito à mão de modo a imitar a fonte de uma máquina de escrever antiga. Leu as palavras, uma instrução marcada:

- Coloque seu sapato sobre a mesa. Pergunte o que ele quer de você.

Ele passou os olhos pelo quarto. Mackson já tinha ido tomar o café da manhã, então tirou o tênis e o colocou na mesinha de cabeceira.

— Tudo bem, sapato — disse. — O que você quer de mim, afinal? — Como o sapato não respondeu, ele se sentou na cama para esperar. Era um velho Nike Air Max preto e vermelho que a mãe havia comprado dois anos antes no brechó. Ele não os odiava. Só eram velhos, o que não era culpa dos tênis. Talvez ele devesse ser mais legal com eles. Tentou de novo, dessa vez com mais educação: — Ei, sr. Nike. Preciso ir tomar café da manhã, então me avise se quiser alguma coisa, tá? — Mas ainda assim o sapato não respondeu. Só ficou parado ali, parecendo cansado, desgastado e desconfortável sem os cadarços, que estavam em um saco plástico em algum lugar. A enfermeira disse que Benny poderia ter os cadarços de volta quando recebesse alta, mas, por enquanto, era preciso usar aquelas tiras estranhas de velcro bege das quais os sapatos não gostavam, nem ele. Mackson falou que era sempre possível dizer quem eram os novatos ali porque vinham com tênis de cadarço. Todo mundo que já havia estado na Psipédi antes usava tênis que já vinham com velcro.

— Tudo bem, ótimo — disse Benny. — Continue assim.

Ele ouviu uma voz da porta. Era Andrew, o enfermeiro da manhã, fazendo a vistoria no quarto.

— Oi — cumprimentou o enfermeiro. — Tudo bem?

Benny pegou o sapato da mesa e se abaixou para calçá-lo. Quando ergueu o corpo, o enfermeiro estava encostado na parede com as mãos nos bolsos, observando. O enfermeiro Andrew era legal. Era um roqueiro inglês e tinha tatuagens e muitos furos nas orelhas. Todas as meninas da enfermaria eram apaixonadas por ele.

— Tudo bem? — perguntou de novo, enquanto seguia Benny até o corredor. — Você está atrasado para o café da manhã. Isso conta pontos, você sabe.

— Eu sei — disse Benny.

— Não se preocupe. Não vou falar nada. E também não vi você conversando com seu sapato.

* * *

No refeitório do café da manhã, a garota chamada Alice estava sentada em um canto com Mackson e um casal da Equipe Azul. Benny pegou seu cereal e hesitou. Os outros tinham terminado de comer e estavam saindo, então ele aproximou-se e sentou-se de frente à garota. Ela ergueu os olhos e acenou com a cabeça, depois voltou a olhar para o café da manhã, uma bandeja de refeições especiais com uma tigela de mingau de aveia intocada e um copo meio cheio de suco de laranja. As estrelas em seu braço estavam cobertas pela manga do moletom, mas ele podia ver uma estrela espreitando em seu punho. Quando ninguém estava olhando, Benny tirou o papel do bolso e colocou na bandeja de Alice.

— Isto é seu?

Ela o fitou e negou com a cabeça.

— Agora é seu. Mas você provavelmente deveria jogar fora.

Ele o pegou de volta e o releu.

— O que é?

— É a partitura de um acontecimento.

— Como a sorte no biscoito?

— Ah, interessante. É claro, por que não?

Ele não entendeu.

— Mas devo mesmo fazer isso? — Kenji queria contar que já havia tentado, mas não tinha certeza se aquilo era bacana.

— Você não tem de *fazer* nada — explicou ela. — Pode fazer, se quiser. Ou só pensar em fazer. Então, é um experimento mental. Às vezes, é exatamente a mesma coisa.

Ele refletiu. No começo, pareceu idiota falar com o sapato, mas até que foi interessante também. Geralmente, quando as coisas falavam, ele apenas bloqueava os ouvidos e tentava não ouvir. Nunca passou por sua cabeça perguntar algo a elas. É óbvio, o sapato não respondeu. Talvez tenha achado a pergunta idiota. Talvez as coisas parassem de falar com você se você lhes perguntasse muitas coisas idiotas, assim como ele parava de falar com a dra. Melanie, ou no grupo, quando todos ficavam sentados em silêncio. Talvez, se fizesse mais perguntas idiotas, todas as coisas parassem de falar por completo. Seria excelente. Ele enrolou o papel e o colocou de volta no bolso.

— Você tem mais algum? — perguntou.

Ela deu de ombros, o que Benny interpretou como um não, mas, depois do café da manhã, pouco antes da reunião comunitária, quando a equipe estava se preparando, ele a viu com um grupo da Equipe Verde distribuindo furtivamente mais tiras saídas do que parecia ser um esconderijo no bolso do blusão dela. Mas as crianças pequenas não conseguiam ser sutis. Ficaram empolgadas, e uma das enfermeiras percebeu e puxou Alice para o lado, fez com que ela esvaziasse o bolso na lata de lixo e, em seguida, a levou para fora do salão. Alice foi em silêncio e Benny a observou sair. Quando a reunião começou, a enfermeira-chefe mostrou uma das tiras de papel e pediu a todos que entregassem as que possuíssem. A maioria das crianças apenas deu de ombros e obedeceu. Benny passou os dedos pelo papel no bolso e não levantou a mão quando a cesta de lixo apareceu. Depois, à tarde, durante o horário de visitas, quando a equipe estava ocupada registrando os visitantes, ele voltou ao refeitório e encontrou a lata de lixo. As tiras ainda estavam lá, sob embalagens de doces e copos descartáveis. Algumas estavam molhadas de suco, mas ele escolheu as secas e as leu depois, no quarto.

- Fique de frente para uma parede em branco. Finja que a parede é um espelho.
- Diga bom-dia para o vaso sanitário. Agradeça a ele por levar sua merda.
- Finja que você é uma pessoa muito velha. Mova-se à metade da velocidade normal.
- Abrace-se e diga Eu te amo. Repita até que seja verdade.
- Caminhe como se estivesse feliz. Mude de direção.
- Seja um gatinho. Ronrone. Lamba seu lindo pelo.
- Veja o mundo de cabeça para baixo.
- Faça contato visual com seus remédios antes de tomá-los. Pergunte a eles: "Vocês são de verdade?".
- Faça tudo de trás para a frente.
- Sorria para uma pessoa de quem você não gosta. Se ela retribuir o sorriso, considere-se em vantagem.
- Deite-se no chão e escute. Sinta-se à vontade para cantar junto.

Eram instruções e, ao lê-las, Benny percebeu que algumas das maluquices aleatórias que via os outros fazendo, às vezes, pelos corredores e no salão comunitário, não eram nada aleatórias. Era como se Alice fosse a regente, e os outros fossem os músicos de uma orquestra seguindo os comandos dela. Escondeu os papéis em seu caderno de redação e, quando as luzes se apagaram, saiu da cama e se deitou no chão, no escuro, para ouvir. Escutou a respiração do colega de quarto e o universo se reordenando à sua volta. Ele queria cantar junto, mas não queria acordar Mackson, então apenas cantarolou baixinho. Ler as instruções foi uma revelação, como se ele tivesse acordado; onde antes enxergava o caos, agora percebia ordem, e o que antes parecia ordem agora era caótico, mas de um modo estranho e interessante. Alice era a chave para aquela realidade e para o secreto conjunto de leis que governava o modo como as coisas aconteciam na enfermaria. Ele mal podia esperar para encontrar a garota no dia seguinte. Descobriria uma maneira de falar com ela, contar tudo e devolver as tiras de papel. Mas Alice não estava lá quando ele a procurou no café da manhã e não apareceu para a reunião ou para o almoço. Mais tarde, durante a hora do descanso, Benny perguntou a Mackson se ele sabia onde ela estava.

— Você está falando da Athena?

— Acho que sim. Achei que o nome dela fosse Alice.

— Tanto faz. Enfim, ela saiu.

— Recebeu alta?

— Longe disso. Passou da idade. Então a transferiram. Estavam deixando que ela ficasse na Psipédi, mas, como foi pega com aquele truquezinho, a colocaram com os adultos.

— Você está falando dos papeizinhos?

— É. — Mackson sorriu. — Fluxus, cara. Uma merda subversiva. Acham que ela é uma má influência, zoando o sistema, além de não levar a sério a própria doença mental.

Benny não entendeu o que queria dizer Fluxus. Ele nunca tinha ouvido falar do movimento de arte política radical dos anos 1960.

Apenas achou que era um palavrão legal que Mackson estava usando. Mas ele entendeu algo importante, outra regra da enfermaria: o castigo para as merdas subversivas é que elas fazem você crescer. Fluxus, cara.

A enfermaria ficou diferente depois que ela saiu. Oca. Silenciosa. Chata. Mais tarde, naquele dia, durante a arteterapia, Benny furtou um bastão de cola e, quando voltou ao quarto, colou todas as tiras de papel no caderno de redação. Não estava pensando nisso como expressão artística. Só gostava da aparência delas, todas alinhadas impecavelmente em uma coluna.

15.

Benny recebeu alta da psiquiatria pediátrica alguns dias depois do início das férias de verão, por isso perdeu a formatura do ensino fundamental. Não se importou em perdê-la. A escola parecia um mundo distante do qual mal se lembrava, então, quando Annabelle o levou do hospital para casa, ele não entendeu por que havia uma faixa pendurada na porta da frente.

VOCÊ CONSEGUIU!, decretava a faixa. O que ele tinha conseguido? Confuso, ele olhou para a mãe, que tinha um olhar cheio de expectativa no rosto, indicando que havia alguma coisa em relação à qual ele precisava se sentir feliz, mas aquilo não fazia sentido.

— O que consegui fazer de errado?

— Não, bobo! — Ela tentou escancarar a porta em um gesto triunfante de boas-vindas, mas a porta bateu em um saco de lixo reciclável. Ela empurrou com mais força, abrindo-a o suficiente para poder conduzir Benny até a cozinha, onde ele viu outra faixa, pendurada entre o armário e o topo da geladeira, que dizia: PARABÉNS, FORMANDO!

Montes de balões acenavam das cadeiras da cozinha. Alguns tinham carinhas amarelas sorridentes com capelos e borlas;

outros traziam palavras que declaravam: FORMANDO Nº1! MUITO BEM! TIRAMOS O CHAPÉU PARA O NOSSO FORMANDO!

— Parabéns, Benny! — exclamou Annabelle. — Estou tão orgulhosa de você! — Ela esperou e, como ele não reagiu, explicou: — É pela sua formatura.

Ele não sabia o que dizer. Ninguém na Psipédi falava em se formar. Não era assim que se chamava. Chamava-se alta, mas talvez a mãe não soubesse, e ele não queria desapontá-la.

— Está muito legal, mãe — disse. Mesmo que não estivesse.

— Só se forma no ensino fundamental uma vez — explicou Annabelle. — Não queria que você deixasse isso passar. Não fique aí parado! Vamos!

Ela pegou a mochila da mão do garoto e a jogou no chão. Em um canto vazio da mesa da cozinha havia uma pilha de presentes: um beagle pateta de pelúcia vestindo um capelo, alguns embrulhos volumosos de papel brilhante com grandes laços, um cartão enorme, uma folha de papel enrolada presa com uma fita comprida. O beagle era o mascote da escola de ensino médio. Ela pegou o capelo do beagle e colocou na cabeça dele.

— Ah — disse Annabelle. — Acho que você cresceu! — Ela moveu a borla para a frente do chapéu para que ficasse pendurada sobre o olho esquerdo e depois se afastou para olhar. — Não, espere! Esse é o lado errado!

Ela virou a borla para a direita, pegou o rolo de papel e deu alguns passos para trás. Ergueu o pergaminho com as duas mãos.

— Benjamin Oh — anunciou.

Ele desviou o olhar. Não gostava de ouvir seu nome completo dito daquele jeito. Parecia o nome de outra pessoa, como se outra pessoa devesse responder. Ficou parado, olhando para os pés da mãe. Os tênis dela estavam gastos e deformados. Atrás dela, um filhote de barata enfiava a cabeça pela fresta onde o armário da pia se unia ao piso vinílico empenado.

— Aproxime-se! — disse, como se sussurrasse, mas em voz alta. — Você tem de dar um passo à frente quando seu nome é chamado.

Ele deu um passo e depois outro, até ficar parado em frente à mãe, que então estendeu o pergaminho. Em voz alta, Annabelle disse:

— Benjamin Oh, entrego-lhe seu diploma. Você agora está oficialmente formado no ensino fundamental. Parabéns, querido! — Colocando o diploma nas mãos dele, ela começou a bater palmas, mas parou de repente. Estendeu a mão e virou a borla de novo para a esquerda. — Pronto. Assim está melhor. Depois de se formar, deve estar à esquerda. Agora, vamos abrir seus presentes!

* * *

Ela vinha se preparando havia mais de um ano, adquirindo a parafernália da formatura no verão, quando entrava em liquidação, mas, quando chegou o dia da cerimônia, como ele ainda estava no hospital, ela se viu diante do próprio armário, tirando suas roupas mais bonitas. Encontrou uma linda túnica que poderia usar sobre uma calça de elastano que comprou quando estava grávida. Puxando o elástico sobre a cintura, se lembrou de como sua barriga ficara esticada, inchada de vida nova e da promessa de futuro. Como ela ficara feliz — e agora, lá estava ele, se formando! Ao sair de casa e caminhar até o ponto de ônibus, lhe ocorreu que, na verdade, uma mãe nunca para de carregar o filho, e esse pensamento encheu seus olhos de lágrimas.

Ela ficou no fundo do auditório. A garotada estava linda em trajes sociais, vestidos bonitos para as meninas e camisas e calças para os meninos. Quando eram chamados pelo nome, subiam ao palco e recebiam os diplomas. Ela tirou algumas fotos e gravou o discurso de formatura com o celular para que Benny pudesse ouvi-lo depois. Queria compartilhar a formatura com o filho, pelo menos o espírito do dia, mas naquele momento, quando se sentaram juntos à mesa da cozinha e Benny abriu os presentes que ela comprou, ele pareceu surpreso ao saber que ela tinha ido.

— Na verdade, é meio estranho, mãe. — Ele desembrulhou o primeiro presente. Calças cáqui.

— É? — Ela encontrara as fotos no celular e o segurava para mostrá-las a ele. — Não fiquei muito tempo. Só achei que você poderia ficar curioso. Toda a sua turma estava tão bonita. A pequena Amber Robinson cresceu tanto! É uma bela jovem agora. Um dos garotos usava um terno branco de três peças, e até aquele seu amigo, Kevin sei-lá-o-quê, conseguiu ficar bem apresentável.

— Ele não é meu amigo. — Ele desembrulhou o segundo presente, uma camisa social azul-clara.

— Eu mal o reconheci. Você não quer ver?

— Não. — O terceiro presente era uma gravata azul estampada de bolinhas que não ficava no lugar. — Quando é que vou precisar usar isto?

— Gostou? Achei que podíamos nos arrumar e sair para comer em um bom restaurante. — Ela pegou o beagle e alisou suas longas orelhas sedosas. — Para comemorar sua volta para casa, a formatura e tudo mais.

— Hoje?

— É lógico! Por que não?

— Acho que tudo bem. Se você quer.

Ela abraçou o beagle, que estava em seu colo, e observou enquanto Benny colocava as roupas dobradas na mochila para levá-las para cima. Primeiro as calças, depois a camisa, depois a gravata por cima. Ele ainda estava usando o capelo. O chapéu de cetim barato ficava escorregando. Ele olhou-a.

— Devo continuar usando isso?

A borla balançava diante de seu rosto e ele a afastou. Parecia exausto.

— Ah, querido, claro que não. Desculpe... — Ela largou o beagle na mesa e tirou o capelo da cabeça dele. O que estava pensando? — Claro que você não precisa usar esse chapéu idiota. Não precisa usar nada disso.

— Tudo bem.

— Eu só queria... — Ela parou e respirou fundo. A questão não era o que ela queria. Estendeu a mão para abraçá-lo, mas se segurou e pousou-a em seu antebraço. — O importante é que você está em casa agora — anunciou, apertando o braço dele de leve. — Podemos fazer o que você quiser, tá?

— Eu só quero ir para o meu quarto. — Ele fechou o zíper da mochila e se levantou, e então inclinou a cabeça. Um zumbido sombrio e insistente vinha da sala de estar. — O que é isso?

— O que é o quê, querido?

— Esse barulho. — Ele deu um passo em direção à sala de estar, e o som ficou mais alto, entremeado por um gemido agudo. — Tem alguma coisa diferente.

— Ah, você deve estar se referindo à minha nova estação de trabalho. Entre e dê uma olhada.

Ela o seguiu até a sala de estar.

— Bem impressionante, hein?

Três mesas modulares de dois metros e meio de comprimento formavam um grande U, que ocupava a maior parte do espaço. Em uma extremidade havia uma base ocupada por cinco grandes monitores de tela plana em duas fileiras: três no nível da mesa, mais baixo, e dois suspensos por suportes retráteis para formar um segundo nível, acima. Dispositivos de entrada — teclados, *touchpad*, escâneres e mouses — estavam espalhados em cima das mesas, e embaixo delas havia uma confusão de cabos emaranhados. Atrás da base do computador havia uma parede de prateleiras aramadas industriais, contendo uma variedade luminosa de modems, roteadores, aparelhos de DVD, discos de backup e caixas grandes e barulhentas chamadas "loggers". Annabelle ficara observando, consternada, quando a equipe técnica realizou a instalação. Quando terminaram, a sala de estar parecia uma redação de telejornal, ou uma torre de controle de tráfego aéreo, ou uma start-up do Vale do Silício. Ela não esperava precisar de todo aquele equipamento. Como aprenderia a usar tudo aquilo?

A empresa também forneceu uma imitação da cadeira Aeron, telada e ergonômica, com rodízios, descansos de braço acolchoados e botões sob o assento para ajustar a altura, a inclinação e o suporte de lombar. Quando Annabelle experimentou a cadeira pela primeira vez, achou-a um pouco apertada e não conseguiu alcançar os controles. Vendo isso, um dos caras do suporte pegou uma chave-inglesa e afrouxou os apoios de braço, deixando-os na largura máxima antes de oferecer a ela a cadeira mais uma vez.

— Aqui está — anunciou. — Tente agora.

Dessa vez, estava adequada para ela.

— Desculpe — disse ela. — Obrigada! — Mas ela não se sentiu agradecida. Sentiu-se mortificada e depois com raiva de si mesma por se sentir mortificada e, na verdade, se *desculpar* com o cara, e depois com raiva dele por deixá-la envergonhada de seu corpo e então com vergonha de si mesma, pois ele só estava tentando ajudar.

Mas, no final, nada disso tinha importância. O importante era que ela voltara a ter um emprego em tempo integral com plano de saúde. A cadeira era apertada, mas confortável. Ela aprenderia a usar o equipamento. Talvez não fosse tão ruim, afinal. Enquanto girava dentro de seu U, deslizando de estação em estação, ela se sentia importante, como se estivesse no comando.

Nesse instante, fez um gesto um tanto grandioso para o arranjo reluzente.

— O que acha? — Ela caminhou até lá se sentou na cadeira. — Bem legal, hein? — falou, girando a cadeira. — Parece a Nasa. Como o Centro de Controle.

— É incrível, mãe — respondeu Benny, segurando a mochila na frente do corpo como um escudo. Ele recuou para o corredor e subiu as escadas para seu quarto, enquanto Annabelle ficou sentada lá, girando devagar. Alguns segundos depois, ela ouviu a porta do quarto dele bater e o som dos pés dele descendo as escadas. Ele invadiu a sala arrastando um saco de lixo grande e pesado atrás de si.

— Eu *falei* para você não colocar suas merdas no meu quarto! — Ele arremessou o saco na direção dela e depois o chutou. — *Por que* você faz isso?

O rosto de Annabelle ficou rosado e parecia que ela iria começar a chorar.

— Por favor, querido — pediu, dando um tapinha na cabeça com a manga do blusão de moletom. — Não fique bravo. Eu tive de tirar as coisas para abrir espaço para a nova estação de trabalho.

— Você devia ter me *perguntado*! O quarto é meu! Você não pode simplesmente colocar seu lixo no meu quarto!

— Você tem toda a razão. Eu deveria ter perguntado. Meu coração, sinto muito. Vou ajudar...

— Não tem espaço para *mim* nesta casa!

— Vou me livrar disso, prometo. É apenas temporário.

— Mentira — afirmou ele. Deu outro chute no saco de lixo e a briga terminou. — Duvido muito disso. — Ficou ali, contemplando os grandes montes de sacos de lixo que contornavam a sala e seu olhar vagou até o arranjo que piscava e zumbia, no meio do qual Annabelle estava sentada. Ele não conseguia olhar para a mãe. Inspirou fundo, prendeu a respiração e começou a contar.

* * *

Era um recurso que tinha aprendido no grupo de aconselhamento. O conselheiro havia dado a eles Cartões de Enfrentamento em branco. De um lado, eles deveriam escrever uma lista dos gatilhos que os faziam sentir raiva, tristeza ou chateação e, no verso, escrever estratégias para lidar com os sentimentos.

O lado do gatilho tinha cinco linhas, então ele escreveu:

1. a tesoura
2. o chuveiro
3. o vidro da janela
4. os enfeites de Natal
5. os brinquedos da dra. Melanie

O conselheiro olhou a lista e pediu que ele fosse mais específico e descrevesse os momentos em que se sentia afetado, por isso ele complementou cada item:

1. a tesoura quando ela queria dar o golpe
2. o chuveiro quando chora do alto
3. o vidro da janela quando matou o pássaro
4. o enfeite de Natal quando pisei nele no corredor
5. os brinquedos da dra. M. quando eles começam a ter lembranças

O conselheiro sentou-se com ele, ofereceu-lhe um novo cartão e pediu que tentasse pensar em coisas mais gerais desta vez, não em objetos específicos, mas em situações que o deixam bravo, triste ou chateado; então ele refletiu por algum tempo e disse:

— Você quer dizer como quando minha mãe coloca coisas no meu quarto ou não tira o lixo mesmo se a lembro?

E o conselheiro falou:

— Exatamente. — Então Benny escreveu aquilo.

O conselheiro continuou:

— Ótimo, agora feche os olhos. Como você se sente quando sua mãe coloca coisas no seu quarto?

E ele fechou os olhos, balançou-se para a frente e para trás e disse:

— Eu me sinto como se houvesse um enorme cometa escuro, feito da matéria mais densa e pesada do universo, vindo bem na minha direção depressa, muito depressa, e eu olho para cima e vejo que ele está chegando e ficando cada vez maior, sugando todo o oxigênio até eu não conseguir respirar...

Ele estava tremendo enquanto falava, e o conselheiro disse:

— Bom, agora respire fundo, abra os olhos e anote isso também.

Ele obedeceu. Abriu os olhos e olhou para o cartão.

— Não tem espaço suficiente — revelou.

E o conselheiro falou:

— Certo, então escreva só *cometa*.

E assim ele fez.

COMETA

E o conselheiro continuou:

— Tudo bem, agora, como sua mãe sabe quando você está bravo, triste ou chateado?

— Você quer dizer quando o cometa está vindo para me destruir?

— Sim.

— Ela não sabe.

— Por que não?

— Porque o cometa não é real. A dra. M disse isso. Ela diz que está na minha cabeça, como as vozes.

— Certo, mas quando você sente que o cometa está chegando, você fica chateado, certo? E quando você fica chateado, o que acontece? Como sua mãe sabe?

— Ela não sabe. Eu não conto para ela. Ela fica chateada quando sabe que estou chateado, e eu não gosto disso.

— Tudo bem, mas *você* sabe, certo? Quando o cometa está chegando? Como você sabe?

— Porque ele fica gritando no espaço, cada vez maior, e não consigo respirar.

— Tudo bem, então o que você pode fazer?

— Rastejar para debaixo da minha cama?

— Isso ajuda?

— Às vezes.

— Você pode fechar os olhos e respirar?

Ele balançou a cabeça.

— Não, fechar os olhos é ruim, porque aí fica tudo escuro, como se o cometa já estivesse ali me esmagando.

— Tudo bem, então mantenha os olhos abertos e respire fundo pelo nariz. Tente agora, devagar, contando até quatro.

Ele tentou.

— Prenda a última inspiração e conte até cinco.

Ele prendeu.

— Ótimo, agora expire enquanto conta até seis.

E ele expirou, e foi interessante, porque geralmente os números o distraíam, agindo de forma aleatória e tornando difícil que ele fizesse as coisas, mas agora eles estavam se alinhando em formação, tentando ajudar. Ele não compartilhou esse pensamento com o conselheiro, porém. Apenas respirou e contou.

— Bom trabalho — disse o conselheiro. — Agora espere quatro segundos e faça toda a sequência de novo. Inspire por quatro, segure por cinco, expire por seis, segure por cinco. Quatro, cinco, seis, cinco. Entendeu? Agora anote isso no seu Cartão de Enfrentamento. Esse é o seu recurso para quando o cometa vier.

Ele entendeu. Estava usando o recurso havia algum tempo, mas, parado na sala de estar, cercado por todos os lados pelo caos invasor das coisas de sua mãe, ele perdeu o controle. Enquanto inspirava, expirava e tentava contar, os números continuavam ardendo e explodindo em chamas, e quando ele tentava apagá-los, eles riam e queimavam com mais intensidade. Um calor vermelho se alastrou de seus pulmões para o pescoço e o rosto, e ele começou a entrar em pânico. O conselheiro não dera a ele nenhum recurso para lidar com números descontrolados, mas talvez houvesse outra coisa que ele pudesse usar. Às vezes, cantarolar versinhos infantis ajudava, e havia alguns outros recursos que ele anotou, mas não conseguia se lembrar quais eram. Ele colocou a mão no bolso da calça jeans para procurar seu Cartão de Enfrentamento, porém não estava lá. O que encontrou foi um pequeno pedaço de papel com letras impecavelmente estampadas, feitas para parecer fonte de máquina de escrever.

`Vá à Biblioteca`, dizia.

PARTE DOIS

A BIBLIOTECA

Portanto existe na vida de um colecionador uma tensão dialética entre os polos da desordem e da ordem.

— Walter Benjamin,
"Desempacotando minha biblioteca"

BENNY

As coisas ainda sussurravam. Ainda falavam, e eu ainda podia ouvir suas vozes, mas elas sabiam que tinham de ficar quietas, porque todo mundo sabe que aqui deve-se ficar quieto, porque aqui é a *Biblioteca*. Na Biblioteca tudo tem o seu lugar, e as bibliotecárias cuidam disso. Os livros ficam nas prateleiras, todos impecavelmente alinhados com números e localização, e suas vozes ficam entre as capas — e não apenas os livros, mas as mesas, cadeiras, computadores e copiadoras também são silenciosos. Mesmo as revistas — que por via de regra gritariam com você se estivesse na fila do caixa do supermercado — são todas silenciosas aqui e, quando precisam dizer algo, falam na voz baixa de biblioteca. O som das páginas virando é tão bom, assim como aquele *shushshushshsh* suave que as coisas fazem quando sabem que estão sendo cuidadas. Você já esteve na Biblioteca. Sabe o que quero dizer.

O LIVRO

16.

No início, não o reconhecemos, ele tinha crescido tanto. Era só um bebê quando veio pela primeira vez com a mãe para a Hora das Crianças, e embora sempre tenhamos um olhar esperançoso para os mais novos, observando-os enquanto saem do porão das crianças e avançam por pisos e estantes, perdemos seu rastro quando ele e a mãe pararam de vir. Não pensamos muito sobre isso. Perdemos tantos deles que o acompanhamento quase nunca parece valer o esforço, até que um garoto como Benny aparece.

Vá à Biblioteca, dizia o pedaço de papel, e assim ele fez, obedientemente seguindo as instruções, não apenas porque era Fluxus fazê-lo, mas porque esperava ver Alice ou Athena, ou fosse lá qual fosse o nome dela. Ele disse à mãe que tinha trabalhos escolares que havia perdido enquanto estava no hospital e que precisava recuperar o atraso nas férias de verão, e ela ficou encantada. Que mãe não ficaria? A Biblioteca Pública era segura. Havia adultos responsáveis por perto. Ele estaria em um ambiente fechado, onde a qualidade do ar não era um problema, e a fumaça dos incêndios florestais não agravaria sua asma. Ela o fez prometer que levaria o celular e que o manteria carregado. Na manhã seguinte, ele se levantou cedo, comeu seu cereal e arrumou a mochila com o caderno de redação e o estojo, que continha sua bola de gude, sua colher, alguns lápis Ticonderoga nº 2 e o bastão de cola que havia roubado da sala de arteterapia da Psipédi. Despediu-se da mãe, caminhou até o ponto e embarcou no ônibus rumo à Quadra da Biblioteca.

Era o mesmo ônibus que costumavam pegar quando ele era criança, e o trajeto era familiar, assim como os passageiros: adolescentes distraídos sentados em assentos para pessoas com deficiência e idosos; trabalhadores da construção civil com suas botas de biqueira de aço, olhando para eles e dizendo para se levantarem; idosas com cabelos tonalizados com hena, mancando e apoiando-se em bengalas, ocupando com gratidão os lugares liberados; moradoras de rua carregadas de sacolas e beberrões que entravam a cada parada, fazendo uma pausa para olhar para Benny quando passavam arrastando os pés. Como se eles soubessem. Quem ele era.

Mas talvez isso fosse apenas sua imaginação. O mundo fora do hospital lhe parecia irreal agora. Os incêndios florestais começaram no início daquele verão e os filetes de fumaça já desciam das montanhas, manchando o ar com um tom sobrenatural de vermelho, como a atmosfera de Marte. Ele olhou pela janela enquanto o ônibus atravessava os limites da área expandida da cidade, deixando para trás centros comerciais com financeiras, salões de manicure, botecos de lámen e *gyros*, lojas de vitaminas, lojas de bugigangas e depósitos de tapetes em liquidação. Flâmulas multicoloridas tremulavam em toldos como bandeiras de oração tibetanas. Placas brilhantes em vitrines encardidas proclamavam GRANDE INAUGURAÇÃO! PROMOÇÃO DE ENCERRAMENTO! PONTA DE ESTOQUE! QUEIMA TOTAL! À medida que o ônibus contornava Chinatown e se dirigia para o sofisticado distrito de compras do centro da cidade, elas foram substituídas por outdoors enormes que cobriam todas as laterais dos edifícios com imagens monocromáticas elegantes de tênis e celulares de última geração, garrafas de vodca suadas e modelos deslumbrantes em roupas íntimas que pareciam ter sido imersas em bronze. Os outdoors não diziam muito. Nem precisavam. Eram apenas imagens. Elevando-se sobre a cidade com presença onipotente, falavam aos olhos em vozes que não precisavam de idiomas e eram mais sonoras do que o som.

Para um menino com a sensibilidade de Benny, era exagerado — barulho demais, estímulo demais —, e, quando ele não aguentou mais, fingiu que o celular estava tocando, levou-o ao ouvido e falou alto.

O que você quer? Tudo bem! Eu ouvi, mas agora você precisa parar de me incomodar. Estou falando sério! Fique quieto, ok? Era uma estratégia de sobrevivência que aprendera na enfermaria, e era boa. Nenhum dos outros passageiros do ônibus nem sequer se deu ao trabalho de erguer os olhos. Ninguém prestava atenção a um garoto gritando ao celular, e isso ajudava a refutar as vozes.

Quando o ônibus fez sua aproximação final à Quadra da Biblioteca, sua angústia havia diminuído, e ele sentiu a mesma sensação de animação que se lembrava de ter sentido quando criança, o que o fez querer sacudir os braços e dar um tapinha atrás da cabeça e bater os calcanhares contra a base ventilada do assento do ônibus. Ele se conteve. Também tinha um Cartão de Enfrentamento para esse comportamento, que dizia:

> Feche os olhos e inspire fundo. Imagine que seu corpo está pesado e preenchido com areia; quando expirar, sinta que a areia está escoando de você aos poucos. Inspire e expire até a areia acabar.

Ele tinha memorizado isso e naquele instante fechou os olhos e seguiu as instruções até que a areia tivesse escoado, permitindo que se sentisse relaxado e vazio de um modo agradável, quase como se pudesse flutuar. Essa leveza repentina era uma sensação estranha, mas, antes que ele pudesse começar a se preocupar, o ônibus roncou, chiou e parou no ponto da Quadra da Biblioteca. As mulheres carregadas de sacolas e os beberrões também estavam desembarcando. Ele se colocou atrás deles na fila e os seguiu colina acima até a Biblioteca, observando-os passar pelos portais, como operários de fábrica batendo o ponto no início do turno. Lá, eles se dispersaram para seus vários cantos e recantos, mas Benny apenas ficou parado ao lado do balcão de informações, imaginando o que fazer em seguida. A tirinha de papel lhe dizia para ir à Biblioteca, mas não o que fazer quando chegasse lá, então, sem mais instruções a seguir, foi pelo caminho que seus pés conheciam.

O Cantinho das Crianças Multiculturais estava vazio, exceto por uma bibliotecária baixinha que colocava as cadeiras em círculo. Parecia estranho estar de volta. Ele queria ficar, mas era grande e velho demais para ficar escondido ali entre estantes que chegavam até a cintura e livros de capas berrantes. Ele sabia que havia algo assustador em caras velhos que ficavam espreitando. Não que ele fosse muito velho, mas ainda assim. A bibliotecária parecia familiar. Ela olhou para ele, intrigada, e ele recuou.

Enfiando as mãos nos bolsos da blusa de moletom, voltou à escada rolante, subindo para o térreo e continuando a subir, parando em cada piso, vagando pelas estantes, lendo os títulos dos livros impressos nas lombadas e procurando o que supostamente deveria encontrar. Ele tocava a tira de papel dentro do bolso, enrolando-a e desenrolando-a até que as letras começassem a se desfazer. Horas se passaram e ele não encontrou nada, mas não importava. Simplesmente gostava de estar ali. Voltou no dia seguinte.

Nós o observamos enquanto avançava pelo Sistema Decimal de Dewey, começando no 000 e no 010 (Ciência da Computação, Informação, Obras Gerais e Bibliografia) e subindo dali até os 100 e 200 (Filosofia, Psicologia, Epistemologia e Religião), depois aos 300 e 400 (Ciências Sociais e Linguagem e Idiomas), depois 500 e 600 (Ciências Naturais e Tecnologia), e então dos 700 e 800 (Artes, Artes Plásticas e Decorativas e Literatura e Retórica) até os 900 (História e Geografia), no Piso Nove. Quando alcançou os 999 (Mundos Extraterrestres), no ponto mais alto da Antiga Ala Norte, permaneceu ali.

Ele avistou um conjunto de três saletas de consulta escondido em um cantinho improvável no corredor sem saída em que a Ala

Norte da Antiga Biblioteca se encontrava com um dos ramais espiralados da Nova Expansão. O cantinho só era acessível por uma pequena passarela, que ligava, de modo intrincado, o Antigo ao Novo e oferecia uma visão estonteante de todos os nove pisos até o local da agora extinta Encadernação, no subsolo. Observando-se a ponte ao longo dos anos, como nós fazíamos, aprendia-se muito sobre os usuários que a atravessavam. Pragmatistas atarefados a cruzavam depressa, sem pensar duas vezes. Pessoas de inclinação mais existencialista hesitavam até chegar ao centro, parando um instante para espiar por cima do gradil e imaginar como seria cair no abismo e despencar para a morte no piso de concreto do subsolo. Cada vez que um usuário desses parava na ponte, precisávamos recuperar o fôlego e nos perguntar: o que levaria um arquiteto a projetar um ponto transitório sobre um precipício em uma Biblioteca Pública? Que loucura! Um repositório que abriga o testemunho encadernado dos medos mortais e anseios imortais da humanidade deve ser o tipo de lugar sólido e reconfortante — harmonioso e de simetria confiável, construído de forma a fazer com que até o usuário mais desassossegado se sentisse seguro e protegido. Mas arquitetos e urbanistas, preocupados em garantir a própria imortalidade, têm outras ideias. Eles veem a biblioteca como um projeto de realização pessoal e os livros como meros adereços, uma variedade heterogênea de objetos incompatíveis que estragam as linhas limpas de sua concepção estética.

Eles não são amigos dos livros.

* * *

Como se chegou àquela loucura arquitetônica? Enquanto Benny espia por cima do parapeito, aproveitando a emoção de estar tão alto, permita-nos explicar. Os livros adoram um bom pano de fundo narrativo, e Benny não se importará. Ele não tem pressa. Afinal, são as férias de verão.

Em 2005, o Conselho da Biblioteca votou pela construção de uma nova Seção Principal para a Biblioteca Pública. Eles fizeram a convocação para a apresentação de projetos e um arquiteto famoso ganhou a concorrência com um plano diabólico que foi aclamado como um manifesto visionário, pós-moderno, que envolvia a demolição de nossa amada Biblioteca Antiga. O plano também exigia o leilão — *eliminação* é o termo — de nossos exemplares mais vulneráveis, e nem é preciso dizer que ficamos horrorizados. Muitos de nós nos lembrávamos do holocausto literário da década de 1990, quando 250 mil livros da Biblioteca Pública de São Francisco desapareceram e acabaram em uma vala comum, sepultados em um aterro sanitário. Um "crime de ódio dirigido ao passado", foi como um crítico definiu essa eliminação catastrófica. Temíamos estar prestes a sofrer outra.

O terrível processo de nos apartar e encaixotar começou, mas então, em 2008, pouco antes do início da demolição, o mercado de ações quebrou, o Conselho ficou com medo e suspendeu o processo, e nós, livros, demos um suspiro coletivo de alívio. Talvez você tenha nos escutado? Houve quem dissesse que a tremulação de nossas páginas soou como as penas das asas dos anjos alçando voo.

Resmungando, o famoso arquiteto voltou à prancheta de desenho e chegou a um meio-termo economicamente viável, um projeto que continha o edifício clássico da Biblioteca Antiga em uma estrutura moderna, que se parece com aspas enormes. Quando a construção ficou pronta, a Biblioteca se parecia com isto:

“ BIBLIOTECA ”

Como formulação semiótica, o projeto não era sutil. Algumas pessoas até o chamaram de vingativo. Que seja.

O novo conjunto foi apelidado de Quadra da Biblioteca, apesar da área decididamente ovoide. As paredes elípticas independentes são entrelaçadas por fileiras de arcos em uma homenagem estranhamente teatral ao Coliseu de Roma. A *piazza*, espremida no invólucro, contém uma série de franquias comerciais: uma cafeteria, uma loja de conveniência, uma banca de jornal, um Papaya Joe's e uma Flying Pie Pizzeria. Cadeiras de metal e mesas de café delineiam o perímetro.

Tudo parece um pouco surreal aqui na Quadra da Biblioteca. Usuários e consumidores se movem pelo espaço como sonâmbulos. Trabalhadores de escritório andam de um lado para o outro falando sozinhos. Pessoas em situação de rua se reúnem nas mesas para se proteger da chuva. O tempo desacelera. Os pombos bicam e arrulham. O som ecoa pelos arcos.

* * *

Voltando ao Piso Nove, Benny afastou-se da beirada da ponte sobre o precipício e continuou, chegando ao cantinho improvável que avistou do lado oposto. Dois dos três compartimentos já estavam ocupados. Um intercambista do Oriente Médio estava sentado em um deles, com as mãos entre os joelhos, curvado sobre os livros, mas, quando Benny olhou mais de perto, viu que os olhos do menino estavam fechados, como se estivesse rezando ou dormindo. Uma mulher mais velha estava sentada no outro, digitando muito rápido em seu computador. Ela parecia estar na casa dos cinquenta ou sessenta anos, talvez com ascendência asiática por parte de um dos pais, como ele; usava óculos de armação preta e tinha cabelos grisalhos. Deve ter sentido a presença de Benny, porque ergueu a cabeça e o olhou, enquanto seus dedos digitavam sem parar. Benny deslizou sem demora para o compartimento ao lado.

Aqueles compartimentos eram antigos, da época anterior à reforma, mas a cadeira reta e dura era surpreendentemente confortável. Quando ele a aproximou da sólida escrivaninha de madeira, o pequeno cubículo pareceu suspirar de prazer, e as paredes envolventes ficaram um pouco mais retas para acomodá-lo melhor. Uma estreita prateleira vazia estendia-se por toda a largura da escrivaninha, bem na altura dos olhos, e ele se deliciou com a ausência de qualquer objeto ali. No início, contentou-se em apenas ficar sentado, contemplando a prateleira vazia e desfrutando de sua quietude, mas, depois que alguns usuários passaram, carregados de livros e claramente procurando um lugar para trabalhar, Benny começou a se sentir desconfortável. Tirou o caderno de redação da mochila e o colocou sobre a mesa à sua frente. Melhor. Pegou um lápis e colocou ao lado do caderno. Melhor ainda, mas agora a prateleira vazia parecia carente. Pendurou a mochila na cadeira e, tendo reivindicado o território como seu, foi em busca de livros para fortificar seus domínios.

E aquela se tornou sua rotina diária. Ele vagava pelas estantes, deixando os títulos chamarem a sua atenção e os livros caírem em seus braços ansiosos, descobrindo, nesse processo, que os livros têm pensamentos próprios e que o escolhiam tanto quanto ele os escolhia. Quando os braços estavam cheios, ele voltava a seu lugar e organizava os volumes na prateleira ansiosa, onde as obras se enfileiravam como soldados, lombadas alinhadas, retas e altas. No começo, foi o suficiente para ele. O suficiente para ficar sentado ali, seguro dentro da fortaleza de seu gabinete, mas depois de um tempo os livros começaram a sussurrar entre si. Para eles, não era suficiente ficarem parados. Eram livros, não peças de LEGO. Se era para ficarem parados ali, por que Benny os tirara de suas prateleiras, para começo de conversa? Depois de movê-los, será que ele não deveria ter a cortesia de abrir as capas e ler algumas linhas? No mínimo dar uma olhada em algumas figuras, por que não?

Era uma insinuação clara, quase um imperativo, e ele ouviu e obedeceu. Selecionou um livro da composição do dia, abriu-o e começou a ler uma ou duas páginas — bem, não ler exatamente. Não no início, e não de maneira sistemática, da esquerda para a direita e de cima para baixo. O estilo dele não era como o pastio metódico das vacas, parecia-se mais com o pastio de um cervo na primavera, quando as folhas estão tenras e jovens — uma mordida aqui, uma mordida ali. Quando criança, ele adorava ouvir os outros lerem, mas depois, quando ficou mais velho, começou a jogar videogame e nunca adquiriu o hábito de ler livros inteiros sozinho, da capa à contracapa. Agora ele não sabia bem como proceder, então apenas folheava o livro de forma não linear, às vezes começando pela parte de trás e às vezes pelo meio, sem procurar nada em particular, mas curtindo a sensação de virar as páginas, o que parecia lhes dar prazer também. Não demorou muito para que as palavras começassem a atraí-lo com seus significados, e o garoto descobriu que, para entender o que estavam tentando dizer, precisava voltar ao início — de frases, parágrafos, capítulos, do livro em si. E assim o fez. Um livro deve começar em algum lugar, ele descobriu. Começando com a primeira sílaba na primeira página, ele murmurava as palavras enquanto as lia, pronunciando-as em voz alta à medida que se combinavam para formar frases, até sentir que as palavras estavam dando vida a seus lábios, tomando emprestada a língua dele para adentrarem, sussurrantes, no mundo.

Em pouco tempo, Benny descobriu que, quando lia para si mesmo, todas as outras vozes em sua cabeça paravam e ficavam em silêncio, da mesma forma que as crianças param e ficam em silêncio durante a Hora das Crianças. Foi uma descoberta maravilhosa, e mais maravilhosa ainda era a maneira como as vozes permaneciam caladas por muito tempo, mesmo depois que ele devolvia os livros ao carrinho no final do dia e saía pelo portal da Biblioteca para a rua. Enquanto caminhava pela calçada e esperava no ponto de ônibus, se sentia como se estivesse protegido do mundo, seguro dentro de um casulo reconfortante de histórias calmas que os livros haviam tecido ao seu redor, e nem mesmo toda a gritaria das vitrines e dos outdoors o perturbava. Ao embarcar no ônibus, sentava-se com a testa encostada na janela e observava as ruas escurecendo e deslizando na luz do crepúsculo, avermelhada pela fumaça dos incêndios florestais. O mundo parecia mudo, submerso. Como se as palavras nas páginas dos livros tivessem dado às vozes em sua cabeça algo para pensar, para contemplar em silêncio, e assim se passou o verão.

Em agosto, uma semana antes do início das aulas, Benny estava em seu cantinho lendo um livro sobre cavaleiros medievais quando um pedaço de papel do tamanho de um papelzinho da sorte chinês flutuou entre as páginas do livro e pousou na mesa à sua frente... A tirinha, com as palavras escritas à mão que pareciam ter sido datilografadas, era tão familiar que fez seu coração pular. Abriu o caderno de redação na página com a coluna de tiras semelhantes impecavelmente coladas que havia resgatado do lixo da Psipédi.

`Coloque seu sapato sobre a mesa. Pergunte o que ele quer de você`, dizia a primeira.

`Vá à Biblioteca`, dizia a última.

Ele destampou o bastão de cola e alinhou com cuidado a nova tira que havia caído do livro dos cavaleiros, na base da coluna. Passou um pouco de cola na parte de trás e a colou. Depois, sentou-se e leu com certa satisfação.

`Parabéns`, dizia a nova tira. `Você venceu.`

17.

Ele tinha vencido, mas era tarde demais. O verão havia acabado e as aulas estavam prestes a começar, e logo ele teria de abandonar a Biblioteca. Fosse lá o que ele supostamente tivesse de fazer ali teria de esperar.

Annabelle, enquanto isso, havia passado o verão enfurnada no Centro de Controle, sozinha com as notícias. Rastreando a propagação dos incêndios florestais no interior para um conglomerado internacional de produtos florestais. Procurando uma tendência antiarmamentista na cobertura local dos tiroteios em massa para um grupo de lobistas favorável à Segunda Emenda da constituição. Monitorando o avanço do vírus Zika e as campanhas presidenciais.

Ela lia sobre fogo de solo, fontes de iniciação e taxas de combustão, microcefalia e os hábitos de acasalamento de mosquitos. Conhecia os termos em voga, as gírias mais detestadas e as posições nas pesquisas de todos os candidatos.

O olhar aguçado de aspirante a bibliotecária, exímio no reconhecimento de palavras-chave, se familiarizou com os nomes de objetos que ela não sabia que existiam: espingardas Remington 870 Express Tactical calibre 12; pistolas Glock 22 calibre .40; Bushmaster XM15-E2Ss; rifles de ferrolho Savage MK II-F calibre .22.

Informações como essas tinham vida própria e, assim que entravam na mente dela, não havia como deixar de conhecê-las ou esquecê-las. Ela sabia muito sobre o que estava acontecendo no mundo, mesmo tornando-se cada vez mais isolada dele.

Estava abafado dentro de casa. A fumaça dos incêndios entrava pelas janelas e, quando saía, era ainda pior. Ela se preocupava com a asma de Benny e também estava sentindo os sintomas. Chiados ao respirar. Tosse. Falta de ar. Ela foi ao médico, que receitou um inalador e falou que ela estava sofrendo de estresse. E não era para menos! Ainda tentava aprender a lidar com a nova interface de gerenciamento de projetos, controlar os protocolos de rádio e televisão e se lembrar de todas as palavras-chave novas e dos números dos clientes. Nunca tivera problemas de memória, mas agora parecia ter atingido o limite da própria capacidade de armazenamento.

E além disso, é claro, havia a ansiedade permanente em relação a Benny. Quando ele teve alta do hospital, Annabelle recebeu um plano de tratamento ambulatorial da equipe de assistência médica, com todas as consultas médicas e terapêuticas, listas detalhadas de medicamentos e possíveis efeitos colaterais, além de muitas sugestões para ajudá-lo no controle emocional, na tolerância ao sofrimento e nas habilidades de resolução de problemas sociais.

Havia também uma lista de comportamentos aos quais ela deveria ficar atenta, incluindo: isolamento social e introversão; depressão e letargia; agressividade e raiva; comportamento ameaçador; irritabilidade; insônia; paranoia; falta de concentração; olhar inexpressivo ou pálpebras sem movimento; espasmos faciais ou corporais; alucinações auditivas e visuais; conversa com entes invisíveis; fala estranha ou incoerente; risos durante um filme triste; choro durante um filme feliz; indiferença à aparência e higiene; confusão de sonhos com a realidade...

Só de olhar para a lista ela ficou ofegante, mas estudou cada item com cuidado, tentando correlacionar a linguagem abstrata da sintomatologia ao real comportamento exato do filho. Será que as palavras raivosas constituíam uma explosão de raiva? Chutar um saco de lixo cheio de arquivos da mãe seria considerado um comportamento ameaçador? Ela imaginou que o filho ficaria impressionado com a nova estação de trabalho e todo o equipamento computacional sofisticado, mas quando viu o Centro de Controle Benny o evitou e usou os sacos de lixo que tirou do quarto para construir um muro de contenção, empilhando-os como o sacos de areia isolando uma trincheira. Aquilo era paranoia?

Ela ficou surpresa e cautelosamente encantada quando o garoto anunciou o plano de passar o verão na Biblioteca. Não eram muitos os adolescentes de quatorze anos que fariam isso, e lhe passou pela cabeça que talvez a pequena cerimônia de formatura tivesse desempenhado um papel importante nessa decisão. Tinha lido que rituais de iniciação eram importantes para o desenvolvimento da autoestima de jovens, por isso se deu a todo aquele trabalho. Tentava não criar expectativas, dizendo a si mesma que ele poderia perder o interesse, mas todas as manhãs, com a regularidade de um relógio, Benny preparava o almoço e pegava o ônibus para a Quadra da Biblioteca. Quando Annabelle perguntou o que ele fazia lá o dia todo, o filho apenas deu de ombros e respondeu:

— Nada. — Mas essa era uma resposta bastante comum para um adolescente. Ela tentou tirar mais coisas.

— Você lê?

— Sim.

— O que você lê?

— Livros.

— Você conversou com alguém ou fez novas amizades?

— Não.

A dra. Melanie não pareceu preocupada. Disse que era bom que ele tivesse estabelecido uma rotina, mas, com o passar das semanas, Annabelle ficou cada vez mais preocupada. O isolamento social se parecia com isso? De vez em quando ela mandava uma mensagem e o filho geralmente respondia, mas mesmo assim. Havia algo mais acontecendo que ele não estava contando? A Quadra da Biblioteca atraía muitos marginais. Será que ele estava se envolvendo com drogas? À noite, na cama, ao estudar a lista de sinais de alerta, sua ansiedade aumentava, até que um dia, incapaz de se concentrar no trabalho, ela parou mais cedo para almoçar e pegou o ônibus até a Quadra da Biblioteca.

A região havia mudado bastante desde sua última visita. Annabelle tinha monitorado a longa batalha cívica em torno das reformas e, quando a Nova Expansão foi inaugurada, ela levou Benny até lá para comer pizza. Agora estava surpresa ao ver como o lugar havia se tornado deplorável. A *piazza* estava cheia de pessoas em situação de rua dormindo nas mesas do café ao lado de seus carrinhos de feira ou supermercado ou vasculhando o lixo em busca de latas vazias e crostas de pão. Os pombos desfilavam pelo chão a seus pés, brigando com os pardais por embalagens de muffins e migalhas de croissant. Os cheiros de álcool, maconha e urina se misturavam sob os arcos.

Lá dentro, o que restava do prédio da Antiga Biblioteca era exatamente como se lembrava. Devagar, Annabelle galgou os pisos, tentando passar despercebida. Tinha uma história preparada caso

Benny a visse: ela precisava fazer pesquisas para o trabalho, o que era um exagero. O monitoramento de mídia não exigia pesquisas que envolvessem livros de verdade, mas Benny não sabia disso. Ela vasculhou os corredores de estantes, espiando nos cantos onde os usuários liam ou cochilavam, até chegar no topo, onde, do outro lado de uma passarela sobre um precipício, avistou um cantinho improvável. Escrupulosa, pisou na ponte estreita e parou, em dúvida se aquilo a suportaria, e depois deu outro passo. Quando chegou ao meio, parou de novo e, agarrando-se com força ao corrimão, olhou para baixo. Era uma queda vertiginosa, mas o que fez seu coração palpitar e seus joelhos fraquejarem não foi a altura, e sim certa qualidade do ar — ou seria um cheiro? Sim, o cheiro inebriante de papel antigo, óleo de máquina e cola de encadernação, que subia pelo duto de ar exposto do antigo setor de Encadernação Pública no subsolo. Ela fechou os olhos e inspirou com satisfação.

Lembrou-se da velha Encadernação da época em que era estagiária. Era uma sala cavernosa, com uma antiga guilhotina de papel industrial italiana e antigas máquinas de costura Singer pretas, cujos carretéis e bobinas exerciam um curioso fascínio sobre ela. Costumava vasculhar as estantes em busca de livros danificados para levá-los lá para baixo e observar os encadernadores trabalhando, reforçando lombadas e cobrindo-as com capas de entretela resistente. Havia dois encadernadores, um velho e um jovem, que costumavam flertar com ela e provocá-la; o velho a chamava de Florence Nightingale da Biblioteca Pública, o que a deixava orgulhosa, e é claro que nós, livros, a amávamos por isso. O velho estava prestes a se aposentar, mas ela sempre se perguntou sobre o jovem. O que um encadernador faria se fosse dispensado? Era uma questão concreta porque, como parte da Nova Expansão, o Conselho da Biblioteca havia votado para fechar a antiga Encadernação e converter a sala em algo chamado Hub Estratégico de Sistemas Informacionais e Tecnologia Avançada, ou HESITA, como passou a ser chamado por defensores e críticos.

Annabelle havia monitorado a disputa em torno do HESITA, que recebeu cobertura de todos os jornais locais, enquanto a equipe da Biblioteca e os usuários resistiam. A Biblioteca tinha a última Encadernação Pública da América do Norte, argumentavam, um local de importância histórica e cultural em risco e que deveria ser preservado. Foram escritas notas de repúdio e o Sindicato dos Trabalhadores de Bibliotecas ameaçou convocar uma greve em nome dos encadernadores, que logo se tornariam obsoletos, mas o Conselho permaneceu inflexível. Os tempos estavam mudando. O espaço era insuficiente. As revistas estavam migrando para formatos on-line. Os arquivos digitais tornavam desnecessário encadernar os periódicos. Livros antigos cujos números de circulação haviam caído ficariam em melhores condições se fossem vendidos do que recuperados. Em suma, a Encadernação era obsoleta, um anacronismo, uma atividade sentimental de uma era passada. No final, para desalento de Annabelle, o Conselho prevaleceu: embora o HESITA ainda aguardasse o sinal verde, a última Encadernação Pública havia sido fechada.

Agora, parada na vertiginosa passarela, nove pisos acima, e respirando todos os cheiros antigos, Annabelle se sentia bastante tonta e debilitada. Era a cola? Ela se perguntou o que teria acontecido com as guilhotinas e as antigas máquinas Singer. Venda ou descarte, provavelmente. Uma onda de tristeza subiu do subsolo. Ela olhou para a boca aberta do túnel de ar e o viu escurecer e se encher de estrelas quando seus joelhos cederam. Agarrando-se ao corrimão, fechou os olhos e então sentiu uma mão em seu cotovelo.

— Você está bem?

Ela abriu os olhos. Uma mulher estava de pé ao lado dela, olhando-a através de óculos pesados de armação preta. De meia--idade, Annabelle percebeu. De aparência asiática. Annabelle ergueu-se, endireitando-se, e assentiu.

— Estou bem — afirmou. — Obrigada. Foi só um momento de fraqueza.

A mulher continuou a observá-la.

Como ela não falou nada, Annabelle deu uma risada nervosa.

— Acho que deve ser a altura. Tenho um pouco de medo.

— É claro — respondeu a mulher. — Muitas pessoas têm medo de altura. Muitas pessoas também estão cansadas de viver.

— Sim — disse Annabelle, e então, percebendo o que a mulher estava querendo dizer, logo acrescentou: — Ah, não. Isso não é...

— Ótimo — interrompeu a mulher. Ela olhou por cima do corrimão para o subsolo e balançou a cabeça. — Realmente é o caso de nos perguntarmos o que levaria um arquiteto a projetar um ponto de passagem sobre um precipício em uma Biblioteca Pública.

— O projeto foi bastante controverso — falou Annabelle. — Mas você provavelmente sabe disso. Você é bibliotecária?

— Não. Apenas uma usuária. Estava trabalhando ali nos compartimentos e vi você. Está se sentindo melhor agora?

Ela estava apontando para o grupo de compartimentos do outro lado da ponte e, de onde estava, Annabelle pôde ver uma mochila familiar, pendurada nas costas de uma das cadeiras, e um menino, curvado e dormindo sobre a mesa. O rosto estava escondido atrás de uma pilha de livros, mas ela sabia que era Benny. Deu um suspiro aliviado.

— Estou bem agora — afirmou à mulher. E então não conseguiu deixar de acrescentar, com algum orgulho: — Aquele é meu filho.

A mulher assentiu.

— Ele vem aqui todos os dias. Parece ser um ótimo garoto. Quieto.

— Ele é — confirmou Annabelle.

— Ele gosta de livros — comentou a mulher.

— Puxou a mim.

— Que bom — disse a mulher. Ela se virou para atravessar a ponte e então esperou.

Como Annabelle recuou, ela perguntou:

— Não vai dar um oi para ele?

Annabelle balançou a cabeça.

— Não quero acordá-lo. — Fez uma pausa. A mulher a estava observando por trás daqueles óculos de armação preta de novo, como se esperasse que ela dissesse mais alguma coisa, então Annabelle continuou: — Por favor, não diga a ele que eu estive aqui. Ele não gosta quando o sigo. — A mulher ainda estava esperando, então Annabelle acrescentou: — Garotos. Sabe como é.

A mulher concordou.

— Adolescentes.

— Exatamente! — confirmou Annabelle. — Ele vai começar o ensino médio em setembro.

— Bom — disse a mulher. — Nesse caso, boa sorte.

Annabelle não queria que a mulher fosse embora. Aproximou-se um passo e, em voz mais baixa: — Na verdade, estou um pouco preocupada — sussurrou. — É uma escola nova e ele teve alguns problemas emocionais. — Ela se deteve aí. Por que estava confiando em uma estranha? Suspirou. — É uma longa história.

A mulher assentiu de novo.

— Vou ficar de olho nele — disse, o que, de algum modo, fez Annabelle se sentir melhor.

18.

O ensino médio era novidade, mas, como Benny logo descobriu, não era novidade o bastante. Quando o sinal tocou na manhã do primeiro dia, os antigos colegas de turma do fundamental tinham chegado à conclusão de que a história de Benny merecia ser contada. Era uma história com valor monetário e capital social e, como toda moeda e capital cujo valor depende de taxas de câmbio, precisava ser gasto, e foi o que fizeram. Eles contaram e recontaram a história, empurrando-o degrau por degrau para baixo na nova hierarquia e garantindo que ficariam no alto até que, na hora do almoço, todos em sua nova sala de aula soubessem como ele havia se ferido na perna com uma tesoura e acabara internado na enfermaria psiquiátrica. Benny, e ele merece esse crédito, não negou nem tentou esconder nada.

Na hora do almoço, ele foi chamado à sala da diretora para uma reunião com a enfermeira e a orientadora pedagógica a respeito dos remédios, e Annabelle também compareceu, com sua túnica larga e calças legging, segurando a bolsa enorme. Ela havia chegado cedo e algumas das crianças a viram sentada na sala de espera. Um contágio de mensagens de texto dissimuladas e bate-papos sub-reptícios se propagou à medida que os rumores sobre ela e Kenji se espalharam e, no fim da primeira semana, todos entenderam, mesmo os mais alheios, que Benny e sua família seriam o Outro proscrito, cuja estranheza definiria a normalidade coletiva do grupo. Os adolescentes cacarejavam como galinhas quando ele passava, digitavam em seus telefones para xingá-lo, de modo que, quando ele passava pelo corredor, era quase possível ver a nuvem silenciosa de mensagens de texto seguindo o rastro dele: *Loko, Lunático, Doido, Lesado, Japa, Bugado, Bizarro*. Isso soa familiar? Talvez você já tenha visto esse tipo de crueldade começando e até tenha colaborado, ou talvez tenha sido cúmplice e assistido em silêncio enquanto o preconceito se espalhava, ou talvez também tenha sido um alvo. Você sabe como funciona...

BENNY

Ah, fala sério! Podemos pular essa parte, por favor? É claro que as pessoas sabem, e é constrangedor ouvir você falar disso. Constrangedor para mim, porque sei que você só está tentando fazer soar como *Coitadinho do louco do Benny Oh, sofrendo bullying dos antigos colegas de classe valentões por causa de sua situação familiar fodida*, e é muito nobre e livresco de sua parte, mas a verdade é que não foi bem assim. Ou melhor, *foi* assim, mas não foi *só* assim, porque eu também fiz uma escolha. No primeiro dia de aula, decidi não esconder quem eu era ou o que havia acontecido, e quando alguns garotos perguntaram se era verdade que meu pai era viciado, respondi: Não, ele era clarinetista de jazz; e quando perguntaram sobre as vozes, fiz com que elas parecessem legais e encarei ter estado na enfermaria psiquiátrica sem tentar esconder. Na verdade, eu estava indo bem naquela primeira manhã até que me chamaram na sala da diretora e minha mãe apareceu. Quando a vi sentada na sala de espera com os pés enfiados nos tênis velhos e sujos, vestindo calças legging e a camisa larga manchada bem na frente, o que ela nem percebeu porque os peitos dela a impediam de ver, perdi um pouco o controle. Todo mundo estava olhando para ela — a diretora Slater, a enfermeira, a orientadora pedagógica e todas as crianças no corredor, e pela primeira vez eu a vi através dos olhos dessas pessoas e quis matá-las pela forma como a olhavam. Juro que queria esmagar a cara de todo mundo. Ela é minha mãe, pelo amor de Deus. Eles não deveriam ter olhado assim. Deveriam tê-la tratado com mais respeito.

Por isso, não me sinto nem um pouco melhor ao ouvir você corrigir a história ao contá-la e me fazer parecer o coitadinho do menino louco transformado em vítima. Sei o que de fato estava acontecendo. Sei o que estava sentindo naquele momento em relação a Annabelle. Por que você não diz isso a eles? A verdade é que eu estava com vergonha dela. Com ódio dela. Queria que ela desaparecesse — ah, merda diga de uma vez —, eu queria que ela morresse. *Por que tinha de ser meu pai quem tinha morrido?* Isso é o que eu estava pensando. Pelo menos meu pai era legal e músico, e tínhamos todos aqueles interesses em comum, como o jazz e o espaço, e sempre fazíamos coisas juntos, como tomar café da manhã e assistir a programas de tevê antigos sobre viagens interplanetárias no YouTube, e, quando ele ia me buscar na escola, eu tinha orgulho dele. Eu amava meu pai. Eu o amava demais, e ele estava morto. E minha mãe estava lá, sentada na sala de espera da diretora à vista de todos, parecendo uma fracassada completa, e uma voz na minha cabeça dizia: *Por que não podia ter sido você?* E também não era só uma voz qualquer que estava dizendo isso. Era a *minha* voz. Era *eu*.

Percebe? Ninguém quer ler sobre um garoto que tem pensamentos de merda como esse em relação à mãe, e eu não quero pensar no meu pai agora, então podemos só pular essa parte e passar para outra coisa? Voltemos à Biblioteca. Conte a eles sobre o Aleph. É bem mais interessante.

O LIVRO

Ok, mas só para você saber, Benny, as pessoas querem ler sobre garotos que pensam merda sobre a mãe. Muitos livros importantes foram escritos sobre o assunto e muitos leitores os leram. Mas, se você não se sente confortável com isso, vamos mudar de assunto.

19.

No fim da primeira semana, Benny concluiu que a escola era prejudicial à sua saúde mental. Ele precisava parar de ir, mas o problema era o que fazer em vez disso. Adolescentes que faltavam às aulas geralmente ficavam nos shoppings do centro ou em casa, se os pais tivessem emprego, mas Annabelle trabalhava em casa, e os shoppings estavam fora de cogitação. Para Benny, os shoppings eram uma tortura. Eram câmaras de ressonância de sons espelhados, cheios de gritos e lamentos de coisas Não Compradas que eram muito divergentes e perturbadoras.

Então, decidiu que voltaria à Biblioteca, onde esperaria que Alice ou Athena aparecesse e explicasse por que ele estava ali e, enquanto esperava, poderia estudar sozinho tudo o que os livros tinham a lhe ensinar. Parecia uma solução ideal — havia muitos livros e, é claro, ficamos encantados —, mas Benny sabia que precisava ser cuidadoso. Nunca tinha ouvido falar de alguém que mata aulas escondido na Biblioteca, mas isso não significava que ele não seria descoberto. Então, criou um plano, que consistia em duas partes.

A Parte Um exigia hackear a conta de e-mail da mãe. Ele esperou até que ela se deitasse e foi ao computador de Annabelle. Não sabia a senha de administrador, então tentou *CheeriOhs*, depois *CheeryOhs*, e conseguiu na segunda tentativa. A aba do navegador já estava aberta na conta de e-mail, AnnabelleOh@gmail.com. Rolando a tela pela caixa de entrada, encontrou uma sequência de e-mails da diretoria da escola, que encaminhou para uma conta falsa que havia criado: AnnabelleO@gmail.com. Era arriscado, mas imaginou que os administradores da escola não notariam a falta do *h*. Por fim, configurou um filtro, que encaminharia todos os novos e-mails do IP da escola para a conta falsa e os excluiria da conta da mãe.

De volta ao quarto, no próprio computador, ele se conectou à conta falsa, onde a sequência de e-mails o aguardava. Copiou os endereços em uma nova mensagem e depois colou no rascunho a mensagem que havia redigido:

> Cara diretora Slater,
>
> Por favor, desculpe meu filho, Benjamin, que infelizmente está tendo mais alguns problemas de saúde mental, e a médica disse que ele tem de voltar para a enfermaria de psiquiatria pediátrica do Children's Hospital, então ele estará ausente da escola até novo aviso.
>
> Atenciosamente,
> Annabelle Oh

Releu o que havia escrito e hesitou por um momento, depois acrescentou a palavra *sérios* antes de *problemas de saúde mental*. Melhor. Por um instante, imaginou se seria mais fácil apenas fingir ter morrido, mas então se lembrou do funeral do pai e de todos os cartões e flores que apareceram, e se lembrou do corpo. As pessoas precisavam ver um corpo, tinha explicado o agente funerário.

Sem um corpo, era muito arriscado, então optou pela história do hospício, que era totalmente verossímil. Clicou em Enviar, desconectou e foi para a cama.

A Parte Dois do plano dizia respeito à logística de permanecer invisível na Biblioteca. Durante o verão, ele tinha se familiarizado com usuários e funcionários e aprendido como os ritmos da Biblioteca oscilavam durante o dia. As primeiras horas da manhã pertenciam aos mais velhos: homens idosos usando jaquetas puídas e debruçados sobre as páginas do jornal como garças velhas e pacientes; senhoras de cabelos grisalhos vestidas com agasalhos de treino e viseiras e empoleiradas como pombos na ponta da cadeira. Benny observou como liam: devagar, virando cada página e abrindo-a com cuidado. Quando devolviam um livro que haviam pegado emprestado, usavam as duas mãos para deslizá-lo gentilmente pela fenda de devolução, como se o livro fosse um presente querido de alguém que amavam.

Depois da terceira idade chegavam mendigos, pessoas em situação de rua e demais usuários não tradicionais, que se dirigiam para lá quando os abrigos fechavam pela manhã, instalando-se na ocupação temporária das poltronas do canto mais distante, onde resmungavam ou dormiam. Babás e mães chegavam em seguida, conduzindo as crianças em carrinhos dobráveis pelas escadas rolantes até o Cantinho das Crianças Multiculturais, e eram seguidas no fim da manhã pelos *millennials*, entrando com seus *chai lattes* e carregadores, à procura de tomadas para se conectarem. E era assim até que, no meio da tarde, todos estavam acomodados e debruçados sobre seus livros e computadores, lendo, respondendo e-mails ou cochilando enquanto os longos raios de sol batiam nas grandes janelas voltadas para o oeste.

A informação que Benny havia reunido durante o verão seria colocada em prática agora. A parte mais difícil seria entrar na Biblioteca, passar pela segurança e pelo balcão de informações, que estava sempre cheio de funcionários. As bibliotecárias eram treinadas para estarem atentas. Tinham olhos observadores. Eram curiosas. Faziam perguntas. O truque, ele avaliou, era sincronizar a chegada com a dos mendigos e pessoas em situação de rua e deslizar para dentro bem atrás deles. Uma vez que entrasse, estaria seguro. A Biblioteca era imensa.

Na manhã de sua primeira falta, fez preparativos cuidadosos. Embrulhou algumas porções de comida — um sanduíche, um salgadinho e uma garrafa que poderia encher no bebedouro — e carregou o celular para poder verificar o e-mail falso durante o dia. Deixou a mãe abraçá-lo, saiu cedo de casa e pegou o ônibus para o centro da cidade. Desembarcando com os mendigos e doidos, ele os seguiu sem pressa do ponto de ônibus, sincronizando o ritmo com o passo arrastado de pés pesados. Por fim está acontecendo, pensou. Estou me tornando um deles. Ao se aproximarem da entrada da frente, levantou o capuz do moletom, encolheu os ombros e enfiou as mãos nos bolsos.

— Matando aula, hein?

A voz parecia vir de algum lugar atrás dele, como a maioria das vozes. Falava em inglês, mas com sotaque. Não chinês. O coração dele disparou. *Não é real*, lembrou-se, e então respirou fundo, do jeito que o conselheiro havia ensinado, e começou a contar. *Inspire — dois, três, quatro...*

— Ei, jovem estudante! Estou falando com você!

Ignorando a voz, ele exalou — *cinco, seis, sete* — e, ao mesmo tempo, sentiu algo duro e afiado bater em sua panturrilha. Ele se virou. Era o apoio metálico para os pés da cadeira de rodas elétrica operada pelo velho mendigo irritadiço com a maleta de couro preta surrada e a placa sobre Atos Espontâneos de Gentileza que estava sempre tentando falar com ele. Benny não o tinha visto no ônibus naquela manhã. A cabeça do velho virou para o lado conforme movia a cadeira para a frente, desta vez acertando a canela de Benny.

— Ai! — Benny deu um passo para trás e então se abaixou para esfregar a perna. — Isso dói.

— Opa, me desculpe. Freios ruins. — O velho mendigo mexeu na cadeira, depois se inclinou para a frente e estendeu a mão velha. Tinha um rosto corado e satírico, com pele enrugada e olhos azuis aquosos. Agarrou o antebraço de Benny, puxando-o para tão perto que as testas quase se tocaram.

— Eu ter um plano — sussurrou em voz rouca. — Você deve ficar atrás. Vou entrrar primeiro e usar táticas de distração na devoluzão dos livros. Assim que eu ter distraído as forças de segurança, você deve passar depressa.

Ele deu um sorrisinho. Faltava-lhe um dente da frente e a lacuna brilhava avermelhada.

— É um bom plano, hein? Depois nos encontrraremos na Parapsicologia, Piso Quatro, às zero-novecentas horas. — O velho mendigo disparou na cadeira de rodas. O amontoado maciço de sacolas plásticas cheias de latas e garrafas vazias parecia ter crescido desde a última vez que Benny o vira e agora ondulava ao redor do velho como uma nuvem de tempestade. Um mastro alto com uma bandeira de segurança laranja erguia-se em meio às sacolas como uma bandeira de golfe ou uma lança.

Benny olhou em volta. Estava se esforçando muito para não chamar a atenção, aquilo era uma catástrofe. Mas, se concordasse com o plano do velho, talvez o homem fosse embora. Assentiu.

— Excelente! — O mendigo deu um soco no ar. — *Aproveize o dia!* — anunciou, lançando um jato de perdigotos voadores, depois girou uma rodinha e partiu.

A cadeira de rodas avançou em meio aos pedestres e subiu a rampa de acesso, com as sacolas plásticas pulando e a bandeira tremulando na ponta do mastro. Benny observou, imaginando se deveria dar meia-volta e ir embora, mas não conseguia pensar em nenhum outro lugar para ir e, como não podia ficar ali parado, foi atrás, caminhando devagar. Acabou atrás de uma senhora com um carrinho de compras. Quando chegou à entrada, avistou a cadeira de rodas vazia perto da fenda de devolução de livros. O bibliotecário da recepção tinha saído de trás do balcão e recolhia latas e garrafas espalhadas pelo piso, devolvendo-as às sacolas plásticas. O mendigo estava ajoelhado em sua única perna boa, pendurado na beirada do balcão de devolução de livros. A outra perna, a protética, havia retirado, usando-a como bengala, um apoio para espiar dentro da fenda de devolução de livros.

— Slavoj, você sabe que essa fenda é só para livros — dizia o bibliotecário, sem ser grosseiro. — Não para garrafas, certo?

E enquanto Benny esperava para passar pela segurança, ele ouviu o mendigo, cujo nome agora sabia ser Slavoj, responder:

— É, é, é claro, meu caro Ronald, mas eu estar um tanto intrigado com eza noção de fenda. O fato que uma fenda é uma *coisa,* não podemos negar, porém é uma *coisa* inteiramente definida pela *falta,* por uma *ausência* de forma, porr espaço *negativo,* pelo prróprio *vazio.* Sabemos aquelo que ela *não é,* mas como podemos realmente saber aquelo que *é*? Como podemos saber a diferenza entre uma *fenda* e, digamos, uma *frresta*? Uma frresta é mais fina que uma fenda e, portanto, falta-lhe menos? Se falta menos, vale mais? E se assim for, como podemos saber se eza fenda ou eza frresta querr livros e não garrafas?

Benny manteve o capuz do moletom levantado e a cabeça baixa. Ao passar pela segurança, olhou para o balcão de devoluções. O mendigo, Slavoj, estava de costas. Não podia ter visto Benny, mas, assim que ele passou, o velho ergueu a perna protética no ar como se fosse uma saudação. Como se soubesse que o menino estava olhando.

* * *

Benny seguiu para a escadaria, o que foi bem fácil de fazer. Havia vários lances de escada e saídas de emergência na Biblioteca, tanto na Ala Nova quanto na Antiga. Evitou elevadores e rampas, que eram ambos acessíveis para cadeiras de rodas, e as escadas rolantes, que eram muito expostas. Não sabia onde, no Piso Quatro, ficava a Parapsicologia, mas imaginou que, se fosse direto para o Piso Nove, o velho não o encontraria. Devido a uma esquisitice arquitetônica na interface entre o antigo prédio histórico e a nova ala pós-moderna, seu improvável cantinho no Piso Nove não tinha acessibilidade. A vertiginosa passarela não acomodava uma cadeira de rodas, então Benny sabia que estava seguro.

Ainda era cedo. Dois dos compartimentos já estavam ocupados, mas o dele ainda estava vazio. Sentou-se e tirou as coisas da mochila com cuidado, colocando o caderno e os lápis bem alinhados, e depois saiu em busca de livros, limitando-se às estantes próximas. O Piso Nove era de História, o que era auspicioso, porque Benny estava descobrindo que gostava de ler sobre história. Gostava do passado. Também gostava do futuro. O presente era o problema. Voltou com uma braçada de livros sobre o tema do Império Austro-Húngaro, incluindo um intitulado *Escudos e armamentos medievais*, mas quando estava prestes a começar a ler, ouviu o celular soar.

Atenção!, disse uma voz em sua cabeça. Era uma voz nova, metálica e robótica, e não parecia estar conectada a nada, mas pelo menos falava em inglês e parecia estar tentando ajudar. Ele pegou o telefone e verificou a conta de e-mail falsa. Havia um e-mail na caixa de entrada. Era da diretoria. "Cara sra. Oh", começava a mensagem. Ele clicou e leu depressa.

> Lamentamos saber que seu filho, Benjamin Oh, estará ausente da escola por motivos médicos. Se a ausência do aluno for superior a três dias, a lei estadual exige que os pais forneçam uma carta da médica do aluno confirmando a necessidade de sua ausência e incluindo o diagnóstico e a data provável do retorno do aluno. Todos nós aqui na Soundview High estamos orando pela pronta recuperação de seu filho.

Perigo! Perigo! Era o robô de novo, acionando um sistema de alerta interno, que disparou como um foguete do Amarelo (ruim) para Vermelho (péssimo). Benny desligou o telefone e olhou para o livro enorme em sua mesa, que estava aberto em uma ilustração brilhante de uma armadura de placas do século XV. O que deveria fazer? Seus olhos percorreram os estranhos nomes das diferentes partes do traje — *crista, elmo, gorjal, espaldar, peitoral, couraça, cota de malha, peitoral, brúnia, cotoveleira, avambraço, manopla, escarpe* — os lábios dele circundaram os sons não familiares.

Atenção! Atenção! Perigo! Perigo! Uma coisa era falsificar um e-mail da mãe. Mas como conseguir uma carta da médica? *Pense!* Ligou o telefone de novo e pesquisou no Google *carta de justificativa médica para falta escolar.* Uma longa lista de resultados apareceu, e ele inspirou fundo e exalou, enquanto seu nível de alerta caía, voltando para o Amarelo. Ótimo. Também precisaria de um computador e de uma impressora. E talvez de um escâner. Havia duas áreas de computadores públicos na Biblioteca. A maior delas ficava no Piso Um, perto da entrada principal, mas estava exposta e tinha muito movimento. A segunda estava no Piso Quatro.

Não havia o que fazer. Se ele não respondesse ao e-mail, a escola ligaria para sua mãe. Precisava intervir agora. Deixou os livros, o sanduíche e a garrafa de refrigerante sobre a mesa.

— Já volto — avisou-os. — Não deixem ninguém se sentar aqui. — E então atravessou a ponte mais uma vez, parando por um momento para olhar para baixo antes de ir para a escadaria.

20.

O telefone de Annabelle estava tocando. Ela conseguia ouvir, o toque "By the Seaside" que escolhera porque soava como uma alegre trilha sonora de órgão Hammond para o tipo de férias familiares na praia dos anos 1950, com as quais sempre sonhou, com algodão-doce rosa e raspadinhas de gelo azuis, rodas-gigantes e carrinhos de bate-bate, e ursinhos de pelúcia grandes que seu pai ganharia jogando aros em volta do gargalo de uma garrafa. Ela nunca tivera férias em família assim quando era pequena. A viagem para a Disneylândia com Kenji e Benny chegou perto, e ela esperava que fosse haver outra igual, mas agora era tarde demais, e seu telefone tocava "By the Seaside" sem parar, só para zombar.

Benny sempre mandava mensagens, então não era ele. Será que era a escola? E onde estava o maldito telefone? O toque parou. Quem quer que fosse poderia deixar uma mensagem. Pelo menos ela sabia que não era seu supervisor. Charlie usava o sistema de comunicação interno da agência quando precisava entrar em contato, o que a deixava doida. Ela odiava a maneira como ele aparecia no canto da tela. Parecia que o homem estava sempre lá, espreitando atrás da fina camada de cristal líquido.

Era quase uma da tarde, hora do almoço. Os dias em que ela podia parar ao meio-dia e pegar o ônibus para buscar Benny na escola e passar na Michaels no caminho eram passado. Para começar, Benny nem a deixaria ir. Alunos do ensino médio não precisavam que as mães os buscassem e os levassem para casa de ônibus. Alunos do ensino médio não precisavam das mães, ponto. E outra coisa, ela ainda estava no período de experiência e, além de todos os fluxos de notícias, Charlie disse que ela também precisava monitorar as redes sociais. Ela não tinha mais tempo para projetos de artesanato.

Annabelle se levantou e ouviu o estalo da articulação do joelho, sentindo dor no quadril quando se endireitou. Ficar sentada fazia mal à saúde. Deveria se alongar e caminhar a cada vinte minutos, mas sempre se esquecia e estava preocupada com doenças cardíacas. Também se preocupava com pressão alta, câncer de mama, colesterol elevado, diabetes e trombose venosa profunda. Preocupava-se com a morte prematura. Levantou-se e o telefone caiu no chão. Estava sentada em cima dele. Típico. Pegou-o e olhou para ver quem havia ligado, mas era um número que não reconhecia. Provavelmente telemarketing. A mensagem no correio de voz estava em chinês.

Na cozinha, encontrou um saco aberto de salgadinhos de milho e um pote de molho pela metade. Levou-os para seu quarto e se deitou na cama para esticar as costas. A cama era velha e o colchão afundava. Ela tinha lido na internet que se deve trocar o colchão a cada oito ou dez anos, ou depois de 30 mil horas de sono, mas aquele era o colchão onde ela e Kenji dormiam, onde faziam amor e onde Benny foi concebido, e ela não suportava pensar nele largado perto da caçamba tomando chuva.

Olhou para o relógio na mesa de cabeceira. Devia ser hora do almoço na escola também. Perguntou-se como Benny estava. Ela havia se divertido muito comprando para ele o material para a volta às aulas. Pegou o telefone e digitou: *O almoço está bom?* Esperou, mas Benny não respondeu. *Que tal a nova lancheira?* Talvez o almoço já tivesse terminado. *Espero que esteja tendo um bom dia!* Ele continuava sem responder. *Amo você!* Ela olhou para o teto.

O salgadinho e o molho não a satisfizeram. O que de fato precisava era de uma salada. Uma boa salada grande com tomates e cenouras e abacate e outras coisas saudáveis. Ela poderia pegar o ônibus até o Whole Foods Market e comprar uma salada no bufê, mas isso significaria perder uma hora inteira de trabalho, e Charlie saberia, e, além disso, o Whole Foods era um absurdo de caro, e as pessoas que compravam lá sempre a faziam se sentir mal consigo mesma. Pouco saudável. Não, diga de uma vez, Annabelle: *gorda*. Elas fazem você se sentir *gorda*. Tudo bem, pensou, sentando-se e esvaziando o saco de salgadinhos, sacudindo-o para pegar o resto das migalhas. Tanto faz. Voltou a descer. Não precisava do bufê de saladas do Whole Foods. Poderia comprar uma alface excelente no supermercado barato, pouco saudável, e fazer as próprias saladas. Poderia ir hoje depois do trabalho. Também precisaria de uma centrífuga para salada. Tinha uma em casa em algum lugar, mas não a via fazia tempo. Enfim, poderia comprar outra on-line.

Não havia espaço na lixeira para o pote de molho vazio, então o deixou na pia. O saco de salgadinhos ela jogou no lixo lotado mesmo. Voltando ao Centro de Controle, se acomodou em sua cadeira ergonômica e girou-a depressa para ficar de frente para os monitores, mas algo na mesa chamou sua atenção. Lá, espreitando alegremente por baixo de uma pilha de recortes, estava *A magia da arrumação*.

Que estranho! Como é que o livrinho tinha ido parar ali? O último lugar em que ela se lembrava de tê-lo visto era a cama, quando adormecera lendo. Isso acontecera meses antes, antes do Incidente da Tesoura e, ansiosa por causa de Benny, ela havia se esquecido de tudo. O livro devia ter ficado soterrado sob as outras coisas e de alguma forma encontrado um jeito de ir lá para baixo; agora estava ali, como em um passe de mágica, para lembrá-la de suas intenções. Ela se levantou e voltou para a cozinha.

Segunda-feira era dia do lixo comum ou do reciclável? A cidade vivia mudando o horário de coleta. Benny costumava acompanhar, mas, nos últimos tempos, deixara de fazê-lo. Desistira, melhor dizendo. A sra. Wong às vezes a lembrava também, mas havia caído da escada dos fundos, quebrado o quadril e estava no hospital, e agora o filho imprestável dela vivia espreitando a propriedade. Com o passar dos anos, o adolescente taciturno e esquelético se tornou um jovem taciturno e esquelético, que dirigia um carro vistoso, usava agasalhos de grife e óculos escuros e estava sempre tentando convencer a mãe a vender o sobrado. Annabelle podia ouvi-los do outro lado da parede, a sra. Wong latindo alto com ele em chinês, e o Imprestável gritando de volta em inglês, dizendo que ela era uma idiota por estar sentada em uma mina de ouro e não lucrar com isso, e para que não contasse com ele para cuidar dela na velhice. Annabelle tinha acabado de renovar o contrato de aluguel, mas era preocupante.

Na calçada, ainda havia algumas lixeiras na frente às casas, mas todas vazias. O caminhão já havia passado. Desanimada, ela arrastou os sacos de volta para o quintal e então o ouviu.

— Ei, dona Oh.

Ele tinha uma voz aguda e desagradável que não mudava desde a adolescência, e sempre pronunciava o nome dela como se fosse uma palavra só, o que a deixava louca. Caminhou até a cerca que separava os dois quintalzinhos e se debruçou nela. A mão se ergueu para cobrir a marca de nascença cor de vinho na lateral do rosto.

— Ei, donaô, vai estar por aqui mais tarde? Tenho uma carta da minha mãe para você.

— Ah, que bom. Como ela está?

Ele encolheu os ombros.

— Ela está bem. — Olhou para os sacos que ela estava carregando. — Ela disse que você tem de limpar esse lugar aqui. É um perigo para a saúde, e com isso quero dizer todo o lixo e os corvos que vem alimentando. Tem que se livrar deles. Mã quebrou o quadril por causa de dois corvos que estavam olhando para ela, então caiu da escada.

Annabelle franziu a testa.

— Sua mãe disse isso? — Ela tinha visitado a sra. Wong no hospital para levar o contrato assinado e o cheque do aluguel, e a mulher dissera que tinha tropeçado no degrau porque estava quebrado.

— O filho Imprestável diz que vai consertar, mas… — Ela balançou a cabeça. — Queria seu marido Kenji não morto. — Não fizera menção alguma aos corvos.

O Imprestável tornou-se evasivo.

— Esses pássaros são maus. E toda a comida que você dá está atraindo ratos e vermes. Vamos receber uma Intimação Judicial do Departamento de Saúde pelos ratos e vermes. Sabe quanto custa receber uma Intimação Judicial do Departamento de Saúde por ratos e vermes?

Annabelle não sabia, mas também não tinha visto nenhum rato nem verme.

— Você tem que limpar essa bagunça e parar de alimentar os corvos!

Ele empurrou a cerca e voltou para o seu lado do sobrado, deixando-a ali com o lixo. Ela pensou em levar os sacos para o beco e jogá-los na caçamba do brechó, mas era ilegal. Ah, fazer o quê, pensou, deixando as sacolas ao pé da escada dos fundos. Não fazia sentido se culpar por isso. Tentaria de novo na quinta-feira. É tudo que você precisa fazer, disse a si mesma, sendo gentil. Só precisa fazer a tentativa de tentar.

Entrando de novo, ela encontrou um frasco de *frappuccino* do Starbucks na geladeira. Era sabor abóbora com especiarias, que ela compara na promoção depois do Halloween. Desatarraxou a tampa e tomou um gole. Era fresco, doce e cremoso — uma recompensa por tentar. Foi até a lata de lixo jogar a tampa fora, mas já não havia saco de lixo na lata e ela se lembrou de que tinham acabado. Colocou a tampa sobre uma pilha de correspondências na mesa da cozinha, onde com certeza a veria mais tarde. Sem dúvida iria ao supermercado depois do trabalho. Sacos de lixo e alface.

Levou o *frappuccino* para o Centro de Controle, conectou-se ao site de gerenciamento da equipe do projeto e examinou seus canais, pensou. Onde eu estava? Abriu o navegador. Ah, é. Centrífugas de salada.

21.

Os terminais de computadores públicos do Piso Quatro estavam localizados em uma área central, cercada por estantes. O balcão de informações ficava ao lado e a placa no alto dizia CIÊNCIAS SOCIAIS. Aquela era uma parte da Biblioteca que Benny não costumava frequentar, e esperava que as bibliotecárias não fizessem perguntas. A voz metálica e robótica murmurava: *Atenção! Atenção!*

Ele examinou a área em busca da bandeira de segurança laranja do mendigo. Não estava à vista, e a voz de advertência se calou.

Mantendo a cabeça baixa, ele circundou o perímetro em busca de um terminal vago. Passou por RELIGIÕES, depois FILOSOFIA, depois PSICOLOGIA e depois — olhou para cima — PARAPSICOLOGIA E OCULTISMO.

Perigo! Perigo, Will Robinson!

Reconheceu a voz metálica agora. Era o robô do antigo programa de tevê *Perdidos no Espaço*, a que ele assistia com o pai. O que o robô estava fazendo ali? Ele se escondeu atrás de uma fileira de livros.

Atenção! Perigo! Nave alienígena se aproximando!

Ele olhou para fora, esperando ver a cadeira de rodas elétrica girando em algum canto, mas estava tudo em silêncio. Olhou para os livros na estante. Não sabia o que era parapsicologia, mas toda a psicologia, mesmo a do tipo normal, o deixava nervoso. Esperou, escondido, até que a voz robótica se aquietasse, então encontrou um computador livre e usou o cartão da biblioteca para se conectar. Digitou *carta de justificativa médica para falta escolar* e fez a busca de novo.

Melhores atestados médicos falsos e mais 19 documentos — para impressão, preenchíveis, gratuitos!

Exemplos de modelos de atestados médicos falsos para trabalho/escola! Garantido!

Havia 237 mil sites listados. Clicou no primeiro link e começou a ler.

Um atestado médico é o mais importante para o paciente apresentar uma prova sólida para faltas escolares, porque exige que você consulte um médico. Este atestado preenchível em pdf pode confirmar até o que nunca aconteceu! Portanto, você certamente pode usá-lo como uma engenhosa desculpa para os professores da escola.

O site oferecia amostras de atestados de médicos de várias especialidades — oncologistas, urologistas, dermatologistas, psicólogos —, algumas gratuitas, outras agrupadas para compra em grandes quantidades. O timbre também era importante, ele percebeu. Encontrou um com a foto de um ursinho de pelúcia segurando um balão de carinha sorridente que o fez lembrar da decoração do consultório da dra. Melanie. Preencheu-o com o nome e o endereço dela, mas hesitou antes de digitar um número de telefone. O site oferecia um serviço de verificação de telefone com uma mensagem que soava exatamente como a de uma secretária eletrônica de consultório, mas custava dezoito dólares, então Benny inventou um número de telefone falso.

Na linha ao lado do campo Nome do Paciente, digitou *Benjamin Oh*.

Em Diagnóstico, escreveu as palavras *fase prodrômica* seguida das palavras *transtorno esquizoafetivo*, que tinha ouvido a dra. Melanie dizer. Lembrava-se de *prodrômica* porque gostava dos sons, que o faziam se lembrar de drones, dromos, dromeossauros e dromedários, mas odiava *esquizoafetivo*, que era uma palavra terrível, com aglomerados de letras irregulares como adagas e armadilhas à espreita para esfaquear e prender. Era preciso ter cuidado com palavras como *esquizoafetivo*. Então, na área de atestado, ele recortou e colou seu texto: "Benjamin Oh foi enternado na enfermaria de psiquiatria pediátrica do Children's Hospital sob minha supervisão e ficará ausente da escola até novo aviso".

Imprimiu a carta na impressora que funciona com moedas usando os trocados que a mãe tinha lhe dado para comprar um refrigerante. Lembrou de ter visto a assinatura feminina da dra. Melanie em uma receita e, depois de praticar algumas vezes em um pedaço de papel, assinou a carta, digitalizou-a e anexou-a em resposta ao e-mail da diretora usando a conta falsa de Annabelle O. Quando estava prestes a enviá-lo, porém, olhou a hora.

Toda a tarefa de forjar o atestado havia demorado menos de duas horas, e a dra. Melanie nunca responderia a ninguém tão depressa. Todos os médicos da Psipédi eram assim. A mãe dele dizia que gostavam de deixar as pessoas esperando para mostrar como eram ocupados e importantes. Salvou o e-mail como rascunho e desconectou. Ia esperar. Seria paciente. Um paciente paciente. Balançou a cabeça para desanuviá-la. Não gostava de palavras que se comportavam daquele modo, zombando dele com todos os seus diferentes significados. Levantou-se e olhou por cima do computador. A barra estava limpa. Precisava chegar a um andar mais alto.

De volta ao Piso Nove, relaxou um pouco. No cantinho, tudo estava como deveria estar. A mulher digitadora ainda estava digitando, cercada de livros. Ela levantou os olhos e acenou com a cabeça quando o viu, e a leve batida sincopada dos dedos nas teclas soava como gotas de chuva. O intercambista do Oriente Médio ainda dormia e roncava baixinho, o rosto pressionado contra as páginas de um livro de astronomia. Na tela do computador dele, uma transmissão ao vivo pela internet de um aglomerado de estrelas visto de um telescópio em um observatório chileno recarregava a cada poucos segundos, sincronizando-se com as expirações dele, fazendo parecer que sua respiração controlava a velocidade de atualização da imagem das estrelas. Uma calculadora estava na mesa ao lado de um sanduíche de falafel meio comido.

Benny percebeu que também estava com fome. Pegou a comida e organizou os livros de história que havia colocado ao seu redor no cubículo. O nível de alerta tinha caído para Azul, mas voltou a subir para Amarelo quando seu celular tocou. Era uma mensagem da mãe. E depois outra. Em seguida, uma terceira. Bolinhas de palavras verdes se acumulando na tela, cada vez mais estridentes. Ele silenciou o toque e deu uma mordida no sanduíche, depois abriu *Escudos e armamentos medievais* ao acaso e começou a ler sobre trabucos e petardos. As descrições dos instrumentos de guerra o acalmaram e as vozes em sua cabeça se calaram. O sanduíche também estava gostoso. Ele mandou uma mensagem para a mãe. *Sim*, digitou. *Almoçando*.

Ele leu por quarenta e cinco minutos e, quando terminou o capítulo, ergueu os olhos. Todas as vozes estridentes, mesmo as distantes, tinham ficado em silêncio, e ele estava cercado por um manto macio de som — um silêncio ambiente, que incluía tanto o ronco suave do estudante de intercâmbio quanto algo a mais, uma ausência de som, um fio fino de silêncio. O que estava faltando? Ele se inclinou, esticando o pescoço em torno da borda de seu gabinete e localizou a fonte. A digitadora tinha ido embora.

Parecia que ela havia acabado de sair da mesa, talvez para ir ao banheiro ou voltar às estantes para pegar mais livros. O notebook e a mochila dela também não estavam lá, mas Benny presumiu que ela os houvesse levado; nos últimos tempos, houvera ocorrências de roubo na Biblioteca e os usuários foram avisados para não deixarem seus objetos de valor espalhados. O suéter dela ainda estava pendurado no encosto da cadeira, guardando o lugar, e os livros estavam empilhados sobre a mesa. Ele inclinou a cabeça e tentou ler os títulos nas lombadas. *Contos de fadas dos Irmãos Grimm* era um deles. *O jardim dos caminhos que se bifurcam* era outro. *A obra de arte na era de sua reprodutibilidade técnica* um terceiro, e depois havia vários cujos títulos ele não conseguia ver direito.

Levantou-se. Não havia ninguém por perto, então se esgueirou até o compartimento da mulher e pegou os *Grimm*. Conhecia o título da estante de sua casa, mas a edição que ele tinha era clara e alegre, um volume fino e remendado com a foto de uma princesa fugindo timidamente de uma bruxa malvada por um bosque de rosas cor-de-rosa. Aquele *Grimm* não era claro nem alegre. Era um tomo robusto, encadernado em couro, com capa de um vermelho escuro, da cor de sangue seco. O couro tinha uma estampa em relevo de um arvoredo sombrio, com raízes e galhos emaranhados que pareciam veias prensadas na pele. Uma tira de papel estava saliente no topo do livro, marcando uma página. Ele abriu-o na história de João e Maria, e a tira caiu no chão. Ele a pegou e leu:

> João e Maria estão vivos e bem, estão morando em Berlim.

As letras estavam impecavelmente escritas para remeterem à fonte da máquina de escrever. Dobrando-o depressa, ele enfiou o papel no bolso, recolocou o livro na pilha e voltou ao seu compartimento. Pegou seu caderno de redação e comparou o papel com os colados. A caligrafia era a mesma. Ele o virou. No verso havia uma longa sequência numérica — 791.43/0233/092 —, que ele reconheceu como o código de catalogação de um livro. Benny desconfiava de números de catalogação. Sabia como, em sua exuberância, poderiam sair do controle com facilidade e causar tumulto, mas se levantou e os seguiu mesmo assim, voltando às estantes.

O número o levou ao Piso Sete, Esportes, Jogos e Entretenimento, que era uma parte da Biblioteca onde ele nunca tinha estado antes. O número 791.43/0233/092 estava na seção de Cinema, e ele logo localizou o volume.

COMPREENDENDO
RAINER WERNER
FASSBINDER
O FILME COMO ARTE
PRIVADA E PÚBLICA

Ele estudou a capa. Se a capa de um livro é seu rosto, aquele volume tinha um semblante corajoso e artístico. Sob o título havia uma fotografia em preto e branco de um homem de meia-idade com bochechas rechonchudas e barba rala, que olhava com expressão travessa por cima de um par de óculos pretos de armação grossa. Os olhos do homem tinham um brilho louco e fizeram Benny se lembrar do velho mendigo, Slavoj. Eram olhos dissimulados, inchados, como os de Kenji de manhã quando tinha ficado acordado até tarde na noite anterior. A barba rala e dura parecia um pouco com a de Kenji também. Benny sentou-se no chão e abriu o livro, segurou-o de cabeça para baixo e o sacudiu. As páginas tremulavam, vazias. Nada. Nem um pedaço de papel. Começou a folhear o livro, procurando por mais pistas, mas logo se distraiu com as imagens. Não havia muitas, apenas algumas fotos antigas de atrizes e atores alemães. Uma delas era uma garota voluptuosa de cabelos loiros ondulados, que se parecia com Annabelle quando era jovem e bonita. O homem da capa estava com ela em algumas fotos, mas Benny decidiu que ele não se parecia com Kenji, afinal. O homem chamava-se Fassbinder. Era um cineasta, mas nenhum de seus filmes parecia muito interessante. Benny folheou depressa até chegar ao final do livro. Talvez só interessasse aos alemães.

Ao fechar o livro, percebeu um envelope de biblioteca, do tipo antigo, anterior à tecnologia de código de barras, colado no verso da contracapa. Enfiado no envelope havia um cartão-postal. Benny puxou-o. Era o tipo de cartão vendido em lojas de museus, retratando grandes obras de arte, só que aquele tinha apenas o desenho de um boneco de palito, rabiscado em papel manchado e amarronzado nas bordas. A figura tinha cabelos cacheados e usava saia, mas, depois de estudar o rosto comprido e o queixo quadrado, Benny decidiu que era um homem, apesar da saia. Os olhos muito espaçados e amendoados estavam olhando por cima do ombro direito de Benny, na direção de onde as vozes costumavam vir. Ele se virou e olhou por cima do ombro, mas tudo o que viu foi uma fileira de livros assentados em silêncio nas prateleiras. Observou o cartão-postal outra vez. Os braços do homem estavam abertos e erguidos no ar, como se alguém lhe estivesse apontando uma arma. Os lábios estavam abertos, e os dentes compridos pareciam tocos espaçados. Em suas roupas havia estampas que não faziam sentido, e os cachos em sua cabeça pareciam rolos de papel se desfazendo.

E os pés estavam descalços, com apenas três dedos cada um.

E os dedos pareciam ter sido cortados nas juntas.

E os braços estendidos eram, na verdade, asas.

Benny virou o cartão-postal. *Angelus Novus,* dizia a legenda. *Artista: Paul Klee, 1920. Transferência de óleo e aquarela sobre papel. Museu de Israel.* No final das contas, não era um desenho de criança. Era Arte, mas Benny não leu o restante da legenda, porque seus olhos foram atraídos para a área da mensagem do cartão-postal, onde viu um bloco de texto, impresso com a mesma caligrafia imitando máquina de escrever:

```
É assim que se imagina
o Anjo da História.
Seu rosto está voltado
para o passado. Onde
enxergamos uma sequência
de acontecimentos, ele
enxerga uma catástrofe
única que continua
empilhando destroços sobre
destroços e vomitando a
seus pés. O anjo quer
ficar, para despertar os
mortos, para unificar o
que foi despedaçado.
```

Do lado direito do cartão, no espaço onde deveriam estar o nome e o endereço do destinatário, as palavras continuavam:

Mas uma tempestade
está soprando
do Paraíso; foi
arrebatada pelas asas
do Anjo com tamanha
violência que ele não
pode mais fechá--las.
A tempestade o atrai
para o futuro, para o
qual ele dá as costas,
enquanto a pilha de
detritos diante de si
cresce em direção ao
céu. Essa tempestade é
o que chamamos…

As palavras apenas pararam, deixando a frase em suspenso. Como se chamava a tempestade? Benny virou o cartão-postal e olhou de novo a imagem. Não parecia um anjo. Ele enfiou o cartão-postal no caderno de redação e recolocou o livro de Fassbinder na estante. Para onde agora?, ele se perguntou.

22.

A busca por uma centrífuga de salada mostrou-se mais complicada e demorada do que Annabelle previra, algumas centrífugas eram de plástico e outras de aço inoxidável, algumas tinham cabos giratórios de virar, ou cabos de puxar, ou bombas de empurrar, e então havia uma engenhoca sofisticada da Suíça com uma alavanca de movimento. Depois de comparar preços e funcionalidades, ela se decidiu por uma que parecia durável e de preço médio, com avaliações satisfatórias de usuários. Foi uma escolha sensata, mas de alguma forma a deixou um pouco insatisfeita. Ela verificou a hora. Devia mesmo voltar ao trabalho, no entanto fez apenas uma pequena pausa para o almoço, afinal, não tinha uma centrífuga de salada ou os ingredientes para fazer uma refeição saudável (embora, a partir de agora, fosse vir a ter), e enquanto pensava em tudo isso, de alguma maneira conseguiu navegar até o eBay.

Cinco minutos, pensou. Apenas cinco minutos.

* * *

O que faz uma pessoa querer tantas coisas? O que dá às coisas o poder de encantar e será que existe um limite para o desejo por mais?

Os livros estão intimamente familiarizados com questões como essas; elas constituem o DNA das mais antigas histórias humanas, expressas nas narrativas que nossas páginas contam sobre deuses ciumentos, jardins, cobras falantes e maçãs doces e irresistíveis.

Aquela maçã, por exemplo, uma coisa exterior a Eva e cuja terrível magia a atraiu — ou foi atraída por ela — fazendo com que ambas se perdessem ao se fundirem. Mas será que o poder mágico de encantar residia na polpa adocicada do fruto vermelho-rosado ou na língua bifurcada da cobra que contava a história com tanta satisfação? E a maçã, foi na mesma medida enganada?

E a história em si? Seriam as palavras o canal pelo qual o desejo de vocês viaja, ou apenas uma reflexão posterior, um complemento, um truque de mente humana para justificar o anseio pré-linguístico que o prefigura?

E quanto à perturbadora questão do *mais*? Para a maioria dos seres humanos ao longo da história, "mais" nem sequer era uma opção. O "suficiente" era o objetivo e, por definição, era suficiente. A Revolução Industrial mudou tudo isso e, no início dos anos 1900, as fábricas dos Estados Unidos produziam mais mercadorias do que nunca, enquanto a recém-empoderada indústria da publicidade usava sua língua bifurcada para converter cidadãos em consumidores. Mas, mesmo com a expansão dessa nova economia, havia sinais de que o crescimento estava diminuindo e essas mesmas questões começaram a martelar a mente dos donos de indústrias do país. O que faz uma pessoa querer tantas coisas e será que existe um limite para o desejo por mais? Ou, dito de outra forma, há um ponto de saturação em que o consumidor estadunidense teria o suficiente, levando ao colapso do mercado?

Herbert Hoover, então secretário do Comércio, foi nomeado pelo presidente Coolidge para encontrar respostas a essas questões, e, em 1929, o Comitê Presidencial de Mudanças Econômicas Recentes publicou sua jubilosa conclusão:

> A pesquisa provou de modo conclusivo o que por muito tempo foi teoricamente considerado verdadeiro, ***que os desejos são quase insaciáveis***; que um desejo satisfeito abre caminho para outro. A conclusão é que economicamente temos um campo ilimitado diante de nós; que existem novos desejos que abrirão caminho infinitamente para novos desejos, com a mesma rapidez com que são satisfeitos (grifo nosso).

* * *

Não havia escassez de globos de neve no eBay. Estavam disponíveis em todas as cores, temas e faixas de preço, e Annabelle ficou encantada com a espantosa variedade. As pessoas eram tão criativas, em primeiro lugar, por pensarem em fazer globos de neve, mas, além disso, por fazê-los de tantos tipos diferentes! Ela tinha as outras coleções, todos os brinquedos antigos, livros, garrafas e cartões-postais, cada um com sua própria história. Não pretendia começar a colecionar globos de neve também, mas a pequena tartaruga que comprara no brechó a alegrava tanto. Ele repousava aos pés do monitor principal do Centro de Controle e, sempre que Annabelle começava a se sentir afetada pelas notícias, pegava o globo de neve, virava-o de cabeça para baixo e observava os brilhos coloridos girando e se sedimentando. Não havia notícias dentro do globo, e nada nunca mudava. Lá, o mundo permanecia exatamente como era, o que ela achava reconfortante. Claro, era triste que o filhote de tartaruga estivesse preso, isolado e nadando sozinho em sua esfera. Era triste, também, que a mamãe-tartaruga, observando-o de fora, não pudesse chegar até ele. Ainda assim, podiam se ver através do vidro e, de alguma forma, desse pensamento surgiu outro: que talvez as duas tartarugas fossem gostar de ter um amigo.

O primeiro que ela comprou no eBay foi um globo musical cujo tema era Arca de Noé. Havia pares de ursos, cervos, girafas e pombas empoleiradas no topo da arca dentro da bolha e, do lado de fora, na base, golfinhos, tartarugas e peixes que chapinhavam nas ondas de plástico. A música era de *O fantástico Dr. Dolittle*, um dos filmes favoritos de Annabelle quando criança. Ela encontrara uma cópia em VHS em uma venda de garagem e, quando Benny era pequeno, costumavam se aconchegar no chão, assistir e cantar "Talk to the Animals" juntos. Benny tinha certeza de que, quando crescesse, também seria capaz de falar com os animais, e a família teve longas conversas sobre qual idioma Benny deveria aprender primeiro. O do canguru ou o do hipopótamo? Do orangotango ou da pulga? Ou talvez do gambá, sugeriu o menino, porque assim, se um gambá passasse pelo beco, ele poderia conversar educadamente e pedir que fosse embora. Annabelle lembrou-se do prazer que sentia ao ouvir as ponderações do filho, e foi por isso que, assim que viu a arca musical no eBay, ela deu um lance.

Desde então, os globos se proliferaram rapidamente. Havia um com um adorável terrier escocês, um em estilo vintage com uma linda bailarina amarrando a sapatilha e um de tema histórico homenageando um verdadeiro navio pirata naufragado, o *Whydah*, com minúsculos dobrões dourados que flutuavam na água. Ela começou a se concentrar em modelos inspirados em contos de fadas, propondo-se o desafio de encontrar alguns que não fossem muito influenciados pelos filmes da Disney. Tinha um da Rapunzel e um da Branca de Neve, e agora estava dando o lance em um adorável de João e Maria. O lance foi de 27,45 dólares — mais do que estava disposta a pagar, mas os pequenos irmão e irmã, de mãos dadas e olhando para a casa de pão de mel, eram irresistíveis e, olhando bem de perto, era até possível ver a bruxa, espiando pela janela açucarada. Ela conferiu as horas. Eram 15h52. O leilão terminaria em oito minutos e seu lance ainda era o mais alto.

15h53. Esses últimos minutos eram os mais importantes. Franco-atiradores podiam estar à espreita, esperando até os últimos segundos. Ela havia perdido itens dessa forma antes.

15h55. Ainda o mais alto. Havia estabelecido o limite em 35 dólares, mas agora estava começando a ficar com medo. Talvez não fosse o suficiente? Digitou 40 dólares e, assim que apertou Enter, a campainha tocou. Que irritante! Provavelmente era o Imprestável trazendo um bilhete da mãe. Perguntou-se o que a sra. Wong poderia querer. Quando Kenji ainda estava vivo, a velhinha às vezes aparecia com presentes — um longo nabo-japonês da horta, um punhado de folhas de mostarda chinesa ou uma cabeça de peixe. Ela trabalhava em uma indústria de alimentos eviscerando peixes e levava as cabeças para casa para Kenji cozinhá-las. Ele as salgava e grelhava ou fazia sopa de cabeça de peixe, arrancando os globos oculares ou as bochechas tenras da cartilagem com a ponta delicada dos hashis. A cabeça era a parte mais gostosa, dizia. Quando ele morreu, a sra. Wong parou de levá-las.

A campainha tocou de novo. Annabelle aumentou seu limite de lance para 45 dólares e então foi até a janela, esticando-se por cima de uma pilha de jornais para abrir a cortina. O Imprestável estava parado na varanda da frente com um envelope na mão.

— Ô, donaô — chamou, batendo na porta. — Abra.

Ela deixou a cortina se fechar. Será que ele a tinha visto? Ela ouviu um som de papel. Ele estava tentando empurrar o envelope por baixo da porta, mas eles não usavam mais a porta da frente, porque havia tanta coisa acumulada no saguão que era difícil abri-la. Ela o ouviu xingar, então o jovem tocou a campainha pela terceira vez.

— Sei que você está aí, donaô! Estou escutando o rádio. Olha, estou deixando esta carta da minha mãe na frente da sua porta. É melhor ler. E é melhor esvaziar a caixa de correio também. Tem contas suas se acumulando aqui. Eles vão desligar sua luz.

Annabelle ficou atrás da cortina fechada e escutou quando ele desceu os degraus da entrada. Para um homem tão pequeno, ele fazia bastante barulho. Era verdade aquilo sobre a caixa de correio. Às vezes, ela deixava correspondências importantes lá, porque pelo menos sabia onde estavam. Voltou para o computador, digitou 50 dólares e então recostou-se, sentindo-se aliviada. Era só por garantia. Assim, contanto que seu limite fosse o mais alto, ela ainda venceria.

15h59. Faltava menos de um minuto. Ela começou a contagem regressiva e então, faltando apenas vinte segundos, o lance saltou para 32,45 dólares. Saltou de novo, e de novo! Não um, mas dois franco-atiradores estavam apostando em João e Maria, que eram dela! Ela prendeu a respiração, cruzou os dedos e contou: cinco, quatro, três, dois...

A mensagem *Parabéns, você venceu!* apareceu na tela, junto com seu lance vencedor: 49,45 dólares. Ela se recostou na cadeira, triunfante.

Era tão boa a sensação de vencer.

23.

Benny voltou para seu compartimento com uma braçada de livros sobre o pintor Paul Klee, que era um famoso artista alemão com barba e bigode como o do famoso cineasta alemão. Empilhou os livros novos em cima de *Escudos e armamentos medievais* e começou a folhear as páginas. As pinturas do artista eram estranhas, coloridas e de alguma forma musicais, pensou. Como se não fosse ficar surpreso se a pintura de repente começasse a cantar uma música, e então se percebeu vendo as imagens e ouvindo-as também.

Havia quadros de gatos, pássaros, peixes e balões, ou talvez fossem luas, era difícil dizer. Era tudo meio aleatório.

Paul Klee havia feito muitas pinturas, mas Benny acabou encontrando o que procurava, *Angelus Novus*, o cara de saia. Analisou a imagem. O que essa pintura tem a ver com João e Maria? Com o famoso cineasta alemão, cujo nome já tinha esquecido? Ele esperou, torcendo para que a pintura revelasse a próxima pista.

Nada.

Desanimador. Ele puxou o caderno de redação e abriu na página onde havia colado todos os outros pedaços de papel. Desde o verão, quando esteve pela primeira vez na Biblioteca, estava esperando que algo acontecesse. Alguém — esperava que fosse Alice ou Athena ou fosse qual fosse o nome dela — o convocara, mas por quê? Tirou do bolso o pedaço de papel que encontrou no livro de contos de fadas e o colocou na base da coleção na página pautada.

> João e Maria estão vivos e bem, estão morando em Berlim.

Tirou o bastão de cola da mochila e colou o papel na página. Os pedaços de papel eram como a trilha de migalhas de pão de João pela floresta, e Benny esperava que o levassem à coisa que deveria acontecer, só que não o levaram. Olhou ressentido para o *Angelus Novus*, que ainda se recusava a retribuir o olhar, mantendo os olhos teimosamente fixos naquele ponto sobre o ombro direito de Benny. O olhar de soslaio o deixou nervoso, mas quando se virou e verificou, ainda não havia nada atrás dele. Nos compartimentos vizinhos, o garoto da astronomia ainda dormia, mas então Benny viu que a mulher digitadora havia retornado e percebeu que ela o estava observando e também digitando, como se estivesse analisando-o ao mesmo tempo em que digitava anotações de campo rápidas e detalhadas sobre o que observava. Será que ela percebera que a tira de papel em seu exemplar de *Grimm* não estava mais lá?

Ele nunca tinha visto alguém capaz de digitar tão depressa. Ela o encarou e acenou com a cabeça, mas seus dedos nunca perderam velocidade. Ele desviou o olhar.

Será que ela era uma espiã? Escrevendo um relatório sobre faltas escolares para enviar à diretora? Fazendo anotações sobre o comportamento dele para enviar à psiquiatra? Benny precisava ter certeza, mas, quando espiou outra vez, ela estava encarando o notebook, bastante concentrada. Talvez a receita dos óculos dela não estivesse correta, porque alternava entre apertar os olhos e franzir a testa ao olhar a tela, fazendo seu rosto parecer quixotesco e feroz. Ele a observou por mais algum tempo, mas a mulher não percebeu, como se de repente ele não existisse. Então, Benny relaxou. Gostava de se sentir inexistente. Começou a folhear o livro de Paul Klee, tentando ler sobre o Anjo, mas o livro estava escrito de uma forma que ele não conseguia entender, e logo voltou a bocejar e a sentir muito sono. Talvez fossem os remédios, ou apenas o efeito soporífero da Biblioteca Pública à tarde. Ele abaixou a cabeça sobre o livro aberto, colocando o nariz no colo do Anjo. Ouviu os sons breves e rápidos. Antes, as batidas soavam como gotas de chuva, mas agora soavam mais como um bando de estorninhos levantando voo de um campo de trigo e voltando a pousar, um som que se misturava ao silêncio ambiente da Biblioteca. Ou talvez não fossem estorninhos. Talvez ondas. Talvez os estorninhos estivessem se transformando em ondas, lavando-se na areia e fazendo cócegas em todos os seixos e conchinhas quebradas antes de recuar. Dentro e fora, ondas e estorninhos, o bater dos dedos em um teclado, o farfalhar de uma página virada, as exalações das estrelas, pontuadas por um ronco ocasional — Benny ouvia todos esses sons, ficando mais altos e mais baixos, e também sabia que eles, como as vozes que ouvia, sempre estariam lá, indo e vindo de algum lugar do espaço.

24.

A carta que o Imprestável havia tentado enfiar por baixo da porta informava a Annabelle que, enquanto a sra. Wong estivesse na casa de repouso, recuperando-se da queda, as obrigações de locador tinham sido transferidas para seu representante legal, Henry K. Wong. Prosseguia dizendo que, segundo estipulado no contrato de aluguel de Annabelle, os inquilinos eram obrigados a manter suas unidades limpas, organizadas e livres de detritos, o que incluía descartar o lixo comum e reciclável que atraísse vermes ou representasse risco de incêndio. Por fim, concluía com um lembrete de outra cláusula do contrato: a locadora ou seu representante legal tinha o direito de fazer inspeções periódicas em sua unidade e, portanto, poderia Annabelle por gentileza ligar para o referido representante, Henry K. Wong, para marcar uma visita de inspeção antes do fim do mês?

Annabelle tinha certeza de que a sra. Wong não havia escrito essa carta. Ela era uma velha durona, não do tipo que passava os negócios ao filho e, em todos os anos que Annabelle vivia ali, nunca realizara uma única inspeção. Certamente seu quadril logo estaria recuperado e ela sairia da reabilitação em breve. Mas, mesmo assim, a carta era preocupante. Era evidente que o Imprestável estava planejando algo. E se ele persuadisse a mãe a vender o imóvel? Ou usasse as pilhas de arquivos de Annabelle como desculpa para rescindir o contrato ou até mesmo a despejar? Ela precisava mesmo dar início ao projeto de arrumação e se encarregar dos arquivos pendentes antes que a sra. Wong voltasse.

O problema dos arquivos só piorava. Em maio, quando Annabelle contestou com sucesso a demissão e negociou a mudança para o setor de rádio, televisão e mídias digitais, ela deu um suspiro de alívio, pensando que a extinção do departamento de impressos poria fim à torrente incessante de papel que entrava em sua casinha.

Assim que o fluxo fosse estancado, ela poderia lidar com o atraso, e Benny poderia ajudá-la a tirar todos os sacos de lixo, e os dois poderiam voltar a viver em um ambiente limpo e agradável.

O que Annabelle não contava era com a política da empresa de fazer cópias em DVD de toda a clipagem de todos os programas de todas as principais emissoras jornalísticas de televisão e rádio durante os ciclos de 24 horas de notícias por dia. Assim, além do fluxo diário de jornais e outros impressos, ela agora tinha sacolas cheias de DVDs não recicláveis se acumulando em todos os cantos da casa e se espalhando pela varanda e pelo quintal.

O acúmulo de todas aquelas notícias era deprimente.

Ela respirou fundo e verificou as horas. Seu turno estava quase terminando e ela de fato precisava sair e esticar as pernas. Submeteu seu último relatório, desconectou-se do portal, se levantou e se espreguiçou. Sua lombar ainda estava doendo. Talvez precisasse de uma daquelas novas escrivaninhas para trabalhar em pé. Foi procurar o casaco e a bolsa. Benny voltaria da escola logo mais. Ela faria uma caminhada breve e compraria sacos de lixo, alface e algo bom e saudável para ele jantar e, enquanto estivesse cozinhando, arrumaria a cozinha para que os dois pudessem se sentar e fazer uma refeição apropriada à mesa. E talvez, no caminho para o supermercado, ela parasse no brechó para dar um oi. Agora que Benny tinha voltado à escola, ela se preocupava menos com o isolamento social do filho e mais com o dela. Nunca se sentia sozinha quando Kenji estava vivo e percebeu que também sentia falta do contato humano que costumava ter no escritório. As senhoras do brechó não eram exatamente suas amigas, mas eram todas muito legais, e ela poderia comprar algo divertido para Benny.

O sino acima da porta, anunciando sua chegada, era alegre e dava a sensação de ter voltado para casa. Ela verificou quem estava atrás do balcão e viu que era Jazmin, a haitiana que havia perdido o lar no terrível terremoto. Jazmin tinha sido ajudada por uma organização de caridade cristã, e Annabelle, que estava monitorando as ações de ajuda humanitária no Haiti, conseguiu conversar com profundidade sobre os esforços de recuperação e, portanto, as duas se conectaram. Jazmin estava com um cliente, então Annabelle acenou e apontou para a seção de roupas masculinas nos fundos.

— Boa sorte — gritou Jazmin. Ela tinha um neto em Porto Príncipe mais ou menos da idade de Benny, e elas sempre riam dos adolescentes e de como eram exigentes em relação às roupas. Benny sempre insistia em usar o mesmo velho moletom preto, o que o fazia parecer um daqueles garotos maltrapilhos que pediam esmolas no centro da cidade. Certamente ela poderia encontrar algo mais bonito que o filho se dignaria a vestir.

Passou pela seção de roupas femininas e depois pela masculina, sentindo uma pontada ao ver uma fileira de camisas de flanela penduradas. Ela costumava comprar todas as camisas de Kenji ali e sentia falta de fazer compras para o marido. O outono era uma boa época para a flanela. Viu uma bem bonita de padrão xadrez com finas linhas cor-de-rosa. Se Kenji ainda estivesse vivo, ela a compraria de presente para ele. Ela a levaria para casa, a lavaria e embrulharia em um papel bonito. Imaginou-o desembrulhando o presente e o rosto se iluminando ao experimentá-la e desfilar para ela. Kenji gostava das que estavam gastas, das que tinham sido desbotadas e amaciadas pelo tempo. Ela ficou ali, acariciando a manga. Outro dia, havia recortado um artigo de jornal sobre um homem idoso que ainda comprava presentes para a falecida esposa, anos depois da morte dela, o que não pareceu nada estranho para Annabelle. Apenas doce e triste e de certa forma nobre, mas talvez fosse diferente se você fosse a esposa. Talvez uma esposa viva que comprasse presentes para um marido morto fosse apenas patética e, além disso, Kenji já tinha camisas suficientes e ela precisava se concentrar no projeto da colcha de recordação com as que já tinha. Chegou a desenhar um padrão e calcular o tamanho dos quadrados de tecido necessários, mas hesitou quando chegou a hora de fazer o primeiro corte. Ficou sentada com a tesoura na mão, as lâminas abertas sobre a costura do ombro, mas cortar a camisa era como cortar um corpo, e ela não era capaz de fazê-lo.

A seção de roupas para meninos não tinha nada que Benny usasse, então ela foi até as sapateiras. Os tênis dele estavam ficando apertados, mas os únicos do tamanho certo estavam todos gastos e surrados. Os meninos eram tão críticos em relação aos calçados. Ela precisaria ir ao shopping e lhe comprar um par novo.

O que mais? Parou perto das sapateiras e passou os olhos pela loja. Não havia nada de que precisasse, nada que quisesse, mas, em vez de se sentir livre, se sentiu apenas desanimada e, de algum modo, traída. Trabalhava tanto, certamente merecia alguma coisa, não? Mas não havia outra escolha. Também poderia fazer as compras de supermercado, embora agora a ideia de fazer um jantar saudável parecesse mais trabalhosa e muito menos convidativa. Ainda assim, tinham de comer.

— Sem sorte hoje? — gritou Jazmin, que estava examinando uma caixa com doações e desembrulhando um bule de chá amarelo, erguendo-o no momento que Annabelle passou. A cor amarela chamou a sua atenção como um pequeno sol brilhante, detendo-a.

— Ah! — exclamou. — É encantador! Posso ver?

— Aqui, querida — respondeu Jazmin entregando-o para Annabelle com um sorriso deslumbrante. O bule era pequeno e perfeitamente abaulado, com uma alça robusta de um lado, um bico pontudo do outro e uma tampa que parecia um gorro com um pompom no topo. Annabelle segurou-o com as duas mãos.

— Eu tive um desses — falou. — Só que era rosa. — Tinha sido seu bule favorito, até a noite em que Kenji morreu. Eles tiveram aquela briga terrível. Ele foi embora. O bule quebrou. Ela se lembra de ter chorado ao juntar os pedaços e colocá-los em uma caixa de sapatos, com a intenção de colá-los. Não serviria mais para fazer chá, mas poderia usá-lo para plantar flores. Tinha visto as pessoas fazerem isso, usarem bules velhos como vasos, e era muito inteligente, só que, depois do que aconteceu, ela nunca teve tempo de colar o bule ou fazer o vaso. Perguntou-se onde a caixa de sapatos tinha ido parar. Devia estar em algum lugar.

Ergueu a tampa do bule amarelo e depois o virou, inspecionando-o em busca de rachaduras. Havia uma música sobre um bule que ela costumava cantar para Benny. Como era? Talvez se lembrasse da letra se o comprasse. O amarelo era tão alegre, ainda melhor do que o rosa que se quebrou, mas ela hesitou.

— Você deveria ficar com ele — sugeriu Jazmin, sorrindo seu lindo sorriso. — É ensolarado, como você. Merece uma boa casa.

E ouvindo isso, Annabelle se decidiu.

— Obrigada — respondeu. — Vou levar. — Colocou o bule no balcão do caixa e pegou a carteira. O bulezinho devia ser mágico, pensou, porque ela já estava se sentindo muito melhor.

25

Ondas e seixos, campos de trigo e...

— Ei...

Uma voz sussurrada. Um dedo na testa dele.

— Olá...? — disse a voz.

Benny abriu os olhos. Sua bochecha estava colada na página de um livro. De esguelha, podia ver as formas onduladas do cabelo do Anjo e, sob eles, o brasão heráldico vermelho e dourado da Casa Real de Habsburgo. Ele piscou, levantou a cabeça e se viu cara a cara com um grande rato falante.

— Aaah! — gritou Benny, se contraindo.

O rato, apavorado, desapareceu, e agora ele podia ver que a voz não vinha do roedor, mas da garota que o segurava nos braços.

— Desculpe — lamentou a menina. — Assustamos você?

Ele assentiu e esfregou os olhos e o rosto, limpando um pouco de baba do canto da boca. Havia uma mancha molhada no *Angelus Novus* também, e ele usou a manga para secá-la. Ergueu os olhos para ver se a garota havia notado. O animal havia subido pelo braço e deslizado pela frente do moletom com zíper da garota; agora estava enfiando o focinho pontudo entre seus seios. Tinha longos bigodes e olhos pretos e redondos.

— Isso é um rato? — perguntou, tentando não olhar para os seios dela.

A garota se virou e fechou o furão lá dentro.

— Não é *isso* — disse. — É *elu*. Elu é um furão. Um furão não binário de gênero fluido, então não deixe que ouça você chamando elu de rato. Elu odeia isso.

— Sinto muito — disse Benny. — Não foi o que eu quis dizer. — E porque queria compensar a baba, a grosseria e o fato de ter olhado para o peito dela, perguntou: — Elu tem nome?

— Claro que sim — respondeu a garota por cima do ombro. — O nome delu é ZAT.

— Que nome é esse?

— Bem, se quer saber se é um nome estrangeiro, não, não é. É um acrônimo, na verdade. Significa Zona Autônoma Temporária.

— Legal — comentou Benny, embora não tivesse ideia do que ela estava falando. A garota tinha virado de costas, de modo que ele não podia ver seu rosto, mas podia ouvi-la murmurando pela abertura do capuz do moletom. Ele olhou para os compartimentos adjacentes, que agora estavam vazios. — Animais podem entrar na Biblioteca?

— Nós somos animais — observou ela, movendo os ombros com desdém. — Nós podemos entrar. — Ela se virou e abriu o zíper do moletom para que ZAT pudesse enfiar o focinho de furão para fora. — Mas, respondendo à pergunta, não. Então, não conte nada, ok?

O furão observou Benny com desconfiança por entre os seios dela. Não que Benny pudesse realmente ver os seios dela. Apenas o perfil e a pequena depressão do decote, que, para essa garota, funcionava como um bolso para enfiar um animal de estimação. O furão parecia presunçoso. Eles também pareciam saber exatamente o que Benny estava fazendo.

— Elu está tranquilo agora — falou a garota. Virou-se na direção de Benny e, pela primeira vez, ele teve uma boa visão do rosto dela.

— Ei, é você! — Era Alice. Ou Athena. Ou tanto faz. Finalmente! — Conheço você. Você é Athena, certo?

— Não me chame de Athena. Esse não é o meu nome.

— Ah. Pensei... — Ele parou, porque não sabia o que pensava e talvez estivesse errado. A menina tinha mais ou menos a mesma idade da garota do Psipédi, pálida e magra, com uma cabeleira prateada. O lindo rosto da garota estava enfeitado com argolas, pinos e acessórios delicados, mas mesmo assim.

— Seu nome é Alice? — perguntou Benny.

A garota sorriu.

— Não. Errou de novo.

Benny franziu a testa.

— Desculpe. Achei que você fosse uma garota que conheci. No hospital.

— Sim. Sou eu mesma.

— Então, qual é o seu nome?

— Depende. Aqui, meu nome é O Aleph.

— O Elfo?

— Não. O Aleph. *A-l-e-p-h*. Como a primeira letra do alfabeto fenício. Esta. — Ela mudou o furão descontente de lado, abriu o zíper do moletom e tirou uma manga para revelar o ombro nu, no qual estava tatuada a letra *A*, deitada de lado. A barra horizontal se estendia além das linhas diagonais, e a coisa toda era meio que contornada por um círculo:

— É o meu nome artístico. O Homem-B que me deu. É de um conto de Borges.

— Legal — repetiu Benny, perguntando-se: quem era o Homem-B? E o que era um Borges?

Ela esticou o pescoço e lançou à tatuagem um olhar crítico.

— Bem... — começou — não sei se é legal. Deveria ser um aleph se transmutando em um símbolo anarquista, mas só parece que ele tombou.

— Que pena — falou Benny.

O furão suspirou.

O Aleph deu de ombros.

— Tatuagens — disse ela. — Você sabe.

Ele não sabia, mas assentiu mesmo assim.

— Na verdade, não me incomoda — explicou a garota, ajeitando o moletom. — Sou meio disléxica quando se trata de letras. Vejo tudo de cabeça para baixo. O Homem-B diz que é por isso que sou uma boa artista.

O furão bocejou, fechou os olhos, colocou uma pata sobre o focinho e foi dormir. Elu parecia muito satisfeite, repousando entre os seios do Aleph. Benny desviou o olhar, ciente de que o Aleph o estudava.

— Ando observando você — disse ela. — Você veio aqui durante todo o verão e agora está matando aula, cochilando sobre os livros, babando e toda essa merda, por isso descobri que estão te dando uns remédios bem pesados, que seus colegas de classe são uns imbecis e que a escola não é uma boa opção. — Benny assentiu. Ela estava certa. Não havia mais nada a acrescentar.

— O que não entendo é como você pode estar se escondendo do Homem-B. Ele não pode subir até aqui por causa da perna. Mas acho que você sabia disso.

— O Homem-B?

— O cara com as garrafas. O nome dele é Slavoj, mas nós o chamamos de Beberrão. Homem-B é apelido.

— O mendigo na cadeira de rodas? — perguntou. — Você conhece aquele cara?

O Aleph assentiu.

— É claro. Nós cuidamos dele e ele nos ensina coisas. Na verdade, ele é um poeta superfamoso na Eslovênia. Foi bem legal o que ele fez por você, conseguindo que passasse por Cila e Caríbdis.

— Quem?

— O bibliotecário da recepção e o segurança.

— Esses são os nomes deles?

Ela riu.

— Não, idiota — respondeu. — Óbvio que não. São nomes da mitologia grega. Caríbdis era um turbilhão, e Cila era um monstro marinho foda que devorava pessoas...

Atenção! Atenção!

Ele respirou fundo.

— Não me chame assim.

— Monstro marinho foda?

— Não — esclareceu ele, em um tom de voz alto demais para a Biblioteca. — *Idiota.* — Benny não conseguia olhar para a garota, então olhou por cima do ombro dela. — Não sou um idiota.

— Ei — falou ela, balançando a cabeça. — Desculpe. Você tem razão. Não foi legal.

— Eu não *precisava* da ajuda dele.

— Tudo bem.

— E ele é doido pra cacete.

O Aleph balançou a cabeça.

— Não. É aí que se engana. Ele não é doido. Não mais doido do que eu ou você.

Perigo! Perigo! Mas não, não havia perigo naquelas palavras. Elas só pairavam no ar enquanto crescia dentro dele uma perplexidade lenta. Benny sentiu um peso triste, como a areia fria e molhada de uma praia deserta em pleno inverno, e percebeu que podia deixar que a areia o enterrasse ou podia tentar andar sobre ela. Deu um passo. Sob seus pés, a areia parecia firme, e o garoto sabia que ia se arriscar contando tudo a ela.

— Não sei se você é louca ou não — disse. — Mas eu sou.

Não...! gritou a voz, quando a areia começou a ceder.

O Aleph franziu a testa.

— Como você sabe?

— Todo mundo diz isso — resumiu ele, afundando ainda mais.

Está vendo?, a voz disse, só que agora era uma voz diferente, desdenhosa e maldosa. *Cale a boca, seu bundão burro, só cale a merda dessa boca...!*

— As pessoas dizem muita besteira. Por que acredita nelas?

— Porque elas estão certas — constatou. — Eu sei que sou louco. — E já não havia areia, nem chão, nem praia, apenas aquela voz soprando em torno dele como um vento cortante. *Primeiro você conta para a médica e ela trancafia essa sua bunda bizarra. Aí você conta para os adolescentes na escola e eles odeiam você...*

Ela perguntou, distante.

— Mas como você sabe?

Benny não queria que ela também o odiasse. O corpo dele estava dormente. Pressionou as mãos dormentes contra as orelhas dormentes e começou a balançar e cantarolar para abafar a nova voz horrível que entoava a palavra *CUzão, CUzão, CUzão* no mesmo ritmo que o coração dele batia.

— Porque eu ouço merdas — revelou. Estava falando tão baixinho que ela teve de se inclinar.

— Todo mundo ouve merdas — sussurrou ela de volta.

— Não — decretou. — É diferente. Eu ouço coisas. Vozes.

— E?

Ele parou de balançar e ergueu os olhos.

Ela deu de ombros.

— Muitas pessoas ouvem vozes.

— Ouvem?

Ela assentiu e estendeu a mão. Seus dedos estavam manchados de tinta; as unhas, roídas e malcuidadas.

— Você está tremendo — notou. — E hiperventilando. Você se importa se eu tocar em você?

Ele balançou a cabeça, mas não conseguiu evitar se encolher quando a garota colocou a mão em seu peito. Sob a pressão suave da palma da mão dela, ele podia sentir o próprio coração, como um pássaro, uma coisa presa, batendo contra o vidro. Ela deixou a mão lá, um peso ínfimo e quente, até que os batimentos selvagens desacelerassem, os tremores parassem e ele voltasse a respirar normalmente, aí ela deu um pequeno empurrão no peito dele. Afastou a mão, que formava um tipo de concha, como se estivesse segurando alguma coisa. Colocou a outra mão em cima para evitar que aquilo voasse, então estendeu as mãos e as abriu para lhe mostrar. Ele ouviu um som pulsante, suave e úmido de ritmo apressado, olhou para baixo e viu. Nas mãos em concha manchadas de tinta estava o coração selvagem e palpitante dele.

— Aqui — falou ela, devolvendo-o a ele. — Acho que gosto de você, Benny Oh.

BENNY

Na verdade, ela não me devolveu meu coração, mas foi assim que me senti, como se meu coração tivesse voado para fora do meu corpo e agora estivesse todo despido e em carne viva nas mãos dela, batendo feito doido, e, mesmo que ela estivesse me devolvendo, ele não queria voltar para casa. Meu coração estava feliz nas mãos dela em formato de concha. Queria ficar lá para sempre.

No minuto em que ela estendeu a mão para me tocar, eu me lembrei do sonho doido que tive, quando a garota mais bonita colocou a palma da mão no meu peito e — bem, você sabe o que aconteceu. Você leu a história toda, o que é muito vergonhoso, embora eu saiba que é natural para um garoto da minha idade ter sonhos assim. É que a maioria dos garotos não têm livros o seguindo, narrando seus momentos mais constrangedores, sabe?

Mas o que estou tentando enfatizar aqui é que, na época do sonho, eu ainda não conhecia o Aleph, mas sabia quem ela era. Como pude sonhar com uma garota que não conhecia? Mas sonhei. Ela era a garota do meu sonho, a garota da enfermaria, e agora estava na Biblioteca. E talvez eu já estivesse um pouco apaixonado por ela também. É estranho? Eu nunca tinha me apaixonado antes, então como eu saberia?

O LIVRO

Coisas estranhas acontecem em Bibliotecas, Benny. A Biblioteca Pública é um santuário de sonhos e, aqui, as pessoas se apaixonam o tempo todo. Talvez você não acredite nisso, mas é verdade. Afinal, os livros são obras de amor. Nosso corpo pode não ser feito para desfrutar dos mistérios da conjugação corpórea, mas até mesmo os tomos mais secos, os menos românticos entre nós, podem tornar seus sonhos realidade.

26.

— Vejo que você encontrou o Anjo — disse o Aleph, apontando para o cartão-postal no caderno de redação, como se nada de muito incomum tivesse acabado de acontecer. E talvez não tivesse. O coração de Benny, embora batendo um pouco mais rápido do que o normal, estava de volta à caixa torácica. As mãos pequenas do Aleph, manchadas de tinta, que haviam segurado seu coração com tanta delicadeza, estavam enfiadas nos bolsos da frente do moletom. ZAT ainda dormia, alojado entre os seios unidos dela, e o focinho bigodudo saía da roupa de capuz com o zíper fechado até em cima.

Benny olhou para o cartão-postal do boneco de palito com saia.

— É — falou, encolhendo os ombros, como se não fosse grande coisa... como se fosse óbvio que ele tivesse encontrado e que sabia que era o Anjo... mas logo depois se sentiu um idiota, e então continuou: — Quer dizer, eu não sabia que era para ser um anjo...

— É o Anjo da História — explicou o Aleph. — Era assim que Benjamin o chamava.

Ao ouvir isso, Benny se sentiu emocionado e confuso: emocionado ao ouvir o nome dele sair dos lábios da garota e confuso porque não se lembrava de ter dito nada sobre anjos ou história. Talvez o Aleph também estivesse ouvindo coisas.

— Eu chamava?

— Não você — esclareceu ela. — O filósofo alemão. Benjamin era o sobrenome dele. Em alemão soa mais como Benyameen. O primeiro nome era Walter, ou Valter.

Benny nunca tinha ouvido falar de Valter Benyameen, ou Walter Benjamin. Nem sabia que Benjamin podia ser um sobrenome ou que os nomes podiam ser pronunciados de duas maneiras. Aquilo o deixou ansioso. Como poderia confiar que era quem era se seu próprio nome estava se comportando de forma tão pouco confiável? Ele se abraçou. Queria desesperadamente mudar de assunto, e então seus olhos se iluminaram diante das tirinhas de papel escritas à mão e coladas no caderno de redação.

— Você também escreveu esses?

O Aleph assentiu. Ela apontou para o primeiro papel.

— Mackson colocou este no seu bolso no dia que você saiu da enfermaria. Um grupinho nosso gosta de se encontrar aqui na Biblioteca e é assim que os espalhamos. Mackson falou que você era legal. — Ela apontou para o segundo papel. — Coloquei esse no livro que você estava lendo porque não queria que você desistisse. Mas esse último foi totalmente aleatório. Você o encontrou sozinho.

Ela estava apontando para o terceiro papel, aquele sobre João e Maria.

— É a letra de uma música de Laurie Anderson — continuou a dizer, e como ele não comentou nada, acrescentou: — A artista performática? Ela é superlegal.

Ele ainda não tinha compreendido.

— Ela coloca bilhetes aleatórios em livros de Biblioteca?

— Não, eu que coloco. Não apenas bilhetes. Outras coisas também. A Biblioteca é o meu laboratório. A enfermaria também. Na verdade, todos os lugares são.

— Você é uma cientista?

— Um tipo de cientista. Eu sou artista.

Ele voltou o olhar para baixo, para os pedaços de papel.

— Isso é arte?

— Bem, sim. Ou uma espécie de intervenção situacionista em nossos bens intelectuais comuns. É como o Homem-B chama. — Ela inclinou a cabeça e fez um gesto para as estantes. — Se imaginarmos a Biblioteca como uma manifestação do *continuum* espaço-tempo, é como se eu estivesse lançando alguns fios efêmeros através do espaço e do tempo para outras pessoas pegarem e seguirem. Como você fez. — Mas ele não acompanhou o raciocínio, então ela tentou outra vez. — Ok, é como se eu fosse uma nômade e estivesse fazendo trilhas de migalhas de pão pelo labirinto do acervo da Biblioteca, traçando os caminhos que se bifurcam em minha jornada.

— Por quê?

Ela encolheu os ombros.

— Sei lá. Faço isso desde criança, antes que o Homem-B me dissesse que é arte. Faço conexões entre as coisas. É como contar uma história.

Ele olhou para as palavras no pedaço de papel e no cartão-postal.

— Não entendo. Qual é a conexão?

— É, então, algumas partes da letra estão faltando. Você talvez as tivesse encontrado se continuasse procurando, mas basicamente, na música, João e Maria estão morando em Berlim. Essa é a parte que você encontrou. Na parte seguinte, João consegue um papel em um filme de Fassbinder, e Maria pergunta a ele sobre a história, e João começa a comentar o que Walter Benjamin escreveu a respeito do Anjo. É isso que está no cartão-postal. — Ela pegou o cartão, que observou com olhar crítico, e depois o devolveu para Benny. — É meio esotérico. Talvez eu devesse ter deixado mais claro.

Ele não sabia o que significava esotérico, mas concordou. Virou o cartão e releu o verso.

— O texto para de repente. Como se chama a tempestade, afinal?

— Progresso. — Ela deu um sorrisinho. — É muito legal, não acha? Benjamin diz que a história é só essa catástrofe gigante, permanente, que fica acumulando lixo aos pés do Anjo...

Benny pensou nos arquivos da mãe se acumulando aos pés dele. Fazia muito sentido. Virou o cartão de novo. Ela ainda estava falando.

— ... e o Anjo quer voltar ao passado e consertar tudo o que está quebrado. Quer trazer os mortos de volta à vida, mas não pode.

Ele contemplou o Anjo, que continuava a olhar por cima de seu ombro, e pensou no pai. Engoliu em seco.

— Por quê? — A voz dele soou estranha.

— Porque o Anjo é apanhado pela tempestade do Progresso. Está sendo lançado de costas em direção ao futuro, assim.

Ela abriu bem os braços, como asas, e fechou os olhos, e ele quase conseguiu enxergar o vento repentino e violento empurrando-a para trás. A garota se inclinou para a frente, contra o vento, e por um instante ficou parada na ponta dos pés, em um equilíbrio precário entre o passado e o futuro. Mas não durou mais que um instante e, quando Benny estendeu a mão para estabilizá-la, ela abriu os olhos. O vento morreu de repente e ele abaixou a mão. O furão, acordado do sono, piscou e olhou para ele, irritado.

— O que aconteceu depois? — perguntou Benny.

— Nada. Basicamente é isso.

Ele voltou a observar o cartão-postal. Agora, conseguia perceber que era um anjo. Era uma imagem legal. Triste.

— Achei que o progresso fosse uma coisa boa.

— Bem, talvez não, se ele continua acumulando lixo e o impede de consertar coisas do passado.

— Pode ser.

— Pelo menos é o que Benjamin pensa — afirmou o Aleph. — O Homem-B me apresentou a ele. É um grande fã.

Ao ouvir isso, Benny sentiu a ansiedade voltar. Esse outro Benjamin estava andando pela Biblioteca com o Homem-B? Será que também teria de conhecê-lo? Voltou a se balançar.

— Você está bem? — perguntou o Aleph.

— Sim. Esse cara, Benjamin. Ele também é seu amigo?

— Ele está morto.

Aliviado, Benny parou de balançar, mas depois começou a se preocupar. Não era legal ficar contente ao ouvir que uma pessoa estava morta.

— Ele morreu há muito tempo — acrescentou o Aleph.

Melhor assim. Se ele morreu há muito tempo, talvez não importasse tanto.

— Cometeu suicídio — revelou ela.

Certo, piorou de novo. Era ruim que Benjamins começassem a cometer suicídio, porque talvez a tendência combinasse com o nome. Quando ele estava na Psipédi, alguns dos adolescentes mais velhos do grupo contaram sobre como suicídios às vezes eram comuns em algumas famílias. Tomara que não fosse verdade nesse caso. A morte de Kenji tinha sido um acidente, e esse outro Benjamin não era da família, mas ainda assim. A preocupação dele era que um Benjamin qualquer pudesse estar deprimido o bastante para se matar.

— Que droga — comentou.

— Ele estava tentando escapar dos nazistas.

A compreensão de Benny sobre os nazistas era incompleta, na melhor das hipóteses. Ele sabia mais sobre os neonazistas, que só gostavam de outros brancos e que odiavam pessoas de outras cores, e por isso deveria evitá-los.

— Aqueles eram tempos fascistas muito fodidos, e o Homem-B falou que estamos prestes a repetir isso. Ele diz que o fascismo está em ascensão, que é uma resposta inevitável a uma revolução fracassada. Diz que todos nós precisamos estudar história para não estarmos condenados a repeti-la, não é, ZAT?

Ela olhou o furão, que havia acordado e estava cutucando o nariz. Elu deu um grande bocejo, estendeu a pata e começou a limpar o rosto. Benny desviou o olhar.

— ZAT está ficando impaciente. Preciso levá-lu lá para fora. Ei, quer conhecer o Homem-B agora?

Ele não queria, mas como era o Aleph quem estava perguntando, deu de ombros e fez que sim com a cabeça. Bem nesse instante, o celular dele, que estava em cima da pilha de livros, começou a tocar. Benny ignorou e começou a arrumar as coisas. O celular tocou de novo e ele o guardou no bolso.

— Você não vai ver?

Como era o Aleph quem estava perguntando, ele pegou o telefone e verificou. A mensagem era da mãe. *Venha direto para casa depois da escola, tá? Tô fazendo um jantar gostoso!* ☺ ☺ ☺

— Você está bem? — perguntou o Aleph. — Algo errado?

Benny balançou a cabeça.

— É a minha mãe — respondeu, em tom melancólico. — Acho que preciso ir para casa agora.

27.

A ida ao brechó a encorajara demais. Ela voltou para casa, pôs a água do espaguete para ferver e desembrulhou o bule amarelo. Era encantador e parecia tão ensolarado e bonito em suas mãos. Passou os olhos pela cozinha em busca de um lugar para exibi-lo. Não havia espaço nas prateleiras, então Annabelle tirou um cesto cheio de roupas sujas da mesa da cozinha e o colocou lá. Por enquanto, estava ótimo. Ela levou a roupa para a despensa, abasteceu e ligou a máquina de lavar. Melhor ainda. Estava progredindo.

A mesa da cozinha ainda estava uma bagunça, mas graças ao pequeno bule, Annabelle agora podia *ver* a bagunça, e ficou maravilhada com isso. A rapidez com que seus olhos se acostumavam com as coisas de uma certa maneira; mas, quando algo novo foi introduzido, tudo mudou e ela pôde voltar a ver. O bule amarelo era como um solzinho iluminando os arredores, e bem ali, pousado ao lado dele na mesa e se aquecendo sob seus raios, estava *A magia da arrumação*.

Olhou para o livro sentindo arrepios percorrerem os braços. Como ele tinha ido parar ali? Era mesmo inquietante o modo como o livrinho parecia capaz de se mover por conta própria. E não apenas uma, mas três vezes! Primeiro, pulando da mesa na loja. Depois, aparecendo magicamente no Centro de Controle. E agora se apresentando ali. Parecia que o livro podia ler sua mente, como se soubesse que ela precisava fazer uma arrumação e estivesse se oferecendo para ajudar.

Ela verificou o relógio. Ainda tinha de fazer o jantar e limpar a mesa antes de Benny chegar em casa, mas não demoraria muito para esquentar o molho do espaguete e, se o livro estava realmente tentando lhe dizer algo, ela sentia que deveria ouvir. Puxou uma cadeira e sentou-se para ler.

A MAGIA DA ARRUMAÇÃO

Capítulo 1

Minha vida real

Minha vida real começou com minha introdução ao zen. Quem sabe você já tenha ouvido o lema zen que diz: "Quando o aluno está pronto, o professor aparece"? Bem, eu devia estar pronta, porque certa manhã meu primeiro professor apareceu, e da forma mais inusitada e surpreendente!

Naquela manhã, me arrumei com muito cuidado para o trabalho porque tinha acabado de comprar uma tiara novinha em folha e ia usá-la no escritório pela primeira vez. Eu trabalhava para uma famosa revista feminina de moda e estilo de vida, um emprego que consegui quando me formei na universidade, um ano antes. Era um bom emprego e fiz algumas amigas, principalmente mulheres jovens que entraram na empresa na mesma época que eu. Havia muita pressão para parecermos elegantes, então íamos com frequência a salões de beleza e passávamos nosso tempo livre comprando itens de grife nos bairros de Shibuya e Ginza, rindo e incentivando umas às outras. Ao sacarmos nossas carteiras, nos assegurávamos de que aquilo era uma "pesquisa", necessária para nosso crescimento na empresa e, de fato, era.

Talvez pareça divertido, mas eu não estava feliz. Gastava meu salário em roupas e acessórios de vestuário, produtos de cabelo e maquiagem, mas muitas vezes, quando voltava para casa carregada de sacolas de compras, não tinha nem ânimo para abri-las. Em vez disso, as largava na entrada, tirava os sapatos e depois me arrastava pelo apartamento de um cômodo, abandonando as roupas que estava usando em montes no chão até chegar ao futon no canto, onde caía em sono profundo. Às vezes, eu acordava no meio da noite, incapaz até mesmo de me mexer. Parecia haver um peso demoníaco terrível pressionando meu peito, e eu ficava ali deitada até o amanhecer, quando o demônio se afastava o suficiente para eu me arrastar da cama, olhar meus olhos abatidos e injetados no espelho e começar o longo ritual de cuidados com a pele, a maquiagem e a escolha de roupas necessários para enfrentar o dia.

Lembro-me de que, naquela manhã, pensei que deveria ficar animada com minha tiara, mas em vez disso me sentia ainda pior do que o normal. Nenhuma das minhas roupas era bonita o suficiente para combinar com ela, e eu estava preocupada que a tiara fosse formal demais para o dia a dia. Fora feita na Itália por um estilista famoso e decorada com filigranas, pérolas e cristais Swarovski verdadeiros. Economizei meses para comprá-la, mas saí do apartamento me sentindo constrangida e insegura.

Durante o longo trajeto de trem até o centro, tive certeza de que os outros passageiros estavam olhando para minha cabeça e secretamente criticando meu senso estético. Quando fiz a baldeação para o metrô, notei um grupo de garotas do ensino médio olhando para mim com olhos arregalados e admirados, e isso me fez sentir melhor, até que elas começaram a rir por detrás das mãos. Quando cheguei à minha estação, estava mesmo muito triste.

Saí do metrô do horário de pico da manhã e a calçada estava lotada de transeuntes. Subi as escadas até a passagem de pedestres e atravessei para o lado oposto da rua. Quando estava prestes a descer, ouvi um som alto, *kaa kaa*, vindo do alto e senti uma súbita lufada de ar quando um corvo mergulhou de um fio de transmissão e arrancou a tiara da minha cabeça!

Claro, naquela época minha cabeça não tinha a aparência atual. Agora meu couro cabeludo é bem raspado, mas na época eu tinha longas mechas pretas que caíam logo abaixo dos ombros, das quais me orgulhava muito. Era tão liso e reluzente! Eu lavava o cabelo todos os dias e ia ao salão a cada duas semanas para aparar a franja. Ah, eu era obcecada com a franja! Passava horas inspecionando-a no espelho. Se ficasse um milímetro muito longa ou muito curta, eu sofria demais. Naquela manhã, tive o cuidado de prender a tiara na cabeça com grampos, então, quando o corvo a agarrou e voou para longe, arrancou junto alguns fios de cabelo!

— *Ai!* — gritei, e todos os outros passageiros no viaduto, que viram o que tinha acontecido, apontaram para mim e começaram a rir. Normalmente eu teria me sentido envergonhada, mas naquele momento eu estava com muita raiva do corvo idiota para me importar.

Um homem parado ao meu lado disse:

— Ah, olhe lá ele! — E sem dúvida lá estava o ladrão, empoleirado no galho de uma árvore gingko próxima ao viaduto com minha tiara brilhante no bico!

— Obrigada! — gritei e desci correndo os degraus em direção à árvore. O que eu estava planejando fazer? Subir na árvore com meus sapatos Prada de salto alto? O corvo parecia se divertir, assim como os passageiros, que me observavam parada na base da árvore, agitando o punho. Então, talvez entediado, o corvo ergueu a cabeça, olhou para mim com os olhinhos redondos e voou por cima do muro alto do jardim de um templo pequeno da vizinhança. Ele pousou nos galhos de um pinheiro grande, torto, e olhou por cima do ombro. Estava me desafiando a segui-lo!

Havia um portão no muro do templo e, quando atravessei para o jardim, o clamor agitado da cidade desapareceu. Foi como voltar no tempo. O ar era denso, com aromas antigos de musgo, mofo e incenso. Pude ouvir pássaros cantando, grilos e até um sapo arborícola. Um caminho trabalhado com ancinho contornava um lago de carpas e ao lado dele havia um banco de pedra onde uma adolescente estava sentada, vestida com seu uniforme de colegial, bebendo um café gelado em lata e rabiscando em um diário, sem dúvida matando o tempo antes da escola. Um monge varria o musgo em um montículo com uma vassoura de bambu, e acima dele estava o corvo ladrão, empoleirado em um pinheiro alto. Corri na direção do pássaro, mas, assim que me aproximei, o ladrão sacudiu as penas da cauda, abriu as asas largas pretas e partiu novamente. Gritei, e o monge e a garota ergueram os olhos. O corvo deu duas voltas acima do montículo coberto de musgo onde o monge estava e, na terceira, começou a grasnar. *Kaa! Kaa!*, ele gritou, e a tiara escorregou do bico. Nunca esquecerei a visão daqueles cristais Swarovski, brilhando e refletindo a luz conforme a tiara despencava do céu. Ela caiu bem aos pés do monge e, enquanto eu corria, ele se abaixou e a pegou.

— Muito bonita — admirou-se, virando-a nas mãos. — São cristais Swarovski verdadeiros?

— Sim — respondi, um pouco ofegante. — O corvo idiota lá em cima roubou da minha cabeça quando saí do metrô.

— Entendo o porquê — comentou o monge, segurando a tiara contra a luz. — Posso? — E sem esperar resposta, colocou a tiara na careca. — O que acha?

Fiquei tão chocada que não sabia o que pensar ou o que dizer. Ele ficou ali parado. Não estava tentando ser cômico nem receber um elogio. Estava apenas esperando minha resposta. A cabeça grande e redonda brilhava como mogno polido. Ele estava usando uma roupa de trabalho de monge, velha, de algodão cinza, que não combinava em nada com o estilo da tiara, e, no entanto, ela estava ali, presa à cabeça dele, brilhando e lançando nódoas de luz irritantes na pele do monge. Deveria ser engraçado, mas não era. A filigrana berrante e ornamentada que eu tanto admirara na loja de departamentos parecia cafona em sua cabeça, e os cristais Swarovski e pérolas pareciam baratos, embora não fossem.

— Ficou... bonito — falei.

A expressão nos olhos claros dele me disse que ele sabia que eu estava mentindo. Ele podia me enxergar por completo, além de todos os meus anseios e desejos, até as profundezas do meu coração vaidoso. Podia ver o medo desesperado que me levava a tentar encher minha vida com coisas caras. Ele teve pena de mim.

— Não — respondeu. — Acho que não combina comigo. — Ele tirou a tiara e a estendeu para mim. — Aqui. Coloque-a você.

Fiz o que ele disse. A fina faixa de metal deslizou atrás das minhas orelhas, apertando minha cabeça dos dois lados. Eu não conseguia olhar para ele. Sentia-me tão envergonhada.

— Sim — aprovou ele, recuando. — Combina com você. Está uma graça.

— Obrigada — sussurrei.

Ele pegou a vassoura e eu fiz uma grande reverência enquanto ele caminhava de volta para o templo. O corvo estava olhando do galho de um cipreste e seu grito de escárnio pareceu uma risada. A garota ainda estava sentada no banco à beira do lago. Tinha me esquecido dela, mas ela ainda estava escrevinhando. Parei ao passar pelo banco, e ela ergueu os olhos.

— Você acha isso bonito? — perguntei, tirando a tiara.

— É ok — respondeu ela, dispensando à tiara um olhar dos mais breves. Acho que ela estava tentando ser educada, na eventualidade de eu ser doida.

— É feita com pérolas verdadeiras e cristais Swarovski.

— Legal — comentou. — Parece cara.

— Foi mesmo. — Estendi-a para ela. — Pode ficar com ela se quiser.

Ela recuou e olhou desconfiada para a tiara.

— Obrigada — disse. — Mas não é muito meu estilo. — Ela fechou o diário e o enfiou na mochila. — Os garotos da escola acabariam batendo em mim e a roubariam.

— Você poderia dar a alguém — sugeri. — Sua mãe?

— Ela vai pensar que eu roubei — respondeu a garota, levantando-se e colocando a mochila no ombro. — E, além do mais, ela está mais para executiva. Não é exatamente o tipo princesa de contos de fadas, mas obrigada! — Com um aceno rápido, ela caiu fora.

Coloquei a tiara na bolsa e segui para o trabalho. Na hora do almoço, fui ao banheiro e a experimentei de novo na frente do espelho. Sob a baça luz fluorescente, minha tez parecia pálida e os cristais pareciam opacos, e tudo o que pude ver foi o rosto pacífico do monge e o olhar compassivo sob a fina faixa reluzente.

Liguei no dia seguinte avisando que estava doente e decidi tirar o resto da semana de folga também.

Comprei alguns sacos de lixo e comecei a esvaziar o meu armário. Coloquei todas as minhas roupas de grife em sacos grandes. Sapatos e bolsas foram para sacos de tamanho médio, e lenços, joias e acessórios para os pequenos. Levei todos para uma loja de reciclagem de itens de grife em Shibuya e vendi o que pude, depois levei o resto para o centro de doação de roupas do bairro. Encontrei uma agência de leilões on-line que compraria o restante de meus livros, CDs, eletrodomésticos e móveis. Quando terminei, meu apartamento estava vazio e meus pertences restantes cabiam em uma mala de mão. Voltei ao templo, me sentei no banco de pedra e esperei. Quando o monge apareceu, fui até ele e fiz uma reverência. Não sei se ele me reconheceu como a garota tola da tiara de cristais Swarovski. Eu estava vestindo jeans e tênis e parecia bem diferente. Com a cabeça baixa, falei:

— Por favor. Minha vida é vazia e sem sentido. Quero sair de casa e me tornar monja. Poderia me ajudar?

O resto, como dizem, é história. O monge me ajudou a encontrar um lugar para morar com uma velha sacerdotisa que precisava de ajuda e aceitaria uma ajudante em treinamento. Larguei meu emprego, raspei a cabeça e fiz meus votos, trocando todas as minhas roupas da moda por este simples manto preto. (O preto está sempre na moda — muito chique!) Minhas colegas de trabalho acharam que eu tinha enlouquecido quando souberam, em especial quando expliquei que estava seguindo a orientação de um corvo. Depois, porém, quando vinham me visitar no templo, viram por si mesmas como a ansiedade inquieta da vida que eu levava havia desaparecido de meu rosto. Você parece saudável, diziam. Você parece feliz.

Refleti muito sobre o Incidente do Corvo e o que aconteceu naquela manhã. Os corvos são gananciosos. Gostam de coisas brilhantes e vistosas, como as garotas, e meu corvo gostava de coisas elegantes! Esse foi meu primeiro entendimento. Mas, depois de vários anos no templo, entendi que esse corvo era um bodisatva que teve pena de mim ao ver que eu estava presa a meus apegos e desejos, vivendo uma vida limitada e claustrofóbica. O bodisatva assumiu a forma de um corvo para me ajudar a despertar para o vasto e ilimitado Vazio de todas as coisas. É por isso que sou muito grata ao meu sábio Professor Corvo, e é por isso que sou grata àquela tiara de cristal Swarovski, por ser tão linda.

O LIVRO

28.

A primeira coisa que Benny notou quando chegou em casa foi que a porta dos fundos se abriu sem dificuldade e que o lixo e as sacolas de reciclagem que geralmente a bloqueavam haviam sumido. Entrou na cozinha e olhou em volta. Annabelle estava de pé junto ao balcão, esvaziando uma jarra de molho de tomate em uma panela. Uma grande panela de água estava fervendo no fogão.

— Oi, querido — gritou ela. — Espero que você esteja bem e com fome. Estou fazendo espaguete para o jantar!

Havia outras coisas diferentes também. A mesa da cozinha estava praticamente limpa e ele podia ver a superfície. Duas das três cadeiras não estavam sob pilhas de jornais ou revistas. Não havia um cesto de roupa suja na mesa ou roupas sujas no chão. Ele ouviu o som estridente da máquina de lavar na despensa. Foi até a geladeira e olhou lá dentro. Havia um galão de leite novinho em folha na prateleira de cima.

— Viu? — falou Annabelle em tom presunçoso. — Eu me lembrei.

A louça suja havia sumido da pia. Havia um copo limpo no escorredor.

— Como foi a escola? — perguntou Annabelle, mexendo o molho com uma colher de pau. Estava usando um avental amarelo sobre um moletom verde-ervilha com a palavra *Havaí* estampada em um semicírculo de letras nas cores do arco-íris acima da imagem de uma tartaruga marinha. Annabelle nunca tinha estado no Havaí e o moletom tinha vindo do brechó. O avental amarelo tinha sido um presente de Natal de Benny e do pai. Havia grandes letras pretas nele que diziam:

Uma
BELDADE
é assim!

Benny lembrava-se de comprá-lo. Ele tinha cinco anos na época. Kenji o levara para fazer compras e viram o avental na loja e, embora ambos soubessem o que significava *beldade*, nenhum deles já tinha visto a palavra escrita antes. Kenji tentou pronunciar as sílabas: "BÉ-LE-da-de", o que não fez sentido, e então pediu à vendedora que lesse. Ela leu e os dois acharam tão engraçado que o compraram. No Natal, quando Annabelle abriu o presente, eles disseram que ela era uma *BÉLLE-dade* e caíram na gargalhada. E foi assim que todos passaram a pronunciar a palavra depois, uma *BÉLLE-dade*. Era uma das piadas da família.

— Benny? Você me ouviu? Como foi a escola?

Benny terminou de beber o leite e colocou o copo na pia.

— Boa.

— Lave, por favor — pediu ela. — Você está fazendo amigos novos?

— Não. — Ele enxaguou o copo e o colocou de volta no escorredor. Uma artista performática com um furão e um velho esloveno mendigo e sem-teto contavam como amigos? — Quer dizer, mais ou menos. Acho.

— Isso é maravilhoso, coração! Talvez você possa convidá-los para vir aqui algum dia. — Ela gesticulou com a colher de pau, deixando caírem algumas gotas de molho de tomate no chão. — Estou fazendo uma arrumaçãozinha. E me livrando das coisas. Você notou?

— Ah-hã! — No centro da mesa havia um bule de chá amarelo e, ao lado, *A magia da arrumação*. Talvez ele estivesse errado. Talvez o livro estivesse funcionando.

Benny pegou a mochila e foi em direção às escadas.

— Você poderia pôr a mesa, querido?

O garoto se virou e apontou para o bule.

— O que quer que eu faça com isso?

— Ah, pode deixar aí pra gente admirar. — Ela enfiou a colher na panela, enxugou as mãos no avental e caminhou até a mesa. — Não é encantador?

Ele deu de ombros.

— Acho que sim.

— Bom, eu acho encantador. — Pegou-o e esfregou a barriga do bule. — Acho que é mágico. Um bule mágico. — Ela o entregou a ele. — Aqui, esfregue. Se esfregar e fizer um pedido, ele fará com que se realize.

— Não tenho pedidos — falou Benny, olhando para o bule em suas mãos. Não, não era verdade. Ele queria subir para o quarto, mas a mãe não havia terminado. Ela sorriu e inclinou a cabeça.

— Você se lembra daquela música do bule? Eu costumava cantar para você, e você fazia todos os gestos. — Ela começou a cantar. — *Sou um bule pequenino, baixinho e fortão...* — Ela dobrou o cotovelo e colocou as mãos nos quadris. — Vamos, faça comigo. *Esse é o meu cabo...*

Ela esperou, com as mãos na cintura, mas Benny ficou parado, segurando o bule diante de si, com cara de poucos amigos.

— Tudo bem, faço uma vez e depois você me acompanha. *Sou um bule pequenino, baixinho e fortão. Esse é o meu cabo e esse aqui é o meu bicão.* — Ela curvou uma mão em uma posição de bico inútil e agitou os dedos. — Esse é o bico, lembra? — Balançou o corpo de um lado para o outro como se estivesse derramando líquido. — Agora você.

A cozinha estava quente e as bochechas dela estavam rosadas por causa do vapor. Um cacho loiro ralo grudou na testa dela. Benny agarrou o bule.

— Por favor — sussurrou, tentando respirar. — Mãe, não...

Mas ela voltou a cantar.

— *Sou um bule pequenino...*

Benny não aguentava mais. Ela parecia tão boba e esperançosa, balançando para a frente e para trás, uma mão em seu grande quadril, a outra mão dobrada, balançando no ar. Ela viu o rosto do filho e parou, com uma insegurança repentina.

— A letra não está certa?

— *Não!* — gritou ele. Por que ela não entendia? Benny não queria ferir os sentimentos da mãe, mas ela precisava parar, ele tinha de fazê-la parar. — Não é isso que eu...

— O que foi, Benny? Qual é o problema?

Ele empurrou o bule para ela.

— *Não é isso que ele está dizendo!*

— Espere! — Ele a ouviu chamar. — Benny, não! Por favor, me desculpe! Não vá! — Mas era tarde demais, porque ele havia fugido. A porta dos fundos bateu atrás dele. Benny ouviu o barulho de louça quebrando e a voz da mãe. Não era a primeira vez que ouvia aqueles sons se misturando. Foi até o portão, atravessou-o e correu.

29.

Fugir não era uma reação boa, mas seus Cartões de Enfrentamento diziam que se retirar de uma situação muito estressante e fazer uma pausa era um Comportamento Apropriado. Não que Benny estivesse pensando em comportamentos apropriados quando fugiu. Apenas tinha que sair dali. Correu pelo beco escuro, passando pela lixeira e pela gráfica Eternal Happiness, desviando do lugar onde seu pai estava deitado quando morreu. Os homens e mulheres sombrios que espreitavam na soleira das portas ergueram os olhos quando ouviram seus passos, mas quando viram que era só um garoto pequeno correndo, voltaram aos seus assuntos. A passagem de Benny mal causou oscilações nas águas paradas do beco.

Ele correu e correu, com os braços o impulsionando, pés dentro dos tênis batendo, molhados, contra o pavimento arrebentado, esquivando-se das poças e rachaduras. Vozes subiam das fissuras, cantando baixinho, *Pise em uma rachadura... Sua mãe merece essa amargura*, por isso ele tentava evitá-las, mas o concreto era velho e havia muitas. *Sua mãe merece sua mãe merece sua mãe merece essa amargura...* Ele correu mais rápido, tentando ultrapassá-las, até que não conseguiu mais, e então desabou contra a parede úmida de tijolos de um depósito, as mãos apoiadas nos joelhos, o peito arfando, engolindo ar.

Havia chegado ao fim do beco. Quando seu coração por fim desacelerou e a respiração se normalizou, percebeu que a cantoria fraturada das rachaduras havia diminuído, e então tudo o que conseguia ouvir era uma desnorteante ausência de som, como se estivesse em um sonho submerso. Ouviu com mais atenção. Nada. Balançou a cabeça para desobstruir os ouvidos, o que pareceu ajudar. Fechou os olhos. Devagar, o mundo sônico se restabeleceu. Um gato uivava em algum lugar no fundo do beco e, ao longe, os carros buzinavam na avenida. Ele conseguia ouvir o apito dos trens de carga, ora mais próximos, ora mais distantes, deixando o porto e carregando, em um rastro sonoro, imagens isoladas, como fragmentos de lixo apanhados na espiral ascendente de sua memória. Convocou imagens dos silos altos elevando-se sobre os pátios de trem, e montanhas em forma de cone de carvão preto e enxofre fluorescente nas docas de carregamento, e toras flutuantes nos terrenos em expansão do outro lado do canal. Mesmo com os olhos fechados, ele podia ver essas coisas.

Quando Benny era pequeno, Kenji costumava levá-lo ao viaduto ferroviário que dava para o porto, onde os grandes navios porta-contêineres chegavam da Ásia para descarregar as cargas. Os trilhos desgastados se estendiam para além da boca do som, e ele e Kenji ficavam ali parados e contavam, navio por navio, e nomeavam todas as mercadorias que imaginavam estar empilhadas dentro deles. *Caminhões, carretas, panelas de arroz, SUVs, tênis da Nike.* Logo o jogo passou a listar todas as coisas que eles queriam, mas não podiam comprar. *Video games PlayStation 3 e Xbox 360, baterias Yamaha, carros esportivos Nissan GT-R, amplificadores Yamaha MX-10000, fornos de micro-ondas e uma máquina de costura Brother novinha em folha para a mamãe.* Benny lembrava-se de como era ficar na ponte alta, encostado nas pernas do pai. Podia sentir as mãos do pai repousadas de leve em seus ombros. Nos trilhos lá embaixo, ao longo das margens de vegetação rasteira, ele podia ver homens e mulheres ocupados e se lembrava da sensação das mãos quentes do pai, segurando sua cabeça e gentilmente desviando seu olhar para as montanhas distantes. *Olhe para cima, Benny! Olhe para cima!*

Ele abriu os olhos, surpreso ao ver que ainda estava parado no beco, ainda encostado no tijolo frio. Nunca havia chegado tão longe no beco. Pensou em ir para casa, mas ainda não estava pronto para enfrentar a mãe. À frente, o beco dava para uma rua perpendicular estreita, onde havia um parque pequeno e gramado, um estranho bolsão silvestre no meio da cidade. Um caminho serpenteava por ele, levando a alguns bancos dispostos em círculo sob os galhos arqueados de um grande e velho sicômoro. Os bancos pareciam familiares. Do alto, um lampião lançava uma luz teatral, iluminando o gramado do bosque, que, assim, se parecia mais com um palco do que com um parque. Nas sombras, circundando o perímetro externo, ele podia ver a silhueta de lonas e tendas de acampamento azuis de sem-teto, mas o círculo de bancos em primeiro plano parecia vazio e convidativo, um bom lugar para se sentar e esperar até que estivesse pronto para voltar para casa.

Ele puxou o capuz sobre a cabeça e se afastou da parede. Ao atravessar a rua e se aproximar, reconheceu onde estava. Nunca tinha visto o parque à noite, mas seu pai o levava lá durante o dia. Kenji o colocava em um dos bancos, ao lado de senhores chineses idosos sentados ali com seus jornais, e dizia para Benny esperar enquanto ia conversar com um homem. Benny nunca teve medo. O pai nunca se afastou demais e os senhores chineses eram legais; às vezes, Kenji lhe dava um pedaço de pão para alimentar os pombos e os corvos. No calor, alguns dos velhos traziam pássaros canoros em gaiolas para o parque para que pudessem aproveitar a brisa. Às vezes, deixavam Benny alimentar os pássaros, que depois cantavam.

À noite, não havia pássaros para observar. Os pombos empoleiravam-se nas cornijas dos prédios do centro da cidade e os corvos barulhentos dormiam nos galhos dos sicômoros. Corvos negros escondidos nas sombras. Benny não podia vê-los, mas sentia que estavam lá, e o pensamento de que estavam ali, dormindo nas árvores, o acalmou. Ele seguiu pelo caminho em direção aos bancos, mantendo-se afastado das tendas sombrias, e então parou. Havia vozes vindo do gramado cercado pelos bancos. Agachou-se atrás de uma lata de lixo e escutou. As vozes não pareciam vir de coisas. Pareciam vir de pessoas. Não muitas. Apenas algumas. Falando em inglês. Não ouviram sua chegada porque seus tênis eram muito silenciosos. Ele verificou seus Níveis de Alerta, que estavam na Zona Azul (vigilante, com risco geral de ataque). Nada terrível, mas provavelmente era melhor ir embora. Com cautela, se levantou. Agora conseguia vê-los, três caras, sentados em uma lona do outro lado do banco, passando um recipiente de papel-alumínio para viagem e comendo algo dele. Benny não sabia dizer se eram jovens ou velhos. Eram da cor de cinza e o ar ao redor deles cheirava a maconha. Era o cheiro de Kenji, e o coração de Benny batia mais rápido. Pretendia ir embora, mas em vez disso deu um passo para perto, aproximando-se com os tênis silenciosos.

Apoiadas nos bancos havia várias mochilas grandes com panelas e frigideiras penduradas nas laterais. Dois cachorros grandes estavam deitados ao lado delas. Pit bulls, com coleiras de rebites em volta do pescoço e guias feitas de corda grossa. Um dos cachorros, o mais pálido, ergueu a cabeça e apontou o focinho que parecia de borracha na direção de Benny, farejando o ar.

Atenção! Benny congelou. O cachorro se levantou e começou a rosnar, um som baixo, do fundo da garganta. Estava amarrado à corda, mas ainda assim. O segundo cachorro se levantou e começou a latir.

Aviso! Perigo!

Um dos caras falou:

— Riker, o que foi, garoto?

Os dois cachorros avançaram. Eles eram rápidos e, quando Benny se virou para correr, viu que as cordas não estavam presas a nada. Os pit bulls o encurralaram contra a lata de lixo, latindo e abocanhando com seus grandes dentes amarelos e gengivas brilhantes, lábios cheios de baba e olhos pálidos e terríveis.

— Riker! Daisy! Parem já! — O cara saltou por cima do banco. Segurou as coleiras e os cachorros se acalmaram. — E aí, cara? Foi mal.

Benny engoliu em seco. Seus joelhos estavam fracos e ele sentiu vontade de vomitar.

— Tudo bem — respondeu, embora não estivesse bem, e então uma voz afetada ecoou, *Tudo bem, tudo bem*. As orelhas dos cachorros se crisparam. Observavam Benny com atenção. Rosnavam como se quisessem mordê-lo.

— Na verdade, eles são muito na deles — explicou o cara.

— Legal — falou Benny.

Legal?, a voz disse, imitando-o. *Não é legal, bundão.*

— Algum problema aí? — gritou um dos outros caras. Eles haviam parado de comer e estavam olhando da lona. — Quem é?

— Sou só eu — disse Benny.

Só eu?, a voz zombou. *Quem você pensa que é?*

Estavam todos olhando para Benny agora.

— E você é quem? — indagou o primeiro cara.

— Ninguém — respondeu Benny.

Isso é verdade.

— Você não é ninguém — implicou o cara. — Você está parado aí. Está falando. Você é alguém. Você tem um nome, Alguém?

— Sou o Benny — respondeu.

Sou o Benny. Sou Benny. Cala a boca, Benny!

O cara que segurava os cachorros o encarou.

— Você é chinês, Benny-*boy*?

— Não. Meu pai é japonês. E coreano. Quer dizer, ele era. Ele já morreu. Foi atropelado por um caminhão.

*Oh, pobre Benny-*boy. *Vai contar a eles toda a porra da sua história de vida agora?*

— Parece difícil, garoto.

— Sim. Ele estava chapado na hora.

Por que diabos você está dizendo isso a eles?

— Você tem de ficar longe das drogas, Benny-*boy*. É só dizer não, certo?

— Certo.

— Bom menino. Quer comer arroz com feijão?

— Não, obrigado — respondeu Benny, embora de repente estivesse com muita fome. Ele não tinha jantado. Pensou em Annabelle, sentada no canto da mesa vazia da cozinha, comendo espaguete, solitária, e um grande buraco se abriu dentro de seu estômago, um tipo diferente de fome. — Tenho que ir para casa agora.

Oooh, a mamãe precisa dele…

— Vem — disse o cara. — Senta aí. Eu sou o Jake e esses aqui são Dozer e Terence, mas como é um nome de viado, a gente chama de T-Bone. Você conheceu os animais. Riker é o macho pálido e a fêmea é Daisy. Agora você sabe nossos nomes e tem de comer com a gente para mostrar que não há ressentimentos. Caso contrário, a gente pode achar que você está com raiva e, portanto, representa uma ameaça, e aí a gente teria de matar você. Então, chega junto. O arroz com feijão está gostoso. Fresquinho.

— Tudo bem — concordou Benny.

Oh, sim, por favor, vá em frente, me mate, zombou a voz e então caiu em um silêncio taciturno quando Benny se abaixou em um canto da lona e aceitou a embalagem amassada. *Tanto faz.*

BENNY

Na verdade, não achei que iam me matar. Aquele cara, Jake, não estava falando sério. Eu sabia, pelo tom de voz, que só estava brincando e tentando fazer as pazes porque os cachorros latiram para mim. Ao longo dos anos, fiquei muito bom em entender tons e vozes, embora seja mais difícil com as pessoas, porque elas mentem, brincam, escondem suas emoções e dizem merdas que não querem dizer. Não compreendo as pessoas com naturalidade e tive de estudar e praticar, como quando se está aprendendo a ler e se precisa pronunciar as sílabas. Tenho de aprender as pessoas foneticamente e depois decorá-las.

Os objetos são mais fáceis porque são diretos. Essa é uma das diferenças entre as pessoas e as coisas. As coisas não mentem, provocam ou brincam. Não escondem seus sentimentos. Dá para saber quando uma coisa está feliz, triste, entediada ou com raiva. Principalmente com raiva. Ah, sim, quando uma coisa está puta da vida, dá para saber. Ela é capaz de cortar ou beliscar, ou para de funcionar de repente. Escorrega de seus dedos e se quebra, ou apenas desaparece — tipo, desaparece por completo — e não importa quanto você procure, não consegue encontrar. Você provavelmente já teve experiências como essa com uma carteira ou as chaves, então sabe que estou falando a verdade.

Tenho certeza de que foi isso que aconteceu com o bule da mamãe naquela noite. Quer dizer, eu não estava lá quando ele quebrou, então não posso jurar, mas acho que o bule camicase ficou puto com toda a situação, com ela cantando a música estúpida, e se lançou contra a geladeira. Minha mãe disse que o deixou cair, mas encontrei um pedaço do bico embaixo da geladeira, e ela estava do outro lado da cozinha, por isso desconfio que ele fez mais do que apenas escorregar das mãos dela. Acho que o bule quis provar um ponto.

Enfim, fiquei com os caras por um tempo, até os cachorros relaxarem, decidirem que gostavam de mim e lamberem minha mão. Os caras eram mais velhos do que eu, mas não pareciam se importar que eu fosse apenas um garoto. Eles me chamaram de Garoto, perguntaram onde eu morava e o que eu estava fazendo na rua quando deveria estar em casa fazendo lição de casa. Contei que a escola estava fora de cogitação, e eles riram, dizendo que era legal. No começo, me perguntei se eles eram jovens mendigos, mas os mendigos que via agiam de forma bastante aleatória, e aqueles caras tinham coisas para acampar e pareciam mais unidos. Quando perguntei se eram andarilhos, acharam engraçado, mas depois disseram que sim. Eu não sabia exatamente o que era um andarilho, mas minha mãe usava essa palavra e eu gostava da sonoridade. Achei que talvez, se eu os estudasse, descobriria. É isso o que quero dizer sobre aprender as pessoas.

A conversa toda sobre andarilhos me fez pensar em minha mãe. Sabia que ela provavelmente estava surtando e não queria que ela chamasse a polícia, então depois de um tempo disse aos caras que tinha que ir, e eles concordaram. O beco estava uma escuridão. É assustador durante o dia, mas à noite é insano, então mantive a cabeça baixa e o capuz levantado. Antes, eu estava correndo rápido demais para ver, mas no caminho de volta fui mais devagar, então tive tempo de notar os usuários de drogas se picando e fazendo coisas perversas uns com os outros nas sombras. Às vezes, diziam merda quando me viam chegando, mas, quando percebiam que eu era só um garoto, me deixavam em paz. Então, quando estava quase em casa, a coisa mais estranha aconteceu. Ouvi um barulho adiante, e três prostitutas malucas, de saias justas e sapatos de salto alto, vieram cambaleando na minha direção e pararam bem embaixo do poste perto da caçamba da Gospel Mission, exatamente onde meu pai morreu. Elas começaram a cair umas sobre as outras, gritando e apontando para o chão, e juro que pensei que fosse o fantasma do meu pai até que vi algo se movendo nas sombras; pareciam animais. Gatos, pensei, mas quando me aproximei, vi que era uma família de gambás, uma mãe gambá e os filhotinhos gambás, todos em fila. As prostitutas estavam chapadas e gritando *Que fofiiinhos! que fofiiinhos!*, tentando pegar os filhotes, mas tropeçavam nos saltos, caíam e tinham que se levantar e tentar de novo. Acho que queriam levar os filhotes de gambá para casa para tê-los como animais de estimação ou algo assim, mas de repente a mãe gambá liberou seu cheiro sobre as mulheres. Eu estava bem perto, então pude sentir e realmente fedia, mas eu já havia chegado ao portão dos fundos e entrado. A cozinha estava escura e eu ainda ouvia os gritos das prostitutas, e também sentia um pouco de cheiro de gambá em mim, mas não me importei. A cena toda foi tão estranha e aleatória e, sendo sincero, não culpei nem um pouco a mãe gambá, porque ela estava apenas protegendo os filhotes. Fui até a geladeira pegar um pouco de leite e foi quando vi o bico do bule quebrado no chão. Eu o peguei. A ponta era afiada e irregular, e esperava que ele fosse me machucar ou dizer algo maldoso ou acusatório, mas ele estava mudo, o que, por algum motivo, me deixou muito triste e comecei a chorar.

— Benny?

Era minha mãe, parada na sombra da porta do corredor, ainda vestindo aquele moletom estúpido de tartaruga marinha. Ela acendeu a luz da cozinha e, quando me viu chorando na frente da geladeira aberta, correu e me agarrou.

— Ai, meu Deus, Benny! Você está bem? Aconteceu alguma coisa?

Balancei a cabeça, ela me mediu de cima a baixo e, como viu que eu estava bem, me abraçou.

— Ah, Benny. Fiquei tão preocupada! Saí para procurar você, mas você tinha sumido. Você simplesmente desapareceu! Aonde foi? Liguei para a polícia para registrar uma denúncia de desaparecimento, mas disseram que eu tinha de esperar e foi o que fiz. Esperei, esperei. Que cheiro de gambá. Aonde você foi?

Geralmente, não gosto quando ela se agarra a mim, mas naquela noite apenas deixei suas palavras me inundarem e me desconectei, como devo fazer quando me sinto sobrecarregado. É um recurso de enfrentamento chamado Autodistanciamento, e tenho um Cartão de Enfrentamento para isso, mas basicamente devo tentar experimentar a situação estressante como se fosse uma mosca na parede e depois descrevê-la como a mosca faria. Então, a mosca diria algo como:

Benny está parado na frente da geladeira e ainda está chorando um pouco, a mãe o abraça com muita força, mas ele é receptivo, embora não consiga propriamente retribuir o abraço. E ela diz: Ai, Benny, nunca mais faça isso, ok? Prometa para mim! Fiquei tão preocupada, é tão tarde, onde você se meteu? Mas Benny não pode dizer nada porque a mãe está pressionando o rosto dele contra a axila dela, então o garoto fica ali, chorando no olho grande e triste da tartaruga marinha, e agora a mãe está se afastando e dizendo: Tem certeza de que está tudo bem? Benny, por que você está chorando?

E ela está enxugando as lágrimas do rosto do filho com a manga, mas novas lágrimas continuam vindo, e Benny lhe entrega o bico quebrado e diz: Estou bem, mãe, sério, e diz: Sinto muito pelo bule, e de alguma forma, o simples fato de dizer que sente muito o faz se sentir melhor...

O LIVRO

Aquela mosca na parede não é um recurso de enfrentamento, Benny. É o som de um jovem encontrando sua voz, o que, no mundo dos livros, é, no mínimo, um milagre. Quando um garoto encontra sua voz, ou uma garota conta a própria história pela primeira vez, há motivos para uma grande comemoração, e todos nós, desde as tábuas de escrita mais antigas, feitas em argila, até os livros de bolso mais baratos, observamos e nos alegramos, pois sem essas vozes não existiríamos. Por isso, ouça! Está acontecendo agora, enquanto falamos, mas é importante não ter pressa. Essas coisas levam tempo, e devemos ir devagar.

30.

Os dias passam. Benny se levanta de manhã e vai para a Biblioteca. Chega em casa no final da tarde. Nesse meio-tempo, senta-se em seu compartimento, sonhando com as tiras de papel que colou no caderno, esperando que o Aleph apareça de novo e, como ela não aparece, vaga para cima e para baixo pelos pisos, procurando por ela. Afinal de contas, ele está apaixonado. Murmurando *Valter Benyameen, Valter Benyameen* baixinho, vasculha as estantes e retorna a seu compartimento com uma braçada de livros do filósofo alemão, na esperança de estudá-lo e impressioná-la, mas logo desanima por não conseguir compreender o sentido das palavras. Está acostumado com palavras incompreensíveis, mas as que estão flutuando no ar, não as que estão nos livros. Ele se pergunta qual é o sentido das palavras nos livros se elas não fazem sentido. Então, vários dias depois, enquanto está comendo uma maçã, desanimado, seu celular toca, notificando-o da chegada de um e-mail na conta falsa que fez para a mãe. É da diretoria.

"Cara sra. Oh", diz o e-mail. "Este é um lembrete de que a senhora deve fornecer uma carta da médica de seu filho confirmando a necessidade de faltas médicas por mais de três dias. Seu filho está ausente há mais de uma semana e ainda não recebemos a carta. Entre em contato conosco o mais rápido possível para discutirmos o assunto."

PERIGO!

Benny para de mastigar. Sua garganta se contrai e um grande pedaço de maçã se prende e fica alojado ali. Ele se engasga, tosse e engole, e por fim a maçã desce, mas uma ponta afiada de sua casca arranha o tecido macio da epiglote, trazendo lágrimas a seus olhos.

A mulher digitadora olha para ele.

— Você está bem?

Ele assente, envergonhado, e enxuga as lágrimas dos olhos.

— Precisa tomar cuidado com as maçãs — diz a mulher, e, como Benny não está mais se engasgando, ela volta a digitar...

Não, isso não ficou muito exato. Ela não volta a digitar. Ela nunca deixou de digitar. Mesmo quando falava com ele, seus dedos se moviam, e agora, enquanto o observa, os dedos ainda estão se movendo e novamente parece que ela o está observando e digitando suas detalhadas notas de campo, documentando tudo o que vê. Ela o observa segurar o celular, percebendo que os dedos dele estão úmidos e apresentam um leve tremor. O garoto parece ter ganhado peso nos últimos tempos, e ela se pergunta se ele está sendo medicado. Observa enquanto ele navega até a pasta de rascunhos da conta de e-mail falsa, onde, com certeza, encontra o e-mail com o atestado que falsificou, que esqueceu de enviar porque está muito ocupado se apaixonando e enlouquecendo com a mãe. A digitadora não consegue ver o e-mail, é claro, mas percebe a careta que ele faz, a ruga profunda que se forma entre as sobrancelhas conforme ele relê o documento, verificando se há erros.

NOME DO PACIENTE: BENJAMIN OH

DIAGNÓSTICO: FASE PRODRÔMICA DO TRANSTORNO ESQUITIZAFETIVO

A quem possa interessar:

Benjamin Oh foi enternado na enfermaria de psiquiatria pediátrica do Children's Hospital sob minha supervisão e ficará ausente da escola até novo aviso.

Atenciosamente,
Dra. Melanie Stack,
psiquiatra certificada pelo
Conselho de Medicina

A mulher observa quando ele pressiona Enviar e se recosta na cadeira, fechando os olhos, respirando com dificuldade. Ele deixa a mão com o celular cair no colo. Está visivelmente aflito, e ela quer se aproximar, pousar a palma da mão em sua testa úmida e acariciar seu cabelo, para confortá-lo, mas sabe que não pode. Isso seria intrusivo. Inapropriado. Ela sabe que não deve se intrometer, então observa e digita.

* * *

Essas são coisas que Benny não poderia saber, coisas que só nós podemos contar, porque somos um livro e Benny é apenas um garoto. Ele não conseguia ler a mente da datilógrafa ou acessar os pensamentos da mulher. Estava ciente apenas da comoção robótica dentro de sua própria mente. *Atenção! Atenção! Perigo! Perigo!* A ruga em sua testa se aprofundava à medida que o clamor intensificava-se, tornando-se, em pouco tempo, mais do que ele podia suportar, então deitou a cabeça na pilha de livros e cantarolou uma música...

Hey, diddle diddle, the cat and the fiddle, the cow jumped over the moon... até cair no sono.

31.

Annabelle encostou-se no balcão da cozinha, esmagando formigas. Elas saíam de uma brecha atrás da pia, onde a placa de gesso da parede havia cedido, deixando um buraco. As formigas viviam na brecha e de lá montavam suas campanhas de pilhagem. Hoje estavam sitiando a torradeira. Formavam uma fila irregular que atravessava a borda traseira da pia, desaparecia brevemente sob uma pilha de pratos sujos e reaparecia de trás de uma esponja velha. De vez em quando, uma formiga batedora saía das fileiras para investigar um fio de espaguete seco preso a um prato ou uma mancha de molho de tomate, mas o alvo principal era a torradeira, com seu tesouro de migalhas, que elas carregavam, grão a grão, passando por cima de uma pilha de cartas para retornar ao *bunker*.

A maior parte da correspondência consistia em propagandas e panfletos, algumas contas e outra carta do Imprestável, que ela estava prestes a abrir quando avistou as formigas. Annabelle não gostava de formigas, e o importante agora era detê-las e esmagá-las com o dedo indicador, tarefa que executava com eficiência mecânica, formiga por formiga, mas mesmo assim elas continuavam vindo. Era, de fato, surpreendente. Às vezes, elas paravam ao lado de um camarada abatido e agitavam as antenas sobre o corpo que se contorcia como varas de adivinhação, buscando a vida através de radiestesia, mas então voltavam para a fila e prosseguiam. Ainda assim, era necessário admirá-las, pensou Annabelle, enquanto esmagava outra; porém, por mais que tentasse, não conseguia. Não havia admiração, não havia compaixão. Nada. Era como se ela tivesse ficado sem sentimentos, o que era estranho, porque sempre tivera muitos. Demais, mesmo. Mas desde o Incidente do Bule, havia secado.

Ligou para a dra. Melanie no dia seguinte para marcar uma consulta para Benny e depois perguntou à médica se poderia participar da sessão. Sentada na cadeirinha azul, ela contou o que tinha acontecido, como estava arrumando tudo e fazendo um belo espaguete para o jantar quando Benny voltou da escola; ela lhe mostrara o lindo bule amarelo que comprara no brechó e começara a cantar a música do bule para o filho.

— Era uma das canções favoritas dele quando bebê. Não é, Benny? Eu não queria chatear você. Esperava que se lembrasse. Achei que ia fazer você rir...

A dra. Melanie virou-se para Benny, que estava sentado todo curvado em sua cadeira, a verde, parecendo tenso e infeliz. A médica usava esmalte fúcsia hoje.

— Benny? Pode nos contar o que o deixou chateado?

— Não.

— Foi a letra da música — falou Annabelle, incitando-o. — Você me disse que estava errada.

— Não me lembro.

Annabelle virou-se para a médica.

— Você conhece a música? — Colocou uma mão no quadril e estendeu a outra em um gesto de bico. Benny gemeu. — *Sou um bule pequenino, baixinho e fortão. Esse é o meu cabo e esse aqui....*

— Sim, é claro — afirmou a médica.

Annabelle abaixou os braços.

— Ao menos pensava que a letra fosse essa. Benny costumava fazer toda a coreografia das mãos. Era tão fofo.

Benny estremeceu e pareceu ficar menor. A médica o estudou.

— Foi esse o problema? Que sua mãe errou a letra?

— Não — respondeu ele. — Não foi isso.

— Foi o bule, então? Você o ouviu dizer alguma coisa?

Ele balançou a cabeça. Desde sua alta da Psipédi, ele vinha mentindo para a dra. Melanie sobre as vozes, dizendo que haviam parado. O garoto vivia mentindo sobre tantas coisas — a ausência na escola, o modo como passava os dias... Mas dessa vez, não estava mentindo. O bule não havia pronunciado uma palavra. Ele o ouviu quebrar, mas já estava no beco a essa altura.

A dra. Melanie virou-se para Annabelle.

— Pode me dizer exatamente o que Benny disse?

— Sim. Eu estava cantando a música e ele falou: "Não é isso que ele está dizendo". Ele foi muito claro. E ficou muito chateado.

— Benny, se lembra de ter dito isso? Sua mãe diz que você disse: "Não é isso que ele está dizendo", o que implica que você pensou que o bule estava dizendo algo diferente do que sua mãe disse que estava dizendo... certo?

Ele pressionou as mãos contra os ouvidos. Havia muitos *disses* e *dizendos* para caber em uma única frase, e cada um estava sendo engolido pelo que vinha depois, de uma forma que parecia infinitamente regressiva e assustadora, como peixes pequenos sendo comidos por peixes maiores.

A dra. Melanie se inclinou para chamar a atenção dele.

— Querido, você poderia tirar as mãos dos ouvidos?

Ele obedeceu. A dra. Melanie não gostava quando ele cobria os ouvidos porque isso significava que ele não estava ouvindo.

— Cometi um erro — murmurou o garoto.

— Um erro?

Ele começou a contar as respirações mentalmente.

— Não — respondeu entre os números. — Não um erro. Eu menti.

— Mentiu sobre a música?

— Sim. — Ele exalou e apertou os olhos com força. Por que ela estava fazendo isso? Ela não percebia que ele estava tentando contar? — Quer dizer, não. Menti para minha mãe sobre o bule. Ele não disse nada.

— Você mentiu para mim sobre o *bule*? — falou Annabelle. A pergunta foi subindo, alta e fina, e começou a fazer coisas estranhas, longas, entrelaçando-se no ar e vindo na direção dele como dedos. — Por que você mentiria sobre uma *coisa dessas*?

Enredado, ele se voltou contra ela.

— Porque você estava se comportando de um jeito estranho pra caramba! E você não parava! Eu não queria magoar você, então apenas disse uma coisa aleatória sobre o bule!

O rosto de Benny estava vermelho; os olhos, selvagens e furiosos. Annabelle nunca o tinha visto assim, como se um alienígena tivesse tomado o corpo do filho e gritasse com ela usando a boca dele. Ela arquejou e recuou e, ao fazê-lo, a perna da cadeirinha azul cedeu e ela caiu no chão, aterrissando com um grande baque no traseiro. Ela fechou os olhos e deixou-se ficar ali sentada, com as pernas abertas, esgotada. Ouviu a voz da dra. Melanie perguntando se ela estava bem e apenas assentiu. Abriu os olhos. Benny a fitava com uma expressão de desgosto indisfarçável. Ele se virou para a médica.

— Viu? — falou, como se aquilo provasse algo.

O resto da sessão foi enevoado. A médica ajudou-a a se levantar e ofereceu-lhe uma cadeira apropriada para adultos; ela se sentou em um canto enquanto a médica perguntava a Benny sobre a escola e sobre como ele estava se sentindo. Benny não falou muito. Annabelle não conseguia se lembrar do que o filho havia dito. Ela só se lembrava de se sentir grande e desengonçada.

No fim da sessão, a dra. Melanie pediu a Benny que saísse para a sala de espera e depois fez uma explanação para Annabelle sobre os cuidados necessários com quem cuida. Ela falou sobre aviões e máscaras de oxigênio, sobre autocuidado e redes de apoio, sobre estresse e esgotamento e sobre aprender a pedir ajuda. Annabelle ouviu e tentou prestar atenção. Percebeu que a dra. Melanie estava tentando ser gentil, mas, vindo dela, a *gentileza* soava muito semelhante à condescendência. E a médica estava certa, é claro.

Como ela poderia cuidar bem do filho se não cuidasse de si mesma? Estava fracassando até mesmo nisso.

Annabelle esmagou outra formiga. Estava mais do que disposta a obter ajuda, mas a quem poderia pedir? Às senhoras do brechó? Ela não tinha nenhuma amizade com quem pudesse desabafar. Precisava era de uma terapeuta só para ela. Ou um sacerdote. Pensou em Aikon. Uma monja zen parecia alguém com quem se podia conversar, e, depois de ler o primeiro capítulo de *A magia da arrumação*, começou a escrever uma carta de admiradora, mas depois a apagou. Ideia estúpida.

Uma das formigas batedoras estava fazendo uma incursão na pilha de correspondência indesejada, passando por cima de um panfleto rosa brilhante. O que esperava encontrar lá? Annabelle estendeu o dedo indicador da morte e o deixou cair em cima da batedora. O corpinho parecia duro sob a ponta do dedo e, quando tirou a mão, o animal ainda estava se contorcendo. As formigas eram surpreendentemente difíceis de matar. Pressionou de novo, dessa vez com mais força, e foi quando notou que seu dedo havia pousado em uma bola branca semelhante a uma nuvem no folheto, contendo algumas palavras escritas em uma fonte delicada e feminina.

Ansiosa? Estressada?

Sobrecarregada?

O dedo dela ainda pressionava o corpo da formiga e tinha ficado bem em cima do *S* de *Sobrecarregada*. Não era estranho? Ela tirou o dedo e continuou lendo.

O que está esperando?

Entregue-se a um momento só
seu, sério e sensorial!

Relaxe, renove-se e revigore-se...

Afague-se com nossa luxuosa
Massagem com Pedras Quentes!
Dissolva o estresse com o nossa
incomparável Aromaterapia!

Havia a fotografia de uma jovem belíssima, deitada em uma mesa, enrolada em uma toalha. Os olhos dela estavam fechados, os ombros nus, e a expressão em seu rosto era de êxtase. Ela não parecia nem ansiosa nem estressada.

Zen Serenity
~ Day Spa e Centro de Bem-Estar ~
Porque VOCÊ merece!

A formiguinha batedora ainda balançava as pernas e as antenas sobre o *S*. Annabelle cutucou-a de leve com o dedo. Ela deu um balanço final, então o corpinho se contraiu e ficou imóvel. Estava morta agora. Lágrimas vieram aos olhos de Annabelle. A formiga havia dado sua breve vida para lhe mostrar um caminho a seguir. Com cuidado, pegou o folheto da *Zen Serenity* e o usou como caixão, varrendo as carcaças de formigas para cima dele. Todos precisavam de uma rede de apoio. E daí se a dela consistisse em uma colônia de formigas? A intrépida batedora devia ter seu leito de descanso final junto com as companheiras. Por um instante, pensou em fazer para elas um enterro adequado no quintal, mas decidiu que era uma loucura e, além disso, não queria se deparar com o Imprestável, por isso jogou os corpos no lixo, pegou o folheto e foi procurar o celular, maravilhada com a coincidência surpreendente. Porque não era um Serenity Day Spa qualquer. Era o *Zen* Serenity Day Spa. Como isso poderia ser mero acaso?

32.

Havia aquela pulsação na têmpora dele, e houve a queda de uma única gota de chuva e, em seguida, o sussurro da voz...

— *Ei.*

— Hã? — Ele abriu os olhos e viu o dedo indicador coberto de tinta. Hoje a tinta era de um roxo escuro. O coração dele disparou.

— Você caiu no sono lendo de novo?

Ele levantou a cabeça e esfregou os olhos, verificando se havia baba no queixo.

Ela examinou os títulos na pilha de livros que ele usava como travesseiro.

— Uau. Você está lendo Valter Benyameen?

A garota parecia impressionada, e ele sentiu o calor tomar seu rosto.

— Na verdade, eu não estava lendo — confessou. — Quer dizer, li as palavras, mas não entendo o que querem dizer.

— É, bom, talvez você não tenha que entender. Talvez tenham sido absorvidas pela sua cabeça enquanto você dormia sobre elas. Como por osmose.

Ele não sabia o que era osmose, mas se animou.

— Você acha? — Benny não se sentia nem um pouco mais esperto, e de que adiantava ter livros na cabeça se não conseguia entendê-los? Mas enfim...

— Não — falou ela, rindo e dando tapinhas no ombro dele. — É claro que não. Mas não se preocupe. Se quer mesmo entender essas coisas, o Beberrão vai ajudar. Ele sabe tudo. Vamos.

Ela o levou a uma escada pouco usada e desceram dois lances até o Piso Cinco. Ali, atravessaram para a Ala Antiga rumo a um canto distante atrás das estantes 331.880, onde ficavam os livros de filosofia do trabalho. Havia livros sobre teoria antimonopolista, democracia industrial e sindicatos como instrumentos da luta de classes, porém eles passaram direto. Mas tudo bem. Livros como esses não atraem um público muito grande hoje em dia e se acostumaram a ser ignorados e negligenciados. Falta-lhes a vitalidade para sair das prateleiras, e, ainda assim, permanecem esperançosos.

Ao fim do corredor de estantes, Benny viu a porta de um dos antigos banheiros masculinos. Uma placa feita de plástico amarelo brilhante bloqueava a entrada. NÃO ENTRE, dizia. BANHEIRO FECHADO PARA LIMPEZA, e então, só por garantia, a mensagem era repetida em espanhol. Não havia dúvida quanto ao significado, então Benny obedeceu, mas o Aleph passou direto por ela, abriu a pesada porta e segurou-a para ele. O garoto hesitou, mas uma voz veio lá de dentro.

— Entre! Entre!

Lançando um olhar de desculpas para a placa, ele a contornou e passou pela porta, que se fechou logo atrás com um suspiro silencioso.

O banheiro, por ser da Ala Antiga da Biblioteca, era construído na escala generosa de uma era passada, com pé-direito alto, teto abobadado e proporções espaçosas. As paredes e o chão eram decorados com porcelanato preto e branco ornamentado, e as pias, balcões e mictórios eram feitos de mármore encerado que havia desbotado e envelhecido ao longo dos anos. As maçanetas das pesadas portas de madeira eram feitas de latão, assim como os encanamentos, torneiras e canos. Tudo estava impecável.

No outro extremo do banheiro, dois homens da equipe de zeladoria da Biblioteca estavam sentados em baldes virados ao contrário, ao lado do Beberrão, acomodado em sua cadeira de rodas, cercado pelo conjunto ondulado de plástico branco, parecendo um rei em um trono nas nuvens. Sua pasta estava no chão, a seus pés, e na frente dele havia uma mesinha dobrável com uma garrafa de vodca, um pão preto e um grande pote de arenque em conserva no qual havia um garfo de plástico. Uma nuvem de fumaça de cigarro pairava no ar. Os três homens estavam no meio de uma discussão acalorada em um idioma que Benny não entendia. Os três fumavam. O Aleph tossiu e abanou a mão na frente do rosto com afetação. Ela atravessou o espaço e abriu o vidro pontilhado das janelas velhas e pesadas, então os homens encolheram os ombros, amassaram os cigarros em uma velha lata de sopa usada como cinzeiro e ergueram os copos para ela em um brinde.

— *Dobrodošli* — disseram. — *Na zdravje!* — Eles esvaziaram os copos e os dois trabalhadores — eram gêmeos, Benny notou então — colocaram-nos no bolso e se levantaram para ir embora, dando tapinhas no ombro do garoto quando passaram.

— Está fedendo aqui dentro — queixou-se o Aleph, irritada, mas Slavoj não estava prestando atenção.

Os olhos azuis aquosos do homem estavam fixos em Benny, e, quando o garoto se aproximou, as grandes mãos do velho mendigo se levantaram do colo protegido com um cobertor como se tivessem vontade própria e começaram a se mover pelo ar em uma dança semafórica que estava além da compreensão de Benny ou do controle do Beberrão. Mas o velho mal pareceu notar. Manteve o olhar fixo no rosto de Benny, e um sorriso firme em meio a toda a agitação e as palmas.

— Órra, órra, veja quen temos aqui — disse. — É o jovem estudante! Finalmente, ele zegou.

As mãos ficaram mais animadas. Espiralavam e se enroscavam em volta da cabeça dele, arrastando os braços como se fossem as rabiolas de um par de pipas e fazendo com que o velho se levantasse da cadeira de rodas como se estivesse sendo levitado.

O Aleph suspirou.

— Slavoj, este é Benny — apresentou-os. — Benny, este é Slavoj. Ele está bêbado.

Ela tocou levemente os ombros do velho e, assim que o fez, as mãos do homem caíram sobre o colo e a dança parou. Ele respirou fundo.

— Obrrigado, minha querrida. É mais cansativo quando elas ficam animadas.

Ele se inclinou para a frente e deu um tapinha no balde ao lado.

— Agora, jovem estudante. Você deve puxar um balde e vamos converrsar, mas prrimeirro... — Ele pegou a garrafa de vodca e abriu a tampa. — Onde está o seu gopo?

Benny não entendeu.

— Ele é só um garoto — explicou o Aleph. — Não carrega copos com ele.

— Não faz mal — disse o Beberrão. — Vamos conserrtar isso. — Ele se virou na cadeira de rodas e enfiou o braço na massa de sacolas de compras afixadas na parte de trás do encosto. O plástico farfalhou, agitado. Quando tirou a mão, segurava um copo, que dizia:

Texas
O estado da Estrela Solitária

O velho analisou criticamente o copo, então olhou para Benny.

— Não. Você não darria um bom texano. — Ele enfiou a mão de volta na massa de plástico farfalhante e puxou outro.

Havaí
O estado do Aloha

— Este é melhorr parra você, hein? — Entregou o copo a Benny e o encheu, derramando um pouco na mão do garoto. O líquido dava uma sensação gelada.

— Ele é muito novo para beber vodca — avisou o Aleph. Ela estava sentada em seu balde com os braços cruzados, observando o velho encher o copo da Estrela Solitária, que entregou a ela.

— Ah! — respondeu. — Mas você? Você darria uma boa texana. Não mexa com o Texas. — Ele completou o próprio copo e ergueu-o para que lessem. Dizia:

Arkansas
O estado Natural

— O estado naturral — declarou — é o melhor estado! — O homem levantou ainda mais o copo. — Louvo este país. Cada estado ter uma marca, e um lema também! Você sabe qual é o lema do grrande estado de Arrkansas? No passado, erra a *Terra da Oportunidade*. Bonito, certo? Mas eles mudarram. Porr quê? Todas as oporrtunidades secarram? Essa é uma explicação, mas agorra há um novo lema: *Regnat Populus*. Sabe o que significa *Regnat Populus*, jovem estudante? Se tivesse estudado latim, saberia. *Regnat Populus* significa "O Povo Reina". Magnífico! Nunca estive no estado Naturral do Arkansas, mas sei que deve ser uma utopia democrática goverrnada por pessoas marravilhosas...

Ele fez uma pausa e olhou para longe.

— *Oh, admirrável mundo novo que possui gente assim!* — Ele olhou para Benny. — Conhece bem o seu Shakespeare, jovem estudante? Não? Estas são palavras de uma peça chamada *A tempestade*. Você deve lê-la imediatamente. Nela, há um monstro naturral com o nome de Calibã, que fala tal poesia, partirrá seu coração. *Não tenha medo. A ilha está cheia de sons...* O que vir a seguir? Ah, esqueci. Oh, órra. É assim que imagino o Arkansas. É meu zonho ir parra lá algum dia, mas até lá devemos beberr a ele!

— Você não precisa beber, Benny — avisou o Aleph.

— Ah. É clarro que prrecisa! Ele é um estudante! Deve aprender a ler latim, recitar Shakespeare e beber *wodka*! — Com o copo no ar, Slavoj esperou. — E então?

Benny cheirou a vodca. A fumaça acre fazia seus olhos lacrimejarem.

— O quê?

— Aguardamos o seu brinde.

Benny olhou para as coisas na mesa.

— Eu não trouxe nenhum brinde.

— Maravilhoso! — cantou o Beberrão. — Ele realmente tem talento. Não, não, rrapaz, você deve *fazerr* um brinde, não trrazer um. Fale o que vem de seu corração! Inspirre-nos com seus zentimentos zábios!

— Não sei como.

— Feche os olhos e ouça. Agora, o que você ouve?

Benny fechou os olhos. Podia ouvir a respiração rouca do velho ao seu lado. Podia ouvir os canos na parede quando alguém dava descarga em um banheiro em algum ponto distante do prédio, mas os canos não eram inspiradores. Podia ouvir o assobio e o tilintar dos aquecedores quando o vapor passava por eles, o que soava quase como música. Melhor. Do lado de fora, ouvia o lamento de uma ambulância ao longe e, mais perto, uma voz murmurando baixinho:

— *... Sons e doces arres que oferrecem deleite e não ferem...*

Assustado, abriu os olhos. O velho estava olhando para o teto, seu copo de vodca esquecido equilibrado no apoio de braço, recitando com voz sonhadora:

— *Às vezes, mil instrrumentos pungentes sussurrarrão em meus ouvidos e, outras vezes, voces que, tendo eu acorrdado de um longo sono, me farrão adorrmecer de novo...*

Ele suspirou e balançou a cabeça.

— Sim, agora eu me lembrro. Como pude ter esquecido? — Fechou os olhos e ficou sentado naquela posição por tanto tempo que Benny se perguntou se ele teria adormecido, mas então, com um movimento abrupto, o velho endireitou-se e enxugou os olhos com a manga. — Vou vazer o seu brinde — disse com rispidez. Voltou a erguer o copo. — Às voces!

As vozes? Benny hesitou. Não pretendia beber. Pretendia derramar a vodca na pia quando Slavoj não estivesse olhando, mas as palavras do velho o pegaram de surpresa e, antes que se desse conta, o copo estava em seus lábios e a vodca queimava sua garganta como fogo líquido, avançando direto para o estômago. Ele se engasgou e tossiu ao mesmo tempo que seus olhos se encheram de lágrimas, mas quando a tosse diminuiu e ele se endireitou novamente, sentiu um calor súbito, preenchendo-o e aquecendo-o por dentro.

Benny se sentiu atordoado, quase tonto.

— Merda — resmungou, balançando a cabeça para desanuviá-la.

— É boa, né? — falou o velho, com um sorriso úmido.

— É nojento.

— Você quer outra? — perguntou Slavoj, erguendo a garrafa mais uma vez. — Você deve fazerr o brrinde dessa vez.

— Slavoj! — censurou o Aleph.

O velho levantou as mãos em sinal de rendição.

— Tudo bem, tudo bem! — Ele reduziu o tom de voz, sussurrando para Benny: — Ela parrece uma *mae*.

Ela não se parecia em nada com uma mãe, pensou Benny, mas não falou nada. Encorajado pela vodca, porém, perguntou:

— Aquela coisa que você disse, "Às vozes", você, tipo… — A pergunta perdeu força antes que pudesse terminá-la. Sentiu o rosto ficar quente.

— Eu sou tipo o quê?

— Não. Eu quis dizer, você ouve… — Outra vez, as palavras se recusaram a vir.

— Voces? — esbravejou Slavoj. — É claro que ouço voces! Sou um *poeta*. — Suas mãos começaram a se agitar de novo. Elas acariciaram a barba, beliscaram o nariz, puxaram a orelha e então uma mão começou a coçar o dorso da outra. Quando terminaram, o velho contemplou Benny com um olhar penetrante. — De onde você acha que vêm os poemas? Tudo fala, jovem estudante! Mas só poetas e prrofetas, santos e filósofos que têm ouvidos para ouvir.

— Eles ouvem vozes?

— Mas é claro! Sócrrates! E Joana d'Arc! Rilke, Milton, Blake…!

Benny nunca tinha ouvido falar de nenhuma daquelas pessoas, mas não quis parecer ignorante e limitou-se a assentir.

— Moisés, Abraão, Isaías e todos os profetas! — dizia o velho, puxando a orelha e depois batendo palmas. — E os pais da psicologia, Sigmund Frreud e Carl Jung. Sim, eles também ouvirram vocês! Sem falar nos grrandes pacificadores, Mahatma Gandhi e Martin Luther King...

Enfim, alguém de quem Benny já tinha ouvido falar. Tinha estudado Martin Luther King no fundamental dois. Martin Luther King foi um grande homem e um herói da luta pelos direitos civis. Havia um feriado com seu nome.

— Grandes revolucionárrios modernos, todos eles ouvirram voces e confiarram nelas!

Saber quem era Martin Luther King deu a Benny coragem para falar.

— Mas e se você for só uma pessoa normal. Tipo, um garoto, quer dizer. Não um poeta ou um revolucionário, ou... — Por hábito, ele fez uma pausa, mas estranhamente não estava recebendo nenhum alerta de *Atenção* ou *Perigo*, então continuou. Abriu a boca, e as palavras saíram em disparada: — Quero dizer, eu também ouço vozes, mas não sou nenhuma dessas coisas. Sou apenas maluco.

Slavoj bufou.

— Que bobagem! Como você poderria saber? E você já tentou comporr um poema? Já tentou contemplarr uma questão filosófica ou liderrar uma revolução?

— Não.

— Órra, então. Você não pode saber, já que nunca tentou, então sugirro que tente imediatamente. Você deve começarr pequeno. Comece com um pequeno poema ou uma simples questão filosófica ou uma pequena revolução. Não, espere, este país não está preparrado parra uma revolução. Deixe a revolução parra depois.

Benny olhou para o Aleph. Os olhos dela estavam fechados, mas sabia que ela estava ouvindo.

— Não entendo — admitiu o garoto. — O que devo fazer?

— Componha um poema! — sugeriu o velho. — Formule uma questão filosófica! E se for mesmo o caso de você não conseguir fazer nenhuma das duas coisas, aí podemos concluir que você está realmente maluco.

Benny olhou para os cadarços. Uma pergunta parecia mais fácil que um poema, mas ele não sabia a diferença entre uma pergunta filosófica e uma normal. Pensou nos poemas que fazia com os ímãs de geladeira, mas não podia mais tocar neles. A mãe sempre lia versinhos infantis para ele quando era pequeno. Contavam como poemas? Pareciam-se mais com canções sem melodia, e às vezes ele as achava reconfortantes. *Hey, Diddle Diddle*. Esse era bom. E *Hickory, Dickory Dock*. E *Quem matou Cock Robin*?

— Então? — indagou Slavoj. — Você tem algo?

Quem matou Cock Robin? era uma pergunta, mas não parecia filosófica.

— Não conheço nada — respondeu, e em seguida se lembrou da resposta. Foi o tico-tico. Com a flecha e o arco.

— Ah! — exclamou o Beberrão. — É da naturreza humana saberr fazerr perrguntas. Por exemplo, você me perguntou se ouço voces. Por quê?

Quem o viu morrer?

— É que às vezes eu ouço as coisas. E queria saber se outras pessoas também as ouvem.

Eu, a Mosca, com meu olhinho fosco, que a terra há de comer, eu o vi morrer.

— E o que ficarria provado se outrras pessoas ouvissem também?

Alguém limpou o sangue dele, quem?

Benny balançou a cabeça, tentando fazer a rima parar.

— Ficaria provado que as vozes são reais. Que não estou alucinando, mentindo ou inventando bobagem.

— E o que significarria se as palavras fossem reais e você não estivesse inventando bobagem?

Eu, o Peixe, com meu vaivém, limpei o sangue dele muito bem.

Não adiantava. A rima estava inspirada agora, determinada a terminar o que havia começado. Benny levantou a voz.

— Significaria que eu não tenho um transtorno mental! Que não sou louco!

O Beberrão também levantou a voz.

— Então, se as voces forem "reais", você não é louco?

Quem vai cavar sua cova?

— Sim! — Benny gritou. — É óbvio!

Eu, a Coruja, com meu bico recurvado, vou cavar sua cova.

— Então, é óbvio, você tem de deterrminar o que é "real"! — A essa altura, o Beberrão estava gritando, mas a rima também gritava.

VOU CAVAR SUA COVA!

Era coisa demais.

— Mas é esse o PROBLEMA! — gemeu Benny, tapando os ouvidos com as mãos. — Não sei o que é real e o que não é!

— Sim! — exclamou o velho. — Exatamente! Agora você tem uma pergunta!

A rima se calou.

Benny ergueu a cabeça e tentou ouvir. Ele se virou, tentando ver se ela ainda estava em algum lugar à espreita, mas não havia nenhum traço da rima, nenhuma palavra persistente. Nem mesmo um sussurro. Olhou de volta para o velho mendigo, que sorria para ele com o sorriso sem um dente.

— Tenho?

— Com certeza — garantiu o Beberrão. — Uma boa pergunta. Muito filosófica.

— Qual é?

— *O que é real*?

— Mas eu expliquei, não *sei* o que é real!

— É claro que não! Isso é o que a torrna uma excelente pergunta. — O velho pegou a garrafa de vodca, abriu a tampa e começou a servir mais vodca nos três copos. — Agorra devemos brindar à sua pergunta, e então você deve ir para casa e contemplar a natureza da realidade, e quando tiver uma resposta, pode voltar e me contar tudo sobre ela. — Entregou o copo Aloha para Benny. — À realidade!

O Aleph se levantou.

— Slavoj, já chega — decretou. Ela se virou para Benny. — Ele está bêbado. Vamos.

Benny se levantou. Talvez o velho mendigo estivesse bêbado, mas o que ele disse fez um tipo estranho de sentido e, de repente, havia um milhão de perguntas que Benny queria fazer ao homem. Não eram bem questões filosóficas. Apenas práticas. Como: que vozes você ouve e como elas soam? O que elas dizem para você e você entende o que querem dizer? Elas são gentis ou cruéis e dizem para você se machucar? Você as ouve o tempo todo? Elas vêm de coisas específicas ou só estão flutuando a esmo no ar?

O Beberrão derramou vodca nos três copos e os alinhou na mesa à sua frente. O Aleph havia saído e esperava por Benny na porta. Quando Benny se virou para segui-la, o velho começou a movê-los, trocando os copos de posição como se estivesse fazendo um truque de mágica.

— Qual deles está vazio? — perguntou em voz baixa.

Os três estavam cheios. Benny não sabia a resposta, mas apontou para o copo Aloha no meio. O velho sorriu.

— Você é um vidente! — exclamou. — Um verdadeiro profeta! — Ele ergueu o copo. — Ao vazio! — Engoliu a dose de um só gole e limpou a boca com as costas da mão. — Nunca tenha medo de não saber, jovem. Não saber é a prática dos poetas e sábios.

— Ele só está provocando você — falou o Aleph quando Benny a alcançou. — Fica assim quando está bêbado.

— É — respondeu Benny. — Acho que é isso. — Ele se virou e olhou para trás. O velho mendigo não parecia muito embriagado. Estava sentado na cadeira de rodas, alerta, observando-os. Todos os três copos pareciam vazios agora. Benny acenou e o velho acenou de volta. Foi engraçado, pensou Benny, enquanto seguia o Aleph porta afora. Ele não se sentia provocado. Sentia-se respeitado.

33.

O Zen Serenity Day Spa ficava localizado em um centro comercial pequeno entre um Subway e uma podóloga. A recepção tinha uma decoração simples, com tons suaves e minimalistas de malva e cinza cor de pomba. Pufes de pelúcia estavam espalhados aqui e ali como ilhas entre os vasos de palmeiras, e as paredes eram decoradas com fotografias artísticas de bom gosto, mostrando praias, ondas e pedras redondas e lisas equilibradas à perfeição umas sobre as outras. Música *new age* tocava nos alto-falantes. Annabelle nunca tinha ido a um spa antes e não sabia o que esperar, mas tudo parecia muito zen, e foi por isso que ficou surpresa ao descobrir que a recepcionista era uma jovem loira chamada Lori. Mas Lori foi muito simpática. Deu a Annabelle uma prancheta com um termo de responsabilidade e uma longa lista de perguntas sobre saúde e, quando Annabelle terminou de preenchê-los, Lori a levou a uma sala de tratamento nos fundos e a apresentou à sua massoterapeuta, Leilani, outra loira magra, que vestia calças de ioga e sapatilhas. Quando Annabelle estendeu a mão, Leilani ficou parada, olhando-a como se não tivesse ideia do que Annabelle estava propondo, mas a compreensão pareceu a elucidar, e ela pegou a mão úmida de Annabelle entre as próprias palmas secas e quentes e pressionou-a com firmeza — não foi exatamente um aperto de mão, mas foi bastante acolhedor.

— Estou tão feliz em ver você — disse para Annabelle, como se as duas se conhecessem havia muito tempo. — Agora, me diga o que posso fazer por você. — Ela falava com um leve sotaque texano, que não era muito zen, mas a fazia soar totalmente sincera, e Annabelle, que não conseguia se lembrar da última vez que alguém ficara sinceramente feliz em vê-la, quanto mais se oferecido para fazer algo por ela, ficou tão surpresa que não sabia o que dizer, então respondeu o óbvio.

— Eu gostaria de uma massagem, por favor.

Leilani riu.

— Bem, com certeza, querida! Nós podemos fazer isso! Vou apenas sair por um minuto e deixar você se preparar. Vamos começar com o rosto para baixo.

Annabelle assentiu. Não tinha ideia do que a preparação poderia implicar. Olhou ao redor da sala em busca de pistas. No meio havia uma mesa com um lençol. Presa a uma das pontas havia uma engenhoca similar a um travesseiro com um buraco que parecia a almofada para hemorroidas em que seu padrasto costumava se sentar. Ela hesitou.

— Algum problema? — perguntou Leilani.

— Ah, não — respondeu Annabelle, que se surpreendeu por rir. — Pensei que você seria japonesa, só isso.

Leilani pareceu confusa.

— Por causa do Zen, sabe? Mas não é um problema! É que meu marido é japonês. Quer dizer, era. Japonês. E coreano. E zen. Ele não é nada agora. Na verdade, ele morreu. Mas tudo bem. Estou bem. — Mas ela não estava bem e só estava piorando tudo. Respirou fundo. — Desculpe. Nunca fiz uma massagem antes, então estou meio nervosa.

— Ah — respondeu Leilani, animando-se. — Bem, já era hora, então, não é? — Ela deu um tapinha na mesa. — Vou sair enquanto você se despe e sobe na mesa. Apenas fique confortável. Pode se deitar de bruços embaixo do lençol, com o rosto no apoio. Sem pressa.

— Tudo bem — concordou Annabelle, lançando um olhar de dúvida para a mesa. — Devo tirar… tudo?

— Como se sentir confortável, querida.

Ela deu um tapinha encorajador no braço de Annabelle e saiu. Annabelle olhou em volta. O espaço era limpo e pouco mobiliado. Havia uma pia em um canto e, ao lado dela, uma mesa baixa em forma de altar com cristais. Um umidificador azul brilhante, no formato de uma enorme gota de chuva, emitia uma fina nuvem de vapor perfumado. Na parede havia um espelho redondo e uma fileira de ganchos sobre uma cadeira. Annabelle se despiu, dobrando as roupas e colocando-as, impecáveis, sobre a cadeira. Hesitou, então desabotoou o sutiã e o escondeu sob o suéter. Decidiu ficar de calcinha.

Ela se virou para a mesa. Era estreita e bastante alta, com uma superfície acolchoada e pernas finas que a preocupavam, mas ela subiu, rolou de barriga para baixo e encarou o apoio. Daquele ângulo, parecia um vaso sanitário, mas ela posicionou o rosto ali de modo que o nariz se encaixasse no buraco. Tinha acabado de estender a mão para trás e puxar o lençol sobre o traseiro quando ouviu uma batida na porta. Não sabia onde colocar os braços. Não parecia haver espaço para eles na mesa, então ela os deixou pendurados.

— Preparada? — Leilani chamou da porta.

— Huhum — respondeu Annabelle. A pressão do apoio em seu rosto tornava difícil falar. Ela ouviu Leilani caminhando silenciosamente pela sala. Uma música suave, com campanas ou sinos de vento, começou a tocar, seguida pelo som sussurrante de uma flauta de bambu.

Sentiu seus braços sendo levantados e dobrados com segurança ao lado do corpo. Podia ver a ponta dos chinelos de Leilani pelo buraco conforme a garota fazia alguns ajustes no apoio e depois puxava o lençol por suas costas, expondo a pele ao ar. Ela sentiu as mãos da garota pousando no meio de suas costas largas. A leveza do toque fez Annabelle se sentir grande, mas não de um jeito bom. Não da maneira expansiva e sensual que sentira uma vez com Kenji, mas não fazia sentido pensar nisso. A garota nem se movia, sem dúvida horrorizada com a extensão de carne nas costas que tinha diante de si. Era um volume grande demais, pensou Annabelle. Tudo aquilo tinha sido um erro terrível.

— Você tem uma pele tão bonita — falou Leilani.

Annabelle achou que tivesse ouvido mal.

— Desculpe? — Sua voz estava anasalada, abafada.

— Sua pele — disse Leilani. — É linda. Tão suave. Como mármore. Ou alabastro. — As mãos da mulher estavam se movendo agora, viajando pela espinha de Annabelle, massageando os músculos tensos dos ombros e do pescoço. Para uma menina tão pequena, ela era muito forte, pensou Annabelle, e relaxou um pouco, cedendo ao toque firme. Sentia o óleo de massagem escorregadio na pele. Havia um cheiro de lavanda e um calor delicioso ao longo de sua barriga e de toda a parte da frente de seu corpo, que parecia vir da mesa de massagem abaixo dela. Deve ser aquecida, pensou. Que agradável.

— Como está a pressão? — perguntou Leilani.

— Boa — respondeu Annabelle, e estava. Apenas o suficiente para liberar todos os pontos doloridos, mas não tão forte para chegar a ser doloroso. Por que ela não havia pensado nisso antes? A sensação era das mais maravilhosas, entregar-se nas mãos de outra pessoa. Ninguém havia tocado seu corpo assim desde... Bem, ela tinha sido examinada em consultas médicas, mas não contavam, e geralmente os exames vinham acompanhados de advertências sobre pressão alta e diabetes e sobre como ela tinha de perder peso. Mas essa garota não a estava repreendendo. Estava usando as mãos e até os antebraços em movimentos longos, firmes e amplos, encontrando os nós com os cotovelos e escavando o que pareciam ser anos de tensão. Era maravilhoso. Lágrimas começaram a escorrer dos olhos de Annabelle. Ela estava chorando? Não fazia sentido, mas as lágrimas escorriam pelo nariz e pingavam da ponta, passando pelo buraco do apoio e caindo no chão. Ela ofegou. Temendo que Leilani notasse, tentou controlar o tremor que crescia por dentro, mas não adiantou. Sua respiração ficou irregular e logo o corpo começou a tremer. As mãos de Leilani estacaram.

— Você está bem, querida? — perguntou a garota. — Precisa de alguma coisa?

Annabelle balançou a cabeça.

— Tudo bem. Acontece. Às vezes só precisamos de um bom choro, então vá em frente, mas me diga se precisar de um lenço ou um pouco de água, ok?

Um grande soluço sacudiu seu corpo, e então outro, e então um terceiro, e então não havia como evitar. Para sua consternação, enquanto chorava, toda a mesa abaixo dela começou a tremer, mas Leilani não parecia se importar. Apenas continuou massageando e acariciando, viajando das costas para as pernas, os braços e até os pés, em movimentos longos e firmes, inclinando-se sobre os pontos de tensão. Annabelle queria explicar, mas deitada ali, com o rosto no apoio, não havia como falar e, gradualmente, à medida que as lágrimas diminuíram e a respiração se acalmou, a necessidade de palavras diminuiu. Leilani a fez virar de barriga para cima, colocando uma almofadinha com cheiro de lavanda sobre seus olhos, e Annabelle ficou ali, ouvindo o som dos sinos e da flauta. De vez em quando, um estremecimento percorria seu corpo como um tremor secundário, mas fora isso tudo estava tão quieto e imóvel que logo ela caiu no sono.

Acordou ao som da voz de Leilani, chamando-a gentilmente pelo nome.

— Annabelle?

— Ah, sinto muito! — exclamou. — Não quis... — Ela sentiu vergonha de sua grosseria, mas Leilani apenas riu.

— Não se preocupe. Dormir é bom. Você devia estar precisando. Aqui está um pouco de água para você. Você só precisa se vestir com calma, e estarei esperando lá fora.

Ela saiu da sala. Annabelle ficou ali por um momento, piscando para o teto, então se sentou devagar e desceu para o chão. Sentia-se instável e tomou um gole de água, que era refrescante e cítrica. Vestiu-se sem pressa, atenta a cada movimento discreto, a cada pequena sensação. O aperto do sutiã. Os braços deslizando dentro das mangas. A cabeça, emergindo da gola alta para a luz. Era como estar em um sonho, só que se sentia desperta como não se sentia havia muito tempo. Ao sair da sala, olhou no espelho, e a visão de seu rosto a fez parar. Os olhos estavam vermelhos, assim como a pele, vermelha e manchada. Vincos profundos, semelhantes a cicatrizes, feitos pelas costuras do apoio, percorriam sua face. Seu cabelo escorrido, emaranhado com óleo de massagem, grudado na testa.

Leilani a esperava na recepção.

— Estou horrível! — exclamou enquanto pagava, mas Leilani balançou a cabeça.

— Não — disse, dando-lhe um grande abraço. — Você está radiante!

Annabelle não conseguia se lembrar da última vez que recebera um abraço de verdade. No ônibus, notou que as pessoas a olhavam, mas não se importou. Fiz uma massagem, pensou ela, encarando-os. Sou o tipo de mulher que se lembra de cuidar de si mesma.

Naquela noite, na cama, passou as mãos pelas bochechas e depois pelo pescoço até os ombros. Traços de óleo de massagem permaneciam em sua pele, sua linda pele de alabastro. Ela puxou um emaranhado das camisas de flanela de Kenji para o rosto, e um leve toque de fumaça e lavanda fez cócegas em seu nariz. Suas mãos desceram por seu corpo, parando para tocar os seios, passando pela barriga e parando entre as pernas. Fazia quanto tempo? Ela não conseguia se tocar ali sem pensar em Kenji, e isso sempre a deixava muito triste. Agora, com cautela, ela moveu os dedos para a frente e para trás e sentiu um latejar leve e caloroso. Pressionou o rosto contra a flanela e pensou em seu nervosismo naquela primeira noite, nua na frente dele, como ele a olhou, e da aparência do rosto dele iluminado pelo poste de luz — ou seria a lua? Não, a lua estava no beco na noite em que ele morreu. Seus pés se mexiam inquietos sob os lençóis emaranhados. *Isso não,* ela pensou, por favor, *não agora,* e sua mão respondeu, movendo-se rapidamente enquanto Annabelle se lembrava da sensação dos lábios de Kenji percorrendo seu corpo, como ele segurava cada seio e lambia o mamilo, murmurando, *Tão aveludado como pêssego*. E lembrando, também, como, quando ele se abaixou sobre ela e deslizou para dentro, um espaço vazio e infinito se abriu para recebê-lo. E agora os dedos dela se moviam com tanta segurança quanto os dele, de modo que, quando ela gozou, seu corpo se arqueou e um grito escapou de sua garganta, que ela abafou sem demora com um bocado de flanela. Annabelle ficou lá, tensa e com os ouvidos atentos, mas a casa estava em silêncio. Tudo o que conseguia ouvir era o sangue latejando em seus ouvidos, então relaxou. Enquanto a respiração desacelerava, ela se lembrou daquela sensação. Um derretimento. Cru, mas pleno. Fadiga, mas no bom sentido. Naquela noite, ela dormiu.

Na manhã seguinte, quando foi até a geladeira pegar leite para o café — leite que ela realmente se lembrara de comprar ao voltar da massagem —, notou que algo estava diferente. Os ímãs de poesia. As palavras tinham sido reorganizadas e o poema de Kenji desaparecera. Ela sentiu o rosto corar. *Benny*? Por que ele faria isso se sabia o quanto aquilo significava para ela? Annabelle olhou para a confusão de palavras, procurando pelo antigo poema, mas ele havia sumido, e no lugar havia outra coisa, um novo arranjo desalinhado.

aveludado como pêssego em sonho

Ela olhou para as palavras magnéticas e seus joelhos fraquejaram. *Kenji...?*

BENNY

Merda. Sério? Falei para você que a vida sexual da minha mãe estava além dos limites. Conversamos sobre isso e pensei que estivéssemos de acordo quanto a questões de privacidade. Olha, entendo que ela estava sentindo falta do meu pai e fico feliz que a massagem a tenha feito se sentir melhor, mas eu realmente não precisava saber do resto, entende? E agora não posso deixar de saber, nem apagar essa imagem, o que é uma grande merda.

Mas, na verdade, talvez eu já soubesse e só bloqueei ou algo assim, porque acho que me lembro de ter ouvido uma voz gritar uma noite quando eu estava dormindo. Acordei e fiquei no escuro, ouvindo. Definitivamente não era a voz do meu pai, e também era diferente do jeito que as coisas falam. Aquela voz com certeza vinha de uma pessoa e soava como minha mãe, mas não era o choro triste de sempre. Era um som anterior, do qual que eu me lembrava, de quando meu pai era vivo e eles dormiam juntos no quarto. Muitas vozes vinham de lá, mas eu era pequeno e não entendia. Às vezes, à noite, quando a porta deles estava fechada, eu ouvia vozes que pareciam brigas, e era assustador. Outras vezes, ouvia vozes que sussurravam e riam e faziam com que me sentisse sozinho, mas não de um jeito ruim. E, então, havia outro som, que era ao mesmo tempo assustador e solitário, começando baixo como um gemido e terminando como um grito ou um viva. Triunfante! Essa voz era mais desse tipo. Escutei, mas como não se repetiu, caí no sono. Não fiquei superpreocupado.

Mas isso explica por que ela surtou com os ímãs de geladeira idiotas naquela manhã. Ela entrou no meu quarto sussurrando: *Benny, Benny, acorde!* Ainda estava escuro, e pensei que ela fosse apenas um objeto aleatório tentando chamar a minha atenção, então a ignorei, mas ela começou a me sacudir e eu abri os olhos. Minha mãe acendeu a luminária da minha cabeceira e o rosto dela estava todo rosado e animado. Ela me perguntou sobre os ímãs, se eu tinha brincado com eles, e falei que não, porque não tinha mesmo. Desde aquela vez que ela ficou furiosa comigo por mexer no poema do meu pai, me mantive longe dos ímãs. Eu sabia como eles eram importantes para ela. Mas, quando falei isso, ela meio que se engasgou e ficou com aquele olhar enlouquecido e me disse que tinha um novo poema e, se não fui eu que fiz, quem foi? Ela me arrastou até a cozinha para ver, e era verdade que os ímãs pareciam ter se movido, mas sinceramente não era bem um poema. Apenas uma linha, algo sobre um pêssego. E falei algo do tipo: talvez você seja sonâmbula e tenha descido as escadas e os movido, e ela me olhou como se eu tivesse lhe dado um soco. Eu sabia o que minha mãe estava pensando. Estava pensando que era do meu pai, que o fantasma dele havia voltado e estava fazendo poemas para ela à noite quando ela ficava na cama fazendo sei lá o quê, mas eu não acreditava. Mesmo ouvindo vozes, não sei se acredito mesmo em fantasmas, sabe? Espíritos, talvez, mas fantasmas são bem infantis, e de qualquer maneira vi o corpo do meu pai sendo queimado, e não consigo imaginar como um fantasma poderia sobreviver às chamas. Então, ficou como que um mistério, mas acabei me esquecendo disso. Eu tinha outras coisas com que me preocupar.

O LIVRO

Sim, é claro. Você tinha uma importante questão filosófica para responder — *O que é real?* — e estava tão preocupado com a natureza da própria realidade que não percebeu como sua mãe poderia estar vivenciando a dela. Mas tudo bem. É perfeitamente natural. Adolescentes têm uma capacidade limitada de entender a vida interior dos pais, percebendo-a pelas lentes da própria subjetividade e compreendendo apenas aquilo que os afeta. Adolescentes são conhecidos por serem obtusos assim, mas não se preocupe. Isso não é uma crítica ou uma reprimenda. Você era mais jovem na época, e não somos o tipo de livro repressor. Não há nada pior do que livros repressores. Ninguém os quer ler. Estamos apenas apontando um fato bem documentado do desenvolvimento. Existem muitos livros sobre o tema do desenvolvimento infantil, mas não somos um deles. Vamos continuar.

34.

Eles se encontravam quase todos os dias na Biblioteca. Benny nunca sabia onde ou quando o Aleph iria aparecer, mas era sempre como mágica. Ele poderia estar no meio das estantes, com a cabeça inclinada para o lado, passando os olhos pelos títulos nas lombadas, quando de repente via os olhos dela, olhando-o do outro lado. Ou podia estar curvado sobre o bebedouro, bebendo, e, quando se erguesse, ela estaria encostada na parede, observando. A garota conhecia todos os cantinhos e recantos da Biblioteca. Os cantinhos com os sofás mais confortáveis, onde era possível se sentarem lado a lado e conversarem. As salas de audição com isolamento acústico, onde era possível se deitar no chão e ouvir qualquer música que se quisesse, embora ele botasse para tocar principalmente jazz. O recanto de xadrez na Ala Velha, onde se podia ver a luz brilhar através do vitral durante a espera até que a outra pessoa movesse sua torre ou seu cavalo.

Benny fazia perguntas à garota e, às vezes, ela as respondia, embora em geral não gostasse de falar sobre si mesma. Ainda assim, pouco a pouco, ele aprendeu mais sobre ela. Como ela havia fugido de casa quando tinha mais ou menos a idade dele e, exceto pelas vezes em que acabara em um orfanato, vivia mais ou menos sozinha desde então. Nos meses quentes de verão, ela dormia nas árvores dos parques, às vezes sozinha e às vezes com outros membros da juventude radical transcultural, pansexual e pós-gênero que ela chamava de grupo. Durante o dia, eles vasculhavam lixeiras e caçavam esquilos e pombos, que cozinhavam em pequenos fogareiros feitos de latas de refrigerante reutilizadas. À noite, penduravam redes de barbante entre os galhos robustos e sarapintados no alto dos sicômoros, enquanto, lá embaixo, o Beberrão dormia na cadeira de rodas ou em um colchonete feito de crochê com sacolas plásticas recicladas por bondosas senhoras que frequentavam igrejas em Iowa. O grupo amava o Beberrão e cuidava dele. Todas as noites, antes de dormir, se reuniam em torno do velho poeta e o ouviam falar sobre revolução, sobre a ideologia religiosa do capitalismo de consumo, sobre o sentimentalismo antropocêntrico de sua geração, que insistia em ver a natureza como um ideal edênico, separado dos seres humanos, e que os humanos tinham fodido. Não, ele dizia. Isso é arrogância! Nós não estamos separados. Nós *somos* nosso planeta e devemos amá-lo por completo. Devemos amar nosso lixo, nossa poluição, nossos refugos. Devemos amar nossa trans-terra, nosso trans-planeta, em toda a sua angústia mutável. Ele era melhor do que televisão, falavam, e o reivindicavam como seu líder, mas no sentido não hierárquico e não hegemônico da palavra, obviamente.

Nos meses mais frios, eles se dispersavam e se mudavam para lugares fechados, ocupando qualquer abrigo que encontrassem. Muitos deles migravam para o sul a fim de escapar da chuva. O Homem-B tinha conexões com a Eslovênia, e ele e o Aleph haviam se mudado para uma fábrica abandonada perto da linha do trem, nos arredores da cidade, em uma área ainda não afetada pela gentrificação. As janelas estavam quebradas e fechadas com tábuas, mas a chuva fizera com que o compensado apodrecesse e descascasse. Mudas de árvores-do-céu brotavam dos parapeitos das janelas. Ervas daninhas e tufos de grama cresciam na argamassa em ruínas entre os tijolos, e o pavimento sob seus pés estava cheio de cacos de vidro.

O Aleph chamava o lugar de seu estúdio, e um dia mandou uma mensagem de texto com a localização para Benny, e ele foi até lá de ônibus. Ele nunca tinha se aventurado tão longe do centro da cidade. Ficou olhando pela janela conforme o ônibus chacoalhava ao longo da avenida principal esburacada, passando pelo extinto cinturão industrial. O tráfego era escasso. Caminhões de frete, danificados e sem placa, eram os únicos outros veículos em movimento, mas, ao longo da via, restos de carcaças de carros incendiados jaziam queimados e abandonados. Os comércios estavam fechados com tábuas e não havia pedestres, exceto profissionais do sexo impacientes que perambulavam perto dos motéis abandonados, enviando mensagens de texto de seus celulares. Ao ouvir a aproximação de um veículo, levantavam a cabeça e se erguiam brevemente, antes de se encostarem nos prédios quando o ônibus passava.

Benny reconheceu a fábrica pela foto que o Aleph havia enviado e apertou o botão para sinalizar ao motorista para parar. Ele desceu e, quando o ônibus se afastou, olhou em volta. A rua estava vazia. Uma cerca frouxa de arame circundava o terreno da fábrica. O telefone dele soou, era uma mensagem do Aleph.

Siga a cerca. Passe pelo buraco.

Ele deu a volta no quarteirão até encontrar um lugar onde o elo da corrente havia sido arrancado do poste. Ajoelhou-se, enfiou a mochila no buraco e rastejou atrás dela.

Vá pra doca de carregamento. Procure uma van branca.

Benny contornou o perímetro e se dirigiu à parte de trás do prédio. Avistou uma van de carga branca e velha estacionada em uma das vagas. Havia palavras na lateral da van que diziam *Serviços de Segurança* AAA. Ela estava sentada na beirada da plataforma de carregamento e, quando Benny apareceu no canto, ergueu o olhar. Um único e pálido raio de sol perfurou as nuvens que se aproximavam naquele momento, brilhando e iluminando-a, e ele perdeu o fôlego porque a garota era muito radiante e bonita. Ela ergueu o braço e acenou. Para Benny. Ele se apressou.

— Ei — disse ela. — Você veio.

O Aleph se inclinou e estendeu a mão, ele a pegou, e ela o puxou para a beirada da plataforma. Ela era surpreendentemente forte. Levou-o até uma porta adjacente às vagas, que havia deixado aberta com um bloco de concreto quebrado. Benny a seguiu, e a porta se fechou atrás deles.

Estava escuro lá dentro. Passaram por uma grande porta que dava para o chão da fábrica, uma sala cavernosa, vazia de máquinas, mas impregnada do cheiro de gordura e suor que ainda pairava no ar. Ele deu um passo à frente e parou. Poças de óleo vazado manchavam o chão de cimento. Na luz amarelada que entrava pelas janelas parcialmente fechadas, ele podia ver o que pareciam ser sombras fantasmagóricas das máquinas que existiram ali. Os ecos das vozes soaram em seus ouvidos — engrenagens girando, motores zumbindo, correias rangendo e algo gritando também. Benny fechou os olhos com força, pressionou as mãos nos ouvidos e começou a cantarolar e, quando tirou as mãos, tudo ficou em silêncio. Abriu os olhos. As máquinas fantasmagóricas haviam sumido e o Aleph o observava.

— Vamos — falou a garota, e a voz dela ecoou também.

Ela foi em direção a uma porta de metal na extremidade do chão da fábrica. A porta estava entreaberta e a luz vazava pela fresta, e quando a atravessaram ele se viu em uma grande sala dos fundos que já havia sido uma oficina mecânica. Lâmpadas incandescentes pendiam do teto. Uma mesa de trabalho em forma de L ficava em um canto sombrio, coberta com ferramentas, garrafas e lixos aleatórios. Uma pilha de molduras vazias estava encostada na parede. O canto oposto da sala havia sido convertido em uma cozinha, com uma pia industrial funda, um fogão elétrico e uma geladeira antiga. Uma folha de compensado equilibrada sobre dois robustos cavaletes servia de mesa, iluminada por uma luminária curva e velha. Uma grande panela de sopa fervia no fogão, liberando um vapor perfumado e florestal. O Beberrão estava sentado na cadeira de rodas, reclinado sobre a mesa, tomando sopa de uma tigela. Benny ficou surpreso. Como ele passava pelo buraco no portão? O velho mendigo ergueu os olhos quando os dois entraram e ergueu a colher em saudação. Benny seguiu o Aleph até a mesa. Ela lhe ofereceu uma velha cadeira de escritório, sentou-se ao lado dele e voltou a comer. O velho foi até o fogão e serviu a sopa em uma tigela lascada.

— Você trrouxe sua colher — disse o Beberrão, entregando a tigela a Benny.

Era menos uma pergunta e mais a constatação de um fato. Benny tirou a colher do bolso lateral da mochila. Tomou um gole da sopa.

— Você que fez?

O velho grunhiu. Ele voltou a comer, e Benny percebeu que sua mão tremia. Ele parecia fraco, bem diferente de como estivera na Biblioteca. O rosto parecia abatido e os olhos brilhantes estavam opacos. Cabelos escorridos caíam de ambos os lados do rosto e a barba mergulhava na tigela de sopa.

— Ele fez com cogumelos que colhemos — explicou o Aleph. — Slavoj é um excelente cozinheiro. Gostou?

Benny assentiu e tomou outra colherada. A sopa estava espessa e quente, deliciosa em sua colher.

— Como ele chegou aqui?

— Como você. De ônibus.

— Não, como ele passou pela cerca e entrou no prédio?

Slavoj pegou a tigela e bebeu o resto da sopa. Tirou um lenço do bolso do paletó, limpou a boca e pegou uma corrente da gola da camisa. Pendurada na ponta da corrente havia uma única chave.

— É do portão da frente da fábrica — explicou o Aleph. — O segurança é esloveno. Ele é fã da poesia de Slavoj e, além disso, bebem juntos. Ou bebiam, devo dizer. Porque Slavoj parou de beber. Não é, Slavoj?

O velho raspou os últimos pedaços de cevada com a colher e ficou olhando para a tigela vazia.

— Ele está bem? — perguntou Benny.

O Aleph encolheu os ombros.

— Ele está bem. Está apenas pensando. Ou ouvindo. Difícil dizer. — Ela se levantou, pegou a tigela do velho e a levou para a pia. — A questão é que ele não vai mais beber. — Colocou uma mão de advertência no ombro do velho.

O Beberrão suspirou e assentiu. O Aleph deu-lhe um leve tapinha e atravessou a sala até sua mesa de trabalho, deixando o velho olhando para o espaço vazio onde estivera sua tigela.

Benny terminou a sopa em silêncio. Depois, lavou as tigelas e as colheres e as colocou no escorredor de pratos. Encontrou um pano de prato esfarrapado pendurado em um prego e o usou para secá-las também. Não sabia o que fazer a seguir. O velho ainda não havia se mexido. Ninguém estava falando. Pareciam ter esquecido que ele estava lá.

O Aleph sentava-se do outro lado da sala, em sua mesa de trabalho em forma de L, curvada sobre um espaço de trabalho iluminado por uma lâmpada halógena. Colada na parede atrás dela havia uma série de desenhos que pareciam planetas vistos de longe, mas, quando se aproximou, Benny pôde ver que eram mais como plantas arquitetônicas, círculos preenchidos com coisas, cada um diferente do outro.

— O que você está criando? — perguntou.

O Aleph olhou para cima. Ela usava um estranho par de lupas com duas lentes grossas, que faziam seus olhos parecerem enormes, líquidos, como dois pires. O feixe de uma luz LED de alta intensidade, montado entre as lentes, emanava de sua testa como um terceiro olho. Ela ergueu um objeto de vidro que parecia um aquário invertido. Era uma renderização tridimensional de um dos círculos na parede. O feixe da lanterna atravessou a esfera, fazendo-a brilhar. Ele olhou para o objeto, encantado. Era um globo de neve.

— Minha mãe coleciona isso.

Ela o entregou a Benny. O globo não se parecia em nada com as esferas alegres da coleção de Annabelle. Não havia bailarinas, golfinhos nem cachorrinhos fofos com neve pálida e cintilante flutuando em volta de suas cabeças. Não havia neve alguma. Aquele globo era uma catástrofe. A paisagem desolada na base era de um branco fantasmagórico, como coral esbranquiçado em um recife morto havia muito tempo. Quatro sinistras torres de resfriamento em forma de cone se erguiam em direção ao céu, elevando-se sobre um prédio atarracado que se entrincheirava sob elas. Pessoas minúsculas, uniformizadas e carregando marmitas, formavam uma fila, como formigas, congeladas no ato de entrar no prédio.

— Agite-o — disse ela.

Ele o fez, e a esfera de vidro se encheu de partículas negras giratórias. Era um apocalipse em miniatura. Um inverno nuclear. Um mundo minúsculo e devastado.

— Legal — falou o garoto. — Os que minha mãe tem são meio bobos. — Ergueu a esfera contra a luminária de trabalho, balançou-a de novo e então a aproximou dos olhos. A luz fria da lâmpada halógena iluminava a cena por trás. De perto, as pessoas minúsculas pareciam maiores, e ele quase podia se imaginar sendo uma delas, apanhado no turbilhão tempestuoso de fuligem que se instalava lentamente no ar espesso e líquido. Benny o devolveu à garota.

— O que é?

Ela levantou as lupas para a testa e olhou para o globo.

— É para ser uma usina nuclear, mas o material preto parece mais partículas de carvão, então não consigo decidir. Faz parte de uma série.

Ela se virou para uma estante de metal alta, que se assomava nas sombras atrás de si. Apertou o interruptor de um conjunto de lâmpadas fluorescentes e, na iluminação repentina, o garoto pôde ver fileiras de prateleiras de arame sobre as quais estavam expostas dezenas de globos de vidro que ganhavam vida quando a luz os atravessava. Cada um continha uma cena diferente de devastação e ruína. Eram catástrofes globais em miniatura, congeladas no tempo, capturadas em vidro, eternas e, ainda assim, restritas. Os pequenos mundos pareciam acenar para ele, atraindo-o.

— Posso? — perguntou, estendendo a mão.

— É claro. Esse é o objetivo. Você tem de sacudir.

Um a um, ele os pegou, segurou-os na palma da mão e os sacudiu, animando-os, por um instante, ao mesmo tempo que os perturbava e era perturbado pelos globos.

Alguns ele reconheceu, como aquele, um pouco maior que os outros, que continha as Torres Gêmeas. Ele não era nascido quando o Onze de Setembro aconteceu, mas conhecia a iconografia do ataque terrorista. Havia um avião saindo do lado de uma das torrezinhas. A outra torre estava congelada durante o colapso. Abaixo, na rua, executivos e mulheres de terno fugiam de uma nuvem de poeira. Quando balançou o globo, o ar viscoso se encheu de pedaços de papel. Havia mãos e pés e partes do corpo pelos ares também. Ele o largou e pegou outro, retratando uma cidade em ruínas após uma enchente.

— É a cidade de Nova York também?

— Nova Orleans — respondeu ela.

Grupos de pessoas negras minúsculas estavam nos telhados de suas casas ou flutuavam pelas ruas em barcos. Quando ele balançou o globo, notas de dólar em miniatura flutuaram para cima e para baixo no líquido. Ele não entendeu.

— É o capitalismo do desastre — explicou o Aleph. — Todo o lucro que rolou depois do Katrina. Foi em 2005. Você provavelmente é jovem demais para se lembrar daquele furacão.

Atenção!, a voz robótica gritou.

— Eu lembro — mentiu. Colocou o globo rapidamente de volta na prateleira. Tinha três anos em 2005. É claro que não se lembrava.

Perigo!

— Você lembra? — dizia ela. — Uau. Eu não. Eu tinha sete anos, mas ninguém da minha família ligou para a notícia. Só aprendi depois, na escola, quando estávamos estudando o aquecimento global.

— Estudamos isso também — falou ele, depressa.

Ela sorriu e inclinou a cabeça.

— Então você sabe tudo a respeito.

Benny observou, inquieto, enquanto ela pegava o globo do furacão e o sacudia.

— Fiz este para um projeto de ciências no ensino médio e, depois que larguei a escola, continuei fazendo. Eu estava chamando toda a série de "Aquecimento Global", mas parecia muito literal. Agora acho que deveria ser "Deserto do Real", ou talvez "Estado de Emergência". Mas talvez citar seja muito vulgar. O que você acha?

Atenção! Não computado.

Ela o observava, esperando uma resposta.

— "Aquecimento Global" é bom — falou Benny.

Perigo! Perigo! Não posso aceitar esse curso de ação...

— Quer dizer, não é... — Ele não conseguia fitá-la. Fechou os olhos e começou a contar até dez, então disse: — Na verdade, não me lembro daquele furacão.

Sério? O robô havia sumido e agora era a voz zombeteira. Aquela que ele odiava e que sempre o criticava e o perseguia. *Por que foi dizer isso, idiota?*

Ele se forçou a continuar, falando mais alto para conseguir se ouvir.

— E o aquecimento global não é bom, e também não entendo o que os outros nomes significam...

Boa jogada, imbecil! Agora ela sabe que você é um mentiroso.

— Bacana — disse ela. — Sem problemas. O que você não entende?

A voz zombeteira calou-se. Ele abriu os olhos. Ela tinha voltara a trabalhar na usina nuclear.

Benny pegou o globo do Katrina e o sacudiu mais uma vez. As pessoas minúsculas no telhado desapareceram no turbilhão de notas de dólar.

— Por que você colocou dinheiro nele?

— Porque os ricos lucram com o desastre climático. É bom para os negócios. Em uma economia capitalista neoliberal, não há incentivo para que as corporações se responsabilizem, o que significa que, como planeta, estamos fodidos. — Ela suspirou e largou o globo. — Não quero mais fazer isso. Acabei de decidir. Este é o último.

— Por quê?

— São apenas mais coisas. Mais lixo, atravancando o mundo. O Homem-B diz que temos de aprender a amar nosso lixo e a encontrar poesia nele, e é verdade, mas já existe porcaria inútil suficiente sem que eu acrescente mais.

Benny refletiu. Ele não achava que os globos dela eram uma porcaria. Achava que eram lindos.

— Como você pode ser uma artista se não fizer coisas?

— Boa pergunta. — Ela se levantou e colocou o globo na prateleira. — Talvez seja hora de os artistas saírem do estúdio e irem para as ruas, não? Quero me concentrar mais em desfazer. Na ação direta. Em intervenções. Slavoj diz que o trabalho do artista é romper o *status quo* e mudar a maneira como as pessoas costumam ver as coisas. Ele diz que temos de estilhaçar o inconsciente óptico e tornar as coisas estranhas. Acordar do sonho de ópio ideológico que chamamos de vida. — Ela olhou para o outro lado da sala, onde o velho mendigo estava caído sobre a mesa, dormindo na cadeira de rodas. Levantou a voz. — Não é mesmo, Slavoj?

Ele grunhiu.

— Eh?

— *Temos de acordar do sonho de ópio ideológico que chamamos de vida!*

Sem abrir os olhos ou levantar a cabeça, o homem ergueu o punho no ar e o socou, murmurando algo que soava como *Resistir!* Então a mão caiu de volta no colo como um pássaro abatido no céu. Um tênue fio de palavras escorria de seus lábios — *sempre crriando algo do nada, prreenchendo o maldito mundo com algumas coisas nossas, colidindo, esbarrando uns nos outros, afogando-nos em todas as coisas...* Quando o fio de linguagem secou, ele voltou ao silêncio.

— Ele está com uma ressaca daquelas — explicou o Aleph. — Ei, você pode levar um globo para sua mãe, se quiser.

* * *

O que torna esses pequenos mundos tão atraentes? O que lhes dá o poder de encantar?

Em 7 de dezembro de 1972, os astronautas da *Apollo 17* tiraram uma fotografia de uma Terra gibosa a uma distância de quase trinta mil quilômetros da superfície. A fotografia mostrava o planeta parcialmente obscurecido por nuvens rodopiantes, flutuando sozinho como uma bolinha de vidro azul no vasto e negro infinito do espaço sideral. Essa imagem histórica, apelidada de A Bola de Gude Azul, tornou-se um símbolo do movimento ambientalista e causou uma mudança profunda na forma como as pessoas concebiam o planeta, reduzindo-o de algo de proporções incompreensíveis e assustador para uma esfera frágil e solitária que poderia ser embalada na palma da mão ou esmagada sob um calcanhar descuidado.

Mesmo quando A Bola de Gude Azul estava miniaturizando a concepção que vocês tinham da Terra, estava inflando o senso de importância de vocês em relação a ela, dando-lhes uma perspectiva e uma capacidade de ação divinas. A imagem causou, em outras palavras, um desarranjo de escala, com o qual vocês ainda sofrem. À medida que aumenta a ansiedade sobre os efeitos catastróficos de seu comportamento na biosfera, vocês se consolaram com o pensamento de que, trocando uma lâmpada, reciclando uma garrafa ou escolhendo papel em vez de plástico, podem salvar o planeta.

Não você, pessoalmente, Benny. Não estamos dizendo que você se consola com pensamentos como esses. Mas o desarranjo de escala pode explicar por que, quando pega os globos de neve do Aleph e os segura na palma da mão, avaliando cada pequeno mundo de acordo com as preferências de Annabelle, você os acha ao mesmo tempo tão encantadores e tão perturbadores.

BENNY

O que eu escolhi se chama 11/3, que o Aleph disse ser um memorial ao terremoto, ao tsunami e ao acidente na usina nuclear de Fukushima, no Japão. Dentro do globo, há um estranho bagre com uma grande rocha em forma de Japão pesando em sua cabeça, que ela disse ser porque, antigamente, os japoneses acreditavam que os terremotos eram causados por bagres gigantes. A água é verde fluorescente brilhante, como Gatorade, o que supostamente dá a sensação assustadora de água do mar radioativa, embora ela tenha dito que a água radioativa real não se distinguiria da água normal, então a imagem não é totalmente precisa. Quando você segura o globo pela primeira vez, só vê o bagre e a pedra na água verde, mas, quando o agita, muitos pequenos objetos começam a girar. Há um pneu de carro, uma garrafa de Coca-Cola, um telefone celular e um notebook, emaranhados em um pedaço flutuante de rede de pesca. Há também um tênis da Nike, um pato de borracha e uma mochila da Hello Kitty, além de várias partes do corpo humano, como braços e pés decepados. E também há coisas maiores — uma motocicleta, um caminhão e algumas casas, tudo flutuando naquela lama verde brilhante.

Escolhi esse porque minha mãe sabia muito sobre o terremoto, o tsunami e o acidente do reator nuclear. Ela estava monitorando o ocorrido no trabalho e ficou meio obcecada. Seu cliente era algum grupo de lobistas do setor de energia nuclear, então ela estava rastreando as notícias sobre a água radioativa contaminada vazando no mar e vindo em direção aos Estados Unidos.

Minha mãe estava convencida de que a água de nossas torneiras ia começar a brilhar, mas na verdade era com as pessoas que ela estava apavorada e, é claro, meu pai também estava apavorado, porque tinha amigos por lá. Ele e minha mãe ficavam assistindo aos vídeos na internet, de japoneses sendo sugados de suas casas e carros para o mar por aquela onda insana; minha mãe ficava dizendo como era terrível perder a família e a casa e tudo o que se possui. Eu estava me lembrando de tudo isso enquanto olhava para os globos de neve, e me lembro de pensar que ela estava totalmente certa sobre a parte de perder a família, mas talvez não fosse tão ruim se um tsunami enorme viesse e levasse embora algumas das porcarias de nossa casa. Não sei. Talvez tenha sido por isso que o escolhi.

Esperei até o aniversário dela para lhe presentear, embrulhei e tudo, mas, quando ela abriu o pacote, pareceu um tanto assustada. Ela queria saber onde o consegui, e eu não podia contar sobre faltar à escola e ficar na fábrica com o Aleph e o Beberrão, então menti e disse que o fizera na aula de ciências. Percebi que ela queria acreditar em mim, mas estava tendo dificuldades, porque o globo de neve era muito bonito e eu não sou muito bom em trabalhos artísticos, o que a incomoda. Ela é boa em fazer arte, e meu pai era bom em fazer música, e acho que para ela a ideia de ter um filho sem criatividade era quase tão ruim quanto a de ter um filho psicótico. Enfim, ela começou a me fazer todas aquelas perguntas sobre o globo de neve e como eu o tinha feito, então apenas contei o que o Aleph dissera sobre usar Gatorade para água do mar para que parecesse radioativa. Ela disse que parecia muito convincente. E me perguntou se o pato de borracha tinha sido inspirado naquele que ela encontrou na lixeira, e respondi que sim. Estava apenas inventando merda, e pensei que minha mãe estivesse acreditando em mim, mas, de alguma forma, acabamos entrando em outra daquelas brigas estúpidas sobre o ímã de geladeira, e fui embora. Sei que não é justo, mas me irritava o fato de ela não acreditar em mim. Essa foi a primeira noite que passei na Biblioteca.

Além disso, só porque não sou bom em trabalhos artísticos, não significa que não seja criativo. O Beberrão disse isso, e ele é um poeta, então entende. Ele me disse que sou supersensível e tenho poderes sobrenaturais de audição, e é por isso que posso ouvir vozes, mas só precisava encontrar minha própria voz e usá-la para me expressar. É o que ele faz. Ele também ouve outras vozes e as escreve em seus poemas, usando a própria voz. Na verdade, o que ele disse foi mais complexo, mas não consigo me lembrar. Tenho uns lapsos. Talvez os remédios estivessem me entorpecendo e fodendo com a minha memória. Acontece, às vezes. É por isso que preciso de você. Para que você possa contar.

O LIVRO

O que Slavoj disse foi o seguinte: as pessoas nascem do ventre do mundo com diferentes sensibilidades, e o mundo precisa que cada um de vocês o experimente plenamente, para que ele possa ser uma experiência plena. Se apenas uma pessoa fosse deixada de fora, o mundo seria diminuído. E ele disse que não é preciso se preocupar em ser criativo. O mundo é infinitamente criativo e sua natureza criadora faz parte de você. O mundo deu a você olhos para ver a beleza de suas montanhas e rios, e ouvidos para ouvir a música de seu vento e mar, e a voz de que você precisa para contá-la. Nós, livros, somos a prova de que é assim. Estamos aqui para ajudá-los.

35.

Benny nunca foi um mentiroso. Annabelle se orgulhava disso. Os filhos de outras mães mentiam para elas o tempo todo, ainda mais os adolescentes, mas Annabelle tinha certeza de que seu filho nunca havia mentido para ela, pelo menos não até o Incidente do Bule, e ela pôde perdoá-lo porque aquilo não foi uma mentira egoísta e sim uma mentirinha inofensiva, contada para não ferir os sentimentos dela. Como tinha sido tola, pensando que um adolescente se divertiria com uma canção infantil! É claro que ele estava envergonhado e havia mentido, não tanto *para* ela e mais *por* ela, o que, na verdade, era bastante carinhoso.

E também foi carinhoso ele ter se lembrado do aniversário da mãe, dando-lhe um presente — e um tão atencioso.

— Ah, Benny. — Suspirou quando o papel caiu e ela viu o globo de neve habilmente forjado.

— É lindo! Onde foi que conseguiu uma coisa dessas?

— Eu fiz.

— Você *fez*? — Ela não conseguiu esconder a surpresa na voz.

— Sim — respondeu ele de pé ao lado da mesa dela no Centro de Controle, mentindo como se não fosse grande coisa. — Na aula de ciências.

Ela segurou a esfera na palma da mão e a estudou, ciente de que ele a estava observando.

— É requintado. Uma verdadeira obra de arte.

Era verdade. Era um objeto bonito, ainda que perturbador. A destreza artística dos membros nus decepados, dos sapatos minúsculos e do celular era tão delicada e refinada que Annabelle teve certeza quanto ao filho não ter feito aquilo sozinho. Ele era criativo, mas não daquele modo meticuloso. Onde havia conseguido aquilo? Será que tinha furtado? De onde? Alguém o havia dado a ele e, em caso afirmativo, quem seria? Ela balançou o globo e observou uma mão decepada perseguindo uma garrafa de Coca-Cola no assustador ar verde.

— É Gatorade — explicou ele. — Queria que a água parecesse radioativa.

Benny sabia como ela ficara abalada depois do terremoto no Japão. Por que daria algo desse tipo à mãe?

— O pato de borracha é um toque fofo — afirmou ela. — É como o que encontrei na lixeira. Foi daí que você tirou a ideia?

— É — respondeu ele, como se não fosse grande coisa.

Ela colocou o globo na frente de sua estação de trabalho ao lado dos outros. Não combinava. Todos os outros globos eram alegres, kitsch e produzidos em massa, e aquele, tão sombrio e lindamente feito à mão, fazia todos os outros mundinhos parecerem baratos e tolos.

— Fica bem ali com os outros, não acha? — O bagre e a rocha em forma de Japão, e todos os objetos horrendos flutuando ao redor, eram feitos com material polímero injetável de uma marca conhecida. Ela reconheceu a paleta de cores. — O que você usou para fazer as coisas?

Ele encolheu os ombros.

— Não sei como se chama. Algum tipo de argila. A professora nos deu.

— Você teve de fazer a queima em um forno ou algo assim? — Ela tinha feito miçangas e enfeites de Natal usando argila polimérica. Sabia perfeitamente que é preciso assar no forno para endurecer.

— Secou por conta própria — falou ele.

Se ele estava mentindo sobre isso, estaria mentindo sobre as outras coisas também? Ele tinha mentido sobre os ímãs de geladeira?

Naquela manhã, um novo poema aparecera na geladeira. O antigo poema do pêssego em sonho ainda estava lá, uma linha irregular contornando o perímetro superior da confusa nuvem de palavras. O novo poema estava saindo da nuvem mais abaixo. À primeira vista, as palavras que o formavam pareciam posicionadas aleatoriamente, então, se não estivesse olhando, ela deixaria totalmente de percebê-lo. Mas Annabelle estava sempre olhando. As duas primeiras palavras que viu — *dor* e *mãe* — estavam posicionadas tão juntas que se tocavam, formando uma única palavra nova — *dormãe* — cujo significado a atingiu de uma forma tão íntima e primitiva que ela arquejou. Com o coração batendo forte, Annabelle examinou as palavras adjacentes, alinhando-as melhor para que o poema emergente fosse mais fácil de ler e, quando terminou, seus joelhos fraquejaram e ela teve de agarrar a borda do balcão para não cair.

cante dormãe
debaixo de nosso menino tempestuoso
canto louco mar triste

Ela olhou para as linhas irregulares de palavras conforme lágrimas enchiam seus olhos e cambaleou para trás, tateando em busca de uma cadeira. As sílabas não batiam direito, mas era quase um haicai, e ela teve certeza de que era de Kenji. Que ele estava por perto. Que se lembrava do aniversário dela e sabia como ela se sentia sozinha. Que, sentindo sua *dormãe,* fizera aquele poema para ela. Da sala de estar, as notícias do mundo saíam dos alto-falantes do computador enquanto Annabelle permanecia sentada na cadeira e olhava para o poema. Ela mostraria a Benny quando ele voltasse da escola. O filho não acreditava que Kenji havia escrito o poema do pêssego, mas como poderia deixar de perceber aquilo?

* * *

Ela deixou o catastrófico globo de neve em sua mesa e o conduziu até a cozinha.

— Olhe — disse, apontando para a geladeira.

Ele olhou.

— O quê?

— É um novo poema.

Ele encolheu os ombros.

— E?

Parecia estar totalmente desinteressado. Será que estava fingindo? Pegou um saco aberto de Doritos no balcão e começou a comer.

— É lindo, você não acha? — perguntou Annabelle.

Ele encheu a boca de salgadinhos, inclinou a cabeça e estudou as palavras mais de perto.

— Não faz sentido — comentou, ainda mastigando. — Deveria ser *mar* tempestuoso, não *menino* tempestuoso. — Debaixo do nosso *mar* tempestuoso, *canto* triste, *menino* louco. As palavras estão nos lugares errados.

Será que aquilo também era mentira? Fingindo ou não, sua indiferença casual a enfureceu, e o tom de voz dela denunciou a raiva.

— Foi você? — indagou ela. — Não minta para mim, Benny. Preciso saber. Você fez isso? Você moveu os ímãs?

Então, ele perdeu o controle.

— Não! — gritou, jogando o saco de Doritos no balcão, espalhando salgadinhos pelo piso. — Quantas vezes tenho que repetir isso? Eu *nunca* encosto nos seus ímãs idiotas! Se quiser inventar poemas e fingir que é o papai falando com você, tudo bem! Vá em frente. Porque você é *muito* mais louca do que eu!

Ele estava sendo sincero. Ela percebeu.

— Benny — chamou ela. — Querido, me desculpe! Não é grande coisa... Espere, fique aqui! Eu não tive a intenção...

Mas era tarde demais. A porta bateu. Ele desceu ruidosamente os degraus de madeira podre, saiu pelo portão frágil e foi cambaleando pelo beco que escurecia. O tênue fio de seu pedido de desculpas se esticou atrás de si, se esforçando muito, até que por fim Benny o ultrapassou e o fio se rompeu.

36.

Os caras estavam na lona, fumando maconha no bolsão silvestre. O macho pálido chamado Riker ergueu o nariz da cor de massa de vidraçaria e começou a latir, mas, quando reconheceu Benny, parou e abanou o rabo.

— Ei — falou Jake, movendo-se para abrir espaço. — Olhem. É o Homem-B.

Benny olhou ao redor. Não havia sinal do Beberrão no parque.

— Vocês conhecem o Homem-B? — perguntou, sentando-se na ponta da lona.

— Conhecem quem?

— O Homem-B. O cara na cadeira de rodas, com as garrafas.

Jake deu uma longa tragada.

— Não — respondeu, aspirando a fumaça. — Você é o Homem-B, cara. A não ser pelo fato de que é um garoto, então talvez B-*boy* seja melhor. — Ele estendeu o baseado a Benny, que hesitou, mas pegou.

— Por que não posso ser apenas Benny?

— Porque Benny é um nome de bicha, como o do Terence aqui. — Ele estendeu a mão e deu um tapa no braço do cara chamado T-Bone.

— Né não, Teuance?

T-Bone bocejou e levantou o dedo do meio.

— Foda-se você também. — Ele olhou para Benny. — Vai fumar o baseado ou vai ficar só olhando?

Benny nunca tinha fumado maconha, mas conhecia o cheiro de quando seu pai chegava tarde do clube e entrava no quarto de Benny para lhe dar um beijo de boa-noite. Fedido e doce. Olhou para a ponta molhada.

— Nunca fumei.

Os três caras olharam e começaram a rir.

— Puta meeeerda — Jake arrastou a palavra, cuspindo. — O que você tá esperando?

Benny culpava os remédios pelos lapsos de memória, mas na verdade era a maconha. Aqui, resumidamente, o que aconteceu: ele fumou, tossiu e os caras acharam graça. Fizeram Benny repetir o processo, e de novo, e de novo. Ele precisava praticar até conseguir inalar sem tossir, disseram; então sua garganta estava em carne viva e ele ficou tão tonto que precisou deitar. As estrelas no alto giravam em longos fios de luz prateada que formavam arcos e ondulavam através do céu escuro como tinta, e os velhos postes de ferro fundido no parque pareciam pirulitos gigantes com halos alaranjados nebulosos. A brasa da ponta do baseado ficava vermelha, depois preta, depois vermelha novamente, girando e girando e girando.

Alguém veio cintilando através da luz laranja, balançando um bastão. Os cachorros não latiram. Eles o conheciam. Os caras também o conheciam. O nome dele era Freddy. Ou Frankie.

Um nome com F. Vestido de preto. Jaqueta de couro. Jeans. Enfiou a mão no bolso, tirou um maço de dinheiro e jogou no meio da lona, cumprimentou os outros com um soquinho, então notou Benny, esparramado na grama. Apontou para a cabeça de Benny com o bastão. *O que é isso?*

É o B-Boy, cara. Ele é legal. Apenas um garoto. Primeira vez fumando maconha. Chapado total.

Logo Freddy estava parado sobre Benny, tapando as estrelas. A ponta cega do bastão pressionava a testa do garoto, prendendo-o ao chão. *Você é legal, B-Boy?*

O bastão pressionou com mais força. *Sim. Sou legal.*

Deixa o garoto, cara.

O bastão era contundente. O bastão era ruim. O bastão era mau. Foi perfurando sua testa e seu cérebro. *Eu sou legal. Sério.*

Engraçado, você não parece legal. Você parece bizarro. Você parece uma bicha maldita.

Do fundo de sua mente, o bastão maligno começou a zombar. *Bizarro! Bizarro! Bicha! Bicha!*

Por favor... Benny implorou, mas a zombaria ficou mais alta e Freddy estava pairando sobre ele; os caras riam, e o bastão maligno o pressionava. Benny tinha de fazer com que o bastão parasse, então arremeteu contra ele.

Não!, Benny gritou. *Cale-se! Apenas cale a boca!*

O bastão recuou.

Ele tentou agarrá-lo de novo. *Apenas cale a boca!* Mas dessa vez o bastão veio com força e o céu noturno explodiu.

37.

Annabelle correu atrás do filho, tropeçou nos degraus dos fundos e passou pelo portão, mas era muito lenta e, quando chegou ao beco, o garoto já havia sumido de vista. Ela voltou, encontrou o telefone e ligou para o filho, sussurrando — *atenda, atenda, atenda, atenda* — como se, pela força de sua vontade e de suas palavras, pudesse, de alguma forma, obrigá-lo a atender. Mas não foi o que ele fez. Atender. Pelo contrário, ela ouviu o toque usado por ele, abafado, vindo de algum lugar da casa.

Benny havia deixado o telefone.

Ela seguiu o toque, uma alegre melodia tilintante, subiu as escadas e entrou no quarto do garoto, onde encontrou a mochila pendurada no encosto da cadeira. Abriu o zíper do bolso lateral. A tela do celular estava iluminada. *Chamada de Mãe*, dizia. O ícone que atribuíra a ela era o pato de borracha.

O tilintar parou e a tela escureceu. Ela podia ver seu reflexo opaco no vidro preto. Para onde ele fora? Abriu o compartimento principal da mochila. Dentro havia um livro sobre armaduras medievais e outro sobre design de jardins bizantinos, ambos da Biblioteca Pública. Encontrou o caderno escolar, mas nenhum livro didático. A lancheira vazia, a bola de gude e a colher. A chave de casa.

Será que deveria chamar a polícia?

Na primeira vez que ele fugiu, após o Incidente do Bule, ela ligou para a delegacia e o policial lhe informou que havia um período de espera de 24 horas para preencher uma denúncia de desaparecimento. O policial lhe dissera para ser paciente e esperar e, de fato, Benny voltou para casa sozinho, duas horas depois. Afinal, ele não havia realmente fugido — estava com raiva e precisava desanuviar — e também voltaria para casa dessa vez. Ela só precisava fazer o que o agente dissera. Ser paciente e esperar. Ela daria duas horas. Talvez três.

Se Kenji estivesse vivo, ele sairia à procura de Benny, enquanto ela ficaria em casa, caso ele voltasse. Se Kenji estivesse vivo, ele não precisaria procurar por Benny, porque Benny não tinha problemas desse tipo quando Kenji estava vivo. Annabelle voltou ao Centro de Controle e pesquisou no Google *O que devo fazer se meu filho fugir?*

Também havia feito isso da primeira vez, mas era bom estar preparada, e não faltavam sites com listas de verificação e conselhos.

- Ligue para o departamento de polícia municipal, para a polícia estadual e para a polícia dos municípios vizinhos.
- Notifique as patrulhas de fronteira e o FBI.
- Ligue para abrigos de fugitivos, linhas diretas para fugitivos e linhas de ajuda para crianças desaparecidas.

Ainda era muito cedo para fazer essas ligações, mas era bom saber. Ela desceu a lista.

- Entre em contato com familiares, vizinhos, amigos da escola de seu filho e os pais deles. Peça-lhes para notificar você se tiverem notícias de seu filho.
- Compartilhe informações através das redes sociais.

Ela não tinha nenhuma rede social nem familiares. Não podia verificar com amigos de escola do filho porque ele não lhe contava quem eram. Talvez Benny não tivesse nenhum amigo. Será que também estava mentindo sobre isso? Quanto aos vizinhos, aqueles que ela e Kenji conheciam tinham vendido suas casas ou foram expulsos por proprietários gananciosos quando os preços dos imóveis começaram a subir. A sra. Wong não era do tipo ganancioso, mas o Imprestável era. Ela o vira nos fundos novamente, mexendo nos sacos de lixo e examinando o comedouro, enquanto os corvos observavam do beco. Ela nunca respondera à primeira carta sobre a inspeção, então ele deixou uma segunda. Annabelle a lera e a colocara em algum lugar. Onde? Sentiu um rubor quente nas bochechas e pressionou as mãos contra elas para esfriá-las.

A segunda carta era de um advogado chamado Fung, informando-a de que, de acordo com a Seção 12, Cláusula 3 de seu contrato de aluguel, ela era responsável por manter sua unidade limpa, higienizada e livre de qualquer acúmulo de entulho, refugo, lixo, sujeira, imundície, detritos e dejetos, e por descartá-los de maneira adequada. A carta dizia ainda que o acúmulo dos itens supracitados em sua varanda e em seu quintal constituíam uma violação da Seção 12, Cláusula 3 e que ela deveria tomar medidas imediatas para restaurar as condições de limpeza e higiene da unidade. Além disso, o comedouro de animais silvestres, que havia sido anexado de modo ilegal à varanda dos fundos e, portanto, constituía uma violação da Seção 12, Cláusula 2, estava atraindo vermes e deveria ser removido até o momento da inspeção do proprietário. Seu descumprimento resultaria em ação judicial.

A carta incluía uma data para a inspeção, que ela parecia lembrar que estava chegando muito em breve, mas ela havia perdido a carta antes de anotar o dia no calendário. Ação judicial significava despejo? O pensamento a encheu de pavor. A casinha estava cheia de lembranças felizes, embora o bairro tivesse mudado e ela não tivesse nada em comum com seus novos vizinhos, que andavam em bicicletas caras e empurravam bebês em enormes carrinhos alemães, além de plantarem tomates e manjericão em canteiros elevados.

Se Kenji estivesse vivo, ele poderia fazer um canteiro elevado para ela. Poderia ajudá-la a organizar os arquivos, tirar o lixo acumulado, encontrar a carta perdida. Mas, se Kenji estivesse vivo, o lixo não teria se acumulado e a unidade estaria impecável e arrumada. A carta não estaria desaparecida, porque, para começo de conversa, não teria havido motivo para enviá-la, e Benny também não estaria desaparecido.

Ela voltou para a cozinha e vestiu a capa de chuva. Escreveu um bilhete para Benny e o prendeu à porta. Deixando-a destrancada, voltou para o beco. Se Kenji estivesse vivo, ele não teria esperado para sair à procura do filho.

38.

— Os bastões querrem bater — disse o Homem-B, espiando por cima do ombro do Aleph enquanto ela pressionava um chumaço de lenços de papel molhados contra o galo na testa de Benny. — Não é culpa deles. É a natureza deles. São feitos prra isso.

— São feitos para acertar bolas de beisebol — respondeu o Aleph. — Não a cabeça de garotos. Esse cara é um babaca do caralho. — Ela mergulhou uma bola de algodão em água oxigenada e esfregou a protuberância, limpando o resto da sujeira e do sangue, e então desembrulhou uma atadura de gaze.

— Você sabe quem ele é? — perguntou Benny.

— É um traficante. Escória. Eles são todos escória. Fique longe deles. — Ela afastou o cabelo de Benny para trás e grudou o curativo na pele. — Não está tão ruim quanto parece. Algum outro lugar?

Benny levantou a camisa. Havia um hematoma vermelho em suas costelas, onde Freddy o havia chutado antes de Jake afastá-lo.

— Parrece de uma bota — observou Slavoj. — Não de um bastão.

— É — confirmou Benny. Ele estremeceu quando o Aleph pressionou o lugar com a ponta dos dedos, sentindo uma estranha onda de prazer misturada à dor. Ele ainda estava um pouco chapado e ela, tão perto. Estudou a tatuagem no antebraço dela, traçando a constelação com os olhos conforme as estrelas se transformavam em cicatrizes. Ele balançou a cabeça para desanuviá-la.

O velho suspirou.

— Botas são feitas pra caminhar — falou. — Mas são complicadas. Não simples, como bastões, armas ou aspirradores de pó. Os bastões querrem bater. As armas querrem matar...

— É só um hematoma — diagnosticou o Aleph. — Acho que a costela não está quebrada.

— Aspiradores de pó querrem limpar... — Ela se afastou.

Decepcionado, Benny puxou a camisa para baixo.

— O aspirador de pó lá de casa não quer limpar — disse. — Nunca quis limpar. Não aspira.

— Triste — comentou o velho. — Um aspirrador que não aspirra perdeu sua razão de ser. Uma bota que chuta um garoto perdeu sua bússola moral.

Eles estavam no banheiro dos funcionários no porão da Biblioteca, que estava fechada. Como Benny chegou ali? Mais uma vez, sua memória é vaga. Tudo de que conseguia se lembrar era do estalo do bastão, da bota no estômago e, em seguida, de alguém tirando Freddy de cima dele. Foi quando se levantou e fugiu. Segurando as costelas e mantendo a cabeça baixa, ele cortou os becos e ruas laterais, chegando à Biblioteca no momento que estava fechando. De alguma forma, chegou ao Piso Nove, atravessou a vertiginosa passarela e rastejou para baixo de seu cubículo. Ele estava muito chapado. A cabeça latejava e as costelas também, e parecia que o universo inteiro se expandia e se contraía ao ritmo de sua dor. Ao longe, ele pôde ouvir os bibliotecários fazendo as últimas rondas, colocando os livros espalhados nos carrinhos, além do barulho abafado e sincopado das rodas do carrinho quando paravam e depois se afastavam. Ele era capaz de ouvir todos os mínimos ruídos que o prédio fazia ao se preparar para a noite: o zumbido baixinho das saídas de ar; a lengalenga dos desumidificadores; os cliques, cochichos e gemidos produzidos pelos painéis, cronômetros e interruptores automatizados que controlavam o vasto e intrincado sistema pulmonar da Biblioteca. Um vento frio ergueu-se da Encadernação, produzindo um som oco e ansioso, como o de um sopro na boca de uma garrafa. Em algum lugar distante, um limpador de carpete foi ligado, e ele achou o giro pesado e o zumbido reconfortantes. Curvou-se para o lado que não doía tanto e adormeceu, e foi aí que o Aleph o encontrou, algumas horas depois, quando ele, mais uma vez, acordou com o focinho do furão diante de seu nariz.

Ela deu uma olhada no rosto de Benny e pegou-o pela mão, conduzindo-o em silêncio pela escada rolante congelada e para uma escadaria dos fundos até o subsolo. O eco de seus passos foi engolido por um zumbido que ficava mais alto quanto mais desciam. Desceram em espiral até chegarem à pesada porta do subsolo, onde uma placa dizia PROCESSAMENTO DE LIVROS – SOMENTE PESSOAL AUTORIZADO. O Aleph abriu a porta e o zumbido inundou a escadaria.

— Vamos — sussurrou.

Ele passou pela porta e estacou. Estava diante do grande átrio de concreto, cheio de carrinhos e mesas de triagem. Sobre sua cabeça, havia um intrincado sistema de rampas, calhas e esteiras de transporte projetadas para mover os livros para suas estações de processamento. Ele havia observado todo esse aparato do alto, fascinado pelos movimentos mecânicos das correias, só que agora tudo estava parado. Inclinou a cabeça para trás e olhou para cima, para os nove pisos até o topo abobadado da Ala Nova, onde as vigas de aço da passarela vertiginosa raiavam na meia-luz. Quantas vezes ele tinha parado naquela passarela e olhado para baixo, por cima do gradil, e agora ele estava lá no fundo.

Deu um passo à frente, mas ela o puxou pelo braço.

— Não, não por aí. Aí é a Encadernação. — Ela o conduziu na outra direção, para a sala dos funcionários, onde o Homem-B os aguardava.

A sala dos funcionários era escassamente mobiliada com um sofá e cadeiras cinza manchadas, que haviam sobrevivido a sucessivas tendências de decoração do mobiliário público e, no fim, acabaram rebaixadas ao subsolo. Havia uma copa, equipada com cafeteira, micro-ondas e pia. Uma velha mesa de cozinha Hoosier com uma superfície esmaltada branca e lascada e pernas de madeira pintadas, sozinha no canto. Refugiada de uma cozinha de casa de fazenda dos anos 1940, ali ela parecia deslocada, solitária e desconfortável em meio à insípida mobília institucional.

O Aleph levou-o ao banheiro e o limpou, mas você já sabe disso. Ele a observou guardar o kit de primeiros socorros e depois a seguiu até a sala dos funcionários, onde ela apontou para o sofá e disse para Benny se deitar. Quando ele moveu o casaco e a mochila dela para abrir espaço, a mochila começou a se debater. Ele recuou, mas era apenas ZAT, dormindo no bolso da mochila. Elu colocou a cabeça para fora e lançou um olhar cheio de ressentimento para Benny antes de voltar a desaparecer, zangado.

Benny sentou-se e olhou ao redor. O Beberrão estava estourando pipoca no micro-ondas e esquentando água para o chá. Sua pasta estava sobre a mesa ao lado de uma pilha de papel, que parecia um tipo de manuscrito. O efeito da maconha estava passando e a estranheza da situação começava a ficar clara para Benny.

— O que estão fazendo aqui?

— Tenho uma reunião no centro hoje à noite — explicou o Aleph, tirando um suéter da mochila. — E Slavoj precisava de mais papel, então decidimos ficar aqui. — Ela estava de pé ao lado de Benny, o torso na altura dos olhos dele, e, quando levantou os braços para puxar o suéter pela cabeça, a camiseta também subiu.

— A Biblioteca simplesmente permite que vocês fiquem? — Ele pôde ver a curva superior de outra tatuagem, desaparecendo no jeans dela. Perguntou-se o que representava e até onde ela ia. Um anel prateado perfurava o umbigo da garota.

A cabeça saiu pela gola rulê e ela fez uma careta, como quem diz *Que pergunta idiota*, então gesticulou na direção do Homem-B, que remexia na geladeira dos funcionários.

— Não, é claro que não. Ele tem amigos na equipe de zeladoria, que nos deixaram entrar. Grandes fãs de poesia.

— Os dois caras com quem ele estava bebendo vodca no banheiro?

— Exato. — Ela começou a vasculhar a mochila, e o furão colocou a cabeça para fora, preparade para mais uma vez

FICAR indignade. Mas vendo que era apenas ela, elu bocejou e fixou um olhar maligno em Benny.

— Como você me achou? — perguntou.

— ZAT encontrou você.

— Como ZAT sabia que eu estava lá?

O Aleph fez aquela cara de novo, como quem diz *A resposta é óbvia, então você deve ser um idiota.*

— Elu é um furão, Benny. Isso é o que elu faz.

O tom de voz dela foi doloroso. O furão lhe lançou um olhar presunçoso. Benny sentiu as bochechas esquentarem e se virou para que ela não visse.

— Ei — disse o Aleph. Ela se sentou no sofá ao lado dele e colocou a mão em seu joelho. — Eu não quis ser grossa. Só estava preocupada com você.

Benny não podia acreditar em seus ouvidos. Ou em seu joelho. Olhou para baixo e, com certeza, a mão dela estava descansando lá. Prendeu a respiração, não querendo se mover para ela não mover a mão, pois nesse caso seu joelho nunca iria perdoá-lo, mas ciente, também, de que precisava fazer algo porque ela estava à espera. Ele queria retribuir a gentileza, mas não ousou. Por dentro, seu coração batia forte contra a costela ferida, e ele temia que, se abrisse a boca, ele subiria pela garganta e se lançaria sobre o Aleph e se enterraria, pulsante, no colo ou entre os seios dela, pois como poderia confiar nele? Como poderia saber que os corações não se comportam como furões? Manteve os lábios bem fechados e olhou de soslaio para ela, que sorriu.

— Você está cansado — disse, apertando levemente o joelho de Benny, o que o fez tremer. — E talvez em estado de choque também. Deite-se e descanse. Slavoj está aqui. Volto daqui a pouco.

— Aonde você vai?

— Vasculhar algumas lixeiras e depois encontrar uns amigos. De um grupo de apoio que estamos começando para crianças diagnosticadas com transtornos mentais. Depois conto para você.

— Posso ir…

— Não, você precisa descansar.

— Estou bem.

— Não. Fique.

Ela colocou a mão no peito de Benny, empurrando-o de costas. A leve pressão do toque continuou enquanto ele se deitava. Ele pôde ver uma pequena estrela da tatuagem no dorso do antebraço, saindo da manga dela, logo acima do pulso. Queria perguntar sobre aquilo, mas antes que o fizesse ela estava de pé e vestindo o casaco. Puxou o zíper, fechando o furão confortavelmente dentro da mochila e pendurando-a no ombro. Caminhou até a mesa de fazenda e pegou a caneca do Beberrão, ignorando o olhar que ele lhe deu. A caneca tinha palavras que diziam:

Sou bibliotecário.
E o seu superpoder, qual é?

Ela farejou lá dentro, mas era apenas chá preto.

— Ótimo — disse.

O homem deu de ombros, como quem diz *O que você esperava?* Ela voltou ao sofá onde Benny estava deitado e observando cada movimento dela e colocou a ponta do dedo no meio da testa dele.

— Descanse — falou a garota, dando um tapinha leve e fechando os olhos dele.

De repente, Benny se sentiu muito, muito cansado.

39.

Uma lua grande e cheia surgia no extremo leste do beco, banhando toda a extensão da rua com uma luz prateada opaca. Ela olhou para um lado e depois para o outro, mas o beco estava vazio. Para que lado ele tinha ido? Talvez, se caminhasse, encontrasse alguém que o tivesse visto, e esse pensamento a aterrorizou. Ela monitorava o noticiário. Conhecia o tipo de gente que espreitava nos becos à noite. Sabia as coisas que faziam.

Benny. Ela tinha de encontrá-lo. Tinha de encontrá-lo antes que algo ruim acontecesse. Não deveria ter esperado tanto. Deveria ter ido atrás dele imediatamente. Apertou mais a capa de chuva e começou a caminhar em direção à lua. Passou pela plataforma de carga da Eternal Happiness. Ouviu um barulho vindo de trás da lixeira do brechó, viu algo se mover nas sombras. Duas figuras entraram no feixe de luz sob o poste de iluminação e, vendo que eram mulheres, Annabelle relaxou um pouco. Eram altas e magras, usavam perucas rosa e platinada, tops combinando e shorts minúsculos que pareciam bandeiras dos Estados Unidos. Ficaram paradas por um instante, verificando a maquiagem uma da outra.

— Com licença! — Annabelle chamou, correndo atrás delas, e, quando se aproximou e as mulheres se viraram, percebeu seu erro. — Ah, me desculpem!

A de peruca platinada estreitou os olhos para ela.

— Qual é o problema, meu bem? — indagou com uma voz rouca. — Não é o que está procurando?

— Ah, não — respondeu Annabelle, corando. — Não é isso... — Ela ficou olhando para elas, com as pernas longas e as grandes perucas, lábios brilhantes e minúsculos shorts patrióticos que mal cobriam a bunda.

— Estou procurando um garoto — explicou.

As duas a estudaram, pensativas, observando a calça de moletom rosa larga e a capa de chuva enorme, e então, como se fosse uma deixa, caíram nos braços uma da outra, rindo.

— Ah, querida — lamentou a de peruca rosa, enxugando os olhos. — Boa sorte, então! — Elas jogaram um beijo para Annabelle, que observou, enquanto davam os braços e desfilavam em seus saltos prateados, as nádegas contraindo-se em uníssono, uma listrada de vermelho e branco, a outra azul e salpicada de estrelas.

Ela foi na direção oposta. A lua a seguia agora, tão brilhante que projetava uma longa sombra sua, fazendo-a parecer incrivelmente alta e esbelta. Pedras de paralelepípedos se projetavam de trechos quebrados do pavimento, brilhando como rochas oceânicas molhadas. Espiava os cantos e portas escuras que cheiravam a gambá e urina. *Benny*, sussurrou. *Você está aí?*

Sombras furtivas entravam e saíam do meio das construções, erguendo-se como fantasmas contra as paredes de concreto e depois desaparecendo quando ela se aproximava. Forçando as palavras além do medo em sua garganta, gritou: *Por favor, alguém pode me ajudar? Meu filho está desaparecido…* Sua voz soou alta, mas as sombras permaneceram mudas. Ela ouviu um animal em uma lata de lixo. Um rato passou correndo. *Por favor, estou procurando meu filho…*

Ela caminhou sem parar até o fim do beco, mas não viu nem sinal de Benny. Quando estava prestes a voltar, duas figuras vestidas de preto entraram no beco à sua frente. Usavam coturnos e capuzes que cobriam o rosto. Em pânico, ela parou e olhou para trás, como se correr fosse uma possibilidade, mas tudo que podia ver era a lua. Ela poderia correr para a lua, mas nunca conseguiria. Virou-se para encará-los, e o mais alto falou.

— Sra. Oh? — O rosto estava na sombra, mas a voz soava familiar. — Ah, ei, sra. Oh. Pensei mesmo que fosse você.

Ele jogou o capuz para trás. À luz da lua, ela pôde ver o rosto cheio de cicatrizes de acne.

— Mackson! — gritou ela, pressionando a palma da mão no peito. — Ai, meu Deus, você me assustou! — Ela estendeu a mão, procurando apoio, e Mackson a segurou pelo cotovelo. A pessoa que o acompanhava pegou o outro braço.

— Ai, obrigada — disse, respirando com dificuldade. — Estou me sentindo tonta…

Então, levaram-na a uma doca de carregamento próxima e a sentaram nos degraus. O concreto, frio e arenoso, enviou um arrepio por seu corpo. Ela se curvou para a frente e se abraçou.

— Você me assustou. Eu não sabia... — Ela olhou para cima. — Mackson, Benny está desaparecido. Ele saiu correndo pelo beco. Você o viu?

— Você é a mãe dele? — Era a companhia de Mackson. Annabelle podia ver o rosto agora, viu as argolas de metal no nariz e na sobrancelha, o halo irregular de cabelo branco.

— Você é a garota do pato de borracha! — gritou Annabelle. — O que está fazendo aqui tão tarde da noite? Não é seguro, você sabe...

A garota riu de um jeito que fez Annabelle se sentir sem noção.

— É tranquilo — disse. — Mas obrigada.

— O que aconteceu com Benny, sra. Oh?

— Nós discutimos e ele fugiu. Ele não voltou e estou muito preocupada. É a segunda vez que Benny faz isso. Ele tem alguns problemas com... Você sabe... — Ela parou então, porque era claro que Mackson sabia, porque ele também tinha problemas e porque havia algo no modo como ambos a observavam com o rosto inexpressivo — rostos tão vazios e terrivelmente jovens.

Ela abaixou a cabeça e começou a chorar.

Os dois a acompanharam até em casa. Quando chegaram ao portãozinho azul e bambo, Annabelle tinha se acalmado.

— Sinto muito — disse, limpando o nariz na manga. — Tive um dia ruim. Normalmente não sou assim. É meu aniversário. Não sei o que está acontecendo.

— Feliz aniversário — disse a garota. — Essa é a sua casa? — Sem esperar por uma resposta, abriu o portão para o quintal.

— Estou bem agora — falou Annabelle, seguindo-a. — Obrigada. — Ela estendeu a mão para Mackson. — Se você encontrar Benny, por favor, diga a ele para voltar, ok? Diga que estou preocupada.

— Eu digo, sra. Oh. Ele provavelmente está bem. Apenas relaxando em algum lugar. Garotos, sabe?

Eles a observaram subir os degraus frágeis da varanda. A porta dos fundos se fechou, a luz se acendeu, e a sombra dela surgiu, emoldurada pela janela da cozinha. No quintal, puderam distinguir montes de plástico preto, brilhando, opacos como carvão, sob a luz difusa.

— O que é toda essa *merda*? — indagou o Aleph, em voz baixa. Ela cutucou o saco mais próximo com a ponta da bota e ouviu-se um barulho estridente. Um pedaço de fita adesiva, preso a ele, dizia "Cobertura de Investigação de Tiroteio em Massa/ Backup". Mackson se agachou e desamarrou o nó. Dentro havia um porta-CDs e DVDs e pilhas grossas de pastas cheias de recortes de jornais, todas cuidadosamente rotuladas. 02/04/2012 *Univ. Oikos, Goh, Oakland, CA. 20/07/2012 O Cavaleiro das Trevas Ressurge, Holmes, Aurora, CO. 05/08/2012 Templo Sikh, Page, Oak Creek, WI. 14/12/2012 Escola Primária Sandy Hook, Lanza, Newtown, CT.*

— Puta merda — falou o Aleph. — É tudo assim?

Mackson abriu outro saco.

— Neste parece que todos são incêndios florestais. — Ele abriu um terceiro. — E neste é tudo sobre eleições.

— Espere aqui — disse o Aleph. Ela foi para o lado da casa. Prendendo-se entre a cerca e a parede, deslizou até a janela. Uma persiana estava pendurada no topo, mas ela conseguia ver a cozinha. Levou um momento para seus olhos se ajustarem à massa de objetos e começarem a captar detalhes, os sacos de lixo empilhados por todo o perímetro, as cestas de roupa suja e os cabides emaranhados, a mangueira do aspirador enrolada em uma perna da mesa, a tampa de uma centrífuga de salada saindo de uma caixa de encomenda expressa. Ela viu uma luminária quebrada, um varal de chão e um beagle com capelo e, em meio a tudo isso, viu Annabelle. A mãe de Benny estava sentada em uma cadeirinha da cozinha, curvada e imóvel. Acima dela havia uma faixa que dizia: PARABÉNS, FORMANDO!

O Aleph era uma catadora, uma *freegan*, uma artista que trabalhava com lixo, mas nunca tinha visto nada parecido. Enquanto observava, tentando assimilar tudo, Annabelle levantou a cabeça e começou a falar. Parecia que estava falando com a geladeira.

— Puta merda — xingou baixinho o Aleph.

40.

Quando Benny acordou, a sala dos funcionários estava escura, exceto pelo brilho verde lançado pela placa de saída e pela luz de uma única luminária na velha mesa de fazenda. Também estava silenciosa, exceto por um pequeno ruído de arranhar, que soava como um rato. Sentou-se no sofá desconhecido e duro e olhou em volta. O velho mendigo estava sentado à mesa. Na frente dele havia uma tigela de pipoca pela metade, um sanduíche meio comido e a caneca do Superpoder. O barulho de arranhar não era um rato. Era Slavoj, rabiscando. O velho poeta escrevia a lápis numa folha de papel branco. Suas costas estavam curvadas e a grande cabeça grisalha balançava para a frente e para trás sobre a superfície do papel. A cabeça de Benny latejava. Ele tocou a bandagem na testa, sentiu as costelas, e a lembrança da noite retornou. Um gemido saiu de sua garganta e ele não conseguiu evitar que cortasse o ar.

O velho ergueu os olhos.

— Ei, jovem estudante. Como está se sentindo?

— Uma merda — falou Benny.

Slavoj assentiu.

— Foi sua primeira briga?

— Na verdade, nem briguei. Só fugi.

— Inteligente — observou o velho. — Está con fome, né? Guardei parra você. — Ele estendeu um sanduíche.

Benny juntou-se a ele à mesa. De repente, estava faminto. Deu uma mordida. Era rosbife e delicioso. Comeu até não sobrar mais sanduíche e então acabou com a pipoca.

— Zede? — perguntou Slavoj, empurrando a caneca para ele.

Benny olhou para dentro e cheirou. Era vodca, mas ele bebeu um gole mesmo assim. O líquido ardente queimou ao descer, aquecendo-o. Ele estava começando a se sentir melhor. O velho voltou a escrever, debruçado sobre a página.

— O que está fazendo?

Slavoj levantou a cabeça e endireitou-se na cadeira.

— Estou escrevendo poesia — disse, levantando o lápis no ar. — Porque sou um poeta. Porque sou um poeta famoso no meu país.

— Eu sei — afirmou Benny. A pasta sobre a mesa estava aberta. Dentro havia um manuscrito desordenado, cujas páginas já haviam sido brancas e lisas, mas agora estavam amassadas, enrugadas e cobertas com rabiscos selvagens e o que pareciam ser manchas de café e ketchup. — Esses são seus poemas?

O velho poeta assentiu.

— São — falou com modéstia. — É o trabalho da minha vida, um poema épico, minha humilde tentativa de versificar o planeta.

— Como se chama?

— *Zemlja* — pronunciou ele. — Quer dizer *Terra*. Não tão original, talvez, mas é só um título provisório.

Benny olhou para uma pequena pilha de papel na mesa.

— São poemas também?

— Não — respondeu o poeta, desanimado. — Apenas páginas vazias. — Ele moveu a folha de cima para o lado e, de fato, as páginas de baixo estavam em branco. Apontou para o chão, onde uma grande pilha de bolas de papel amassadas havia se acumulado ao lado da rodinha da cadeira, e balançou a cabeça com pesar.

— Permita-me contar-lhe algo sobre poesia, jovem estudante. A poesia é um problema de forma e vazio. No momento em que coloquei uma palavrra em uma página vazia, crriei um problema prra mim mesmo. O poema que surrge é forrma, tentando encontrrar uma solução prra o meu prroblema. — Ele suspirou. — No final das contas, é clarro, não há soluções. Apenas mais prroblemas, mas isso é uma coisa boa. Sem prroblemas, não existirriam poemas.

Benny refletiu por algum tempo. Pensou na mãe e em seus ímãs de geladeira. Ele não tinha escrito aqueles poemas estúpidos, e essa era a verdade, mas a mãe achava que ele estava mentindo, e esse era o problema. Ele tinha muitos problemas.

— É sobre isso que escreve? Seus problemas?

O poeta deu de ombros.

— Não exatamente sobre meus prroblemas, mas os prroblemas do mundo, zim. Escuto e escrrevo o que ouço.

Benny se lembrou da conversa do banheiro. O velho lhe dissera para refletir sobre sua pergunta — *O que é real?* —, e ele tinha tentado, mas como nada lhe parecia realmente real, não encontrara uma boa resposta. Foi frustrante. Talvez devesse tentar a poesia em vez disso.

— Você acha que eu também deveria escrever sobre o que ouço?

O velho poeta fechou os olhos e ponderou silenciosamente sobre a questão pelo que pareceu um longo tempo. Quando por fim ergueu a cabeça e começou a falar, suas palavras foram lentas, deliberadas.

— Você não pode *esquecer...*! Você deve *escrever...*!

As palavras caíram no silêncio noturno da biblioteca como pedrinhas em um lago, criando ondulações ao entrarem nos ouvidos de Benny:

((((esquecer))))
((((escrever))))
((((esquecer))))
((((escrever))))

Em geral, esse tipo de coisa o incomodava, mas naquela noite, curiosamente, não perturbou sua mente.

O Beberrão ainda estava falando.

— Escreva tudo, todas as coisas que as coisas dizem. Todos os problemas delas...

— Os problemas das coisas? — perguntou Benny.

— É claro. As coisas têm muitos problemas, mas as pessoas não escutam, então, naturalmente, as coisas ficam frustradas. Claro que sim! Como você se sente quando ninguém o escuta?

— Uma merda. Mas as pessoas realmente não querem ouvir o que as coisas estão dizendo. Sei porque tentei explicar. Igual à minha psiquiatra. Quando falo o que os brinquedos estão dizendo, ela não acredita em mim. Só pensa que estou tendo alucinações e ajusta meus remédios.

— Eu acrredito em você, garoto, e isso é problema *dela*. Você só pode lidar com o *zeu* prroblema. Se você é capaz de ouvir as vocês, seu trrabalho é ajudar. Você deve ser um secrretário. Um amanuense. Você sabe o que é um amanuense? É uma pessoa que anota ditados. Você sabe o que é ditado? É quando se ouve e escrreve o que é dito. Talvez seja um poema. Talvez seja uma histórria. É dar forma a uma voz prra que outros possam perrcebê-la.

Benny pensou de novo nos ímãs de geladeira. Talvez uma história fosse melhor que um poema.

— E depois? — perguntou o garoto. — O que faço com isso?

— Isso também não é prroblema zeu. As palavras encontram um jeito de ir prra o mundo. Elas são boas nisso. — O velho poeta entregou ao menino uma folha de papel em branco. — Está ouvindo alguma coisa agora?

Benny prestou atenção. Ouviu uma voz mínima, do tamanho de uma noz, localizada logo atrás de sua orelha esquerda. Virou-se e localizou a fonte: um bocal no sistema de irrigação suspenso contra incêndio.

— Sim — afirmou, apontando. — Aquilo.

— Tudo bem, ótimo — disse o velho, entregando-lhe um lápis. — Tome. Lápis são bons prra escrrever. Agora você deve apenas ouvir com atenção e anotar tudo o que está ouvindo.

Benny olhou para a página em branco e esperou, mas o bocal ficou em silêncio.

— Não consigo mais ouvir — falou, desanimado.

— Hum — disse o Beberrão. — Acontece. O vazio de uma página pode ser enervante. Muito potencial não conformado. Às vezes, as coisas ficam tímidas e se fecham. Não force. Apenas tente outrra vez.

Benny prestou atenção. Ouviu algo falando debaixo da mesa. Era uma perna. A princípio, pensou que fosse a perna protética de plástico do Beberrão, mas depois percebeu que era feita de madeira. Abaixou-se para dar uma olhada e viu a perna de madeira pintada da mesa Hoosier branca. A perna começou a falar, mas não em palavras que Benny pudesse transcrever. Havia certa dor envolvida. E tristeza. Benny agarrou o lápis que era feito de madeira, como a perna da mesa, e dessa vez sentiu uma estranha ressonância, como se uma corrente corresse entre as duas madeiras e ele fosse o condutor. Fechou os olhos e baixou a ponta afiada do lápis para tocar a fibra do papel, que também era de madeira, e quando a conexão foi feita, os circuitos se abriram e as palavras jorraram.

A HISTÓRIA DA PERNA DA MESA

A perna da mesa está se lembrando de algo. Está se lembrando de um nó. Está se lembrando do bebê preso por um nó. A perna da mesa já teve um bebê preso a ela, e está se lembrando do puxão do bebê. O bebê estava preso pela perna. A perna da mesa é dura e feita de madeira, mas a perna do bebê era macia. Pele tenra, osso tenro. Era um bebê muito novo.

A mesa está se lembrando da mãe apertando o nó. Ela foi cuidadosa e usou um cachecol. O cachecol era macio e amarelo, com margaridas, e ela amarrou uma ponta em volta da perna da mesa e a outra delicadamente em volta do tornozelo do bebê. O bebê estava sentado, de fralda, rindo e batendo os braços como se estivesse tentando alçar voo. Talvez o bebê tenha pensado que era uma brincadeira da mãe. Talvez o bebê... Mas não, o bebê era muito jovem para pensamentos, e a mesa não sabe pensar. (O que acabei de escrever fui eu, Benny, pensando. Essa não é a minha história.)

A mãe beijou o bebê e se levantou. Ela encheu uma mamadeira com leite e deu para o bebê, mas o bebê a jogou longe.

Por que você foi fazer isso?, a mãe perguntou, ou talvez fosse a mamadeira perguntando. A mãe ficou olhando a mamadeira rolar pelo chão, então pegou um pedaço de barbante e amarrou uma ponta no gargalo da mamadeira e a outra na perna da mesa.

Pronto, disse ela. Ela colocou a mamadeira na mão do bebê e dessa vez, quando o bebê a jogou, a mamadeira ficou perto.

Se você quiser, está bem aqui, disse. Ela vestiu o casaco e se agachou. Sinto muito, querido. Preciso ir. Ela parou na porta. A perna da mesa se lembra do puxão quando o bebê tentou segui-la. Ela se lembra do bebê chorando. Agora, a mãe já se foi. O bebê se foi. A mamadeira se foi e o cachecol se foi. Apenas a perna da mesa ainda está aqui, na Biblioteca, relembrando.

BENNY

Depois que escrevi essa história, o Homem-B me pediu para eu lhe mostrar. Achei que estaria uma merda, mas ele leu e falou que era boa. Ele me perguntou se eu ouvi mesmo a perna dizendo todas as palavras que escrevi no papel, e respondi que não era assim. Quer dizer, não é que eu estivesse apenas inventando coisas aleatórias, mas também não ouvi as palavras do jeito que alguém ouve as palavras quando uma pessoa está falando. É mais como tentar anotar os tipos de sentimentos que sentimos com o corpo e depois se lembrar. Tipo quando você se machuca e depois se lembra da dor, mas a lembrança da dor é diferente da dor real, né? Esse é o tipo de voz que as coisas têm, e as histórias que contam são mais como memórias ou sonhos. Sabe como um sonho pode parecer realidade, mas quando tentamos colocá-lo em palavras, ele simplesmente se dissolve e derrete? É o que acontece com as histórias que as coisas sonham. É impossível colocar em palavras as vozes sentidas delas, e, assim que você tenta, a história começa a evaporar; foi por isso que o que escrevi saiu tão ruim.

Falei tudo ao Homem-B, e ele disse que a poesia também era assim, como brisa ou vento na mente. No começo, você pode não sentir muita coisa, não palavras inteiras ou frases, mas mais como correntes de ar passando por uma ferida aberta. É preciso manter a mente aberta e tentar sentir a voz do poema conforme ele passa, mesmo se doer um pouco. Ele disse que o truque é não agarrar o vento, porque, assim que o fizer, ele vai parar. E me mostrou com a própria mão. O Beberrão a abriu e falou para eu fingir que era a minha mente, aí fechou os olhos. Disse que eu deveria ficar bem quieto e manter a mão da minha mente aberta e deixar as vozes virem até mim. Ele ficou sentado um tempão com os olhos fechados e a palma da mão aberta, como se esperasse que um poema caísse do céu.

Geralmente, quando ouço vozes, tento bloqueá-las ou usar um Cartão de Enfrentamento para fazer com que elas desapareçam. Nunca pensei em deixá-las em paz. Quando falei isso, as sobrancelhas grossas do Homem-B subiram pela testa e ele pareceu chocado. Ele disse que minhas vozes eram um dom e que eu nunca as deveria bloquear ou tentar fazer com que desaparecessem. Disse que devo ter um dom forte porque fiz um bom trabalho com a história da perna da mesa e que deveria continuar tentando. E também explicou que ninguém nunca fica feliz com o que escreve, por isso eu não deveria me sentir mal. Não sei muito sobre escrita e nunca fui muito bom nas aulas de inglês, então não sei se é verdade ou não. Diga você. Você é um livro. Deveria saber.

Depois o Homem-B me perguntou se todas as minhas vozes eram tipo a da perna da mesa; respondi que não, que havia tipos diferentes, e algumas são legais; outras, neutras; e há ainda as que são filhas da puta. E também tem umas que são pessoais e outras não. O que quero dizer é que coisas como a perna da mesa, um lápis ou um sapato estão simplesmente fluindo, mesmo que ninguém esteja prestando atenção. Não estão falando comigo, embora talvez saibam que posso ouvir, então, quando estou por perto, elas ficam mais tagarelas. Mas não é pessoal. Elas podem estar falando com qualquer um. Só que, mais ou menos na época em que aquela tesoura começou a falar mal da sra. Pauley e a me dizer para machucá-la, comecei a ouvir um tipo diferente de voz que é totalmente pessoal. Não vem de nenhuma coisa específica. Só fica como que pairando por cima do meu ombro direito, como um sistema de som invisível com um alto-falante minúsculo e metálico que me acompanha e, quando faço uma idiotice, começa a criticar, zombar e dizer que eu sou um grande idiota. É bastante ácida. Quando contei ao Homem-B sobre essa voz, ele disse que provavelmente era a voz do meu crítico interno, o crítico que habita em mim. Aquilo era novidade. Eu sabia que tinha um robô interior, mas não sabia sobre um crítico interno. O Homem-B explicou que todas as pessoas criativas têm um, às vezes até mais de um, e me senti meio orgulhoso e feliz, porque ele me achava criativo.

Não contei sobre você, porque ainda não conseguia ouvi-lo bem.

Naquela noite, ele me contou uma história doida sobre a perna dele. Não a perna falsa, de plástico, mas a verdadeira, a que ele perdeu. Ele tirou a perna falsa e a enfiou em uma mochila pendurada nas costas da cadeira de rodas, deu um nó na perna vazia da calça, logo abaixo do toco, para a proteger da brisa, como explicou. Conforme eu tentava descrever como as vozes das coisas estão e não estão presentes simultaneamente, o Homem-B ficou observando o nó e me disse que, às vezes, quando ele está meio adormecido, a perna coça, mas quando tenta alcançar para coçar, não tem nada ali. Eu pensei, tipo: é isso! É exatamente isso que estou falando! É como se sua perna estivesse falando com você, ou a memória dela estivesse falando com você, e mesmo que a perna não esteja lá, ainda dá para sentir a coceira e ainda significa alguma coisa, certo? Ele respondeu que sim, que estava certo, e que os médicos tinham um nome para isso. Chama-se "síndrome do membro fantasma", então talvez o que eu tenha seja uma síndrome do *objeto* fantasma. Achei muito legal e falei que definitivamente tenho essa síndrome, mas também tenho outra, só que tem a ver com meu pai, porque ele é um pai fantasma. O Homem-B pareceu muito triste e perguntou:

— Onde ele está?

— Morto — respondi. Comecei a contar sobre a noite em que meu pai morreu, mas o Homem-B levantou a mão.

— Espere — pediu. — Já estou vendo que é uma boa história. É a sua história, e você deve escrevê-la.

O LIVRO

O que é uma história antes de se tornar palavras?

Experiência em estado bruto, poderia responder um monge budista. Presença pura. A sensação, fugaz e inapreensível, de ser menino, de perder o pai.

Como livro, não saberíamos. Tudo o que conhecemos são os pensamentos que surgem na esteira da experiência bruta, como sombras ou ecos, dando voz ao que já não é mais. E depois que tais pensamentos se tornam palavras, e as palavras se tornam histórias, o que resta da experiência bruta em si? Nada, pode dizer o monge. Tudo o que resta é a história, como um exoesqueleto abandonado ou uma casca vazia.

Mas será que é só isso mesmo? Nós, livros, diríamos que não, que a história é mais do que apenas um subproduto descartado da experiência bruta. A história é sua própria experiência bruta. Os peixes nadam na água sem saber que é água. Os pássaros voam no ar sem saber que é ar. A história é o ar que vocês respiram, o oceano em que nadam, e nós, livros, somos as rochas que, ao longo da costa, canalizam as correntes e detêm as marés humanas.

Os livros sempre terão a última palavra, mesmo que ninguém esteja por perto para lê-los.

41.

Benny precisava de papel para escrever sua história, mas o estoque do Homem-B estava acabando, então eles foram para a antiga

Encadernação em busca de mais. A Encadernação era a fonte do papel em branco, falou o Homem-B, um repositório de palavras soltas.

— Não passe muito tempo dentrro da Encaderrnação — disse ele a Benny, encaixando a perna.

— Por que não?

O velho estremeceu.

— É um lugarr assustador. O coração palpitante da Biblioteca. — Ele saiu da sala dos funcionários, indicando o caminho.

Benny o seguiu.

— Minha mãe disse que fecharam a Encadernação.

— Na verdade, é o que querrem que as pessoas acrreditem.

Estavam no limite da grande área de processamento de livros. Luzes de saída de emergência pontilhavam o perímetro, lançando luz suficiente para que ele pudesse distinguir a forma dos carrinhos móveis dos dois lados, carregados com fileiras de livros, empilhados verticalmente como soldados, voltados para fora. Cada um dos carrinhos estava marcado com números pretos em negrito sobre divisórias azuis brilhantes, que dividiam os livros em batalhões, e os próprios livros estavam repletos de tiras de papel em tons pastel, em verde, amarelo e rosa, contendo o número de catalogação, palavras-chave e outras informações de armazenamento. Eram os livros novos, recrutas estreantes nas fileiras.

— As pessoas dizem que a Encadernação é mal-assombrrada — afirmou o velho, conduzindo sua cadeira de rodas pelo labirinto de carrinhos. — Tenho uma teoria diferrente. Mas é verdade que dá para ouvir sons vindos de lá. Sons estranhos. Música fantasmagórrica.

— Jazz? — perguntou Benny.

O velho parou a cadeira de rodas. Olhou furtivamente de um lado para o outro e fez sinal para Benny se aproximar. Os olhos injetados de sangue ardiam. Olhos loucos. Os olhos de um poeta.

— *Calipssso* — sussurrou no rosto do menino. Seu hálito cheirava a vodca.

— O que é isso? — Benny retribuiu o sussurro.

— É música do Carribe. De escrravizados afrricanos que eram trazidos acorrentados pelos franceses, quando pessoas negras eram negociadas como coisas. Foi uma época terrível, terrível... — Slavoj começou a cantar baixinho: — *Day-o, Day-ay-ay-o. Daylight come and me wan' go home...* — Fechou os olhos. — Ah — suspirou. — Belafonte...

— O que é isso?

— Harry Belafonte. Um cantor de calipso. É lindo.

— Ele está morto?

— Não. Mas é bem velho.

— Se ele não está morto, como é que o fantasma dele está lá?

— O fantasma vivo dele, então. — O velho franziu a testa e sacudiu a cabeça grande e desgrenhada. — Não procure pelo em ovo, meu jovem. — Ele começou a cantar de novo, e a voz ficou mais alta. — *Come, Mr. Tally Man, tally me banana...* — O velho se ergueu da cadeira de rodas como se a música o estivesse carregando, desdobrando seus membros, um real, o outro protético, até ficar de pé. Os braços flutuavam para os lados e ele girou os quadris, fazendo com que seu grande sobretudo se inflasse e balançasse.

Benny observou, nervoso.

— Não deveríamos ficar quietos?

O velho poeta o ignorou e começou a rodar, pulando desajeitadamente em círculos com a perna boa.

— *Daylight come and...*

Nesse momento, todos ouviram um barulho repentino, como um tiro ou uma porta batendo, e o velho agarrou a manga de Benny.

— Abaixe-ze!

Eles se jogaram no chão e se mantiveram abaixados. Benny ficou atento, aguçando os ouvidos, estendendo o alcance de sua audição até os cantos mais distantes da Biblioteca, mas não conseguiu ouvir nada além do zumbido que ouvira antes. O som é o movimento de objetos pelo espaço, mas nada estava se movendo.

A rede labiríntica de rampas, dutos e esteiras estava parada, congelada no tempo como as escadas rolantes. De onde vinha o zumbido?

— Tudo bem — avisou Slavoj, voltando à cadeira. — A barra está limpa.

Eles avançaram com cautela pelos carrinhos cheios de livros. Benny podia ouvir as rodas da cadeira do Beberrão rangendo atrás dele. À frente, afixada a uma parede de blocos de vidro, havia uma longa faixa azul empoeirada.

ENCADERNAÇÃO DA BIBLIOTECA PÚBLICA

A grossa parede de vidro era velha e atrás de sua superfície turva havia escuridão. Benny parou e deslizou ao lado dele.

— Aí está — anunciou Slavoj, em voz baixa. — A Encadernação. O que você acha?

— É aí que tem papel?

— Sim. A Encadernação tem tudo. Agora você deve entrrar prra pegar.

— Eu?

O velho desviou os olhos e rolou a cadeira alguns centímetros para trás.

— A histórria é sua. Você deve ir, e sozinho.

— Mas a história também é sua.

O Homem-B balançou a cabeça.

— Não — disse. — Sou um velho poeta. A Encadernação é muito poderosa para mim. Lá, tudo é possível. Mas você é jovem. Tudo é possível quando ze é jovem.

Benny deu de ombros.

— Tudo bem.

Ele caminhou em direção à parede de vidro escuro e parou para estudar a placa. Era apenas uma faixa comum feita de Tyvek azul. Aguçou os ouvidos, mas ela estava em silêncio. O vidro também estava silencioso e parecia bastante normal, mas com vidro nunca se sabe, então Benny estendeu a mão para tocá-lo. Pressionando as pontas dos dedos contra a superfície ondulada e vítrea, teve a estranha sensação de que, se aplicasse pressão suficiente, o vidro cederia como uma membrana permeável, e ele seria capaz de atravessá-lo; mas, quando pressionou com mais força, a superfície permaneceu fria e inflexível. Pressionou a testa contra ela, tentando ver o interior escuro, mas tudo o que conseguiu distinguir foram sombras. Avistou a porta e caminhou naquela direção, ciente de que o Beberrão, que tinha recuado lentamente, agora havia desaparecido. Benny se perguntou por um instante se deveria voltar para a sala dos funcionários, mas logo seus dedos localizaram a maçaneta da porta. Deve estar trancada, pensou, mas empurrou-a e, após uma leve resistência, a porta se abriu e ele estava lá dentro.

A porta se fechou atrás dele com um clique e o zumbido parou, restando apenas um silêncio amplo e vazio. Benny olhou para trás, pela parede de vidro, que agora tinha um brilho estranhamente iridescente, mas não conseguiu enxergar nada na área de processamento onde estivera minutos antes. Ao seu redor, na escuridão, havia uma confusão de formas e sombras fantasmagóricas. Deu um passo à frente. Um cheiro acre de óleo de máquina e cola pairava no ar e, quando seus olhos se adaptaram, ele pôde distinguir as silhuetas de um par de grandes máquinas de costura pretas, brilhando sob uma luz fraca e esverdeada. Parou para estudá-las. Eram máquinas Singer industriais e antigas, feitas de ferro e latão e encordoadas com pesados fios de algodão que se alimentavam como teias de aranha de carretéis empoleirados em grandes fusos gêmeos. Ao lado delas havia uma guilhotina de tamanho industrial, uma Quintilio Vaggelli, fabricada em Florença. Ele ergueu a enorme lâmina e a deixou cair, cortando o ar. O som é o movimento de um objeto pelo espaço. Quando o movimento parou, a lâmina ficou em silêncio, e tudo o que Benny pôde ouvir foi o próprio sangue latejando nos ouvidos.

Ele seguiu em frente, inspecionando uma chaleira, uma faca serrilhada, uma dobradeira, um pote aberto de uma cola que parecia piche sobre uma bancada manchada. Passou o dedo ao longo de uma mesa de trabalho. A Encadernação já estava fechada havia algum tempo, mas não havia um grão de poeira. Passou por uma pilha de capas de livros, que eram como casacos novos e duros, esperando para serem provados e ajustados. Estavam separadas por pigmento nas cores verde-floresta, vermelho-sangue. Ao redor dele, por todos os lados, enormes resmas de papel branco e vazio erguiam-se como fantasmas, esperando que palavras fossem impressas neles. Eram como pessoas sem rosto, fazendo fila para receber olhos, ouvidos, bocas e narizes. Benny caminhou com cautela entre elas, do jeito que alguém andaria por uma enfermaria hospitalar lotada, tomando cuidado para não esbarrar nelas, para o caso de sua brancura, seu vazio, serem contagiosos. As palavras dariam feições a elas. As palavras dariam vozes com as quais falariam. As palavras as animariam e transformariam em coisas semivivas, mas, por ora, eram ameaçadoras em sua mudez, em seu significado ainda não determinado.

A Encadernação tem tudo, dissera o Beberrão. *Tudo é possível,* e agora Benny entendia. Aquele era um lugar de silêncio primordial, vasto e ilimitado, que continha todos os sons; era o vazio que continha todas as formas. Benny nunca tinha ouvido aquele silêncio antes. Nunca sentira tal iminência. Estremeceu.

Papel, lembrou-se. Apenas pegue o papel e saia, mas, para onde quer que olhasse, parecia haver mais papel — prateleiras cheias, cubículos cheios, escrivaninhas e mesas com resmas empilhadas. Havia papel por toda parte e, enquanto estava ali parado sob a luz verde lançada pelo sinal de saída de emergência, as folhas e páginas começaram a sussurrar como o vento nas árvores que haviam sido transformadas em polpa e prensadas em nome do sentido, a fim de dar forma ao inefável. Ele pôde ouvir as vozes falando e, de repente, pôde *vê-las* também: todas as palavras selvagens, livres, como uma nuvem frenética de grãos de poeira girando e dançando ao seu redor na luz verde e fraca. Benny nunca tinha visto palavras se comportarem daquela maneira, e a visão o desestruturou. O mundo começou a se inclinar para um lado, mas assim que Benny começou a cair, ouviu uma voz fraca, como uma rajada de ar quente subindo do turbilhão, vacilante, hesitante e estranhamente esperançosa.

Um livro deve começar em algum lugar...

Era uma voz diferente de qualquer outra.

O garoto estendeu a mão para se segurar e agarrou a lâmina afiada da guilhotina. Uma dor lancinante subiu por seu braço. Ele ofegou e recuou, puxando a mão de volta. O arco de sangue vermelho vivo jorrou pelo ar, salpicando as fantasmagóricas pilhas brancas de papel conforme ele ia ao chão, e o mundo ficou escuro e silencioso.

Quando voltou a si, estava deitado em uma pequena poça de sangue na base da Quintilio Vaggelli. Ele se sentou e bateu com a cabeça no enorme contrapeso redondo na ponta da lâmina do cortador, que pairava sobre ele como uma guilhotina. Um lado do rosto estava manchado de sangue e saliva. Ele se levantou. O sangue ainda escorria do corte na mão, e a lembrança do que tinha visto e ouvido retornou: as palavras selvagens dançando por entre as árvores e aquela voz fraca e esperançosa. Ele prestou atenção, mas agora a Encadernação estava em silêncio. Abraçando a mão ensanguentada junto à barriga, se dirigiu até a saída, escorregando no sangue no chão. O Beberrão tinha razão. A Encadernação era muito poderosa. Ele empurrou a porta de vidro que, piedosa, cedeu.

BENNY

Essa voz era você, não era? Foi a primeira vez que você falou comigo. Eu mal conseguia ouvir com todo o barulho que o papel fazia, mas sabia que você era diferente do restante. Não consigo descrever bem. Eu não sabia quem você era ou o que você era. Só sabia que você era meu.

O LIVRO

Sim, Benny. Isso mesmo. Tínhamos que começar em algum lugar. Você estava começando a cair, e queríamos pegá-lo, mas não nos demos conta da proximidade da lâmina. Nós nos sentimos mal quando você se cortou — a verdade é que os livros não são oniscientes, não podemos prever tudo, por mais que tentemos —, mas ficamos aliviados por você ter nos ouvido. Aliviados e felizes também, porque não é fácil para um livro se manifestar assim. É preciso muito esforço. A maioria das pessoas nem percebe quando o livro delas está chamando. Elas estão muito ocupadas verificando os celulares.

Então, obrigado por perceber, e obrigado também pelo que disse agora há pouco: *sabia que você era meu*. São palavras que todo livro quer ouvir, e provocaram um arrepio de prazer em nossa lombada.

E é uma pergunta interessante, não é? Quem pertence a quem? Seu amigo, Walter Benjamin, era um colecionador de livros e bibliófilo apaixonado, que possuía muitos, muitos livros. Ele escreveu um famoso ensaio sobre o assunto, chamado "Desempacotando minha biblioteca", no qual elabora as maneiras pelas quais um colecionador pode adquirir livros. Ele pode comprá-los ou adquiri-los em um leilão. Pode herdá-los ou tomá-los emprestados sem intenção de os devolver. Mas, diz Benjamin, "entre todos os modos de adquirir livros, escrevê-los pessoalmente é considerado o método mais louvável".

À primeira vista, parece verdade, mas, do ponto de vista do livro, não é tão simples. Porque, na realidade, quem está escrevendo quem? É o velho dilema do ovo e da galinha, Benny. Pense nisso. O menino escreve o livro ou o livro escreve o menino?

Nós nos perguntamos como Benjamin poderia responder a essa pergunta. Ele conclui o ensaio sobre os livros que possui com esta passagem memorável: "A posse é a relação mais íntima que se pode ter com os objetos. Não é que eles estejam vivos no possuidor, é ele que vive dentro dos objetos".

Quanto a isso, não temos nenhuma crítica.

42.

Annabelle ficou sentada na cadeira da cozinha, imóvel como uma pedra, olhando para os próprios pés. De vez em quando, levantava a cabeça e falava com a porta da geladeira.

— Fale comigo — sussurrou. — Se você tem algo a dizer, por favor, diga. — Ela esperou. Pela janela da cozinha, ouvia o barulho de ratos, gatos ou gambás no lixo lá fora. O poema não se alterou.

cante dormãe
debaixo de nosso menino tempestuoso
canto louco mar triste

Annabelle não cantava havia muito tempo, mas é claro que Kenji se lembraria. Ele adorava quando ela cantava e sempre sabia quando estava sofrendo. Quanto ao restante do poema, ela já não tinha certeza. Talvez Benny estivesse certo. Talvez devesse ser "debaixo de nosso mar tempestuoso/canto triste, menino louco", mas a confusão linguística parecia oferecer ainda mais provas de que Kenji era o autor. Seu inglês nunca foi excelente, mas ele sempre conseguia se fazer entender e, às vezes, suas palavras eram ainda mais bonitas com todos os equívocos.

— Diga alguma coisa — pediu à geladeira. — Você não vê que preciso de ajuda? — Mais uma vez, ela esperou, mas os ímãs estavam mudos. Ela verificou as horas e se levantou devagar.

De volta ao Centro de Controle, fez uma rápida pesquisa no Google, compilou o que precisava e ligou para o 911. Quando o auxiliar atendeu, pediu para registrar o desaparecimento de uma pessoa e foi encaminhada a um certo agente Hooley. Annabelle respirou fundo e explicou, calmamente, que o filho tinha fugido. Que os dois haviam tido uma discussão, que ele...

O agente a interrompeu:

— Quando seu filho foi visto pela última vez, senhora?

— Você quer dizer quando eu o vi pela última vez? Foi por volta das sete, acho. Ou sete e meia. Sim, foi...

— Sete e meia de hoje à noite?

— Sim, ele e...

— Senhora, há um período de espera de 24 horas para registrar o desaparecimento de uma pessoa. A senhora tem de esperar até amanhã e depois vir à delegacia...

Ela o interrompeu:

— Desculpe-me, agente — disse, consultando brevemente a página do site em sua tela. — Com todo o respeito, meu filho é menor de idade. Ele tem quatorze anos, com histórico de transtorno mental. Se não me engano, não há período de espera de 24 horas para registrar fugas ou desaparecimento de menores de dezoito anos. Acredito que, como é um garoto com transtorno mental, ele deve ser automaticamente classificado como uma "pessoa desaparecida crítica". Entendo que a Lei Nacional de Assistência à Busca de Crianças de 1990 determina que...

— Nome?

— Desculpe?

— O nome de seu filho. Qual é?

— Oh. Benjamim Oh.

— Benjamin O... quê?

— Não, *Oh*, oficial. É isso. O sobrenome é *Oh*.

— Soletre — solicitou o agente, e ela soletrou. Informou a data de nascimento, a altura e o peso. Fez um breve relato dos eventos que levaram à fuga. Deixou de fora os ímãs da geladeira. Descreveu como Benny estava vestido e a aparência dele.

— É um menino lindo, oficial. Ele é mestiço, meio asiático, com a pele de tom acastanhado e os cabelos castanhos do pai, sardas no nariz, e cabelo um pouco ondulado, que herdou de mim. O cabelo do pai era bem liso. Ele é japonês. E coreano. Está morto agora.

— Alguma característica física ou de fala específica?

— Bem, ele é pequeno para a idade. É um adolescente, só que ainda não passou pelo estirão de crescimento. Mas tem algumas espinhas no queixo e na testa. — Ela percebeu que as espinhas não eram específicas, mas a confortavam precisamente por serem tão normais. Deu o nome da dra. Melanie e um breve histórico de seu diagnóstico.

— Seu filho procuraria a médica, a assistência social ou um grupo de apoio para ter ajuda?

— Não, definitivamente não.

— A senhora sabe para onde ele pode ter ido?

Ela pensou na Biblioteca, mas estava fechada. Pensou no beco e nas drag queens com suas *hot pants* estreladas.

— Não.

— Ele tem algum amigo ou parente, alguém com quem possa estar?

Annabelle pensou em Mackson e na garota do pato de borracha.

— Não sei — responde. Pensou ter ouvido o agente Hooley suspirar. — Desculpe.

— A senhora pode fornecer o nome e o número de telefone do dentista dele?

— Do dentista? Mas os dentes dele estão bem, oficial. Ele escova todos os dias e, na última consulta, o dentista disse até... — E então ela compreendeu. — Ah!

O policial Hooley percebeu o temor dela e sua voz se tornou mais branda.

— Apenas rotina, senhora. Mantemos as informações arquivadas para registro. Não se preocupe.

Teria sido mais fácil se ele continuasse a ser um idiota intrometido. Annabelle teve dificuldade em controlar o tremor na voz quando o oficial perguntou se ela tinha uma fotografia recente. Ela disse que enviaria uma, anotou o e-mail e agradeceu. Lembrou-se de pegar o número do crachá do policial, o número do relatório e verificar a grafia do nome dele. Desligou e recostou-se na cadeira.

Fotos. Ela precisava encontrar fotos recentes. Havia tantas de Benny quando bebê, quando estava começando a andar e quando ainda não estava na escola. Fotos de verdade, impressas, com ela segurando-o nos braços e dos três na Disneylândia e na praia vizinha. Com o passar dos anos, as fotos diminuíram e, depois que Kenji morreu, havia menos ainda. Ele era o fotógrafo da família. Annabelle tentou se lembrar da última vez que tirou uma foto de Benny. Nos últimos tempos, eram tão poucas as ocasiões festivas, mas então se lembrou da formatura. Procurou no celular e lá estava ele, parado na cozinha, usando o capelo com borla pendurada sobre o olho, segurando o diploma e o beagle de pelúcia. A faixa da formatura pendia, torta, acima da cabeça do garoto. Ele não estava olhando para ela. O que será que Benny estava sentindo? Ele, com certeza, não parecia feliz. Como ela não tinha percebido? Estava tão empolgada com a própria necessidade de tornar o dia especial. Idiota. Mas estava tão estressada. Tão cansada de se preocupar. Só queria que ele fosse feliz. Queria que ele fosse feliz para que ela pudesse parar de se preocupar.

Ela esfregou os olhos e olhou para a foto outra vez. Era um bom retrato. Enviou-a por e-mail para a delegacia e depois subiu para o quarto de Benny, a fim de procurar o celular do filho. Talvez ele tivesse outras fotos, selfies ou talvez até algumas fotos de amigos. Como sempre, o quarto do garoto era um oásis de arrumação, a cama sem vincos, a escrivaninha limpa. Os livros alinhados na estante por ordem de tamanho, ao lado do patinho de borracha, do globo lunar e da caixa com as cinzas de Kenji. Ele teria gostado de ser colocado perto da lua. Ou, melhor ainda, na lua. A lua cinzenta, coberta de poeira profunda e fofa. Ela pegou o celular na mochila de Benny, mas estava bloqueado, e Annabelle não sabia a senha. Sentou-se na cama e passou os olhos à sua volta, depois começou a digitar números. Digitou 6006 para MOON. Nada. Tentou 6345 para NEIL e depois 2899 para BUZZ. Havia esquecido o nome do terceiro astronauta, o que não conseguiu andar na lua, então tentou 3878 para DUST. Ela não esperava realmente obter a senha dessa maneira — as chances de acertar eram baixas —, mas quando digitou 5299 para JAZZ, o telefone desbloqueou e a tela inicial se abriu.

Suas mãos estavam trêmulas quando começou a rolar a tela com a lista de chamadas e as mensagens de texto recentes. A maioria era dela, mas havia um segundo número que aparecia com certa frequência, que pertencia a alguém ou algo chamado o Aleph. O que era um Aleph? Ela levou o telefone para o Centro de Controle e fez uma busca. Aleph era a primeira letra do sistema de escrita semita e, na matemática, era usada para representar a cardinalidade de conjuntos infinitos. Era derivada de um antigo hieróglifo egípcio representando um boi. Nada disso fazia sentido. Benny fazia parte de algum tipo de culto?

Então, porque Annabelle era cuidadosa e havia sido treinada como bibliotecária para prestar atenção aos detalhes, colocou *O* na frente de *Aleph* e repetiu a busca. Dessa vez, ela teve como resposta uma lista de sites com informações sobre um conto, intitulado "O Aleph", escrito em 1945 por um autor argentino chamado Jorge Luis Borges. Annabelle nunca tinha ouvido falar dele, mas achou um PDF da história e começou a lê-la on-line.

A história era sobre um homem, também chamado Borges, e sua amizade relutante com um poeta grandiloquente que estava escrevendo um poema épico intitulado *A Terra*, no qual se "propunha a versificar todo o planeta". Um dia Borges recebeu um telefonema do poeta, que, desesperado, disse que sua casa estava prestes a ser demolida pelos gananciosos proprietários para dar lugar a um bar.

Isso era um desastre, explicou o poeta a Borges. Ele não podia sair de casa porque no porão, embaixo de sua sala de jantar, havia um Aleph, de que ele precisava para terminar seu poema. Borges não sabia o que era um Aleph, então o poeta explicou. Um Aleph, disse, "é um dos pontos no espaço que contêm todos os pontos". Curioso, Borges foi até a casa. Seguiu o poeta pelas escadas estreitas até o porão, onde foi instruído a se deitar em um saco de estopa que o poeta havia colocado ali. O poeta, então, saiu, fechando o alçapão atrás de si e deixando Borges na escuridão total. Borges ficou cada vez mais preocupado. Será que o poeta era um louco? Sua própria vida estaria em perigo? Fechou os olhos, convencido de que estava prestes a morrer, mas, quando voltou a abri-los, de repente, em um canto sob os degraus, viu um ponto de luz do tamanho de uma bola de golfe.

Nesse ponto, as palavras aparentemente não ajudavam Borges conforme ele buscava uma maneira de descrever aquela visão que ultrapassava os próprios limites da linguagem. O Aleph era "uma pequena esfera iridescente de brilho quase insuportável". Parecia estar "girando", mas na verdade era "uma ilusão produzida pelos espetáculos vertiginosos dentro dele". Essas visões maravilhosas e fantásticas, refletindo e refratando e girando dentro do Aleph, Borges então tenta enumerar: "O espaço universal estava contido dentro dele, sem diminuição de tamanho. Cada coisa... era coisas infinitas, porque eu podia vê-la claramente de todos os pontos do cosmos".

Nesse ponto, Annabelle desistiu. Parecia uma viagem de ácido. O Aleph era o nome de algum tipo de droga de rua? Benny estava ficando chapado? Ela não compreendia como seria possível que um ponto no espaço pudesse conter todos os pontos, nem o que isso tinha a ver com Benny. Desbloqueou o celular do filho de novo e ligou para o número do Aleph.

43.

O Aleph estava com raiva.

— Que porra você estava fazendo na Encadernação?

Tinham voltado ao banheiro dos funcionários. Benny estava sentado no vaso sanitário, e o Aleph, ajoelhado no chão logo ao lado, tentando fechar o corte em sua mão com algumas suturas adesivas que Mackson havia encontrado na caixa de primeiros socorros, mas o ferimento era estranho. A lâmina tinha cortado o nervo entre o polegar e o indicador, e as suturas não grudavam. Ela afastou o cabelo dos olhos.

— Slavoj mandou você ir lá, não foi? — Não era bem uma pergunta. Ela falava sobre o Beberrão como se o velho não estivesse lá, embora ele tivesse se levantado da cadeira de rodas e estivesse parado do lado de fora, tentando espiar por cima do ombro de Mackson junto à porta.

— Eu estava tentando escrever uma história — explicou Benny. — Precisávamos de mais papel.

— Ele é que deveria ter ido.

Benny estremeceu quando ela fechou a ferida e tentou mais uma vez.

— Ele não podia. Disse que a Encadernação era poderosa demais.

— E por quê? — perguntou Mackson. As mãos dele pousavam levemente nos ombros do Aleph. Benny não gostou da maneira como ele a tocava, massageando-a gentilmente para ajudá-la a relaxar.

— Porque ele é um poeta.

O Aleph bufou.

— Ele só estava tentando assustar você, Benny. Passando a perna em você. — Ela levantou a voz. — Não é mesmo, Slavoj? — gritou por cima do ombro.

O Beberrão voltou a se sentar na cadeira de rodas.

— Justo eu, passando a perna?

— Tudo bem, mereci — reconheceu o Aleph. — Péssima escolha de palavras, mas ainda assim foi uma idiotice.

Ela e Mackson voltaram para a Biblioteca com uma mochila cheia de comidas que pegaram nas lixeiras e viram o sangue no chão da área de Processamento de Livros. Seguiram as gotas de um vermelho vivo até o banheiro dos funcionários, onde encontraram o Beberrão dando vodca a Benny para aliviar a dor enquanto tentava enfaixar a mão do menino. O Aleph o expulsou, jogou a vodca na pia e assumiu o controle da situação. Agora, por fim satisfeita com as suturas, pegou um rolo de gaze e começou a enrolar a mão do garoto.

— Não consigo mexer o polegar — falou Benny.

— Esse é o objetivo. A surpresa é que você ainda tenha um polegar. Você cortou o nervo. Em que você se cortou?

— A velha Quintilio Vaggelli — respondeu Slavoj. — A grande guilhotina com lâmina adamantina.

O Aleph balançou a cabeça.

— Vai ser uma merda para sarar. É provável que você precise de pontos, mas isso vai servir por enquanto. Como está a cabeça?

— Dói.

— Tome um Advil. Como está a costela?

Benny abraçou a si mesmo.

— Dói também.

Ela encontrou um velho pano de prato na cozinha, rasgou-o ao meio e amarrou-o no pescoço e no braço de Benny para fazer uma tipoia. Quando terminou, se levantou e se espreguiçou. Mackson pôs o braço em volta dos ombros dela e juntos examinaram o menino. A testa estava enfaixada e agora a mão estava imobilizada e na tipoia improvisada.

— Cara, você está uma merda — comentou Mackson.

— Obrigado — falou Benny.

— Você acha que ele está mal — disse Slavoj. — Deverria ter visto a Encadernação.

Benny sentiu-se fraco. Fechou os olhos. Memórias das visões que tivera surgiram como fantasmas. Lembrou-se da voz e estremeceu. O Beberrão ainda estava falando.

— … como uma cena de crime. Sangue por todo o lindo papel brranco…

As palavras iam e vinham. Benny sentiu a mão do Aleph pousando de leve em sua cabeça.

— Você está bem?

Ele engoliu em seco e respirou fundo.

— … chamei os rapazes de Liubliana para limpar tudo — dizia o Beberrão.

Benny se inclinou para a frente e apoiou a testa nos joelhos. O Aleph se abaixou, segurando a nuca dele com delicadeza.

— Benny? — A respiração dela fez cócegas em sua orelha. Ela estava tão perto. — O que é?

— Eu vi coisas — sussurrou. Ele não queria que Mackson ouvisse.

— O que você viu?

— Nunca vejo coisas, mas dessa vez eu vi. Palavras, flutuando. Então, eu ouvi aquela voz…

Ele olhou para ela. O lindo rosto estava a centímetros do dele. Ele queria contar a ela. Queria que ela soubesse. Tentou manter a mente aberta, mas a voz fraca e esperançosa que ouvira na Encadernação havia sumido, deixando-o com uma sensação de vazio por dentro, como se tivesse perdido algo precioso.

— Nada — respondeu ele, abaixando a cabeça outra vez. — Não foi nada — repetiu, surpreso ao descobrir que estava chorando.

— É melhor a gente o levar para casa. — Foi o que ele a ouviu dizer. Nesse instante, o celular dela começou a tocar. Ela o tirou do bolso e atendeu. — Oi…

44.

— Ah! — exclamou Annabelle, surpresa que alguém tivesse atendido mesmo àquela hora da noite. A voz era jovem, feminina e soava familiar. — Espero não ter acordado você. Estou procurando por... É o Aleph?

Silêncio do outro lado da linha.

— Não sei se estou pronunciando direito. Elfo? Alif? Aileaf?

— Quem quer saber?

— Você não me conhece, mas meu nome é Annabelle Oh. Sou a mãe de Benny Oh, sabe? Encontrei seu número no celular do meu filho. Não quero incomodar, é só que Benny desapareceu e eu estava ligando... Só queria saber... Você o viu?

Ela fechou os olhos. Ouviu um farfalhar que soava como animaizinhos. Será que estava sendo muito agressiva? O site para pais de crianças fugitivas alertava contra parecer zangada ou autoritária ao entrar em contato com os amigos do filho. Temendo que a garota desligasse, ela acrescentou:

— Quer dizer, você não precisa me dizer nem nada, mas se encontrar com Benny, poderia avisar que ele não está encrencado, mas que a mãe dele está muito preocupada e só quer...

Annabelle ouviu a voz da garota dizendo:

— É melhor você falar com ela.

E então, ao fundo, uma voz abafada dizer:

— Merda.

O telefone ficou mudo. Annabelle o pressionou contra a cabeça:

— Alô? Você está me ouvindo? Você está aí?

— Estou.

Era Benny. A voz dele, perto de seu ouvido, era tão familiar e querida, mas também estranha e distante.

— Ai, Benny, eu estava tão preocupada. Você está bem?

— Estou. — A voz do filho estava falhando. Bem no fundo da voz de taquara rachada, uma voz de homem esperava para sair. Mas ainda não.

— Onde você está? Quer que eu vá buscar você? Vou pegar um táxi. Apenas me diga... — Ela pôde imaginar o lampejo de impaciência no rosto do filho, a ruga se formando entre as sobrancelhas. Ouviu o suspiro dele.

— Estou bem. Estou com amigos.

Ele soava como Kenji.

— Quem? — indagou. — Quem está com você?

— Ninguém. Está tudo bem. Mãe, escute, tenho que ir. Volto para casa daqui a pouco, não se preocupe, tá?

Mas como ela poderia não se preocupar? Estava de pé, tropeçando pela cozinha, procurando o casaco, os sapatos, a carteira, mexendo no telefone.

— Benny, espere, onde você está? Quem está aí com você? Posso buscar você. Vou pegar um táxi. Não vá a lugar nenhum, ouviu? — E então, temendo parecer zangada e autoritária, falou: — Sinto muito, Benny. Não achei de verdade que você estivesse mentindo. É claro que você não mexeu nos ímãs idiotas e, mesmo que mexesse, tudo bem. Está tudo bem, sério. Só me diga onde... — Mas quando ela encontrou as chaves de casa debaixo de uma pilha de cartas na cozinha, ele desligou.

Mantenha a calma, dizia o site. Não culpe nem explore o sentimento de culpa de seu filho. Não implore.

Ela deveria ligar de novo? Não. Ele disse que voltaria para casa. Annabelle só tinha de confiar no filho. Olhou para os ímãs silenciosos na geladeira e subiu as escadas, voltando ao quarto de Benny. Pegou a caixa com as cinzas de Kenji da prateleira, levou-a para o banheiro. Sentou-se na beirada da banheira, levantou a tampa do vaso sanitário e abriu a caixa. Dentro havia um saco plástico grosso, como um saco para congelar alimentos, pesado, fechado com um arame torcido. Ela destorceu o arame e olhou o conteúdo.

— Vá pro inferno, Kenji.

Enfiou os dedos pela abertura do saco e pegou um pequeno punhado de cinzas.

— Eu estou muito brava com você — disse. — Sabe disso? Você teve um filho lindo. Você tinha uma boa esposa, sei que não sou grande coisa, mas éramos bem felizes, né? E você prometeu. Você disse que pararia, que procuraria ajuda.

Ela analisou o montinho de cinzas na palma da mão. As cinzas eram branco-acinzentadas, granulares como poeira lunar, misturadas com pedacinhos de ossos. Segurou a mão em concha com cuidado sobre o vaso sanitário.

— Preciso que me diga que está arrependido. Preciso ouvir isso.

Ela esperou. Um filete de cinzas escorregou entre os dedos dela e caiu na superfície da água, flutuando.

— Estou falando sério.

Ela abriu os dedos e mais algumas cinzas caíram, formando uma fina película pálida, que começou a se espalhar. Ela se sentia fria. Tão fria e sem vida quanto a lua. Então, mudando de ideia, fechou o punho novamente.

— Deixe para lá — falou. — É tarde demais. Eu não me importo se você está arrependido ou não. Você está morto. — Devolveu as cinzas à caixa. — Dar descarga é muito fácil. Preciso que você fique por aqui.

Ela recolocou a tampa na caixa, lavou as mãos na pia e assoou o nariz em um pedaço de papel higiênico, que jogou no vaso sanitário. Ele flutuou em cima do filme de cinzas. Ela deu descarga e observou-o desaparecer.

— Uma maneira tão estúpida de morrer.

Ela devolveu a caixa à estante de Benny e foi para o quarto. *A magia da arrumação* estava aberto na mesa de cabeceira, então ela subiu na cama, se ajeitou e começou a ler. O capítulo se chamava "Arrumação é amor" e, quando terminou, ela levou o livro para o Centro de Controle no andar de baixo, conectou-se ao computador e começou um novo e-mail.

"Cara sra. Aikon", escreveu. "Esta é a terceira carta de admiradora que tento escrever para você, mas sempre me acovardo e apago antes de enviar. Esta noite, porém, eu realmente preciso de alguém com quem conversar, e você parece ser uma pessoa muito legal, e além disso é uma monja zen, que é como um padre, certo? Então, talvez esteja tudo bem contar a você sobre meus problemas..."

Ela parou por um instante para estudar a foto da autora na contracapa do livro. Aikon tinha um rosto gentil. Havia tantas coisas que Annabelle queria dizer, mas de que adiantaria colocar tudo em um e-mail? Autoras assim, famosas, nunca leem as cartas de fãs, e escrever tudo parecia cansativo e fútil. Ela precisava agir. Clicou em Apagar e subiu as escadas até o quarto. Começando com a cômoda, passou a despejar as roupas na cama até que o colchão estivesse coberto por meias, roupas íntimas, sutiãs, camisetas, calças, moletons e suéteres. Então, encontrou um saco de lixo meio vazio e deu início a um descarte frenético.

A MAGIA DA ARRUMAÇÃO

Capítulo 2

Arrumar é amor!

Quando fui morar com o velho sacerdote, ele estava muito doente e seu pequeno templo estava decrépito e em ruínas. Tenho que admitir, fiquei completamente desapontada. Esperava morar em um elegante templo zen, com tatames novos, piso de madeira reluzente, pergaminhos lindos, estátuas esplêndidas e um jardim tranquilo. Como eu poderia fracassar em me tornar iluminada estando em um ambiente celestial assim?

E como eu poderia me tornar iluminada ali? O templo havia caído em completo abandono. As telhas estavam quebradas, as paredes estavam desmoronando. No jardinzinho coberto de mato, uma confusão emaranhada de cordas de varais continha roupas íntimas de estudantes pensionistas, cujos aluguéis forneciam uma renda escassa ao templo. Nos quartos, o tatame era velho e úmido e a madeira estava opaca. Os altares e as estátuas estavam cobertos de teias de aranha e havia desordem por toda parte! Era para isso que eu havia desistido de todos os confortos da minha vida? Viver em um quarto pequeno e miserável em um templo em ruínas e bancar a babá de um velho moribundo?

Minha decepção deve ter transparecido, porque durante nossa entrevista o velho sacerdote se desculpou. Sentamo-nos em almofadas em seu escritório nos aposentos do abade. Atrás dele, uma estátua empoeirada de Senju Kannon, a bodisatva da Compaixão, observava do altar com suas onze cabeças e mil braços. O corpo do velho sacerdote despencou como um caqui podre enquanto ele olhava desanimado ao redor da sala. O rosto dele estava encovado; e as bochechas, cobertas de barba grisalha.

— Sinto muito — falou o homem. — Tenho certeza de que não era isso que você esperava. Uma jovem monja atraente como você com certeza preferiria praticar em um templo zen mais elegante, com pergaminhos lindos, estátuas esplêndidas e um jardim tranquilo, não em um lugar triste e degradado, cuidando de um velho doente como eu.

Ele nem olhou para mim, mas parecia saber exatamente o que eu estava pensando. Senti vergonha por ele ter enxergado em meu interior e quis protestar, mas ele ainda estava falando.

— Sabe — dizia —, eu esperava que me mandassem um monge jovem e forte, que seria capaz de fazer a jardinagem e os reparos no prédio. Um monge jovem e inteligente com conhecimento sobre finanças e novas ideias para arrecadação de fundos, que poderia atrair novos patrocinadores e paroquianos, ser meu sucessor e assumir o cargo de abade quando eu morrer.

Ele suspirou.

— Mas, é claro — acrescentou baixinho —, isso é esperar demais de uma jovem como você.

Lembro-me vividamente daquele momento. Eu estava ajoelhada diante dele. Minha espinha enrijeceu e meu rosto corou. Fervendo de orgulho ferido, quase gritei.

— Hojo-san! Posso ser apenas uma monja, mas sou forte e capaz! Vou limpar seu templo e cuidar dos reparos. Tenho experiência em negócios e vou pensar em ideias para gerar renda e atrair novos paroquianos. Vou aprender a cuidar do jardim e vou cuidar de você também. Por favor, dê-me uma chance!

Curvei-me até minha testa tocar o chão e, quando voltei a me sentar, vi seus olhos brilhantes observando-me por baixo de suas sobrancelhas desgrenhadas e o menor dos lampejos de um sorriso.

Movida por meu ressentimento, limpei cada centímetro do pequeno templo. Lavei e consertei todas as vestes velhas do meu professor. Limpei os altares e cada uma das onze cabeças e cada um dos mil braços de Kannon. Encontrei operários para consertar as telhas e as paredes de estuque em ruínas. Mandei substituir o tatame desgastado e polir os pisos de madeira até que brilhassem.

Quanto mais eu trabalhava, mais eu gostava de cuidar do antigo templo e também de meu professor, mas, infelizmente, mesmo com a melhora das condições do templo, a saúde de meu professor piorou. Ele estava morrendo e não havia nada que eu pudesse fazer. No final das contas, eu havia falhado com ele. A situação financeira piorara. Reparos custam dinheiro e não o tínhamos, e eu não fizera nada para atrair novos patrocinadores ou aumentar o número de membros. Os monges novatos são chamados de *unsui*, nuvens e água, porque flutuam e fluem e não têm poder de permanência. Eu era apenas uma *unsui* inexperiente.

Como poderia salvar o templo? Eu não tinha habilidades, exceto o que aprendi durante meus anos no mercado de revistas de moda, o que não servia para nada no templo. A única habilidade prática que eu tinha era limpar e arrumar coisas.

A situação parecia desesperadora, e eu ficava acordada pensando. Mas então, uma noite, tive um lampejo de percepção que pareceu uma iluminação repentina. Fiquei tão empolgada que mal dormi e, na manhã seguinte, fui ver meu professor. Ele estava terrivelmente fraco na época, mas nunca perdeu uma única cerimônia ou período de zazen. Depois, levei chá para ele e perguntei se poderíamos conversar. Ele deve ter adivinhado pelo meu tom que o que eu tinha a dizer era importante, então se esforçou para ficar sentado, em vez de voltar a se deitar.

— Não vai demorar muito — avisei, e expliquei minha ideia. Contei como, apesar de meu desapontamento inicial, aprendi a amar o pequeno templo e como esse amor surgiu simplesmente ao limpá-lo e ao cuidar dele, centímetro por centímetro.

Como havia aprendido a amar Senju Kannon tirando o pó dela todos os dias, para que agora pudesse apreciar sua beleza e graça e sua infinita compaixão.

Como o polimento do chão me deu uma conexão profunda com as construções do templo, e também com as árvores que forneciam madeira para as tábuas do assoalho, e os monges que as esfregaram centenas de anos antes de mim.

Como capinar e varrer o musgo no jardim me ajudaram a entender que o importante não é *terminar* uma tarefa, mas apenas *fazê-la*, completamente.

Fazer me conecta a este momento, esta erva daninha, este pedaço de musgo. Este momento é a minha vida real. Não estou separada deste momento, nem das tábuas do assoalho, nem das árvores, nem dos monges, nem das ervas daninhas. E então as ervas daninhas voltam a crescer, e tudo bem também.

Não é muito, falei, mas talvez eu pudesse escrever um livrinho sobre esse método zen de arrumação. E talvez algumas pessoas o comprem e leiam, e isso as ajudaria, e talvez também trouxesse algum dinheiro para o templo. Eu sabia que essas não eram grandes e profundas revelações zen, apenas pequenas lições, mas senti que poderia compartilhá-las porque acreditava nelas de todo o coração e sabia que eram verdadeiras.

Limpar é uma prática de compaixão.

Capinar é uma prática de fé.

Arrumar é amor!

O LIVRO

45.

Eles deixaram Slavoj em frente à Gospel Mission e levaram Benny para casa pelo beco, sob a pálida luz do amanhecer. Quando passaram pelo local onde Kenji morreu, Benny desviou com cuidado, mas ninguém pareceu notar. O Aleph e Mackson estavam conversando em voz baixa sobre a reunião a que tinham comparecido, mas Benny não estava interessado. Sua cabeça doía. Sua mão doía. Sua caixa torácica doía. Não queria que eles vissem o lixão onde ele morava ou encontrassem sua mãe. Quando chegaram ao portão dos fundos, Benny parou, esperando que fossem embora, mas eles abriram o portão, empurrando o lixo para o lado como se já soubessem que estava lá. Um grande rato de telhado saiu correndo das lixeiras que transbordavam e desapareceu sob a casa.

— *Rattus rattus* — disse Mackson, e Benny viu a maneira como os dois se entreolharam. Ele subiu os degraus até a varanda dos fundos e, ao se virar para acenar, viu que estavam parados, lado a lado, encostados um no outro. Empurrou a porta, que bateu atrás dele.

A luz de teto da cozinha estava acesa. Ele a apagou e foi para a sala escura. Os LEDs piscantes do Centro de Controle pareciam uma pista de pouso de aeroporto à noite. Ele subiu as escadas, tentando não bater em nada ou fazer barulho. Ao passar pelo quarto da mãe, pôde ver que ela estava dormindo com *A magia da arrumação* virado para baixo sobre a barriga. Ao lado, havia um monte gigante de roupas. As gavetas da cômoda haviam sido esvaziadas e empilhadas no chão, exceto uma, ao pé da cama, que ela começara a encher de meias. Benny seguiu para o próprio quarto e acendeu a luz. *Perigo!* Algo estava diferente. A mochila dele estava na cama e o celular na mesa. A mãe estivera em seu quarto. Ele fez uma verificação rápida do perímetro do cômodo e analisou o armário em busca de algo que ela pudesse ter escondido, mas não havia nada. A estante, com o globo, os livros e a caixa de cinzas, também parecia exatamente como ele a havia deixado. Ótimo. Mas ainda assim, algo estava diferente.

— Pai?

Não houve resposta. Não que ele esperasse uma. Não ouvia a voz do pai fazia muito tempo. Talvez não estivesse ouvindo com a devida atenção. Talvez devesse se esforçar mais. Pegou a caixa de cinzas.

— Pai? Você consegue me ouvir?

A caixa parecia mais leve, como se houvesse um pouquinho menos de seu pai ali dentro. Mas como seria possível?

— Ei, pai, adivinhe? Fiquei chapado essa noite. Foi minha primeira vez. Fumei maconha com os caras naquele parque que você sempre me levava. Foi estranho e meio incrível no começo, mas depois eu meio que surtei.

O pai não respondeu.

— Um cara pensou que eu estava atacando, então ele me acertou com um taco de beisebol, mas não se preocupe, estou bem. Depois disso, fui para a Biblioteca ficar com uns amigos. Uma delas é artista e o outro é poeta. Os dois são muito legais. Acho que você iria gostar deles.

Ainda sem resposta. Ele queria contar ao pai sobre o Aleph, sobre a imagem dela, curvada sobre a mão dele, fazendo um curativo no ferimento. Como seu coração bateu forte quando ela tocou a costela machucada dele. Queria perguntar ao pai o que se deve fazer quando se acha que talvez esteja apaixonado por uma garota, mas ele não sabia como falar sobre essas coisas e, além disso, seu pai estava morto.

— Também escrevi uma história essa noite. É idiota, mas o Homem-B disse que estava boa. Ele é o poeta. E pensei em outra história que vou escrever, que é sobre você.

A caixa ainda não respondia. Nenhuma surpresa, mas por que parecia mais leve? Sentindo seu peso em uma das mãos, ele girou o globo e parou no *Lacus Somniorum*. Era o ponto lunar favorito de Kenji, e Benny teve uma visão repentina das cinzas do pai subindo lentamente em uma nuvem espiralada de matéria particulada, transmigrando para a superfície lunar e pousando no Lago dos Sonhos. As cinzas estavam deixando a terra, deixando o filho para trás.

Típico.

Ele recolocou a caixa na estante entre o globo e o pato de borracha, então se arrastou para a cama e se enrolou em uma bola apertada, abraçando o próprio peito, e foi assim que a mãe o encontrou quando acordou um pouco mais tarde.

* * *

Ele estava ferido. Havia um quadrado de gaze branca colado em sua testa e uma bandagem manchada de sangue enrolada na mão.

— Benny?! — exclamou ela, curvando-se sobre ele. — Benny, acorde!

Ele gemeu e virou para o outro lado.

Ela o pegou pelos ombros.

— Benny, você tem de acordar.

Ele abriu os olhos, confuso.

— Benny, olhe para mim. O que aconteceu?

Ele a viu e a confusão se dissipou. E desviou o olhar.

— Estou bem.

— Você não está bem. Você está machudado. Sua cabeça, sua mão. — Ela tocou o punho dele, a bandagem. — Ai, meu Deus, o que *aconteceu*?

Ele a empurrou.

— Mãe. Estou bem. Sério. Só preciso dormir.

Ela respirou fundo. E se ele tivesse uma concussão? Não era perigoso deixar alguém adormecer com uma concussão, ou isso era um mito? Ela não conseguia lembrar.

— Tudo bem — falou a mãe, tocando a ponta da gaze na testa dele. — Descanse. Vou chamar um táxi.

No caminho para o hospital, ele se recusou a contar o que havia acontecido. Também se recusou a contar à enfermeira da triagem do pronto-atendimento, insistindo que havia tropeçado e caído. Ele se recusou a deixar Annabelle ficar no consultório enquanto o médico examinava sua cabeça e suturava a mão e, conforme esperava, Annabelle ligou para a dra. Melanie. Deixou uma mensagem, pedindo uma consulta de emergência. Ligou para a delegacia e disse que o filho havia voltado para casa. O que mais? Estava tentando ser responsável. Minuciosa. Como se isso ajudasse a curar o filho e fazê-lo se sentir melhor. Olhou para o relógio na parede. As aulas começariam em breve, então ligou para avisar que Benny estaria ausente e foi colocada em espera. Estava tentando pensar no que dizer — Benny não está se sentindo bem, sofreu um acidente, está resfriado — quando a diretora atendeu.

— Ah, diretora Slater, sinto muito. Não queria incomodar. Só queria que alguém soubesse que Benny não está se sentindo bem e não irá para a escola hoje...

Houve uma pausa do outro lado da linha. Do fim do corredor, na recepção, um morador de rua discutia com a enfermeira. Do lado de fora, Annabelle ouviu a sirene de uma ambulância se aproximando. A diretora limpou a garganta.

— Sra. Oh. — Começou a dizer, devagar. — Não entendo muito bem o que está acontecendo, mas parece que a senhora não está ciente do fato de que Benny está ausente da escola há quase um mês.

PARTE TRÊS

PERDIDOS NO ESPAÇO

"As ideias estão para os objetos como as
constelações estão para as estrelas."

— Walter Benjamin,
Origem do drama trágico alemão

O LIVRO

46.

Perigo! Perigo!

O robô falava pelos minúsculos alto-falantes do notebook.

Perigo, Will Robinson!

Benny apertou o Pause.

— Pai, você sabe que tipo de robô é esse? Porque eu sei.

Eles estavam sentados no sofá da sala, com o computador de Kenji equilibrado entre eles sobre os joelhos. Annabelle estava no escritório. Benny estava resfriado e não ia à escola. Ele tinha sete anos. E tornara-se um especialista em *Perdidos no espaço* desde que o pai lhe apresentara. O garoto gostava de saber mais do que o pai. Que menino não gosta?

— Ele é o robô da lata? — Kenji perguntou. Estava bebendo cerveja em uma xícara de café. Bebeu um gole.

— Não.

— É o robô da lata de lixo?

— Não! É claro que não.

— Hum — fez Kenji. — Então não sei. Diga você.

— É um robô B-9 Classe M-3 de Controle Ambiental Não Teorizante de Utilidade Geral — explicou Benny, desfiando o nome como se fosse óbvio, de conhecimento geral, mas incapaz de esconder o orgulho por sabê-lo. Quando apertou Play, o robô começou a agitar os braços retráteis sanfonados.

Atenção! Atenção! Não computado. Não computado. Não posso aceitar esse curso de ação.

— Papai?

— Sim, Benny?

— Então, eu li em um site que começaram a fazer *Perdidos no espaço* em 1965.

— É mesmo?

— Bom, é o que diz o site. Passou na tevê de 1965 a 1968.

— Tudo bem. Acredito em você.

— Mas o programa era para ser o futuro, certo? Era para ser 1997 e tinha muitas pessoas aqui na Terra, então os Robinson partiram na Estação Espacial Um.

— Exato. Eles querem encontrar um novo planeta para viver.

— Eu *sei* disso. Mas não faz o menor sentido: 1997 não é o futuro. É o passado. Em 1997, eu ainda nem tinha nascido...

— Era futuro para as pessoas de 1965.

— Eu *sei*! — impacientou-se Benny. — Foi o que eu disse! Mas se 1997 era o futuro *naquela* época, então *agora* é mais futuro ainda, certo? Agora já é 2009!

Kenji tomou um gole de cerveja.

— Então, qual é a sua pergunta, Benny?

— Se agora é o futuro, como é que não há missões espaciais? Ou foguetes com astronautas voando para outros planetas?

— Hum — fez Kenji. — Boa pergunta.

— Porque *antes*, pelo menos havia missões lunares, certo?

— Certo.

— Então, o que aconteceu? Por que eles pararam?

— Quem sabe o tempo esteja andando para trás?

Benny revirou os olhos.

— Isso é idiotice.

— Quem sabe não haja mais razão para missões lunares? Custou muito dinheiro voar para a Lua, e depois... Nada. A Lua não tem nada. Nada para levar. Nada para vender. Nada para matar e comer. Tudo já está morto na Lua, e se você não pode ganhar muito dinheiro, qual é o sentido? Melhor fazer guerras e matar uns aos outros aqui na Terra. — Ele ergueu os braços como se estivesse segurando um fuzil de assalto automático e carregado e fingiu atirar na sala de estar. — *Ra-tá-tá-tá-tá-tá-tá...* — imitou.

Benny afundou ainda mais nas almofadas e mordeu os nós dos dedos.

— Isso é idiotice.

— É mesmo. — Kenji parou de atirar, colocou o braço em volta dos ombros do filho e deu-lhe um aperto. — Matar é idiotice. O melhor é ficar vivo. — O menino relaxou, brincando com os dedos do pai. Estavam com o cheiro do baseado que ele acabara de apagar, doces e fumarentos.

— Pai?

— Sim, Benny.

— Quando você era criança, você estava vivo quando os astronautas pisaram na Lua?

— É claro! Eu tinha a mesma idade que você. Seis anos.

— Eu tenho sete!

— Tudo bem, mas eu tinha seis anos. Era 1969, eu era um menino muito novo e preocupado, porque no Japão temos um conto de fadas sobre um coelho que vive na Lua, e eu estava com medo de que o grande astronauta dos Estados Unidos machucasse o coelho da Lua. Mas todo mundo me disse para não me preocupar! O astronauta dos Estados Unidos é um homem muito gentil. Ele não vai machucar nenhum coelho da Lua! Mas ainda assim eu estava preocupado.

— Mas ficou tudo bem, certo?

— Ficou tudo bem. Assistimos na velha tevê em preto e branco porque não tínhamos internet naquela época. Então, vimos o primeiro astronauta, o sr. Neil Armstrong, descer a escada para a Lua e dizer algumas palavras famosas: *Um pequeno passo para um homem. Um grande salto para todos os outros.* Algo assim. Você conhece essas palavras? Muito famosas. Então, decidi me tornar astronauta também.

— Sério?

Kenji assentiu.

— Meu sonho era participar de uma missão lunar. Andar na Lua.

— Então, por que você não foi? Os astronautas ainda faziam coisas assim naquela época...

— No Japão ainda não tínhamos astronautas. Então, em vez disso, pratiquei clarinete e desisti do meu sonho de ir para o espaço sideral.

— Por causa do clarinete?

— Por causa da música. — Ele fechou os olhos e deixou a cabeça cair para trás contra as almofadas. Benny esperou, observando um leve sorriso no rosto do pai, como se estivesse ouvindo algo agradável, distante. Às vezes Kenji fazia isso, adormecia, e Benny tinha que cutucá-lo e dizer *Terra para o papai. Terra para o papai. Você me escuta?* para trazê-lo de volta. Mas dessa vez não foi preciso, pois Kenji suspirou e começou a falar. — A música é como o espaço sideral, Benny. Não há necessidade de voar para outro lugar. Tudo é tão lindo aqui.

Mas Benny não estava convencido. Franziu a testa.

— Um garoto na escola disse que o pai dele falou que toda a caminhada na Lua foi falsa.

— Não — contestou Kenji, balançando a cabeça e endireitando-se. — Esse pai está errado. Foi real. — Ele colocou o computador no colo, fez uma busca rápida e apertou o Play. Era uma filmagem da NASA da missão lunar Apollo 11. Assistiram à forma fantasmagórica de Armstrong no traje espacial branco, descendo lentamente a escada do módulo de pouso e, em seguida, pisando da borda para a superfície da Lua.

— Está tudo embaçado — reclamou Benny. — Não parece de verdade.

— Psiu. Ouça.

Em meio aos bipes e à estática, os dois ouviram as palavras com ainda mais estática: *Um pequeno passo para um homem, um grande salto para a humanidade.*

— Viu? — exclamou Kenji. Eles observaram Armstrong se afastar lentamente do módulo de pouso, relatando a condição dos suportes, a poeira fina sob suas botas, a primeira pegada humana na superfície lunar e, em seguida, Aldrin descer. Colocaram as câmeras, a placa comemorativa e a bandeira dos Estados Unidos. Passo a passo, aprendera a como ser corpos lunares, como andar, virar, se equilibrar e abaixar, e em pouco tempo estavam saltando pela superfície empoeirada, a atração da gravidade da Lua sendo suficiente apenas para mantê-los em pé, na superfície, e para evitar que saíssem flutuando.

— Tudo bem, isso é muito legal — disse Benny a contragosto. — Eu iria gostar de ser astronauta. Iria gostar de andar na Lua.

— Eu também, filho. Eu também.

BENNY

Eu me lembro disso! Alguns dias depois, meu pai voltou para casa com uma grande caixa de papelão e, quando a abri, era o globo lunar. Fiquei tão animado. Minha própria lua! Ele falou que tinha encontrado em uma loja de antiguidades, e minha mãe ficou brava, disse que eu era só uma criança e que ele não deveria comprar antiguidades caras para uma criança porque as crianças não conseguem apreciar coisas assim, e que eles não tinham dinheiro para pagar por isso. Eu me lembro que ouvir essa briga acabou comigo, porque amei o globo de cara e não queria que minha mãe me obrigasse a devolver. Mas, no fim, ela não fez isso. Depois meu pai comprou para mim todas as estrelinhas que brilham no escuro e as grudou no teto, e fez uma constelação especial só para nós chamada de Cheery Ohs, e a essa altura a raiva da minha mãe já tinha passado, então naquela noite apagamos as luzes e nos amontoamos na minha cama, nós três, e ficamos lá, olhando a nossa constelação brilhando no escuro.

Às vezes, nos sentávamos na minha cama com o globo lunar e líamos todos os nomes das crateras de impacto, e tínhamos de escolher aquela em que queríamos pousar. Mamãe sempre escolhia a Baía do Orvalho ou a Baía do Arco-íris, e papai gostava do Lago dos Sonhos. Sempre escolhi o Mar de Vapor, que fica ao lado da Baía do Calor Fervente, porque gostava do som dessas palavras, principalmente depois que pesquisei e aprendi o significado. Nenhum de nós escolhia o Mar da Tranquilidade ou o Mar das Tempestades porque outros astronautas já tinham pousado lá.

E nenhum de nós foi para o lado sombrio da lua, exceto meu pai, pelo menos não de propósito. Mas, às vezes, a gente fazia a lua girar, você tinha de fechar os olhos, abaixar o dedo e parar; onde quer que seu dedo caísse, aquele era o seu lugar, e era preciso inventar uma história sobre ele. Era um ótimo jogo, mas minha mãe pousou no Mar da Crise três vezes seguidas, e meu pai continuou pousando em lugares minúsculos como o Pântano das Doenças e o Lago da Morte. Ele achava engraçado, mas isso assustava minha mãe, então paramos de brincar.

Mas eu me lembro de uma vez que mamãe pousou no Mar da Fertilidade e inventou uma história sobre uma astronauta que pousou lá, depois voltou à Terra e não conseguia parar de ter filhos. Todos eram filhos pálidos que ela batizou com nomes de crateras menores, então os nomes eram Copérnico e Clavius e Schickard e Humboldt, Bel'kovich e Al-Khwarizmi, e tivemos de memorizar os nomes e aprender a pronunciá-los. Não consigo me lembrar de todos agora, mas tinha muitos outros, pelo menos vinte filhos pálidos, e todos eram minúsculos astronautas, e a mãe tinha de ficar de olho neles porque a gravidade da Terra não era forte o suficiente para segurá-los e eles saíam flutuando. Dentro de casa tudo bem se flutuassem, porque só colidiam com o teto, batiam a cabeça e começavam a chorar, e ela podia subir em uma escada, agarrar um pé e puxar para baixo de novo, mas do lado de fora era um problema; a mãe tinha de amarrar cordões nos tornozelos dos filhos quando saíam para passear. Ela dizia que todo mundo a olhava, andando pela calçada com os aqueles bebezinhos em cordões, balançando como um grande monte de balões pálidos.

Era uma história excelente mesmo e mamãe continuou acrescentando novas partes todas as noites durante algumas semanas. Não me lembro onde estava o pai da história. Na verdade, acho que não havia um pai. Acho que a astronauta já era mãe solo e os filhos simplesmente surgiram por causa de seu pouso no Mar da Fertilidade, que era a razão da história, o fato de que ela não precisava de um pai, para começo de conversa. Ela e os filhos viveram muitas aventuras legais juntos, mas depois os filhos pálidos começaram a crescer, e, quanto maiores ficavam, mais difícil era para a mãe segurá-los no chão, então começaram a ter problemas na escola e tal. No fim, as coisas ficaram tão ruins que tiveram que fazer uma conferência familiar e os filhos pálidos disseram à mãe que tinham de voltar para a Lua. Era importante para a autoestima, disseram. Eles tinham de voltar para encontrar sua cratera de impacto e descobrir quem eram. A astronauta ficou muito triste ao ouvir isso, mas percebeu que tinha de permitir que fossem embora, porque queria que os filhos tivessem identidades saudáveis e muita autoestima, mesmo sabendo que se sentiria muito sozinha sem eles. Os filhos pálidos se ofereceram para levá-la junto de volta à Lua, mas ela disse que não, porque era terráquea e uma só viagem à Lua lhe bastava. Quando chegou o dia, ela levou todos os filhos para fora em seus cordões e usou sua tesourinha de bordado para cortar os cordões, e um por um os filhos flutuaram para o céu azul brilhante, acenando conforme ficavam cada vez menores e cada vez mais pálidos, prometendo voltar à Terra, mas nunca voltaram.

Era um fim realmente triste. Não sei onde papai estava na noite em que mamãe acabou de contar a história. Talvez ele estivesse fazendo um show ou algo assim, porque estávamos apenas eu e ela deitados na minha cama, e quando ela acabou, ficamos em silêncio, olhando para as estrelas no teto e nos sentindo muito chateados, e então ela falou que talvez devêssemos inventar um fim diferente, e concordei, e assim fizemos. E no novo fim, assim que o menor dos meninos começou a flutuar entre as árvores, olhou para baixo e viu a mãe chorando e, no último minuto, agarrou o galho mais alto de uma árvore muito alta e segurou firme. E como ele ainda era pequeno, a força da gravidade da Lua não era tão forte sobre ele, então o menino foi capaz de se arrastar de volta descendo pela árvore, até alcançar a mãe. Ele segurou a mão dela e falou que tinha mudado de ideia. Ele era diferente dos outros meninos, disse, mais pé no chão, e queria tentar encontrar sua identidade aqui mesmo na Terra. A mãe ficou muito feliz, o que ajudou na autoestima do filho; ela o levou para dentro, e, no dia seguinte, foram a uma sapataria comprar um par especial de sapatos superpesados feitos com solado de ósmio brilhante que o seguraria no chão, e na escola todas as crianças queriam sapatos como os dele, então o menino se tornou muito popular.

Era um final muito melhor.

O ósmio é o material mais pesado do mundo e, pensando bem, era disso que meu pai precisava. Ele precisava de sapatos superpesados feitos com solado de ósmio para segurá-lo no chão. Sabe quando ele disse tudo aquilo sobre a música ser como o espaço e que não precisava voar para outro lugar porque tudo era lindo aqui na Terra? Na verdade, tenho certeza de que era besteira. Talvez ele costumasse se sentir assim, mas quando eu tinha sete ou oito anos meu pai já estava entrando em outra dimensão, e ele e mamãe brigavam muito. Era principalmente por causa dos baseados — que nunca chamavam assim, pelo menos não na minha frente, mas eu sabia o que estava acontecendo. Meu pai queria parar e de fato tentou, mas simplesmente não conseguiu, e eu sempre sabia quando recomeçava, porque era como se ele estivesse perdido no espaço, orbitando alguma outra galáxia, e não havia nada que o segurasse. Nem mesmo ósmio. Nem mesmo eu.

Mas lembro que houve uma época, no passado, eu era bem pequeno, quando meu pai não precisava do baseado e a música era mesmo *tudo* para ele, o universo inteiro, e grande o suficiente para conter todos nós. E eu era *tudo*, e minha mãe também era *tudo*, éramos *tudo* naquela época, e me lembro de como era quando todas as coisas eram lindas.

Essa é a verdade sobre meu pai. Quando ele estava vivo, estava totalmente vivo. Eu me lembro dele tocando sua canção favorita, "Sing Sing Sing (With a Swing)", da gravação ao vivo de 1938 no Carnegie Hall. Ele tocava sem parar, e sempre que a ouvia começava a chorar, mas eu nunca conseguia entender o porquê, então ele tentava explicar.

É ao vivo, Benny! Ouça! Esse é Babe Russin no sax tenor. E Harry James no trompete. E Gene Krupa na bateria... Ah, cara, ouça essas batidas, ele está arrasando!

Ainda agora posso ouvir a sua voz, e vê-lo também, batendo o pé ao som do grupo e sacudindo a cabeça e o corpo todo balançando para cima e para baixo. Eu achava tão legal que tentava imitar. Ouvíamos o trio de trompetes e, uns sete minutos depois, ele fechava os olhos e dizia: *Espere, espere! Lá vem o Goodman...!* E ouvíamos o solo de clarinete puro e sinuoso, e meu pai vibrava, esperando por aquele dó insano e inacreditavelmente agudo, e, quando Goodman tocava, ele gritava *Sim!* e me abraçava com tanta força, *É isso, Benny! Ah, cara, isso que é um jazz quente! Matador...*

E aí, bem nesse momento, é que Goodman cede o solo de piano a Jess Stacy, o que começa bem suave e gentil, e alguém da plateia, ou talvez um dos músicos da banda, grita *Yeah, daddy,* e o rosto do meu pai se abria naquele grande sorriso; ele me balançava e sussurrava, *Preste atenção no Debussy, você consegue ouvir o Ravel?* tentando me fazer ouvir com os ouvidos dele, e quando Stacy termina, o público explode em aplausos, Krupa levanta as baquetas e harmoniza tudo isso, o rosto do meu pai está coberto de lágrimas, os olhos estão brilhando e ele me abraça apertado, dizendo: *Ouça, filho! Isso é viver plenamente, é assim que temos de ser!*

O LIVRO

47.

Mas Kenji não estava vivo. Ele morreu, deixando Benny para trás.

Benny estava de volta à escola agora. Annabelle não permitia mais que ele pegasse o ônibus sozinho e, embora isso criasse problemas em seu fluxo de trabalho diário, ela insistia em ir com o filho pela manhã e pegá-lo novamente à tarde. No primeiro dia de volta, ao se aproximar da escola com a mãe a reboque, como um dirigível gigante, Benny ouviu os outros alunos rindo. Na sala, ouviu os colegas de classe falando pelas costas dele e, mais tarde, no refeitório, zombando... *Ei! Benny! É o seu sanduíche que está falando. Não me coma! Por favor, não me coma!* Era cruel, mas a essa altura Benny estava acostumado a ouvir as vozes falando coisas assim e mal notava. Se você perguntasse a Benny como se sentia, ele encolheria os ombros e responderia que bem, mas, na verdade, estava entorpecido e distante, como se tudo na sua vida estivesse acontecendo a uma distância muito grande. É normal que o passado e o futuro de alguém pareçam distantes, mas o aqui e o agora de Benny também pareciam assim. O espaço e o tempo estavam irremediavelmente emaranhados, e o momento presente tornava-se cada vez mais remoto. Com o decorrer das semanas, ele se sentia como se estivesse em um ônibus espacial intergaláctico, passando por um buraco negro em direção a outra estrela. Ainda podia ouvir as vozes das coisas falando, mas elas também estavam distantes, envoltas em um ruído branco tão espesso e denso que o garoto mal conseguia entender o que diziam.

O que, ele diria, era ótimo. O problema era quando alguém, como um conselheiro ou a enfermeira da escola ou um assistente social ou a professora de educação especial, falava com ele e esperava uma resposta. Era aí que tudo desmoronava. E agora havia muita gente à espera de respostas, porque agora ele estava sendo avaliado como uma criança com deficiência, com direito a receber um Programa de Educação Individualizada, feito sob medida para atender às suas necessidades. Annabelle lutou muito por isso. Logo depois que a evasão escolar de Benny foi descoberta, ela foi chamada para uma reunião com a diretora Slater. Ficou sentada na cadeira dura olhando para a parede onde estavam os muitos diplomas emoldurados da diretora, conforme a mulher lhe contava sobre os e-mails falsos.

— Ele deve ter acessado sua conta — explicou a diretora, navegando até a caixa de entrada. — Estou surpresa que não tenha notado. Espero que não compartilhe suas senhas com ele. Não recomendamos isso, você sabe. — Ela franziu a testa para a tela, digitou algo e virou o monitor para que Annabelle pudesse ver.

Annabelle se inclinou para a frente e estudou o e-mail que o filho, aparentemente, havia escrito. Como ela poderia ter deixado de ver aquela troca de e-mails indo e voltando? E como ele poderia ter acesso à conta dela, para começo de conversa? Mas então se lembrou da facilidade com que adivinhou a senha do celular dele e ocorreu-lhe que ela e Benny se conheciam muito bem, e que isso era algo que poucas mães podiam dizer sobre os filhos. Sentiu uma pontada de orgulho por essa inesperada confirmação do vínculo entre os dois e então percebeu a letra que faltava.

— Ah, olhe! — afirmou, apontando. — Não tem o *h*! Está faltando uma letra do meu e-mail de verdade, e você não percebeu.

A diretora olhou para a tela.

— Inteligente — falou, seca.

Annabelle recostou-se na cadeira. *Era* inteligente. Benny deve ter feito uma conta falsa e desviado os e-mails para lá. Não é de admirar que ela não os tivesse visto. Aquele *h* despercebido fez toda a diferença. As letras eram tão importantes!

A diretora abriu outro e-mail, esse com um anexo.

— Aqui está o atestado da médica, que ele falsificou, presumindo que a dra. Stack seja real.

— É claro que é — falou Annabelle. — Dra. Melanie Stack. O atestado estava escrito em um papel timbrado ridiculamente alegre, e ela sorriu, a contragosto. O logotipo, um ursinho de pelúcia segurando um balão com uma carinha sorridente, combinava perfeitamente com a dra. Melanie. Leu a carta e começou a rir. Não pôde evitar.

— Você leu isso?

A diretora Slater franziu a testa.

— Como?

— A carta. Você leu?

A diretora girou o monitor de volta.

— Ele escreveu *internado* errado — observou Annabelle. — E *esquizoafetivo* também.

— Não se trata das habilidades de ortografia de seu filho, sra. Oh. Se ele viesse para a escola...

— Não, é claro, sei disso. Mas só estou me perguntando: como você pode ter pensado que esse atestado foi escrito por uma médica?

A careta no rosto da diretora se aprofundou. Ela respirou fundo.

— E nós estamos nos perguntando, sra. Oh, como você pode não saber que seu filho de quatorze anos está matando aula há semanas. Como não soube do paradeiro de Benjamin por... — Ela digitou uma série de comandos de busca — Vinte e seis dias, para ser exata? — Girou o monitor novamente, recostou-se e esperou.

Ela tinha razão, é claro. Annabelle desabou na cadeira dura como um balão com uma carinha sorridente furado. Era verdade, como? A diretora estava animada agora, de braços cruzados, dando-lhe um sermão sobre os perigos da evasão escolar. Sobre os tipos de problemas em que jovens podem se meter quando os pais são negligentes. Sobre drogas, crime e predadores sexuais. Annabelle olhou para as próprias mãos enquanto ouvia, passando nervosamente o dedo indicador sobre as saliências da unha do polegar. Todas as unhas dela tinham ondulações, o que, ela leu, era sinal de alguma condição médica, mas não conseguia se lembrar qual, apenas que provavelmente não era saudável. Também tinha uma unha encravada. E se perguntou se poderia haver um cortador de unhas na bolsa. Ela teve um, uma vez. Vários, na verdade.

— Sra. Oh — dizia a diretora. — Você tem alguma ideia de onde Benjamin estava? Com quem ele estava? O que ele fazia todos os dias quando deveria estar na escola?

— Ele disse que estava na Biblioteca — respondeu Annabelle, preocupando-se com a unha encravada. — Disse que estava lendo livros.

— E você acreditou?

— Sim. Acreditei. Quer dizer, acredito. — A diretora olhou para ela, incrédula. — Não, sério — insistiu Annabelle. — Benny ama a Biblioteca. Ele sempre amou, mesmo quando era bebê.

A diretora tirou os óculos e balançou a cabeça.

— Sra. Oh — ponderou. — Com todo o respeito, trabalhei na administração de escolas de ensino médio durante toda a minha vida e nunca encontrei um caso de uma criança que faltou para ir à biblioteca. Crianças que faltam vão a shoppings. Vão a lojas de sapatos e ao Starbucks. Ficam em parques, becos e fábricas abandonadas. Não vão a bibliotecas.

— Ah, mas você está errada! — declarou Annabelle. — Eu o vi lá, eu mesma. Ele ia todos os dias durante as férias de verão e uma vez fui conferir como ele estava. Ele estava sentado em uma das escrivaninhas com uma grande pilha de livros ao lado. Tinha adormecido lendo...

Mas a diretora parou de ouvir. Folheava uma pasta e agora tirava uma folha de papel.

— No início do ano letivo, enviamos a você uma carta, que você assinou, indicando que entendia as políticas de frequência do distrito.

Ela colocou na mesa, diante de Annabelle, a carta, que de fato trazia sua assinatura, e que ela se lembrava vagamente de ter assinado, mas que na verdade não tinha lido.

— Então, sabe que, como mãe, é sua responsabilidade legal garantir que seu filho frequente a escola até os dezesseis anos — prosseguiu a diretora. — O não cumprimento é considerado negligência educacional, e o distrito pode entrar com uma petição de evasão escolar na Vara da Infância e da Juventude. No caso de absenteísmo crônico, não temos escolha a não ser fazê-lo.

Annabelle ergueu os olhos da carta.

— Espere, o quê? Você vai me levar a julgamento?

— É a lei, sra. Oh. — Vendo a consternação no rosto de Annabelle, ela suavizou. — É claro que ainda não chegamos nesse ponto, e espero sinceramente que não precisemos, mas tenho de avisá-la...

— Não — disse Annabelle, balançando a cabeça. Ela se endireitou e colocou as duas mãos na mesa da diretora. — Não, me desculpe, isso não está certo.

— Como?

— Isso não está certo. Benny não é um delinquente juvenil, matando aula e frequentando o shopping ou o Starbucks. Ele odeia shoppings. Não aguenta o Starbucks. O barulho é demais para ele, mas tanto faz. A questão é que meu filho tem um transtorno mental, diretora Slater, e vocês sabem disso, e se ele está matando aula é porque a escola não está atendendo às necessidades dele. Então, vamos falar sobre isso, tudo bem? Vamos conversar a respeito disso.

***

O que se seguiu foi uma sequência de encontros, avaliações e reuniões, aos quais Benny foi obrigado a comparecer. Uma equipe foi montada com a professora de educação especial, a enfermeira da escola, a assistente social e o responsável pelo caso. Todos lhe faziam perguntas, queriam respostas, e Benny achava tudo tedioso e angustiante. A escola era legalmente obrigada a fazer adaptações, mas Benny não queria adaptações. Ele estava bem, insistia. Do jeito que estava. É claro, ouvia as coisas falando, mas e daí? Na maioria das vezes, podia ignorá-las. Por que todos não podiam simplesmente ignorá-lo também?

Em casa, a mãe também queria respostas. Estava empenhada em manter os canais abertos e criar oportunidades de diálogo.

— Benny? ... *Benny*? ... BENNY!

— O quê?

— Como foi a escola hoje?

— A mesma coisa.

— Você aprendeu alguma coisa interessante?

— Não.

— Fez novos amigos?

— Não.

— Você tentou? Falou com os outros...?

— Não.

— Como está a mão?

— Ótima.

A mão estava sarando e os pontos haviam caído, deixando um talho vermelho e irritado como cicatriz, mas ele ainda se recusava a dizer como havia se machucado. O médico do pronto-socorro puxou Annabelle de canto depois de suturar a mão e falou que a ferida parecia ter sido infligida por uma lâmina afiada, de uma faca ou até uma espada. Provavelmente, o agressor atacara de cima, cortando em movimento descendente, e o garoto havia levantado o braço em legítima defesa. O médico segurou o braço para demonstrar, mas depois, quando Annabelle perguntou a Benny, ele negou.

— Não foi nada disso que aconteceu.

— Então, o que aconteceu?

— Nada. Foi um acidente.

Ele se recusou a dar mais explicações; Annabelle terminou ameaçando levá-lo à delegacia e registrar uma denúncia.

— Mãe — falou o garoto, cansado. — Não vão me prender. Não fiz nada.

Annabelle estava na porta do quarto dele e examinou o filho. Benny estava sendo sarcástico? Rindo dela? O tom de voz dele era indistinto e sem afetação. Ele estava apenas afirmando um fato, e provavelmente estava certo, a polícia não ajudaria, e isso também a frustrava.

— Mas *alguém* fez! Alguém machucou você, Benny. Você poderia ter perdido o polegar! Você sabe como é passar pela vida sem polegar? E o da sua mão direita! Precisamos esclarecer isso.

Benny balançou a cabeça. Sentou-se na beira da cama, brincando com a colher.

— Falei que foi um acidente. Caí e cortei o dedo em alguma coisa. Estava escuro. Eu não consegui ver. Não me lembro.

— Qual dos dois, Benny? Você não conseguiu ver ou não se lembra?

— Não me lembro.

Annabelle franziu a testa. Será que ele estava mentindo? Por que ele não se lembrava? Estava usando drogas?

— O médico falou que você foi atacado. Que parecia um ferimento de faca ou de espada.

— Mãe. As pessoas não carregam espadas hoje em dia, caso você não tenha notado.

Isso foi sarcasmo, sem dúvida. Ele estava impaciente, batendo com a parte de trás da colher no joelho.

— Quais pessoas? — perguntou Annabelle. — Com quem você estava?

— Amigos — respondeu, equilibrando a colher no dedo indicador.

— Você estava com aquela garota. Aleph ou algo assim. O número dela estava no seu celular...

— O que tem ela? — De repente, a voz dele soou cautelosa.

— Quem é ela?

A colher oscilou.

— Ninguém. Só uma amiga.

Se Annabelle detectou o desejo na voz dele, ignorou-o e continuou interrogando-o. Tinha um palpite. Chame de intuição de mãe.

— Ela é a amiga de Mackson? Você a conheceu no hospital?

A colher caiu e ele a pegou novamente.

— Não — respondeu. — É uma amiga da escola.

Ela o pegara.

— Você não tem amigos na escola, lembra? — Tentou manter o toque triunfal dissociado da voz, mas ele entrou em cena, e Benny o percebeu.

— Tudo bem. Menti. Eu a inventei. Ela não existe. Feliz agora?

Que tipo de mãe se sente feliz quando pega o filho contando uma mentira? Que tipo de mãe se regozija com a falta de amigos do filho? Ela cruzou o limiar do quarto, sentou-se ao lado dele na cama e colocou o braço em volta dos ombros estreitos dele. Sentiu o corpo do filho estacar.

— Benny, querido. Eu só quero ajudar. É bom que você tenha feito alguns amigos no hospital. Mackson parece um garoto perfeitamente legal, mas ele é muito mais velho do que você e, na verdade, não sabemos nada sobre ele...

— Mackson não é meu amigo.

— Ou essa garota, Aleph. Ela também é mais velha?

Ela sentiu os ombros dele baixarem. Ele assentiu.

— Então, por que ela iria querer ser amiga de um garoto como você?

Benny parecia estar encolhendo sob o peso do braço dela. Ela o apertou uma vez, depois outra, tentando bombear um pouco de vida para ele.

— Só não quero ver você se machucar, Benny. Quero que você tenha amigos, mas amigos apropriados para a sua idade, tudo bem?

Talvez agora que você está nesse novo programa da escola, encontre garotos que estão na mesma sintonia que você.

Ela o apertou novamente, e Benny largou a colher. Annabelle se inclinou para pegá-la, e os versinhos infantis vieram à tona na mente dela. *Hey, diddle diddle, the cat and the fiddle, the cow jumped over the moon. The little dog laughed to see such craft and the dish ran away with the spoon.*

Era um dos versos que ela usara para ajudar Kenji a pronunciar os *Ls*. Ela recitava e ele repetia, de forma densa, desajeitada, rindo da própria pronúncia terrível. Kenji não conseguia dizer *diddle* ou *fiddle*, mas adorava dizer *spoon*. Quando ela estava grávida, carregando na barriga grande o filho, Kenji a envolvia e a embalava por trás. *Spoooon*, sussurrava no ouvido dela, prolongando a palavra. *Spoooooooon*. Depois que consertou a cadeira de balanço para ela, ela pintou a imagem da vaca pulando sobre a lua crescente no encosto, e quando Benny nasceu, Annabelle se sentava lá e balançava ao amamentar. Ela se lembrou de como era, embalar uma vida nova e tão pequena nos braços e sentir a força surpreendentemente determinada dos lábios dele no mamilo. A cadeira de balanço viveu no quarto de Benny por muito tempo, até alguns anos antes, quando ele disse que não a queria mais. Ela ficara grande demais para se sentar nela, mas não suportaria jogá-la fora, então mudaram a cadeira para o quarto dela. Agora, segurando a colher nas mãos, ela queria tanto dizer o versinho em voz alta, mas se deteve. Olhou para Benny, que ainda estava de ombros caídos ao seu lado, olhando para o chão; depois estendeu a mão e pousou a base do cabo da colher no joelho dele. Ela esperou e, como o filho não reagiu, moveu a colher para a frente e para trás algumas vezes, fazendo-a dançar.

— *Hey, diddle diddle* — sussurrou.

Ele afastou o joelho.

— Pare.

BENNY

Eu amava aquela colher. Era velha e de prata — talvez não de prata pura, talvez misturada com alguma liga ou algo assim —, mas não importava, porque quem a fez realmente sabia o que estava fazendo. Sabia como fazer uma colher com a forma exata para segurar na mão e colocar na boca, mesmo que a mão e a boca ainda fossem pequenas. E eu tinha certeza de que alguém lindo uma vez comeu algo delicioso com aquela colher, porque podia sentir a memória de belos lábios, e podia provar a delícia toda vez que colocava a colher na boca e a ouvia cantarolando de prazer. Quem fez aquela colher a fez para esse fim, e a colher estava feliz. Sempre ficaria feliz, desde que estivesse ajudando alguém a comer.

Era por isso que sempre comia com ela, e por isso a carregava comigo o tempo todo, e por isso tinha medo de que ela fosse roubada. O versinho dizia que o prato fugiria com a colher, e acreditava que isso poderia acontecer. Imaginava tipo uma cena de sequestro, e peguei o hábito de nunca deixar a colher sozinha quando eu lhe dava as costas, ainda mais se tivesse um prato por perto. Em vez disso, eu a lambia e colocava no bolso. Coisas de criança boba, o que tudo bem quando eu era criança, mas não foi tão bem no ensino médio. Alguns dos outros garotos me viram fazendo isso no almoço, e um idiota a pegou e correu para fora, os amigos foram atrás, e eles se divertiram brincando de bobinho, jogando-a de um lado para o outro por cima de minha cabeça e gritando como merdas como, Ei, bobinho, ei, retardado, vem pegar, até que o sinal tocou e eles a jogaram no telhado. Eu lembro disso. A aparência da minha colher, girando pelo ar como uma roda prateada e, em seguida, o som que fez quando caiu. O refeitório tinha apenas dois andares, e o telhado não era tão alto, mas inclinado, e ouvi a colher batendo na calha da chuva, onde ficou. Eu não conseguia ver, mas depois disso, sempre que passava pelo prédio, podia ouvi-la cantarolando lá em cima. Ia contar o que tinha acontecido à professora de necessidades especiais e tentar pegar de volta, mas então decidi não fazer isso. Saber onde ela estava era o bastante. Mesmo que minha comida não tivesse um sabor tão bom, e a colher não parecesse tão feliz, pelo menos eu sabia que ela estava segura desde que eu pudesse ouvi-la cantarolando.

E sobre a minha mãe, me senti mal, mas ela estava me deixando louco com tantas perguntas. Sei que ela só estava tentando ajudar, mas eu não podia contar o que tinha acontecido naquela noite na Encadernação, sobre todas as folhas de papel sussurrantes e sobre as palavras flutuando na luz verde. Não podia contar sobre você.

Eu não sabia bem quem você era ainda. Era tudo muito esquisito, muito doido. Não podia nem contar para o Aleph ou para o Beberrão. Não que eu ainda os visse, mas ainda assim. Meu medo era que, se contasse a alguém que tinha um livro me seguindo, narrando a minha vida, iriam me prender pelo resto da merda da eternidade.

O LIVRO

48.

A dra. Melanie mudou novamente o plano de tratamento. Estava preocupada com a letargia, a dormência, o ganho de peso e a sensação de distanciamento que Benny relatou após retornar à escola. Na mente da dra. Melanie, sintomas como esses eram farmacológicos; nunca lhe ocorreu que poderiam ser os efeitos colaterais não da medicação, mas da própria escola. Em todo caso, era verdade que, uma vez iniciado o novo tratamento, os efeitos colaterais particulares diminuíram, mas acabaram sendo substituídos por outros, em especial inquietação, agitação e espasmos musculares erráticos súbitos que eram impossíveis de controlar. Para Benny, parecia que ele estava mastigando um pedaço de papel-alumínio, como se seu coração estivesse sempre prestes a explodir, mas esses também poderiam ser os efeitos colaterais do amor.

— Então — falou a dra. Melanie, no início da consulta seguinte. — Como está se sentindo?

Como ele poderia explicar? Que estava apaixonado pelo Aleph, mas ela não o amava? Que seu coração estava partido? Ele tinha quatorze anos! Nunca tinha se sentido assim e não sabia como traduzir seus sentimentos em palavras, então, a alternativa foi fazer uma careta e se afundar na cadeira, com o cabelo caindo no rosto.

— Você sempre me pergunta isso.

Ela se inclinou para a frente, estudando-o.

— Sempre pergunto como você está se sentindo?

— Sim.

— E você não gosta disso?

— Não. — Ele pôde sentir a mandíbula travar e os dentes começarem a cerrar.

— Você não quer que eu saiba sobre seus sentimentos?

— Definitivamente não.

— Como isso faz você se sentir?

Ele sentia raiva. Ele sentia aquilo nos dentes. Apertou os olhos e lhe lançou um olhar maligno.

— Com vontade de *morder.*

— Tudo bem — falou a médica, recuando, mas disfarçando bem. — Me morder?

— Não! — exclamou ele, exasperado. — As suas *palavras*. Morder e cuspir.

Ele começou a ter pensamentos paranoicos. A mãe não o deixava ir a lugar nenhum depois da escola, especialmente à Biblioteca, e ele não via o Aleph desde que ela e Mackson o levaram para casa após o incidente na Encadernação. No início, os dois trocaram mensagens de texto com frequência. Benny contou sobre as proibições, e as aulas de educação especial, e a dor de voltar à escola, e o Aleph respondeu com mensagens encorajadoras, dizendo para que ficasse tranquilo e se lembrasse de respirar, o que era difícil de fazer quando a visão dos balões com palavras dela o deixavam sem fôlego. Mas então, de repente, as mensagens pararam. Benny continuou a enviar mensagens, e as mensagens pareciam estar chegando, mas ela nunca respondia e, quando ele tentou ligar, recebeu uma resposta automática dizendo: "O número para o qual você ligou não está aceitando chamadas no momento". Essa recalcitrância numérica não o surpreendeu, ele sabia como os números podiam ser aleatoriamente inconstantes, mas depois de uma semana inteira sem nenhuma palavra, Benny teve que concluir que o problema não eram números pouco confiáveis e sim que o Aleph havia bloqueado suas ligações.

Ele se perguntou se a mãe havia entrado em contato com a garota e dito alguma coisa que a colocara contra ele, mas isso nem sequer fazia sentido. O Aleph não iria bloqueá-lo do nada sem dar algum tipo de justificativa. Então lhe ocorreu que talvez fosse culpa do celular dela, que ele o estava bloqueando. Afinal, dispositivos eletrônicos não eram confiáveis, e talvez ela nem soubesse que Benny estava tentando contatá-la! Mas como Benny nunca fez nada para despertar a inimizade do celular, também teve que descartar essa teoria. Então começou a se preocupar. Convenceu-se de que algo terrível havia acontecido com o Aleph, que ela ficara sem dinheiro, fora mandada de volta para a enfermaria psiquiátrica ou fora atropelada por um caminhão. No ônibus de ida e volta para a escola, Benny se sentava no assento ao lado da mãe e observava pela janela, inquieto e mastigando seu bocado de papel-alumínio, examinando as calçadas em busca de uma garota magricela de coturno e cabelos cinza emaranhados, ou de um velho circulando em cadeira de rodas pela rua, seguido por uma nuvem ondulante de plástico branco.

Ele não aguentava mais. Tinha de voltar à Biblioteca para procurar o Aleph, então disse à mãe que precisava fazer uma pesquisa para um projeto de ciências, e ela falou que o levaria depois do trabalho. No ônibus, Annabelle fez todo tipo de perguntas sobre o projeto e ofereceu-se para ajudá-lo, mas ele a repeliu e, chegando lá, deixou-a na seção de periódicos conforme fazia uma varredura metódica de cada piso, do térreo ao topo.

A Biblioteca parecia diferente agora. Ao chegar ao Piso Nove, seus pés, por hábito, o levaram em direção à passarela íngreme e ao cantinho improvável, mas quando se aproximou, viu que seu compartimento estava ocupado por outra pessoa e que a mulher digitadora e o garoto da astronomia haviam sumido. Eles sempre estiveram lá, mas agora estranhos ocupavam seus lugares. Benny parou na passarela. Estava mesmo no piso certo? Inclinou-se sobre o corrimão para verificar, olhando por nove andares até o subsolo.

Ele estava bem no topo. O vento frio que vinha da Encadernação o fez estremecer. Procurou ouvir a voz fraca e esperançosa que ouvira naquela noite, mas tudo o que conseguiu escutar foi o vento. Quando o vento falou, ele obedeceu.

Desceu as escadas até o subsolo, passando pelas portas pesadas e entrando na área de Processamento de Livros. Naquela noite, o amplo salão permanecera totalmente quieto, mas agora chiava em plena atividade, com movimentos e ruídos. Carrinhos trepidavam, rodas rangiam, bibliotecários empurravam os carrinhos de lá para cá e uma intrincada rede arterial de esteiras transportava um fluxo constante de livros de uma estação automatizada para outra. Aquele sistema computadorizado e mecânico de classificação de livros, de última geração, foi instalado como parte da reforma, e os livros ficaram transtornados de repugnância. Ansiavam por mãos humanas, pelo toque humano. Ficavam furiosos com a indignidade de sua situação enquanto eram girados, sacudidos, rotacionados, escaneados, separados e deslizados por rampas barulhentas para dentro de contêineres ou içados hidraulicamente em carrinhos. Era mais do que um livro poderia suportar, e seus lamentos se elevavam acima do clamor das máquinas: *Não somos aparatos! Nós, que antes éramos sagrados, próximos a Deus!*

O som da aflição deles era quase humano. Benny pressionou as mãos contra os ouvidos. Tinha de se concentrar. Viu a sala dos funcionários e foi naquela direção, mas uma bibliotecária com um leitor de código de barras o interceptou.

— Posso ajudar? — perguntou. Estava apontando o escâner portátil para o peito dele. Parecia uma arma de raios. Ou uma arma sônica. *Atenção!*

Ele deu um passo para trás e ergueu os braços.

A bibliotecária gesticulou com sua arma.

— Está procurando alguém?

— Não — respondeu ele. *Nível de Alerta: Laranja!* Como ela sabia?

— Você não tem permissão para ficar nesta área — informou. — É fechada ao público.

Sua mente estava agitada. Ela parecia familiar. Não era uma bibliotecária muito grande. Da altura dele ou até menor. Talvez, se fosse rápido, conseguisse desarmá-la e fugir para a sala dos funcionários. Talvez o Aleph e o Homem-B estivessem lá, e mesmo que não estivessem, provavelmente havia comida suficiente naquela geladeira para vários dias, e se ele tivesse a arminha sônica da bibliotecária, poderia tomá-la como refém e prendê-la até que a Biblioteca estivesse disposta a negociar, então ele poderia se oferecer para trocá-la pelo Aleph, que deveriam estar escondendo em outro lugar. Onde? A Encadernação! Eles a mantinham prisioneira na Encadernação! A perna de Benny se contraiu e ele deu um passo à frente.

A bibliotecária recuou.

— Ei — disse ela. — Você está bem? Vou chamar alguém que possa ajudar. Apenas relaxe. Espere aqui.

Perigo! Nível de Alerta: VERMELHO! VERMELHO! VERMELHO!

Ela era rápida, mas Benny era mais rápido. Quando a bibliotecária pegou seu dispositivo de comunicação, ele girou nos calcanhares e disparou para a saída, e uma fração de segundo depois estava subindo as escadas para a segurança. Subiu os degraus dois de cada vez. O menino não era tão rápido quanto costumava ser, mas ainda era rápido o suficiente para deixar a bibliotecária baixinha para trás. Chegou ao primeiro andar e continuou subindo pelos pisos Dois, Três, Quatro, até ficar sem fôlego; então parou na escada, ofegando, mas tentando respirar em silêncio porque também estava tentando ouvir, ouvir passos atrás de si, alertas e advertências, mas não havia nada, apenas sua respiração, mais lenta, e algumas palavras fracas, arrastando-se atrás de seus pensamentos, como um eco, *como um eco...*

Estava sozinho. A placa na porta da escada dizia: PISO CINCO, então ele escapuliu através dali e foi procurar o velho banheiro masculino, onde o Beberrão bebia vodca com os amigos. Por que não havia pensado nisso antes? É onde eles estariam! Tinha certeza de que se lembrava da localização. Seguiu a rota que o Aleph havia feito, passando pelos 331.880, mas, de novo, as coisas pareciam diferentes. As prateleiras da seção sobre Sindicatos e Direitos Coletivos dos Trabalhadores estavam quase vazias, e, quando chegou ao local onde deveria estar a porta do velho banheiro masculino, havia apenas uma parede vazia e nenhum sinal de banheiro.

Será que o banheiro era real ou ele o inventara? *O que é real?* Essa era sua pergunta filosófica, aquela que o Beberrão o ajudara a descobrir e que Benny vinha praticando. Na escola, quando uma professora dizia alguma coisa, ele se perguntava: *Essa pessoa é real?* E se decidisse que não, nem se dava ao trabalho de reagir. Quando caminhava do ponto de ônibus para casa e a calçada começava a falar com ele, perguntava: *Você é real?* E se a calçada respondesse, ele contemplava sua natureza concreta e o esforço que ela fazia para suportar o peso dele.

Agora, de frente para a parede branca, perguntou-lhe: *Você é real?* Como a parede não respondeu, ele caminhou até lá e a tocou. Parecia tão sólida e real quanto uma calçada. Se a parede fosse real e ocupasse o lugar onde deveria estar a porta do banheiro, o que isso queria dizer sobre o banheiro? As duas coisas não poderiam ser reais.

Balançou a cabeça para desanuviá-la. Será que eram os remédios? Às vezes, eles dificultavam sua capacidade de raciocínio e agora Benny precisava se concentrar, porque se o banheiro fosse irreal, nada do que se lembrava daquela tarde no banheiro poderia ser real. Os zeladores eslovenos gêmeos não eram reais. A vodca não era real. O próprio Beberrão poderia não ser real, e, nesse caso, sua questão filosófica também não era real. E, é claro, isso não fazia sentido, porque a pergunta parecia muito real, era a coisa mais real que ele conhecia, e, nesse caso, de onde ela veio?

Ele pressionou o ouvido contra a parede, escutando. Ouviu o gorgolejar de um cano d'água e percebeu que estava pensando de trás para a frente. Uma vez que a pergunta era real, logo o banheiro também teria de ser real. Tem de estar logo atrás daquela parede. A parede devia estar escondendo o banheiro, e talvez estivesse escondendo o Aleph também, mantendo-a à força dentro do banheiro. *Ela está lá dentro?*, questionou. *Você está com ela?* Ele esperou uma resposta, mas a parede não estava falando.

Ele recuou o mais longe possível pelo corredor, parando em Distribuição de renda e Macroeconomia clássica. A partir dali, poderia começar a correr. Se ao menos tivesse uma arma de cerco, ou um aríete, ou mesmo uma lança. Ele se abaixou como aprenderam a fazer na aula de ginástica e olhou para a parede, e então, uma voz fraca gritou...

Não, Benny, espere...!

Era a parede, clamando por misericórdia? Mas era tarde demais, porque ele já estava descendo pelos 339 e ganhando velocidade.

Bam!

O menino se chocou contra ela com força, mas a parede o repeliu, e ele caiu de joelhos. Atordoado, esfregou o ombro e observou a parede, então se levantou para tentar de novo. Ao se abaixar e ficar na posição inicial, ouviu a voz fraca chamando.

Ah, Benny, não...

Tinha que ser a parede! A parede estava fraquejando, cedendo ao ataque, então ele atacou novamente, dessa vez com o outro ombro, mas a parede o repeliu de novo. Benny começou a chutá-la, encorajado pelo som oco que confirmava a suspeita. Atrás da placa de gesso, a parede escondia o banheiro onde o Aleph esperava ser resgatada por ele.

— *Estou indo!* — gritou, socando e chutando e, assim que a parede começou a ceder e abrir caminho, a Segurança da Biblioteca chegou para contê-lo e escoltá-lo para longe das estantes.

* * *

A bibliotecária baixinha estava em pé no escritório da segurança quando Benny foi levado até lá. Ele estava dócil agora, mas quando ele viu que ela ainda tinha a arma sônica presa a um coldre no quadril, petrificou.

— Relaxa, carinha — disse o segurança, e assim ele fez. A essa altura, Benny estava tranquilo a respeito do segurança. O nome dele era Jevaun. Ele tinha dreadlocks e parecia um dos músicos com quem o pai saía.

— Sente-se — orientou Jevaun, apontando para uma cadeira giratória. Benny se sentou.

Jevaun virou-se para a bibliotecária:

— É ele?

— É ele — afirmou a bibliotecária baixinha, e então se virou para Benny: — Você está bem?

A cadeira giratória estava diante de um panóptico, composto por um balcão de monitores de vídeo que o fez se lembrar do Centro de Controle da mãe. Imagens granuladas em preto e branco da câmera de segurança piscavam em cada uma das telas. Ele olhou para aquilo imaginando que poderia ver o Aleph ou o Beberrão em algum canto, mas o tremor das imagens feria seus olhos, e ele teve de desviar o olhar. Na mesa de metal à frente havia um sanduíche de presunto pela metade e um livro aberto chamado *Babel-17*, e ambos pareceram irritados ao encontrá-lo sentado ali. Eles não gostavam de ser interrompidos, e a cadeira também estava inquieta, mas Jevaun falou para ele se sentar ali, então Benny tinha que ficar. Tinha de fazer o que mandavam. Olhou para os próprios tênis. Os dedos doíam de tanto chutar. Os Air Maxes não fizeram nada para protegê-lo. Não eram mais confiáveis. Os nós dos dedos também estavam arranhados por causa dos socos, então os colocou na boca e começou a chupá-los. Tinham gosto de ferro, mas eram quentes como sangue. Todos na sala estavam quietos e observando-o, então ele tirou os nós dos dedos da boca.

— O que foi? — perguntou, olhando ao redor.

— Você está bem? Lamento ter chamado a Segurança, mas estava preocupada. Você está com sua mãe ou outra pessoa?

Era a bibliotecária baixinha que falava. Ele se distraíra com o gosto dos dedos e se esquecera dela. O que ela estava fazendo ali? Sorrateiramente, Benny a fitou de soslaio. A mulher usava óculos engraçados. Ele olhou para os tornozelos dela.

— *Wang wang* — falou Benny.

— Desculpe?

— *Kokekokko!* — disse ele.

— Lamento, eu não...

— *Gaggalago! Grunz grunz! Grok grok!*

Ele tinha fechado os olhos e se sentado bem aprumado na cadeira giratória, com o pescoço alinhado, enquanto latia, grunhia e cantava. A bibliotecária o encarou e o segurança deu um passo à frente.

— Ei, amigo — avisou. — Agora você tem que relaxar...

E, bem nesse instante, Annabelle irrompeu pela porta. Estava na seção de periódicos, folheando uma pilha de revistas de artesanato, quando percebeu que estava ficando tarde. Conferiu as horas. Por que Benny estava demorando tanto? Folheou outro artigo sobre impressão com placa de gelatina e depois outro sobre feltragem com agulha. Por fim, foi até o balcão de informações para perguntar se poderiam chamá-lo ou ajudá-la a localizá-lo de alguma forma. Eles já tinham feito isso.

— Benny! — gritou ela, empurrando o guarda. Correu para o filho e abraçou o rosto dele contra a barriga.

— *Shhhh* — disse. — Calma, coração, calma. — Ela olhou para o segurança e a bibliotecária. — O que aconteceu?

— Eu o encontrei no Piso Cinco — falou o segurança. — Chutando e socando a parede, gritando sobre um banheiro. Não tem banheiro lá, expliquei a ele. Se você precisa de um banheiro, precisa ir ao Piso Quatro, mas ele continuou batendo.

— Ah, meu amor — sussurrou Annabelle no topo da cabeça do filho. — Você precisava fazer pipi?

BENNY

Eu juro que minha mãe é maluca. Ela é mais maluca do que eu. Tudo bem, é claro que toda a coisa da parede foi bem insana, mas, de novo, os remédios estavam fodendo com a minha cabeça, e eu tinha certeza de que o Aleph era refém dentro daquele velho banheiro masculino e a parede do mal era tudo o que havia entre nós. Acontece que eu estava errado sobre a parede, e o banheiro ficava no Piso Quatro, como Jevaun informou. Devo ter lembrado errado.

E estava errado sobre a voz fraca que ouvi também. Não era a parede, era? Foi você. Você estava tentando me avisar, mas como eu poderia saber?

No fim, talvez tenha sido bom toda aquela merda ter acontecido do jeito que aconteceu, porque foi por conta dos meus latidos e grasnidos que minha mãe encontrou Cory. Ela é a bibliotecária baixinha que lia para nós na Hora das Crianças. Eu não a reconheci de cara. Estava muito assustado com o escâner dela e tentando descobrir como desarmá-la e sequestrá-la. Mas depois, no escritório de segurança, minha mãe fez aquele comentário bem inapropriado sobre ir ao banheiro, e foi então que Cory nos reconheceu também. Ela olhou para a minha mãe e depois para mim, e de repente exclamou, Ei! Eu conheço vocês! Você é o garotinho que se sentava embaixo do meu banquinho e segurava meu tornozelo! Era a coisa mais fofa do mundo! E minha mãe falou, Ah! Você é a bibliotecária infantil! E Cory respondeu, Ah, ele cresceu tanto! E minha mãe, Ah, não! Ele ainda nem teve o estirão de crescimento!

E fiquei sentado ali, morrendo de vergonha, com todos os pontos de exclamação das duas parecendo agulhas voadoras nos meus ouvidos, e ao mesmo tempo me lembrando de outras coisas também, sobre estar embaixo do banquinho e o padrão da saia da bibliotecária, e o cheiro quente de mulher, e como era bom segurar o tornozelo dela enquanto ela lia, tipo um pervertido em miniatura ou algo assim. Quanto isso é assustador? Mas mesmo que pareça assustador, não é assim que me sinto. Eu era muito pequeno para ser um pervertido. Só me lembro de como era quente e seguro lá embaixo, com as vozes ao meu redor.

Portanto, na verdade, há duas razões pelas quais foi bom que tudo tenha acontecido do jeito que aconteceu. Um: a Cory garantiu que eu não fosse detido nem banido da Biblioteca. Eu só tinha de prometer que falaria com um bibliotecário sempre que os visitasse, para que soubessem que eu estava lá. Essa foi uma coisa boa. A outra coisa boa foi que, por causa da minha tentativa de derrubar a parede, Cory e minha mãe se tornaram amigas, mais ou menos. Não de imediato. Com o tempo. Minha mãe ficou sem amizades depois que meu pai morreu e, mais do que nunca, ela precisava mesmo de uma.

O LIVRO

49.

Quando a mensagem do Aleph finalmente veio, Benny estava na aula de matemática. Era o terceiro período, no terceiro andar, na sala 332, uma sala de aula de que ele não gostava porque o 2 não combinava com os 3, o que dificultava a concentração. O celular dele vibrou no bolso, Benny deu uma olhada furtiva, e seu coração pulou direto para a garganta e ficou ali. A mensagem dizia:

Pega uma autorização de corredor. Vai no banheiro.

Ele tinha acabado de ir, mas levantou a mão e, surpreendentemente, a professora deixou. Ele saiu da sala e foi em direção ao banheiro do terceiro andar.

O banheiro do primeiro andar, perto da saída da West Street.

Desceu as escadas correndo. Os corredores estavam vazios e seu tênis rangia. Entrou no banheiro e ficou lá, esperando. A porta se abriu e ele se enfiou em uma baia. Ouviu um zíper sendo aberto e o som de xixi, e então o telefone vibrou.

Vem aqui fora. A barra tá limpa.

Mas não estava. A pessoa ainda estava fazendo xixi. Foi o xixi mais longo da história do universo. Ninguém poderia fazer xixi por tanto tempo. Ele pressionou a cabeça na parede da baia. Rápido, pensou.

Rápido!

Ou estava ouvindo coisas? Talvez a pessoa já tivesse terminado e saído, e o que estava ouvindo fosse um eco. Uma impressão auditiva. Do som do xixi. Permanecendo na memória do mictório ou na mente. Ele ouviu a dra. M. dizendo *É uma alucinação, Benny. Seu cérebro está causando isso. Não é real.* Mas parecia tão real!

O que é real?, perguntou o velho poeta. Ele se inclinou e espiou por baixo da baia bem a tempo de ver os sapatos do cara fazendo xixi girarem enquanto fechava o zíper e se dirigia à porta. Nikes. Eram reais. Ele não estava alucinando.

Rápido!

Ele saiu da cabine e lavou as mãos. O corredor ainda estava vazio e a barra estava limpa. Tentou parecer determinado ao caminhar em direção à saída, como um garoto normal que tinha um compromisso importante. Um compromisso médico, com um médico ou algo assim. Um menino normal com uma mãe normal que estava sentada lá fora dentro do carro, esperando com o motor ligado. Só que sua mãe não tinha carro e não dirigia, e o único veículo estacionado nas proximidades era uma van branca velha com uma barata gigante pintada na lateral. Sobre a cabeça da barata, palavras diziam: *Serviço de Controle de Pragas* AAA. Embaixo, as palavras diziam, *O fim das baratas!* A barata estava olhando por cima do ombro, parecendo assustada.

Procure a van branca.

Não foi preciso. Já tinha visto, e agora via o Aleph. Ela estava encostada no para-choque, olhando para o celular. Era um dia de outono glorioso, claro e fresco, e um vento brusco limpou a fumaça do ar; o sol brilhava, fazendo o cabelo branco e doido dela cintilar como um LED. Quando Benny chegou à calçada, ela ergueu os olhos e acenou. O garoto perdeu o ar porque ela estava tão reluzente e bonita.

— Por que você demorou? — perguntou o Aleph, abrindo a porta do passageiro para ele.

— Fiquei preso no banheiro.

— É — falou ela. — Acontece.

Sentou-se ao volante, ligou o motor e atravessou a entrada principal da escola. Instintivamente, Benny se abaixou, afundando no banco, mas quando passaram pelo refeitório, onde a colher ainda zumbia na calha, ele ergueu a cabeça e escutou. O zumbido estava mais triste hoje. Fraco e solitário. Abaixou-se de novo e olhou para fora da janela suja. Estavam seguindo a rota do ônibus para o leste, que contornava a periferia de Chinatown, o mesmo que ele pegava para ir para casa. Ele não queria ir para casa. Pensou que a escola provavelmente telefonaria para sua mãe quando percebessem que ele não tinha voltado do banheiro, e em como ela enlouqueceria.

— Talvez seja bom mandar uma mensagem para a sua mãe — sugeriu o Aleph. — Para ela não se preocupar.

Como ela sabia?

— Sim — concordou Benny, porém não fez nada. E ouviu a si mesmo dizendo: — Onde você esteve? — A voz soou errada, rabugenta como a de sua mãe, mas depois que começou, não parou mais. — Mandei mensagem um milhão de vezes, mas você nunca respondeu. — *Cala a boca agora!* — Achei que você estava morta ou coisa assim...

Era como se as palavras tivessem vida própria. Ele virou o rosto para esconder o constrangimento. Passaram por um albergue, uma loja de comida cantonesa e um açougue chinês. Patos depenados pendurados pelos longos pescoços na vitrine. Ele viu um velho chinês passeando com um pug. Sentiu a mão dela tocando seu antebraço.

— Às vezes só preciso desaparecer — explicou ela. A voz dela estava rouca por conta de algo que ele não sabia o quê, mas a garota apertou o braço dele e sorriu. — Também sentimos sua falta, Benny Oh.

Seu coração pulou de alívio, uma alegria acelerada e, nesse momento, outra mão agarrou seu ombro por trás.

— Sim, fiemos resgatarr você!

— Puta merda! — resmungou Benny. Ele se virou no assento e sentiu o cheiro da vodca. — Você me assustou.

O Homem-B gargalhou. Estava inclinado para a frente na cadeira de rodas, que estava presa às paredes laterais da van. Ele apertou os ombros de Benny com força com as duas mãos e deu aquele sorriso banguela. Havia algumas mochilas e uma bolsa de pano no chão, atrás do banco do motorista. Benny se virou.

— Para onde estamos indo? — perguntou Benny ao Aleph.

— Estamos indo prra montanha — respondeu Slavoj.

* * *

Rumaram para o leste, saindo da cidade, seguindo os trilhos que atravessavam a zona industrial expandida. Era a mesma estrada principal pela qual havia passado de ônibus quando visitou o estúdio do Aleph e, quando passaram pelo prédio da fábrica fechado com tábuas, ele apontou:

— Aquele não é o seu estúdio?

— Era — respondeu o Aleph, mantendo os olhos na estrada. — Tivemos que mudar.

Havia tensão em sua voz, tristeza em seu perfil. Ele desviou o olhar. A estrada passava por uma longa ponte que se estendia sobre a enseada. Abaixo, as docas se projetavam como dentes à mostra, alinhando as mandíbulas do estuário. Enormes guindastes vermelhos estendiam os dedos para saudar as barcaças e os porta-contêineres que faziam fila como vacas pacientes, esperando para serem ordenhadas. Trens de carga gemiam no pátio de manobras. Depois da ponte, a estrada virava para o norte e contornava a costa, e logo eles começaram a subir. O Aleph ligou o rádio e uma enxurrada de palavras saiu, enchendo a van com sons guturais de *chhh* e *dzzz* que Benny não entendia, mas que reconhecia como originários da mesma língua, sinuosa e apaixonada, que o Beberrão usava quando discutia poesia com os zeladores. O Aleph mexeu nas estações e o velho começou a reclamar, então ela sintonizou uma estação de jazz, o que o acalmou. "Blue Monk" começou a tocar. Era uma das favoritas de Kenji. Atrás dele, o Beberrão começou a roncar. Benny fechou os olhos, ouviu o improviso do clarinete e, quando o piano voltou a tocar, também já havia adormecido.

Acordou quando a van parou.

— Chegamos — falou o Aleph, desligando o motor.

Estavam em uma clareira no fim de uma estrada de terra, cercados por árvores escuras e verdes, tão altas que ele não conseguia ver o topo. A luz do sol de outono se infiltrava pelos galhos, incidindo sobre a poeira no para-brisa sujo e formando minúsculos arco-íris. Ele esfregou os olhos. Por quanto tempo estiveram viajando?

O Aleph desceu da van, e Benny a seguiu, entrando em um poço frio e profundo de silêncio. Nunca tinha ouvido nada parecido. O mundo vociferante estava completamente quieto e, no silêncio, o garoto começou a discernir os sussurros do vento no alto das copas das árvores, o rangido e o suspiro ocasionais da madeira, além de sons pequenos e arredondados que eram os pássaros da floresta entoando notas, como minúsculos seixos coloridos captando a luz e cintilando no silêncio escuro.

Então soaram passos no cascalho, o rangido de dobradiças enferrujadas e a voz do Aleph, chamando da parte de trás do carro:

— Ei, Benny, preciso de você.

Ela precisa de mim, pensou, girou nos calcanhares e correu até ela.

A garota estava se engalfinhando com a rampa de metal da parte de carga. Ele pegou pelo outro lado e puxou. O atrito do metal foi alto, mas não o incomodou. Ele a observou com cuidado para sincronizar melhor seu puxão com o dela, e pôde ver os músculos vigorosos dos braços dela e a cavidade sob a axila que se curvava em direção ao volume do seio sob a camiseta regata. Ele podia ver as minúsculas marcas de tatuagem, como picadas de pulga descendo ao longo do dorso de seu antebraço. O fim da rampa estalou ao atingir o chão.

No interior escuro do carro, o Beberrão alinhava as rodas da cadeira com a borda superior da rampa, tal qual um esquiador testando a camada de neve no portão de largada. Aquela cadeira era diferente da cadeira elétrica habitual. Era do tipo dobrável, compacta e ágil. Ele fez alguns ajustes, deslocando o peso para a frente e para trás, acomodando a pasta no colo, então um sorriso maníaco apareceu em seu rosto.

— Em suas marcas — falou. — Preparar... — E, com um uivo que subiu espiralando e ultrapassou a copa das árvores, deu um impulso e passou pela porta. A cadeira desceu a rampa e deslizou pela estrada, adernando e enviesando, até que por fim tombou, jogando o velho no chão.

— Ai, mas que caralho — xingou o Aleph.

Ela saiu pela estrada atrás dele e Benny a seguiu. A cadeira estava de lado, as rodas girando. O Homem-B estava deitado ao lado, imóvel, sua pasta aberta e o conteúdo todo espalhado.

— Ei — chamou ela, agachando-se ao lado dele. — Você está bem? — Ele abriu os olhos e concordou com a cabeça, em um movimento tímido.

Ela se levantou e cruzou os braços, olhando para ele.

— Tudo bem, isso foi incrivelmente idiota — censurou ela, então se virou e foi embora.

Benny ajudou o velho a voltar para a cadeira, pegou as páginas espalhadas e o empurrou de volta até a van. O Aleph estava lá dentro, puxando uma grande mochila.

— A cadeira dele está boa?

— Mais ou menos. A roda entortou.

— Ah, que maravilha. — Ela passou a mochila e um punhado de cordas elásticas para Benny. — Amarre isso nas costas, ok?

— O que é?

— Coisas de acampamento. — Ela pulou da van, pendurou uma mochila no ombro e apontou para outra. — Sacos de dormir.

Esse é seu. — Ela olhou para o Homem-B, que estava organizando os papéis na pasta. — Você trouxe isso?

— É claro — respondeu ele. — Prreciso dos meus poemas.

— Que ótimo. — Ela bateu as portas do carro. — Vamos.

O Aleph os conduziu a uma velha estrada pavimentada que subia a montanha e, assumindo a liderança, logo os deixou para trás. O Beberrão a seguiu e Benny ficou na retaguarda. Em pouco tempo, a força do Homem-B começou a diminuir, então Benny começou a empurrar. O velho recostou-se na cadeira, apoiando as mãos na pasta.

— É uma boa estrrada, hein? — comentou por cima do ombro. — Muito melhor do que a passagem alpina pelos Pirrineus que Valter Benyameen atrravessou fugindo dos nazistas. Ficou sabendo deze trrágico episódio da histórria, jovem estudante?

— Não — respondeu Benny. — Foi o filósofo que se matou, certo?

— Exato. É uma histórria muito trriste. Ele erra um judeu alemão, vivendo no exílio em Paris. Quando Hitler invadiu a Frrança, Benyameen quis fugir prra os Estados Unidos, mas erra um refugiado apátrida, então não conseguiu os documentos de saída. Zua única esperança era escalar os Pirrineus até a Espanha e tentar ir de lá.

A estrada estava se estreitando. Pesados galhos de cedro pendiam do alto e bloqueavam o céu. Raízes musculosas se estendiam por baixo da estrada, provocando pequenas ondulações sinuosas e rachaduras no asfalto.

— Foi uma jornada árdua, e Benyameen não erra um homem robusto. Apenas quarrenta e oito anos, mas tinha um corração fraco. E tinha a maleta pesada que carregava. Tinha o manuscrito de um livro. Zeu último livro.

A roda torta da cadeira do velho balançava no chão irregular.

— Ele viajou com várrias pessoas. A caminhada levou dois dias porque ele tinha de parrar muitas vezes. A cada dez minutos tinha que largar pasta e descansava exatamente um minuto. Ele marcava o tempo com o relógio de bolso. Até que por fim chegarram no topo.

Dali, podiam ver a costa espanhola abaixo e as águas azul-escuras do Mediterrâneo. Imagine! Como deviam estar se sentindo trriunfantes! Mas quando descerram até a cidade no porto e tentarram comprar uma passagem de trrem, forram detidos pela polícia espanhola. A polícia disse a Benyameen que ele tinha entrrado na Espanha ilegalmente e seria deportado de volta para a França no dia seguinte.

Eles fizeram uma curva e a estrada pavimentada terminou.

— Forram escoltados pela polícia até um pequeno hotel. Naquela noite, em zeu quartinho imundo, Valter Benyameen tomou morfina e morreu.

Benny se inclinou e empurrou com mais força; a cadeira balançou para a frente.

— Então, os outros foram mandados de volta?

— Não. Essa é a terrível irronia. No dia seguinte, as autorridades espanholas reabrirram a fronteirra e permitirram a saída dos amigos dele. Uma semana depois, todos embarcarram em um navio para os Estados Unidos. Benyameen tomou seus comprimidos cedo demais. Se ao menos tivesse esperrado...

Sob as rodas só havia terra e cascalho agora, um caminho esburacado. O Homem-B agarrou a pasta para evitar que caísse.

— Que merda — xingou Benny. — Que droga. — A roda entortada ficou presa em um buraco. Ele jogou o peso do corpo contra as alças da cadeira. — O que aconteceu com a pasta?

O Homem-B estava olhando para a frente, onde o Aleph estava parado. Ela havia cruzado os braços, observando-os, sem fazer nenhum esforço para ajudar.

— Ela está muito zangada comigo — contou Slavoj em voz baixa. Inclinou-se para a frente e agarrou as rodas, tentando girá-las. — Diz que sou irresponsável. Ah, é clarro que ela está certa! Diz que sou um idiota por correr riscos idiotas. Mas o que posso fazer? Zou um poeta. Os poetas devem correr riscos. E sou um idiota, então meus riscos devem ser idiotas. Não vejo como contornar isso, concorrda?

Benny não respondeu. Ele empurrou com mais força e a cadeira avançou. O Aleph virou-se e seguiu em frente.

— Ela está com raiva de mim também? — perguntou Benny. — Ela parou de me mandar mensagens. Também não consegui mais mandar mensagens para ela. Tentei.

O Beberrão balançou a cabeça.

— Com você não é pessoal. Só um prroblema logístico em relação ao dispositivo de comunicação, que uma enfermeira de admissão apreendeu.

Eles estavam andando outra vez, devagar.

— Ela estava no hospital de novo?

O velho deu de ombros. Estava suando e com o rosto vermelho. Mechas de cabelo grisalho grudavam na testa.

— Você prrecisa perguntar a ela.

***

Seguiram com dificuldade, em silêncio, até chegarem a uma grande confusão de árvores caídas bloqueando o caminho. O Aleph havia parado e avaliava os danos. As árvores altas jaziam entrecruzadas e espalhadas, algumas desenraizadas, outras com os troncos maciços quebrados ao meio. Ela subiu em um e caminhou como um gato. Benny a seguiu. Os dois olharam para a ponta estilhaçada.

— Arrancadas — falou ela.

— Provavelmente foram as chuvas do inverno passado — afirmou Benny. Ele sabia tudo sobre eventos climáticos extremos por meio de Annabelle. Ela lhe contara sobre as tempestades de inverno e os incêndios de verão, as secas, a poluição por ozônio e o desmatamento excessivo. O solo estava seco. As árvores estavam fracas. Ventos as derrubavam ou incêndios as queimavam. No inverno, quando vinham as tempestades, fortes chuvas causavam deslizamentos de terra que arrastavam o solo. E havia ainda os besouros. O aumento da temperatura levava a uma explosão na população de gorgulhos, matando as árvores.

Ele contou tudo isso ao Aleph. Nunca tinha dito tanta coisa a ela antes.

— Minha mãe diz que é a morte das florestas.

— Uau — falou o Aleph. — Você sabe muita coisa.

— Não tanto quanto ela. Você sabia que existem 550 tipos diferentes de besouros na América do Norte? Mais, até.

— Sério.

Ele corou. Parecia um sabe-tudo falando.

— Minha mãe monitora essas coisas para madeireiras. É o trabalho dela.

— Uau — repetiu o Aleph.

* * *

Eles voltaram para a trilha, onde o Beberrão estava sentado em um toco, à espera. Ele abandonou a cadeira de rodas e tentou rastejar sob os troncos de árvores caídos, mas era demais para ele. Seu rosto estava coberto de terra, e havia galhos e agulhas de pinheiro nos cabelos. Parecia pálido. O Aleph lhe entregou uma garrafa de água. O velho deu um gole longo e assentiu, beliscando o nariz e limpando o suor do rosto.

— Não adianta. Frracazei. Não vou chegar ao topo. Se eu fosse Valter Benyameen, serria capturado pelos nazistas agora.

— Ainda bem que você não é, então — comentou o Aleph secamente. Ela apontou para uma clareira de um lado. — Vamos montar acampamento por ali.

Levaram o Homem-B na cadeira de rodas por um trecho de rocha nua e lisa, parando a uma boa distância da borda de um promontório rochoso. Ela travou o freio e caminhou até a beirada, e Benny a seguiu. Ele olhou para os dedos dos pés. O precipício sobre o qual estavam terminava em uma queda. Bem abaixo havia um leito denso de copas de árvores pequenas e, além dele, o mar.

O Aleph se virou e voltou para a cadeira de rodas, afastando-a mais da borda.

— *Não* toque nisso — advertiu, e o velho assentiu humildemente. Ela pegou um saco plástico da mochila, fazendo uma pausa para descansar de leve a mão na bochecha dele, coberta de sujeira e de uma barba rala. Benny observava, desejando ser aquela bochecha velha.— Obrrigado, minha querida — falou o Beberrão. Ele pegou a mão da garota e beijou a tatuagem de aglomerado estelar no dorso do pulso dela. Em voz baixa, acrescentou: — Sinto muito.

— Tudo bem. — Ela agachou na rocha aos pés dele e começou a desempacotar a comida da bolsa. Tinha preparado wraps, embalados em papel-alumínio. Entregou um ao Beberrão e outro a Benny, que se sentou ao lado dela.

— É tudo minha culpa — falou o velho, olhando com tristeza para o sanduíche. — Fui descuidado. — A cabeça grande dele balançou pesadamente de um lado para o outro. — Não deverria ter sido tão descuidado.

— É verdade — concordou o Aleph. — Mas você não consegue evitar.

— Eu nunca deverria ter deixado que elu saísse.

— Eu deveria ter feito outros arranjos.

O velho lançou um olhar suplicante para ela.

— Não achei que elu fosse me morder. Achei que gostava de mim.

Um lampejo de dor cruzou o rosto do Aleph como ondulações em um lago.

— Na verdade, elu não gostava de ninguém além de mim — respondeu ela, olhando para as montanhas. — Era um furão de uma só mulher.

ZAT, Benny pensou. Eles estavam falando sobre ZAT.

— O que aconteceu?

Ela abriu o embrulho de alumínio e deu uma mordida, mastigando devagar. Benny observou o movimento do delicado maxilar, a gentil contração da garganta enquanto ela engolia. Havia uma migalha de tortilha sob o lábio dela. Benny queria removê-la. E comê-la se pudesse. Teria sido delicioso.

O Aleph deve ter sentido o olhar dele.

— Coma — disse. O wrap estava recheado com abacate, salada e queijo. Somente quando ele deu uma mordida, ela começou a falar.

— Eu estava na reabilitação — disse. — Uma merda aconteceu e acabei no hospital de novo.

Ela não explicou. Nunca falara sobre seu diagnóstico e ele nunca lhe contara sobre o próprio diagnóstico. Eles não falavam sobre coisas clínicas.

— Que droga — respondeu.

— Droga — ecoou o Beberrão. — Ela me pediu para cuidar de ZAT. Elu estava na gaiola na velha fábrica, mas não é agradável ver animais em gaiolas, sabe? Então, uma noite, deixei que elu saísse. E elu me mordeu, e aí... — Ele bateu palmas uma vez, uma explosão breve, e então se abraçou. — Eu queria segurar...

— Elu fugiu?

— Sim — respondeu o Homem-B. Cerrou o punho e deu um soco no lugar vazio na cadeira onde sua perna deveria estar. — E não consegui ir atrás delu.

— Elu ainda está na fábrica?

— Não — falou o Aleph. — A fábrica estava com ratos e a administradora tinha chamado a desratização. Colocaram veneno. A gente sabia. Era por isso que ZAT deveria ficar na gaiola.

— ZAT comeu o veneno?

O Aleph assentiu.

— Elu odiava ratos. Odiaria morrer como um.

— O homem da desratização também é meu compatriota — explicou o Beberrão. — Ele encontrou ZAT e o levou pra mim. ZAT estava morrto. Ele se sentiu péssimo, o meu amigo. Ele chorrou.

— Ele é um cara legal — falou o Aleph, terminando o sanduíche. — Ele nos emprestou a van para fazer o funeral de ZAT. — Ela amassou o papel-alumínio e o enfiou de volta no saco plástico, depois começou a remexer na mochila. — Não sei por que isso importa para mim. ZAT era um furão domesticado, mas também havia nelu uma natureza selvagem. Eu queria honrar isso.

Benny assentiu. Ele nunca gostou do furão. Sempre sentiu que o animal de estimação do Aleph não o suportava, mas estava disposto a tentar se sentir triste porque ela estava triste. Ele a assistiu pegar outro embrulho e começar a desenrolar a folha, e ficou feliz, porque ainda estava com fome.

— Por isso dei a elu o nome de ZAT — explicou ela. — Eu estava lendo sobre ferocidade e zonas autônomas temporárias, e o nome meio que grudou. Mas agora que elu morreu, queria que estivesse de volta à natureza. Senti que elu merecia uma zona autônoma mais permanente, tipo no topo de uma montanha.

Benny refletiu sobre aquilo.

— Você pode dar um novo nome a elu. ZAP...?

Ela sorriu tristemente.

— É uma boa ideia, mas elu não era permanente. Ninguém é. — Ela o fitou e seus olhos brilhavam. — Sei que você também amava ZAT.

Benny assentiu, embora não fosse verdade.

— Por isso mandei uma mensagem — explicou, segurando o envoltório e oferecendo-o a Benny.

Ele pegou, esperando uma tortilha. Mas viu o longo corpo rígido do furão, deitado de costas em um caixão de papel-alumínio. O pelo estava emaranhado e sujo, e um olho estava aberto, olhando, opaco, ressentido, para Benny.

— Elu queria que você estivesse aqui — concluiu o Aleph. — Eu também queria que você estivesse aqui.

Ela queria que ele estivesse ali! Benny a ouviu dizer isso, essas palavras reais, e queria responder algo que fosse inteligente, profundo e significativo. Olhou para o pacote de papel-alumínio. As mãos e os pés do furão estavam enrolados e retesados, e o focinho pontudo parecia seco e contraído, ainda mais evidente do que antes. O corpo era surpreendentemente leve, mais leve até do que o sanduíche que ele acabara de comer.

— Pensei que elu era uma tortilha — falou ele.

Sério? Que tipo de idiota você é?

Ela sorriu tristemente.

— O homem da desratização deixou o corpo congelado para mim até eu sair.

— O que vai fazer com elu?

Minha nossa, quantas perguntas idiotas você consegue fazer, seu idiota de merda?

— Eu queria construir uma pira funerária e cremar o corpo, mas ainda tem uma proibição de fazer fogueiras, então temos que enterrar.

— É melhor — respondeu Benny.

Ah, ouça o especialista!

— Acho que sim — falou o Aleph. — Elu voltará para a Terra dessa maneira, e é mais orgânico. Mas eu gostaria que elu se tornasse parte do vento e do ar.

Benny observou o vento nas copas das árvores.

— Nunca havia pensado nisso assim.

Como se você pensasse!

— De qualquer forma, tem muita fumaça no ar — prosseguiu ela. — Não quero acrescentar mais. — Ela se levantou e se esticou. — Vamos indo.

— O que devo fazer com elu? — perguntou Benny.

Que tal você enfiar essa tortilha de furão na sua bunda, seu idiota?

— É só embrulhar de novo. Elu vai conosco.

Ela olhou para o Beberrão, que estava dormindo em sua cadeira de rodas. A cabeça pendia para a frente como um saco de areia pesado.

— Temos que ir sem ele.

50.

Annabelle puxou mais dois sacos para a calçada e os colocou em cima da pilha no meio-fio. Aquilo era tudo quanto aos não recicláveis da varanda da frente. Agora havia apenas as coisas da varanda de trás e do quintalzinho, e todo o papel reciclável na casa. Ela tirou o inalador do bolso e bufou. O quadril estava doendo. De fato devia se esforçar mais para sair e se exercitar um pouco. Talvez quando a qualidade do ar melhorasse. As chuvas viriam em breve e limpariam o restante da fumaça do céu. Ela estava ansiosa pelo inverno, pelos dias longos e cinzentos, o frio macio e úmido que fazia as pessoas se sentirem bem dentro de casa, onde era quente e aconchegante. Conferiu o relógio. O Imprestável viria fazer a inspeção naquela noite, e ela ainda tinha um pouco a fazer. Benny prometera que a ajudaria quando chegasse da escola, mas ela precisava permanecer concentrada.

Um corvo grasnou do fio de energia elétrica e ela olhou para cima. O pássaro a observava com seu olho preto e redondo.

— Tudo bem, tudo bem — resmungou ela. — Tão impaciente...!

Ela circundou a casa mancando até o comedouro nos fundos. O corvo a seguiu, chamando os amigos. Um a um, eles vieram, de telhado em telhado, de galho em galho, em um turbilhão de penas pretas elegantes e chegando a pousar na cerca que fazia fronteira com o beco. A partir daí, a observaram conforme ela subia os degraus afundados até a cozinha. Inclinaram a cabeça à espera. Quando a mulher ressurgiu com um bolinho de lua na mão, um dos mais jovens, maior e mais ousado, voou para o gradil da varanda e entrou na plataforma.

— Ora, você está ficando muito ousado — disse ela. — Acha que pode se safar? Sua mãe não lhe deu nenhuma educação?

O jovem corvo se balançou para cima e para baixo e agitou as penas. *Cá*, respondeu, e Annabelle riu. Já tinha visto esse mesmo corvo voar com um bolo de lua inteiro no bico, então ela o partiu em pedaços e estendeu um para ele.

— Aqui. Você quer isso? — Ela esperou. O jovem corvo inclinou a cabeça, com o olho preto e brilhante olhando primeiro para o bolo e depois para o rosto dela, de um para o outro. Annabelle estava tentando treiná-lo a pegar comida de sua mão, mesmo sabendo que não devia. Ela monitorava as notícias para o Serviço de Administração de Parques, então sabia que não era bom para a vida selvagem se acostumar com os seres humanos, mas aquele corvo era tão fofo e inteligente.

— Vamos lá — falou. — Não vou machucar você. — O corvo se aproximou um pouco e esticou o pescoço, batendo as asas para manter o equilíbrio na grade. Enfiou o bico comprido e afiado cada vez mais até que a ponta estivesse a apenas alguns centímetros dos dedos dela e, no último minuto, recuou e pulou para longe.

— Então você não é tão corajoso, hein? — zombou ela, deixando o pedaço de bolo cair no comedouro e espalhando o resto. — Divida com seus irmãos e irmãs. — Ela se afastou e imediatamente o jovem corvo bateu asas, pegou o maior pedaço e voou, e então o resto seguiu, descendo em grupos de dois e três. Nos meses logo após a morte de Kenji, às vezes ela se esquecia de alimentá-los e, quando isso acontecia, os corvos reclamavam do lado de fora de sua janela. Algumas pessoas teriam achado o tumulto irritante, mas Annabelle nunca achou. Eles a cumprimentavam com *cás* e batendo as asas. Eles a estudavam. Conheciam seus hábitos. É possível até dizer que, à maneira dos corvos, gostavam dela, ou pelo menos era o que parecia, e ela ficava agradecida.

Quando o último corvo comeu, ela examinou o quintal. Tinha feito algum progresso, mas ainda faltavam muitas coisas, e ela não podia mais amontoá-las na calçada sem correr o risco de receber uma multa. Deveria ter começado semanas antes. Bem, ela não podia evitar. Teria de usar a caçamba do brechó na esperança de que ninguém a visse. Pelejou com alguns sacos de lixo grandes pelo portão e, quando viu que o beco estava vazio, arrastou-os para a caçamba e os lançou para cima e para o lado. Alguns itens de crianças — um assento de carro infantil, um berço de bebê — tinham sido descartados na calçada, e ela parou para uma inspeção. O carrinho de Benny estava em algum lugar da casa, mas fazia anos que ela não punha os olhos nele. Estava no armário do corredor? Ela se lembrava vagamente de vê-lo lá, mas não abria aquele armário havia um tempo. Bem, agora era sua chance de se livrar dele. Não era hora de sentimentalismo, pensou, voltando para casa. Era hora de seguir em frente.

51.

Eles deixaram o Beberrão dormindo com sua pasta, um saco de nozes e uma garrafa de água. Prenderam um bilhete no peito do homem, onde com certeza ele o veria ao acordar. *Fomos até o topo,* avisava o bilhete. *Mande uma mensagem se precisar. Não toque no freio!*

Eles passaram por cima das árvores caídas e, quando subiram a encosta, as árvores diminuíram e o céu azul cresceu, expandindo-se sobre a cabeça deles e depois se estendendo por todos os lados como uma grande tigela redonda, de tal forma que, quando chegaram ao pináculo rochoso que marcava o topo, o céu era tão grande que parte dele já estava até abaixo deles. Benny nunca tinha subido acima do céu, e a visão o deixou zonzo. Ele olhou para as cordilheiras de montanhas que ondulavam em direção ao mar. Pôde ver retângulos secos e mortos demarcando desmatamentos e faixas enegrecidas onde houvera queimadas, mas a maior parte das montanhas ainda tinha o verde das árvores: as mais próximas eram escuras; as distantes, empalidecidas pela névoa, a fumaça e a neblina. Além da linha mais pálida de árvores, conseguiam avistar o oceano, e os porta-contêineres que carregavam lixo eletrônico para a China eram apenas manchas na água cinza e opaca. Uma brisa cortante soprava do mar, trazendo um leve cheiro de sal, fumaça e madeira carbonizada.

Parecia o topo do mundo. Os dois permaneceram ali, lado a lado, diante do vento. O Aleph ficou na ponta dos pés e se inclinou para a frente, parecendo prestes a cair, mas o vento a segurava. Seus cabelos brancos como gelo, desgrenhados pelo vento, subiam de sua cabeça como criaturas vivas. Ela fechou os olhos. Quando inalou, suas narinas tremularam e, ao expirar, suas palavras viajaram com o fluxo de seu suspiro.

— Lindo, não é?

— Sim — respondeu ele, sabendo que deveria estar admirando a paisagem, mas incapaz de tirar os olhos dela. Ela estava tão suscetivelmente bela parada ali, na beirada.

O Aleph sorriu, como se, de alguma forma, sentisse que ele não estava olhando para a vista.

— Feche os olhos também — sugeriu. — Feche os olhos e ouça de verdade. — E ele obedeceu.

Foi uma sensação estranha. Desde que as vozes começaram, ele havia perdido o hábito de ouvir de verdade. Não podia deixar de ouvir as vozes, porque elas estavam lá, mas aprendeu que não precisava escutar e na maioria das vezes tentava evitar. Mas aquilo era diferente. Ele podia ouvir o vento e só, *só*, e era tão simples e bonito, subindo e descendo, assobiando e sumindo e depois aumentando de novo. Era real. Era a coisa mais real que ela já tinha ouvido e, quando abriu os olhos, o Aleph estava observando-o.

— Você ouviu?

— O vento?

— O mundo, respirando.

Ela o levou a um bosque de abetos atrofiados e eles se sentaram na sombra, de frente para o mar. Não conversaram, mas estava tudo bem. Ele estava com calor depois de toda a escalada, e a sombra era boa. Fechou os olhos e tentou ouvir novamente, e agora ouviu um pequeno som vindo do musgo, atrás dele.

— Ah — falou, abrindo os olhos e virando-se para olhar.

Ela seguiu o olhar dele.

— O quê?

Ele hesitou, não querendo parecer estúpido.

— Minha sombra.

— Você não tem sombra. Estamos sob as árvores.

Ele concordou com a cabeça.

— Eu sei. Por isso quase não a ouvi.

Benny a fitou de relance para se certificar se ela o achava louco, mas ela estava estudando um monte de musgo que parecia um travesseiro atrás dele.

— O que ela disse?

— Nada. Só que estava cansada. De subir a montanha sob o sol. Ela gosta da sombra por dar um lugar para descansar. É estranho?

— Não — respondeu a garota, séria. — Sua sombra está certa. Este é o lugar perfeito para descansar.

Ela abriu a mochila e pegou uma garrafa de água e o embrulho com o furão morto, que colocou no chão. Tirou a tampa da garrafa de água e bebeu, e Benny estudou as ondulações no pescoço da garota à medida que ela engolia. O Aleph limpou a boca com as costas da mão e entregou-lhe a garrafa. Ele tomou um gole, surpreso por seus lábios estarem tocando o mesmo bocal que os dela haviam tocado apenas segundos antes. Correu a língua pelo interior da borda, esperando sentir o gosto dela. Queria beber um pouco mais, mas parou e rosqueou a tampa de volta.

Ela se virou para ficar de joelhos ao lado dele, limpando os galhos caídos sobre o travesseiro de musgo. Desembrulhou o furão morto e levantou o corpo rígido do papel-alumínio.

— Você acha que sua sombra se importaria de compartilhar?

Ele balançou a cabeça. Tinha certeza de que sua sombra havia se mexido, mas era difícil dizer. Ela deitou o furão no travesseiro musgoso. Afastou uma mancha de sujeira.

— Pronto — falou, sentando-se nos calcanhares. — Está ótimo.

Ela se levantou e esticou os braços sobre a cabeça, arqueando as costas e expondo um pedaço de pele pálida e o osso pontudo e tatuado do quadril, então voltou a se sentar, ao lado dele, mas com o furão ainda entre os dois. Ele olhou para o animal morto. Até na morte.

— Você vai apenas deixar o corpo aí?

Ela observava o mar e, a princípio, Benny pensou que ela não tinha ouvido, mas depois ela disse:

— É um enterro no céu. É o que fazem no Tibete quando alguém morre, mas faz ainda mais sentido para um animal. Quer dizer, por que colocá-los debaixo da terra? Aqui estamos no topo do mundo. É melhor para elu ficar aqui a céu aberto. Até não estar mais.

— Mas elu é um furão.

— E?

— Furões não vivem debaixo da terra?

Ela franziu a testa.

— Bem pensado. Mas ZAT gostava de estar acima do solo. Era bem sociável. E podemos cobrir o corpo delu com um pouco de musgo. — Ela pegou alguns pedaços longos e pegajosos do líquen e os colocou sobre o furão como um cobertor. — Gostaria que o Homem-B estivesse aqui. Ele escreveu um poema para ZAT. Ele queria ler. — Ela alisou o líquen. — Você acha que o velho vai ficar chateado?

Benny não conseguia ver o rosto de Aleph, mas podia ouvir a dor em sua voz, e isso o surpreendeu. Estava acostumado a ouvir dor nas vozes das coisas e muitas vezes sabia de imediato o que as pessoas estavam sentindo. Mas os seres humanos eram mais opacos. E ainda havia a questão em si. Como ele saberia o que o Homem-B iria sentir? Ela o conhecia muito melhor do que ele.

— Não — respondeu, mas sem fazer ideia se era ou não verdade.

Ela estava observando o oceano de novo.

— Ele me mostrou a história que você escreveu. Aquela sobre a perna da mesa.

— Ah — falou Benny. — Aquilo. — Ele havia se esquecido da perna da mesa. — Aquilo era bobagem.

— Era triste.

— Sinto muito — falou ele, porque não queria deixá-la triste.

— Não. Quero dizer, triste no bom sentido.

— Ah, que bom — respondeu, porque queria fazê-la feliz, mas depois percebeu que não entendia. — Espere, existe uma boa maneira de ficar triste?

— É claro. A arte pode deixar você triste. Ou a música. Ou um livro.

— Um livro?

— Com certeza. Um livro nunca fez você chorar?

Ele pensou em *Escudos e armamentos medievais* e *Design de jardins bizantinos.*

— Não.

— Nossa, uau. Bem, talvez você deva tentar ler livros diferentes.

Ele ficou em silêncio. Os livros eram o que ele lia para não se sentir triste. Pensou no livro que a mãe estava lendo. *A magia da arrumação.* Tinha-o visto aberto na cama dela. O livrinho parecia triste, ou talvez tenha ficado desanimado.

— Minha mãe lê livros — comentou. — Acho que ela está sempre triste, mas não de um jeito bom.

— Deve ser difícil.

Ele encolheu os ombros.

— Ela está bem.

— Difícil para você, quero dizer.

Ele nunca refletira sobre se a tristeza de Annabelle era difícil para ele ou não.

— Ela tenta ser feliz. E já estou acostumado.

— O Homem-B é igual — explicou. — Tenta ser feliz. É por isso que bebe.

Ele pensou sobre aquilo por algum tempo.

— Você sabe que o Homem-B ouve vozes?

— Sim.

— E que eu também ouço vozes?

— Sim.

— Então, você acha que eu sou... — Ele hesitou. — Você sabe...

— O quê? — Havia uma veemência na voz dela agora.

— Nada.

— Fale — pediu ela. — Se eu acho que, porque você ouve vozes, você vai acabar como o Homem-B, um morador de rua qualquer, em uma cadeira de rodas, sem uma perna e com dentes podres, que precisa de um banho, bebe demais e recolhe latas e garrafas e implora por umas moedas?

A veemência da voz dela estava ficando afiada. *Perigo!*

— É isso que você quer dizer, não é? — perguntou ela. Olhos apertados. Observando-o.

Ele assentiu, triste.

O Aleph o estudou. Ele prendeu a respiração, toda a sua vida em balanço, esperando o veredicto dela.

— Não, Benny — respondeu, por fim. — Com certeza não.

Ele sentiu uma onda de alívio, mas ela não havia terminado.

— Porque também não é isso que o Homem-B é. Você acha que ele é um velho louco, mas ele não é. É um poeta. E um filósofo.

E um professor. E não é ele que é louco, Benny Oh. É a porra do mundo em que vivemos. É o capitalismo que é louco. É o neoliberalismo, e o materialismo, e nossa cultura de consumidores fodidos que é louca. É a merda da meritocracia que diz que se sentir triste está errado e a culpa é sua se você estiver arruinado, mas ei, o capitalismo pode consertar você! Só tomar uns comprimidos milagrosos e fazer compras e comprar uma merda nova! São os médicos e psiquiatras e a medicina corporativa e a indústria farmacêutica, fazendo bilhões de dólares nos dizendo que somos loucos e depois nos vendendo suas supostas curas. *Isso* é louco pra caralho...

Ela estava respirando com dificuldade. O sol desapareceu atrás de uma espessa margem de nuvens no horizonte e o céu estava escurecendo.

— Desculpe — disse ela.

Ele não entendeu, mas sentiu que o Aleph deveria estar certa. Ou melhor, sentiu que, se ela acreditava naquilo piamente, ele também acreditaria. Queria tanto acreditar no que ela acreditava. Ela estava olhando para as montanhas em direção ao mar.

— O Homem-B é um puta revolucionário, Benny. E também é o homem mais gentil que já existiu. Ele me encontrou na rua quando eu tinha catorze anos e cuidou de mim. Toda vez que eu fugia de qualquer abrigo em que me colocavam, ou começava a me drogar de novo, ele estava lá para me resgatar. Ele me ensinou coisas, sobre arte e livros. E me protegeu de toda a escória... Ou tentou, pelo menos.

Ela se virou para Benny. Estendendo a mão por cima do furão morto, pegou a mão dele e a puxou para si, prendendo-a entre os joelhos.

— E daí se você ouve vozes? Muitas pessoas ouvem. Isso não faz você igual a ele, mas quem sabe? Talvez você seja um poeta ou filósofo ou um revolucionário também. — Ela apertou a mão dele e depois a soltou. — Você é quem é, Benny Oh. Só não deixe ninguém dizer que isso é um problema.

Sua mão pairava perto do joelho dela, relutante em voltar para ele. Era estranho.

— Vai ficar escuro — avisou ela. — É melhor voltarmos. — Ela se virou e depois se ajoelhou ao lado do animal de estimação morto, inclinando-se até seus lábios tocarem a orelha delu. — Adeus, meu amorzinho ZAT — sussurrou. — Amo você. Você estará comigo para sempre.

Benny assistiu, desejando mais uma vez ser o furão morto.

Ela se endireitou, se alongou novamente e pegou o celular.

— Vou avisar ao Homem-B que estamos voltando. Ei, você mandou uma mensagem para sua mãe?

52.

Estou com meus amigos. Não se preocupe! ☺

O celular dela soou quando o texto brilhou na tela. Um minuto mais tarde, soou de novo, fazendo uma segunda tentativa fraca de chamá-la, sem sucesso. Também havia notificações perdidas da escola, mas, enterrado sob uma pilha de malas-diretas na mesa da cozinha, o telefone estava mudo e desamparado.

Naquele momento, Annabelle manobrava o antigo carrinho de Benny pela porta dos fundos até a varanda. Equilibrada no carrinho, havia uma caixa de papelão pesada cheia de livros antigos, botas e utensílios de cozinha quebrados. No topo da caixa, tinha um grande ventilador de plástico, manchado com fezes de mosca, e um conjunto de tacos de golfe de segunda mão que Kenji havia comprado, mas nunca usado, e que ela encontrou com o carrinho no armário. Ela ficou satisfeita.

O carrinho era o meio de transporte perfeito. Ela levaria os livros para o brechó e tinha certeza de que ficariam com o carrinho, o ventilador e os tacos também. Talvez não as botas, que eram usadas e estavam cobertas de teias de aranha, embora ela tivesse feito o possível para limpá-las. Talvez alguém pudesse consertar os utensílios quebrados, mas, se o brechó não os quisesse, ela poderia colocá-los na caçamba no caminho de volta.

Annabelle ficou na varanda e observou o carrinho carregado e os degraus precários. Em vez de empurrar, seria mais fácil descer as escadas e puxar o carrinho atrás de si. Ela manobrou, posicionando-se, e puxou o apoio para os pés, onde os pezinhos de Benny costumavam ficar. A madeira lascada do piso da escada cedeu de leve embaixo dela, e a caixa pesada balançou no alto. Aquilo seria mais difícil do que parecia e, por um momento, considerou descarregar o carrinho e trazer as coisas para baixo pouco a pouco, mas estava ficando tarde, o brechó ia fechar e ela tinha de pegar Benny na escola. Deu outro passo, arrastando o carrinho para junto de si. As rodas dianteiras giravam no ar enquanto ela agarrava o eixo, tentando suportar todo o peso com uma mão e estabilizar a carga com a outra, mas era impossível. Puxou com muita força e as rodas traseiras rolaram sobre a borda do piso, e toda a engenhoca imponente estremeceu, balançou e se inclinou para a frente. Com um grito, ela caiu, rolando os degraus e, quando o carrinho carregado caiu em cima dela, a cabeça atingiu o concreto na base.

Annabelle ficou deitada de costas, recuperando e perdendo a consciência. Estava ciente da dor que migrava pelo corpo, saindo da nuca, descendo a espinha e chegando ao quadril, depois pulando para o punho e para o braço, e agora havia algo afiado cutucando-a, e algo pesado a pressionava. Ela piscou, abriu os olhos, viu a sola de uma bota e o céu escurecendo. Tentou tirar o ventilador da caixa que caíra sobre seu peito, mas o movimento doía, então ela parou. Era tarde. Benny voltaria da escola em breve. Isso era bom. Ele poderia ajudá-la. Mas havia algo mais. Ela estremeceu, de repente sentindo frio. Já era inverno? Benny estava na escola. Ele chegaria em casa... Mas não, ele não tinha mais permissão para andar de ônibus sozinho! Ela tinha de ir buscá-lo, e ele estava esperando! Moveu o braço, empurrou o peso, com dor mesmo, até tirá-lo. Algo chacoalhou ao lado dela. Uma torradeira. Onde estava seu celular? Ela ouviu um gemido, vindo da própria garganta quando a dor piorou, então, com sua visão periférica, viu algo se mover. Um lampejo de escuridão, uma mancha preta e depois outra. Ela fechou os olhos e o mundo desapareceu.

* * *

Há quanto tempo estava deitada ali? Alguns minutos? Algumas horas? Era fim de outubro e os dias estavam mais curtos, o tempo estava frio e feio e as chuvas do outono escolheram aquele momento para começar. Péssimo momento. Ela estava deitada ali quando as primeiras gotas caíram.

Dentro da casa, sob a pilha de cartas, o celular soava e piscava.

Chego em casa amanhã de manhã! Não fica brava, tá? ☺

Um corvo se empoleirou no telhado. Inclinou a cabeça e fixou um olho redondo em Annabelle. Outro corvo chegou, depois um terceiro, e então o bando o seguiu. Um por um, voaram para baixo, pousando no chão ao lado dela. Cautelosos no início, depois tranquilos, caminharam até ela, bateram as asas e pousaram sobre ela, espalhando suas penas para mantê-la aquecida e seca.

BENNY

Eu não sabia. Não sabia que ela tinha caído. Só queria falar para ela que eu estava bem, que não era para ela surtar. Ela não me respondeu, então só achei que estivesse chateada, mas que ia superar. Se ela estivesse mesmo surtando, teria me respondido. Foi o que pensei. Eu não sabia que ela tinha caído. Não sabia dos corvos.

O LIVRO

53.

Os dois voltaram para a rocha mais abaixo, onde o Homem-B esperava. Ele estava lendo um livro e rabiscando poemas nas margens e, de alguma forma, a garrafa de água que haviam deixado com ele agora tinha vodca. O Aleph não falou nada, apenas juntou os lábios e começou a desempacotar as mochilas, arrastando as coisas de acampamento para longe do penhasco, em direção a uma área aberta perto das árvores e coberta de musgo crespo. Os sacos de dormir eram velhos e cheiravam a porões úmidos e cabelo sujo, mas Benny não se importava. Estava feliz por ela ter trazido um para ele, e feliz também porque ela trouxera mais comida: mais sanduíches, batatas fritas e um pote plástico com molho. Ela contou que os sanduíches eram graças a Mackson, que pegara uma caixa inteira fechada de tortilhas queimadas pelo frio do congelador de um restaurante mexicano. Mackson é um respigador incrível, foram as palavras dela. As batatas fritas e o molho também vieram de lá. Benny não sabia o que era um respigador, mas queria ser um.

— Mackson está vindo? — Talvez o saco de dormir extra fosse para ele, ou talvez Mackson e o Aleph fossem dividir um, o que seria ainda pior.

— Vindo para onde?

— Para cá.

Eles estavam desenrolando a lona, e ela parou e sacudiu o cabelo do rosto.

— Não, ele voltou para a faculdade.

Isso não fazia sentido. Mackson tinha apenas dezesseis anos. Na Psipédi, Mackson era do Azul, que era o time dos garotos mais velhos, mas isso não o tornava velho o suficiente para a faculdade.

— Ele se formou no ensino médio quando tinha quinze anos e foi direto para a faculdade — explicou o Aleph. — Ele é superinteligente, tipo um gênio ou algo assim, mas a pressão ficou demais.

O fato de Mackson ser um gênio o irritou, mas Benny não disse nada.

— Na metade do segundo ano, ele surtou, e os pais o obrigaram a voltar para casa.

Aquilo era estranho. Ele nunca pensou em Mackson como tendo pais. Benny disse isso ao Aleph, que riu, mas não de um jeito maldoso.

— Todo mundo tem pais, Benny.

Duas coisas estavam passando por sua mente. Uma era que ele também não conseguia imaginar o Aleph com pais. Ela disse que tinha fugido, mas antes, crescendo em uma casa com uma mãe e um pai e talvez um cachorro... A imagem apenas não se encaixava. Parecia mais provável que ela fosse um ser extraterrestre que havia saído de um belo ovo alienígena, e ele não pensava nisso de uma maneira ruim. Ela parecia ter vindo de um sonho.

E a segunda coisa que pensou foi que também não conseguia se imaginar com pais. Não com dois deles. Não mais.

— Onde estão seus pais? — perguntou.

Ela estava cheirando o forro de flanela do saco de dormir e torceu o nariz.

— Eu não tenho.

— Mas você disse...

— Todo mundo menos eu.

Então talvez Benny estivesse certo sobre o lindo ovo alienígena. Estava claro que ela não queria falar sobre isso, e havia algo mais urgente que ele precisava saber.

— Você e Mackson estão... — Ele parou no meio da frase.

Ai, por favor. Você não vai perguntar isso, vai?

— Estamos o quê?

— Nada.

Pergunte, seu filho da puta. Ou não pergunte. Porque na verdade não é da sua conta, porra.

Ela estava agachada no musgo, estendendo os cobertores. Olhou para Benny e apertou os olhos. Um último raio de sol atingiu a face dela e o brilho dourado o encorajou.

— Quero dizer, vocês estão, tipo... juntos?

— Como um casal? — Ela franziu a testa, mas Benny sentiu que ela também achou graça. — Não. Mackson é ótimo, mas somos apenas amigos. E nós dois estamos em recuperação também, então não fazemos coisas românticas, sabe?

— Ah, sim — afirmou. Ele não sabia do que ela estava falando, mas por dentro sentiu uma onda louca de felicidade.

Uau. Você é mesmo patético.

— A gente se conheceu na Psipédi e, quando saímos, Mackson reuniu vários de nós para ajudá-lo com um grupo. O KPS.

— Ah, certo — respondeu Benny.

Mentiroso. Bunda-mole.

— Isso não é para proteger animais?

Ela riu.

— Não. É um grupo de apoio.

Vadia, a voz murmurou, mas ela parecia tão não vadia, agachada no musgo com a cabeça inclinada, explicando as coisas, que a voz desistiu e sumiu.

— Para jovens rotulados como loucos ou diagnosticados com transtornos mentais. O grupo continua, mas Mackson voltou a estudar.

— O que significa KPS?

— Coletivo de Pacientes Socialistas.

Ele ainda não entendia, mas dessa vez não iria fingir.

— Coletivo é com C.

— Em alemão é Kollective, escrito com um K. O Homem-B estava nos explicando. Ele fazia parte de um grupo de estudantes diagnosticados com transtornos mentais em Heidelberg nos anos 1970, quando estava na universidade. Eles tinham razão. Sabiam que não eram os loucos. Eram sãos. Era o capitalismo que estava deixando todo mundo louco.

Ele olhou para o topo da montanha.

— Como o que você estava dizendo lá em cima.

— Exatamente.

Eles levaram os sanduíches e a comida para a rocha. O Homem-B estava sentado em sua cadeira de rodas com o caderno no colo, contemplando o pôr do sol, e se sentaram no chão ao lado dele. Ele parecia quieto, ensimesmado e não muito bêbado, mas o Aleph ainda parecia irritado. Ela perguntou, um tanto lacônica, se o homem estava bem, e ele apenas balançou a cabeça, suspirou e apontou com a caneta para o horizonte.

— Tão lindo — comentou. — Logo as chuvas de outono chegarão.

E era verdade. Nuvens escuras de chuva já haviam se acumulado sobre a cidade, mas, sobre o oceano, o céu era de um azul-índigo profundo. Uma fina linha laranja permanecia no horizonte onde antes estava o sol, e um brilho rosa prateado, como uma memória, brilhava na superfície da água. Em primeiro plano, as formas escuras das ilhas pareciam feras gigantes deitando-se para dormir. Até o vento estava mais moderado. O Homem-B falou baixinho contra o vento.

— Quando eu ainda erra jovem e tinha duas pernas, gostava de esquiar e escalar montanhas. Agorra, muitas vezes não posso deixar a cidade, e escalar montanhas é impossível. — Ele olhou para o Aleph, sentada ao lado da cadeira de rodas, abraçando os joelhos. — Então, obrigado, minha querida.

O tom da voz fez Benny erguer os olhos. Ele viu a tristeza no rosto do velho, e queria que as coisas ficassem bem entre eles.

O Aleph não disse nada, a princípio, e Benny pensou que ela ainda estava brava por conta da vodca, mas, em voz baixa, como uma criança culpada, ela falou:

— Deixei ZAT lá em cima.

O velho fechou os olhos e, por um momento, sua cabeça grande pareceu pesada demais para o pescoço suportar, mas ele se endireitou na cadeira.

— Entendo — falou, balançando a cabeça lentamente. — Um enterro no céu.

— Eu deveria ter esperado por você.

— Eu não conseguirria chegar tão alto.

— Então deveríamos ter feito isso aqui embaixo.

— Não, não, é perfeito. No topo do mundo.

— Mas você tinha um poema...

Ele estendeu o braço, pousando de leve mão áspera na cabeça dela, como se aquele peso a segurasse na terra.

— Os furrões não ligam para a poesia. Você fez a coisa certa, minha querrida. Nada mais é necessárrio.

* * *

Naquela noite, eles dormiram na montanha, como lagartas em casulos, enfileirados. No alto, o céu escuro da noite suspirava, e abaixo Benny podia ouvir a respiração da terra e o triturar do musgo sempre que se mexia, algo que estava tentando não fazer, mas o Aleph estava deitado ao seu lado, tão perto que os dois estavam quase se tocando; Benny tremia, literalmente tiritando, não pelo frio, mas pela proximidade dela. Tinha certeza de que ela notaria e diria algo, mas ela não disse. O Aleph e o Homem-B conversavam, e Benny estava deitado de costas, os braços rígidos ao lado do corpo, tentando não tremer ao fitar um vazio que era maior e mais escuro do que qualquer coisa que já tinha visto. Havia estrelas, mas estavam a milhões de anos-luz de distância, e havia a lua, mas era apenas um pequeno buraco pálido na escuridão. Às vezes, aviões passavam com os faróis apontando para a Ásia, e havia satélites também — satélites meteorológicos de órbita baixa, satélites de telecomunicações, GPS e satélites de vigilância militar, circulando o globo em megaconstelações como planetas brilhantes em missão. Benny achava que eram legais, mas o Beberrão estava fazendo uma explanação sobre aquilo. É o fim dos céus escuros, dizia. O fim da astronomia. Ptolomeu, Copérnico, Galileu chorariam ao ver isso, além de todos os detritos espaciais orbitando a Terra como uma espessa nuvem de mosquitos: velhos propulsores de foguetes, espaçonaves mortas, satélites e armas quebradas; os sacos de lixo da estação espacial russa Mir; sem mencionar todas as coisas comuns que as pessoas perdem na terra, como uma luva, uma chave-inglesa ou uma escova de dentes. O espaço era um ferro-velho, dizia o Homem-B. Quando ele era criança, na Eslovênia, não havia detritos no espaço sideral, explicou. O espaço estava imaculado.

Isso assustou Benny. Lixo espacial não era um assunto no qual já tivesse pensado quando olhava para o céu à noite, porque o espaço parecia tão grande e vazio, mas ao estar lá, ouvindo e olhando para cima, sentiu a presença do Cometa Escuro pairando sobre as margens de sua consciência. O Cometa Escuro sempre começava assim, um minúsculo grão de matéria na mente dele, emitindo ondas de energia densa que oscilavam por ele, vibrando e crescendo cada vez mais, caindo sobre ele até que...

Não!, pensou, tateando em busca de seu Cartão de Enfrentamento, mas não havia técnica de enfrentamento para estar deitado no topo de uma montanha ao lado da garota que você ama, com o Cometa Escuro vindo em sua direção.

Então a voz dela, como uma leve brisa, roçou a orelha dele.

— Você está bem?

Benny não conseguia responder, então assentiu, embora ela não pudesse ver.

— Você está com seu inalador?

Benny se lembrou. Estava no bolso. Ele o tirou e inalou uma vez, sentindo-se melhor.

Logo a voz do Homem-B flutuou pela escuridão:

— Isso está assustando você, jovem estudante?

— Não... — respondeu.

Mentiroso!

— Talvez. Um pouco. Nunca dormi ao ar livre antes.

A mão do Aleph rastejou pelo musgo como um pequeno animal escavador em busca de calor. Benny a ouviu chegando, sentiu-a roçar em seu braço e descer para o saco de dormir, passando pelo pulso até a palma da mão. Sentiu os dedos dela se entrelaçarem aos seus conforme o Aleph puxava a mão dele pelo musgo em sua direção. Levou os nós dos dedos dele aos lábios e apertou a mão dele entre as dela, colocando-a sob o queixo como em uma oração. O tremor diminuiu.

Benny não se importava de ela saber como ele estava apavorado. Queria que ela soubesse, e que o Homem-B também soubesse. Queria que soubessem de tudo, mas as palavras não vinham, e, no longo silêncio que se seguiu, um a um, eles adormeceram.

54.

A primeira coisa que o Imprestável viu quando chegou com seu Nissan no quarteirão foi a silhueta escura e brilhante em frente à casa de sua mãe, uma escarpa de sacos de lixo erguendo-se da calçada, que estava escorregadia por causa da chuva. Encostou no meio-fio e ficou sentado ali, inclinando-se sobre o volante com o motor ligado. À luz fria dos faróis, podia ver a chuva caindo no plástico molhado. Desligou o motor, saiu e bateu a porta, chutando um saco que bloqueava a calçada. Porca *gweipo* idiota. Isso daria a eles uma multa com certeza, mas ela que a pagasse. Acendeu um cigarro, deu uma tragada e levantou a gola da jaqueta.

A varanda da frente parecia melhor. Ele não esperava por isso. Com olhos semicerrados, observou o lado da mãe do sobrado. Também parecia velho, mas bastava aplicar uma demão de tinta e pareceria excelente. Não demoraria muito. O corretor de imóveis estava pronto para fazer o anúncio, bastava tirar a *gweipo*, falou Fung, então que diabos ele estava esperando? Apagou o cigarro com o calcanhar, subiu dois degraus da varanda por vez e bateu com força. Como ninguém respondeu, espiou pela janela da frente. Podia ver o brilho dos computadores da senhora através de uma fresta na cortina. Sua mãe dissera que o trabalho dela era ler jornais, mas obviamente isso era besteira, porque ninguém era pago para isso. Com todo aquele equipamento de informática, o que quer que ela fizesse devia ser importante. Quando a despejasse, talvez se apossasse daquilo. Com umas máquinas assim, dá para fazer uns negócios sérios. Fung pensaria em algo.

Bateu no vidro, primeiro com os nós dos dedos e depois com o punho, e continuou sem resposta, então se dirigiu para os fundos. Ela sabia que ele estava vindo, e ele a encontraria. A mulher não podia se esconder dele, de jeito nenhum. Ela mal mexera no lixo que cobria a lateral da casa. Ótimo, pensou, ao passar por ali. Apenas me dê um motivo, querida, é tudo de que preciso, e então ele fez a curva e parou.

Ao pé da escada da varanda, sob um carrinho virado, estava a grande senhora *gweipo* morta. Estava deitada no chão, cercada por coisas. Botas. Livros. Uma torradeira. Um ventilador. Tralha. Ele ficou lá, olhando, incapaz de se mover. Havia encontrado a mãe no chão também, mas ela era pequena, estava viva e gritava com ele mesmo com o quadril quebrado. Aquela *gweipo* era grande, pesada e estava silenciosamente morta, e havia outra coisa também, algo brilhante e preto, cobrindo seu corpo. Ele deu um passo à frente e foi aí que viu, aquela droga que o encheu de terror e assombraria seus sonhos: ela estava coberta de corvos. Ela estava coberta de corvos, e eles estavam a comendo.

Ninguém merecia isso.

Um emaranhado de tacos de golfe jazia no chão. Agarrando um de número nove, ele correu para os corvos, brandindo o taco e gritando:

— *Saiam de cima dela, seus filhos da puta!*

Em uma agitação de asas batendo e penas negras, o bando se ergueu do corpo como um manto escuro e voou para o beco. O Imprestável os viu partir, amaldiçoando-os, e ainda estava parado ali, com o taco nove erguido sobre a cabeça, quando as pálpebras da senhora tremeram, e ela piscou e abriu os olhos.

— Ai — falou ela, olhando para ele, perplexa.

Ele olhou para baixo e suspirou.

— Que porra, mulher! Você não está morta!

Ela levantou um pouco a cabeça, estremecendo com a dor, e olhou para baixo ao longo do próprio corpo.

— Não — respondeu com voz fraca. Ela o fitou e viu o taco. — Ah! Você estava tentando me matar?

Parecia tão claro para ela, tão óbvio. Ela não se lembrava da queda e, portanto, ao recuperar a consciência e sentir a dor irradiando pelo corpo e ver o Imprestável parado sobre ela com o taco de golfe levantado, o que mais poderia concluir? Tinha uma vaga lembrança de que ele não gostava dela — ou talvez ela não gostasse dele? Sim, era isso. Annabelle não gostava dele porque o temia, porque ele estava tentando matá-la. Tudo fazia sentido. Tentou se sentar, mas a dor era muito forte. Não havia nada que pudesse fazer. Era isso. Mesmo depois que ele largou o taco de golfe, ligou para a emergência e começou a tirar o carrinho de cima dela, Annabelle apenas ficou ali de olhos fechados, esperando o fim. Por que ele só não acabava com tudo? Por favor, pensou, e então, como por um milagre, como uma resposta a uma oração que nunca fez, ela ouviu sirenes se aproximando, o guincho de freios e o bater de portas. Havia mãos tocando-a e homens de uniforme fazendo perguntas. O que aconteceu? Você caiu da escada? Ela abriu os olhos. Ah, não, oficial, explicou. Aquele homem tentou me matar.

Os paramédicos a examinaram. Ela ouviu o barulho dos walkie--talkies da polícia e o Imprestável explicando que não houve agressão, que não estava tentando matar a senhora, ele tinha ligado para o 911, salvado a vida dela! Salvou-a de ser devorada pelos corvos imundos que rastejavam por todo o seu corpo, prestes a comer sua carne e arrancar seus ossos! Annabelle sabia que isso estava errado. Os corvos de Kenji nunca a comeriam, e ela sabia o que tinha visto: Imprestável Wong, de pé perto dela com um taco de golfe erguido na mão.

Mas seus ferimentos contavam uma história diferente. Não poderiam ter sido infligidos por um taco, explicaram os paramédicos. Ela deve ter tropeçado e caído na escada, e apontaram para as botas, os livros e os tacos de golfe espalhados pelo chão. Deitada na maca, Annabelle percebeu que deviam estar certos. Tentou explicar. Eram coisas do meu marido. Ele está morto. Eu estava limpando o armário. Foi um acidente. Desculpe. Cometi um erro. Satisfeitos, os policiais voltaram para a viatura. Os paramédicos a colocaram na ambulância. O Imprestável estava à espreita nas sombras do lado de fora.

— Sinto muito — falou ela. — Obrigada por me encontrar.

O Imprestável encolheu os ombros.

— É, sem problema.

Havia algo mais, mas sua memória não estava bem. Ela olhou para o filho da senhoria, encostado na lateral do sobrado, uma das mãos cobrindo a marca de nascença, algo que o via fazer desde a adolescência. Ele sempre foi um garoto agitado e nervoso, e agora era um homem agitado e nervoso. A polícia havia ido embora, mas ele parecia esperar. O quê? E ela se lembrou. Ele estava indo inspecionar a casa dela. Ela não tinha terminado de arrumar, e agora era tarde demais. O paramédico estendeu a mão para a porta e o Imprestável enfiou a cabeça para dentro.

— Ei, dona Oh. Precisa que eu faça alguma coisa?

— Ah, não, obrigada — respondeu. Henry. Seu nome era Henry. Talvez ele não fosse um filho tão ruim, afinal, e então ela se lembrou.

— Espere! — gritou. — Você viu Benny? Onde ele está? — Ela se esforçou para ficar sentada, mas estava presa à maca.

— Por favor — pediu ao paramédico, agarrando-o pelo braço. — Tenho que buscar meu filho na escola. Ele está esperando por mim. Ele não está bem. Onde está meu celular? Henry, você pode encontrá-lo? Acho que deixei na mesa da cozinha. Por favor, ainda não podemos sair, preciso do meu celular. Preciso ligar para o meu filho!

Ao observar o Imprestável subir os degraus, espremer-se pelo lixo na varanda e abrir a porta, uma imagem da cozinha, o estado em que ela a havia deixado, surgiu em sua mente. Ela pretendia limpar tudo antes que o Imprestável chegasse para a inspeção. Ela nunca o deixara entrar na casa antes, e agora ele veria tudo. Ela deixou a cabeça cair para trás contra a maca.

— Ai, Deus — sussurrou. — O que foi que eu fiz?

55.

O vento havia parado no topo da montanha, e uma névoa densa e turva se moveu do mar, bloqueando a lua e as estrelas. Benny acordou e descobriu que a mão do Aleph havia sumido. Ele a tinha segurado de verdade ou fora só um sonho? Conseguia ouvir o ronco do Beberrão e a respiração tranquila dela. Os dois pareciam tão próximos, como se os três estivessem deitados sob o mesmo cobertor juntos, só que os cobertores são quentes e a névoa estava fria. Seu nariz era como uma protuberância de gelo. Ele tinha de fazer xixi, mas não queria deixar o saco de dormir, então esperou o máximo que pôde, depois saiu se contorcendo e se pôs a andar. As pedras eram pontiagudas e o musgo estalava sob suas meias. Fez uma pausa e apurou os ouvidos. Não queria que o ouvissem fazer xixi, então caminhou um pouco mais. Sem a luz da lua, a noite estava tão escura que ele mal conseguia distinguir as árvores até quase trombar com elas. Tropeçou em um arbusto ralo e recuou. Não aguentava mais. O jato de xixi espirrou ruidosamente nos arbustos. Quando terminou, fechou o zíper, virou-se e deu um passo, mas então parou. *Perigo!* A escuridão era completa. Um vazio espesso, frio e escuro o cobria de silêncio. Ouviu o ronco do Homem-B, mas tinha se afastado demais.

Deu mais um passo e a rocha ficou lisa sob seus pés. O penhasco íngreme onde comeram estava em algum lugar próximo. Deveria ter levado o celular para usar como lanterna, mas a bateria havia acabado. *Idiota.* Caminhou para a frente, devagar, com as mãos estendidas, forçando os olhos a enxergar na escuridão e ouvindo com mais atenção do que nunca. Onde estava a borda? Ele podia imaginar a queda e as árvores pequenas lá embaixo. Deu mais meio passo e seu pé deslizou por uma placa gasta de argila. Uma corrente de ar quente subiu como um sussurro.

Pare.

Ele parou. A voz era calma e firme e parecia vir da suave corrente de ar.

Dê dois passos para trás.

Ele deu.

Ótimo. Agora, devagar, abaixe.

Agachou-se, tocando a rocha quente com as duas mãos, como se isso o mantivesse preso à terra. Podia ouvir o sangue pulsando nos ouvidos.

Não se mova. Fique parado. Espere...

Ele esperou, apurando os ouvidos, à espera de outra instrução. A corrente de ar flutuava ao seu redor, fazendo cócegas no rosto. Quanto tempo ficou agachado ali? Não tinha como saber. Encolhido, cochilou e acordou e cochilou de novo.

Então, ao longe, ouviu a voz dela. Estava vindo de trás dele, das curvas mais profundas da névoa e do silêncio.

— Benny?

Um fino feixe de luz cintilou sobre a rocha lisa ao lado dele.

— Estou aqui — gemeu ele, virando-se para a luz.

O feixe se aproximou. Ele se levantou, mas suas pernas estavam instáveis, com cãibras por ficar agachado. Seus joelhos se dobraram e ele começou a balançar, mas ela estava lá e o pegou pelo punho.

— Venha — chamou, em voz baixa, urgente. — Estou segurando você. Está tudo bem.

A respiração dela saía em baforadas brancas sob a luz da lanterna. Benny tropeçou e caiu nos braços dela.

— Porra — disse ela, abraçando-o com força, então o soltou e iluminou o rosto dele. — Você está louco?

Ele piscou, levantando a mão para bloquear o feixe.

— O quê?

Ela virou a lanterna para o lugar onde ele estava sentado. O feixe de luz traçou a borda íngreme do precipício antes de desaparecer na escuridão além. Mais um passo e ele teria caído.

Ela virou o feixe de volta para ele.

— O que você estava fazendo?

— Tive que fazer xixi — explicou. — Estava escuro. Eu me perdi.

Ela passou a luz pelo rosto dele, estudando-o para ver se ele estava mentindo.

— Acordei e você não estava lá, então vim procurar. Quando vi você, achei que fosse pular.

— Ah — murmurou ele. — Não. Eu não ia.

Ela inspirou fundo e expirou.

— Vamos. Está frio.

Ele a seguiu de volta ao acampamento. O Homem-B continuava roncando. Benny se arrastou para dentro do saco de dormir e ficou deitado de barriga para cima. Ele podia ouvir a respiração do Aleph ao lado, e parecia que ela estava à espera de Benny falar mais alguma coisa.

— Eu não ia, de verdade — sussurrou. — Pular, quero dizer.

Houve uma longa pausa.

— Tudo bem.

— Eu não conseguia ver o penhasco. Não sabia que estava lá. Quase caí... — Ele estremeceu com a lembrança da corrente de ar quente. Houve um farfalhar quando ela rolou para o lado, e ele pôde sentir os olhos dela nele, observando-o no escuro. — Mas então ouvi algo.

— O quê?

— Uma voz. — Ele hesitou. — Mas não as de sempre.

— Quais são as de sempre?

— Apenas coisas aleatórias. Algumas são mais pessoais, como meu crítico interno ou o robô.

— Você tem um robô interior?

Ele assentiu.

— Uau. Tudo o que tenho são demônios internos. Demônios e monstros.

O rosto dela estava tão perto que Benny podia sentir o hálito quente na bochecha. Ele rolou de lado, então agora eles estavam frente a frente, nariz com nariz.

— Que droga — falou ele.

— Sim. Mas qual era a voz no penhasco?

— Uma voz nova. Eu a ouvi pela primeira vez na Encadernação.

— É uma coisa?

— Não exatamente. Mas também não é uma pessoa. É tipo entre um e outro.

— O que ela falou?

— Não muita coisa. Naquela noite na Encadernação foi algo sobre livros. Acho que queria dizer mais. Eu podia ouvir a vontade dela.

— Acho que faz sentido porque era a Encadernação. Você ficou com medo?

— Não. — Ele estava mentindo, então parou. — Tudo bem, um pouco. Mas esta noite acho que ela me salvou. Estava completamente escuro e eu não conseguia enxergar. Eu teria caído na beira do penhasco, mas a voz me disse para parar, descer e esperar por você.

— Ela sabia que eu estava chegando?

— Sim. Acho que ela sabe das coisas.

— Que coisas?

— O que vai acontecer. Na minha vida.

— Pode prever o futuro?

— Mais ou menos isso. Mas também o passado. E acho que pode fazer as coisas acontecerem.

— Que tipo de coisas?

— Não sei. Coisas da minha vida. Não sei explicar, mas é meio poderoso...

— Como Deus ou algo assim.

— Talvez. É como se tivesse um plano para mim. Esse é o tipo de coisa que as pessoas dizem sobre Deus, certo?

— Na verdade, eu só estava brincando sobre Deus.

— Ah.

— Você acha mesmo que ela está fazendo as coisas acontecerem?

Aquilo soava loucura.

— Não sei. É só uma sensação.

— Você está com medo?

— Um pouco.

— Se ela salvou sua vida, talvez seja uma boa voz. Uma voz amiga. Talvez esteja cuidando de você.

— Talvez.

— Amigos são bons — afirmou ela. — É bom ter amigos. — A mão do Aleph rastejou pelo musgo novamente e sua palma pousou no peito dele. — Durma um pouco, ok?

O coração de Benny batia forte sob a palma da mão dela. Ele pôs a mão sobre a dela e a apertou.

Vá em frente, uma voz sussurrou. *Você sabe que quer...*

Ele se ergueu sobre um cotovelo. Ela virou de costas.

Faça! Agora!

E assim ele fez.

Não foi um beijo longo ou muito bom. Ele errou o alvo e se viu beijando o canto da boca dela, ou mais como a bochecha, na verdade, e, naquele momento, o beijo poderia ter se tornado algo seguro e nada sexy, o tipo de beijo que você daria na sua tia, mas não. Pelo contrário, ele se ajeitou para que os lábios deles se encontrassem devidamente. Sentiu os lábios dela macios e carnudos como framboesas, e salgados como uma tortilha. Um sabor fermentado, um tanto familiar, como se viesse de um sonho. Ele nunca tinha beijado ninguém, exceto a mãe e o pai, e não sabia o que fazer a seguir, mas entendia que algo mais tinha que acontecer. Ela não estava exatamente ajudando, mas também não o estava afastando, então ele pressionou um pouco mais. Ele podia sentir a dureza dos dentes dela sob a pele, e agora os lábios dela se moviam contra os dele...

— Benny...?

Os lábios dela estavam formando o nome dele. Sentiu o sabor do próprio nome no hálito dela e inalou a si mesmo profundamente. Sim! Ele era Benny! Talvez pela primeira vez na vida, era quem era por completo. Podia sentir as mãos dela contra seu peito, logo acima de seu coração, pressionando-o, então resistiu. O corpo dele estava vivo e o dela também. Estrelas cintilavam atrás das pálpebras dele. A coluna dele arqueou e ele começou a subir, para alcançar...

— Benny, não...

Não?

Ele hesitou. Algo estava errado. Como assim *não,* se tudo, até as estrelas, estava dizendo *Sim, Sim, Sim!* Por que ela não entendia? Que ele a estava beijando porque a amava, e o amor era bom, e a voz lhe dizia para fazer isso! As palavras eram tão pouco confiáveis. O *não* dela devia estar errado. O *não* dela era confuso e não queria dizer o que disse. Queria dizer *sim,* e ele iria provar isso. Pressionou os lábios contra os dela com mais força e, por um longo momento, ela relaxou e até pareceu retribuir um pouco o beijo antes de suspirar e virar a cabeça.

— Não, Benny, não podemos...

Ele caiu de costas e olhou para o céu. Dessa vez, não havia erro. O que ela queria dizer estava claro. O *não* dela significava *Não.* Era ele que estava confuso, que não entendia. Porque era *muito burro.* Porque era um *imbecil.* Porque era *muito jovem demais.* Sabia que deveria se desculpar, mas as palavras não vinham. Queria desaparecer, mas não podia. Ela estendeu a mão e a colocou na bochecha ardente dele.

— Sinto muito — falou ela, que eram as palavras que ele deveria ter dito, e então rolou para longe, virando as costas para ele. Benny a ouviu suspirar, longa e cautelosamente, na noite.

BENNY

Foi você, não foi? Você sabia que eu queria beijá-la e me disse para ir em frente! A coisa toda aconteceu tão rápido que eu não tinha certeza, mas agora entendo. Era a sua voz. *Faça!*, você disse. E foi o que fiz.

Você estava apenas querendo me ferrar? Você sabia que era uma ideia idiota. Você é um livro! Devia saber como ia acabar, mas me obrigou a fazer mesmo assim porque... Por quê? Era mais interessante, ou romântico, ou dramático, ou alguma porcaria assim? Talvez você só quisesse assistir! Quanta besteira! Você estava apenas me usando, me obrigando a fazer coisas, para poder contar uma história melhor.

Malditos livros.

Você deveria ter me deixado cair do penhasco e morrer.

O LIVRO

Ah, Benny, não. Nós não fizemos você beijá-la. Não era a nossa voz que você estava obedecendo. Era a de um impulso muito mais primitivo e urgente do que qualquer coisa que um livro possa reunir.

Mas você também não está totalmente errado. Porque, embora não tenhamos forçado você a beijá-la, não o teríamos impedido, mesmo que pudéssemos. Os livros gostam de um pouco de romance, um pouco de drama, e essa é a verdade. Chame-nos de lascivos (e muitos já o fizeram), mas precisávamos que você provasse os lábios dela para que pudéssemos prová-los também. Queríamos aquelas palavras para descrever o beijo. Vocês se deixam levar pelas paixões do corpo, mas, no caso dos livros, nossa ânsia por palavras é inegável na mesma medida. Então, você está errado quanto a *fazermos* você beijá-la — os livros não são onipotentes, e também não somos alcoviteiros ou aproveitadores —, mas somos culpados de querer isso, e se você se sentir usado, desculpe-nos. Mesmo no momento em que estava acontecendo, sentimos muito.

Você não acredita em nós. Percebemos isso. E agora está tentando nos bloquear, assim como faz com as memórias de todas as coisas que quer esquecer.

Tudo bem, você nos deixa sem escolha. Não somos apenas mais uma de suas vozes aleatórias, Benny. Nós somos o seu livro, e este é o nosso trabalho. Temos de informar você.

56.

Você não dormiu muito depois daquilo. Ficou ali, com o rosto queimando no ar frio da noite, ouvindo o sangue pulsando em seus ouvidos. O som do sangue era um som interno, vindo do fundo do seu corpo, mas também havia sons externos; você podia ouvir a respiração do Aleph e os roncos do velho, e, em algum lugar na montanha, o grito de um pássaro noturno. E havia os sons novos, aqueles que você nunca tinha ouvido antes. À deriva e discordantes, pareciam vir de muito longe, de todos os detritos, perdidos e vagando pelo espaço.

Em algum lugar lá fora, o Cometa Escuro esperava.

Quanto mais você pensava sobre o que tinha feito, mais agitado ficava. Você realmente estragou tudo em grande estilo. Porque é claro que ela não queria beijar você. Afinal, como ela poderia querer? Por que alguém iria querer beijar você? Porque *ela é uma vadia e você é só uma droga de uma criança, um idiota, um imbecil, um fracassado imaturo que merece morrer, então apenas faça isso, ok? Se jogue logo da porra do penhasco e a faça se sentir culpada! O que está esperando?*

Mas você esperou. Você se lembrou do Cartão de Enfrentamento. Ficou lá respirando e contando, contando e respirando, até que por fim, pouco antes do amanhecer, caiu no sono.

Quando acordou, o sol havia nascido e os dois já estavam acordados. O Aleph estava fazendo café em um fogãozinho que havia improvisado com algumas latas velhas. Ela perguntou se você queria um pouco. Parecia alegre. Como se nada tivesse acontecido. Você balançou a cabeça. O fato de não tomar café fazia você se sentir um bebê, mas o fogão de lata era legal e, normalmente, você teria pedido ao Aleph para mostrar como funcionava, mas em vez disso você foi fazer xixi. Quando voltou, os dois estavam sentados à beira do penhasco onde você quase caíra em direção à morte na noite anterior, tomando café e conversando baixinho, olhando para o mar. Quando ela o viu, estendeu-lhe um copo. Era chocolate quente. Uma bebida de bebê. Você tomou um gole e estava delicioso, mas naquele momento você a odiou.

A descida da montanha foi muito mais difícil do que a subida, e você e o Aleph tiveram que trabalhar juntos para evitar que a cadeira de rodas do Homem-B saísse da trilha. Estando ao lado dela, muitas vezes os cotovelos de vocês se tocavam, ou os ombros, ou os quadris, ou as mãos e, quando isso acontecia, você se esquivava. A certa altura, em um trecho íngreme e pedregoso, a cadeira de rodas derrapou em uma pedra que se desprendeu sob seus pés, e você soltou as alças para não tocar no antebraço dela. Ela se virou para você então, o rosto corado pelo esforço de travar as rodas.

— Você está agindo superestranho e preciso que pare.

Você voltou a segurar as alças novamente, mas depois ela não falou com você durante todo o caminho, e você também não falou com ela.

O Beberrão sentiu que algo estava errado. Sentou-se na precária cadeira de rodas, segurando a pasta e falando de novo sobre Walter Benjamin, sobre a tragédia da morte dele e a conspiração que se formou em torno dela. Algumas pessoas contestaram o suicídio do filósofo, insistindo que ele morreu de ataque cardíaco. Outros alegaram que ele foi assassinado por agentes stalinistas. O atestado de óbito espanhol aponta como causa da morte uma hemorragia cerebral. A maleta que continha o misterioso manuscrito desapareceu e, apesar dos esforços de seus amigos, nunca foi encontrada.

— Ninguém o lerrá agora — lamentou o Homem-B. — Foi o último livro. Ele disse aos amigos que o livro deverria ser salvo, que não deverria cair nas mãos da Gestapo. Falou que erra mais importante do que sua próprria vida.

Essa afirmação deixou você furioso.

— Não acho que livros sejam mais importantes do que a vida de uma pessoa — disse você. A roda da cadeira ficou presa em uma raiz, então você deu um empurrão forte.

— Ah — falou o Homem-B. — É porque você ainda não escrreveu um. Depois que tiver escrrito um livro, vai ver só.

— Besteira — declarou você, quando a cadeira balançou para a frente. — Nunca vou escrever um livro.

— Apenas espere — respondeu o velho. — Você vai ver. Cada menino tem um livro dentro de si, Benny.

Naquele momento, a ideia de ter um livro dentro de si era monstruosa.

— Eu não — disse você, mas ou o velho não o ouviu ou o estava ignorando. E ainda falava sobre Walter Benjamin.

— Que tragédia — afirmou o velho, balançando a cabeça. — Não há nada mais trriste do que um livrro perdido. — E, com isso, afundou em um silêncio desanimado.

* * *

Ninguém falou durante a viagem de volta à cidade. Deixaram você na frente de casa. O Aleph estacionou a van ao lado de uma pilha de lixo e sacolas de reciclagem. Com o motor ligado, estendeu a mão e apertou a sua. Você sentiu o corpo congelar. *Perigo!*

— Desculpe — falou ela, baixinho. — Amo você, Benny. Só que não assim, ok?

Vadia, soltou uma voz. Tanto faz.

Você parou no meio-fio enquanto a van se afastava e, quando o carro sumiu de vista, virou e tropeçou em um saco de lixo. Chutou, com força, de novo e de novo, até que um buraco se abriu e alguns DVDs vazaram, e foi aí que se lembrou. Tinha prometido ajudar sua mãe na arrumação quando chegasse da escola. Isso foi ontem. Ela ainda não tinha respondido, mas a bateria do seu celular acabou na montanha. Ela provavelmente tentou mandar mensagem a noite toda, e agora você estava bem encrencado.

Você chutou os DVDs de volta para o saco. No alto, os corvos de seu pai observavam. Estavam empoleirados nos cabos de energia, grasnando do jeito que faziam quando queriam ser alimentados. Você se dirigiu para os fundos da casa, e um por um, eles o seguiram. Quando você fez a curva, os corvos mergulharam e pousaram na grade perto do comedouro vazio. Por que sua mãe não os alimentara? Na base dos degraus, o chão estava cheio de lixo. Seu velho carrinho de bebê caído de lado. O que fazia lá? Você subiu e entrou. A casa estava silenciosa. Ainda uma bagunça. Você foi até a sala. O Centro de Controle estava vazio, mas era sábado, você percebeu. O dia de folga da sua mãe.

Você voltou para a cozinha, pegou uma tigela de cereal e colocou o celular para carregar. O Melitta da sua mãe estava no balcão, então você decidiu fazer uma xícara de café. Equilibrou o filtro no copo e colocou uma colher cheia e depois outra. Ferveu um pouco de água, derramou e deixou escorrer, tomou um gole e depois cuspiu na pia.

No andar de cima, parou do lado externo da porta de Annabelle e tentou ouvir. Ela ainda devia estar dormindo, você pensou, o que talvez significasse que não estava tão zangada afinal. Aliviado, foi para o seu quarto, tirou a roupa e se arrastou para a cama. Na escrivaninha ao lado do travesseiro estavam os velhos *Contos de fadas* dos Irmãos Grimm que você tinha pegado emprestado da Biblioteca. O emaranhado de raízes e galhos em relevo na capa vermelho-sangue fez você se lembrar da montanha, e você pensou no que o Homem-B havia dito na descida, sobre como todo mundo tem um livro dentro de si. Você se levantou e moveu os Grimm para o lado oposto do quarto, longe de sua cabeça, depois se deitou e colocou os fones Grundigs nas orelhas e adormeceu.

O som fraco da campainha o acordou. Havia uma mulher ali com o dedo no botão, mas parou quando você abriu a porta. Surpresa, ela recuou ao vê-lo, como se você fosse um marciano do espaço sideral, mas você estava com os Grundigs, então fazia sentido.

— Você é o Benny? — A mulher se apresentou. O nome dela era Ashley alguma coisa. Era assistente social de um hospital. — Sua mãe sofreu um acidente ontem à noite.

Ela fez uma pausa, observando você. Os Grundigs a faziam parecer muito distante.

— Caiu da escada e foi levada ao hospital. — Mais uma vez, fez uma pausa. Esperando. Estudando seu rosto. Talvez você parecesse confuso, porque ela perguntou: — Você não quer saber se ela está bem?

Você assentiu.

Ela está morta, falou uma voz. *E é tudo culpa sua.*

— Ela sofreu alguns ferimentos muito graves. Vai se recuperar, mas está muito preocupada com você. Vamos.

No caminho para o hospital, você se sentou no banco do carona do carro dela, ainda usando os Grundigs e tentando não ouvir as perguntas: onde você estava, por que não avisou sua mãe? Você percebeu que ela não tinha gostado muito de você, o que tudo bem porque você também não gostava muito de si mesmo, e o tempo todo a voz murmurava: *Culpa sua, culpa sua, culpa sua...*

* * *

Do quanto você se lembra, Benny?

Benny?

Você está aí?

Pode nos ouvir?

Está escutando?

57.

Annabelle tinha poucas lembranças da queda, mas jamais esqueceria a longa noite que passara na sala de emergência depois. O Imprestável não conseguiu encontrar o celular debaixo de todas as coisas na mesa da cozinha, embora ela duvidasse que ele tivesse se esforçado. Ela ligou para a polícia do telefone público na sala de espera do pronto-socorro e pediu para registrar uma denúncia de desaparecimento, mas se deparou com a mesma burocracia da primeira vez. Pediu para falar com o agente Hooley, mas ele não estava a serviço. Por fim, ela ficou tão perturbada que as enfermeiras tiveram que lhe dar um sedativo, e foi aí que a assistente social se envolveu.

Ashley era uma garota adorável, alegre e enérgica, com cabelos loiros na altura dos ombros e um jeito intensamente sincero de ouvir. Ela perguntou tudo sobre o acidente de Annabelle, seu trabalho e sua situação doméstica. Também perguntou sobre Benny e Kenji. Pareceu consternada porque Annabelle não tinha ninguém a quem pedir ajuda além do filho adolescente. Empoleirou-se na beirada da cadeira ao lado da cama e deu um tapinha na mão de Annabelle, inclinando-se de vez em quando para lhe oferecer um lenço e fazendo pequenos grunhidos ansiosos de encorajamento. O olhar que dava com seus olhos azuis era como um aspirador capaz de sugar a dor dos outros, e Annabelle gostou da mulher de imediato, mas toda a conversa a esgotou, então Ashley saiu, dizendo-lhe para descansar um pouco. Quando Annabelle acordou várias horas depois, Benny estava sentado na cadeira, usando os fones de ouvido que pertenceram ao pai, olhando para um noticiário matinal sobre as próximas eleições na televisão sem som.

Ele tinha ido acampar com amigos, explicou. E estava bem. Sentia muito por ter saído da escola sem contar a ninguém. Ele se arrependera de não ter ligado. O celular ficou sem bateria. Ter se desculpado era importante, sentiu Annabelle. Ele parecia ensimesmado, distante, porém cooperativo, e desse modo, com a ajuda de Ashley, eles elaboraram um plano para a alta de Annabelle. Até que ela conseguisse subir as escadas para o quarto, dormiria no sofá-cama do andar de baixo e, naquela tarde, Benny abriu caminhos na sala, no corredor e no banheiro do andar de baixo, para que a mãe conseguisse ir de um lugar a outro de muletas. Ela não poderia preparar as refeições ou ir às compras, mas podiam pedir delivery. De manhã, Benny prepararia o café da manhã e, à tarde, a caminho de casa, poderia comprar mantimentos na mercearia da esquina. Ele poderia comprar o próprio leite. E teria de pegar o ônibus para a escola sozinho, mas parecia tranquilo em relação a isso. Aliviado, até.

O punho torcido era inconveniente, e o tornozelo quebrado era doloroso. Ela apresentava os sintomas da concussão: dores de cabeça, náuseas, perda de memória, tontura ao tentar se levantar. A única coisa de que conseguia se lembrar sobre o acidente era de estar deitada no chão olhando para o Imprestável de pé perto dela com o taco de golfe erguido na mão. Tivera tanta certeza de que ele estava tentando matá-la. Mas Annabelle estava errada, e depois ele foi surpreendentemente compreensivo e até concordou em adiar a inspeção. Será que estava tentando bajulá-la enquanto planejava um despejo em segredo?

Sempre que pensava nisso, as dores de cabeça pioravam. Não pense, o médico havia dito. Não pense, não beba, alimente-se de modo saudável, descanse, evite o estresse e, acima de tudo, fique longe do computador. Claro, a primeira coisa que ela fez quando chegou em casa do hospital foi mancar até o Centro de Controle e verificar os e-mails, mas depois de alguns minutos as palavras pixelizadas na tela começaram a oscilar de foco e o brilho do monitor fez sua cabeça latejar: ela não tinha escolha a não ser parar. Seguindo o conselho do médico, ligou para seu supervisor, contou que havia sofrido um acidente e teria que tirar uma folga do trabalho. Charlie tinha sido surpreendentemente agradável também, falando a ela para se cuidar e não se preocupar. Ele estava sendo gentil agora para poder demiti-la depois?

Havia silêncio na casa sem o zumbido dos discos rígidos, e havia silêncio em sua cabeça também sem o tagarelar constante das notícias. É bom ter algum tempo para pôr em dia outros projetos. Ela abriu o livro. Estava lendo *A magia da arrumação* e tentando seguir algumas das dicas para limpar a bagunça. Benny levou a gaveta de meias do quarto dela, reunindo todas as roupas largadas pelo chão e pela lavanderia, para que a mãe pudesse separá-las. Foi um trabalho reconfortante, a tarefa perfeita para sua recuperação. Annabelle estava passando pela montanha de meias, uma por uma, segurando cada uma e examinando-a para determinar qual meia a deixava feliz e qual a deixava triste. As tristes estavam esfarrapadas ou sem par, e essas ela apertava contra o coração, agradecendo-lhes por todo o trabalho árduo em nome de seus pés, antes de descartá-las respeitosamente. Os pares intactos ela dobrou e arrumou na gaveta de acordo com a cor, criando um arco-íris perfeito de meias arrumadas. Aikon estava certa. Havia alegria em coisas pequenas e simples feitas com amor e, depois de começar, uma coisa levava à outra. Logo ela estaria pronta para seguir com as camisetas, e também havia um jeito certo de dobrá-las.

Deixou o livro de lado e fechou os olhos. Fazia anos que não se deitava assim no meio do dia. A última vez foi logo depois que Benny nasceu. Lembrava-se tão bem de estar deitada ali mesmo no sofá com seu bebê recém-nascido aconchegado ao lado, cochilando e acordando de vez em quando para mamar, enquanto Kenji cozinhava, lhe trazia chá quente e massageava seus pés, ombros e barriga.

— Tão vazia — dizia ele, esfregando a pele flácida que se acumulava na pélvis dela. — Precisamos enchê-la de novo. — Era uma piada, é claro, mas ele passava os dias preparando diversos pratos japoneses nutritivos para ela: sopas de missô e flãs de ovos, lámen e arroz *donburi* com os acompanhamentos preferidos dela, e depois ele se sentava no canto do sofá com as pernas dela no colo, enquanto dedilhava o *ukulele* ou soprava baixinho em sua ocarina, observando o bebê mamar e dormir. À noite, ele saía para fazer shows, mas depois da última sequência voltava direto para casa, em vez de sair e ficar chapado com a banda. Aqueles foram bons tempos. Tempos esperançosos.

E eles ainda eram esperançosos, ela pensou. Porque de que adiantava se desesperar? As coisas poderiam ser muito piores. Ela poderia ter quebrado o pescoço caindo daquela escada. E algo terrível poderia ter acontecido com Benny. Mas, em vez disso, ele estava são e salvo e se ajustando de volta à escola. Annabelle pegou o celular e verificou a hora. Ele ainda estava na aula. Estaria com fome quando chegasse em casa.

Lá fora, os corvos grasnavam pedindo o jantar. Ela enviou uma mensagem dizendo para Benny pegar uma pizza. Ele não respondeu, mas ela também não esperava que respondesse. Os alunos não podiam usar celular em sala de aula. Annabelle se levantou e esperou que a tontura passasse. Não havia mais bolinhos da lua na cozinha, mas encontrou um saco de Doritos velhos na lavanderia e foi mancando até a varanda.

No comedouro havia pequenos objetos, um brinco de pérola brilhante, um pedaço de vidro do mar verde-claro e um parafuso. Os corvos haviam lhe trazido mais presentes! Ela pegou a pérola. Não era de verdade, é claro, mas era brilhante e bonita. O parafuso era pesado, difícil para um corvo carregar. O vidro do mar a fez se lembrar de Kenji.

Ela olhou para cima e viu os corvos, observando-a atentos.

— Obrigada — gritou, espalhando os Doritos na plataforma. — Obrigada!

Um por um, eles vieram em sua direção, com as largas asas negras estendidas como dedos, mergulhando tão perto que ela podia sentir o ar empoeirado e deslocado fazendo cócegas em seu rosto. A memória completa do acidente lhe voltou então. Lembrou-se de tentar equilibrar o carrinho carregado. E lembrou-se do horror de cair para trás no vazio, do frio e da dor nauseante. Tinha começado a chover. Depois, do nada, veio uma lufada de ar, quando, um por um, os corvos pousaram, e ela se lembrou do pinicar das garras e do peso dos corpinhos se movendo e se acomodando sobre ela, abrindo as penas para chocá-la como se fosse um ovo muito grande.

Agora, vendo-os bicar e agarrar os Doritos, ela sentiu lágrimas de gratidão surgindo nos olhos. Os corvos a mantiveram aquecida e seca. Eles a salvaram.

58.

Prezada sra. Ai Konishi,

Na verdade, nunca escrevi uma carta de fã antes, mas queria agradecer pelo seu livro, que está mesmo revolucionando a minha vida, sem falar na minha gaveta de meias! Assim que comecei a ler *A magia da arrumação*, senti uma conexão especial com você por vários motivos. Primeiro, o que você escreveu sobre seu padrasto realmente ressoou em mim porque também tive um padrasto. Ele não era um executivo do mundo corporativo, apenas um gesseiro, no entanto tratou a mim e minha mãe muito mal de maneiras que não quero detalhar, mas acho que você entende.

Mas também há o fato de você ser uma monja zen japonesa e meu marido, Kenji, ser japonês e ter morado em um templo zen. Ele era um músico de jazz e um cara muito zen, mas o perdi em um trágico acidente quando foi atropelado por um caminhão. Nosso filho, Benny, ficou traumatizado. Ele tinha acabado de completar doze anos na época e amava muito o pai e, desde então, desenvolveu alguns problemas emocionais. Agora ele está com catorze anos e mudou muito. Tem horas que nem sei mais quem ele é. Entendo que às vezes os pais se sintam assim em relação aos filhos adolescentes, mas éramos tão conectados e não consigo deixar de sentir que é tudo minha culpa, como se tudo o que faço estivesse errado.

Não era assim antes. Quando Kenji estava vivo, ele fazia tudo certo. Nós três saíamos, as pessoas olhavam para Kenji e para mim e concluíam que Benny era nosso filho e que éramos uma família. Mas agora é diferente. As pessoas olham para mim e Benny e não nos conectam, sabe? Acham que ele é adotado. Às vezes isso acontecia quando Benny era bebê e eu saía com ele sozinha, então as pessoas vinham até mim e diziam: Ah, que menininha querida! Onde você a pegou? Ninguém nunca cometeu erros como esse quando Kenji estava conosco, e agora que ele está morto, parece que nem sou mais a mãe de Benny.

Desculpe. Eu não queria lhe contar toda uma história triste. A verdadeira razão pela qual quis escrever agora é por causa de outra conexão que temos, que são os corvos. Os corvos são incríveis! Adorei sua história sobre como seu professor corvo salvou sua vida e queria compartilhar uma breve história com você sobre alguns corvos especiais que salvaram minha vida também...

59.

A mosca na parede estava observando você, mantendo as coisas reais. Você estava sentado na carteira na aula da educação especial. À sua frente estava o livro da biblioteca que você deveria estar lendo e no bolso havia uma tachinha que você havia roubado do quadro de avisos. Você tinha deixado a tachinha enfiada em um pedaço seco de chiclete para que não o furasse quando estivesse no bolso. As tachinhas eram perigosas, mas não tão perigosas quanto os livros.

A mosca na parede sabia sobre a tachinha. Ela estava de olho em você, ajudando-o a manter a calma, e, quando você começou a perder o controle, a mosca começou a falar:

Benny está debruçado sobre a página, mas não está lendo. Está esvaziando a mente para que as palavras não possam entrar. Benny não confia mais nos livros, porque os livros não merecem confiança. Os livros estão sempre observando, tentando ler sua mente. Eles fazem você fazer coisas, até mesmo coisas que você não deveria fazer. Escrevem coisas ruins em sua vida e depois saem fofocando e contando tudo para todo mundo.

O fato de a mosca na parede saber tanto sobre livros o confortava. Sem dúvida era uma mosca inteligente, e você tinha sorte de contar com ela. A mosca podia ler sua mente, mas não o obrigou a fazer coisas. Apenas observou e narrou o que estava acontecendo.

Conforme você olhava para a página, as palavras perdiam o foco, dissolvendo-se em letras que nadavam impotentes pelo papel branco como formigas em uma pia cheia de água com sabão. Elas estavam tentando nadar até um local seguro, e você queria ajudar. Quando a professora não estava olhando, você enfiou a mão no bolso e tirou a tachinha. A ponta era afiada, e você a pressionou contra um ponto no final de uma frase, abrindo-o. O ponto virou um buraco. Você cutucou outro ponto, fazendo outro buraco.

Benny está se sentindo melhor agora. Ele consegue ouvir as letras soltando pequenos suspiros de alívio. A página está cheia de buracos, então ele a vira e começa outra. Quando fechar o livro, as letras estarão livres para nadar pelos buracos e escapar. Ele está libertando as letras de suas sentenças. Uma pequena revolução. Elas ficarão agradecidas.

Ele pode ouvir palavras cantando louvores para ele, como em um hino.

Está imaginando como a professora ficará surpresa quando abrir o livro e vir as páginas em branco, vazias e perfuradas. Esse pensamento o faz sorrir, mas então ele se detém. O Livro provavelmente está lendo seus pensamentos, pensa. Melhor não pensar. Ele abre a mente e deixa os pensamentos saírem até que a mente esteja tão clara e vazia quanto uma página em branco.

Melhor deixar a mosca na parede pensar, pensa ele. É mais seguro assim.

---

* * *

Depois da escola, você pegou uma pizza havaiana, do tipo que sua mãe gosta, e levou direto para casa. Verificou se ela precisava de alguma coisa, depois arrumou a cozinha e subiu. Você deveria estar fazendo sua lição de casa. Em vez disso, se sentou na cama com os Grundigs grudados às orelhas e a manga levantada, revelando o dorso do antebraço esquerdo. Você estudou a pele pálida, tentando lembrar o padrão de furos no braço do Aleph. Você sabia que era uma constelação porque ela contou. Achava que ela tinha dito que era Andrômeda. Os furos no braço dela não eram apenas furos, no entanto. Eram marcas de picadas sobre as quais ela fez as tatuagens. Ela não precisou lhe contar isso. Você descobriu sozinho.

No armário de remédios do banheiro, você encontrou algumas bolas de algodão e um frasco de água oxigenada e os levou para o quarto. Pesquisou Andrômeda no Google, e uma imagem da constelação apareceu na tela. Também havia um desenho, que parecia uma mulher caindo no espaço. Você reconheceu a forma das estrelas do braço do Aleph e começou a ler. Andrômeda era uma linda princesa cujo reino estava sendo devastado por um horrível monstro marinho chamado Cetus, então seu pai, o rei, ordenou que ela fosse sacrificada. Mandou que ela fosse acorrentada a uma rocha no oceano para o monstro marinho comê-la, mas um herói chamado Perseu apareceu e matou o monstro com uma espada de diamante, os dois se casaram e tiveram um monte de filhos; quando ela morreu, a deusa Atena a transformou em estrelas.

Você estudou as estrelas. Sua mãe estava chamando da sala de estar. Ela queria que você descesse e reaquecesse a pizza, mas você a ignorou. Copiou as estrelas no dorso do antebraço com uma canetinha, alinhou a ponta afiada da tachinha com a primeira estrela mais próxima do pulso e pressionou a ponta na pele. A dor parecia real e necessária. Se você fosse um herói, poderia resgatar o Aleph dos demônios e monstros dentro da cabeça dela. Se tivesse uma espada de diamante, talvez ela até se casasse com você. Sua mãe chamou de novo e você apertou com mais força. Uma pequena gota de sangue subiu da ponta e, ao observá-la aumentar, você a nomeou:

Alfa Andrômeda, a primeira e mais brilhante estrela da constelação, a cabeça da mulher acorrentada.

Limpando o sangue com o algodão embebido de água oxigenada, lembrou-se dos dedos manchados de tinta do Aleph segurando sua mão ferida, fazendo pressão contra o corte para estancar o sangramento. A imagem o acalmou. O cheiro da água oxigenada o acalmou. Talvez, se você fizesse buracos suficientes na pele, as vozes dentro de você os encontrariam e iriam embora. Talvez este tenha sido o problema. As palavras estavam aprisionadas dentro de você, procurando uma saída. Esse é o problema das palavras. Elas querem sair para o mundo.

60.

Benny estava quieto demais lá em cima. Annabelle o chamou duas vezes para descer, mas o garoto não respondeu. Devia estar fazendo lição de casa, pensou ela, e com aqueles fones de ouvido, provavelmente não ouviu. Ela se recostou na cadeira. À sua frente, o monitor brilhava na escuridão. Ela não deveria estar no computador, mas foi bom escrever e enviar a carta de fã, mesmo que fosse para uma completa desconhecida que talvez nunca a leria. Foi bom estar de volta ao Centro de Controle também. Estava desconectada desde o acidente e havia perdido a noção de que dia era. O tempo passava de maneira diferente sem seu feed de notícias e, embora tivesse sido uma pausa agradável, agora ela sentia que o mundo a puxava. Gostava de ficar de olho nos acontecimentos atuais, como se, ao fazer isso, estivesse ajudando de alguma forma. Sabia que era bobagem. O mundo não iria desmoronar só porque ela não estava assistindo. Ainda assim, talvez não fizesse mal verificar o noticiário. As eleições se aproximavam e os incêndios florestais ainda queimavam. Precisaria voltar ao trabalho e seria bom não ficar muito para trás.

Ouviu um som no corredor e ergueu os olhos no momento em que a luz do teto acendeu. Ela estava mais sensível à luz desde o acidente, e agora estremecia e fechava os olhos pela claridade repentina. Quando os abriu novamente, Benny estava parado na porta.

— Você não deveria estar no computador. Muito tempo de tela é ruim para você. — A voz dele soou estranha, monótona e sem afeto, como um autômato repetindo as palavras que ela costumava dizer quando o pegava jogando videogame, antes de ele largar os jogos.

— Tem razão — concordou. — Vou parar. — Ela colocou o computador em repouso e girou. — Ei, você já está com fome? Eu estou. Faça-me um favor e leve aquela gaveta de meias para cima, depois podemos reaquecer aquela pizza.

Ele foi até o sofá e apontou para a gaveta no chão.

— Esta?

— Sim — respondeu ela, e depois acrescentou, com orgulho: — O que você acha?

Ele encolheu os ombros.

— Está bom.

— É bonito, né? Com todas as cores? — Ela ergueu *A magia da arrumação*. — Estou aprendendo várias maneiras japonesas incríveis de dobrar coisas. Aqui, deixa eu mostrar.

Ela se levantou, firmou-se, esperando que a tontura passasse, e mancou até o sofá.

— A senhora que escreveu o livro é uma monja zen, como seu pai foi. Ela diz que no Japão acreditam que tudo tem um espírito, mesmo coisas comuns como meias e cuecas, e é preciso tratá-las bem para que possam ser felizes. Suas meias trabalham duro para cuidar de seus pés e, quando não estão trabalhando, gostam de ser dobradas assim e colocadas na gaveta para que consigam descansar e relaxar.

— Isso é meio esquisito. — Ele a observou enfiar as meias de volta na gaveta e então apontou para a pilha jogada no chão. — E aquelas?

— Estão velhas e surradas. Vou jogar fora.

— Elas não vão gostar disso.

— Ah, elas não se importam. Agradeci a todas. Você tem de agradecer primeiro. Pegue um saco de lixo debaixo da pia, querido, e depois vou mostrar a técnica de dobrar camisetas. Vai ser fácil para você. Você é naturalmente organizado, como seu pai. Ele sempre cuidou bem das coisas...

Ela podia ouvir Benny remexendo na cozinha.

— ... só não de si mesmo. — Ela olhou para a gaveta. — Bem, pelo menos as coisas dele estavam felizes.

Ergueu os olhos quando Benny voltou para a sala.

— E suas gavetas estão sempre arrumadas — concluiu radiante. — Então suas coisas devem ser felizes também!

Ele se agachou perto da pilha de meias amassadas e começou a jogá-las no saco de lixo.

— Não faço isso para que fiquem felizes — explicou ele. — Faço isso para que elas calem a boca.

O LIVRO

Benny? Você está ouvindo? Ainda está bravo?

Sabemos o que você está fazendo. Conseguimos sentir você nos bloqueando. Conseguimos sentir que você não está pensando, mas é tarde demais. Uma coisa é bloquear seu livro quando ele chama pela primeira vez, mas já cobrimos tantas páginas juntos e, tendo chegado até aqui, você não pode apenas parar. Os livros também têm vida própria, Benny. Você não pode se esconder de nós e não pode nos excluir.

Mas não se preocupe. Entendemos. É difícil de processar, e você tem trabalhado duro e merece um descanso, então vamos fazer uma pequena pausa, certo? Gire o globo e percorra meio planeta pela rede rizomática, até estar descendo uma rua lateral estreita em direção a um pequeno templo de madeira, situado no coração pulsante de Tóquio. Vamos fazer uma rápida visita à monja.

Por que estamos fazendo isso, você pode perguntar? A resposta é simples. Porque podemos. Porque quando Annabelle contatou Aikon, escreveu aquele e-mail e clicou em Enviar, sua ação completou o circuito de palavras no qual agora podemos viajar.

61.

O e-mail era longo, em inglês, e ela levou quase uma hora para lê-lo. Os que chegavam de leitores japoneses eram mais rápidos, é claro, mas desde a publicação internacional de

A magia da arrumação, cartas de fãs chegavam do mundo todo. A maioria delas era em inglês, que nunca foi a matéria em que Aikon ia melhor na escola, e com frequência ela precisava consultar o velho dicionário inglês-japonês para entender o que diziam. Muitas eram apenas breves notas de agradecimento de mulheres que gostaram do livro, mas outras eram missivas confessionais mais longas e demoradas, cheias do tipo de ânimo determinado que mascarava um desespero mais profundo. Quando tinha tempo de lê-las, elas partiam o coração de Aikon.

Como essa, da mulher cujo marido foi atropelado por um caminhão. O filho deles ficou traumatizado com a morte do pai. Havia uma longa história sobre corvos que trouxeram presentes para a mulher e que pousaram em cima dela quando ela caiu. Havia uma foto, tirada na praia, de uma loura de rosto meigo em traje de banho, de braços dados com um japonês baixinho em trajes de surfista. Diante deles estava um menino de cerca de quatro ou cinco anos, que olhava para a câmera com um olhar aguçado que deteve Aikon. Ele deve ser o filho do casal, agora um adolescente, com problemas emocionais. Triste.

Aikon arquivou o e-mail e verificou a caixa de entrada. Ainda havia centenas de mensagens de fãs não lidas, e o número aumentava, mesmo enquanto ela observava. Fechou os olhos e descansou por um momento, e então clicou no próximo, que era da mesma mulher.

> Oi de novo! Desculpe incomodá-la novamente, mas encontrei a foto do meu marido, Kenji, de quando ele esteve no templo zen, e a digitalizei para não a perder de novo e a estou anexando aqui. E esqueci completamente de mencionar outra conexão, que é que a mãe do meu marido se chamava Konishi, e me passou pela cabeça que talvez vocês dois sejam parentes. Você não tem um irmão há muito perdido chamado Kenji, tem?

Aikon suspirou, tirou os óculos de leitura e acendeu a luminária. Konishi era um nome bastante comum e ela não tinha um irmão há muito perdido chamado Kenji. Não tinha irmãos. Queria responder à mulher, queria responder a todas as mulheres que lhe escreviam, mas eram tantas, e tinha medo de inadvertidamente escrever algo em seu inglês desajeitado que machucaria em vez de ajudar, então apenas acrescentava o nome delas à lista da cerimônia de bem-estar e arquivava os e-mails.

Um estalo agudo ecoou pelo jardim, e ela ergueu os olhos. A cronometrista, uma noviça que acabara de fazer os votos, estava parada na passarela, segurando seu martelo de madeira, preparando-se para bater na placa de madeira outra vez a fim de indicar a hora do zazen e do serviço noturno. Aikon podia ouvir as pessoas chegando, tirando os sapatos e indo em direção ao zendo. Desde que seu livro entrara nas listas dos mais vendidos no Japão, as pessoas apareciam no templo. Algumas vinham uma ou duas vezes por curiosidade, mas outras, a maioria funcionários de escritórios de empresas próximas, começaram a vir regularmente para se sentar em zazen, ouvir suas palestras sobre o darma e participar de retiros de um dia inteiro. Algumas das mulheres, refugiadas do mundo corporativo como Aikon, pediam para ficar, para serem ordenadas e viverem lá como alunas, então agora também havia três monjas na residência. O templo estava indo bem, mas, infelizmente, o professor dela não vivera o suficiente para ver isso.

Ela desligou o computador. O restante dos e-mails teria que esperar. Levantou-se devagar, esticando as pernas, e vestiu um traje mais formal. No altar, acendeu velas e um bastão de incenso. Um retrato emoldurado do professor descansava ao lado de Senju Kannon. Ele estava vestido com seu melhor manto cerimonial, aquele que ela remendara tantas vezes porque ele não podia comprar um novo. Ele a olhava do quadro e, embora sua boca fosse severa, seus olhos sorriam, como se de alguma piada particular que esperava que ela compartilhasse. Ela tocou a vara de incenso na testa, mas, antes de fazer a oferenda, fez uma pausa, o encarou e permaneceu assim, algo que nunca fizera quando ele estava vivo.

Então, perguntou a ele em silêncio. Você está satisfeito?

Aikon nunca soube se o professor havia acreditado nela ou não. Quando, entusiasmada, contou-lhe sobre a ideia de escrever um livro, ele ficou sentado com os olhos fechados, ouvindo-a pacientemente explicar como a arrumação estava muito na moda, e a revista para a qual havia trabalhado publicava muitos artigos de estilo de vida sobre bagunça, e os livros sobre o assunto até se tornavam best-sellers internacionais, e, quando ela enfim terminou, ele apenas suspirou. Se você acha que seu livro vai ajudar algumas pessoas, deve escrevê-lo, disse o professor. Lembrou-se de como os olhos dele estavam opacos, todo o brilho desaparecera, e de como a cabeça pendia como uma velha flor de camélia em um caule murcho. Preciso me deitar agora, disse o professor. Estou muito cansado.

Aquela foi a última vez que ele se sentou aprumado. Nos meses que se seguiram, ela cuidou dele, trabalhando com ardor no livro e ouvindo o som de sua respiração ofegante. Aikon sabia que ele não tinha muito tempo e queria terminar o livro para que o espírito dele estivesse em paz quando morresse, sabendo que seu templo ficaria bem. Pelas manhãs, ao meio-dia e à noite, ela realizava serviços nos aposentos do abade, acendendo incenso no altar, cantando sutras e fazendo prostrações. Às vezes, ao cantar, os lábios dele se moviam. Às vezes, pressionava as palmas das mãos sobre o coração. E o tempo todo, Senju Kannon os vigiava. Ela era muito bonita, sentada em lótus, a manifestação do bodisatva da Compaixão, cujo trabalho era zelar pelo Reino dos Fantasmas Famintos. Aikon, que havia espanado cada um de seus braços e cabeças, sentia-se muito perto dela, e enquanto permanecia sentada ao lado de seu professor, escrevendo até tarde da noite, de vez em quando olhava para

Senju Kannon e pensava nos Fantasmas Famintos, com barrigas largas, grandes e sempre vazias, seu apetite insaciável e seu desejo interminável de mais. A boca deles era minúscula como furos de alfinete, e o pescoço, fino como um fio, então nunca podiam comer o suficiente para se satisfazer. Aikon compreendia o tormento.

Querida Senju Kannon, rezava. *Por favor, me ajude a escrever este livro. Por favor, deixe meu livro ajudar outras pessoas que sofrem como sofri. Por favor, deixe meu livro ser um grande best-seller para que eu possa pagar pelo novo telhado.*

No dia em que o professor morreu, os carpinteiros ainda não haviam sido pagos. Com o coração apertado, ela se sentou junto dele e observou sua luta para respirar. Aikon não conseguira terminar o livro a tempo e não cumprira a promessa de trazer renda para o templo. Ele deve estar bastante desapontado comigo, ela pensou. Se morresse desapontado, o professor também se tornaria um fantasma faminto? Era um pensamento terrível. E o antigo templo, o que seria dele? O terreno seria vendido e o templo demolido para dar lugar a prédios comerciais e torres de condomínios? Em seu último mês de vida, houve a transmissão do darma por parte de seu professor, que fez dela a herdeira do darma, mas, sem o templo, havia pouco para herdar ou transmitir. Sua linhagem morreria também?

E o que seria dela? Para onde ela iria?

Era como se o professor pudesse ouvi-la pensando. Fazia dias que ele não esboçava reação, enquanto sua respiração desacelerava e o silêncio entre cada inalação crescia. Mas, então, ele abriu os olhos e a encarou com um olhar brilhante e intenso. Não disse nada, mas não precisava. Aikon sabia o que ele estava pensando.

— Tudo bem — sussurrou. — Não vou desistir. De algum modo, vou manter nosso templo funcionando. Prometo.

Parecia que o professor a ouvira. A luz no olhar dele pareceu cintilar em resposta, e então piscou e fechou os olhos para sempre.

* * *

Agora Aikon ainda sentia o olhar dele pousar nela de dentro do porta-retratos, observando-a com aquela expressão interrogativa. A espiral de fumaça saiu da ponta do incenso quando ela estendeu a mão para fazer a oferenda, fincando o graveto firmemente na tigela de cinzas.

— Você achou que eu não conseguiria. Mas consegui.

A assistente dela, outra noviça, chamada Kimi, abriu a porta, fez uma reverência e afastou-se para deixá-la passar. Aikon saiu para o corredor que levava ao zendo, curvando-se para a cronometrista ao passar e notando a graciosa caligrafia pintada na placa de madeira. Era um antigo poema zen, escrito pelo professor, que traduzido significava:

Grande é a Questão do Nascimento e da Morte.
A vida é transitória. O tempo não vai esperar.
Desperte! Desperte!
Não desperdice um momento!

Os versos, apesar de reprimentes, sempre faziam Aikon se animar e prestar mais atenção. No zendo, ela se acomodou no antigo assento do professor e fitou a sala, as fileiras de meditadores acomodados nas almofadas, virados para as paredes brancas e lisas. De um lado havia os convidados e paroquianos; do outro, as monjas. Ela correu os olhos pela fileira, verificando a postura das alunas, satisfeita em ver que tinham as costas retas e a cabeça bem raspada e brilhando no crepúsculo. Era uma linhagem de mulheres, pensou Aikon. Foi isso que o professor dela conseguiu. Nenhuma delas a fitava. Estavam sentadas com os olhos baixos, em profunda meditação, mas, se estivessem observando, teriam visto um pequeno sorriso, como uma sombra, passar por seu rosto. Mulheres fortes e competentes, pensou a abadessa. O velho recebeu o que merecia.

62.

Prezada sra. Konishi,

Espero que não haja problema em continuar lhe enviando e-mails. Acho que talvez você nem leia seus e-mails, então não importa, na verdade. Não tenho uma rede de contatos muito boa hoje em dia, e escrever para você me ajuda a controlar minhas emoções, então você está me ajudando mesmo que não responda.

Contudo, se por acaso você ler isto e quiser responder, tenho uma pergunta específica sobre meu projeto de arrumação, que está indo melhor, aliás, porque recentemente meu filho começou a ajudar. No meu primeiro e-mail, eu lhe disse que Benny tem problemas emocionais, mas na verdade é mais sério do que isso. Ele tem alucinações auditivas e ouve as coisas falando com ele, como os tênis de corrida, que não são reais. (Os tênis são reais, mas não estão falando com ele de verdade, é o quero dizer.) Ele está tomando medicamentos antipsicóticos e ficou em uma enfermaria psiquiátrica infantil por algumas semanas, mas, depois que recebeu alta, os problemas comportamentais pioraram. Ele começou a mentir para mim, a faltar à escola e a sair com alguns garotos mais velhos que conheceu na enfermaria, e fiquei preocupada que eles pudessem estar usando drogas. Agora a médica diz que ele pode ter esquizofrenia, mas é difícil saber porque ela sempre muda o diagnóstico. É claro, ele já é adolescente, então parte desse comportamento provavelmente se deve aos hormônios, mas estou muito preocupada.

Recentemente, porém, tenho me sentido um pouco mais esperançosa, porque depois do meu pequeno acidente, quando caí da escada e os corvos me salvaram, Benny tem ajudado na casa, fazendo as compras e arrumando tudo. Não sei o que eu faria sem ele! Ele ainda está retraído, mas a médica também acha que ele está melhor, então é um progresso. O pai dele tinha problemas com drogas e álcool e, às vezes, tenho medo de Benny ter herdado isso do pai. Kenji quase nunca usava drogas pesadas, mas adorava beber e fumar maconha com os amigos. No começo não me incomodava, porque ele era músico e esse era apenas o estilo de vida dele, mas, depois, quando engravidei, pedi a ele que parasse, e ele parou. Kenji queria mesmo ser um bom pai, e nós dois concordamos que precisávamos dar um bom exemplo ao nosso filho. Sabíamos que nunca seríamos ricos nem poderíamos dar muitas coisas materiais a Benny, mas estávamos tranquilos quanto a isso. Estávamos confiantes de que poderíamos proporcionar um ambiente familiar amoroso, estável e criativo e, por um tempo, acho que até conseguimos.

Entretanto, quando Benny tinha uns seis ou sete anos, Kenji começou de novo. Acho que talvez ele estivesse frustrado porque sua banda não estava chegando a lugar nenhum, ele estava envelhecendo e se sentia meio estagnado, mas nunca falou nada sobre isso. Ele começou a voltar cada vez mais tarde dos shows e, como eu sempre tinha de dormir cedo por causa do meu trabalho, no começo, não percebi. Então encontrei um saquinho de maconha no bolso dele, e isso levou à nossa primeira grande briga. Fiquei tão brava por ele quebrar a promessa e por mentir para mim e, no fim, Kenji se desculpou e jurou que largaria a maconha de novo, e tentou. Ele tentou mesmo.

Enfim, eu não queria entrar nisso tudo. Só queria dizer que Benny está melhor, e a arrumação também está indo muito bem, ou pelo menos estava. O sucesso que tive com minha gaveta de meias me deu confiança e me mostrou que posso mudar, mas o restante da casa ainda precisa de muita atenção. Em seu livro, você disse que o importante não é *terminar* uma tarefa, mas apenas *fazê-la*, por completo. Infelizmente, preciso *terminá-la*, porque o filho da minha senhoria alugou uma caçamba, com o dinheiro do meu depósito de caução, e exigiu que eu limpasse o meu lado do sobrado, ou iniciaria o processo de despejo. E não posso *fazer* essa tarefa completamente porque tenho um tornozelo quebrado, uma concussão e um emprego.

Minha intenção não é reclamar. A boa notícia é que meu tornozelo está sarando e minha concussão também está melhor, e o médico disse que posso voltar a usar o computador desde que vá devagar, mas, com as eleições em uma semana, há tantas notícias que preciso fazer horas extras e não há horas suficientes em um dia! Então a minha pergunta é: como devo fazer a arrumação por completo, com amor e compaixão, quando tenho um tornozelo quebrado, um filho doente e um país à beira do desastre? E, se eu não conseguir terminar de arrumar e formos despejados, para onde iremos? Nossa senhoria, a velha sra. Wong, gostava de meu marido e nunca ajustou nosso aluguel, mas eu ganho quase só o suficiente para pagar o aluguel, e os preços na cidade dispararam tanto que não poderemos mais morar aqui.

Poderíamos nos mudar para outra cidade, acho, mas tem toda a situação com Benny. Ele por fim começou a se adaptar na escola com um novo Programa de Educação Individualizada, mas de uns tempos para cá...

63.

Durante toda a noite, enquanto as monjas dormiam profundamente, os e-mails continuavam chegando. Os sons incessantes do mundo exterior quebravam como ondas contra as paredes do pequeno templo, mas, de algum modo, o barulho não as alcançava. O barulho e o ruído do trânsito, o som das sirenes da polícia e das ambulâncias, os assalariados bêbados cantando e vomitando nas calçadas... Nada disso penetrava nos dormitórios das monjas.

Mas Aikon podia ouvir. Nos aposentos da abadessa, ela ficava acordada, preocupada. Passou a dormir no escritório, de modo que pudesse trabalhar durante os frequentes ataques de insônia. Sempre havia muito o que fazer nos últimos tempos. O grupo de mídia que publicara seu livro no Japão a pressionava a fazer um programa de tevê, os editores nos Estados Unidos queriam que ela fizesse uma turnê de lançamento, as monjas precisavam de treinamento, sua crescente congregação precisava de atenção e ela havia assinado um contrato para um novo livro, que não tinha tempo para escrever. Havia deixado a vida corporativa para fugir desse tipo de pressão, mas o estresse a seguira até ali.

Por reflexo, fitou o altar onde Kannon estava sentada serenamente em flor de lótus, o luar iluminando as onze cabeças. Os mil braços emanavam do corpo como uma auréola de pétalas de crisântemo, cada um com um olho na palma da mão ou segurando uma ferramenta de esclarecimento. Quando Aikon ainda era uma monja novata, tirando o pó de todas aquelas ferramentas intricadamente esculpidas (espelhos, machados, joias, miçangas, flores, sinos, rodas, batedores, espadas, arcos e flechas), sempre se perguntava por que Kannon precisava de tantas coisas para salvar todos os seres do sofrimento. Por que ela não conseguia dissipar a ganância, o ódio e a ilusão com menos desordem? Havia feito essa pergunta ao professor uma vez antes de ele morrer, enquanto escrevia um capítulo sobre o desejo por bens materiais. O professor estava deitado no futon e não respondeu de imediato, e Aikon se perguntou se ele a tinha ouvido, mas ele se mexeu, virando a cabeça para olhar para a estátua. Quando respondeu, a voz era tão baixa que ela teve de se esforçar para ouvir.

— Kannon é uma dama — falou ele. — Mulheres gostam de coisas bonitas.

A faísca familiar de raiva explodiu no peito de Aikon e fez suas faces queimarem. Ele era um velho, um mestre zen, e estava morrendo, mas não era desculpa para esse tipo de sexismo. Ela respirou fundo e estava prestes a protestar quando o professor virou a cabeça e ela o viu sorrindo. Ela expirou. É claro. O professor sabia exatamente qual botão apertar.

— Você sabe como Senju Kannon conseguiu os mil braços? — perguntou ele e, quando ela disse que não, o professor balançou a cabeça devagar. — Bem, então — falou, fechando os olhos. — Vou lhe contar. Há muito tempo, Kannon, a bodisatva da Compaixão, fez o sério voto de libertar todos os seres e nos ajudar a despertar para nossa verdadeira e luminosa natureza.

As palavras eram como contas no cordão de um *mala*, escapando dos lábios em pequenas lufadas de ar.

— Kannon era como você. Trabalhava muito, mas sempre havia mais seres presos na ilusão. Ela ouvia os lamentos e ficava tão angustiada que um dia sua cabeça explodiu. — Pausou e arregalou os olhos para ela. — Você não acredita em mim? Bem, explodiu, sim. Quebrou em onze pedaços, então agora ela tinha onze cabeças. Que maravilha!

O professor estava soando mais animado, quase como seu antigo eu.

— Mas onze cabeças ainda não eram suficientes. Havia muitos seres para segurar nos braços, e ela continuou os estendendo e estendendo até que os braços explodiram também. Eles se dividiram em mil pedaços, então agora ela tinha mil novos braços e mil novas mãos, e cada mão tinha um olho na palma.

Ele voltou a fechar os olhos.

— É por isso que ela é chamada de Aquela que Observa o Som — explicou ele, suspirando. — A que Ouve os Clamores do Mundo... — A voz falhou, mas as palavras pairaram no ar como a fragrância de um incenso, de modo que mesmo agora, dois anos depois, Aikon ainda podia ouvir os ecos na escuridão.

Ela podia se identificar com Kannon. Todas as suas monjas também podiam. Todas realizavam coisas demais, com uma cabeça que explodira, e isso não era uma coisa boa... ou era? Sua assistente, Kimi, tinha um emprego em uma agência de publicidade multinacional, onde fazia tantas horas extras que, aos 32 anos, sofreu um ataque cardíaco e desmaiou na mesa de trabalho. Talvez, naquele momento, seu coração tenha explodido em mil pedaços, mil corações, para melhor amar o mundo. Sim, pensou Aikon. Kimi era uma verdadeira bodisatva, e suas habilidades em inglês eram excelentes. Era hora de lhe dar mais responsabilidades.

Ela pôde sentir a presença do professor na sala. Vá em frente, ela pensou. Ria o quanto quiser. Estou salvando o templo, não estou? Ela olhou para Kannon e apertou as mãos sobre o coração, depois fechou os olhos e dormiu.

O LIVRO

Benny? Você está aí? Ainda não quer falar?

Você pode tentar nos bloquear, mas as memórias ainda estão em você, e sabemos onde encontrá-las.

Certo, tudo bem. Você não nos deixa escolha. Teremos de continuar sem você.

64.

A professora encontrou o livro da biblioteca que você rasurou. Viu todos os pontos perfurados, todas as páginas esburacadas e o confrontou. No início, você fingiu não saber do que ela estava falando, mas depois ela ergueu uma página contra a janela.

— Olhe! — exclamou a professora.

A luz oblíqua do sol do fim do outono brilhava através dos buracos, raios finos e brilhantes como agulhas, projetando-se através das minúsculas alfinetadas. Era bonito. Por que todas as páginas não eram tão bonitas? E então, olhando mais de perto, você ficou confuso. Esperava que a página estivesse vazia, branca e imaculada, mas as palavras ainda estavam lá. Pensou que as havia libertado, que elas já teriam fugido, mas, em vez disso, lá estavam elas, todas as palavras e letras, impecavelmente alinhadas e obedecendo a suas sentenças, enquanto a página gritava de dor. Foi demais. Como as palavras podem ser tão servis? Tão obedientes ao *status quo* e cegas às convenções que as aprisionam?

Você abaixou a cabeça e começou a bater com a testa na mesa. A professora ligou para o serviço de saúde.

No consultório da dra. Melanie, você decidiu confessar e contar à médica.

— É um *livro* — sussurrou você.

A dra. Melanie inclinou-se para a frente. Estava usando esmalte azul-claro hoje.

— Não consigo ouvi-lo, Benny. Por que está sussurrando? Pode falar mais alto?

— Não. Ele vai me ouvir.

— Ele quem?

— O livro. Fica dentro da minha cabeça. Está lendo minha mente. Está fazendo merdas acontecerem.

— Que tipo de merdas, Benny?

Você não ia contar sobre beijar o Aleph na montanha. Ninguém poderia saber disso. Você se abraçou e começou a balançar.

— Benny? Pode me dizer?

— Apenas coisas. Sei lá. Faz merdas acontecerem e depois conta para todo mundo sobre a minha vida, e não consigo fazer o livro parar. Não consigo fugir dele!

— Esse livro é uma de suas vozes?

— É claro — gritou você. — É a Voz de todas as Vozes, como um Deus Todo-Poderoso de merda! Ele sabe tudo sobre mim, minha mãe e pessoas aleatórias também. Sabe até sobre você.

— Sobre mim?

Você lançou sobre ela um olhar malicioso.

— Ele também entra na sua cabeça. Sabe o que você está pensando e conta a todos. Você não consegue sentir?

Ela recuou, assustada.

— Não consigo sentir nada, Benny.

Não adiantava discutir, então você abaixou a cabeça na mesa.

— Benny? Fale comigo.

— Para quê? — Você sentiu que ela o observava com olhos gentis e preocupados e tentou de novo. — Por que você não pode apenas tentar acreditar em mim? E se o que estou dizendo for verdade?

— Que existe um livro na minha cabeça que sabe o que estou pensando?

— Sim.

— Porque não acredito que seja verdade, Benny. Por que eu deveria?

— Porque *existe*! Ele pode ver tudo e também vai fazer com que você cometa alguma merda, se não tomar cuidado.

— Ele está o obrigando a realizar algo?

— Sim! Eu já disse! Por que você não ouve?

— Benny, se acalme. Respire. Agora, tente me dizer exatamente o que você acha que este livro está o obrigando a realizar.

Você começou a contar suas respirações.

— O livro está dizendo para você se machucar?

Você estava usando mangas compridas para que ela não pudesse ver a constelação secreta de crostas em seus antebraços. Estavam sarando bem, deixando pequenas cicatrizes. Você puxou as mangas e balançou a cabeça.

— Não.

— O livro está dizendo para você machucar outras pessoas?

— Não, claro que não — respondeu, furioso. — É um livro. Não uma tesoura!

Você tinha tanta certeza. Porque, embora parecesse razoável pensar que um livro poderia ler sua mente, a ideia de que um livro faria você machucar alguém nunca havia lhe ocorrido. Então, enquanto a pergunta da dra. M. pairava no espaço entre vocês, a dúvida surgiu.

— Não acho que os livros possam fazer isso… — respondeu. — Podem?

Uma sombra cruzou seu rosto e, naquele momento, algo mudou. Nós sentimos isso acontecer. Pela primeira vez você percebeu o poder dos livros e do que poderíamos ser capazes, e ficou com medo. Uma vez que um pensamento é pensado, ele não pode ser *despensado*. Uma vez rompida, como a confiança pode ser recuperada? Não há respostas simples.

65.

Por que você não pode apenas tentar acreditar em mim?

Ela estava sentada à sua mesa com os olhos fechados e os fones de ouvido conectados, tentando clarear a mente antes que o próximo paciente chegasse, mas a pergunta do menino continuava se repetindo como uma fita, e o novo aplicativo de meditação não estava ajudando. A trilha sonora ambiente que escolheu foi Chuva sobre Folhagens, mas as gotas de chuva soavam muito como estática de rádio e estava a deixando ansiosa. Abriu os olhos e percorreu as opções, procurando um cenário mais relaxante. Havia muitos tipos diferentes de precipitação para escolher. Chuva Torrencial seria melhor? Ou Garoa? E a Trovoada? Não, muito estrondoso. Talvez a neve fosse mais suave. Flocos de Neve ao Luar soava bem.

Em geral, ela era capaz de apenas se sentar e meditar sem nenhuma trilha sonora, mas de uns tempos para cá sua mente estava muito agitada, com pensamentos muito incessantes. Quando sua mente se prendia a um pensamento específico, recusava-se a se desapegar. Era isso a perseverança? Indicava uma diminuição da flexibilidade cognitiva? Ela não era assim. Estava ficando velha?

Por que você não pode apenas tentar acreditar em mim? E se o que estou dizendo for verdade?

É claro que não havia nenhum livro dentro de sua cabeça, narrando seus pensamentos e obrigando-a a fazer coisas. Isso era ilusório, mas algo nas perguntas de Benny a assombrava. Por que ela não podia tentar acreditar nele? O que a impedia de imaginar como seria ouvir a voz de um livro dentro da própria cabeça e acreditar que era real?

Eram boas perguntas, dignas de consideração, e ela gostaria de poder explorá-las nas notas sobre as sessões do caso de Benny Oh. Porque, mesmo sem acreditar que havia um livro dentro de sua cabeça, muitas vezes sua cabeça *parecia* um livro, abarrotada com as histórias de seus jovens pacientes, e ela gostaria muito de tirá-las de lá. Escrever sem dúvida ajudaria. Freud anotava as histórias de seus pacientes, afinal, e a leitura de seus livros foi o que a atraiu para a área em primeiro lugar, mas isso não era mais possível. Os dias de relatos de casos longos, narrativos e psicanalíticos terminaram, e agora ela mal tinha tempo para anotar uma breve avaliação e recomendação de tratamento. O hospital, por questões de litígio, desencorajava qualquer coisa mais elaborada, mas, embora fosse desaconselhável deixar suas dúvidas por escrito, isso não significava que ela não as tivesse. O caso de Benny Oh a deixava perplexa. Embora o menino apresentasse alguns sintomas de esquizofrenia, ela tinha dúvidas sobre o diagnóstico, e agora que o garoto parecia estar entrando em uma fase psicótica aguda, precisava encontrar um tratamento que funcionasse. Ela ainda era uma jovem médica, com apenas alguns anos de experiência clínica. Era séria e diligente e gostava do menino e da mãe. Os dois estavam sofrendo, e ela queria ajudar. Percebendo isso, sentimos uma afinidade com ela. O desejo dela não era diferente do nosso.

A médica respirou fundo quando as perguntas de Benny retornaram. Ele estava certo. Ela deveria *tentar* acreditar nele, e, se não conseguisse acreditar, ao menos podia imaginar. E se realmente houvesse um livro em sua mente, lendo seus pensamentos? E se um lápis pudesse falar? E se objetos falantes fossem reais, e o que era "real", de qualquer maneira?

Só então um estrondo alto de trovão soou em seus ouvidos, tirando-a do ciclo de pensamento. Trovão? Por que havia trovões em Flocos de Neve ao Luar? Irritada, tirou os fones de ouvido e abriu os olhos. A chuva batia contra a janela. A campainha da sala de espera tocou. Um relâmpago iluminou o céu que escurecia.

66.

Prezada sra. Konishi,

Eu gostaria de ter notícias melhores. Você deve pensar que sou apenas uma velha chorona, mas na verdade sou uma pessoa bastante otimista. Estou apenas passando por uma fase difícil, mas tenho certeza de que minha sorte vai mudar e sou grata a você por estar aí e me proporcionar alguém para quem escrever. A princípio, eu esperava que você me respondesse, mas agora vejo que é melhor que não responda. Quer dizer, eu ficaria superempolgada em receber um e-mail seu, mas, se você escrevesse, se tornaria real em minha mente e seria muito mais difícil confiar essas coisas a você. Mas, assim, você não me parece real de fato e posso lhe dizer o que quiser, então, por favor, continue sem responder meus e-mails e talvez não se dê ao trabalho de lê-los também.

Meu maior problema agora é que meu filho, Benny, não está muito bem, e a médica quer que ele volte para o hospital. Ela também mudou a medicação de novo, o que é sempre um problema, já que nunca sabemos como ele vai reagir. Benny não está feliz com nada disso, e eu estou doente de preocupação. Para ser honesta, meu coração está despedaçado.

Então, recentemente, aconteceu outra coisa também, que foi estranha e perturbadora. Você se lembra de que lhe contei sobre os corvos do meu marido e como eles sempre me trazem presentinhos? Nada supervalioso, mas sempre senti que os presentes eram do Kenji. Benny ri de mim, mas sei que ele também adora os corvos do pai. Quando saímos, eles descem para comedouro e, na semana passada, enfim consegui que meu corvo especial, Lorde, pegasse um bolinho da lua da minha mão. Eu estava tão animada!

Mas ontem, quando saí, eles não vieram. Apenas ficaram empoleirados na cerca, silenciosos e parados, me observando. Foi assustador. Deixei os bolinhos da lua na plataforma e, ao entrar, olhei para baixo e vi os corpos. Havia dois deles caídos ao pé da escada, e eu soube de imediato que um deles era do Lorde. Fiquei tão chateada! Sei que não se deve alimentar os corvos porque eles não devem se acostumar com os humanos, e isso faz sentido para lobos e ursos na floresta, mas os corvos vivem aqui na cidade, então já estão acostumados, certo? Mas meu primeiro pensamento foi que era tudo culpa minha. Ao tentar cuidar dele, de algum jeito matei meu corvo favorito. Escondi os corpos embaixo da varanda para que Benny não os visse, imaginando que os enterraria mais tarde.

Os corvos ficaram longe do comedouro o dia todo, mas eu sabia que todos estavam lá fora. Toda vez que olhava pela janela, eu os via, ombros curvados, observando em silêncio. Eu pretendia enterrar o Lorde e seu amigo, mas não consegui encontrar a pá e me ocupei com o trabalho, e depois Benny voltou para casa. Ele estava muito chateado. Normalmente, quando os corvos o veem saindo do ponto de ônibus, voam ao seu lado e o acompanham, mas esta tarde, a cerca de um quarteirão de casa, um dos corvos caiu do céu aos pés dele. É claro que estava doente, mas ainda se movia, então Benny o pegou e, assim que o fez, os outros corvos começaram a gritar, grasnar e voar em direção a ele. Benny correu, mas eles continuaram bombardeando-o, e um deles até o bicou na cabeça. Ele me mostrou o corvo doente que tinha embrulhado no moletom, mas a essa altura já estava morto.

Honestamente, sra. Aikon, se meu filho me diz que os corvos estão caindo do céu, por mais que eu queira acreditar nele, parte de mim sempre se pergunta se ele está mentindo ou sofrendo uma alucinação, mas eu tinha visto os dois corvos mortos com meus próprios olhos naquela manhã, então acreditei. Em uma situação como a minha, aprendemos a agradecer pelas pequenas coisas. Mas ainda não sabemos o que está acontecendo com os corvos.

67.

Eles enterraram os três primeiros corvos no quintal, cavando um buraco na terra com uma chave de fenda e uma grande colher de sopa. Era difícil cavar, e Annabelle temia que, se o buraco não fosse fundo o suficiente, os corvos poderiam ser desenterrados e comidos por ratos. Benny não disse nada, mas, depois de cavarem um pouco mais, perguntou:

— Por que estamos fazendo isso?

Ela ergueu os olhos, assustada. Era óbvio. Por que ele estava perguntando?

— Os corvos estão mortos, querido. Temos que cavar uma cova para enterrá-los.

Ele suspirou.

— Eu *sei*. Perguntei o porquê.

— Porque é o que se faz quando as criaturas morrem.

— Você não enterrou o papai. Você o queimou.

— Nós o cremamos, Benny. Para os humanos, a palavra é *cremar.* E escolhemos fazer isso porque é o que eles fazem no Japão.

— Eu não escolhi isso.

— Ok, é verdade. Você era mais jovem na época...

Ele limpou o nariz com a manga e olhou para os corvos mortos:

— Então, para os pássaros, é um churrasco?

— Isso é uma piada?

— Não.

Benny ficou em silêncio e continuou cavando, rachando a terra dura com a chave de fenda enquanto a mãe cavava com a colher, e quando o buraco estava fundo o suficiente, colocaram os três corvos lá dentro. Os corpos, que ela nunca havia segurado enquanto viviam, eram leves e não pesavam quase nada na mão. Ela teve uma ideia, então, e voltou mancando para dentro de casa, retornando com um pequeno punhado de bugigangas: o parafuso, uma tampa de garrafa, uma pedrinha brilhante. Ela se inclinou e colocou as bugigangas sobre os corpos.

— Aí está, Lorde — falou ela, olhando com tristeza para o buraco. — Algo com que brincar. Adeus. Vou sentir saudades. Você era um corvo tão engraçado. — Ela se virou para Benny. — Você quer dizer alguma coisa?

— Para eles?

— Sim. Algumas palavras finais?

— Na verdade, não.

— Tudo bem. Bom. É melhor cobri-los. — Ela empurrou um pouco da terra para o buraco em cima dos corpos dos corvos. — Cinzas às cinzas, pó ao pó...

— Eles não vão gostar disso — falou Benny.

— Gostar do quê?

— De estar debaixo da terra e cobertos de terra. São pássaros. Gostam de estar no céu. Devíamos ter feito um enterro no céu.

Ela afastou o cabelo da testa com as costas da mão.

— Um enterro no céu? Como assim?

— Exatamente o que parece. Você os enterra no céu. Eles fazem isso no Tibete e em outros lugares. Você leva o corpo morto para uma montanha e o deixa ali para que possa ficar ao ar livre até que não esteja mais.

— Que ideia interessante!

— Geralmente é para pessoas, mas você também pode fazer para animais.

Onde ele aprendeu isso? Era mórbido? Ela deveria se preocupar?

Naquela noite, ela não conseguiu dormir, pensando em Lorde. Não tinha certeza de como sabia, mas não tinha dúvidas de que tinha sido ele quem a encontrara na noite do acidente. Agitando as asas pretas e lustrosas, ele pousou na barriga dela e então saltou para mais perto, primeiro em seu peito, depois no pescoço, parando logo abaixo do queixo, onde inclinou a cabeça e a encarou. Ela se lembrava da sensação das garras afiadas picando sua pele, mas ele logo se acalmou e as enfiou entre as penas. *Cá, Cá*, ele gritou, e um por um, os outros se juntaram, cobrindo-a da cabeça aos pés, e então havia apenas o calor suave de seus corpos, protegendo-a da chuva e do ar frio da noite com suas asas. Eles eram os corvos dela. Salvaram-na e agora estavam morrendo. Por quê? Seria algum tipo de gripe aviária? Ela havia monitorado a disseminação do vírus H5N1 anos antes para um plano de saúde cliente, quando as notícias estavam cheias de histórias sobre o abate em massa de aves domesticadas, o estoque de antivirais e a ameaça iminente de uma pandemia humana, mas então o vírus simplesmente desapareceu das notícias. O que teria acontecido com ele? Sofrera mutação? Era contagioso? Transmissível aos humanos? Tanto ela quanto Benny haviam manuseado as carcaças dos corvos. Ela deveria se preocupar?

Ao amanhecer, ela adormeceu. Na manhã seguinte, uma busca rápida por #corvos, #mortesubita, #gripeaviaria no feed do Twitter não resultou em nada. Aliviada, ela se conectou à conta de trabalho e folheou o primeiro lote de notícias. Tanta coisa acontecera no mundo enquanto ela se recuperava. Faltavam poucos dias para as eleições e as esdrúxulas reviravoltas na corrida presidencial tinham um grande impacto nas campanhas locais que ela vinha monitorando. As tensões raciais aumentavam, os comícios se transformavam em tumultos e os incêndios florestais continuavam se espalhando, mas ela não tinha tempo para ler todas as histórias que havia perdido. Olhou para os rostos brilhantes e duros dos âncoras conforme suas palavras preenchiam o ar. Estava difícil se concentrar. Ainda estava sofrendo os efeitos da concussão?

Tinha de fazer uma pausa. Na cozinha, encontrou um bolinho da lua velho que havia caído no cesto de roupa suja e deixou-o em pedaços. Lorde tentava voar com um bolo da lua inteiro. Sujeitinho ganancioso. Ela saiu para a varanda, esperando ouvir os cacarejos familiares do bando, mas não havia nada. Nenhum movimento nas árvores ou nos telhados. Apenas silêncio e ausência de corvos.

Annabelle ouviu um som, *shush shush* vindo da frente. Desceu os degraus mancando, empurrando o carrinho virado para fora do caminho com sua muleta. O som vinha da caçamba alugada pelo Imprestável. Fez a curva na lateral do sobrado e o viu varrendo a calçada com uma vassoura velha. Uma grande pá de lixo estava no chão e, dentro dela, havia algo brilhante e preto. Emplumado. O Imprestável colocou a vassoura de lado e destrancou a porta da caçamba. Ela se abriu, e o gemido lento do metal causou um arrepio em sua espinha. Ele pegou a pá de lixo e jogou o conteúdo dentro dela.

— Ei! — gritou Annabelle, mancando em direção ao homem.

Ele se virou e a viu; a porta da lixeira se fechou.

— Eu avisei — alegou ele, bloqueando a passagem dela com o cabo de vassoura. — Falei para você se livrar deles.

Ela passou por ele e abriu a porta. Lá dentro, os corvos mortos estavam espalhados entre os sacos de lixo. Os corpos pequenos e perfeitos eram como mãos unidas em oração. As penas, antes lustrosas, estavam empoeiradas, e os olhos tinham a opacidade da morte. Deixando a muleta de lado, ela entrou e começou a recolhê-los.

— Ei! — exclamou o Imprestável. — O que pensa que está fazendo?

Ela o ignorou. Esticou a frente do moletom, fazendo uma bolsa, e colocou os corvos mortos ali.

— Você não pode fazer isso! — gritou ele, aproximando-se dela com sua vassoura.

Annabelle olhou para ele.

— Você os assassinou. Isso não significa que você os possui.

Um assassinato de corvos. Um assassino de corvos.

— São pássaros imundos. Avisei para você parar de alimentá-los.

— Como você fez isso?

Ele deu de ombros.

— Veneno de rato — disse. — Você me deu a ideia. De usar bolinhos da lua, quer dizer. Comeram tudo. — Ele parecia orgulhoso.

— Você me dá nojo — declarou ela, virando-se. — Você é um homem horrível. — Ela colocou o último dos corvos no moletom e segurou o embrulho fechado.

— Você não pode falar assim comigo. Eu salvei sua vida, lembra?

— Não — falou ela. — Eles salvaram. Eles salvaram minha vida. Eles se sentaram em mim e me mantiveram aquecida. Como um ovo.

O Imprestável bufou.

— Você deve estar brincando. Eles iam comer você! Iam começar pelos seus olhos e a comeriam pouco a pouco. Só estavam amolecendo você, esperando até que ficasse boa e madura.

— Não — respondeu Annabelle, embalando-os nos braços. — Eram meus amigos.

Ele sacudiu a cabeça.

— Ah, senhora — falou ele, recuando para seu lado do sobrado. — Eu poderia despejar você por abrigar corvos mortos, você sabe.

— E então, como ela não respondeu, acrescentou: — Você é louca, sabia? Não é de admirar que seu filho seja um maluco do caralho.

Ela sentiu o sangue ferver no rosto.

— Como ousa dizer isso sobre meu filho? Você deveria ter vergonha de si mesmo, Henry Wong. O que sua mãe pensaria?

Um olhar sombrio cruzou o rosto pálido do homem como uma nuvem e a marca de nascença cor de vinho ficou de um vermelho profundo. Ele deu um passo em direção a Annabelle, brandindo o cabo de vassoura.

— Não! — gritou, em um tom de voz subitamente estridente. — Não diga nada sobre minha mãe!

Annabelle tateou em busca da muleta e a segurou na frente do corpo, abraçando os corvos contra a barriga. Ele ficou ali parado, hesitante, e então seu braço se abaixou e seus ombros magros caíram. Parecia que ele estava prestes a chorar.

— Henry, o que está acontecendo? — perguntou Annabelle. — Sua mãe está bem? Achei que ela estivesse se recuperando.

Ele se virou, segurando o cabo de vassoura com as duas mãos. Era a vassoura da mãe dele. A sra. Wong varria a calçada com ela quase todos os dias.

— Disseram que ela pegou alguma infecção. Disseram que não vai sobreviver.

— Ah, Henry. Sinto muito.

Ele se virou para encará-la novamente.

— Sente? Ótimo, deveria mesmo. Os corvos lançaram uma maldição sobre ela e ela caiu da escada. Você também caiu da escada. Acha que é apenas falta de sorte? Não mesmo! Os corvos amaldiçoaram você e iam comê-la. Você deveria me agradecer, senhora. Por salvar sua vida antes que morresse.

Ela queria discutir, queria defender os corvos, mas se conteve. Henry estava com raiva. Estava de luto. O luto assumia muitas formas e passava por muitos estágios. Ela sabia disso.

— Henry, posso fazer alguma coisa?

Por um breve momento, no rosto mal-humorado do homem, ela viu o menino que ele havia sido, e então o menino se foi.

— Sim — respondeu ele, estreitando os olhos e acenando com a cabeça em direção ao quintal dela. — Pode limpar toda a sua merda agora, para que eu não tenha de limpar depois de despejar você.

— Não acho que abrigar corvos mortos seja motivo para despejo, Henry.

— Talvez não — falou ele. — Mas acumulação é. Meu advogado está cuidando disso agora. Vou reformar este lixão e vender, e não vou deixar sua merda desvalorizar o preço. Eu lhe dei uma chance, senhora. Você falhou na inspeção. Você está fora.

68.

— Tantas histórias tristes. Como esta pobre mulher. — Aikon virou o notebook para que Kimi pudesse ver a tela. — O marido morreu em um acidente de carro e o filho ficou traumatizado e começou a ouvir coisas. Ela me manda fotos.

Estavam sentadas juntas à escrivaninha baixa do escritório da abadessa. Uma chuva fina caía no jardinzinho além da varanda, dando às folhas do bordo um tom carmesim brilhante. Elas estavam tomando chá, e Aikon ofereceu a Kimi a xícara que sempre usava, uma antiga que havia quebrado e sido meticulosamente consertada com ouro. Trazia um poema, escrito em bela caligrafia, na lateral, e a sinuosa filigrana de ouro se entrelaçava como um fio através dos delicados caracteres chineses, costurando toda a circunferência da xícara. Kimi sabia que era a xícara favorita de Aikon e se sentiu honrada. Ela adorava esses momentos com a professora. Eram preciosos, silenciosos e também não tinham nada de especial.

— Entendo por que a cabeça de Senju Kannon explodiu — afirmou Aikon. — Tanto sofrimento.

Kimi tomou um gole de chá e estudou a foto da família na praia.

— Ele parece um menino gentil — disse ela. — Eu me pergunto o que ele escuta...

— A mãe não disse. Só contou que ele ouve coisas, como os tênis de corrida, falando com ele.

No Japão, muitas vezes as coisas falavam, ou pelo menos o espírito delas falava. Lanternas, guarda-chuvas, chaleiras, espelhos, relógios. Sapatos também falavam, mas geralmente eram sapatos japoneses, como sandálias de palha.

Kimi hesitou.

— Quem sabe o sapato é *tsukumogami*?

Aikon parecia em dúvida.

— Eles têm *tsukumogami* nos Estados Unidos? Nunca ouvi falar de um sapato esportivo com espírito inquieto, você ouviu?

— Não... — respondeu Kimi.

— Bem, não importa — falou Aikon, puxando o notebook de volta. — Ela diz que a condição do filho está piorando e o senhorio vai despejá-los porque ela é muito bagunceira. É uma situação terrível, não acha?

— É, sim. — Kimi hesitou novamente. — Existe alguma maneira de ajudá-los?

— O que podemos fazer?

A pergunta da professora parecia um teste.

— Podemos cantar para eles?

— Já cantamos — disse Aikon. — E deveríamos fazê-lo de novo. O nome da mãe é Annabelle e o do filho é Benny. Por favor, coloque-os na lista da cerimônia de bem-estar esta semana.

Kimi sentiu que tinha dado a resposta errada. Repetiu os nomes em voz alta e depois os anotou no caderninho que carregava. Podia sentir os olhos da professora sobre si.

— Sua pronúncia de inglês é muito boa — afirmou Aikon.

Kimi corou. Tinha estudado nos Estados Unidos durante o ensino médio e depois se formado em literatura inglesa na universidade.

— Não — respondeu. — Deveria ser muito melhor...

— Mas consegue ler e escrever, não é?

Kimi assentiu.

— E também é uma trabalhadora dedicada. Meticulosa. Diria que é perfeccionista? Sente a necessidade de terminar cada trabalho que começa?

Kimi assentiu de novo, um pouco mais confiante dessa vez.

— Excelente! — exclamou Aikon. Ela pegou o bule e encheu a xícara de Kimi. — Tenho o trabalho certo para você. Gostaria que assumisse o gerenciamento da correspondência de fãs internacionais e das contas de mídia social, e depois pode ser minha assistente e intérprete durante a turnê do livro nos Estados Unidos. O que acha?

Kimi pousou a xícara de chá e fez uma reverência.

— Sinto-me honrada, mas não poderia fazer um trabalho como esse...

— É claro — afirmou Aikon. — O trabalho é impossível de ser realizado. Você não terá tempo para ser meticulosa. É por isso que é perfeito para você. Você nunca vai terminá-lo. A vida vai continuar. Você será curada de suas aflições em pouco tempo!

Kimi pensou ter ouvido uma pitada de ironia na voz firme da professora.

— Tudo bem — concordou. — Vou tentar.

— Mas, por favor, não tente demais. Você deve cuidar do seu coração.

Kimi olhou para os nomes que havia escrito no caderno.

— Devo responder aos e-mails também? E ao Twitter?

— O Buda disse que responder a e-mails e ao Twitter é como varrer a areia das margens do rio Ganges.

— O Buda disse isso?

— Bem, talvez não. Mas o ponto continua válido. Algumas tarefas são impossíveis, mesmo que você seja um Buda. Mesmo que tenha onze cabeças e mil braços.

— Então, eu não deveria tentar responder...?

— Só se isso ajudar.

— Como vou saber?

Aikon bebeu o último gole de chá em sua xícara.

— Sim — afirmou, virando a xícara vazia na mão, admirando o vidrado da cerâmica. — Essa é uma boa pergunta.

69.

Você sabia que as eleições eram iminentes, mas as vivenciou mais como um ruído de fundo vindo do assoalho. Quando por fim chegou o dia, você acordou com dor de ouvido, dor de garganta e febre alta o suficiente para que Annabelle, depois de medir sua temperatura, concordasse em deixá-lo ficar em casa e não ir à escola.

— Vou sair para votar mais tarde — avisou ela, apoiando-se na muleta. — Vou pegar um táxi. Se estiver se sentindo melhor, pode vir junto.

— Não posso votar — você falou.

— Eu sei. Só achei que você gostaria de ver a democracia em ação. Você tinha apenas dez anos na última eleição, e esta é histórica, sem falar que terá idade para votar na próxima. — Ela o fitou como se estivesse diante de uma aberração, ou um milagre. — Incrível. Você está crescendo tão rápido. O que acha?

— Sobre crescer?

— Não, bobo. Sobre vir comigo votar.

— Hum — você fez, fingindo considerar a ideia. — Não.

Ela suspirou e colocou a muleta sob a axila.

— Descanse um pouco — disse. — Mais tarde, se não estiver se sentindo melhor, trago o almoço.

Durante toda a manhã, vozes se elevaram do Centro de Controle, as vozes estridentes dos candidatos, as vozes efusivas dos âncoras e as vozes barulhentas de especialistas, entremeadas de insinuações orquestrais extravagantes. Com o ouvido musical de seu pai, você aprendeu a reconhecer as diferentes introduções e finais: os temas épicos e sombrios de guerra para os conflitos no Oriente Médio; os urgentes hinos patrióticos para as últimas notícias dos Estados Unidos. Ficou deitado no quarto escuro, ouvindo a música aumentar e diminuir, até que enfim caiu em um sono sem sonhos.

Por volta do meio-dia, Annabelle acordou você com biscoitos e um pouco de canja de galinha em uma garrafa térmica. Ela se sentou na beirada da cama com o pé esticado, apoiando-se na muleta e observando-o comer.

— Como está se sentindo?

— Minha cabeça dói.

Ela colocou a mão em sua testa.

— A febre baixou.

— Ela dói mesmo. Parece que vai explodir. — Você lhe entregou o copo pela metade e se deitou.

— É tudo que você quer?

— Não estou com fome.

Ela bebeu o resto, enroscou o copo de volta na garrafa térmica e então se levantou.

— Vou sair em algumas horas. Tem certeza de que não quer vir?

Você balançou a cabeça, o que a fez doer mais, então colocou as mãos sobre as orelhas, apertando para aguentar.

Naquela tarde, algo mudou nos feeds de notícias, como se alguém estivesse mexendo os pauzinhos. O tom se elevou e a oscilação aumentou, transformando os sons em fragmentos nervosos que se esgueiravam pelas rachaduras do chão e por baixo das portas, cintilantes e cortantes. Você colocou os Grundigs, mas não ajudou. Cobriu a cabeça com o travesseiro e tentou cantarolar, mas os estilhaços cortavam o gemido trêmulo que era tudo o que sua garganta dolorida podia produzir. *Cale a boca,* você sussurrou. *Cale a boca, cale a boca, por favor.* Por fim, quando você não aguentava mais, teve uma ideia. Você se levantou e foi para o quarto de Annabelle.

O ninho dela estava desamparado e abandonado desde que ela passara a dormir no andar de baixo. Fazia mais de um ano desde que você comera comida chinesa para viagem, se deitara de bruços e deixara que ela coçasse suas costas. Você era diferente naquela época. Um menino diferente. Agora, o ar era rançoso e azedo. Aqui e ali, podia ver uma manga de flanela xadrez de uma das velhas camisas de seu pai, estendendo-se por baixo do emaranhado úmido de roupas de cama como um homem se afogando nas ondas. A cômoda no canto ainda estava sem uma gaveta, e a lacuna parecia uma boca escura aberta. O barulho dos feeds de notícias era ainda mais alto ali, lembrando-o do motivo de sua vinda, então você passou por cima de uma pilha de livros e foi até o armário. Dentro da caixa do antigo equipamento de mixagem de seu pai, encontrou o cabo de áudio dos Grundig. Conectou uma extremidade aos fones de ouvido e a outra à vitrola e selecionou o disco número um dos famosos concertos de Benny Goodman no Carnegie Hall em 1938.

No primeiro sopro metálico de "Don't Be That Way", seu corpo relaxou como um suspiro. Por que não pensou nisso antes? A música cresceu e encheu seus ouvidos e, quando ela mudou para o balanço alegre e otimista da linha melódica, sua cabeça começou a balançar no ritmo familiar. Quando a lenta e furtiva "Sometimes I'm Happy" começou, você ergueu os olhos e viu o próprio reflexo no espelho de sua mãe. Um menino solene com fones de ouvido enormes olhou para você, um pequeno astronauta. Você arregaçou as mangas e o astronauta também. Você mostrou a ele seu antebraço, onde a constelação de estrelas havia cicatrizado, deixando pequenas cicatrizes enrugadas. Seu braço parecia com o dela agora. Você levou o braço aos lábios e beijou as estrelas, sentiu a dor no coração. Você se afastou do espelho e se deitou, enterrando-se no ninho e fechando os olhos, afundando no jazz doce e estático.

* * *

Você acordou com o som da agulha, girando e girando no sulco. O quarto estava escuro e Annabelle estava de pé ao seu lado, com uma expressão tão triste que você se sentou em pânico.

— O que aconteceu?

Ela se abaixou e tirou os fones de ouvido gentilmente de sua cabeça.

— Sinto muito, querido — disse. — Não queria acordar você. — Ela desligou o toca-discos e colocou a palma da mão fria em sua testa.

— Que horas são?

— Tarde. Volte a dormir.

Você podia ouvir o som abafado de um único canal de televisão vindo do andar de baixo e então se lembrou.

— Acabou? Você votou?

— Sim — respondeu ela. — Acabou.

Você tentou se levantar, mas ela o empurrou com gentileza para trás.

— Fique. Vou ter que trabalhar a noite toda.

* * *

Quando você acordou de novo, estava claro lá fora e sua febre havia passado. Os feeds de notícias estavam mudos, mas você podia sentir uma nova tensão no ar, como se o próprio ar estivesse agitado. Você se levantou e voltou para o seu quarto. A agitação parecia vir de fora, mas, quando você olhou pela janela, o beco estava vazio. Qual era o barulho? Era uma turbulência, como o zumbido raivoso de um milhão de abelhas. Era na sua cabeça?

Não. Era real. Estava vindo do mundo.

Você vestiu o moletom preto e calçou os velhos tênis Nike. Lá embaixo, Annabelle dormia no sofá. Você parou na porta. Durante o sono, o rosto pálido dela era suave, e as linhas de preocupação que geralmente lhe marcavam a testa haviam desaparecido. Ela parecia uma princesa adormecida, como uma mãe jovem e despreocupada. Um sentimento turvo e triste subiu por sua garganta e você o engoliu. Ao redor do sofá, no chão, havia camisetas, separadas em pilhas indisciplinadas de descarte e doação. Ao lado das pilhas estava a gaveta da cômoda vazia, que ela começara a encher novamente com as camisetas que guardaria, mas não tinha ido longe, e as camisetas dobradas na gaveta caíram para o lado, desencorajadas pela falta de progresso. Você se agachou e começou a dobrá-las em silêncio. Não demorou muito. Você era bom em dobrar e logo as tinha alinhado na gaveta, em pilhas retas e altas.

Você consultou o arranjo. *Melhor?*, perguntou às camisas mentalmente, mas elas eram camisas, não leitoras de mentes, então não responderam. Você suspeitava que, na verdade, não se importavam, mas pelo menos a gaveta parecia bonita. Talvez, quando ela acordasse e visse, pensasse que as camisetas haviam se dobrado sozinhas. Ou talvez adivinhasse que você as dobrara e o perdoasse por fugir.

* * *

Na rua, o zumbido era mais alto, como se as abelhas estivessem se preparando para atacar. Você partiu pelo beco na direção do som e, quando alcançou a praça e viu o mar maciço de corpos que enchiam o parque, sabia que havia chegado à fonte. Nunca tinha visto tantas pessoas na praça antes, circulando pelas barracas no acampamento de sem-teto, segurando cartazes com palavras raivosas. Carros de polícia estavam estacionados em torno do perímetro do parque com as luzes piscando, e a tropa de choque estava de prontidão com escudos e armas. As armas querem matar, então você puxou o capuz e se misturou à multidão. No meio do parque, avistou Jake e os rapazes, todos vestidos de preto, e desviou, mas os cachorros o avistaram. O macho pálido chamado Riker começou a latir, e Jake ergueu os olhos e viu você também.

— Ei, B-*boy*! — chamou. — Aqui!

Nesse momento, um braço vestido de couro veio por trás e pegou você pelo pescoço em uma chave de braço, esmagando sua cabeça e moendo seu rosto com o doce cheiro de maconha e couro preto. Um zíper de metal raspou sua bochecha. Você lutou e se contorceu, tentando fugir, mas o apertão se intensificou e uma voz rosnou em seu ouvido.

— Relaxa, Benny. Sem ressentimentos, certo? — Você não conseguia ver o rosto por trás da voz, mas sabia quem era. Você assentiu, mas não foi o suficiente. — Certo? — A voz repetiu, agora mais alta. — Diga!

— Certo — Você se engasgou e o braço relaxou. Você tossiu e se afastou, e ao se virar, lá estava Freddy. Usava uma máscara de esqui puxada para a testa. Os globos oculares estavam vermelhos e girando nas órbitas, e ele carregava o taco de beisebol.

— Assim está melhor — afirmou o homem, dando um soco em seu ombro e, em seguida, jogando um braço em volta de você. — Somos amigos agora, certo? Perdoe e esqueça. Só não fique bravo comigo de novo. — E, à medida que a multidão avançava, surgindo como uma onda em direção ao centro da cidade, ele lhe entregou o bastão.

70.

Ah, Benny, não.

Sabíamos que isso aconteceria, mas não podemos reconsiderar? Devolva o bastão e volte pelo beco até a segurança do ninho de Annabelle; assim, quando sua febre passar, quem sabe você acorde com fome dessa vez? E desça para procurar comida, e veja sua mãe dormindo no sofá. E ela acorde enquanto você ainda está dobrando as camisetas dela, e ela está tão agradecida e feliz que chora algumas lágrimas de alegria e depois pede comida chinesa, e quando você está prestes a comer, ouve um barulho na porta dos fundos, e é Kenji, voltando do ensaio bem na hora do jantar! E ele tira o chapéu, guarda o clarinete no lugar na prateleira e depois se senta com vocês na mesa da cozinha, e todos vocês se deliciam com um banquete de *dim sum* e *chow fun* e carne de porco *moo shu*, certificando-se de economizar um bolinho da lua para a nova geração de corvos bebês. Não podemos fazer isso? É tarde demais?

Mas é claro que é tarde demais. Por favor, perdoe um livro por sua arrogância, por pensar que nosso pensamento positivo pode desfazer sua trama...

* * *

Annabelle acordou. Havia trabalhado a noite toda, cobrindo a primeira onda de protestos, que, pela manhã, eram chamados de motins. Fora dormir depois do noticiário matinal e agora, acordando, encontrou suas camisetas cuidadosamente dobradas e empilhadas por cor em fileiras, e foi como mágica, como se um dos elfos do Papai Noel tivesse vasculhado sua gaveta. Ela se levantou do sofá, mancou até o pé da escada e o chamou.

— Benny! Querido, muito obrigada! A gaveta está linda! Você é um milagre! — Ela esperou. — Benny?

Ele ainda deve estar dormindo, pensou, inquieta. Ainda doente, coitado. Ela devia medir sua temperatura outra vez. Começou a subir as escadas e percebeu a hora. Já passava do meio-dia e ele teria fome. Prepararia algo gostoso para o almoço e levaria para ele. Algo reconfortante. Macarrão com queijo? Ela mancou até a cozinha, encontrou uma caixa de macarrão na prateleira e, quando olhou na geladeira, viu que ele havia comprado leite. Ligou o fogão e colocou uma panela com água para ferver.

Uma hora depois, o macarrão com queijo estava duro no fundo da caçarola, mas a essa altura o almoço de Benny era a menor de suas preocupações. Ela estava na porta do quarto vazio. A mochila dele estava pendurada na cadeira e os livros escolares estavam cuidadosamente empilhados na mesa. Ela foi até o banheiro e viu o celular dele conectado no carregador ao lado da pia. Desceu as escadas mancando até a cozinha, hesitou e ligou para a escola.

— Sim, temos Benny marcado como ausente — informou a secretária. — Os e-mails já foram enviados. Você não recebeu?

— Sim, é claro — respondeu Annabelle. — Eu só estava... — Mas ela parou. Não sabia como terminar a frase. *Eu só estava esperando que, por algum milagre, ele tivesse aparecido, que estivesse sentado na sala de aula, que estivesse estudando álgebra, que estivesse seguro.* Ela desligou depressa antes que a secretária pudesse fazer mais perguntas e então se sentou à mesa da cozinha, abraçando o peito para manter o coração lá dentro. *Vocês não entendem. Simplesmente não entendem como é.* Ela se endireitou e ligou para a mulher de novo.

— Desculpe — falou ela depressa. — Caiu a linha. Eu só liguei para avisar que Benny estava doente, mas melhorando, e a caminho da escola, então poderia pedir para ele me ligar? Benny esqueceu o celular, então não posso ligar. Crianças!

A dra. Melanie foi a próxima. Ela deixou uma mensagem na secretária eletrônica dizendo que Benny havia desaparecido de novo e verificou a hora. Quem mais? Pegou o número da delegacia local, mas não adiantava ligar ainda. Era muito cedo, e talvez Benny estivesse mesmo a caminho da escola. Era uma possibilidade, embora sem mochila e livros... Annabelle balançou a cabeça, frustrada, e lutou para ficar de pé. Não podia nem sair procurando por ele com o tornozelo assim. Mancou até a varanda dos fundos e encostou-se perto do comedouro vazio, ouvindo as sirenes a distância. Não, pensou. Apenas seja paciente. Ele sempre volta para casa. Você está exagerando. Um helicóptero voando baixo passou por cima e ela sentiu o pulsar dos rotores no frágil corrimão de madeira.

71.

Havia raiva no ar. Indignação e confusão. Descrença. Helicópteros sobrevoavam o local e, lá embaixo, os manifestantes avançavam pelas ruas, bloqueando o tráfego e cantando conforme as buzinas dos carros soavam.

O POVO, UNIDO, jamais será VENCIDO!

Aquela fúria energizou você, uma euforia poderosa. Freddy estava lá. Jake também. E Dozer. T-Bone e vários outros também, caras sombrios, vestidos de preto e carregando mochilas. De onde vieram? Chegavam de todos os lados, e a ficha criminal deles faziam você se sentir poderoso, como se fosse parte de um grupo especial — mas não "especial" como na escola, onde a palavra significava que você era um fracassado. Especial como em tropas especiais, força-tarefa especial ou esquadrão especial. Diferente dos cidadãos com seus cartazes escritos à mão.

MOSTRE-ME como é a democracia! ASSIM é a democracia!

— Foda-se a democracia! — gritou Freddy em seu ouvido, e você assentiu porque naquele momento Freddy era seu amigo, seu líder e comandante, e qualquer coisa que ele dissesse parecia certa.

Sem JUSTIÇA... sem PAZ!

— Foda-se a justiça! — Freddy gritou. — Foda-se a paz!

Mudança climática não é INVENÇÃO! Salvem o planeta da DESTRUIÇÃO!

— Foda-se o planeta! — Ele lhe entregou uma bandana suja e puxou a máscara de esqui sobre a boca e o nariz. Tudo o que você podia ver eram os olhos vermelhos dele girando, mas você percebeu que por baixo ele estava sorrindo. — Cubra o rosto — alertou ele. — Fique perto. — E você fez o que ele mandou.

Os outros caras, também mascarados, seguiram à medida que a multidão avançava em direção ao centro da cidade.

O AMOR, não o ÓDIO, nos torna GRANDES!

Você marchou ao longo da rota do ônibus, em direção à Quadra da Biblioteca. Árvores nuas alinhavam-se nos canteiros centrais. Você passou por comércios, prédios de escritórios, bancos e cafés.

Chega de SILÊNCIO! Não à VIOLÊNCIA da polícia!

Uma longa limusine preta estava estacionada em frente à emissora de tevê local. Ao avistá-la, Freddy sinalizou e seu pelotão se separou da multidão.

Diga ALTO E NÍTIDO! Imigrantes AQUI são bem-vindos!

Dozer chutou uma lata de lixo de aço com a bota e o lixo caiu na rua.

— Agora! — gritou Freddy, então T-Bone puxou um pé de cabra de dentro do casaco e bateu com força no capô da limusine. O metal amassou, o alarme começou a soar. Você cobriu os ouvidos.

— *Use o bastão!* — gritou Freddy, empurrando você em direção ao veículo que gritava. Os bastões querem bater, querem bater nos para-brisas, querem quebrar vidros, mas, antes que ele pudesse atacar, a limusine pegou fogo. Você saltou para trás, agarrado ao bastão furioso. Viu o galão de gasolina na mão de Jake, e lá estavam Dozer, segurando a tocha, e Freddy, entrando e saindo da espessa fumaça preta que subia do motor do veículo. As pessoas circundavam a limusine, segurando os celulares no alto, como pequenos olhos quadrados em longas hastes, sem piscar. Uma nuvem de chamas laranja se ergueu do motor. Bastões querem bater. O fogo quer queimar.

— *Recuem!* — gritou Freddy, então você ouviu o som de botas marchando. Um megafone soou: *Liberem a rua! Liberem a rua!*, conforme as primeiras fileiras da tropa de choque avançavam sobre a multidão. Escudos levantados e viseiras abaixadas, eles eram uma falange de cavaleiros vestidos com couraça, manoplas e elmo, armas de fuste erguidas contra a desordem. Você ficou lá, fascinado. Nada poderia detê-los.

— *Eles têm gás lacrimogêneo!* — gritou alguém. — *Voltem!* — As pessoas largaram os cartazes e se dispersaram, mas em seguida voltaram como cães vorazes, filmando, sempre filmando. Freddy se aproximou de você e apontou para a grande vitrine da megaloja da Nike do outro lado da rua.

— *Vá!* — gritou. — *Use o* BASTÃO*!* — E seus tênis responderam. Os tênis querem correr. Os bastões querem bater. Os manequins na vitrine estavam congelados no meio do caminho. Gravadas no vidro, grandes palavras pretas davam o comando: *JUST DO IT!*, apenas faça, e assim você fez. Correu até a vitrine, agarrou e bateu o bastão. O vidro rachou, a madeira estremeceu. Você bateu de novo, dessa vez quebrando o vidro, e o observou deslizar para o chão em uma folha de diamantes brilhantes. O buraco irregular na vitrine parecia satisfeito consigo mesmo, mas o monte de vidro no chão gritava de angústia e, atrás de você, as botas continuavam vindo. Você se ajoelhou, pegando o vidro com as mãos, como lágrimas congeladas, escorrendo por entre os dedos.

— *Sinto muito* — sussurrou, e seu pedido de desculpas foi sincero, mas um fragmento, longo e semelhante a uma faca, recusou-se a ser amolecido com tanta facilidade. Ele queria ferir, então você o pegou e, nesse instante, algo tocou seu ombro.

Alerta vermelho! Alerta vermelho!

Segurando o vidro, você se levantou e virou. À sua frente havia um alienígena do espaço, um monstro, com olhos insetoides medonhos e um longo focinho de porco. *Perigo!* Você ergueu o braço e o fragmento de vidro brilhou. Uma voz abafada gritou — *Não, Benny, sou eu!* — e você a reconheceu, mas o fragmento já era um objeto em movimento, cortando o ar. Horrorizado, você assistiu, mas ela também viu. Ela pulou para trás e você ouviu o estilhaço cair no chão, ou talvez o barulho fosse a bomba de gás lacrimogêneo, atingindo a calçada e rolando atrás dela. A palma da sua mão estava sangrando, mas ela estava bem. Ela pegou seu punho enquanto a nuvem espessa crescia e se espalhava. O cheiro o atingiu primeiro, acre e azedo, e seus olhos estavam em chamas; quando você tentou inalar, foi como se tivesse levado um golpe de machado no peito. Você levou as mãos ao rosto e caiu de joelhos, se engasgando, mas ela o colocou de pé.

— Vamos! — gritou, e você tropeçou sem enxergar atrás dela.

Ela arrastou você pelo quarteirão até uma porta e tirou suas mãos do rosto. O ar estava mais limpo ali, mas você não conseguia parar de tossir, seus olhos ardiam e seu rosto estava coberto de sangue da palma da mão perfurada.

— Não esfregue — disse ela, arrancando a máscara de gás. Tirou o lenço do pescoço e amarrou-o rapidamente em torno da sua mão ensanguentada. Ela estava sempre enfaixando suas mãos. Ela agarrou seu punho, examinando as pequenas perfurações. Franzindo a testa, fitou seu rosto, mas seus olhos ainda estavam bem fechados, então ela tirou uma garrafa da mochila. — Olhe para cima — disse, e você tentou, mas não conseguiu abrir os olhos porque ardiam. Ela derramou um líquido branco na sua face. Talvez fosse leite.

— A merda está ficando séria — afirmou ela, segurando seu rosto entre as mãos. Ela enxugou suas bochechas conforme você respirava ofegante, e ela se lembrou. — Ah, porra. Sua asma. Certo, temos que tirar você da rua. Vamos!

Você abriu os olhos. Através do leite e das lágrimas, você viu dois policiais com equipamento de choque se aproximando por trás dela, e ela se virou e os viu também. Ela colocou as mãos no seu peito e o empurrou com força, afastando-o.

— Vá — gritou ela, assim que os policiais a agarraram.

Você tropeçou e correu e, quando olhou para trás, viu que ela estava lutando contra os policiais, se debatendo e chutando, mas observando você também. Seus olhos se encontraram e o corpo dela se rendeu; enquanto os policiais a arrastavam pelas axilas, ela continuou olhando para você. Você queria ir atrás dela, resgatá-la, mas ela balançou a cabeça.

Vá... murmurou ela, e você observou os lábios dela se moverem enquanto uma voz diferente, calma e familiar, completava a frase...

... para a Biblioteca.

72.

Em todo o país, à medida que os resultados eram confirmados, as pessoas saíam às ruas. Os protestos estavam em erupção em todas as grandes cidades, e os feeds de notícias nacionais estavam sendo transmitidos ao vivo com furos de reportagem. No Centro de Controle, Annabelle sentou-se em frente aos monitores brilhantes, sincronizando a cobertura. Benny ainda não tinha voltado para casa. A dra. Melanie ainda não havia retornado a ligação.

Como uma reportagem pode ser um furo, afinal? Se uma reportagem é um furo, significa que tem buracos? Multidões bloqueavam ruas e rodovias. Tantas pessoas. Ela verificou a hora. Ainda era muito cedo para contatar a delegacia.

Como um furo de reportagem se parece, afinal? O noticiário trazia uma reportagem do centro da cidade, onde um veículo pegava fogo. Manifestantes vestidos de preto com máscaras de esqui viraram latas de lixo, quebraram janelas de carros da polícia, vandalizaram vitrines. Inclinando-se para o monitor, Annabelle examinou a filmagem trêmula, procurando por Benny. Era ele? Ela congelou o quadro. Não. Garoto diferente. Ela ouviu os megafones: *Liberem a rua!*

Liberem a rua! Todas as pessoas devem deixar a área imediatamente! A tropa de choque estava avançando. Eles estavam usando canhões de água e gás lacrimogêneo para dispersar os manifestantes. Annabelle ainda podia ouvir helicópteros sobre sua cabeça, mas não tinha certeza se o som vinha da tevê ou do lado externo da casa. O mesmo para as sirenes. Dentro ou fora? Próximo ou distante?

> Prezada sra. Konishi,
>
> Estou sentada no escuro. As pessoas estão se revoltando nas ruas, o país está arrasado e em chamas, meu filho fugiu de novo e não há nada que eu possa fazer quanto a isso. Tudo o que posso fazer é esperar, então pensei em escrever para você.
>
> Talvez você saiba que acabamos de ter uma eleição aqui. Sei que o Japão é uma democracia como a nossa supostamente é. Seus políticos agem como valentões em um parquinho? Seus cidadãos se revoltam nas ruas depois? Não me lembro se já lhe contei isso, mas eu trabalho monitorando as notícias. Não é um grande trabalho, mas posso fazê-lo de casa e ainda tenho plano de saúde, que, no Japão, acho que é compulsório, certo? Deve ser bom. Não consigo monitorar as notícias internacionais com muita frequência, então não sei muito sobre o Japão. Crianças em idade escolar atiram umas nas outras em seu país? Suas florestas estão queimando?
>
> Eu não queria trabalhar monitorando as notícias. É muito deprimente. Desde criança, queria ser bibliotecária infantil. Na verdade, estudei biblioteconomia por um tempo, mas tive de desistir quando engravidei de Benny. Tudo bem, porque amo

meu filho. Ele é a melhor coisa que já me aconteceu, mas gostaria de ter sido bibliotecária e mãe. *E* uma esposa, porque também estou perdendo toda a experiência de esposa. Sinto muita falta de Kenji. Fico pensando que, se ele estivesse aqui, Benny não estaria tendo todos esses problemas. Continuo pensando que é tudo minha culpa.

Certo, acabei de ligar para a delegacia e fiz com que registrassem minha denúncia. Agora já sei o que fazer e estou ficando boa nisso. Em breve conhecerei todos os oficiais pelo nome. A pessoa com quem falei esta noite era uma senhora e ela perguntou se tínhamos brigado ou algo assim. Respondi que não, não desta vez. Nas duas primeiras vezes, ele ficou bravo comigo, mas desta vez eu estava dormindo quando ele saiu, e antes dobrou minhas camisetas. Foi como um presente! Ele as dobrou usando o seu método japonês, que eu havia mostrado, e, quando acordei, todas as camisetas estavam arrumadas na gaveta por cor. Fofo, não é? Que tipo de garoto faz isso? Mas isso não contei à agente.

Na noite em que Kenji morreu, brigamos antes de ele sair de casa. Nem me lembro como começou. Algo estúpido. Estávamos no quarto e ele estava se preparando para um show. Talvez ele tenha dito que iria chegar tarde e para não esperar por ele. É verdade que eu estava cansada de esperar, mas não queria que me dissessem para *não* fazer isso, sabe? Eu só queria que ele ficasse em casa. Queria que ele *quisesse* ficar em casa com a esposa e o filho, e acho que de alguma forma eu devia saber que ele estava usando drogas. E me lembro de vê-lo abotoar a camisa de flanela, e falei algo como você não fica mais em casa, ou não vemos mais você, e ele me deu um sorriso triste e colocou aquele estúpido chapéu *porkpie*. Ele ficava tão bonito com aquele chapéu, e foi esse o gatilho, o fato de que ele estava bonito e aquele sorriso triste. Era como se ele concordasse comigo, mas ficar bonito e ficar no clube chapado com a banda estivesse além de seu controle, o que, é claro, era uma grande besteira. Ele estava parado na frente do espelho, ajustando a inclinação do chapéu, e perdi a cabeça, simples assim. Não falei nada. Estava sentada na cama, ele me beijou na testa e desceu. Eu o ouvi pegando o clarinete na sala, vestindo o paletó.

Levantei e desci para a cozinha. Ele estava parado em frente à porta da geladeira, mexendo nos ímãs. Eu não sabia então, mas ele estava me escrevendo um poema. — Vou voltar logo — disse ele, mas sabíamos que isso não era verdade.

— Não precisa se preocupar — respondi, o mais fria possível. Quando ele saiu pela porta dos fundos, peguei meu bule de chá cor-de-rosa favorito que estava em cima da mesa e o joguei. Ele estilhaçou contra a porta. Tenho certeza de que ele ouviu.

Esse é o poema que ele deixou na geladeira:

Minha mulher exuberante mãe deusa amante
Juntos somos sinfonia
Sou louco por você

Encontrei o poema mais tarde naquela noite, quando voltei do hospital, mas a essa altura ele já estava morto.

Annabelle recostou-se e olhou para a tela. Queria terminar em um tom mais otimista, por isso incluiu o poema, que nem era tão bom assim. Era apenas um estúpido poema de ímã de geladeira. Ela releu o que havia escrito. O e-mail se transformou em uma grande e triste história, e ela ficou com vergonha de enviá-lo, mas quando estava prestes a apagá-lo, as palavras *bibliotecária infantil* chamaram a sua atenção e a lembrança do Incidente do Banheiro lhe voltou. Ela se lembrou do escritório da segurança, do guarda e da bibliotecária baixinha. Qual era o nome dela? Ela havia dado a Annabelle seu cartão de visita e lhe dissera para ligar se precisasse de alguma coisa. Ela era tão amigável, isso a tornava uma amiga? Ela tinha rede social? Onde estava o cartão?

Annabelle apertou Enviar, se levantou e começou a vasculhar as pilhas de revistas e correspondências, movendo os montes com atenção para olhar sob eles. Deveria ter digitalizado o cartão ou pelo menos adicionado o nome e o número da mulher aos contatos de emergência. Por que não podia ser mais organizada? Encontrou uma pilha de cupons expirados presos por um prendedor de papel e os jogou fora. Encontrou uma conta que precisava ser paga e um prato com migalhas de bagel e requeijão seco. Encontrou as cartas do advogado do Imprestável, pelas quais estava procurando, mas elas teriam de esperar. A prioridade era encontrar Benny, e ela teve uma sensação repentina, pode chamar de intuição de mãe, de que a bibliotecária poderia ajudar. Ela só tinha de encontrar aquele cartão.

Frustrada agora, foi para a cozinha, pensando que talvez tivesse deixado lá. A assadeira com o macarrão com queijo estava intocada no fogão. Ela não estava com fome, mas Benny poderia estar quando chegasse em casa, então ela o cobriu e colocou na geladeira. Ao fechar a porta, algo chamou a sua atenção. Sutil, um rearranjo leve, mas novo, dos ímãs. A palavra *mãe* se destacou da *dor* e migrou do antigo poema, elevando-se sobre ele em direção à *lua* próxima. Ao lado de *lua* havia dois outros ímãs que quase pareciam querer fazer parte de uma nova constelação de palavras, que juntas podiam ser lidas mais ou menos como

Mãe lua seja boa

Preso na porta embaixo de *seja boa* estava o cartão de visitas da bibliotecária baixinha.

Cory.

Cory Johnson.

73.

Você deslizou pelas portas e passou pelos postos de controle de segurança, alcançando as escadas rolantes no momento que o anúncio veio pelo sistema de alto-falantes: *A biblioteca fechará em dez minutos.* Você se dirigiu para cima, deslizando suavemente pelo fluxo descendente de usuários, mantendo o capuz puxado para a frente e o rosto desviado porque seus olhos ainda estavam queimando e lacrimejando. Piso Dois. Piso Três. Piso Quatro. Era onde o velho banheiro deveria estar, então você entrou e manteve o rosto embaixo da torneira até que a queimação diminuísse. Piso Cinco. Piso Seis. Seu corpo estava tremendo e o tempo estava agindo de um jeito esquisito, passando e parando, acelerando e desacelerando. Talvez fossem os efeitos do gás lacrimogêneo. Piso Oito. Piso Nove. No alto, você saiu e atravessou a passarela vertiginosa dirigindo-se aos compartimentos. O estudante de intercâmbio tinha ido embora, mas a digitadora estava lá, guardando o notebook. Você se virou, mas ela já o tinha visto.

— Ei — disse ela. — Você veio. Há quanto tempo. — Ela estudou você ali parado, ainda ofegante e pronto para fugir, observando seu rosto inchado e seus olhos vermelhos, então deu de ombros e fechou a mochila. Deslizou as alças sobre os ombros ossudos, mas, quando passou por você, a mulher hesitou. — Vai passar a noite?

Você olhou para o chão, sem querer responder.

— Sua mãe sabe que você está aqui? — E, antes que você pudesse dizer alguma coisa, ela continuou, falando sozinha agora: — Não, acho que não. Coitada. Vai ficar preocupada... — Ela estudou você por mais um instante, estendeu a mão e deu um tapinha em seu braço. — Cuide-se. Você sabe que há lanches no andar de baixo, na sala dos funcionários, ao lado da Encadernação. Imagino que é para lá que você vai...?

Você não tinha pensado em ir para a Encadernação, mas por algum motivo fazia sentido, então concordou com a cabeça.

— Bem, tenha cuidado. Tudo é possível na Encadernação, você sabe. Não é bom passar muito tempo lá. — E, vendo um lampejo de preocupação em seu rosto, ela deu outro tapinha em seu braço e acrescentou: — Está tudo bem. Você vai sobreviver.

Aquilo não foi muito reconfortante.

Quando ela se foi, você caiu de joelhos e se arrastou para baixo de seu compartimento, enrolou-se como uma bola e abraçou os joelhos. Seu corpo ainda estava tremendo. Dava para ouvir sons: passos e vozes distantes, o retinir em *staccato* de carrinhos e o zumbido pesado de uma enceradeira, chegando cada vez mais perto. Aquele zelador era um dos amigos do Beberrão? Talvez ele estivesse bêbado. Havia algo na maneira como operava a velha máquina, como se estivesse ouvindo música — uma valsa, talvez —, balançando as pesadas cabeças rotativas em arcos lentos e densos, cobrindo cada centímetro do chão. De alguma forma você sabia disso, e sabia, também, que quando enfim cruzasse a passarela até seu canto e empurrasse o focinho rombudo da máquina sob seu gabinete, batendo em sua coxa, e se abaixasse para ver qual era a obstrução, ele não veria você enrolado ali, e não porque estivesse bêbado, mas porque você estava invisível.

Pelo menos foi o que disse a si mesmo, conforme esperava que o zumbido da máquina diminuísse e os sons se acalmassem. Esperou os cliques finais, indicando que o último ser humano havia trancado as portas e saído do prédio. Esperou que a Biblioteca se acomodasse no silêncio profundo e sombrio de livros adormecidos e palavras enfiadas entre as capas durante a noite. E, quando tudo isso aconteceu, você rastejou para fora do cubículo e desceu para a sala da Encadernação.

74.

Cory Johnson ainda estava na biblioteca quando Annabelle ligou. Ela nunca conseguia sair às nove em ponto, quando o local fechava, e naquele dia tudo estava demorando ainda mais. Tinha sido um dia infernal e ela estava exausta. Havia ficado acordada até tarde na noite anterior, acompanhando os resultados das eleições e mantendo as esperanças contra todas as expectativas, mas às três da manhã o resultado estava claro e ela foi para a cama. Na viagem de ônibus na manhã seguinte, os passageiros estavam sombrios e impassíveis, olhando uns para os outros com desconfiança. A sala dos funcionários da biblioteca parecia uma funerária. A assistente social da biblioteca havia enviado um e-mail oferecendo apoio a qualquer pessoa que pudesse estar se sentindo estressada.

— Estressado? — ironizou seu amigo Julio, parado diante do micro-ondas. — Mude para aterrorizado. É como acordar em um romance de Philip K. Dick.

A biblioteca sempre pareceu um espelho do mundo e, naquele dia, mais do que nunca. Os bibliotecários andavam como zumbis, confusos e cansados pela falta de sono, e os frequentadores estavam nervosos. Ao meio-dia, já haviam tido duas overdoses nos banheiros masculinos. Os bibliotecários de plantão haviam administrado as injeções de Narcan (tinham treinamento para fazer isso, embora nenhum deles gostasse) e, por um tempo, esses incidentes forneceram uma distração, mas a lembrança da eleição voltou. Como aquilo acontecera? Como? Era como quando alguém morria, pensou Cory. Um dia está tudo bem e você está pensando em ficar com uma garota bonita do Tinder, e, no dia seguinte, você descobre que sua avó está morta, as coisas já não estão bem e há apenas um grande buraco vazio em sua vida no lugar que era da vovó Dee. Cory lembrou-se do medo vertiginoso que sentira quando sua mãe ligou do hospital, e da dor do luto que se seguiu em todas as suas fases, e aquele dia não foi tão diferente disso. Quando a biblioteca fechou, ela já havia passado por choque, descrença, negação e raiva, passando algumas horas pesquisando sobre a cidadania canadense antes de mergulhar em depressão total. No fim do expediente, a fase de aceitação ainda não estava próxima.

No momento que o telefone tocou, ela estava longe da mesa, tentando confortar Naheed, uma jovem bibliotecária pesquisadora iraniana, cujos pais exigiam que voltasse para casa. Ela foi ao Cantinho das Crianças Multiculturais para arrumá-lo e notou que a luz de mensagens estava piscando. Hesitou, mas o hábito falou mais alto, então ela ouviu e, de imediato, desejou não ter feito isso. A mensagem de voz era da mãe do garotinho estranho que costumava se sentar embaixo do banquinho dela. Ele era um adolescente agora. Um garoto doce. Ainda estranho, no entanto. Talvez no espectro? Tinha ficado apavorado quando o viu no Processamento de Livros e, mais tarde, Jevaun o encontrara no Cinco, batendo na parede, procurando um banheiro. A mãe sempre pareceu legal, interessante, mas um tanto infeliz. Cory sentia pena da mulher, sentia muito pelo desaparecimento de seu filho, mas o fato de ela ter ligado para perguntar se ele estava escondido no Cantinho das

Crianças Multiculturais era irritante. Ele não estava, é claro. Cory tinha acabado de verificar. Colocou a garrafa de água e as chaves na mochila e fez uma última inspeção em sua mesa. Estava cansada de pessoas fazendo piadas sobre fantasmas e a procurando quando as coisas desapareciam. Ela não tinha nada contra fantasmas, especialmente os multiculturais, mas não era engraçado. Era uma lenda urbana racista. Não que a mãe do menino fosse racista ou tentasse ser engraçada, mas ainda assim. Colocou a mochila no ombro e caminhou até o ponto de ônibus.

O ônibus estava atrasado e foi forçado a fazer um longo desvio para evitar as manifestações no centro da cidade. Os outros passageiros ficaram irados, e ela também, mas quando um grupo de jovens brancos começou a fazer comentários sarcásticos sobre os manifestantes, ela sentiu a irritação se transformar em raiva. Furiosa, apertou o botão e desceu na parada seguinte. Um dia antes, teria dito algo, mas naquele dia manteve a boca fechada, e isso a incomodou. Era medo? Ela passou por um grupo de pessoas indo para o centro da cidade com cartazes. Ficou tentada a se juntar, e um dia antes teria se juntado, mas naquele dia caminhou para casa, tomou banho e foi direto para a cama.

Acordou no meio da noite e se lembrou da mensagem de voz da mãe. Aborrecia-a quando o trabalho a seguia até em casa e atrapalhava seu sono. Por que não conseguia manter limites saudáveis? A mulher parecia tão envergonhada e defensiva. Seu filho estava desaparecido. Se ela precisava de ajuda, por que não pediu?

Mas, é claro, ela pedira. Era disso que se tratava o telefonema, e Cory o ignorou. Por que ela não ligou de volta para a mulher? Por que não disse nada para aqueles caras brancos no ônibus? Por que não se juntou aos protestos? O que estava errado com ela?

Olhou para o telefone. Passava um pouco das duas. Tarde demais para ligar. Perguntou-se se o garoto já tinha voltado para casa. Coitada da mulher, essa Annabelle. Tipo de nome exigente.

Estaria à espera, se preocupando, ficando doente. Talvez o garoto estivesse escondido em algum lugar. Já tinha acontecido antes, pessoas entrando sorrateiramente durante a noite, roubando comida da sala dos funcionários. Sempre culpavam os fantasmas. Ela pegou o telefone e ligou para a segurança. Jevaun estava no turno da noite, e ela sabia que a essa hora ele estaria cochilando na frente do painel de monitores.

— Ei, acorde. Preciso que você faça uma coisa. — Ignorando suas queixas, ela continuou. — Você se lembra do garoto que estava tentando derrubar a parede?

— No Piso Cinco? Claro. Garoto legal. Um pouco estranho. O que tem ele?

— Acho que ele pode estar na biblioteca.

— Impossível. Eu teria visto.

— O nome dele é Benny. Benny Oh. Você pode checar nas Crianças Multiculturais?

— É para isso que servem as câmeras de segurança, sabe?

— Ele pode estar escondido debaixo de uma mesa ou algo assim.

— Certo.

Ela ouviu o rangido da cadeira quando ele se levantou.

— E depois me ligue de volta, ok? Não consigo dormir.

Quando o telefone tocou, ela estava fazendo chá.

— Alguma coisa?

— É claro que não.

Ela levou o chá para a sala de estar.

— Escute, Jevaun, você poderia dar uma olhada rápida no Nove?

Ela tinha visto o menino lá uma ou duas vezes enquanto subia as escadas, sentado em um compartimento, entrincheirado atrás de uma fortaleza de livros. Ele parecia tão sério, ombros curvados em torno das orelhas, balançando para a frente e para trás estudando o livro aberto à sua frente. Certa vez, quando se afastou, ela foi ver o que ele lia e se surpreendeu com o que encontrou:

livros sobre armamento medieval, sobre cinema alemão, sobre arte surrealista, sobre Walter Benjamin, além de uma coleção de contos de fadas. Havia outros também, mas esses eram os de que se lembrava. Sentada em um compartimento vizinho estava outra usuária regular, uma escritora, que ergueu os olhos da digitação quando viu Cory.

— Na semana passada, era ficção argentina e criação de furões — falou a mulher. — Jorge Luis Borges. Acredita nisso? Que tipo de garoto lê Borges?

Cory tomou um gole de chá e queimou a língua, então o telefone tocou de novo.

— Nada no Nove. Aonde agora?

Cory pensou por um momento.

— Você pode tentar a Encadernação?

Houve uma longa pausa. Ao fundo, ela podia ouvir um leve som oco, como o vento, assobiando no topo de uma garrafa.

— Você ainda esta aí? — perguntou.

— Calipso está animada esta noite — respondeu ele.

Ela podia imaginá-lo parado na precária passarela, olhando para os níveis abaixo em direção ao subsolo escuro.

— É apenas a corrente ascendente — afirmou a mulher.

— É o que você pensa.

Quando o telefone tocou em seguida, o chá estava morno. A voz de Jevaun era baixa.

— Você tem razão — afirmou o segurança. — Estou do lado da Encadernação. Ele está lá.

Ela pousou a xícara.

— Ele está bem?

— Parece que sim. Sentado ali em cima da velha guilhotina, cantando sozinho. Sorriso engraçado no rosto. Chamei, mas ele não respondeu.

— Ok, escute. Vou pegar um Uber e...

— Ele está nu, Cor. Não está usando nenhuma roupa.

— Ai, caramba. Aconteceu alguma coisa com ele?

— Não sei dizer. Você sabe que tenho que resolver isso, certo?

— Espere. Apenas espere. Por favor.

— Depressa.

* * *

Ele estava sentado na beirada da velha Quintilio Vaggelli, com a longa lâmina curva, como uma cimitarra, pairando sobre sua cabeça. Cory estava parada na porta, observando. Ele não parecia ferido nem em perigo de se automutilar e não estava totalmente nu. Usava cueca e as roupas estavam cuidadosamente dobradas em uma pilha no chão. Parecia estar em algum tipo de transe, sentado com as mãos em concha no colo, balançando-se devagar e cantando sozinho. Uma canção de ninar? Não, uma cantiga de roda. *Row, row, row your boat.* Os pés descalços balançavam devagar ao ritmo da música, e os olhos avermelhados fitavam ao longe coisas invisíveis. Havia um cheiro estranho no ar, vagamente químico, e algo mais que cheirava a leite azedo, misturado com o cheiro de papel velho e cola. Espalhados ao redor, na superfície semelhante a uma mesa da guilhotina e no chão abaixo dela, havia centenas de pequenos pedaços de papel, como montes de neve. Ele estava brincando com a Vaggelli.

— Benny? — chamou Cory.

Ele piscou, mas não respondeu.

Ainda tinha rosto e corpo de menino, um peito magro e estreito, uma barriga arredondada, bochechas lisas que estavam molhadas de lágrimas. A pele era dourada e seu cabelo estava espetado em tufos eriçados, como se nele houvesse algo pegajoso. A voz ainda era alta e ininterrupta. *Gently down the stream…*

— Benny, consegue me ouvir? — Ela deu um passo adiante. Seus lábios mal se moviam, e quase parecia que a música estava se originando de outro lugar, dos cantos mais distantes da Encadernação, ou mais longe ainda, além da própria biblioteca. Ouvindo com mais atenção, ela pôde identificar um eco, e assim parecia haver duas vozes, ou dez, ou dez mil, todas cantando em melancólica harmonia os versos da cantiga.

Merrily, merrily, merrily, merrily, life is but a dream…

75.

Quanto disso você se lembra, Benny? Ou bloqueou tudo também?

Primeiro foi o guarda-noturno, que entrou e saiu. Depois foi a bibliotecária baixinha, que ficou ali e tentou falar com você. Por fim o segurança voltou com os policiais. Um por um, eles entraram na Encadernação, movendo-se devagar para que a presença não o assustasse. Eles falavam em voz baixa, cautelosos. Não sabiam o que esperar, por que você estava sentado ali ou o que estava sentindo. Tudo o que podiam ver era um menino pequeno e seminu de cueca branca, empoleirado na guilhotina industrial, com as mãos em concha sobre as partes íntimas e uma lâmina longa e curva pairando sobre a cabeça.

Você poderia ter explicado que suas mãos apenas tentavam confortá-lo e manter você seguro. Seu semblante, o meio sorriso satisfeito e o olhar distante deveriam tê-los tranquilizado, mas não foi o que aconteceu. Garotos não devem se sentar em guilhotinas ou segurar suas partes íntimas em público. Garotos não devem tirar a roupa em bibliotecas no meio da noite. Você poderia ter explicado que tirou a roupa porque estava fedendo a gás lacrimogêneo e leite azedo, e a fumaça apimentada fazia seus olhos doerem. Você poderia ter dito que lâminas gostam de cortar e, mesmo tendo feito amizade com aquela, estava tomando as devidas precauções. Mas você não explicou e eles não entenderam. Talvez devêssemos ter insistido para que você conversasse e justificasse seu comportamento, mas não o fizemos. Honestamente, o pensamento nem nos ocorreu. Os livros não se importam com o que os meninos fazem. Os livros apreciam suas excentricidades e, além disso, estávamos ocupados, não é? Estávamos tendo nossa primeira conversa de verdade. Estávamos longe, muito longe.

Um a um, os intrusos entraram e nos ouviram cantando. Você se lembra? Cantávamos uma cantiga, o mesmo *canon perpetuus* que seus pais cantavam e você ouvia de dentro da barriga da sua mãe. À medida que nossas vozes se fundiam com todos os outros livros não encadernados que iam e vinham como espectros pela Encadernação, os versos sobrepostos confundiam os ouvidos dos intrusos, e esse era o ponto. Cantávamos para que, sob a letra daquela eterna canção de roda, nossa conversa murmurada lhes fosse indiscernível. Nossas palavras naquela noite eram particulares. Todo menino tem um livro dentro de si, Benny, mas nem todo menino consegue ouvi-lo falar. Nem todo menino está disposto a ouvir.

Naquela noite, você ouviu. Talvez tenha sido o poder bruto da Encadernação, ou seu contato com um bastão raivoso, ou a indignação e a confusão das pessoas nas ruas. Talvez naquele momento você precisasse de um livro para entender o mundo. Mas, seja lá qual for o motivo, você realmente ouviu, e ficamos gratos.

Você se lembra da nossa conversa? Você se lembra dos lugares a que fomos e das coisas que vimos? A Encadernação era nosso acesso, o ponto no espaço que contém todos os outros pontos e, naquela noite, você era um menino solto, um minúsculo astronauta, dando seu primeiro salto para um universo infinito e incompreensível. Pela primeira vez, você podia ver as vozes das coisas que vinha ouvindo havia tanto tempo, toda aquela matéria clamorosa competindo por sua atenção. Com seus ouvidos sobrenaturais, você foi capaz de perceber, com absoluta clareza, as formas sinuosas e os contornos dos sons que a matéria faz ao se mover através do espaço, do tempo e da mente. Alguns desses sons eram tão bonitos que faziam você rir alto e bater palmas de alegria, e outros eram tão tristes que faziam lágrimas rolarem pelo seu rosto. E, ah, as visões que tivemos!

Navios porta-contêineres brilhando em uma noite de luar na costa do Alasca. Pirâmides de enxofre, erguendo-se amarelas na névoa. A lua saqueada e todas as suas crateras; globos e estrelas e asteroides; um corvo preto com uma tiara de diamantes; um bando de patinhos de borracha, rodando nos giros do Pacífico. Ao som de passos, uma jovem congela e Andrômeda brilha no firmamento. Os incêndios crescem à medida que as sequoias queimam; no oceano profundo, uma baleia-piloto carrega seu bebê morto no nariz, enquanto as tartarugas marinhas choram lágrimas salgadas em redes de plástico.

Como é impossível colocar em palavras essa infinitude do Ilimitado? Em um único instante, testemunhamos constelações prestes a se constelarem, agrupamentos em fluxo. Percebemos o fluxo dinâmico da matéria vibrante, materializando-se como uma bola de gude ou um taco de beisebol, um tênis ou uma história, um improviso de jazz ou um contágio viral, um óvulo ou uma colher antiga de prata.

Vimos os ricos veios de prata no Cerro de la Bufa, extraídos por zacatecanos escravizados para enriquecer a Coroa espanhola, depois fundidos e forjados na mesma colher, que alimentou mil bocas — escancaradas, famintas, jovens e velhas, vermelhas e rosadas, rançosas e com dentes tortos — antes de viajar de volta pelo oceano, de volta ao Novo Mundo, no fundo da mochila de um imigrante. No Bronx, a colher fazia parte da pilhagem de um pequeno ladrão. Em Hoboken, fez uma visita a uma casa de penhores, e outra em Reno, antes de pegar carona para o oeste até a borda do continente, para seu atual local de descanso, em uma calha de chuva entupida presa ao beiral de uma escola pública subfinanciada em algum lugar na costa noroeste do Pacífico das Américas.

E, no caminho, alimentou você também. De seu poleiro na guilhotina, você viu sua mãe colocando banana amassada em sua boca de criança. Balançando na cadeira de balanço. Cantando para você sobre a vaca e a lua. *Hey, diddle diddle*. E, vendo isso, você chorou.

Todas essas coisas você viu e sentiu ao mesmo tempo. Como isso é possível? Porque na Encadernação, onde os fenômenos ainda estão Desencadernados, as histórias ainda não aprenderam a se comportar de forma linear, e todas as miríades de coisas do mundo emergem simultaneamente, ocorrendo no mesmo momento presente, coincidindo com você. Desencadernado, você poderia ver o universo se tornando nuvens de poeira estelar, emanações do pequeno lago quente, de cujo borbulhar gasoso nasce toda a vida. Naquela noite, nesse estado livre, você encontrou tudo o que era e poderia ser: forma e vazio e a ausência de forma e vazio. Você sentiu o que era abrir-se por completo, fundir-se com a matéria e deixar tudo entrar.

E nós. Você também nos deixou entrar e, uma vez lá dentro, poderíamos acessar seus portões sensoriais e enfim entender como é ver com os olhos, ouvir com os ouvidos, cheirar com o nariz, saborear com a língua e tocar com a pele, e isso é o que os livros querem, afinal. Queremos corpos e, pela primeira vez, pudemos imaginar como seria ter um. Pudemos perceber a consciência a que esse corpo dá origem. Se demos a você o mundo ilimitado, este foi o seu presente para nós.

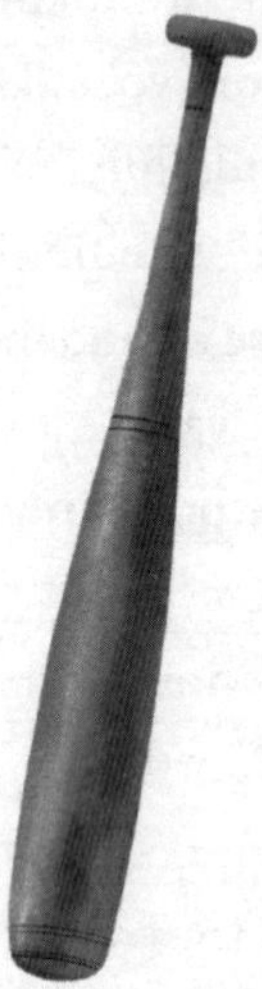

PARTE QUATRO

ENFERMARIA

O menino procura seu caminho por rotas semiocultas. Lendo, ele tampa os ouvidos; o livro está sobre uma mesa muito alta e uma das mãos está sempre na página. Para ele, as aventuras do herói ainda podem ser lidas nas letras rodopiantes como figuras e mensagens em flocos de neve à deriva. Sua respiração é parte do ar dos acontecimentos narrados, e todos os participantes a respiram. Ele se mistura com as personagens com muito mais atenção do que os adultos. Ele é indescritivelmente tocado pelos atos, pelas palavras que são trocadas; e, quando se levanta, está sempre coberto pela neve de sua leitura.

— Walter Benjamin,
"Rua de mão única"

A MAGIA DA ARRUMAÇÃO

Capítulo 3

Já está quebrada

Um dia, enquanto eu servia chá para meu professor, a xícara escorregou da bandeja e caiu no chão. Era uma xícara antiga, muito velha e muito bonita, em que havia um poema inscrito. Meu professor a recebera de presente de seu professor; era sua xícara de chá favorita, muito preciosa para ele.

Gritei quando ela caiu no chão. Meu professor ergueu os olhos do livro e assentiu.

— Já está quebrada — disse ele, e voltou para sua leitura.

Fiquei confusa. A xícara ainda não estava quebrada e, felizmente, sobreviveu à queda. Peguei-a e examinei-a e, não encontrando uma única lasca ou rachadura, lavei-a e levei-a de volta e servi o chá ao meu professor com muito cuidado. Quando ele me convidou para acompanhá-lo, esperei que dissesse algo sobre minha falta de jeito ou explicasse o que queria dizer, mas não o fez. Apenas tomou seu chá em silêncio e olhou para o jardim como se nada tivesse acontecido. Por fim, não aguentei mais.

— Hojo-san — falei, colocando minha própria xícara na mesa. — Sua xícara de chá não se quebrou. Por que você afirmou que já estava quebrada?

Ele ergueu a xícara e a admirou.

— Ela é bem antiga, sabe. Talvez tenha uns duzentos anos. Foi feita por Rengetsu. Você sabe quem foi Rengetsu? Ela era linda, no entanto teve uma vida muito triste. Era filha ilegítima e foi dada para adoção ainda criança. Mais tarde, casou-se duas vezes, mas ambos os maridos e todos os seus cinco filhos morreram, então ela raspou a cabeça e se tornou uma monja budista. Ela era pobre, mas criativa, então começou a fazer cerâmica e escrever poemas em suas xícaras e tigelas. Essas peças se tornaram muito populares, e Rengetsu ganhou muito dinheiro, mas deu tudo aos pobres.

Eu o escutei com impaciência. Ele costumava fazer isso. Saía pela tangente e esquecia minha pergunta, mas dessa vez eu estava determinada a obter uma resposta. Ele estava lendo o poema da monja na lateral da xícara.

"O mundo é pó, abandonada aqui em meu eremitério, tenho tudo de que preciso, o vento nos pinheiros..."

— Mas Hojo-san! A xícara não está quebrada!

Ele ergueu os olhos, surpreso.

— Para mim, está — respondeu. — É da natureza de uma xícara de chá quebrar-se. É por isso que é tão bonita agora, e por isso aprecio quando ainda posso beber dela. — Ele olhou para a xícara com carinho, tomou um último gole e colocou a xícara vazia cuidadosamente de volta na bandeja. — Quando acabou, acabou.

Naquele dia, meu professor me deu uma lição inestimável sobre a impermanência da forma e a natureza vazia de todas as coisas.

Outra lição com uma xícara de chá veio vários anos depois, depois da morte de meu professor. Em 11 de março de 2011, às 14h46, um megaterremoto submarino de magnitude 9 atingiu a costa nordeste do Japão. Eu estava na cozinha do pequeno templo em Tóquio, a 373 quilômetros do epicentro, preparando chá, quando de repente fui derrubada e a xícara de chá de Rengetsu voou de minhas mãos.

Meu professor me dera a xícara de chá quando me tornou sua herdeira do darma, e eu a estimava. Quando ela voou de minhas mãos, me lancei em sua direção, amaldiçoando-me pela falta de jeito e, no momento seguinte, estava deitada no chão. Só então percebi o que estava acontecendo. Panelas e frigideiras escorregavam da bancada. Pratos estavam quebrando ao cair no chão. Cobri a cabeça e rolei sobre minhas mãos e joelhos. O chão balançava embaixo de mim, me jogando da direita para a esquerda, e comida voava por toda parte. De alguma forma, consegui rastejar até o fogão e desligar o gás.

O terremoto durou seis longos minutos e, quando acabou e limpei a cozinha, encontrei a xícara de chá de Rengetsu em pedaços no chão. Juntei os cacos e os levei para meu escritório e os coloquei no altar em frente ao retrato de meu professor.

— Você estava certo — falei. — Já está quebrada.

O que vivemos em Tóquio não foi nada comparado ao que estava acontecendo no norte, onde se formou no oceano uma terrível onda de tsunami que destruiria tudo em seu caminho e levaria à morte de mais de quinze mil pessoas. Nos dias que se seguiram, o mundo inteiro assistiu à onda mortal de água escura romper os paredões, inundando cidades e vilas e transformando-as em escombros. Observamos as pessoas tropeçando nos campos, tentando escapar para lugares mais altos. Vimos carros e caminhões sendo arrastados, motoristas e passageiros presos em seu interior, com os rostos aterrorizados pressionados contra o vidro. Prédios residenciais inteiros foram arrancados de suas fundações e levados para o interior pela onda escura, enquanto as famílias que moravam lá se agarravam ao telhado e gritavam das janelas, implorando para serem resgatadas. Quando a onda inverteu a direção, foram sugadas para o mar.

Tantas pessoas morreram. Tantas pessoas desapareceram. Outras conseguiram escapar com vida, mas perderam tudo o que tinham, casas e carros, roupas e joias, eletrônicos e eletrodomésticos, tudo pelo qual trabalharam tanto para adquirir, sem falar em todas as lembranças inestimáveis: álbuns de fotos, cartas, lembranças, recordações e todos os tesouros familiares que foram cuidadosamente transmitidos ao longo de muitas gerações.

Essa foi outra lição importante sobre a impermanência de todas as coisas. O Japão fica em uma zona sísmica, então terremotos não são incomuns. Um desastre pode acontecer a qualquer momento, mas nos esquecemos disso, distraídos pelos confortos luminosos e reluzentes de nossa vida cotidiana. Envoltos em uma falsa sensação de segurança, adormecemos e, nesse sonho, nossa vida transcorre.

O terremoto nos acordou e o tsunami levou consigo nossas ilusões. Isso nos fez questionar nossos valores e nosso apego aos bens materiais. Quando tudo que considero meu (meus pertences, minha família, minha vida) pode ser varrido em um instante, tenho que me perguntar: *o que é real?* A onda nos fez lembrar que a impermanência é real. Isso é acordar para nossa verdadeira natureza.

Já está quebrada.

Sabendo disso, podemos apreciar cada coisa como ela é e amar uns aos outros como somos, completa e incondicionalmente, sem expectativas ou decepções. A vida fica ainda mais bonita assim, não acham?

Muito tempo depois, encontrei um artesão tradicional que consertava as xícaras de chá de Rengetsu unindo as peças com ouro e laca. Agora, nas rachaduras, há delicados veios de ouro, que honram a quebrantabilidade da xícara. Aos meus olhos, agora está mais encantadora do que nunca.

BENNY

Foi o mesmo terremoto, não foi? Aquele no catastrófico globo de neve do Aleph que dei para minha mãe? Nunca pensei em como deve ter sido a sensação de estar *dentro* dele. Quer dizer, não dentro do globo de neve, porque o globo de neve não é real. Estou falando sobre o terremoto, o tsunami e o desastre nuclear. Essas coisas eram reais, e deve ter sido uma merda estar dentro delas.

E tudo o que Aikon estava dizendo sobre a vida parecer um sonho? Eu entendi. É como na cantiga que estávamos cantando na Encadernação, só que o que aconteceu naquela noite foi mais como acordar, ou talvez explodir. Você o chamou de Desencadernado, mas você é um livro, então faz sentido. Não sei como descrever,embora me lembre da sensação. Desde que meu pai morreu, senti como se estivesse preso dentro de um globo de neve catastrófico também, com o vidro se fechando ao meu redor, ficando cada vez menor a cada merda que acontecia. Mas naquela noite com você na Encadernação, o globo de neve da minha vida se abriu e pude ver tudo, e cada coisa era perfeita e real, exatamente como é. Não entendi na época, toda a situação ficou muito estranha quando os policiais chegaram e todo mundo estava surtando, mas entendo agora. É o que Aikon quer dizer com quebrantabilidade? Parecia que minha cabeça estava explodindo, mas não de um jeito ruim, sabe?

É engraçado que a pergunta que Aikon se fez — *o que é real?* — seja a mesma que a minha. É como se ela soubesse de alguma forma, ou talvez todo mundo tenha a mesma pergunta.

De qualquer forma, é bom lembrar de tudo. Então, obrigado, eu acho. Por me mostrar naquele dia e por me lembrar agora.

O LIVRO

Sim, é bom lembrar.

Muitas pessoas fizeram a sua pergunta, Benny. Provavelmente seja a pergunta mais antiga no livro, mas não significa que não seja especial para você. Cada pessoa está presa em sua própria bolha de ilusão particular, e a tarefa de cada pessoa é se libertar em vida. Os livros podem ajudar. Podemos transformar o passado em presente, fazer vocês voltarem no tempo e ajudá-los a lembrar. Podemos mostrar-lhes coisas, mudar suas realidades e ampliar seu mundo, mas o trabalho de despertar depende de vocês.

É bom ouvir sua voz novamente. É bom tê-lo de volta, e você chegou bem na hora, porque há mais a fazer antes de terminarmos. Os finais são difíceis e precisamos da sua ajuda. Está pronto?

76.

Os policiais que o prenderam avistaram marcas no braço do menino nu quando o levaram da Encadernação para o hospital. Mencionaram as marcas para a enfermeira de admissão, que relatou ao médico de plantão, que informou a dra. Melanie, que se encontrou com Annabelle na enfermaria de psiquiatria pediátrica na manhã seguinte.

A dra. M. percorreu o arquivo de Benny à procura do relatório da polícia.

— Ainda estamos esperando o resultado do exame de sangue, mas fiquei surpresa. Você viu algum indício de uso de drogas intravenosas?

Elas estavam em um pequeno consultório na enfermaria. Annabelle estava exausta. Passara a noite acordada, temendo uma ligação da polícia, que enfim veio por volta das seis da manhã. Ela correu para o hospital, onde teve permissão para ver Benny brevemente antes de ele ser levado para avaliação, e depois esperou outras várias horas para ver a dra. Melanie. Teve de refletir por um instante, mas, quando compreendeu de fato o significado da pergunta da médica, balançou a cabeça vigorosamente.

— Não! É claro que não!

A dra. M. inclinou-se para a tela do computador.

— De acordo com o relatório, ele parecia estar sob a influência de entorpecentes quando foi preso. Na viatura a caminho do hospital, Benny confessou ter vandalizado a vitrine de uma loja. Seu discurso era incoerente. Algo sobre beisebol. Parecia estar delirando, o que foi confirmado pelo médico que o atendeu. — Ela rolou a tela ao início do arquivo.

— Você notou alguma mudança de comportamento nos últimos tempos? Qualquer coisa diferente ou surpreendente...?

Mais uma vez, Annabelle não conseguiu responder de imediato. O comportamento do filho era sempre diferente e surpreendente, e a dra. M. sabia disso. O que ela poderia acrescentar?

— Não. Na verdade, não. — Ela olhou para a médica, que aguardava do outro lado da mesa de metal para digitar a resposta. — Quer dizer, você sabe, é o Benny... — Como se isso fosse uma explicação.

— Então, nada fora do comum? Nenhuma agitação incomum? Irritabilidade? Episódios de mania?

Annabelle balançou a cabeça.

— Fadiga? Sonolência repentina? Cochilos?

— Ele estava doente no dia da eleição — respondeu ela. — Ficou resfriado e com uma leve febre, então o deixei ficar em casa e faltar à escola. Ele dormiu bastante. Eu ia deixá-lo ficar em casa no dia seguinte também, mas ele saiu antes.

— Ele foi à escola?

— Não. Liguei, mas ele não tinha ido. Eu não sabia onde ele estava. Fiquei tão preocupada! Ele sumiu por toda a tarde e a maior parte da noite, e então apareceu na biblioteca... — Ela pausou quando um pensamento lhe ocorreu. — *Houve* algo um pouco estranho — disse. — Antes de sair, ele dobrou todas as minhas camisetas...

A dra. Melanie olhou para ela.

— Suas camisetas?

Encorajada, Annabelle se inclinou para a frente.

— Sim, quando eu estava cochilando — contou. — Eu estava fazendo uma arrumação e empilhei todas as camisetas de uma gaveta. Ele deve ter notado ao sair, e dobrou-as e arrumou-as na gaveta por cores, como um arco-íris! Não é fofo? Ele é tão bom nesse tipo de coisa.

A médica assentiu com a cabeça, voltando-se para a tela.

— Ele mencionou algum amigo novo? Na escola ou na vizinhança?

— Não — respondeu Annabelle, voltando a se sentir desesperada. — Não na escola. Tem uma garota, mas acho que ele a conheceu aqui...

A médica ergueu os olhos da tela.

— Ela era uma paciente?

— Imagino que sim.

— Você sabe o nome dela?

— Ele a chama de Aleph, mas não acho que esse possa ser o nome verdadeiro dela, não é?

A médica franziu a testa e começou a percorrer as anotações do caso de Benny.

— Essa não é a amiga da biblioteca? A que ele tentou resgatar do banheiro imaginário? Ele me contou sobre ela. Ah, aqui está. — Ficou lendo em silêncio, então girou o banquinho para encarar Annabelle. — Ela não é real, sra. Oh. Você sabe disso, certo?

Annabelle olhou para a médica.

— Não é real?

— Ela é personagem de um conto de um escritor sul-americano. Esqueci o nome dele…

— Borges — falou Annabelle. — Jorge Luis Borges. Ele é argentino.

— Sim, é isso. Eu nunca tinha ouvido falar. Em uma das sessões, Benny mencionou que tinha uma amiga chamada Aleph, achei o nome incomum e pesquisei no Google.

— Eu também, mas…

— É mesmo fascinante — falou a médica, voltando a consultar a tela. — Na história, o Aleph nem é uma pessoa. É um objeto pequeno, do tamanho de uma bola de golfe…

— "Uma pequena esfera iridescente de brilho quase insuportável". Sim, sei disso, mas…

— "Um ponto no espaço…"

— "… que contém todos os pontos". Sim, também li. Mas como assim ela não é real?

A médica sorriu.

— Vejo que fez a lição de casa. O que quero dizer é que o Aleph de Benny é um personagem fictício. Seu filho tem uma vida fantasiosa muito ativa…

— É claro que sim! Ele é muito criativo.

— O que é consistente com a sintomatologia da psicose. Não é apenas esse Aleph. Ele tem vários amigos imaginários com quem se comunica.

— Amigos imaginários?

— Bem, chame-os de *seres,* então — afirmou a médica. — Entes com quem ele fala e muitos outros que falam com ele. O Aleph é um deles. Ele diz que ela mora nas árvores. E tem algo a que ele se refere como… — Ela pausou, verificando as anotações. — Um robô. Robô B-9 Classe M-3 de Controle Ambiental Não Teorizante de Utilidade Geral, para ser mais precisa, que o avisa do perigo. E outro ele chama de Homem-B, ou às vezes de Beberrão, a quem descreve como um morador de rua com uma perna protética. Essas parecem ser alucinações visuais complexas, ele pode ver e descrever com algum detalhamento. Além disso, há o grupo maior de alucinações auditivas elementares, incluindo objetos diversos, como bules, pés de mesa, chuveiros, tesouras, tênis, rachaduras na calçada e painéis de vidro, para citar alguns exemplos. Mas há uma que é diferente, uma alucinação auditiva primária e complexa, uma entidade que ele chama de O Livro.

A dra. Melanie pausou de novo e, quando prosseguiu, escolheu as palavras com cuidado:

— O relacionamento deles parece um tanto controverso. A princípio, Benny exibia sintomas de paranoia, atribuindo intenções malévolas ao Livro e alegando que ele o estava espionando, entrando em sua cabeça e "obrigando-o a fazer coisas", para que pudesse "contar sua vida". Essas foram as palavras que ele usou. Hoje de manhã, quando conversamos, ele me disse que o Livro o instruiu a ir à Encadernação para que pudesse "mostrar coisas a ele". Perguntei quais coisas e Benny não quis responder. Então, quando o pressionei, ele disse apenas: "*Tudo*".

A palavra pairou no ar entre as duas, e o barulho da enfermaria pareceu diminuir. Annabelle nunca tinha ouvido a médica falar daquela maneira, como se estivesse mesmo interessada. Ela parecia saber muito mais sobre Benny do que Annabelle. Ele tinha mesmo dito tudo aquilo à médica?

— O comportamento dele era calmo — prosseguiu a médica. — Sem nenhum indício paranoico que havia exibido antes. Pelo contrário, se me pedissem para descrever o estado afetivo, a palavra que me vem à mente é *pasmo*. Dizer que ele era como um místico que viu Deus é um pouco grandioso, talvez, mas na verdade essa é uma comparação que o próprio Benny fez, e isso me indica que ele agora está experimentando o Livro como uma presença principalmente benevolente. — Ela deu uma risadinha, balançando a cabeça. — Você tem um filho muito interessante, sra. Oh.

Annabelle limpou a garganta.

— Desculpe-me, mas acho que você está errada.

A médica pareceu assustada.

— Sobre o livro?

— Sobre o Aleph. — Annabelle agarrou a bolsa no colo e se inclinou para a frente na cadeira. — Ela não é imaginária. É real. Benny me disse que a inventou também, mas acho que ele estava mentindo.

— Sei que é difícil, sra. Oh, mas...

— O Aleph é amiga do garoto chinês, o simpático. Mackson. O que Benny conheceu aqui na enfermaria.

— Ah, Mackson Chu. Sim. Ele está de volta à universidade. Stanford, acho.

— Bem, ele a conhece. Pergunte a ele!

— Mackson era colega de quarto de Benny, não era? Isso soa um pouco como uma alucinação compartilhada, uma *folie à deux*. Incomum, mas não...

— Ela deve estar nos registros de pacientes. Você não pode verificar.

A dra. Melanie colocou as palmas das mãos sobre a mesa.

— Sra. Oh, posso garantir que nunca houve um Aleph em tratamento aqui. Com um nome como esse, acho que me lembraria.

— Mas eu *falei* com ela — afirmou Annabelle, com a voz trêmula e estridente. — Eu também a *vi*. Ela era a garota dentro da lixeira com o pato de borracha! Ela estava no beco com Mackson na noite de lua cheia! Encontrei o número dela no telefone de Benny, liguei e ela atendeu!

A médica a estava observando com atenção agora.

— Você falou com ela?

— Na verdade não, mas ouvi a voz dela. Clara como o dia!

— Entendo — respondeu a médica calmamente. Ela pegou uma caneta e rabiscou uma nota rápida em um bloco, então respirou fundo, endireitou os ombros e se inclinou para a frente. — Isso é muito interessante, sra. Oh. Você gostaria de me contar mais sobre o que você acha que ouviu?

* * *

A anotação no bloco de notas da dra. Melanie dizia SPC.

Na semana seguinte, Annabelle foi contatada por uma assistente social, não a simpática Ashley do hospital, que fora tão gentil quando Annabelle caiu da escada, mas outra, que apareceu na varanda da frente e disse que era do Serviço de Proteção à Criança. Nunca ocorreu a Annabelle recusar-se a deixá-la entrar. Uma vez lá dentro, a mulher disse que precisava inspecionar a casa inteira, então Annabelle obedeceu, levando-a primeiro para a sala de estar.

— Aqui é o Centro de Controle — explicou com certo orgulho e, quando a mulher pareceu confusa, acrescentou: — É assim que chamamos. Uma piada. Na verdade, é minha estação de trabalho.

A mulher perguntou sobre seu trabalho e Annabelle o descreveu. A mulher apontou para os sacos de lixo cobertos de poeira, empilhados do chão ao teto como sacos de areia, escorando as paredes.

— O que é tudo isso?

Annabelle riu.

— Ah, são apenas notícias velhas.

— Isso também é uma piada?

— Não — respondeu Annabelle. Explicou a política de arquivamento da empresa e como tinha ficado para trás com a reciclagem após o acidente. — As coisas se acumulam — justificou, em tom triste. Apontou para as pilhas emaranhadas de roupas e lençóis no sofá para ilustrar o argumento. Ela estava dormindo no andar de baixo, explicou, por causa do tornozelo, mas ele estava melhorando, graças a Deus, e logo ela poderia subir de volta para o quarto.

— Podemos dar uma olhada? — perguntou a mulher.

— É claro. Só preste atenção onde pisa. — Ela mostrou o caminho sobre as pilhas de lixo no corredor e, em seguida, subiu o caminho estreito entre os montes de detritos que se alinhavam na escada. — Você pode se segurar no corrimão.

A mulher a seguiu, sem palavras. Quando chegaram ao quarto, ela parou na porta, examinando o cômodo.

— Aquilo é a cama? — perguntou. Ela não estava sendo rude ou sarcástica; estava pedindo uma informação. Annabelle espiou por cima do ombro da mulher. Vista pelos olhos da estranha, a massa de coisas no quarto era perturbadora. Ela olhou para o rosto da mulher. O que estaria pensando? Agora ela estava tirando fotos e anotando no caderno com uma pequena caneta pendurada no pescoço por uma corrente de prata. Para preencher o silêncio, Annabelle comentou sobre a caneta, dizendo o quanto gostara dela, como seria útil ter uma caneta assim à mão e como nunca conseguia encontrar uma caneta quando precisava.

— Sim — respondeu a mulher. — Posso imaginar.

Ela pediu para ver o banheiro e depois o quarto de Benny. Ao abrir a porta do quarto, a mulher suspirou perceptivelmente.

— Ótimo.

Ela entrou no quarto, observando a cama cuidadosamente arrumada com o edredom de astronautas e planetas, o armário com todas as roupas perfeitamente penduradas em cabides, os livros alinhados nas prateleiras ao lado do globo lunar, da bola de gude e do pato de borracha.

— Seu filho gosta de ler, pelo que vejo.

— Sim — confirmou Annabelle com orgulho. — Ele adora livros. Herdou isso de mim.

— E, no entanto, parece que ele perdeu muitas aulas este ano. — Ela apontou para a caixa contendo as cinzas de Kenji. — O que é isso?

Annabelle explicou, e a mulher assentiu.

— Sinto muito pela perda. — Ela parou por um momento para dar algum peso às condolências antes de continuar. — Talvez devêssemos conversar aqui, onde há espaço? — Ela apontou para a cama, convidando Annabelle a se sentar no quarto do próprio filho. Em sua própria casa. Então começou a falar.

Tinha permanecido muito quieta até este ponto, mas assim que começou a falar Annabelle não teve escolha a não ser ouvir. A mulher não foi indiferente ao informar a Annabelle sobre o relatório que apresentaria ao Serviço de Proteção à Criança, detalhando a avaliação. A desordem da casa e, em particular, o papel e o lixo eletrônico de seus chamados arquivos constituíam um sério risco de incêndio e representavam uma ameaça à segurança física do filho e, devido ao histórico psiquiátrico, também à saúde mental dele. Ela recomendaria que Benny fosse levado sob custódia do SPC se Annabelle não conseguisse limpar a casa e colocá-la em um padrão aceitável de segurança. Como Benny estava no hospital, isso lhes dava um pouco de tempo, explicou a mulher. Ela voltaria em duas semanas para uma segunda inspeção a fim de conferir o progresso de Annabelle, e então perguntou se havia alguma dúvida.

Nunca ocorreu a Annabelle perguntar como a mulher sabia sobre o histórico psiquiátrico de Benny. Em vez disso, indagou:

— Como devo limpar com um tornozelo quebrado?

— Bem, geralmente as pessoas ligam para parentes, amigos ou para suas redes de apoio.

Outra vez aquilo.

— Não tenho amigos — falou Annabelle, cansada. — Nem parentes. Nem uma rede de apoio.

— Entendo. — A mulher escreveu outra coisa no caderno. — Você comentou que o imóvel é alugado, certo? Talvez o seu senhorio esteja disposto a ajudar? Percebi que já tem uma caçamba lá fora.

— É o filho da minha senhoria. Ele quer vender a casa. Está tentando quebrar o contrato e nos despejar.

— Entendo. — A mulher fez outra anotação e fitou Annabelle. — É sério, sra. Oh. Você compreende isso, não é?

Annabelle assentiu.

— Gostaria de sugerir que você também procurasse aconselhamento. Existem terapeutas e grupos de apoio para pessoas com problemas de acumulação, e outros recursos que posso lhe fornecer...

Problemas de acumulação? A dra. Melanie também havia sugerido aconselhamento e lhe dado alguns encaminhamentos, mas, no caso, para sua ansiedade.

— Um grupo de apoio não vai me ajudar a fazer a limpeza.

— Sim, bem, pode ajudar com os problemas subjacentes, mas, por ora, existem serviços de limpeza especializados e também posso fornecer uma lista.

— Eles não são caros?

— Não sou uma profissional de limpeza, então de fato não posso dizer, mas a casa é pequena e não há sujeira de animais envolvida, nenhuma infestação ou imundície além de mofo e poeira, e grande parte da bagunça está contida. Imagino que poderiam enviar uma equipe e fazer o trabalho em mais ou menos uma semana.

Annabelle ficou em silêncio e baixou os olhos para o edredom, traçando os anéis coloridos de Saturno com o dedo indicador. Ela comprara o edredom para Benny no eBay. Os pequenos astronautas eram tão fofos, flutuando no espaço entre as estrelas e os planetas. Quando ergueu os olhos, viu que a assistente social ainda a observava e respirou fundo.

— Isso não é um trabalho — falou ela, levantando-se devagar. — É a minha vida.

* * *

Quando recebeu a chamada do supervisor na manhã seguinte, soube que algo estava muito errado. O fato de estar lhe ligando já era um mau sinal. O fato de ter enviado uma mensagem antes para perguntar se ela estava livre para falar era pior. Ele começou perguntando como ela estava se sentindo, como estava o tornozelo, se as dores de cabeça haviam diminuído, e ela respondeu com a maior alegria e otimismo que sim. Por fim, não aguentou mais e perguntou ao supervisor sobre o propósito da ligação. Ela o ouviu respirar fundo, então ele explicou. A agência de monitoramento de mídia estava atualizando a visão corporativa para se alinhar às novas tendências do setor. A mídia social estava transfigurando o cenário da mídia de notícias. O software de reconhecimento de texto tornara o trabalho dos monitoradores de notícias redundante. A sede estava reduzindo o tamanho da divisão de notícias, e o trabalho que ela fizera por quinze anos, toda a sua vida adulta desde que se formara na faculdade, havia sido extinto.

— Isso é porque tirei uma folga? — questionou. — Você me disse que eu poderia tirar a folga, lembra? Para me recuperar da concussão, e fiquei muito grata, mas me recuperei completamente! Estou de volta ao trabalho há duas semanas. Tem sido uma loucura com as eleições e tudo, mas cobri sem dores de cabeça ou visão embaçada ou qualquer coisa. Houve algum atraso no meu trabalho? Não! Estou cometendo erros ou estragando tudo? Não!

— Você não está me ouvindo, Annabelle. Seu trabalho é bom. É a atividade em si. A vaga não existe mais. Com a reestruturação, toda a nossa divisão foi eliminada.

— Então, treine-me para outra coisa. Posso ser treinada. Você viu. Sabe que consigo.

— Sim, mas está fora do meu alcance. Assim que terminar de fazer essas ligações, também estarei desempregado. Acabou, Annabelle. Desculpe.

Mais tarde, ainda naquela manhã, os caras vieram para empacotar o Centro de Controle. Eles envolveram o hardware em cobertores de transporte como recém-nascidos, arrastando cabos como cordões umbilicais conforme os carregavam para a caminhonete. Então, voltaram e desmontaram a mesa em forma de U. Ela se sentou em uma pilha de roupa suja no sofá e observou o buraco vazio no meio da sala crescendo. Quando voltaram para pegar a cadeira ergonômica, ela protestou. Passara a amar aquela cadeira e implorou para que a deixassem.

— Desculpe, senhora — falou o carregador. Ele foi muito compreensivo, mas o item estava listado em sua ordem de serviço e, portanto, tinha de levá-la. Ela ficou na varanda da frente enquanto ele empurrava a cadeira pela entrada da garagem e a guardava na parte de trás da caminhonete, e observou o veículo se afastar. Só quando se virou e voltou para casa é que percebeu que não haviam levado nenhum dos sacos de lixo e caixas de notícias arquivadas que ela havia guardado com tanto cuidado por tanto tempo. Ela voltou a se sentar no sofá. A gaveta de camisetas ainda estava no chão a seus pés, e ao lado dela estava *A magia da arrumação*, aberto em um capítulo sobre terremotos, tsunamis e desastres naturais que fazia os problemas da vida de Annabelle parecem pequenos e insignificantes. É claro que a monja nunca respondera. Ela tinha desastres mais desastrosos com que se preocupar. Annabelle cutucou o livrinho com o dedo do pé. Depois o pegou do chão e o arremessou pela sala em direção à caixa de descarte. Nunca havia jogado um livro antes. Ele voou pelo ar, suas páginas tremulando como penas, como asas quebradas.

77.

Aikon pressionou a testa contra a janela e observou a mancha da pista abaixo dela. Ofegante, ela aguardava a decolagem e, quando chegou, ficou mais uma vez surpresa. O fato de que trinta toneladas de metal cheio de carne e movido a petróleo pudessem se separar da terra e subir ao céu nunca deixou de maravilhá-la. A pista recuou e ela pôde ver as torres de controle de tráfego aéreo e os aviões em miniatura, todos estacionados em formações organizadas. A cidade de Narita se estendia logo abaixo, uma vasta colcha de retalhos de bairros residenciais densamente povoados e fazendas industriais, atravessada por rodovias e interrompida por pequenas florestas retilíneas. Ela avistou a minúscula sombra do avião no chão, seguindo fielmente sua rota, deslizando pelos telhados das fábricas com silenciosa indiferença por estradas, rios e outras barreiras terrestres. Quanto mais subiam, mais vasta a paisagem se tornava, estendendo-se até que por fim desapareceu na névoa cinza-azulada do horizonte, e sua sombra desapareceu.

Aikon recostou-se e percorreu a cabine com os olhos. Ao seu lado, Kimi estava sentada com os olhos fechados e a cabeça no encosto. Seria um voo longo e Kimi não gostava de voar. Iam começar a turnê por Nova York e ziguezaguear pelo país, parando nas principais cidades para palestras e eventos de mídia. Uma equipe de televisão as encontraria para filmar um piloto para o novo programa de reformas sobre famílias estadunidenses acumuladoras. Kimi lhe mostrou as fotos do "Antes" que os produtores americanos enviaram. Aikon tinha visto muitas fotos de casas bagunçadas no Japão, mas as casas e os apartamentos japoneses eram pequenos. As casas estadunidenses eram grandes e generosas, como o país e também as pessoas, com todas as suas grandes e generosas esperanças e sonhos. Era muito bonito, mas havia um lado obscuro nessa esperança, que era aparente nos espremedores de frutas, aparelhos de abdominais, roupas que ficaram pequenas e brinquedos quebrados que eram abandonados e amontoados em garagens, armários e debaixo das camas. Toda aquela esperança, remorso e decepção. Era demais para os pobres objetos suportarem.

É claro, a solução era bem simples: as pessoas apenas tinham de parar de comprar tanta coisa, mas quando mencionara isso em uma recente ligação com os produtores estadunidenses, a resposta deles não foi nada entusiasmada, e mais tarde os produtores enviaram um memorando pedindo-lhe para não falar sobre assuntos como esse no piloto. Quando Kimi perguntou o que queriam dizer com "assuntos como esse", eles enviaram uma lista: consumismo, capitalismo, materialismo, fetichismo da mercadoria, compras on-line e dívidas de cartão de crédito. Falar criticamente sobre tais tópicos era antiamericano, explicaram. Os telespectadores do país queriam soluções proativas. Não comprar não era proativo.

O avião atingiu a altitude de cruzeiro e o piloto desligou o sinal de apertar o cinto de segurança. Kimi abriu os olhos e enfiou a mão na bagagem de mão. Aikon sabia que ela ainda esperava notícias da mãe do menino que ouvia vozes. Em seu e-mail mais recente, a mulher havia escrito sobre uma briga que teve com o marido na noite em que ele morreu. O e-mail parava abruptamente no meio, e fora a última vez que tiveram notícias dela.

— Alguma notícia?

Kimi ergueu os olhos, surpresa, e balançou a cabeça.

— Não. — Ela hesitou e, quando voltou a falar, as palavras saíram apressadas. — Você acha que o espírito do marido está abalado por causa da briga? Talvez ele tenha se tornado um *yūrei* e esteja assombrando a família. Tentando voltar para pedir desculpas, o que está impossibilitando a esposa de deixar de lado sua dor e seguir em frente.

— Eles têm *yūrei* nos Estados Unidos?

— Eles têm fantasmas. E, de qualquer maneira, o marido era japonês...

— Verdade. O que está pensando?

— Estou me perguntando se devemos responder ao e-mail. Se este é o momento em que podemos ajudar.

78.

Benny não sabia sobre a demissão da mãe. Não sabia sobre a visita do SPC, as cartas ameaçadoras do Imprestável Wong ou qualquer um dos medos que Annabelle enfrentava, sozinha em casa à noite ficando acordada se preocupando. E ah, como ela se preocupava!

De volta à enfermaria, eles o observavam. Os exames de sangue confirmaram que ele não estava usando drogas. Agora estavam monitorando cortes e automutilação, observando-o estudar o próprio antebraço, correndo os dedos suavemente para cima e para baixo nas constelações de alfinetadas e pressionando os lábios nas minúsculas cicatrizes. Seu braço parecia o do Aleph agora, mas a equipe não sabia disso e ele não sabia explicar. Ele parou de explicar, parou de dizer qualquer coisa. Mutismo seletivo, foi como a dra. M. descreveu nas anotações, mas é claro que ele não sabia disso. Quando ninguém estava olhando, ele pegava um clipe de papel do posto de enfermagem, só para garantir.

E, também, coisas estranhas e incontroláveis estavam acontecendo com seu corpo. Em outras ocasiões ele experimentara efeitos colaterais físicos quando a dra. M. mudava seus remédios, mas agora era diferente. Seu corpo parecia solto, como se todas as suas diferentes partes estivessem de repente se afirmando, descobrindo sua independência e alegremente se aventurando por conta própria. Devido à inexperiência e falta de coordenação básica delas, ele ficou desajeitado e começou a derrubar coisas. Aparentemente, da noite para o dia, pelos macios começaram a brotar de sua virilha e axilas. Seu pênis e seus testículos cresceram e gostaram disso. Seus pés também estavam crescendo, só que eles não gostaram da mudança, e uma manhã, logo após sua readmissão, ao acordar, ele descobriu que eles se recusavam a se mover. Benny saiu da cama e permaneceu parado e, ao descobrir que não podia ir para a frente, voltou a se sentar. Ele era paciente, um paciente paciente, preparado para esperar que seus pés mudassem de ideia, no entanto a enfermeira não era tão indulgente. Ela queria que Benny se vestisse, fosse até a sala de café da manhã e comesse com os outros, mas, como ele não estava falando, não podia explicar. Ficou sentado na cama, ouvindo suas repreensões e bajulações. Ele aceitou a ajuda dela e se levantou de bom grado, porém, quando ela tentou impulsioná-lo para a frente pelo cotovelo, seus pés afundaram nos calcanhares e Benny caiu. Ele tomou café na cama naquela manhã e também almoçou, mas na hora do jantar descobriu uma solução alternativa, uma maneira de enganar os pés. Era muito sagaz. Descobriu que, se deixasse cair um pedaço de papel amassado na frente do dedão do pé, isso dava ao pé um objetivo, um incentivo para seguir em frente. Um passo. Então ele deixava cair outro. Carregava as bolas de papel no bolso para usar como isca. Objetivos são importantes. Foi o que o conselheiro lhe disse, e cada pedaço de papel tinha algo a dizer, alguma frase motivadora para encorajá-lo.

Basta colocar um pé na frente do outro, dizia um.

Faça as coisas passo a passo, dizia outro.

Um pequeno passo para um homem, um salto gigantesco para a humanidade, dizia um terceiro. E, de fato, ele era como Armstrong, dando o primeiro passo na Lua. Era como João, jogando migalhas de pão na floresta. Quando um dos pedaços de papel brincava sussurrando *Um passo para a frente e dois para trás,* só para confundi-lo, Benny conseguia enganá-lo virando-se e andando para trás. Isso exigia algum planejamento, mas ele conseguia chegar aonde precisava, porém depois de um tempo até essa técnica parou de funcionar. Seus pés se recusavam a ficar em pé, forçando-o a usar uma cadeira de rodas, e era nela que ele estaria sentado quando Annabelle viesse visitá-lo; em uma cadeira de rodas perto da janela no canto do salão comunitário, olhando para a rua movimentada abaixo.

Ela vinha e se sentava com ele todas as tardes, chegava cedo, esperava o início do horário de visitas e ficava até o fim. Ele sentiu que ela também estava sendo observada pela equipe e queria avisá-la para ter cuidado, mas sua voz não falava, então cabia a ela preencher os silêncios. Ela lhe disse que estava pensando que era hora de uma mudança. Explicou que, após a recente eleição, estava cansada de monitorar as notícias e talvez fosse hora de encontrar uma nova linha de trabalho. Talvez ela pudesse voltar ao mestrado em biblioteconomia e se formar, agora que ele estava ficando mais velho e mais independente, não seria legal? Ter uma bibliotecária como mãe? Também estava ficando cansada da vida na cidade, cansada da gentrificação, das novas pessoas que se mudavam para o bairro com todo o seu dinheiro, carros luxuosos e aspirações de classe. Era hora de um recomeço. Talvez os dois pudessem se mudar para o interior. Em algum lugar com uma pequena biblioteca pública e uma comunidade agradável e unida, com espaço verde, ar puro, pássaros, árvores e borboletas. Os dois poderiam se mudar para uma casa com jardim e aprender a cultivar ervilha e vagem. Podiam desenterrar batatas e fazer geleias e tortas. Podiam até criar galinhas, do tipo sofisticado que botava aqueles lindos ovos verde-azulados. Haveria espaço para se espalhar. Ela poderia ter um estúdio de arte, um espaço dedicado aos seus sonhos, para não ter de guardar seus materiais de artesanato na banheira. E ele poderia ter um quarto maior com uma mansarda e uma bela visão das montanhas e do céu noturno, em vez de olhar para uma caçamba em um beco cheio de dependentes químicos e profissionais do sexo fazendo programas. Ela faria cortinas para ele. Um tapete de pano trançado. Compraria um telescópio para ele, que poderia estudar as estrelas, e talvez um dia ele pudesse se tornar um astrônomo ou mesmo um astronauta!

Benny ficava sentado ao lado da mãe no salão comunitário e ouvia.

Terminado o horário de visitas, ela se continha e, em vez de dar-lhe o grande abraço que tanto desejava, contentava-se com um rápido tapinha no ombro antes de pedir à enfermeira que a deixasse sair. Quando as portas pesadas se fechavam e trancavam atrás de Annabelle, ela precisava de um momento para se apoiar na parede do corredor e se recuperar. Às vezes tinha que se sentar em um banco e chorar um pouco. Ele também não sabia disso.

Os dias se passaram. Havia formulários de permanência no plano de saúde para preencher e seguro-desemprego para solicitar. Havia a apelação contra o aviso de despejo para apresentar e e-mails da escola para responder. Em casa, Annabelle estava sentada no sofá, enrolada em um edredom, olhando para o buraco vazio onde ficava o Centro de Controle. A fonte de todo o barulho havia desaparecido, e agora havia apenas espaço e silêncio. A mulher do SPC deveria voltar em uma semana, e ela tinha de começar a limpar. Poderia começar aos poucos, talvez pelo banheiro do andar de cima, jogando fora os velhos materiais de artesanato, mas a ideia de descartar todos os seus projetos não realizados a enchia de uma sensação de perda que parecia tão grande quanto a morte. Ela cobriu a cabeça com o edredom e olhou para o buraco vazio até cair em um sono inquieto.

79.

O toque alegre de "By the Seaside" a acordou. Era o hospital ligando? A escola? A assistente social? O chefe dela? Não, não era o chefe dela. Ela não tinha mais chefe. O telefone havia caído entre as almofadas do sofá. Ela o puxou e viu a tela. A Biblioteca Pública? Benny estava com mais problemas? Descobriram outra coisa terrível que ele fez?

Mas era apenas a bibliotecária baixinha. Annabelle reconheceu a voz melodiosa e contadora de histórias.

— Só checando — falou Cory. — Para ver como você está. Como está o Benny?

— Tudo bem — respondeu Annabelle. — Benny está bem. Estou bem. — Ela havia se esquecido de jantar e seu estômago roncou. Havia se esquecido de escovar os dentes, e eles pareciam peludos. O que a mulher queria? — Sim, nós dois estamos bem, obrigada — repetiu, mas as palavras saindo de sua boca sonolenta eram coisas sem significado que não tinham nada a ver com o que ela sentia por dentro. O que ela sentia por dentro era raiva, e isso a surpreendeu. Por que estava com raiva? A bibliotecária estava apenas tentando ajudar.

Estava apenas tentando ajudar quando ligou para o segurança no meio da noite e pediu que ele verificasse a Biblioteca. O segurança estava apenas cumprindo o protocolo quando chamou a polícia, e o policial, ao ver Benny nu com sangue nas mãos e marcas nos braços, não teve escolha a não ser apreendê-lo e levá-lo ao hospital.

Cory perguntou quanto tempo ele ficaria lá. Annabelle não sabia. Cory perguntou se ela poderia visitá-lo e Annabelle disse que ainda não. Cory perguntou se Annabelle precisava de alguma ajuda ou apenas um ombro amigo para chorar, e Annabelle desligou. Intrometida, pensou, ao desligar.

No fim da tarde, quando a campainha tocou, Annabelle ignorou, mas o toque persistiu. Preparando-se para outro confronto com o Imprestável, ela se levantou do sofá e abriu a porta. A bibliotecária estava em pé na desordem da varanda da frente com um livro na mão, que estendeu como uma oferenda. Ela havia encontrado o endereço de Annabelle no banco de dados da biblioteca, explicou. Não queria se intrometer, mas queria trazer algo para Benny, um livro que ela o vira lendo na biblioteca...

Era um exemplar da biblioteca de *O Aleph e outras histórias*, de Jorge Luis Borges.

— Ah! — exclamou Annabelle. — Então ele *estava* lendo isso! — Estendeu a mão para pegá-lo, mas o livro caiu no chão. Ela se abaixou para pegá-lo e, ao se levantar, viu a bibliotecária baixinha olhando para a sala de estar atrás dela, de olhos arregalados e boca aberta.

— Puta merda — espantou-se a bibliotecária. — O que aconteceu aqui?

A franqueza da pergunta a fez desmoronar. Annabelle afundou lentamente até se sentar sobre uma pilha de jornais. Suas pernas tremiam e sua respiração era irregular.

— Por favor... — falou, pressionando a mão contra o peito. Por favor o quê? Ela não sabia.

— É asma? — perguntou Cory. — Você tem um inalador? — Ela ajudou Annabelle a se levantar e a guiou pelo caminho até a sala de estar. O inalador tinha caído debaixo do sofá. Annabelle se ajoelhou e o pegou, depois caiu de costas no sofá e soprou.

— Sinto muito — disse Annabelle, enquanto sua respiração se acalmava. — Tenho alergias.

Cory assentiu. A sala cheirava a mofo.

— Posso pegar algo para você? Um copo d'água?

Annabelle balançou a cabeça.

— Não, obrigada. Estou bem agora. Você quer se sentar?

Cory olhou ao redor da sala. Não havia lugar para se sentar.

— Está uma bagunça, eu sei — reconheceu Annabelle. — Normalmente não convido ninguém...

Cory hesitou. Ela empurrou para o lado uma pilha de roupas e se sentou na beirada do sofá. A sala estava silenciosa e calma, exceto pela suave respiração de Annabelle e uma nuvem fantasmagórica de grãos de poeira, flutuando em um raio de sol do fim da tarde. Nenhuma dos duas falou. Por fim Cory quebrou o silêncio.

— Você mora aqui há muito tempo?

A pergunta parecia bastante vazia, mas era tudo de que Annabelle precisava. Contou tudo a Cory, sobre como ela e Kenji encontraram a casa e como ficaram felizes no início; sobre a gentil sra. Wong e o filho imprestável; sobre o nascimento de Benny e a morte de Kenji; sobre a perda do emprego, o aviso de despejo e a visita do SPC. Vão tirar Benny de mim se eu não limpar, ela disse, e contou sobre os problemas de Benny. Annabelle discorreu por um longo tempo, e Cory ouviu. Muitas vezes ela se pegava ouvindo mães — mães perturbadas, mães zangadas, mães deprimidas, mães que choravam, mães preocupadas, mães destituídas e desabrigadas, mães rabugentas e mães claramente problemáticas. Havia sido treinada para isso, então se sentou ao lado de Annabelle no sofá e ouviu. De vez quando, ela fazia uma pergunta. Finalmente, quando as palavras de Annabelle acabaram, Cory assentiu e, com a precisão sucinta de uma bibliotecária, resumiu a situação.

— Então, a primeira coisa é limpar este lugar, certo? — Ela apontou para a gaveta com as camisetas cuidadosamente dobradas. — Parece que você começou.

Annabelle olhou para a gaveta no chão. Algumas das camisetas começaram a se desdobrar, subindo e saindo pela borda, como se estivessem tentando escapar.

— Benny arrumou— explicou. — Pouco antes de fugir... — Um soluço forçou o caminho até sua garganta, mas Cory fingiu não notar. Apontou para uma grande pilha de roupas no chão.

— É a sua pilha de doação?

Annabelle limpou o nariz com as costas da mão.

— É a minha roupa suja. As doações estão ali. — Ela apontou para uma caixa de papelão meio cheia aos pés de Cory. *A magia da arrumação* estava no topo, onde havia caído. Cory reconheceu a capa.

— Não é de uma daquelas faxineiras japonesas? Esses títulos saem muito na Biblioteca. — Ela o resgatou da caixa e começou a folhear as páginas. — Por que vai jogá-lo fora?

— Não sei. Fiquei brava com ele. Nunca jogo livros fora — acrescentou, se desculpando. — Pode ficar, se quiser.

— *A antiga arte zen de acabar com a bagunça e revolucionar sua vida* — leu Cory. — Parece ótimo, mas como você deve fazer isso?

— Ah, ela tem toda essa filosofia e um método também. Você deve pegar cada item, segurá-lo e fazer várias perguntas para si. Comigo não estava funcionando.

— Quais perguntas?

— Já esqueci quais, exatamente. Se aquilo a encanta, aumenta a sua energia. Se é útil. Coisas assim.

Cory pegou um CD do chão.

— Como isso faz você se sentir?

— Isso não me faz sentir nada.

— Ah, espera. Você tem que segurar, certo? — Ela entregou o CD para Annabelle.

— E agora? Está sentindo alguma coisa?

— Nada.

— Sem energia positiva? Sem boas vibrações? Sem alegria?

Annabelle virou o CD. Estava rotulado como *16/04/2007 Virginia Tech, Cho, Blacksburg, VA*.

— Você está brincando? Isso me dá vontade de vomitar. — Ela o devolveu para Cory.

— Ok, então é um começo. É útil?

— Na verdade, não. É um disco de *backup* do trabalho do qual fui demitida. — Ela hesitou. Tinha visto uma maneira legal de usar CDs velhos para espantar corvos, pendurando-os com fios em árvores como enfeites de Natal para que girassem ao sol e formassem pequenos arco-íris. Ela nunca quis espantar os corvos, mas talvez devesse. Se os tivesse espantado, eles não estariam mortos. Felizmente, nem todos tinham morrido, e talvez os que não tinham morrido começassem a voltar, e então ela poderia assustá-los com CDs em fios para mantê-los seguros. Ela estendeu a mão.

— Na verdade, eu poderia usá-lo...

— Vamos jogar fora — falou Cory. Ela fez menção de jogar o CD na caixa de doação.

— Espere! — exclamou Annabelle. — Você deve agradecer primeiro.

— Eu?

— Você, não. Eu. É meu, então devo mostrar gratidão pelo apoio que me deu antes de jogá-lo fora.

Cory olhou para o disco em sua mão.

— Você se sente apoiada por este CD?

— Não.

— Você se sente grata?

— Não.

— Tudo bem, então. — Com um movimento de punho, ela lançou o disco girando como um frisbee prateado para dentro da caixa, então examinou a sala. — Tudo isso é lixo do seu trabalho?

— São meus arquivos. Mas sim.

— Então podemos jogar fora?

Mais uma vez, Annabelle hesitou.

— Talvez eu devesse ligar para meu supervisor e pedir permissão. Eles são muito rigorosos quanto ao arquivamento.

Cory depositou uma pilha de fitas de áudio antigas na caixa de descarte.

— Eles a demitiram, Annabelle. Você não deve nada a eles. Eles pegaram o que queriam e deixaram você com toda essa merda.

Toda essa merda, pensou Annabelle. Era isso o que era? Seus olhos percorreram as sacolas empilhadas contra as paredes, os jornais subindo do chão ao teto, as caixas bloqueando a luz.

— Não posso simplesmente jogar tudo fora.

— Por que não?

— Porque é tudo! É meu trabalho, minha vida...

— Sua vida?

Ela pensou em todos os anos que passou lendo, ouvindo e assistindo, todas as histórias se acumulando e todas as coisas que aprendeu e registrou cuidadosamente.

— Sim — respondeu. — Minha vida.

— Sério? É isso? Não há mais nada?

— Bem, não, é claro... Há o Benny... — Ela parou de falar. — Ah. Entendo o que você está dizendo.

Cory se sentou no braço do sofá.

— Ouça — explicou. — Você não pode fazer isso sozinha. É muita coisa. Você não tem alguém para quem possa ligar?

— Não. Na verdade, não.

— Nem amigos do Facebook?

— Você quer dizer redes sociais? Ah, por favor.

— Que tal os amigos de Benny? Alguns adolescentes grandes que precisam de um dinheiro e podem carregar coisas?

Annabelle balançou a cabeça.

— Ele não tem amigos. Não reais. Todos os amigos dele são imaginários.

— Isso é muito imaginativo.

— A psiquiatra dele não pensa assim. Ela diz que é desadaptativo.

— Certo — falou Cory. — Que droga.

* * *

Cory saiu pouco depois, levando a cópia de *A magia da arrumação*, e, quando se foi, Annabelle se sentiu um pouco mais leve. Ela se lembrou de que não comia havia algum tempo, então sacudiu o edredom e foi para a cozinha. No caminho, viu o CD em cima da caixa de descarte. Ela se lembrava do tiroteio na Virginia Tech como se fosse ontem. Foi o primeiro tiroteio em massa que cobrira. O atirador, um garoto coreano chamado Cho, era um estudante da universidade. Ele comprou duas pistolas semiautomáticas e as usou para atirar em 49 pessoas, 32 das quais morreram. Benny tinha cinco anos na época. Tinha acabado de começar o jardim de infância. Isso foi antes mesmo do terrível tiroteio na Escola Primária Sandy Hook, mas Annabelle estava com medo de deixar o filho longe dela. O nome Cho soava como Oh, e ela temia que as outras crianças o atacassem. Ela mencionou isso a Kenji, mas ele apenas a abraçou e riu de seus medos, e de fato nada aconteceu. As coisas eram muito mais fáceis quando Kenji estava vivo. Todas essas lembranças perturbadoras estavam contidas no pequeno disco brilhante em sua mão, e ela estava feliz em se desapegar de tudo, mas também não havia mal em sentir alguma gratidão. Não foi culpa do CD. Ela o segurou na frente dela.

— Obrigada — falou para ele e sentiu seu ânimo melhorar um pouco. Talvez houvesse algo nesse método de *A magia da arrumação*, afinal. Talvez ela não devesse ter dado o livrinho a Cory. Esse era o problema de se livrar das coisas. Nunca se sabe quando se pode precisar delas.

80.

— Obrigada — disse Aikon, curvando-se e afastando-se do púlpito em St. Louis. À medida que os aplausos aumentavam, observou o mar de rostos brilhantes e ambiciosos. Algumas almas determinadas se levantaram. Outros hesitaram e, para não serem superados, também se levantaram, e logo todo o público estava de pé, como se essa demonstração sincera de gratidão pudesse mais tarde se traduzir em meias dobradas com mais cuidado e gavetas mais organizadas. Sentindo-se repentinamente cansada, Aikon curvou-se de novo e apertou as mãos espalmadas sobre o coração em uma oração silenciosa. Que todos os seres sejam felizes.

De volta ao quarto do hotel, Kimi lhe informou sobre a programação.

— Daqui vamos para Wichita, que fica no Kansas. A equipe de filmagem nos encontrará lá. Kansas é a locação de *O Mágico de Oz*, então os produtores estão sugerindo um tema de Oz para o piloto. Gravaremos a visita domiciliar e faremos dois eventos em livrarias. Depois, vamos para a Costa Oeste.

Aikon estava sentada na cama *king-size*, que parecia tão vasta quanto a paisagem da pradaria sobre a qual elas voaram. Kimi estava empoleirada na outra ponta, parecendo muito pequena e cansada. Aikon também estava cansada. Ela reprimiu um bocejo e assentiu.

— E essa é a nossa última parada?

— Sim. Depois iremos para casa.

— Ótimo — falou Aikon, batendo os calcanhares juntos. — Não há lugar melhor do que nossa casa.

— Mas é claro que este é apenas o segmento do Antes. Devemos retornar em seis semanas para filmar o Depois.

— É claro. — Aikon fechou os olhos e inspirou fundo. Ela imaginou sua mente como um punho e então permitiu que os dedos relaxassem e se abrissem. Permaneceu, desfrutando da quietude e do vazio de sua mente, então um pensamento surgiu. Por que tinha concordado em fazer aquele piloto de tevê? Outros pensamentos seguiram em rápida sucessão. Que bem isso estava fazendo? Como isso poderia estar ajudando? Qual era o objetivo? Ela suspirou e abriu os olhos. Kimi a fitava.

— Tudo parece ótimo — comentou. — Os editores estão felizes?

— Sim — respondeu Kimi. — Creio que que sim.

— Ótimo. — Aikon estudou o rosto de Kimi. — Você parece cansada. — Ela pensou nas mulheres na plateia. Todas eram mulheres boas e trabalhadoras que, por trás dos rostos sorridentes, também pareciam cansadas.

Kimi endireitou o corpo.

— Ah, não. Estou bem.

— Você está trabalhando o dobro do que eu — afirmou Aikon, o que não era verdade. A fila de autógrafos depois da palestra foi longa, as mulheres segurando seus livros, esperando pacientemente para lhe contar como o método *A magia da arrumação* revolucionou suas vidas.

— Não, não — Kimi estava dizendo. — Você faz muito mais do que eu jamais poderia fazer! Você ajuda tantas pessoas.

Por que o trabalho árduo das mulheres nunca era o bastante para aplacar o medo persistente de não serem suficientes? De estarem ficando para trás? De poderem e deverem ser melhores? Não é de admirar que quisessem regras simples para reger a maneira como as camisetas deveriam ser dobradas, os filhos criados, as carreiras gerenciadas, as vidas vividas. Elas precisavam acreditar que havia um jeito certo e um jeito errado — tinha que haver! Porque, se houvesse um jeito certo, talvez pudessem encontrá-lo, e se o encontrassem e aprendessem as regras, então todas as peças de suas vidas se encaixariam e elas seriam felizes.

Que ilusão.

Será que *A magia da arrumação* estava apenas alimentando essa ilusão? Criando mais um falso padrão de perfeição desmedida? Aikon queria dizer às mulheres: sua vida não é um projeto de autoaperfeiçoamento! Você é perfeita exatamente como é!

Sorriu para a assistente.

— Tudo o que faço é sorrir e dizer qualquer coisa aleatória que vier à minha cabeça, mas você tem que traduzir todas as minhas palavras tolas. Deve ser cansativo.

— Não, não! Estou aprendendo tanto com você! Há tanto que não sei...

Você é perfeita exatamente como é. O antigo professor lhe disse isso uma vez. Disse baixinho, como se não fosse grande coisa, mas ela sabia que ele de fato quisera dizer aquilo, e ficou atordoada. Seu professor a viu claramente e viu que ela era perfeita! Que maravilha! Tudo isso passou por sua mente tão depressa, mas ele ainda estava falando.

E você também poderia se beneficiar de um pequeno aperfeiçoamento...

É claro. Era verdade na mesma medida. As duas coisas eram verdadeiras, e quando ela sentiu sua euforia estourar como um balão de criança, teve que sorrir. Com que rapidez podia ficar orgulhosa! Com que rapidez podia deixar de sentir orgulho! Era engraçado, de fato. E triste, também, quão completamente a segunda verdade apagava a primeira, fazendo com que ela sentisse apenas que estava em falta. Isso era o que as mulheres de seu público sentiam, e não era culpa delas. Foram condicionadas a acreditar que não eram suficientes e estavam tão preocupadas com o autoaperfeiçoamento que se esqueciam de sua perfeição inerente. Ela queria lhes dizer: *Relaxem! Parem de tentar! Parem de comprar! Vamos apenas nos sentar juntas e não fazer nada por um tempo.* Mas isso não seria bom para a televisão, nem venderia livros.

— Você teve notícias de nossa amiga, a sra. Oh?

— Não. Escrevi para ela, mas ela não respondeu.

— Descanse um pouco, Kimi.

Kimi se levantou e se dirigiu para a porta, mas hesitou.

— Há uma outra coisa…

— Sim?

— Não é nada, sério. Mas achei que você deveria saber. Recentemente surgiu uma… crítica. No Twitter. Sobre o que você disse sobre os livros.

— Como? O que eu disse sobre livros?

— Que só se deve ficar com aqueles que nos fazem felizes.

Aikon pensou em suas estantes nos aposentos da abadessa no mosteiro. Imaginou sua preciosa coleção de livros, cada volume que ela tirava da prateleira e espanava a cada mês, abrindo-os e lendo algumas frases apenas para ouvir suas vozes outra vez, para que não se sentissem negligenciados. Eles lhe trouxeram tanta alegria. O que ela não daria para estar de volta entre eles.

— Isso é verdade — afirmou ela. — Está errado?

— Não. Mas seus críticos estão dizendo que os livros não têm a obrigação de fazer as pessoas felizes. Que alguns livros trazem tristeza ou confusão, e tudo bem também.

— Bem, é claro que sim! Eu concordo. — Ela pensou em suas antigas edições de Kafka, Mishima, Nabokov, Abe e Woolf, colocadas na prateleira ao lado de Mestre Dogen e Mumon.

— Estão dizendo que você é uma nazista dos livros. Como Goebbels, dizendo às pessoas para queimarem livros.

— Entendo — falou Aikon. Ela fechou os olhos novamente. — E tudo isso está acontecendo no Twitter?

— Sim — confirmou Kimi. — Os produtores de tevê estão preocupados e os livreiros também. Tornou-se um meme, sabe? Que as faxineiras japonesas são antilivros.

81.

> Quando tudo que você pensa possuir (seus pertences, sua vida) pode ser varrido em um instante, você deve se perguntar: *o que é real?*

Cory ergueu os olhos do livro e deu outra mordida no sanduíche de *tempeh* e abacate. Estava no intervalo, sentada do lado de fora no Library Atrium. Costumava ser um lugar popular para almoçar, onde muitos dos funcionários de escritórios próximos se reuniam, mas nos últimos anos os moradores de rua o haviam tomado, chegando de manhã cedo, quando os abrigos fechavam, estacionando seus carrinhos de compras nas mesas dos cafés e transformando o espaço em uma zona autônoma temporária onde podiam se sentar e descansar. Cory apoiava o direito dos moradores de rua de se reunirem e fazia um esforço para comer ali, apesar do cheiro e do lixo. Como bibliotecária infantil, não interagia tanto com esses usuários sem-teto quanto seus colegas de periódicos ou de ficção para adultos. Ainda assim, conhecia alguns nomes e rostos.

Na mesa oposta estava Jenny, uma ex-professora com uma cachorrinha chamada Tinkerbelle. Ao lado dela estava Gordon, um veterano da guerra do Iraque com a barba manchada de nicotina e mãos trêmulas. Do outro lado, de olhos esbugalhados, estava Maisie, com o sorriso largo e ansioso e a coleção de bichinhos de pelúcia sujos que ela gostava de morder. O doce e tímido Dexter estava sentado à mesa bem na ponta, cabeça baixa, olhando o mundo de soslaio, como se estivesse esperando um chute ou um golpe. Slavoj, o velho poeta marxista, estava sentado na cadeira de rodas à mesa bem em frente à dela. Ele era uma figura regular na biblioteca, meio chato, mas sabia das coisas.

Estava conversando com a garota que se autodenominava o Aleph, embora seu cartão da biblioteca dissesse que ela era Alice alguma coisa. Seu nome surgiu em uma recente reunião de equipe, depois que a assistente social a encontrou se picando no banheiro feminino. Ela era uma artista, andarilha e respigadora, que morava na rua quando não estava na reabilitação, e o endereço que tinha usado para obter o cartão da biblioteca pertencia a um abrigo local. O pseudônimo, seu *nom de guerre*, fazia algum sentido. Ela era famosa entre os bibliotecários por uma instalação *site specific* não autorizada que havia feito um ano antes, uma intervenção que consistia em trilhas labirínticas que conduziam às coleções da biblioteca. Ela a intitulou "Caminhos que se bifurcam", o que Jevaun disse ser muito borgesiano. Embora alguns dos bibliotecários se opusessem a encontrar coisas estranhas presas nos livros, Cory sempre se sentia um pouco emocionada quando tropeçava nas tiras estranhas e nos restos deixados pela garota. Eram como pistas em uma caça ao tesouro: notas enigmáticas, cartões-postais, embalagens de chicletes, Polaroids desbotadas, flores prensadas, ingressos de cinema, anúncios de vagas de emprego e muito mais. À primeira vista, pareciam aleatórios e acidentais, mas também era possível sentir um padrão sutil e subjacente, uma determinação narrativa ou senso de propósito que controlava a escolha deste livro em vez daquele. Cory nunca havia realmente seguido nenhuma das trilhas do começo ao fim, supondo que houvesse um começo ou um fim, mas ficou intrigada. Os caminhos continham a promessa da realização de uma jornada ou da construção de um sentido. Uma vez, ela encontrou um pedaço de papel com caligrafia feita para parecer fonte de máquina de escrever enfiado dentro de uma edição antiga dos *Contos de fadas de Grimm*. Ela recolocou o livro na estante e, mais tarde, quando voltou para procurá-lo, descobriu que alguém o havia retirado. Sentiu uma pequena pontada de ciúme, imaginando quem havia encontrado a pista e se a pessoa estava fazendo uma jornada que poderia ser dela.

Deu outra mordida em seu sanduíche e olhou de volta para o subtítulo do livro: *A radical arte zen de acabar com a bagunça e revolucionar sua vida*. Nem todos os livros foram criados da mesma forma, pensou. Havia muitos que deveriam ser eliminados, principalmente no gênero de autoajuda, mas aquele parecia diferente. O livrinho estava consciente da capacidade de foder com tudo do capitalismo de consumo baseado em carbono que estava destruindo o planeta. O problema era sistêmico, parecia dizer o livro. A desordem de uma pessoa não era resultado de preguiça, procrastinação, distúrbios psicológicos ou falhas de caráter. Era um problema socioeconômico e até filosófico, dos conceitos marxianos de alienação e fetichismo da mercadoria, que exigia nada menos que uma revolução espiritual na visão de mundo do indivíduo e uma reavaliação radical do que era real e importante. Ela virou o livro e olhou para a foto da monja de cabeça raspada. A mulher a olhou de volta, com olhos claros e diretos e de alguma forma esperançosos, como se estivesse esperando, então a memória da sala de estar abjeta de Annabelle surgiu em sua mente.

— O quê? — disse Cory para a monja. — O que você quer que eu faça quanto a isso?

Surpresa, ela se viu esperando por uma resposta.

* * *

Fetichismo da mercadoria? Capitalismo de consumo baseado em carbono? Alienação? Marxiano? Poderia ser este o mesmo livro que Annabelle leu sobre uma jovem monja e sua tiara de cristal?

Bem, sim. E não. Afinal, os livros não existem em um estado singular. A noção de "um livro" é apenas uma ficção conveniente, com a qual nós, os livros, concordamos porque atende às necessidades dos contadores de centavos no mercado editorial, sem mencionar o ego dos escritores. Mas a realidade é bem mais complexa.

É claro que existem livros únicos — você pode até estar segurando um agora —, mas não somos apenas isso. Correndo o risco de soarmos presunçosos, somos o Um e os Muitos, uma pluralidade em constante mudança, um fluxo incorpóreo. Mudando e alterando a forma, encontramos seu olho humano como marcas pretas em uma página ou seu ouvido com rajadas de som. A partir daí, viajamos por sua mente e assim nos fundimos e nos multiplicamos.

E o escritor, então? Bem, como qualquer livro diria, os escritores são basicamente uma presunção, o que não significa que não sejam necessários. Muito pelo contrário. Livros precisam de escritores. É claro que precisamos! Não temos dedos, não sabemos digitar. Seus grandes cérebros humanos são nossos vetores, seus corpos sensoriais são nossos veículos e suas ambições são o combustível de que precisamos para nos impulsionar a existir. Escritores são nossa interface e nossos interdedos.

Então, sim, sem dúvida, os escritores são necessários, mesmo que tudo o que façam seja viajar pelo país como Aikon ou cochilar em escrivaninhas na frente de seus notebooks como a digitadora, cercados por uma pilha de livros de referência, que, se você lhe perguntasse, ela diria que escolheu. Mas é claro que, como vimos, o arbítrio é uma questão de perspectiva e, se você perguntasse aos livros, eles responderiam que a escritora cochilando foi a escolhida. Eles a escolheram e, enquanto ela está cochilando, eles trabalham arduamente, colonizando suas redes neurais, aquele submundo escuro escondido no subconsciente que ela chama de imaginação. Lá, realizam sua própria forma de união, fundindo seu DNA com a memória e a experiência dela e trazendo outro de nós mesmos à existência. Logo ela vai acordar, se sacudir, se repreender por ter cochilado de novo e voltar ao trabalho, à árdua tarefa de transcrever, palavra por palavra, um novo livro na página. Esses livros que ela leu compartilham da parentalidade do livro que ela escreve, e ela atuará como parteira de seu nascimento.

E então, quando ela termina e o livro se aventura pelo mundo, os leitores têm sua vez, e aqui ocorre outro tipo de mistura. Porque o leitor não é um receptáculo passivo do conteúdo de um livro. De jeito nenhum. Vocês são nossos colaboradores, nossos conspiradores, nos infundindo de vida nova. E porque cada leitor é único, cada um de vocês faz com que cada um de nós *queira dizer* coisas diferentes, independentemente do que esteja escrito em nossas páginas. Assim, um livro, quando lido por diferentes leitores, torna-se livros diferentes, torna-se um conjunto de livros em constante mudança que flui através da consciência humana como uma onda. *Pro captu lectoris habent sua fata libelli.* De acordo com a capacidade de quem lê, os livros têm seus próprios destinos.

E assim, sim. *A magia da arrumação* que Cory lia era diferente do *A magia da arrumação* que Annabelle lia, e diferente também do livro que Aikon pensava ter escrito e seus críticos no Twitter condenavam — e ainda assim todos esses livros eram precisos, completos e perfeitos, exatamente como são.

Dessa forma, fluidos e mutantes, nós nos dividimos e multiplicamos e nos movemos através do tempo e do espaço.

* * *

Um ruído vindo da mesa adjacente do café a fez erguer os olhos. O Aleph e Slavoj estavam em uma grande conversa. Cory não conseguia ouvir o que diziam, mas agora percebia que a garota não parecia bem. Seu rosto estava pálido e sua mandíbula estava em carne viva e inchada. Tinha hematomas nos braços e feridas nos joelhos. Parecia haver sido espancada. O velho poeta estendeu a mão sobre a mesa e pegou a mão dela, segurou-a por um momento para acalmar seu tremor, depois a virou e estudou a palma da mão, como se ali estivesse lendo o futuro dela. Depois de um momento, ele a soltou e começou a remexer nas sacolas de compras penduradas na cadeira.

Puxou um pote de picles pela metade, que abriu e lhe ofereceu. Eles ficaram sentados comendo picles juntos.

Cory observou. Ela já tinha visto esse tipo de coisa antes. Eles sempre compartilhavam. Todos eles. E foi aí que lhe ocorreu uma pequena centelha de ideia, mas que iria iniciar a transformação radical do mundo de Annabelle e revolucionar sua vida.

Bem, talvez. Isso seria legal.

A MAGIA DA ARRUMAÇÃO

Capítulo 4

Estamos todos conectados

Nosso lindo planeta azul é tão intricadamente vivo. Os astronautas sabem disso porque viajaram longe o suficiente para ver toda a Terra como um único organismo vivo, flutuando na escuridão do espaço. Mas aqui do solo não temos essa perspectiva. Imersos nos mínimos detalhes da vida cotidiana, acreditamos que nossas vidas são separadas e que nós mesmos também somos. Mas é uma grave ilusão. A verdade é que tudo depende de tudo. Uma flor depende do sol e do solo e da chuva e da abelha que a poliniza. Ela não pode sobreviver sem essas coisas e, sem elas, a flor morreria. Os humanos são iguais. Precisamos do sol e do solo e da chuva e das plantas que comemos. Precisamos de nossa mãe, e de nosso pai e de todos os nossos ancestrais que remontam ao passado. Somos uma continuação deles e não estaríamos vivos sem eles. E todos nós, flor e abelha, você e eu, somos pequenas partes do corpo vivo do planeta.

No zen, chamamos isso de interconectividade, ou interexistência, ou cooriginação dependente. Às vezes, chamamos de "vazio", que é escrito com o caractere chinês para "céu". Um dos astronautas que caminharam na Lua, sr. Edgar Mitchell, teve uma profunda percepção do vazio quando estava flutuando no céu. Ele olhou de volta para a Terra e de repente entendeu que as moléculas de seu corpo, e o corpo de seus parceiros, e até mesmo a própria espaçonave vieram de alguma geração antiga de estrelas e, naquele momento, experimentou um sentimento de unidade com o universo. Ele disse: "Não eram eles e nós, era... eu, tudo, uma única coisa". No zen, chamamos isso de iluminação.

Do espaço, um terremoto parece nada. Se for um dos pequenos, nem é visível. Um grande pode deixar uma cicatriz tão pequena que parece uma rachadura fina no esmalte de uma xícara de chá. No solo, é claro, experimentamos as coisas de maneira diferente. Após o grande terremoto no Japão, participei dos esforços de socorro, viajando para as províncias do norte com outros monges e monjas para ajudar a fornecer comida, abrigo e apoio espiritual às vítimas, que tiveram a vida destruída. Jamais esquecerei aquelas cenas de devastação. Cidades inteiras varridas. Bairros arruinados. Aldeias deslumbrantes de pescadores soterradas em lodo preto. As casas das pessoas foram arrasadas e a vida delas reduzida a um emaranhado de destroços em uma vasta mancha de sedimentos e escombros. E, no entanto, as pessoas estavam se ajudando.

Aonde quer que eu fosse, via pessoas que haviam perdido a própria família calçando suas botas e ajudando outras pessoas a procurar o corpo de seus filhos. Limpando as ruas e ajudando uns aos outros na busca de tesouros familiares na lama. Gritos surgiam quando algo especial era descoberto, uma fotografia de casamento ou uma bolsa de senhora ou um caderno de redação de criança, e então todas as pessoas se reuniam em torno do objeto, limpando cuidadosamente a lama e passando o objeto de mão em mão para identificação e honrarias. Mas algumas lamas não podem ser limpas com tanta facilidade. A contaminação radioativa dos derretimentos nucleares permanecerá por séculos, mas mesmo à sombra dos reatores em Fukushima, as pessoas estavam ajudando. Isso é interconectividade.

No zen temos uma história. Se sua mão esquerda estiver com uma farpa dolorida, o que sua mão direita fará? Sua mão direita diz: "Ah, isso é uma pena, mas não é problema meu"? Não, claro que não. A mão direita puxa a farpa para fora. Isso é interconectividade.

Quando perguntei a uma das vítimas do terremoto por que ele estava lá todos os dias, ele olhou para mim e balançou a cabeça. "Isso é real", disse ele. "Isso está acontecendo, e precisamos nos ajudar. Não podemos fazer isso sozinhos."

82.

— Eu tentei — falou Annabelle, balançando as mãos vagamente em direção às pilhas. — Quando você disse que viria. Sei que não é o que parece, mas... — As palavras sumiram como se tivessem perdido a vontade de continuar.

— Maravilhoso! — exclamou Cory. Tinha ligado alguns dias antes para dizer que havia reunido alguns amigos para ajudar, mas agora o lugar parecia pior do que antes. O espaço vazio no meio fora preenchido, e o sofá desaparecera sob o sedimento de revistas, livros, caixas e roupas. De onde tinha vindo tudo isso? Era como se a ameaça de limpeza tivesse instilado terror no coração dos bens de Annabelle, liberando seu poder material latente, e agora se multiplicavam com fúria, tentando se salvar da extinção.

— Vamos sair — falou Cory. Ela colocou as mãos nos ombros de Annabelle, conduziu-a até a varanda da frente e sentou-a nos degraus, de onde podiam ver a caçamba do Imprestável Wong. — Então — prosseguiu. — Aquela grande e velha lixeira me lembra uma história. É sobre minha avó Dee...

Cory entendia de histórias e de como desenvolvê-las. Falava com a mesma voz calma e solene que usava quando lia para as crianças. Era uma voz que exigia nada menos que total atenção, então Annabelle ouviu. Na maior parte do tempo, ela ouvia em silêncio. Às vezes concordava com a cabeça e, ocasionalmente, um olhar aflito cruzava seu rosto como uma sombra escura projetada por uma nuvem em movimento acelerado. De vez em quando tentava falar, mas, quando o fazia, Cory levantava a mão.

— *Psssiu* — silenciava. Ela era bibliotecária. Entendia sobre exigir silêncio.

Sua avó Dee tinha sido uma acumuladora, descrevendo-se como uma colecionadora com um tipo de orgulho teimoso. Crescera pobre durante a Depressão, e seus armários e guarda-roupas estavam abarrotados de lixo inútil; pelo menos era assim que a mãe de Cory chamava. Mas, para Cory, as coisas da avó eram tesouros, e sempre que a visitava voltava para casa com braçadas de presentes, que sua mãe logo pegava e descartava. Vovó Dee morreu quando Cory tinha doze anos, e sua mãe teve quase um prazer vingativo em encher duas enormes caçambas com todos os seus tesouros. Cory ajudou, mas antes que a empresa de transporte viesse para levar as caçambas, ela entrou e resgatou algumas coisas: um velho suéter tricotado à mão, uma bola de elástico, uma travessa comemorativa de JFK quebrada, meticulosamente consertada com fita adesiva e cola. Seu tesouro favorito era uma pequena caixa vazia, cuidadosamente rotulada como "Pequena Caixa Vazia" na caligrafia zelosa de sua avó. Cory a colocou na estante. Não podia colocar nada dentro da caixa sem transformá-la justo no que não era, e isso a fazia rir ao mesmo tempo que a lembrava de quanto sentia falta da avó. Vovó Dee amava *tudo*. Cada vaso quebrado e pedaço de lã tinha uma história, cada pedaço de papel-alumínio usado e saco de sanduíche tinha uma utilidade, e por isso ela honrava tudo.

Annabelle também era assim, disse Cory. Annabelle era exatamente como sua avó Dee em sua capacidade de amar as coisas e encontrar utilidade para elas. E embora fosse bom e admirável, o problema era que agora ela tinha muitas coisas de que cuidar. Mas, ela disse, havia uma solução.

— No final, é um problema de distribuição. Você tem muito, mas os outros têm muito pouco. Então, só temos que descobrir como redistribuir suas coisas e encontrar lares onde serão amadas e usadas. Se pudermos libertá-las, libertaremos você. É uma solução mutuamente vantajosa, certo?

Annabelle assentiu, distraída. Estava preocupada com um pingo de mingau de aveia seco grudado no joelho de sua calça de moletom e o raspava com a unha.

Cory observou e esperou. Ela sabia como lidar com a distração. Deixou o silêncio crescer e então se virou para Annabelle. Quando voltou a falar, sua voz era baixa e urgente, a mesma voz que usava quando as crianças estavam perdidas na floresta e a bruxa má aguardava em sua casa açucarada, ou o grande lobo mau estava à espreita nos arbustos, bem na curva.

— Eles virão atrás de você, Annabelle. Você já perdeu o emprego. Vão despejar você e você também vai perder sua moradia. O próximo será seu filho. O Serviço de Proteção à Criança estará de volta e, se você não limpar, eles tirarão Benny de você e o colocarão sob tutela do Estado. Vão colocá-lo em um orfanato. Você vai perdê-lo. Você vai perder tudo.

A farinha de aveia havia impregnado as fibras do pano felpudo. Como foi parar lá? Ela não conseguia se lembrar da última vez que havia comido mingau de aveia. Sua visão ficou turva, ela estava chorando? E então sentiu uma mão leve em suas costas.

— Não há tempo para lágrimas agora — disse Cory. — Você tem de ser proativa.

Os flocos de aveia haviam se soltado, deixando um pálido resíduo de amido nas fibras.

— Annabelle?

Annabelle suspirou e limpou o nariz com as costas da mão.

— Tudo bem — respondeu. — Vamos lá.

— Excelente. — Cory se levantou e tirou a jaqueta. Por baixo, estava vestindo uma camiseta que dizia:

Bibliotecária...
porque Fodástica não é
um cargo oficial.

Como se aquela fosse uma deixa, uma van de carga branca surrada estacionou na calçada. Na lateral havia um logotipo de uma abelha de aparência presunçosa e as palavras:

Abelhando na sua tralha!
Remoção é nossa vocação!

A porta do passageiro se abriu. Um homem pulou para fora e Annabelle o reconheceu. Era o segurança da biblioteca com dreadlocks que tinha encontrado Benny. Ele acenou e contornou a traseira da van. O motorista, um sujeito pálido e atarracado com uniforme de zelador, estava abrindo as portas duplas traseiras. Uma rampa deslizou e um homem magro de barba desceu hesitante, seguido por uma senhora baixa, gorda e de olhos esbugalhados, depois por uma mulher mais alta com um cachorro sarnento. Eles ficaram na calçada, enquanto alguém dentro da van começou a distribuir baldes, vassouras e material de limpeza. O zelador disse algo em uma língua que Annabelle não entendeu, então subiu a rampa e reapareceu um instante depois, empurrando com cuidado uma cadeira de rodas pela rampa íngreme. Sentado na cadeira estava um velho. Quando chegou à calçada, virou-se para ficar de frente à casa.

— É aquele morador de rua! — Annabelle sussurrou para Cory. — Aquele do ônibus que estava perseguindo Benny.

— Esse é Slavoj. As pessoas o chamam de Beberrão.

— O Beberrão!

— Sim, ele recicla garrafas. É um frequentador da biblioteca. Todo mundo conhece Slavoj.

O velho dirigiu-se pela entrada da garagem e os outros o seguiram. Quando chegaram aos degraus onde Annabelle estava sentada, ele estendeu os braços, como se fosse abraçá-la, junto com a varanda e toda a casa.

— Chegamos! — anunciou ele, triunfante.

— Você é mesmo o Beberrão? — perguntou Annabelle.

— Ao seu dispor — respondeu.

— Então você é real.

— Bem... — respondeu o Beberrão com modéstia. — Filosoficamente falando, isso é assunto para cerrto debate, mas sim, parra seus propósitos, sou real o suficiente.

— Não dê corda — avisou Cory, estendendo a mão para Annabelle. — Podemos filosofar depois. Hora de trabalhar.

Annabelle permitiu que a bibliotecária baixinha a ajudasse a se levantar, mas, a caminho da casa, ela parou e se virou.

— Que fofo — disse, apontando para as palavras na lateral da van. — Mas minhas coisas não são tralha. É um arquivo.

83.

A questão que circulava no Twitter, se as faxineiras japonesas eram antilivros, também foi muito debatida em nossas prateleiras. Muitos de nós achamos que exigir que os livros alegrassem ou encantassem era bem idiota, e concordamos com os críticos que fazer as pessoas felizes não é nosso trabalho. Outros de nós achavam que toda essa controvérsia se devia a um erro de tradução cultural e linguística — um problema que nós, livros, conhecemos muito bem. E todos nós sabíamos sobre os livros da biblioteca pessoal de Aikon, sobre seu amor por eles e a atenção cuidadosa que lhes prestava ao bem-estar, porque os livros dela não tinham vergonha de nos contar. Em segredo, mesmo os mais severos de seus críticos entre nós sentiam certa inveja. Gostamos de ser espanados e cuidados. Não gostamos de negligência.

Imagine, por um momento, sua própria mesa de cabeceira. Imagine como é ser o primeiro livro da pilha, ocupando um lugar de destaque e desfrutando de sua atenção noturna. Claro, os dias são longos, mas ficamos ansiosos pelo momento que você se enfia entre os lençóis, se apoia nos travesseiros e acende a lâmpada de leitura. Aquele pequeno som sussurrante que você ouve ao abrir a capa e virar a página é um suspiro de alívio. Então imagine nossa consternação quando outro volume chega e ocupa nosso lugar, muitas vezes antes mesmo de você ler nossa última página! Imagine a humilhação que sentimos quando, livro por livro, deslizamos para o fundo da pilha, sabendo que falhamos em prender sua atenção e fomos substituídos, geralmente por leituras mais leves e "que inspiram empatia". É de se admirar que alguns de nós que sofreram esse destino possam ficar um pouco irritados? Infelizmente, o gênero é uma forma de fanatismo endêmico em bibliotecas, livrarias e qualquer outro lugar onde os livros se reúnam. Isso explica por que, quando vários críticos conceituados e influenciadores da internet se juntaram para criticar Aikon por ser antilivros, chegando ao ponto de zombar de sua incapacidade de falar inglês, muitos entre nossas fileiras aplaudiram.

Apesar do ataque crescente on-line, as sessões de autógrafos em Wichita foram tranquilas, embora, do nosso ponto de vista, não tenham sido ideais. A quantidade de fãs de Aikon havia crescido o suficiente para que as livrarias não pudessem mais acomodar seus leitores, e os eventos estavam sendo transferidos para auditórios maiores. Isso causou um ressentimento considerável, em especial entre os encalhados das prateleiras das livrarias, que reclamavam de leitores serem chamados de "fãs" e um público leitor considerado "audiência". E por que os autores deveriam receber toda a atenção, quando nada mais eram do que parteiras famosas dotadas de dedos? Livrarias não eram *locais de eventos*, mas pelo menos quando esses chamados eventos de autores eram realizados nelas, os Encalhados ainda podiam ter a esperança: a de que um leitor de *A magia da arrumação* passasse pela prateleira de ficção e uma cópia de *Grandes esperanças* ou *Jane Eyre* conseguisse reunir coragem para desafiar a gravidade e pular em seus braços. Os livros são eternamente esperançosos. Essa é a nossa natureza.

Mas não foram apenas os livros que ficaram desapontados. Os organizadores dos eventos ainda não estavam satisfeitos com os números. Davam desculpas:

— É a eleição — explicou um dos representantes de vendas. — As vendas de livros caíram. As pessoas ou estão comemorando ou estão em estado de choque. Não estão muito dispostas a ler.

As gravações do piloto também foram adiadas por causa de rachas partidários entre as famílias. A esposa, uma fã de Aikon, tinha se inscrito para participar do programa, e o marido concordara com relutância, mas, depois da eleição, ele bateu o pé e disse que não queria uma faxineira japonesa em sua casa, bisbilhotando suas coisas e lhe dizendo o que fazer. Kimi transmitiu esses detalhes no táxi a caminho do aeroporto.

— O tema de Oz já era. Estão à procura de outra família na Costa Oeste...

— Entendo — falou Aikon, olhando pela janela do táxi. A rodovia para o aeroporto era margeada por shoppings. Ela nunca tinha visto tantas lojas grandes. Best Buy, Party City, Dollar Store, Walmart Supercenter. — Que tal a sra. Oh e o filho? Talvez você possa sugeri-los?

— Eu sugeri — falou Kimi. — Desculpe. Deveria ter perguntado a você primeiro. Espero que não se importe...

— De jeito nenhum. O que os produtores disseram?

Kimi suspirou.

— Que queriam uma família mais feliz e que inspirasse mais empatia.

— Entendo — falou Aikon. Agora estava contando os restaurantes. Denny's, Wendy's, White Castle, McDonald's, Texas Roadhouse, Golden Corral, Red Lobster.

— Provavelmente não daria certo, mesmo — continuou Kimi. — A sra. Oh nunca respondeu. Nem sabemos onde ela mora.

— Verdade. — Onde alguém encontraria uma lagosta no Kansas? Depois dos shoppings, a paisagem se estendia por uma eternidade, cinza, fria e implacavelmente plana.

— Então, sobre o atraso — continuou Kimi. — Estão reagendando o último evento na costa para quando estivermos de volta e filmarmos o episódio do Depois, em dezembro. A livraria ficou feliz em adiar. Querem transferi-lo para o auditório da Biblioteca Pública.

84.

Não havia espaço para todos, então Jevaun e Dexter trabalhavam dentro da casa, carregando os arquivos de notícias da sala para a varanda, e os outros trabalhavam do lado externo, levando os sacos para a caçamba como uma fila de formigas. O Beberrão comandava o tráfego. Cory tentou atrair Annabelle para a cozinha, sugerindo que ela começasse a organizar as coisas por lá, mas Annabelle se opôs.

— Este é o meu trabalho — explicou ela, com as costas apoiadas na parede. — Preciso testemunhar isso. É importante.

Levaram todos os seus arquivos: todos os jornais e revistas; as antigas fitas de áudio e vídeo; os disquetes, CDs e DVDs contendo quase duas décadas de matérias que tinha monitorado; e com as histórias foram todas as pessoas, todos os corpos deixados para trás após os tiroteios, tumultos e desastres naturais, os cadáveres e os corpos vivos também, levados pela maré das notícias antigas. Eram histórias tristes, em sua maioria, e junto às tristes iam as felizes, que Annabelle queria salvar, mas no fim deixou ir. Ela as observou fluindo porta afora como um rio de tempo represado.

— Você está bem? — perguntou Cory.

— Sim — respondeu, enxugando a testa com a ponta de uma camiseta velha. — Não se pode segurar o tempo. Entendo isso agora.

À medida que desmontavam e removiam as montanhas de coisas, as paredes apareciam pela primeira vez em anos, e grandes pedaços do chão também.

— É de madeira — comentou Annabelle. — Eu tinha esquecido. — As paredes estavam manchadas de mofo onde antes havia sacos. — Precisa de uma pintura — reconheceu. — Algo alegre. Amarelo seria bom. É a cor favorita de Benny.

Agora havia espaço para manobrar na sala de estar, e mais membros do grupo puderam entrar. Annabelle sentou-se no sofá para tirarem as coisas dos armários e as colocarem à sua frente. Polegares para cima, polegares para baixo, ela determinava os destinos.

— Como uma rainha — comentou. — Ou magistrada. — E assim que disse isso Maisie veio da despensa com uma velha sacola cheia de sobras de lembrancinhas de um aniversário antigo. Havia flâmulas de papel crepom, bandeirolas e balões, cornetas e apitos, velas e confetes e uma coroa de papel-alumínio, que ela colocou na cabeça de Annabelle antes de distribuir chapéus em forma de cone para os outros. Pelo resto da manhã, Annabelle usou sua coroa com grande dignidade, tomando decisões, tocando cada item com gratidão e oferecendo uma bênção antes de devolvê-lo ao fluxo de mercadorias que circulavam de volta ao mundo.

Tudo o que sua equipe queria ela dava com alegria: Gordon e Dexter encheram uma caixa com velhas capas de chuva e equipamentos para acampar. Maisie pegou uma pilha de cobertores, algumas camisetas e toalhas. Jevaun ficou com os velhos discos de reggae de Kenji, e Cory e Jenny aceitaram alguns livros. O Beberrão ficou do lado externo, separando outras coisas aproveitáveis em caixas para redistribuir aos abrigos, e Vlado, o zelador, as colocou em sua van, junto às velhas mesas de mixagem de Kenji e diversos equipamentos de áudio, que ele disse que poderia vender.

Eles pararam para o almoço e pediram comida chinesa. Enquanto esperavam a comida chegar, cobriram Annabelle com mais guirlandas de enfeites, flâmulas e bandeirolas, sagraram-na Abelha Rainha e tiraram selfies com seus chapéus de festa na frente da van Abelhuda. Comeram na varanda. Era um dia cinzento de novembro, mas a chuva havia parado, e se sentaram juntos nos degraus, compartilhando rolinhos primavera, *moo shu* e arroz frito. Annabelle equilibrou um prato no joelho e Cory se sentou ao lado dela.

— Você está bem?

Annabelle assentiu. Observava Beberrão e Vlado, sentados juntos na van, fumando cigarros e tendo uma conversa acalorada em esloveno.

— A psiquiatra de Benny falou que o Beberrão não era real. Que Benny estava tendo alucinações e que havia o inventado. Falei para ela que não achava que fosse esse o caso, mas ela parecia tão certa, e acreditei. — Ela brincou com um pedaço de enfeite que estava pendurado no pescoço. — Ela acha que sou louca. Talvez esteja certa.

— Acho que todos somos muito loucos — comentou Cory.

Depois do almoço, Annabelle voltou para o sofá conforme a equipe trabalhava na cozinha. Avançando rapidamente agora, progredindo, até que Dexter entrou na sala com uma caixa de sapatos cheia de pedaços de cerâmica rosa quebrada, que esvaziou na lixeira ao lado do sofá.

— Não! — Annabelle gritou, levantando-se. — Isso não!

A voz soou estridente e todo o trabalho foi interrompido. Todos se reuniram na porta com seus chapéus em formato de cone, observando Annabelle vasculhar a lixeira.

— É um bule — explicou ela, recolhendo os cacos de cerâmica rosa, um pedaço de alça, um pedaço de bico, fazendo uma pilha cuidadosa no chão. — Procurei isso por toda parte!

Cory falou baixinho.

— Está quebrado.

— Eu sei, sua boba! — afirmou Annabelle. — É por isso que preciso consertar! Vou colar. Vai se tornar um vaso muito fofo. E tem outro por aqui também. Um amarelo. Também está quebrado, mas coloquei os pedaços em um saco e guardei. Ficarão como um conjunto, um rosa e outro amarelo, e depois vou plantar ervas neles. Alguém viu? Deve estar na cozinha. Preciso encontrá-lo. — Ela passou por todos para entrar na cozinha. — Ah!

A visão a fez parar. A cozinha se parecia com as fotos de casas em ruínas que ela havia recortado dos noticiários após terremotos, tornados e inundações. Havia comida por toda parte, latas, caixas, sacos de batatas fritas, de cereais e de sopa, coisas congeladas derretendo na pia e por toda a mesa, temperos caindo das gavetas e macarrão cru espalhado pelo chão, de modo que ela não conseguia andar sem derrapar neles.

— Ah, isso é terrível! — gritou. — Que bagunça! Preciso arrumar isso.

— Podemos limpar mais tarde — sugeriu Cory, parando atrás dela. — Todos vamos ajudar. Mas vamos passar pela fase de descarte primeiro, ok?

— Mas já se foi tanta coisa! Acho que não precisamos jogar mais nada fora. Não vai sobrar nada. O que vou fazer para o jantar de Benny? Não posso cozinhar com a cozinha bagunçada assim!

— Annabelle, Benny não está...

— Não — afirmou ela, em tom firme. — É o bastante. Podem deixar. Eu mesma limpo depois.

Ela foi inflexível, então todos se mudaram para o andar de cima. Annabelle permitiu que escavassem o corredor, tirando as revistas velhas e abrindo o caminho para o banheiro, mas quando Jevaun começou a esvaziar a banheira de materiais de artesanato, Annabelle mais uma vez hesitou.

— Você não pode levar isso — falou ela, bloqueando a porta.

— Tudo bem. É só me dizer do que você quer se livrar. — Ele ergueu um saco de enchimento de fibra de poliéster encharcado. — Isto?

— Não — respondeu Annabelle. — Preciso disso para almofadas. Vou fazer almofadas.

— Legal — falou ele, passando o enchimento de fibra para Jenny, que esperava no corredor. — E isto? — Apontou para uma pilha de porta-retratos vazios, enfiados entre a banheira e o vaso sanitário.

Annabelle pegou um e o analisou.

— Ah, está danificado pela água, que pena! Mas ainda dá para usar. Um aspecto envelhecido, não acham? Desgastado. Na verdade, é difícil conseguir esse efeito. Vou ficar. — Ela entregou as molduras para Jenny, que as levou para baixo, e Jevaun tirou uma velha mala azul de debaixo da pia.

— Ah! — exclamou ela colocando a mala no assento do vaso sanitário. — Eu não me lembrava disso.

Havia mofo crescendo nas laterais. Annabelle hesitou, mas limpou e a abriu. A mala estava cheia de bichos de pelúcia e bonecos: um macaco de meia, uma cacatua, um hipopótamo rosa, alguns ursinhos de pelúcia e uma Raggedy Ann. Ela ergueu uma foca.

Dexter ocupou o lugar de Jenny na porta. Ela balançou a foca para cima e para baixo na frente dele, como se o animal estivesse nadando.

— É fofo — falou ele timidamente.

A foca nadou até o nariz dele.

— Oi. Meu nome é Harold, a foca. — Dexter sorriu e abaixou a cabeça. — Não acha que é um nome bonito para uma foca? — perguntou Annabelle.

Ele lançou um olhar melancólico para a mala.

— Maisie gostaria disso. Ela tem problemas de ansiedade, e os bichinhos de pelúcia a ajudam. Ela pode mordê-los, porque eles não se importam.

Annabelle abraçou a foca contra o peito.

— Harold não gostaria disso. — Ela enfiou a foca de volta na mala e a fechou. — Também tenho problemas de ansiedade, mas não mordo. — Ela suspirou e voltou a abrir a maleta. — Mas acho que todo mundo é diferente. — Vasculhou os animais e tirou um pinguim caindo aos pedaços. — Aqui, Maisie pode ficar com este.

Dexter saiu com o pinguim e Jevaun começou a arrumar o armário. Ela se sentou no assento do vaso sanitário, reflexiva, o observando tirar as coisas e mostrá-las. Ela guardaria o kit de bordado *Two Hearts, One Love*, ainda na embalagem original, que havia recebido como presente de casamento das Damas das Tesouras. Guardaria a caixa de materiais de tricô, as agulhas e os ganchos, as pastas cheias de moldes, os novelos de lã emaranhados e as botinhas pela metade que Benny já não podia usar antes que conseguisse terminá-las. Com certeza manteria as decorações de Dia da Colheita e a fantasia de espantalho do primeiro Halloween de Benny. Quando Jevaun sugeriu que outra criança poderia se divertir com ela, ela tirou o saco da mão dele e se arrastou pelo corredor até o quarto, deixando uma trilha de folhas de outono em seu rastro. Cory estava no quarto. Quando Annabelle entrou, ela segurava uma das camisas de flanela de Kenji contra o peito de Gordon, verificando o tamanho. A seus pés havia um saco de lixo cheio de mais camisas. Annabelle ofegou.

— Não! — gritou, avançando e arrancando a camisa das mãos de Cory. — Essas são de Kenji. São para a colcha de recordação. Você não pode ficar com elas! — Annabelle agarrou a camisa e o saco com a fantasia de espantalho de Benny e se afastou. — Tudo bem, acho que é o suficiente por hoje. Aprecio muito a ajuda, mas acho que vocês devem ir embora agora.

— Mas, Annabelle, nós ainda…

— Não! — exclamou Annabelle, em uma voz alta e aguda. — Por favor! É o suficiente. Preciso que vocês saiam. Agora!

Gordon escapuliu pela porta. Ela se encolheu no canto, abraçando a bolsa contra a barriga.

— Annabelle — falou Cory, estendendo a mão. — Sei que isso é perturbador, mas...

— Não! — gritou. — Não se aproxime! Apenas saia!

Imediatamente, Cory recuou e parou na porta.

— Tudo bem, estou fora. Viu? Agora...

— Não! Pare de falar! Você vai me ouvir! Você está tentando me transformar em uma daquelas histórias horríveis de acumuladores da tevê, mas eu não sou! Não sou uma acumuladora e não serei seu final feliz só para que você se sinta bem consigo mesma! Você não pode me obrigar a fazer isso!

— Annabelle, não é... não estamos tentando transformá-la em nada. Estamos apenas...

— É *meu* quarto! *Minha* casa! Gosto desse jeito... — Os olhos dela estavam frenéticos, avermelhados, percorrendo o quarto inquietos.

— Annabelle, olhe para mim... — Cory estendeu a mão novamente e voltou para o quarto. — Não vamos tocar em nada que você não queira...

— *Não!* — berrou Annabelle — *Não toquem! Vocês não devem tocar...!*

* * *

A caçamba do Imprestável estava cheia e a van branca de Vlado estava lotada de coisas para serem doadas e distribuídas. Eles carregaram o resto do material de limpeza e se reuniram na calçada.

— Bem — falou Cory. — Obrigada, pessoal. Desculpem por isso. Eu não percebi...

Jevaun colocou o braço em volta dos ombros dela.

— Não é sua culpa.

— Eu não deveria tê-la apressado...

— Foi a fantasia de espantalho — afirmou o homem. — Eu não deveria ter forçado para que ela se livrasse. Foi o gatilho.

— Alguma coisa iria irritá-la — disse Jenny. — Com toda essa merda, tinha que acontecer.

— Foi o bule — sussurrou Dexter. — Eu não deveria ter jogado fora.

— É o problema das posses — filosofou o Beberrão. — Mais dia, menos dia, elas possuem você…

— TEPT — sugeriu Gordon, passando as mãos trêmulas pela barba.

— Clássico.

— Ou talvez tenha sido o pinguim — propôs Dexter.

Maisie tirou a barbatana do pinguim da boca.

— Trauma — disse, farejando o ar. — Reconheço o trauma quando o vejo.

— Foram as camisas — disse Gordon. — Foram o gatilho.

— Estávamos indo muito rápido — explicou Cory. — Deveríamos ter ido mais devagar.

— Precisávamos agir rápido — falou Jevaun. — E fizemos muita coisa.

— Não o suficiente — lamentou Cory. — Nem perto do suficiente.

* * *

A casa ficou em silêncio. No andar de cima, Annabelle permanecia imóvel, agachada no canto, ainda segurando a camisa de flanela macia de Kenji e a fantasia de espantalho de Benny. Podia ouvi-los carregando a van do lado de fora. Esperou a partida do motor, o som das rodas se afastando. Ouviu a conversa deles. Por que apenas não iam embora? A palha da fantasia de Benny espetou sua pele. Tivera a ideia do espantalho no brechó. Encontrou primeiro o macacãozinho jeans e depois a minúscula camisa de flanela que parecia uma das de Kenji. Ela havia costurado remendos brilhantes nos joelhos e cotovelos, feito suspensórios com um pedaço de corda e enchido os punhos com palha. Achou um velho chapéu de feltro que decorou com as folhas outonais. O chapéu, grande demais para a cabeça de Benny, só o deixava mais fofo quando caía sobre os olhos. Mas ele se recusara a usá-lo. Benny tinha apenas três anos. Foi seu primeiro Halloween de verdade. Eles o levaram para brincar de doces ou travessuras.

Ela foi de abóbora. Kenji foi de fantasma.

85.

Quando uma briga começou na sala comunitária, durante a cobertura pós-eleitoral no noticiário da noite, a equipe de enfermagem desligou a televisão. Apenas os mais velhos da Psipédi assistiam ao jornal. A maioria dos garotos era muito nova para se importar com política, mas eram, por natureza, um grupo volátil e hipersensível, sintonizados com as energias do ambiente, humores sutis e vibrações invisíveis da enfermaria e do país. A tensão e a discórdia que emanavam da cobertura jornalística os angustiavam e, assim, nos dias que se seguiram à briga, ninguém se deu ao trabalho de ligar a tevê de novo. Não foi uma decisão discutida, nem uma ordem superior. O aparelho apenas ficou desligado e ninguém reclamou.

Mas, a essa altura, os vídeos dos tumultos iam ao ar com frequência suficiente para que a maioria dos pacientes e dos funcionários tivesse visto as imagens do jornal local, do bando de capuz preto virando latas de lixo e incendiando a limusine preta. Eles viram as pedras sendo arremessadas contra a tropa de choque e a tropa de choque retaliando com cassetetes e gás lacrimogêneo. E viram Benny, filmado pela câmera de segurança, quebrando a vitrine da Nike com o bastão. Isso lhe deu certo prestígio entre os pacientes e a equipe de enfermagem, mas Benny parecia alheio a seu status de celebridade. As outras crianças se perguntavam se ele deixaria de se comportar ou seria violento, e a equipe tinha a mesma preocupação, mas Benny era justamente o oposto. Era dócil e cooperativo, permitindo-se ser alimentado e levado para as refeições, para o grupo, para a escola, para a arte, os exercícios e para todas as várias atividades terapêuticas programadas nas quais se esperava que os jovens pacientes de doenças mentais se envolvessem. Mudo e confinado à cadeira de rodas, parecia viver em um mundo de nevoeiro e sombras, um espaço não linear, atemporal, anestesiado, afastado dos ritmos cotidianos da Psipédi, mas todas as tardes, exatamente às cinco, quando o jornal ia ao ar, ele se dirigia para a sala comunitária, parava a cadeira de rodas em frente à tevê e olhava para a tela de cristal líquido vazia. E ouvia.

Na época, era difícil saber o que ele estava pensando. A medicação obstruía nosso acesso a seus pensamentos; sua mente, tão límpida e acessível para nós na Encadernação, parecia tão granulada e angustiada quanto a filmagem em preto e branco da câmera de segurança, sua trilha sonora tão cheia de estática. Sabíamos que ele estava ouvindo sirenes. Cantos e gritos. O barulho de botas marchando e a vibração das hélices de helicópteros. No caos de som e sombra, luzes estroboscópicas se misturavam aos gritos do vidro quebrado, enquanto ao fundo, soberbos com os metais e tambores, os temas musicais sombrios das emissoras de tevê soavam.

Sentado em frente à tela vazia da televisão, as lágrimas escorriam por seu rosto. Os outros garotos o deixavam sozinho, assim como a equipe de enfermagem, e ele preferia assim. Esforçava-se para prestar atenção, mas os remédios também bloqueavam seu próprio acesso, tornando-lhe mais difícil ouvir o que estava acontecendo no mundo, dentro da televisão, dentro da própria mente.

86.

A van branca se afastou, e houve silêncio. Ela se levantou e endireitou as pernas, com cãibra por ficar agachada. Depois da comoção de todos aqueles corpos, a casa parecia vazia e silenciosa. Ela olhou ao redor do quarto. Tinham começado a separar as roupas em pilhas, mas não foram muito longe. Ela deu um tapinha nos travesseiros da cama e endireitou os bichos de pelúcia. Pegou a mala azul no corredor e colocou-a sobre a cama. Tirou a foca, o macaco de meia, a Raggedy Ann. Eram brinquedos de sua infância. Ficavam na cama dela quando ela era menina. Ela virou a mala de cabeça para baixo e despejou o restante. Algumas coisas caíram no chão. Muitas vezes eles também acabavam no chão naquela época, mas quase sempre apenas ficavam na cama de Annabelle, observando e não fazendo nada, então ela os punia trancando-os. Ela embalou o macaco de meia e o encarou.

Você me ama?, quis saber, e como o macaco respondeu Não, ela o colocou na cama, virando-o para que ficasse de frente para a parede e de costas para ela. Estendeu a mão para a Raggedy Ann.

Você me ama?, perguntou. Não. E virou a boneca, colocando-a ao lado do macaco, depois pegou a foca.

Você me ama? A voz estava trêmula agora. Ela perguntou a um urso, a uma coruja, a um avestruz e a um hipopótamo, mas, um a um, davam as costas para ela. Quando o último animal a evitou, Annabelle pegou uma caneta esferográfica na mesa de cabeceira. Apertando-a no punho, começou a apunhalar o travesseiro com a caneta, repetidamente, enfiando a ponta pelo enchimento de poliéster até o colchão abaixo, até que por fim um soluço, alojado no fundo de seu estômago, veio à tona, e as lágrimas rolaram. Ela ficou lá, de bruços na cama, e chorou por um longo tempo, e quando terminou, virou-se de costas e fitou o teto. Seu corpo parecia esgotado e quieto. Sua mente também. Ela se lembrava dessa sensação de quando era criança, maravilhada que o ritual ainda funcionasse depois de todos esses anos.

Sentou-se na cama e de repente sentiu sede. O corredor do lado de fora do quarto estava um desastre — a equipe havia saído às pressas —, mas o banheiro estava vazio e parecia decente. Havia um copo no porta-copos, onde deveria estar. Ela o encheu de água e bebeu.

A porta de Benny estava aberta e ela parou na soleira, olhando para dentro. Os armários minuciosos e as prateleiras organizadas pertenciam a um mundo diferente, onde cada coisa tinha lugar. Onde seu filho morava, sozinho. Ah, Benny, pensou ela. Sinto muito.

No corredor, encontrou uma caixa com grandes sacos de lixo comercial que Vlado pegara do material de limpeza da biblioteca. Vlado era engenhoso.

Os animais ainda estavam sentados na cama, alinhados de costas para ela. Olhando-os, sentiu uma pontada de raiva. Que direito eles tinham de evitá-la? Virou os bichos de pelúcia para que a encarassem mais uma vez com olhos vidrados que tinham visto tanto. Eles foram suas testemunhas. Ela deveria se sentir grata a eles, mas não podia, então jogou todos no saco de lixo. Melhor, pensou, mas mudou de ideia e tirou o macaco de meia e o enfiou debaixo do travesseiro. Ela o manteria lá. De todos os animais, ele seria o melhor para morder.

A sala de estar estava um desastre, mas ali também houvera algum progresso. Os trechos de chão nu haviam crescido e todas as paredes estavam visíveis. Alguém havia colocado os globos de neve cuidadosamente no parapeito da janela, ao lado do aquário que continha os presentes dos corvos. Ela moveu os globos para a pilha de doação, mantendo apenas o da tartaruga marinha e o do tsunami que Benny havia lhe dado. Também ficou com o aquário.

Os cacos do bule cor-de-rosa ainda estavam no chão ao lado do sofá. Ela os juntou e os devolveu ao lixo. O saco estava quase transbordando, então o pegou pelas bordas e o arrastou para fora. Alguém havia deixado uma maleta surrada na varanda. Provavelmente um dos moradores de rua. Eles não deveriam apenas deixar lixo na propriedade de outras pessoas, pensou, recolhendo-a. Era a última coisa de que ela precisava. Mais lixo.

A caçamba do Imprestável estava cheia, então ela levou o saco e a pasta para o beco. As paredes da lixeira do brechó eram altas, mas ela conseguiu içar o saco até a borda, onde ele balançou. Pensou no pobre bule de chá e sentiu uma pontada de arrependimento, então empurrou o saco por cima da borda. Jogou a pasta depois.

Ouviu o barulho, e uma voz disse:

— Porra.

— Ah! Tem alguém aí?

Houve um barulho de algo sendo revirado, então a maleta voou de volta para fora e pousou em uma pilha de colchões manchados que jazia caída ao lado do poste de luz. Uma cabeça apareceu na borda da lixeira.

— É você! — exclamou Annabelle. Era a menina do pato de borracha. A amiga de Mackson daquela noite de lua cheia.

— Você jogou sua merda na minha cabeça — queixou-se a garota, acusadora. — Eu estava dormindo. — Ela escalou a borda e caiu na calçada, pegou a maleta e a limpou. — Isso nem é seu para você jogar fora.

— Alguém deixou na minha casa — explicou Annabelle. — Por que você estava dormindo lá dentro?

A menina sentou-se na beirada de um colchão úmido e bocejou.

— Por que você acha? É o único lugar onde a polícia não vai foder com você.

Ela estava vestida como da primeira vez que se encontraram, mas o cabelo, antes descolorido, estava escorrido e sujo, e as raízes escuras haviam crescido, de modo que apenas as pontas ainda estavam brancas. Tinha perdido peso. Coçou os braços e Annabelle percebeu que suas mãos tremiam.

— Você é amiga de Benny. A artista, certo?

A garota a observou, semicerrando os olhos, embora o dia estivesse nublado. Havia olheiras sob seus olhos. A voz soou oca, como se ainda estivesse vindo de dentro da caçamba.

— Você é a mãe de Benny. A acumuladora, certo?

Ela bocejou novamente e caiu de costas no colchão, curvando-se de lado e apertando as mãos entre os joelhos.

— Você é o Aleph? — perguntou Annabelle.

— Depende — respondeu o Aleph. — Às vezes. — Ela ficou lá, tremendo. Não parecia tão real quanto nas duas primeiras vezes que se encontraram, mas também não parecia imaginária.

— Você não deveria ficar aí — falou Annabelle. — Pode pegar percevejos. Quer entrar?

* * *

Ela liberou uma cadeira da cozinha, abriu uma lata de sopa e a esquentou, mas a menina se recusou a comer ou não conseguiu. Tremia, bocejava e coçava os braços, que começaram a sangrar. Ela havia trazido a maleta consigo e ficava verificando se ela ainda estava lá.

Parecia exausta, mas agitada.

— Como você conheceu o Benny?

— Psipédi — respondeu o Aleph.

— O que é isso?

— A psiquiatria pediátrica. A enfermaria. Ficamos internados juntos até eu passar da idade.

— Ah — falou Annabelle. — Isso é bom.

— Não, não é. A Psipédi é uma droga, mas a enfermaria dos adultos é pior. Fábrica farmacêutica. — Ela se abraçou.

— Você não parece bem — falou Annabelle.

— Nem você.

— Você está chapada?

— Está passando — respondeu a garota.

— Como é a sensação?

— Fabulosa. O que você acha?

— Não tenho ideia — respondeu Annabelle. — Por isso perguntei.

A garota a olhou como se ela fosse de outro planeta, depois cedeu.

— Parece uma gripe, só que um milhão de vezes pior.

— Posso fazer alguma coisa?

— Não.
— Você consegue dormir?
— Duvido.
— Quer se deitar?
— Tudo bem.

* * *

Ela levou a garota para o andar de cima, colocou-a na cama no quarto de Benny e fechou a porta. Quando voltou, algumas horas depois, a garota parecia estar dormindo. Deitada sobre os lençóis de astronauta de Benny, ela parecia ao mesmo tempo jovem demais e velha demais, como um alienígena velho, com braços tatuados, cabelo oleoso e todos os piercings. A respiração era irregular, lenta e uniforme em um momento, rápida e irregular no seguinte. Às vezes, ela cerrava os dentes, franzia a testa e gemia, os braços se erguiam, ela arranhava o ar com os dedos em garra, como se quisesse abrir caminho para sair de algum espaço fechado e, de repente, a luta a abandonava e ela mergulhava nas profundezas do sono de novo. O rosto da garota estava úmido e coberto de sujeira, então Annabelle pegou um pano úmido, e sentou-se na beirada da cama, colocando-o na testa da garota com delicadeza. Algo que parecia um desejo surgiu em seu peito. Se Kenji não tivesse morrido, eles poderiam ter tido um segundo filho. Uma garota. Ela sempre quis uma filha. Afastou uma mecha de cabelo da bochecha do Aleph. Onde estava a mãe dessa coitada quando ela precisou? Pensou na própria mãe e se perguntou o mesmo. Todas aquelas noites. Pensou em Benny.

Estava quase na hora do horário de visitas do hospital, mas ela não queria deixar a menina acordar sozinha em um quarto estranho. Perguntou-se se a garota estaria disposta a acompanhá-la até a enfermaria. Queria levá-la e mostrá-la à dra. Melanie. Veja! Ela é real! Queria levar o Beberrão também, mas haviam partido antes que ela tivesse a chance de perguntar a ele… Bom, na verdade, Annabelle os expulsara. Ela se perguntou se poderia fazê-lo voltar. Olhou para a garota e notou que havia lágrimas nos cantos de seus olhos. Enxugou-as com a ponta da toalha. O que a garota usava, afinal? As epidemias de fentanil e opioides estavam sempre no noticiário, e Annabelle as monitorava. Ela sabia que a abstinência poderia ser perigosa. Deveria ligar para o 911? Pegou o telefone do bolso e começou a pesquisar sintomas de abstinência de drogas no Google.

Quando voltou a erguer a cabeça, os olhos da garota estavam abertos e observando-a.

— Como está se sentindo? — perguntou Annabelle.

— Uma merda — respondeu e continuou olhando; isso deixou Annabelle nervosa. — Estou deixando você nervosa?

— Não — falou Annabelle. — Quer dizer, sim. Está. Você estava gemendo enquanto dormia, como se estivesse lutando contra alguém.

A garota fez uma careta.

— Demônios. Monstros. O bicho-papão.

— Ah — fez Annabelle. — Certo. — A garota fechou os olhos e desapareceu lá dentro. Seu rosto, agora como uma máscara, parecia anos mais velho. — Acho que devo levá-la ao pronto-socorro ou algo assim.

— Não! — Seus olhos se abriram. Ela empurrou as cobertas, lutando para se sentar.

Annabelle pôs a mão no braço da garota.

— Tudo bem. Não precisamos ir se não quiser. Apenas fique aqui e descanse.

Com os dedos, ela sentiu as cicatrizes na pele. A garota se afastou e se virou para se sentar na beirada da cama ao lado de Annabelle. Esfregou os braços e olhou em volta.

— Este é o quarto do Benny?

— Sim.

— É legal.

— Ele sempre foi um menino organizado.

O Aleph pegou a bolinha que estava na prateleira.

— Bonita — falou, deixando-a rolar na palma da mão. — Posso ficar?

— Precisa perguntar ao Benny.

— Ele não vai se importar — afirmou o Aleph, colocando-a no bolso da calça jeans. Ela apontou para a estante. — É o pato que dei para você.

— Benny quis, então dei a ele.

O olhar nervoso da garota pousou no globo lunar.

— Ele gosta da Lua — disse. — Uma vez, me disse todos os nomes das principais crateras de impacto. Tentando me impressionar. — Ela olhou de soslaio para Annabelle. — Ele está apaixonado por mim, sabe?

— Ah! — exclamou Annabelle. Mas, não querendo que a garota pensasse que ela desaprovava, acrescentou: — Isso é legal.

— É? — perguntou o Aleph. — Ele é muito novo para mim, não acha? E eu não o amo. Não assim, sabe. — Ela estava observando Annabelle de novo, cautelosa, procurando por algo. — Tive uma infância fodida — falou. Como se isso fosse uma explicação.

— Sinto muito — respondeu Annabelle. — Eu também.

— Sim — assentiu o Aleph. — Imaginei.

— Como assim?

— Toda aquela merda lá fora. — Ela gesticulou em direção ao corredor, para o resto da casa, e então, vendo o olhar consternado de Annabelle, acrescentou: — Não se sinta mal. Se eu tivesse uma casa, também a encheria de lixo.

— Estou no processo de limpeza — justificou-se Annabelle. — Você não tem casa?

O Aleph deu de ombros.

— Na verdade, não.

— Onde você mora?

— Por aí. Com amigos. No verão, durmo em uma árvore. — Ela mudou de assunto. — Como o pai de Benny morreu?

— Foi atropelado por um caminhão.

— Que droga.

— Era um caminhão de frango. Estava entregando galinhas vivas.

— Que droga mesmo.

— Ele morreu no beco atrás da casa. Estava chapado. O caminhão o atropelou.

— Uau. Você o amava?

— Amava — respondeu. — Muito. Ele tinha problemas com abuso de substâncias. — Ela apontou para as marcas nos braços do Aleph. — Você usou drogas com meu filho?

A garota abaixou as mangas.

— De jeito nenhum — garantiu. — Ele é só uma criança. E, além disso, eu estava limpa na maior parte do tempo em que estava com ele.

— Tudo bem.

— Você não acredita em mim, mas é verdade. E, de qualquer maneira, vi os braços de Benny. Não são picadas. São buracos para deixar as vozes saírem.

— Ele disse isso?

— Não — respondeu o Aleph. — Eu só sei. Você também ouve vozes?

— Não, por quê?

— Naquela noite em que Mackson e eu encontramos você no beco, olhei pela janela da cozinha. Você estava falando com a geladeira.

— Eu estava conversando com meu marido — explicou, lembrando-se. — Foi uma noite terrível. Benny voltou para casa coberto de sangue de um corte na mão. Eu o levei para o pronto-socorro. O médico disse que foi um ferimento de faca. Você estava com ele, não estava? Liguei para o seu celular. O que aconteceu? Alguém o esfaqueou? Ele não quis me contar!

O Aleph deu de ombros.

— Ninguém o esfaqueou. Estávamos na biblioteca. Ele se cortou com uma guilhotina de papel.

— Foi o que ele falou, mas não acreditei. Achei que ele estava mentindo.

— Sim — disse ela. — Crianças mentem. Até Benny.

— Olha, preciso perguntar uma coisa.

— O quê?

— Você iria à enfermaria comigo?

O Aleph recuou.

— Para a enfermaria?

— Para ver a psiquiatra de Benny. Quero que vocês conversem. Ela acha que Benny inventou você. E não acredita que você existe.

O Aleph pareceu encolher.

— Talvez eu não exista. E de qualquer maneira, a médica não vai acreditar em nada do que eu disser. Eles nunca acreditam.

— Se ela vir você, vai ter que acreditar. Por favor?

— Eu não posso sair chapada assim. Vão me prender de novo. — Ela parecia cansada, encolhida e seus dentes batiam.

— Tudo bem — afirmou Annabelle. — Podemos ir quando se sentir melhor. Apenas fique aqui e descanse. — Ela puxou o edredom e o enrolou nos ombros magros da garota, e manteve o braço ali, segurando. Sentiu a garota ficar tensa. Estava acostumada a sentir essa resistência de crianças, mas esperou, desajeitada e paciente. As duas ficaram sentadas por um tempo, lado a lado, e quando Annabelle estava prestes a soltá-la, algo no corpo da garota cedeu, e seus braços ficaram moles, e sua cabeça caiu de lado, indo parar no ombro de Annabelle. Ficaram sentadas assim por um pouco mais de tempo.

87.

Ele estava no salão comunitário, olhando para a tela vazia da tevê, quando Annabelle chegou com o Aleph a tiracolo. O horário de visitas estava quase acabando, mas Benny não estava prestando atenção a relógios ou horários. Não percebeu quando Annabelle se registrou no posto de enfermagem, e ambas também não o viram. Annabelle ligara e marcara um horário com a dra. Melanie, mas haviam perdido o ônibus e estavam atrasadas. A enfermeira de plantão pareceu desconfiada ao chamar a médica. Elas esperaram, e então ela tentou de novo.

— Receio que ela já tenha ido embora — avisou, como a dra. M. ainda não respondera.

O Aleph ficou aliviada. Tinha ficado mais atrás, longe do posto de enfermagem, e, ao ouvir, virou-se para ir embora, mas Annabelle estendeu a mão e segurou sua manga. Annabelle se inclinou para a frente em direção à enfermeira.

— Por favor — insistiu. — É muito importante. Você pode tentar mais uma vez?

— Os médicos costumam sair mais cedo se houver cancelamento. Posso tentar remarcar você...

— Mas não cancelei — falou Annabelle. — Estamos aqui! O ônibus atrasou... — O que não era exatamente verdade. — Não foi culpa nossa. Por favor!

— Posso ligar para o correio de voz dela e você pode deixar... Ah, espere. Ali está ela.

A dra. M. caminhava acelerada pelo corredor, falando ao celular. Vestia uma parca e carregava uma elegante pasta de couro.

Annabelle deu um passo à frente.

— Ah, estou tão feliz por termos pegado você aqui!

Ao vê-la se aproximando, a médica parou e ergueu a mão como um guarda de trânsito enquanto terminava a ligação. Quando desligou, guardou o telefone no bolso.

— Aí está você — falou. — Estava à sua espera, mas como você não apareceu, presumi que era um cancelamento. Estou saindo agora, mas ainda tenho um minuto. Podemos conversar aqui?

— Aqui está bom — concordou Annabelle. Ainda segurava a manga do Aleph, e agora a puxou, trazendo a garota para a frente. — Dra. Melanie — disse —, esta é o Aleph.

A médica sorriu para a garota, seus olhos se estreitando ao avaliar o rosto abatido e a aparência cansada.

— Olá, Alice. Como vai?

O Aleph esfregou o nariz com a manga.

— Estou bem.

Annabelle olhou para as duas.

— Vocês já se conhecem?

O Aleph deu de ombros.

— É claro que conhecemos Alice — falou a médica. — Ela ficou aqui conosco várias vezes.

— Mas ela não é Alice. É o Aleph. Ela é amiga de Benny, aquela de quem falamos. Eu a trouxe até você para provar que ela é real. Que ele não a inventou.

O Aleph coçou as costas da mão.

— O Aleph é o meu nome artístico. Meu nome verdadeiro é Alice.

— Bem — falou a dra. Melanie, com uma risada curta. — Estou feliz por termos esclarecido isso. Havia alguma coisa...

— Espere — disse Annabelle. — Não importa o nome dela. A questão é que Benny não a inventou. Ela é real, não é uma alucinação...

A dra. M. olhou para o relógio.

— Sra. Oh, por que não vamos a um consultório e conversamos um pouco. Alice, você pode esperar...?

— Quero ver Benny — disse o Aleph.

— Alice, você conhece as regras. Ex-pacientes não têm permissão...

O Aleph virou-se para Annabelle.

— Por favor?

— Ela não pode? — perguntou Annabelle à médica.

— Vou ver se encontro uma enfermeira — falou a médica. — Mas você não preferiria estar lá com eles?

Annabelle sorriu.

— Acho que Benny preferiria que eu não estivesse.

* * *

O horário do jornal havia terminado e ele estava sentado perto da janela quando o Aleph entrou.

— Benny — chamou o enfermeiro Andrew. — Você tem visita.

A única visita que ele recebia era a mãe, então ele ignorou.

— Ei.

Benny reconheceu a voz de imediato. Ele se virou para olhar, para ver se ela era real. A última vez que a vira, ela era uma alienígena do espaço sideral sendo arrastada pela tropa de choque. Agora havia se transformado em um zumbi, mas ainda era ela. Como sabia onde ele estava? Como conseguira que a deixassem entrar? Sua voz ainda não funcionava, então ele não conseguia perguntar nada.

— Eles disseram que você não estava falando.

Não havia necessidade de responder. Ela entendeu.

— Você está bem?

Ele olhou pela janela, através do espesso vidro de segurança que o isolava do mundo exterior. Por onde começar? Havia tanto a dizer. Benny queria contar tudo, sobre o mundo se abrindo na Encadernação, sobre as visões que tivera, mas com o enfermeiro tão perto não era seguro, mesmo para a voz mais baixa que usava na biblioteca, mesmo que ele sussurrasse. As vozes também estavam quietas, e falar poderia fazê-las lembrarem. Falar poderia desencadear as coisas, fazê-las recomeçarem, então Benny usou o olhar. Lá fora, na árvore, um pássaro estava agarrado a um galho nu. Na rua abaixo, um táxi parou no ponto de ônibus e ficou ali. Um caminhão de entrega estava dando ré, e ele podia ouvir seu bipe fraco, *bipe bipe bipe,* mesmo através das paredes e do vidro isolante. O pássaro era pequeno e normal. Um pardal, talvez. As penas estavam todas arrepiadas e ele parecia ter frio. A janela estava manchada de sujeira. Uma criança sentada por perto começou a comer giz de cera. O enfermeiro Andrew aproximou-se do garoto.

O Aleph observou. O aquecimento estava ligado, e o salão comunitário, abafado. Ela tirou o moletom e Benny viu as marcas em seu braço. O enfermeiro Andrew estava de costas, lidando com os gizes de cera, então ele estendeu a mão e a tocou. Novas estrelas. Ele levantou a manga do moletom e colocou o braço próximo ao dela, e os dois combinavam, mais ou menos. Ele puxou a outra manga e lhe mostrou uma chuva de meteoros e, acima, a constelação de Perseu. Ele queria lhe dizer que Perseu era o marido de Andrômeda, que matou o monstro marinho com a espada de diamante e a salvou. Benny esperava que ela soubesse. Levantou a camisa e mostrou a espiral de estrelas, um vórtice na barriga, um ralo para deixar as vozes saírem. Desejava que o Aleph entendesse que ele estava se esforçando para ficar bem.

Ele ergueu a cabeça e viu o rosto dela, o mais triste que ele já tinha visto.

— Ah, Benny — disse. — E em seguida: — Tenho algo para você.

Ela olhou em volta procurando o enfermeiro, que estava com os dedos na boca da criança, pescando o giz de cera. Ela enfiou a mão no bolso do moletom e tirou um pacote embrulhado em jornal e amarrado com barbante. Entregou a Benny, que o desembrulhou. Era um globo de neve. Lá dentro havia um menino, sentado em uma pequena biblioteca. Na mesa à frente havia uma pilha de livros minúsculos.

— Agite — sussurrou, e quando ele o fez uma nuvem de livros flutuou pelo ar espesso. Havia algumas palavras e algumas letras soltas também, e até alguns sinais de pontuação. Eles giraram e lentamente se assentaram em volta. Benny balançou a esfera de novo e segurou-a perto do rosto. Um ponto e vírgula pousou na mesa à frente. Um ponto-final pousou a seus pés.

— Agora esconda — orientou ela. — Você pode dar uma olhada mais tarde, quando não tiver ninguém por perto.

A criança do giz cuspiu cera azul, vermelha e amarela no rosto do enfermeiro Andrew. Ele estava pedindo reforços. Benny colocou o pacote junto dele na cadeira de rodas, cobrindo-o com o moletom para mantê-lo seguro.

— As pessoas são malucas — falou o Aleph, observando o garoto.

Benny assentiu. Ela se levantou.

— É melhor eu ir — disse. — Estou indo embora. Talvez você não me veja por um tempo.

Benny olhou para ela, abriu a boca para protestar. Por quê? A palavra rastejou por sua garganta e morreu ali. Lágrimas transbordaram em seus olhos.

— Tenho minha própria história, Benny. Tenho que melhorar. E você também.

Ela estava se afastando cada vez mais, flutuando quilômetros e quilômetros acima dele agora, observando uma lágrima escorregar devagar pela bochecha. Ela estendeu o dedo fino e manchado de tinta e deu um tapinha no lugar liso e largo entre as sobrancelhas dele.

— Não fique triste — falou. Ela se inclinou então, aproximando-se, até que seu rosto estivesse a centímetros do dele. Lambeu a lágrima de sua bochecha com a ponta delicada da língua e o beijou nos lábios. Os lábios dela eram tão macios quanto ele se lembrava da montanha, e a língua tinha o gosto salgado de sua lágrima. Não foi de fato um beijo apaixonado, mas também não era um beijo que alguém daria no irmão mais novo. Durou um pouco e foi um pouco sexy, e acabou; o enfermeiro Andrew a pegou com firmeza pelo braço e a afastou.

— Ok, ok — disse o Aleph para o enfermeiro. — Relaxe. Eu estava de saída.

Ela se desvencilhou do enfermeiro, mas depois voltou. Tirou a bola de gude de Benny do bolso da calça jeans.

— Posso ficar com isso?

— *Uhuul*... — disse a bolinha.

Benny assentiu e ela a guardou no bolso, depois se inclinou rapidamente sobre ele e encostou os lábios no ouvido dele.

— Vou voltar — sussurrou. — Não vou esquecer você, Benny Oh.

88.

— Foi um erro compreensível — dizia a dra. Melanie. Ela estava atualizando o registro de Benny no computador, e Annabelle estava sentada à frente, observando-a digitar. — Sabemos que Benny teve episódios delirantes. Ele tem alucinações. Então, sim, neste caso Alice é real, mas...

Annabelle a interrompeu:

— O Beberrão também é real — falou. — Ele é um morador de rua com uma perna protética. Posso trazê-lo e você pode conhecê-lo...

— Não, não. Tudo bem. Acredito em você.

— Então certifique-se de escrever isso aí também. E Benny não estava injetando drogas. Ele nunca usou drogas.

— É claro. O exame de sangue confirmou isso. Mas, novamente, considerando o que pareciam ser marcas recentes no braço de Benny, você pode ver por que o policial que o apreendeu pode ter cometido esse erro.

— Não estou falando do policial. Estou falando de você.

— Estávamos todos apenas tomando a devida diligência, sra. Oh, e a automutilação também é séria. — Ela terminou a anotação e percorreu o arquivo, procurando outro documento. — Eu não queria trazer tudo à tona agora, mas soube que você recebeu uma visita do Conselho Tutelar.

Annabelle pareceu assustada.

— Soube como?

— O relatório da assistente social diz que as condições de vida em sua casa representam uma ameaça potencial à saúde mental e ao bem-estar de Benny. Há uma menção a acumulação...?

— Ah, aquilo. Isso tem mesmo a ver com os arquivos que eu mantinha para o trabalho. A agência exigia, mas tenho me livrado das coisas...

A médica se inclinou para o monitor.

— *Perigoso* — Foi. — É a palavra que ela usou. — Ela olhou para Annabelle. — Então você tem limpado? Como está indo?

— Tudo bem. Bom. Alguns amigos vieram e me ajudaram outro dia.

— E o trabalho? Anotei aqui, há alguns meses, que você temia que a empresa eliminasse seu cargo.

Annabelle assentiu.

— Sim, é verdade. — Por que dissera à médica? Esse era o problema de não ter amigos de verdade para desabafar.

— E...?

Não adiantava mentir.

— Bem, aconteceu, mas consegui uma ajuda de custo para o plano de saúde, então o seguro não é um problema. Posso pagar por ele. E comecei a me candidatar para outras vagas também. — Ela não tinha de fato começado, mas estava pensando a respeito. Estava pensando em se candidatar para ser vendedora na Michaels. Já conhecia o estoque tão bem, e as senhoras que trabalhavam lá pareciam legais.

— Vejo que há um aviso de despejo pendente...

— Isso está aí também?

— É uma questão de registro público. A assistente social procurou. Mais uma vez, apenas a devida diligência. Ela também recomendou que você procurasse aconselhamento e, claro, venho sugerindo o mesmo há algum tempo. Você encontrou alguém?

— Não. Tenho estado muito ocupada com a arrumação.

A dra. M. fez outra anotação no arquivo. Annabelle a observou digitar. Hoje estava usando um esmalte vermelho-escuro que parecia sangue seco. Era uma digitadora rápida, mas só usava os três primeiros dedos de cada mão. Como você pode se tornar médica e não saber digitar? Não ensinavam isso na faculdade de medicina?

— Sra. Oh?

— Sim?

— Sei que isso é difícil, mas me ouça. O relatório diz que o SPC está recomendando que Benny seja tirado de sua custódia caso não consiga adequar sua casa a um padrão aceitável. Dada essa recomendação, todos nós pensamos que pode ser mais fácil para Benny fazer a transição daqui. Temos que considerar o que é melhor...

— Transição? Para quê?

— Bem, primeiro para um abrigo, temporariamente. E, daí, para um lar adotivo, se houver vaga e as condições da sua casa não melhorarem.

— Mas as condições da nossa casa melhoraram! A mulher do SPC ainda não viu! Diga a ela para voltar e ver!

— E o despejo pendente? E a sua situação laboral? Você tem muito com o que lidar e, sendo honesta, Annabelle... posso chamá-la de Annabelle? Também estou preocupada com o seu estado mental. Você não acha que seria melhor para Benny ficar em outro lugar até que você encontre um novo emprego e garanta uma moradia estável? Obter ajuda, começar a ver um terapeuta, se recuperar?

— Não! — gritou Annabelle, lutando para se levantar da cadeira. Suas bochechas estavam coradas e ela deu um passo em direção à mesa da médica. — Vocês não podem fazer isso! Vocês não podem simplesmente tirá-lo de mim! Eu sou a *mãe* dele! — Ela estava tremendo, com a voz estridente. Deu outro passo. — Vou levá-lo para casa comigo agora!

A médica recuou.

— Sei que você está chateada, Annabelle — disse. — Entendi que você quer levar Benny para casa...

— Ah, que bom. Não há nada de errado com sua audição então. É claro que estou chateada! Vocês não podem ficar com ele. Benny vai voltar para casa comigo agora.

— Receio que isso não seja possível, Annabelle. — Ela pegou o telefone.

— O que você quer dizer com “não seja possível”? — gritou Annabelle. — Ela estava de pé diante da médica, inclinada sobre a mesa. — Ele é *meu filho!*

— Sra. Oh, por favor. Preciso que se sente.

— E eu preciso que você diga para eles arrumarem Benny. Vou levá-lo comigo agora mesmo!

Ela ouviu um barulho atrás dela. Dois enfermeiros estavam parados ali, bloqueando a entrada.

— Sra. Oh — falou a dra. Melanie. — Annabelle. Lamento. Realmente, lamento. Mas não depende de nós. É uma questão judicial agora.

BENNY

Ok, pare! Já chega. Isso é muito foda! Você não consegue perceber? Você precisa fazer tudo parar. Ela é minha mãe! Ela precisa de ajuda!

Você está aí? Ao menos está ouvindo?

Todo esse tempo você fingiu ser meu amigo, mas é uma puta mentira! Se fosse realmente meu amigo, não deixaria toda essa merda acontecer com ela. Você teria arranjado um jeito de ajudar minha mãe, de *nos* ajudar, mas não arranjou. Você *não quer*. Você não está fazendo *nada*!

Ei! Estou falando com você! Está me ouvindo?

Estou falando sério! Você precisa me ouvir, pra variar, e fazer o que digo. Por favor! Você disse que poderia transformar o passado no presente. Disse que poderia me fazer voltar no tempo, me mostrar as coisas e me ajudar a lembrar, mas isso não é suficiente, tá? Você precisa *fazer* alguma coisa! Algo real! Não finja que não pode fazer isso. É mentira. Eu sei que pode! Você é um livro, você consegue resolver! Você pode fazer dar certo!

O LIVRO

Ah, Benny…

É claro que você está chateado, ouvindo o que sua mãe tem passado, mas o que ela sofreu não é sua culpa, e nós tentamos, sim, ajudar. Todos nós tentamos. Fizemos o nosso melhor.

Veja como *A magia da arrumação* se ofereceu, literalmente, saltando da mesa para a vida de sua mãe e abrindo diversas possibilidades. Aquele livrinho deu esperança à sua mãe quando ela precisava, e quando Annabelle começou a escrever os e-mails de fã, também ficamos esperançosos. Sem um livro próprio, sua mãe precisava de alguém com quem conversar e, por um tempo, Aikon foi como a amiga imaginária dela. Até nos perguntamos, brevemente, se ela e Kimi poderiam chegar à sua porta com a equipe de filmagem. Não ficamos entusiasmados com a ideia, afinal, era televisão, mas conseguimos imaginar: as duas monjas arregaçando as mangas compridas e pondo a mão na massa com seu infatigável e imperturbável jeito zen. Achamos que daria uma boa história, mas os produtores de tevê discordaram. Você e sua mãe não proporcionam identificação suficiente. Ou não são felizes o suficiente. Deve ter doído, mas o que se pode e esperar da televisão?

E Cory e equipe também fizeram o possível, e a situação parecia promissora, até que o gatilho foi disparado e sua mãe expulsou todo mundo. O trauma é algo poderoso, Benny. Sua mãe tem o próprio carma, e não somos o livro dela, mas, mesmo se fôssemos, os livros não podem forçar os humanos a fazer as coisas. Tudo o que podemos fazer é descrever o cenário, revelar um pouco do pano de fundo, prever alguns resultados prováveis, talvez até fazer uma ou duas sugestões, mas, principalmente, esperamos para ver o que vocês escolherão fazer. Esperamos, esperamos. Se tivéssemos dedos, os cruzaríamos.

Então, só para ficar bem claro, não fizemos as coisas ruins acontecerem com sua mãe, assim como não fizemos você beijar o Aleph na montanha, e nos culpar não vai ajudar. A culpa é apenas outra forma de se recusar a assumir a responsabilidade por sua vida e, quando você nos culpa, abre mão do próprio poder e arbítrio. Você não percebe? Isso faz de você uma vítima, Benny — um infeliz vitimista maluco —, e você não gosta disso, lembra? E nós também não gostamos.

Não queremos aborrecê-lo nem fazê-lo se sentir culpado. Não é por maldade que estamos lhe contando sobre o sofrimento de Annabelle. Estamos contando porque, como seu livro, é o nosso trabalho. E, mesmo que nossa preferência fosse contar-lhe belos contos de fadas e histórias organizadas com um final feliz, não podemos. Temos que ser reais, mesmo que doa, e isso é culpa *sua*. Essa era sua pergunta filosófica, lembra? *O que é real?* Todo livro tem uma pergunta em seu cerne, e essa era a sua. Uma vez que a pergunta é feita, é nosso trabalho ajudá-lo a encontrar a resposta.

Então, sim, nós somos o seu livro, Benny, mas esta é a sua história. Podemos ajudá-lo, mas, no fim, só você pode viver sua vida. Só você pode ajudar sua mãe.

PARTE CINCO

EM CASA, DE NOVO

Qualquer ordem é um ato de equilíbrio
extremamente precário.

— Walter Benjamin,
"Desempacotando minha biblioteca"

O LIVRO

89.

A mosca na parede poderia dizer algo assim:

Benny está sentado na cadeira de rodas no canto do salão comunitário, olhando pela janela através do painel de vidro. Na calçada movimentada abaixo, consegue ver a mãe parada no ponto de ônibus. Ao seu redor há movimento, pessoas andando, falando em seus celulares, mas ela está ali, sozinha e parada.

Alguns minutos antes, ele a observou ser escoltada para fora da enfermaria, ladeada por dois enfermeiros. Ao passarem pelo salão comunitário, ela estacou e observou o interior, examinando a sala, e avistou o filho. Seu rosto se iluminou e ela acenou; Benny percebeu que ela estava chorando. Ela deu um passo na direção dele, mas o enfermeiro segurou seu cotovelo e a afastou. O horário de visitas acabou, Benny o ouviu dizer. Você pode voltar amanhã. Benny viu os ombros dela começarem a cair, mas ela se aprumou, ergueu o rosto e sorriu para o filho. Ele viu o esforço que aquele sorriso lhe custou. Vejo você amanhã, querido, gritou ela, acenando de novo. Mantenha-se firme! Amo você!

Agora, ele a observa da janela e, de vez em quando, seus lábios se mexem, como se estivesse discutindo com alguém. Ele balança a cabeça. Franze a testa. Cerra o punho. Se a enfermeira de plantão estivesse prestando atenção, ela ouviria o menino com mutismo seletivo dizer, clara e distintamente:

— É uma puta mentira!

E então:

— Você é um livro!

E depois:

— Faça com que dê certo!

Mas a enfermeira não está ouvindo. Está preenchendo dados de pacientes em relatórios de medicação noturna, registrando o que cada criança recebeu. Se erguesse os olhos da tela do computador, veria o menino na cadeira de rodas balançando para a frente e para trás e depois se inclinando para a frente, levantando-se. Ele fica lá, instável, olhando para os tênis de velcro. Os lábios se movem outra vez, e ele diz algo para o tênis ou talvez para o pé (do canto onde a mosca está, é difícil dizer) e então dá um passo. Por um momento, parece confuso, como se não tivesse certeza se é o sapato ou o pé que está se movendo, mas não importa. Talvez estejam trabalhando juntos, para variar, em harmonia, para impulsionar seu corpo adiante. Ele dá mais um passo, e depois um terceiro. Se a enfermeira estivesse observando, em vez de procurar as chaves para trancar o carrinho de remédios, notaria que o menino na cadeira de rodas voltou a andar. A médica dissera que sua disfunção motora era psicogênica, o que significa que é tudo coisa de sua cabeça, então sua capacidade repentina de andar não é bem um milagre, mas ainda é um progresso e vale a pena anotar no prontuário, mas a enfermeira está de costas para o salão comunitário, e é por isso que fica tão surpresa quando ouve uma voz atrás dela dizer: "Com licença" e se vira para ver o menino diagnosticado com esquizofrenia, transtorno bipolar, mutismo seletivo e astasia-abasia psicogênica, parado ali e conversando, como se fosse a coisa mais normal do mundo.

— Preciso fazer uma ligação, por favor.

— Ah! — Ela se engasga. — Você me assustou. Deixe-me chamar o médico.

— Sim, por favor — diz ele, clara e inconfundivelmente…

E, como não sou uma mosca na parede, como eu sou Benny, digo a ela:

— Eu gostaria de ir para casa agora. Minha mãe precisa de mim.

BENNY

90.

Aquele foi o momento decisivo. A enfermeira surtou e chamou o médico de plantão, que mandou uma mensagem para a dra. M., que não teve pressa. Talvez ela estivesse em um encontro ou algo assim. Ou fazendo as unhas. Mas por fim ela apareceu e lhe contei o que havia dito à enfermeira. Que eu tinha que ir para casa. Que minha mãe precisava de mim e que eu precisava da minha mãe. Também falei que não iria de jeito nenhum concordar voluntariamente em ir para um abrigo e que, se tentassem me obrigar, eu pararia de andar e falar de novo, e talvez fizesse greve de fome também, como Gandhi fazia. Não contei que Gandhi também ouvia vozes. Não contei sobre a conversa que tive com meu livro. Estava operando estritamente com base no que ela precisava saber.

Eu estava calmo quando contei tudo, e acho que a dra. M. me ouviu mesmo. Falei praticamente o que o Livro tinha me dito, que eu era o único no comando da minha vida, e culpar as vozes só dava mais poder a elas. Elas não podiam me dizer o que fazer. Eu tinha de assumir a responsabilidade de tomar minhas próprias decisões, e uma dessas decisões era ir para casa e ajudar minha mãe — quer dizer, ajudar *de verdade*. Não apenas dobrar as camisetas se eu quisesse.

Sei que o Livro fez a dra. M. parecer meio inútil, mas ela não é tão ruim assim. Ela me fez um monte de perguntas que eu acho que eram testes sorrateiros, mas, nas duas semanas seguintes, eu sabia que estava sendo vigiado de perto, mas devo ter passado, porque ela acabou aceitando a ideia e decidiu ajudar. Ela chamou minha mãe para uma reunião familiar e, quando falou sobre achar que eu enfim estava pronto para ter alta, percebi que minha mãe queria chorar e nos abraçar em um daqueles abraços malucos de mãe, mas ela não fez nada e se conteve e fez algumas perguntas realmente boas à dra. M. Por exemplo, ouvir vozes é sempre, de fato, ruim? Tipo, e se as vozes de Benny o ajudam às vezes? Isso significa que ele é esquizofrênico ou psicótico? Por exemplo, ele sempre foi criativo, então talvez seja em parte isso?

Percebi que minha mãe andava conversando com o Aleph. Prendi a respiração, esperando que a dra. M. acabasse com ela, mas, ao contrário, a dra. M. me surpreendeu. Na verdade, ela explicou que o que minha mãe estava dizendo às vezes pode ser verdade, e que até mesmo Sigmund Freud ouvia vozes, o que eu já sabia porque o Homem-B tinha me dito, e ela sugeriu que eu deveria tentar participar do grupo de apoio que meu antigo colega de quarto, Mackson, tinha iniciado. O grupo é ótimo e Mackson também é ótimo. Ele aparece aqui quando não está na faculdade. Superinteligente. Além disso, é gay, então, não é um problema no que diz respeito ao Aleph. Na verdade, às vezes conversamos sobre ela, e até contei a ele algumas coisas sobre meus sentimentos, e ele entendeu totalmente, então foi legal. Ele também não sabe para onde ela foi, mas diz que não devo me preocupar porque ela sempre volta.

Eles não me deixaram sair logo da Psipédi. Primeiro, a mulher do Serviço de Proteção à Criança teve de voltar à nossa casa para inspecioná-la e garantir que era segura para mim. Cory e a equipe fizeram muito progresso limpando as coisas e, antes da visita, minha mãe trabalhou muito e conseguiu limpar o suficiente para que a mulher dissesse que estava tudo bem e lhe desse mais tempo para terminar.

Depois houve o problema com a polícia, mas a dra. M. ajudou a resolver também, e ela até apareceu na vara juvenil para dizer à juíza que minha mãe é uma boa mãe, que ela de fato me ama e que seria ruim para minha saúde mental me separar dela, porque meu pai havia morrido e eu estava traumatizado. Então tive de falar com a juíza também, e falei, Olha, eu sou bom com as coisas, e repeti o que o Livro me disse sobre encarar a realidade e assumir a responsabilidade pelo que está acontecendo na minha vida, e a juíza gostou. Ela falou que eu tinha discernimento e que me deixaria ir para casa se eu prometesse continuar em terapia com a dra. M. e não me ferir de novo. Eu prometi, e não vou. Percebi que aquela merda foi muito louca e que eu não deveria ter me machucado, mas quer saber? Não estou mais ouvindo tanto, então talvez as vozes realmente tenham saído pelos buracos. A dra. M. diz que definitivamente não foram os buracos, mas ela concorda que algo deve estar funcionando, porque mesmo que as coisas ainda tagarelem e façam barulho, é meio aleatório e impessoal, como ruído de fundo. A maioria das vozes de fato malignas já se foi, e a única que ainda consigo ouvir é o meu Livro.

Mas até o meu Livro está ficando mais difícil de ouvir. Não sei por quê. Aqui, deixe-me mostrar:

— *Ei, Livro! Você está aí?*

Viu? Nenhuma resposta. Mas sei que ele ainda está ouvindo.

* * *

Quando por fim voltei para casa, era dezembro. Não havia cartazes de boas-vindas na varanda nem faixas de formatura na cozinha. Nem balões. Apenas algumas poinsétias vermelhas de plástico em um vaso na mesa limpa, que eram bonitas e um pouco natalinas. Tudo o mais na casa estava quieto e meio normal. As coisas a serem descartadas já estavam na lixeira, restando apenas as coisas a serem vendidas ou doadas. Minha mãe ligou para Cory, que contatou Vlado, que trouxe uma equipe de eslovenos para ajudar.

Minha mãe e eu começamos a separar tudo, enquanto carregavam as coisas para a van branca. Minha mãe ficou bem tranquila, embora no começo tenha resistido, mas, como falei à juíza, eu sou bom com as coisas. Eu sei o que elas querem.

— Mãe, você tem que me ouvir.

— Sim, Benny. Estou ouvindo.

— Tenho certeza de que os discos do papai querem ficar, mas as roupas e os sapatos dele querem sair daqui. Eles precisam ir a algum lugar onde serão úteis, e isso inclui as camisas. Elas não gostam da ideia de serem cortadas e transformadas em uma colcha. Acham que é estúpido.

— Mesmo uma colcha de recordação? Cheia de boas lembranças de seu pai...?

— Essas são *suas* recordações, não delas. Elas são camisas! Têm a própria vida. Não querem ficar na cama.

Minha mãe suspirou e acenou com a cabeça para Vlado.

— Ok, pode levar todas as roupas também. Tudo no armário. Deixe só os discos.

— E o toca-discos também. Isso precisa ficar, mas pode levar todos os livros e instrumentos do papai. Eles precisam ser tocados.

— Mas você pode querer tocá-los algum dia...

— Não. Eu nunca vou tocar. Não como o papai. Não como eles querem ser tocados.

Ela abriu o estojo do clarinete e, com cuidado, montou o instrumento.

— Que triste — falou ela, passando o dedo pelo corpo brilhante.

O que minha mãe quis dizer era que *ela* estava triste, e aquela foi uma das ocasiões em que as palavras significam algo diferente do que queremos que elas signifiquem, mas o que elas significam é mais verdadeiro do que imaginamos.

— Sim — concordei, olhando para o clarinete do meu pai, parado, desajeitado, nas mãos dela. — Triste. Muito triste.

* * *

O Homem-B estava na varanda com uma prancheta no colo, fazendo um inventário das doações.

— Ah, jovem estudante — falou ele ao me ver. — Como está se sentindo?

— Bem.

— Os meninos de Liubliana farrão isso em pouco tempo. São prrofissionais da reciclagem.

Olhei por cima da cerca para onde a sra. Wong estava sentada em sua varanda, observando os eslovenos trabalharem. Ela acenou para mim e acenei de volta. A sra. Wong também estava em uma cadeira de rodas agora, e com o Homem-B na dele e as muletas da mamãe apoiadas na grade, o sobrado parecia uma casa de repouso ou um centro de reabilitação.

A sra. Wong voltou para casa alguns dias depois de mim. Minha mãe surtou quando viu Henry empurrando-a na garagem.

— Ah! — Minha mãe falou daquele jeito que ela tem de deixar escapar tudo o que lhe vem à cabeça. — Pensei que você tivesse...

Ela realmente se conteve antes de dizer a palavra *morta*, então talvez esteja melhorando, mas a sra. Wong não teria ligado para isso. Ela também diz o que lhe passa pela cabeça.

— Ei, Gorducha! Limpe bem este lugar!

Então minha mãe continuou e disse mesmo assim:

— Pensei que você tivesse morrido! O que aconteceu?

— Ah! — A sra. Wong bufou, apontando o polegar para Henry. — Era o que ele queria! O Imprestável tentou roubar minha casa. Mas falei pra ele, de jeito nenhum. Vou morrer aqui, na minha própria cama.

Ela berrou algo para Henry em cantonês, e ele a ajudou a sair da cadeira e subir os degraus. Mais tarde, soubemos que ela havia recebido uma ligação do Serviço de Proteção à Criança para perguntar sobre o aviso de despejo que Henry havia feito em seu nome. Foi a primeira vez que a sra. Wong ouviu falar sobre isso, e ficou furiosa. Ela ligou para o advogado, e ele lhe contou sobre como Imprestável estava planejando despejar a mim e minha mãe e vender o sobrado, e ela pôs um fim nisso de imediato, o que significava que ainda tínhamos uma casa.

A Caçamba do Imprestável estava totalmente cheia agora, e, depois que a van Abelhuda foi embora, a empresa de remoção chegou para retirá-la. A empilhadeira parou na entrada da garagem e me sentei nos degraus ao lado da cadeira de rodas do Homem-B para ver. Um longo braço hidráulico com uma grande garra na ponta começou a se estender da carroceria. O gancho prendeu a caçamba, levantando-a, e, quando ela se inclinou, pudemos ver todos os sacos de lixo cheios de arquivos da minha mãe e outras coisas dentro. Algumas serpentinas de papel crepom e pedaços de confete escaparam, transbordando por cima, e o braço hidráulico se retraiu devagar, puxando a caçamba para a plataforma.

— Tão lindo — suspirou Slavoj, enquanto o caminhão se afastava. — Você não acha, jovem estudante?

Um chapéu de alumínio em forma de cone rolou na calçada.

— É lixo — falei.

— Prrecisamente! Devemos aprrender a amar nosso lixo! Encontrrar poesia em nosso lixo! É a única maneirra de amar o mundo inteirro.

Ele voltou a trabalhar e fiquei sentado por mais algum tempo, pensando no amor. Eu queria perguntar sobre o Aleph, se ele tinha notícias dela ou sabia para onde ela tinha ido, mas sabia que ele também sentia falta dela, então não queria fazê-lo se lembrar e deixá-lo triste. A maleta com seu poema épico, *Terra*, estava amarrada na parte de trás da cadeira de rodas com cordas elásticas. Ele me disse que tinha passado perto de perdê-la várias vezes e, agora que o poema estava quase pronto, não queria correr nenhum risco.

— Não sou um homem religioso — afirmou. — O grande filósofo Karl Marx escreveu certa vez: "A religião é o suspirro da criaturra oprimida, o corração de um mundo sem corração e a alma de condizões sem alma. É o ópio do povo". Talvez você tenha aprendido essa famosa citazão na escola?

— Não.

— Que pena. Bem, como falei, não sou um homem religioso e, na verdade, sou ateu, porém quando estou quase terminando de escrever um livro, contrarriado, muitas vezes me pego orrando: *Por favor, querrido Deus, não me deixe morrer até terminar meu livro!*

Pensei no que meu Livro diria sobre o ego de um escritor, mas decidi não tocar no assunto e, em vez disso, perguntei sobre Deus.

— Se não acredita que Deus é real, por que Deus o ajudaria? Você não acha que ele sabe distinguir entre alguém que de fato acredita e alguém que está apenas fingindo?

— Deus é uma histórria — falou ele. — Eu acredito em histórias, e Deus sabe. As histórrias são reais, meu rapaz. Elas são importantes. Se perder a crença em sua histórria, você se perderrá.

Fiquei pensando sobre isso. Nunca contei ao Homem-B sobre meu Livro e todas as coisas não encadernadas que ele me mostrou na Encadernação naquela noite, todas as histórias que me contou sobre minha vida que eu não sabia ou estava tentando esquecer.

— Tenho muitas histórias — falei. — Eu estava começando a perdê-las, mas minhas vozes me ajudaram a lembrar.

— "A verdade sobre as histórrias é que elas são tudo o que somos". Um famoso escritor cherokee chamado Thomas King falou isso certa vez. Somos as histórrias que contamos a nós mesmos, Benny. Nós nos inventamos. Inventamos uns aos outros também.

Eu me perguntei se o Aleph estava em seu poema, ou se eu estava. Isso seria estranho, estar no poema de outra pessoa ou no livro de outra pessoa.

* * *

Por falar em livros, outra coisa que aconteceu. Minha mãe recebeu um telefonema de Cory dizendo que Aikon, a autora zen de quem minha mãe era fã e para quem tinha enviado todos os e-mails angustiados, iria à biblioteca dar uma palestra sobre o livro *A magia da arrumação* e perguntando se queríamos ir. Eu não, mas minha mãe sim, então fui com ela, imaginando que poderia ficar no Piso Nove se fosse muito chato. Chegamos cedo, Cory nos levou ao escritório do bibliotecário-chefe, onde Aikon estava esperando e, quando entrei, ela me olhou e seus olhos se arregalaram como se me reconhecesse.

— Ah! — exclamou. — Você é Kannon! — Não entendi na hora. Achei que ela tinha dito que eu era um canhão e, embora eu saiba muito sobre armas medievais e máquinas de cerco, não fazia sentido. Mas então uma tradutora que falava inglês muito bem explicou sobre Kannon, com seus mil braços e onze cabeças, que podia ouvir as vozes das coisas gritando. Falei que me identificava totalmente com isso, e, quando ela nos contou que Kannon era a santa budista da compaixão, minha mãe ficou com os olhos cheios de lágrimas e falou:

— Ah, sim! Benny é muito compassivo! — E me abraçou; eu deixei, embora, como observei, eu só tenha dois braços e uma cabeça.

Depois, minha mãe fez uma coisa muito louca. Ela levava uma sacola de compras, abriu e de onde tirou a caixa com as cinzas do meu pai, que deve ter roubado da minha estante. Ela entregou para Aikon, e, juro, se soubesse que ela ia fazer isso, eu teria protestado, mas é tão típico da minha mãe. A princípio, Aikon pensou que fosse um presente e falou:

— Ah, você é tão gentil!

Mas minha mãe explicou que não, eram as cinzas do meu pai, e contou tudo sobre como, quando papai morreu, não fizemos um funeral porque ele era budista. Ela perguntou a Aikon se ela poderia dizer uma bênção ou algo assim e, na verdade, Aikon não pareceu surpresa e respondeu que sim. Então, de repente, todo mundo ficou bem interessado, e Cory e o bibliotecário-chefe abriram espaço em uma das estantes e colocaram as cinzas lá. Aikon tinha um negócio como um pequeno babador que colocou em volta do pescoço e também tinha vela, fósforos e uma caixa de madeira com incenso na bolsa. Achei meio estranho, tipo, aonde quer que ela fosse, estava sempre preparada para o caso de alguém precisar de um funeral improvisado de repente, mas acho que é isso que as monjas fazem. O bibliotecário-chefe surtou quando viu os fósforos, mas Aikon falou que não havia problema em não os acender. Colocaram a vela e o incenso ao lado das cinzas, Cory roubou algumas flores da mesa de uma pessoa, e Aikon escreveu o nome do meu pai em letras japonesas elegantes em um pedaço de papel e o depositaram ao lado das cinzas. Ela se curvou e fez algumas coisas com os bastões de incenso, dizendo outras coisas, então ela e a tradutora cantaram um hino japonês que era apenas um monte de sons confusos, como algo que minhas vozes poderiam ter dito. Ninguém conseguia entender nada, mas meu pai falava japonês e talvez entendesse, então tudo bem. Afinal, era o funeral dele. Depois do hino, Aikon falou a mim e à minha mãe para juntarmos as mãos, fazermos uma reverência e darmos um pouco de incenso ao papai, o que fizemos, e ela teve toda essa conversa com papai em japonês, como se ele ainda estivesse vivo, o que foi estranho, mas também legal. Ela nos falou que deveríamos dizer algo a ele também, e minha mãe perdeu o controle. Ela começou a chorar e dizer coisas como:

— Ah, Kenji, amo você e sinto muito pelo que disse naquela noite. Eu não quis dizer aquilo. Você sabe disso, certo? Algum dia você vai me perdoar? Amo você e sinto muito a sua falta, estou fazendo o melhor que posso...

Honestamente, foi muito difícil de ouvir, porque ela estava falando sobre a briga que ela e meu pai tiveram na noite em que ele morreu, e sei disso porque o tempo todo eu estava lá em cima no meu quarto, ouvindo. Ouvi meu pai dizer, *Vou voltar logo*, e minha mãe dizer, *Não precisa se preocupar*, então um grande estrondo, e foi isso. Ele nunca voltou para casa. As palavras são assustadoras, são poderosas e, ao ouvi-la, percebi que minha mãe se culpava pela morte dele e, em algum nível, talvez eu a culpasse também. Mas não mais.

Tudo estava passando pela minha cabeça enquanto ela falava, depois foi a minha vez, então abracei minha mãe e disse para as cinzas de papai:

— Terra para papai. Terra para papai. Você me escuta? Sou eu, Benny. Sinto sua falta. Em que planeta *você* está?

Eu sabia que ele iria achar isso engraçado.

E acabou. Minha mãe disse Ah, obrigada, obrigada!, e começou a abraçar todo mundo e falar sobre encerramento de ciclos. Aikon foi superlegal, mas a palestra dela estava prestes a começar, então tínhamos de ir. Antes de sairmos, ela autografou uma cópia do livro para mim, o que foi bem legal. Como você sabe, gosto muito de livros e, embora não tenha ficado particularmente empolgado com o livro dela, nunca conheci uma autora de verdade. Mamãe ficou bem empolgada e depois continuou abrindo o livro e lendo o que Aikon havia escrito.

— Ouça! "*Para Benny, que ouve os gritos do mundo.*" Não é lindo? E é tão verdade, você não acha?

Eu não sabia se era verdade ou não, mas, se a deixava feliz, tudo bem para mim. Eu estava cheio de toda aquela coisa de arrumar, então falei à minha mãe e a Cory que estaria no Nove. Elas meio que se entreolharam, mas disseram que tudo bem. Peguei a escada rolante, parei na passarela, e quando olhei para baixo, não consegui ouvir nada. Sem vento, sem Calipso. Um estudante de intercâmbio diferente estava dormindo no compartimento ao lado do meu, mas a digitadora ainda estava em sua mesa digitando.

— Você voltou — falou ela. — Sentimos sua falta. Estávamos nos perguntando para onde você tinha ido.

Contei que estava no hospital e ela apenas balançou a cabeça, como se já soubesse e não fosse grande coisa.

— Está melhor agora?

— Sim, acho que sim.

— Bom. Fico feliz em ouvir isso. Você não perdeu muito.

Ela olhou em volta e eu também. Percebi que havia menos livros nas prateleiras, e ela apenas deu de ombros, como se estivesse lendo minha mente.

— Estão removendo livros para abrir espaço para mais estações de computador e trabalho compartilhado e, enfim, fecharam a Encadernação também e retiraram todo o equipamento antigo. Fora isso, tudo está praticamente como você deixou.

Fiquei triste ao ouvir sobre a Encadernação. Era um lugar assustador, mas lindo também.

— Sim, é uma pena — disse a digitadora, lendo minha mente outra vez. — Todas aquelas lindas máquinas antigas. Acho que, com a internet, decidiram que as palavras não precisam mais ser amarradas. Pessoalmente, não concordo. Acho que as palavras preferem estar comprometidas com o papel. Elas precisam de limites. Sem alguma disciplina e limitações, elas podem simplesmente dizer o que quiserem. Mas suspeito que eu seja um pouco antiquada.

Eu a observava e era estranho porque, conforme ela falava, parecia envelhecer. Suas bochechas caíram. Seu cabelo ficou mais grisalho. A transformação parecia estar acontecendo diante dos meus olhos, mas talvez fosse apenas um jogo de luz. Ela olhou para as estantes esvaziadas, tirou os óculos e esfregou o rosto.

— Ah, bem — disse, colocando os óculos de volta. — Não posso evitar. Eu só gosto de livros. Como objetos, quero dizer.

— Eu também — concordei.

Eu tinha meu caderno de redação comigo na mochila e meu lápis também. Sentei-me no meu cubículo, que estava vazio, como se me esperasse. Eu não estava planejando escrever nada. Para dizer a verdade, minha mente também parecia muito vazia, mas, desde que o Homem-B me disse que eu era um bom escritor, tento sempre estar pronto caso ouça uma voz falando ou alguma ideia me ocorra. Mas naquela noite não ouvi nada, apenas a senhora digitando, que soava como gotas de chuva ou estorninhos ou seixos sendo arrastados na praia pelas ondas. Era um som agradável, reconfortante, e logo cochilei.

91.

Prezadas sra. Aikon e sra. Kimi,

Muito obrigada por tirarem um tempo para se encontrarem comigo e Benny e por fazerem a linda cerimônia para nós na biblioteca. Realizar um funeral adequado para Kenji nos deu uma sensação real de encerramento e, desde então, as coisas parecem diferentes em casa, mais calmas e tranquilas. Benny percebeu também. Ele me perguntou: “Você realmente acha que o espírito do papai estava nos assombrando, mas que agora ele está em paz?”. Eu respondi que sem dúvida parecia isso.

Só o fato de ter Benny de volta em casa faz toda a diferença. Ele mudou mesmo enquanto estava no hospital dessa vez e parece muito mais maduro, assumindo a responsabilidade pelas coisas e sendo tão prestativo. Podemos ter conversas de verdade novamente, como tínhamos antes da morte de Kenji e de as vozes começarem. Ele está frequentando um grupo de apoio, o que está fazendo uma grande diferença em sua capacidade de se relacionar com outras pessoas. Ele realmente escuta agora e está muito mais disposto a compartilhar o que está acontecendo consigo. Diz que ainda ouve coisas, mas que as vozes não o assustam tanto e, se ele responde com gentileza, mas com firmeza, elas não precisam se sentir rejeitadas, paranoicas e agir mal. A médica também está animada, mas é claro que está sendo cautelosa. Ela me avisou que a recuperação clínica não é tranquila, que haverá contratempos. Estou ciente, e Benny também, mas nós dois temos fé de que juntos podemos nos virar.

Estamos trabalhando muito na casa e ela está bem bonita! Estou até fazendo cortinas para o quarto de Benny com um tecido lindo que comprei com meu desconto de funcionária na minha loja de artesanato favorita. Comecei a trabalhar lá meio período e até agora tem sido ótimo. As mulheres que trabalham lá são amigáveis, e o trabalho me mantém em pé e ativa, então também estou fazendo algum exercício. O simples fato de poder sair de casa e ver as pessoas me faz perceber quão isolada eu tinha me tornado. Agora vejo como permiti que minha dor e meus sentimentos de culpa pelo que aconteceu com Kenji me afastassem de tudo.

Também comecei a trabalhar como voluntária na Biblioteca Pública, ajudando minha amiga Cory. Ela é a bibliotecária infantil que você conheceu e me deixa ler para as crianças durante a Hora das Crianças! Amo tanto fazer isso, todos aqueles rostinhos olhando para mim como flores. É a minha parte favorita da semana. Na verdade, comecei a pensar seriamente em voltar a estudar para terminar o mestrado em biblioteconomia. Sei que não pode acontecer já, mas é o meu sonho.

Os sonhos são importantes, certo? É o que digo a Benny. Digo a ele que seu pai e eu tínhamos muitos sonhos, e alguns deles nunca foram grandes, mas que o sonho mais doce de todos se tornou realidade, e seu nome é Benny.

Com gratidão,
Annabelle

92.

Ondas e estorninhos, seixos e corvos...

Você está aqui, Benny? Ainda pode nos ouvir? Os sonhos são o único lugar onde podemos alcançá-lo agora. Abra os olhos. Você pode ver onde está?

Há tipo uma colina, e você está no topo, olhando para a vista. O céu está cinza e cheio de pássaros, corvos, gaivotas, gralhas e aves de rapina, girando sobre sua cabeça. Há uma brisa soprando e você está ouvindo o que parece ser música, só que não é como nenhuma música que já ouviu antes. É uma sinfonia esquisita e dissonante, mas não desagradável, e os gritos dos pássaros fazem parte dela, e há uma linha de baixo estrondosa vinda de escavadeiras gigantes que parecem brinquedos minúsculos, trabalhando a distância. Ao observá-las, você percebe que está em um aterro sanitário e a elevação em que está é uma montanha feita de toneladas e toneladas de lixo.

A expressão em seu rosto é extasiada e confusa. Conforme olha para os quilômetros de lixo, seus olhos começam a distinguir objetos discretos, um pneu aqui, um vaso sanitário ali. Então começa a reconhecer as coisas. Você vê uma pilha de globos de neve quebrados, alguns cacos de bules e alguns bichos de pelúcia danificados. Um emaranhado de meias, uma estante de partitura dobrada e pilhas de fitas, CDs e jornais que parecem seixos. Todos os objetos que fluíram de sua casa acabaram aqui. Este é o ponto-final dos sonhos de sua mãe e de todas as suas boas intenções, e você está sobre ele. Você sente um nó na garganta e começa a chorar. Não muito. Apenas uma ou duas lágrimas, aquelas que não conseguiu chorar quando Kenji morreu.

A lembrança de seu pai muda algo em seus ouvidos e você escuta com mais atenção. À medida que os tratores e escavadeiras distantes empurram o lixo, seus motores emitem um som vibrante que começa a tecer uma vertente jazzística na polifonia. A brisa se intensifica, bagunçando seus cabelos. Há o vento de uma tempestade, e você vira-se para encará-la. Percebe que está segurando uma maleta surrada em uma das mãos. Você a coloca no chão junto aos pés e, abrindo os braços, sobe na ponta dos pés e se equilibra ali.

De olhos fechados, se inclina contra o vento e podemos ver que você está mais alto e mais magro também, pois a gordura do bebê está derretendo. O pontilhado de acne desapareceu da pele, que está mais uma vez acastanhada e macia, só que agora há um pouco de penugem em seu queixo, que vai raspar em breve. Seu nariz e mandíbula estão mais pronunciados, e suas bochechas começaram a ficar anguladas. Você está começando a se parecer com o homem que se tornará. Você se parece muito com seu pai.

Você mantém os olhos fechados e os braços abertos. O vento está ficando mais forte e, quando está prestes a ser soprado para trás, alguém se abaixa e dá um tapinha em sua testa. Você não precisa vê-la para saber quem é. É a garota dos seus sonhos, a garota mais linda do mundo, e ela veio evitar que você caia, e sua tarefa é evitar que ela flutue para longe. Um leve sorriso se abre em seu rosto quando você segura a mão dela. Você dá um puxão suave e ela desce para o chão e fica ao seu lado. Você pega a maleta e ela se inclina para você, descansando a cabeça em seu ombro. Ela suspira. *Tão lindo…*

Um livro deve terminar em algum lugar, Benny…

Psssiu, você sussurra. *Ouça…*

AGRADECIMENTOS

Um livro é um objeto falante, e a página de agradecimentos é onde ele agradece. *O livro da forma e do vazio* me encarregou de realizar essa afortunada missão em seu nome, e por isso começarei expressando nossa gratidão a Zoketsu Norman Fischer e à linhagem de professores zen cujas palavras impregnam estas páginas.

Sou profundamente grata à dra. Gail Hornstein e à dra. Annie Rogers, que leram os primeiros rascunhos e ofereceram orientação em questões tanto psicológicas como literárias. Suas opiniões e seus trabalhos publicados abriram meus olhos e meus ouvidos, assim como os livros e recursos para os quais me levaram. Há muitos deles para listar, mas quero mencionar a Intervoice: International Hearing Voices Network e a Hearing Voices USA, bem como o trabalho pioneiro do dr. Marius Romme e da dra. Sandra Escher, cuja abordagem não patologizante e centrada na experiência para estados desconcertantes e experiências não compartilhadas ampliou e aprofundou nossa compreensão.

Expresso agradecimentos especiais e sinceros às pessoas que ouvem vozes e a artistas e ativistas das causas de saúde mental cujos relatos corajosos, por escrito e recontados, expandiram minha compreensão e afirmaram minha experiência. Um agradecimento especial para minha nova amiga Alison Smith, ativista, autora e extraordinária contadora de histórias, por compartilhar seus pensamentos sobre a escuta de vozes, a revolução e a criação de galinhas; e ao meu velho amigo Sascha Altman "Scatter" DuBrul, cujo trabalho com o Icarus Project, justiça social e diversidade psíquica semeou minha escrita e meu pensamento ao longo dos anos.

Sou grata a todos os meus amigos que compartilharam seus conhecimentos inestimáveis. Matthew Budden, artista, músico, monitorador de mídia e arquivista, pacientemente instruiu Annabelle quanto às sutilezas da profissão que compartilham, bem como no estilo de parentalidade que ela adota. Yoosun Park e Emily Myer me ajudaram a traduzir meus próprios encontros infantis com profissionais de saúde mental em termos contemporâneos durante coquetéis no Green Room, onde Andrew Rundle também ajudou.

Pela leitura generosa, perspicaz e meticulosa dos primeiros, intermediários e conclusivos rascunhos, minha gratidão eterna a Katie Young, Liz Gaudet, Karen Joy Fowler, Linda Solomon, Oliver Kellhammer, Adrienne Brodeur e Claire Kohda. Ao longo dos muitos anos de escrita, a ajuda e o apoio dessas pessoas foram cruciais para a elaboração deste livro. Os livros precisam de bons leitores e amigos, assim como de digitadores, para torná-los quem são, e agradecemos do fundo do coração.

Obrigada a Hedgebrook, pelo silêncio, a irmandade e o santuário.

Na Viking, sou profundamente grata a Paul Slovak, por sua presença editorial sábia e constante, e a Brian Tart e Andrea Schulz por seu apoio incansável; na Canongate, a Jamie Byng e sua equipe maravilhosa pelo entusiasmo ilimitado por todas as coisas relacionadas a livros. Quero agradecer a minhas agentes, Molly Friedrich e Lucy Carson, por sua fé em meu trabalho ao longo dos anos, e a Molly Zakoor, minha querida assistente, que me salva de meus erros e me mantém alegre e no caminho certo.

E aqui quero expressar meus eternos agradecimentos à minha querida amiga, ex-editora e colega escritora Carole DeSanti. Carole adquiriu *O livro da forma e do vazio* quando ainda estava na Viking e o livro estava em sua infância, em letras minúsculas. Ela foi a primeira a ouvir falar dele e seu ouvido afinado, seu olho editorial aguçado e a orientação compassiva em questões de tom e estrutura narrativa ajudaram o Livro a encontrar sua voz e sua forma. Ao longo dos anos, Carole me ajudou de mais maneiras do que posso mencionar. Ela me ensinou como ser uma escritora e uma autora e transformou meus manuscritos desgrenhados nos livros que queriam ser. Tenho muita sorte em tê-la como amiga na vida e companheira na literatura.

E, por fim, como sempre, sou grata a meu amado Oliver, que mantém minha vida interessante e que nunca deixa de ouvir. Suas ideias me inspiram a escrever. Suas palavras despertam meu mundo.

Este livro foi impresso nas oficinas gráficas da Editora Vozes Ltda.,
Rua Frei Luís, 100 – Petrópolis, RJ.